अलका सरावगी

अलका सरावगी का जन्म 17 नवम्बर, 1960 को हुआ। उनकी प्रमुख कृतियाँ हैं—'कलि-कथा वाया बाइपास', 'शेष कादम्बरी', 'कोई बात नहीं','एक ब्रेक के बाद', 'जानकीदास तेजपाल मैनशन', 'एक सच्ची-झूठी गाथा', 'कुलभूषण का नाम दर्ज कीजिए', 'गांधी और सरलादेवी चौधरानी' (उपन्यास); 'कहानी की तलाश में', 'दूसरी कहानी', 'सम्पूर्ण कहानियाँ' (कहानी-संग्रह)। जर्मन, फ्रेंच, इटैलियन, स्पेनिश, अंग्रेजी तथा अनेक भारतीय भाषाओं में उनकी कृतियों के अनुवाद हुए हैं।

उनके पहले ही उपन्यास 'कलि-कथा वाया बाइपास' को 'साहित्य अकादेमी पुरस्कार' तथा 'शेष कादम्बरी' उपन्यास को 'बिहारी पुरस्कार' से पुरस्कृत किया गया।

ई-मेल : alkasaraogi@gmail.com

अलका सरावगी

सम्पूर्ण कहानियाँ

राजकमल पेपरबैक्स

राजकमल पेपरबैक्स में
पहला संस्करण : 2024
दूसरा संस्करण : 2025

राजकमल पेपरबैक्स : उत्कृष्ट साहित्य के जनसुलभ संस्करण

राजकमल प्रकाशन प्रा. लि.
1-बी, नेताजी सुभाष मार्ग, दरियागंज
नई दिल्ली-110 002
द्वारा प्रकाशित

शाखाएँ : अशोक राजपथ, साइंस कॉलेज के सामने, पटना-800 006
पहली मंजिल, दरबारी बिल्डिंग, महात्मा गांधी मार्ग, प्रयागराज-211 001
1, अनमोल सोराबजी सन्तुक लेन, धोबी तलाव, मरीन लाइंस, मुम्बई-400 002

वेबसाइट : www.rajkamalprakashan.com
ई-मेल : info@rajkamalprakashan.com

विकास कंप्यूटर एंड प्रिंटर्स
ट्रॉनिका सिटी-201 102
द्वारा मुद्रित

मूल्य : ₹399

SAMPOORN KAHANIYAN
Stories by Alka Saraogi

ISBN : 978-93-6086-978-6

भूमिका

मेरी कहानियों ने मुझे लेखक बनाया। जब मैंने अपनी पहली कहानी 'आपकी हँसी' लिखी, तब मैं ख़ुद को फ़ीचर लिखनेवाले एक पत्रकार के रूप में जानती थी। किन्तु यात्रा में मिले एक पागलनुमा आदमी के एकाकी जीवन और बिछुड़ने पर बेमतलब आँसुओं से मेरे हृदय में जो करुणा का उद्रेक हुआ, वह एक कहानी में ही आ सकता था। हमारे समाज में वर्ग, जाति, रंग के तमाम विभाजन और सीढ़ियाँ हैं, जो लगातार कम ताकतवर को हाशिये में ढकेलती रहती हैं, पर यह शख़्स इन सबके परे एक ऐसे हाशिये पर जा पड़ा था, जो जैसे आकाशगंगा के परे था।

मेरी कहानियों ने मुझे उपन्यास लिखना सिखाया। यह एक संयोग नहीं है कि मेरे पहले उपन्यास की शुरुआत एक कहानी के तौर पर हुई थी। मैंने पहले उपन्यास के बाद एकाध ही कहानियाँ लिखी हैं, पर यह कह सकती हूँ कि मेरा हर उपन्यास एक अकेली कहानी से शुरू होता है जिसमें और कहानियाँ प्रवाहित होकर घुलती जाती हैं और वह उपन्यास का रूप ले लेता है।

मेरी अधिकांश कहानियों को लिखे हुए तक़रीबन 25-30 साल बीत चुके हैं। इनकी भूमिका लिखते हुए इनसे गुज़रना अपनी पूरी रचना-यात्रा के मानस के गढ़े जाने की प्रक्रिया से गुज़रना है। पीछे मुड़कर देखते हुए मुझे यह साफ़ दिखता है कि मेरे पहले उपन्यास 'कलिकथा वाया बाइपास' के बीज मेरी कहानियों में हैं। मेरी पहली कहानी 'आपकी हँसी' का वह हास्यास्पद, पागल-सा पात्र ही कुछ अंशों में मेरे पहले उपन्यास कलिकथा का किशोर बाबू है और कुछ अंशों में मेरी सातवें उपन्यास का नायक कुलभूषण। किशोर बाबू को मैं अपने शुरुआती दौर की कहानी 'कहानी की तलाश में' में भी देख पाती हूँ। मुझे यह भी लगता है कि मेरी कहानियों ने मेरा वह मानस तैयार किया जिसमें एक नए तरीक़े से जीवन को देखने और लिखने की सम्भावना खुली हुई थी। इस अर्थ में 'हर शै बदलती है' कहानी ने मुझे आगे का रास्ता दिखाया, यह कह सकती हूँ।

दरअसल इन कहानियों ने मुझे अपने चारों ओर और व्यापक

समाज में फैली हुई असमानताओं और उनसे जूझते आदमी और उसकी आन्तरिक और बाहरी विस्थापन को समझने की दृष्टि दी। इतना ही नहीं भाषा को बरतने और उसे अपने लिए फिर से आविष्कृत करने की हिम्मत भी दी। 'दूसरी कहानी' और 'कन्फ़ेशन' ये दो कहानियाँ ऐसी हैं जिन्होंने मुझे शैली के स्तर पर अपनी कहानी को अपने तरीक़े से कहने की पगडंडी बनाना सिखाया।

कहानी कहने की आज़ादी, यानी अपनी तरह से कहने की आज़ादी ने आगे जाकर एक बड़े कैनवास पर कहानियों के अन्दर कहानियों को खोजने के आनन्द और उन्हें बेपरवाही से लिख डालने का साहस दिया।

'एक व्रत की कथा', 'ख़िजाब', 'सम्भ्रम', 'टिफ़िन', 'मिसेज़ डिसूज़ा के नाम'—ये कहानियाँ जीवन के उठाए प्रश्नों से जूझने की कहानियाँ हैं तो 'अँधेरी खोह में', 'महँगी किताब', 'एक पेड़ की मौत'—स्वयं कहानी कहने की शैली से मुठभेड़ करती कहानियाँ हैं। कहानी के 'टेक्स्ट' यानी 'पाठ' में कहानी की विधा से जुड़े प्रश्न 'कलमतंत्र की कथाएँ', 'पिस्सू और कलमघिस्सू' में घुसपैठ करते दिखते हैं जो शायद आगे जाकर मेरे उपन्यासों में भी चले आए। यहाँ कहानी में कहानी के विषय में चिन्तन भी कहानी का हिस्सा यानी टेक्स्ट में शामिल है।

स्त्री-विमर्श के चालू दौर में इन कहानियों को यदि इसी कसौटी पर जाँचा जाए तो शायद बहुत-सी कहानियाँ इस पर फ़िट बैठेंगी। अलबत्ता 'लाल मिट्टी की सड़क' जैसी कहानी इस स्त्री की आज़ादी को एक दूसरे कोण से भी देखने की कहानी है।

इन कहानियों में सिर्फ़ एक कहानी 'इन लोगों ने धावा बोल दिया है' ऐसी है जो कलकत्ता शहर के ऐतिहासिक सन्दर्भ से जुड़ती है। ज़ाहिर है कि यह कहानी 'कलिकथा वाया बाइपास' लिखने के दौर में लिखी गई है। दो कहानियाँ इस संग्रह में ऐसी हैं जो किसी संग्रह में अब तक शामिल नहीं हुई हैं, "रहस्य कथा' और 'कहानी में नाटक में नेलपॉलिश का महत्त्व' जिनको लिखने की शैली बिलकुल अलग है। शायद ये मेरी लिखी हुई सबसे ज़्यादा दृश्य कहानियाँ हैं यानी जो आँखों के आगे एक चलचित्र की तरह चलती हैं। 'दूसरे किले में औरत' को भी शायद ऐसी कहानियों में शामिल किया जा सकता है। यों मेरी प्रिय कहानियाँ 'पार्टनर' इसी तरह चलते हुए शायद मर्म में उतरती हैं।

'रिपन स्ट्रीटेर परवीन अख़्तर' से हमारे आसपास की दुनिया में मुठभेड़ होने की सम्भावना कम होने की बनिस्बत ज़्यादा हो गई है। शायद इसीलिए ऐसी कहानियाँ मेरे लिए ताज़ा बनी हुई हैं। इन पच्चीस सालों में इंटरनेट टेक्नोलॉजी ने हमारी दुनिया को बहुत तेज़ी से बदल डाला है। भाषा बदली है कथानक बदला है। कहन के तरीक़े बदले हैं। पर मनुष्यत्व का संकट ज्यों-का-त्यों है; भले ही उसमें और आयाम जुड़ गए हों।

मुझे अब लगता है कि कहानी लिखना उपन्यास से ज़्यादा कठिन काम है क्योंकि इसमें आए तमाम बदलावों और छूट के बावजूद कहीं एक अन्विति की माँग होती है जिसे साधना आसान नहीं है। कहानियाँ पढ़ने में मेरी रुचि सबसे ज़्यादा है और अधिकांशत: मैं अपने-आपको अन्य किसी विधा से ज़्यादा कहानियाँ पढ़ते हुए पाती हूँ। उनमें प्रकट और सतह के नीचे दबी अप्रकट दुनियाएँ जीवन को जल्दी जानने और समझने में बेहद मददगार हैं, सच मानिए।

—अलका सरावगी

क्रम

कहानी की तलाश में

वह यह रास्ता अक्सर तय करती हुई दिखाई देती है—इसी तरह एक पतली फाइल अपने से सटाकर चलती हुई, गरदन नीचे की ओर झुकाए, बीच-बीच में ऊपर देखती या कभी-कभी रास्ते में मिल जानेवालों को देखती हुई। मैंने सुना है कि वह कहानी लिखती है। उसकी एक कहानी मैंने देखी थी—किसी अखबार में। सोचा था बाद में पढ़ूँगा, पर बाद में वह अखबार मिला ही नहीं। मैं भी उसी के मकान में रहता हूँ—अपने कारोबार से लगभग रिटायरमेंट लिये हुए। हो सकता है कि फुरसत बढ़ जाने की वजह से उसमें मेरी इतनी दिलचस्पी हो गई हो जितनी कि...कह सकते हैं—एक कहानी में। सच, मुझे वह खुद एक कहानी लगती है। शायद मेरी उम्र में फुरसत इसलिए भी ली जाती है कि मरने से पहले उन छोटी-छोटी बातों पर ध्यान दे लें जिनको अभी तक देख नहीं पाए थे। अपने स्वभाव के बिलकुल खिलाफ, अपने से लड़ते हुए मैं उसके पीछे-पीछे जाकर देख आया हूँ कि वह कहाँ जाती है। इस तरह लोगों की जासूसी करने की कभी सोच भी नहीं सकता था—सोचता हूँ कहीं मैं सठियाने तो नहीं लगा हूँ? ऊपर से मुझे यह डर भी खाए जा रहा था कि वह मुझे इस तरह अपने पीछे लगा हुआ देख लेगी, तो क्या सोचेगी और यदि किसी से कहेगी तो वह क्या सोचेगा।

खैर, मैंने जान लिया है कि वह कहाँ जाती है। वह हमारे मकान के अन्दर की गली को पार करके दाहिने सड़क पर आ जाती है और तीन-चार मकानों को पार करके फिर दाहिने एक गली में मुड़ जाती है, जो मैं जानता आया हूँ कि एक अन्धी गली है। उस अन्धी गली के सामने से मैं बरसों से प्रायः रोज ही गुजरता रहा हूँ, पर मैंने उस गली पर कभी ध्यान नहीं दिया था। अब सोच रहा हूँ कि अन्धी गली का अर्थ एक ऐसी गली है जिससे आप किसी और गली में नहीं जा सकते, आपको उसी से लौटना होगा। हो सकता है कि उसके बारे में जानने की वजह ही है कि मैं पहली बार अन्धी गली के बारे में इतना सोच रहा हूँ। मैं यह भी सोच रहा हूँ कि अक्सर हम जिन्दगी में ऐसी अन्धी गलियों में घुसते रहते हैं। कहते हैं कि हर आदमी के अन्दर ही न जाने कितनी कहानियाँ

छिपी रहती हैं। क्या पता उसे देखते-देखते मैं भी कोई कहानी ही लिख डालूँ। लेकिन यह अन्धी गलीवाली बात तो बहुत घिसी-पिटी है। इसे लेकर लिखी गई कहानी में क्या नई बात होगी?

वह किससे मिलने जाती है, मैं यह भी जानना चाहता हूँ। अन्धी गली में घुसते ही वह बहुत हल्की और खुश हो गई—ऐसा मुझे उसे देखकर लगा। उस गली में दोनों तरफ बहुत पुराने-पुराने पेड़ हैं और वह गली गाड़ियों की आवाजाही बहुत कम होने के कारण बहुत शान्त है। मैंने देखा कि वह गली में घुसने के बाद कुछ दूर चलकर अचानक चौंककर खड़ी हो गई और ऊपर के पेड़ को देखने लगी। उसके साथ मुझे भी रुकना पड़ा और ऊपर देखने से मुझे पेड़ से आती किसी चिड़िया की विचित्र आवाज सुनाई दी, जो अब तक मैंने कभी नहीं सुनी थी। अचानक मुझे एक गिलहरी दिखाई दी, जो पूँछ उठाए यह अवाज कर रही थी। मेरा मन हुआ कि उसे बता दूँ कि यह आवाज गिलहरी की थी, किसी चिड़िया की नहीं। पर तब तक वह जिस तरह मुस्कुरा रही थी, उससे मैं समझ गया कि उसे यह बताने की कोई जरूरत नहीं। उस दिन के बाद मैं कई बार इस गली में शाम को घूमने आया हूँ और हर आवाज पर चौंककर मैंने ऊपर देखा है। इसी चक्कर में मैंने एक कठफोड़वा, एक पीली चिड़िया और एक नीली चिड़िया देखी है—बुलबुल, कोयल और तोते तो मैंने इतने देख लिये हैं कि वे मेरे लिए चील-कौवों की तरह मामूली हो गए हैं और मैं उनका नाम नहीं गिना रहा। मुझे यदि कोई कहता कि इस भीड़-भाड़वाले शहर के इस हल्ले-गुल्ले से भरे इलाके की इस अन्धी गली में इतनी तरह-तरह की चिड़ियाँ दिखती हैं, तो मैं उसे पागल समझता। मेरे एक पुराने दोस्त हैं, जो चिड़ियों पर किताबें पढ़ा करते थे। मैं उन्हें सनकी मानता था। अब सोचता हूँ कि उनसे मिलकर उस पीली चिड़िया का नाम पूछूँ, जिसका रंग सूरजमुखी के फूल जैसा है और जिसकी बोली अब मैं इतनी अच्छी तरह पहचानने लगा हूँ कि आँख बन्द करके भी बता सकता हूँ कि वह अभी पेड़ पर आई हुई है। कभी-कभी वह मेरे कमरे के पास एक पेड़ पर भी आकर बोलती है। ऐसे मौकों पर मैं चिहुँक पड़ता हूँ और बेतरह चाहता हूँ कि किसी को बताऊँ कि वह कितनी सुन्दर चिड़िया है और मैं आँखें बन्द करके भी उसे पहचान सकता हूँ। मुझे पूरा यकीन है कि वह भी उस चिड़िया को जानती होगी, पर उसे पूछने के लिए तो उससे बातें करनी होंगी।

मैं बहुत दिन से सोच रहा हूँ कि उससे उसकी कोई कहानी पढ़ने के लिए माँग लूँ, पर कितनी दिक्कत होती है मुझे किसी नए आदमी से बातें शुरू करने में। और वे भी इस तरह की बातें, जो मैंने आज़ तक किसी से भी नहीं की है। मैं रिश्तेदारों से और घरवालों से भी बहुत कम बोलता हूँ। फिर भी उनसे बात करना तो जानता हूँ। जिनसे कारोबार है, उनसे भी बातचीत की जा सकती है। पर इस

तरह एक लड़की से और वह भी इस तरह की बातों से कैसे बात शुरू की जाए, मुझे समझ में नहीं आता।

कई बार मुझे खीझ-सी होती है कि वह खुद ही मुझसे बात क्यों नहीं करती। मैंने देखा है कि वह मकान के दरबान से, लिफ्टमैन से, खेलते हुए बच्चों से—प्राय: हर परिचित से बातें करती है और जिन्हें नहीं जानती, उन्हें भी बहुत दिलचस्पी से देखती है। मुझे लगता है कि वह जरूर कहानियों की तलाश में है। उसने पहले-पहले तो कई बार मेरी तरफ भी दिलचस्पी से देखा था, पर अब उसकी मुझमें कोई दिलचस्पी नहीं रही। वैसे इसमें उसकी गलती भी क्या है—मैंने खुद बड़ी-बड़ी मूँछों और चश्मे से अपना चेहरा ढक रखा है। ऊपर से शायद रोब के लिए ही पाइप भी पीता हूँ। मुझे ऐसा क्यों लग रहा है कि मैंने जान-बूझकर दुनिया से दूर रहने और दुनिया को दूर रखने के लिए अपने को इस तरह छुपा लिया है। यह भी तो हो सकता है कि मेरे जैसे आदमी इतने "स्टीरियोटाइप्ड" हों कि उसे मुझमें कोई नयापन नजर नहीं आता हो। शायद मेरे जैसा एक चरित्र हिन्दी फिल्मों में बहुत दिखाई देता है। इसलिए उसे मुझमें कोई कहानी नहीं दिखती। सारी जिन्दगी इस बड़े शहर में काटकर अब मुझे लग रहा है कि यदि हम गाँव के लोग होते, तो शायद बातें करना इतना कठिन न होता।

अब मैं अक्सर मेहता जी से खुद चलाकर बातें कर लेता हूँ। पहले-पहले जब वे हमारे मकान में आए थे, तब उनकी मुझसे बतलाने की उत्सुकता से मुझे बहुत कोफ्त होती थी। मुझे वे निपट गँवार और दूसरों के मामले में दखलन्दाजी करनेवाले हिन्दुस्तानी किस्म के आदमी लगते थे। पार्क में भी सुबह जब वे मुझे मिल जाते, तो मैं इस तरह आँखें जमीन में गड़ाए उनके बगल से निकल जाता था, जैसे कि बहुत गहरे सोच में डूबे होने के कारण मैंने उन्हें देखा ही न हो। मैंने देखा है कि वह मेहता जी से बहुत हँस-हँसकर बातें करती है और एक दिन मेहता जी उसे एक रूमाल में बँधे मौलश्री के फूल दे रहे थे, जो उन्होंने पार्क से बटोरे होंगे। वह बहुत खुश होकर 'थैंक्यू अंकल' बार-बार कह रही थी और मेहता जी गद्गद हुए जा रहे थे। मौलश्री के फूल तो मौसम आने तक यूँ ही जमीन पर बिखरे रहते हैं और उनकी खूशबू भी मुझे तो अच्छी नहीं लगती। हो सकता है कि वह कोई कहानी लिख रही हो और इसलिए उसकी मौलश्री में इतनी दिलचस्पी हो। परसों मैंने भी इधर-उधर देखकर कि कोई मुझे देख नहीं रहा है, जमीन से मौलश्री के फूल उठा लिये थे कि पत्नी से पूछूँगा कि उसे इनकी गन्ध कैसी लगती है। पर घर के नजदीक आते-आते मैं इतना परेशान हो गया कि मैंने वे फूल फेंक दिए।

मैं जानता हूँ कि मैं कोई रोमांटिक किस्म का आदमी कहीं से भी नहीं हूँ। मैंने जिन्दगी को बहुत सही ढंग से जीया है और मुझे जिन्दगी से कोई शिकायत नहीं है। सब कुछ जैसे होना चाहिए था, वैसा ही है। यहाँ तक कि मैं इतना घबरा रहा

था कि लड़के को काम सौंपकर खुद रिटायरमेंट ले लिया, तो आखिर वक्त कैसे गुजारूँगा, पर देखिए मुझे तो कोई खालीपन ही नहीं लग रहा। बस थोड़ी अजीब-सी परेशानी जरूर हो रही है। कभी-कभी मुझे लगता है कि पार्क में लगा बादाम का पेड़ मुझसे उन सारे सालों का हिसाब माँग रहा है जब मैं इतना भी नहीं जानता था कि वह बादाम का पेड़ है और उसके पत्ते पतझड़ में गिरने से पहले सुर्ख लाल रंग के हो जाते हैं। मैं यह भी चाहता हूँ कि अपने लड़के को उस अन्धी गली की चिड़ियों के बारे में और बादाम के लाल पत्तों के बारे में बता दूँ जिससे उसे इतने सालों का घाटा न सहना पड़े। पर मुझे डर है कि वह सोच लेगा कि उसका पिता सठिया गया है। हो सकता है कि वह मुझे डॉक्टर को दिखा लेने की सलाह दे, क्योंकि मैं जानता हूँ कि उसे मैंने अपनी तरह ही बिलकुल सुलझा हुआ आदमी बनाया है जिसे अच्छी तरह मालूम है कि कौन-कौन सी जानकारियाँ जिन्दगी में भुनाई जा सकती हैं। उनसे ज्यादा जाननेवालों को शायद वह कमजोर और मूर्ख समझ लेगा। मैं मन-ही-मन कुढ़ता रहता हूँ अपनी पत्नी पर कि वह उस लड़की की तरह हमारे मकान में हर सोमवार को फूल बेचनेवाले से फूल क्यों नहीं खरीदती। पर मुझे याद आ जाता है कि शादी के तुरन्त बाद उसने जूही की माला खरीदकर अपने बालों में लगाने की जिद की थी, तो मैंने उसे यह कहकर रोक दिया था कि वह मदरासिन जैसी लगेगी और फूल इतने महँगे हैं और वे तुरन्त मुरझा भी जाते हैं। बस यही सोचकर सन्तोष कर लेता हूँ कि नुकसान की पीड़ा उसे ही कचोटती है, जो उसे नुकसान की तरह जानता है—नहीं तो आप बचे रहते हैं। इसलिए यह दुख मेरा निजी है। इस पर कोई कहानी भी नहीं बन सकती, क्योंकि यह एक सफल व्यक्ति का साधारण-सा दुख है। आखिर मेरे पास जिन्दगी से शिकायत की कोई वजह तो नहीं। मेरा दुख मामूली है, जिसे बांग्ला में 'सुखेर कान्ना' (रोना) कहते हैं। दुनिया में बड़े-बड़े दुख हैं—उस बच्चे के, जो पार्क के पासवाली चाय की दुकान में अपना बचपन बरतनों के साथ घिस रहा है, उस रिक्शेवाले के जो मेरे पोते को अपनी फूली हुई नाड़ियों से रिक्शे के साथ खींचते हुए रोज स्कूल पहुँचाता है, शायद उस लिफ्टमैन के भी, जो हमारे मकान में घंटों उस काले लोहे के दरवाजे को खोलता-बन्द करता रहता है। और मुझे सन्देह है कि इसीलिए वह लड़की मुझे बात करने लायक नहीं समझती क्योंकि मेरे पास कोई कहानी नहीं है। बादाम के सुर्ख होते पत्तों और सूरजमुखी के रंगवाली चिड़िया—और इनके बिना बताए जीवन पर कोई क्या कहानी लिखेगा?

हर शै बदलती है

आज सोमवार है। सप्ताह का पहला दिन। हर महीने के पहले दिन की तरह आज का दिन भी मन में हिम्मत बँधाता है या कहें उत्साह जगाता है कि जिन्दगी को आज से एक नए ढंग से शुरू किया जा सकता है। अब तक जो हुआ, सो हुआ। यह डर तो है कि ऐसे ही और दिनों के संकल्पों की तरह यह भी गुजर जाएगा और कुछ बदलेगा नहीं। पर फिर लगता है कि आज वैसा नहीं होगा। बहरहाल, एक नई उम्मीद से सुबह-सुबह आँखें खोलना कितना अच्छा लगता है।

मन हुआ कि "कितना अच्छा लगता है"—न कहकर "कितना भला" कहूँ। 'भला' शब्द में कितनी नजदीकी और अपनापन लग रहा है, पर कोई किसी आदमी को भला बताए, तो मैं उस आदमी को और जिसे वह भला बता रहा है—दोनों को शक की निगाह से देखूँ। इसी तरह 'सरल' शब्द को भी मैं बहुत सन्देह के साथ देखती हूँ। क्या करूँ, बचपन से ही जिनको सरल बताया गया, उन्हें मैं तब भी जानती थी कि वे सरल नहीं हैं। मुझे तो सिर्फ वे लोग सरल लगते हैं जो बेचारे दुनिया में मूर्ख समझे जाते हैं। जैसे कि वही मनजीत भाई—हर मीटिंग में लगातार बोलते चले जाते हैं और तब भी जब उनकी कोई बात नहीं सुनता होता। किसी एक से अगर उनकी आँखें मिल जाएँ और वह इतना बेहया न हो कि साफ जाहिर कर दे कि उसकी मनजीत भाई की बातों में कोई दिलचस्पी नहीं है, तो वे हर मीटिंग के अन्दर अपनी एक अलग मीटिंग बना लेते हैं और इतना बोर कर सकते हैं कि वह आदमी खुदकुशी करने तक की सोचने लगे।

यह खुदकुशी की बात अतिरंजना ही सही, पर आजकल अतिरंजना के बिना कोई किसी बात के साधारण अर्थ तक पहुँच कहाँ पाता है? अब तो हालत यह हो गई है कि अतिरंजना करने पर भी साधारण अर्थ नहीं निकलता, वह भी अब घिस गई है। पहले कोई कहता था कि फलाँ सभा में दस लाख आदमी थे, तो सुननेवाला सोचता था कि दो लाख तो रहे ही होंगे। पर अब तो वह यह भी सोच सकता है कि सभा हुई भी होगी या नहीं।

वैसे सच पूछो, तो आज का युग अपने को छिपाए रखने का है। यह भी कह सकते हैं कि चुप्पी साधे रहने का है। मैं तो अतिरंजना के लिए तरस जाती हूँ। कोई

कहता है, “आपकी कहानी पढ़ी”—तो मैं जानती हूँ कि या तो वह उसके आगे कुछ नहीं कहेगा या ज्यादा-से-ज्यादा कहेगा, “अच्छी थी।” अब तुम्हीं बताओ, यह अच्छी क्या बला है? क्या और कोई विशेषण किसी के पास बचा नहीं? मन तो कहता है कह दूँ—यदि ऐसा ही है, तो कम-से-कम ‘बहुत अच्छी’ ही कह दो। पर ऐसा किसी को कहा थोड़े ही जाता है। तुम कहोगे, “तुम तो कह ही सकती हो। तुम्हारी जुबान पर कोई लगाम थोड़े ही है।” पर तुम सरल हो न। इसीलिए तुम समझ नहीं पाते कि जुबान पर लगाम सिर्फ उनके लिए नहीं रखी जाती जिनसे बेहद प्रेम या नफरत होती है। बाकी लोगों के लिए जुबान पर लगाम की जरूरत होती ही नहीं।

मैं कल रात बेहद उदास रही—उदास नींद में डूबी रही। तुम कहोगे कि “तुम्हारी आदत पड़ गई है शब्दों को घुमाने की।” तुम भले ही चिढ़ो, पर मैं सच कहती हूँ कि मैं जब उदास होती हूँ, तो नींद में भी जानती हूँ कि भले ही मैं सो रही हूँ, पर उदास हूँ। तुम मानो या न मानो, पर इस उदासी जैसी तो कोई उदासी होती ही नहीं। यह लगातार दोनों हाथों से तुम्हारा गला दबाती रहती है, पर तुम चाहकर भी उसके हाथ अपने गले से हटा नहीं पाते, क्योंकि तुम्हारे शरीर को तुम्हारे प्राणों ने लकवा मारा होता है। तुम चाहोगे कि हाथ उठे, पर उठेगा नहीं। तुम चाहोगे कि चीखो और किसी को बुला लो, पर तुम्हारे गले से आवाज निकलेगी नहीं। मुझे तुमसे ईर्ष्या होती है कि तुम्हें कभी यह भयंकर अनुभव हुआ भी नहीं होगा। तुम सरल जो हो! देखो, मुझे डर है कि तुम बार-बार सरल कहने को एक गाली समझ लोगे, पर मैं सारी घाघ दुनिया को जानने और समझने के कारण तुम्हारी सरलता को चाहती हूँ और हालाँकि वह मुझे कम तकलीफ नहीं देती, पर फिर भी चाहती हूँ कि वह बनी रहे।

हाँ, तो मैं उदास इसलिए थी कि कल तुमने गुस्से में कहा कि सब जानते हैं कि मेरा स्वभाव बहुत खराब है। इस बात पर इतना उदास होने की कोई जरूरत नहीं थी क्योंकि तुमने मुझे तीन दिन पहले ही कहा था कि मेरा इतना अच्छा स्वभाव है कि तुम मुझे इतना चाहते हो। पर फिर भी मैं बेहद उदास हो गई और रात-भर उदास ही रही। सच तो यह है कि मुझे भी अब अपने ऊपर सन्देह होने लगा है कि मैं सनकी तो नहीं हो गई हूँ और मेरा स्वभाव बहुत खराब तो नहीं हो गया है? समुद्र की लहरों की तरह भावनाओं का ऊपर उठकर नीचे गिरते रहना सत्रह-अठारह साल की उम्र में तो माफ किया जा सकता था, पर अब तो यह बचपना या आदत कहकर टरकाया नहीं जा सकता। मीनाक्षी से अपनी बीस साल की दोस्ती मैंने तीन दिन में छोड़ दी—यह तुम्हारी नजर में क्या, मेरी नजर में भी कोई छोटी-मोटी बात नहीं। अभी तक एक तरह से मैं बहुत फख्र करती आई थी कि मैं किसी तरह के समझौते नहीं करती, पर अब मुझे भी लग रहा है कि कहीं यह समझौते न करनेवाली बात के अन्दर मैं सिर्फ अपने बारे में भ्रम पालती रही हूँ। हाँ, मैं उसे सात साल की उम्र से जानती थी। हम एक साथ पढ़े, खेले, बड़े हुए। स्कूल, कॉलेज—फिर वह

वकील बन गई और मैं कॉलेज में लेक्चरार। फिर दस साल का समय था, जिसमें हम साल में दो-चार बार मिलते-जुलते रहे। फिर अचानक हम एक टोली बनाकर पहाड़ों की सैर के लिए गए। पर लौटे अलग-अलग। तुम कारण जानना चाहते थे, पर मेरे पास बताने के लिए ऐसे कारण नहीं थे, जिन्हें तुम कारण मान सकते। मैंने बताना शुरू किया कि वह मेरे साथ कॉलेज में पढ़ानेवाली एक परिचिता का किस तरह शुरू से मजाक बनाती रही, “तुम कैसे इस मूर्ख के साथ रहती हो?” “इसने सुबह से तो ट्रेन में कुछ खाया नहीं था, अब इलाहाबाद स्टेशन पर बहन के घर से खाना आया है, तो कैसे गपागप खा रही है”, “पर कितनी शुद्ध हिन्दी बोलती है, बाबा मुझे तो काम्पलेक्स हो जाएगा।” तुम मेरी तरफ इस तरह देखते रहे जैसे किसी पागल को देख रहे हो। तब मैंने तुम्हें बताया कि तीन दिन तक लगातार मुझे इस तरह तंग करने के बाद जब उसने मुझे कहा कि मैं अपनी दोस्त को कहूँ कि वह कमरे में इस तरह अपना बक्सा बीच में न रखे, तो मैं और सह न सकी। अचानक ऐसा क्यों हो जाता है कि कोई बिलकुल असह्य हो जाता है? बरसों तक हम जिन बातों को अनदेखा करते रहते हैं, वे अचानक इतनी बड़ी क्यों हो जाती हैं कि लगने लगता है कि मरें चाहे जिएँ पर और आगे साथ नहीं चला जा सकता? मैं जानती हूँ कि तुम सोचते हो कि मेरी वह परिचिता मेरे लिए कुछ भी नहीं है जिसके लिए मैं बीस साल की दोस्ती को भूल गई, पर मैं क्या करूँ? मुझे सचमुच कभी-कभी कुछ समझ में नहीं आता कि मैं ऐसा क्यों करती हूँ, पर मुझे अचानक जँच जाता है कि इस रिश्ते को ढोने का अब कोई अर्थ नहीं।

तुम कहते हो कि मेरे साथ ऐसा इसलिए होता है कि मैं पहले तो किसी को आसमान पर चढ़ा देती हूँ और फिर उसे गिराना शुरू करती हूँ। तुम चाहते हो कि मैं न किसी से प्रेम करूँ और न नफरत। बस बीच में रहूँ। पर ऐसा हो नहीं पाता। अब तुम देखो न, मैंने श्रीवास्तव जी के घर जाना एकदम छोड़ दिया है। जानती हूँ कि तुम मन-ही-मन कुछ भाँप रहे हो और मुझसे पूछने ही वाले हो कि क्या बात है। तुम मुझसे न पूछो, सिर्फ इसलिए मैं श्रीवास्तव जी से बीच-बीच में मिल लेती हूँ। तुम मुझे पूछोगे तो मैं क्या बताऊँगी तुम्हें? तुम जानते हो न, श्रीवास्तव जी की कविताओं की कितनी बड़ी प्रशंसक मैं रही—खासकर उनकी राजनीति-विरोधी कविताओं की। मुझे हमेशा ऐसा लगता रहा कि श्रीवास्तव जी हमारी संस्कृति और पहचान के विखंडित होने का कारण हमारे देश की राजनीति में देख पा रहे हैं। मुझे लगता था कि ऐसी दृष्टि आज किसी कवि की नहीं है कि वह बता सके कि हमने किस तरह का एक भ्रष्ट समाज बनाया है जिसमें आदमी या तो चोर बन सकता है या बहरा-गूँगा-पागल या भिखमंगा। तुम्हें मालूम है कि आजकल श्रीवास्तव जी जब भी मुँह खोलते हैं तो उनकी जुबान से कभी गवर्नर का नाम टपक पड़ता है तो कभी संस्कृति-मंत्री का। मैंने सुना है कि वे शिक्षा से सम्बन्धित किसी राष्ट्रीय

समिति के अध्यक्ष बनाए जानेवाले हैं। अब तुम कहोगे कि इसमें मुझे क्या आपत्ति हो सकती है। जमाने के साथ चलना आदमी की मजबूरी है और फिर सब चीजों से दूर रहकर भी क्या उन्हें सुधारा जा सकता है? हो सकता है कि तुम ठीक ही बोल रहे होगे, पर मैं क्या करूँ। श्रीवास्तव जी के घर जाना किसी-न-किसी कारण से टलता जाता है और चली जाती हूँ तो गूँगी हो जाती हूँ और वे भी मुझसे आँखें चुराते हैं। अब इधर तो उन्होंने मुझे प्रभावित करने के लिए आँख मिलाकर मुझे खुद ही अपनी बढ़ती हुई साख के बारे में बताना शुरू कर दिया है और तब से तो मैं वहाँ जाने से और भी घबराने लगी हूँ। तुम ही बताओ क्या किया जाए?

क्या सचमुच तुम सोचते हो कि मैं सनकी होती जा रही हूँ? मेरी प्रतिक्रियाएँ 'एबनार्मल' तो नहीं होती जा रहीं? मुझे लोगों से इतना डर क्यों लगने लगा है? आजकल तो मेरा मन ही नहीं होता कि मैं कहीं जाऊँ—किसी से मिलूँ। मैं जिससे भी मिलती हूँ, मुझे लगता है कि एक 'एक्शन रिप्ले' हो रहा है। जैसे टीवी पर क्रिकेट के समय दिखाते हैं न, फिर से उन्हीं दृश्यों को। मुझे लगता है कि मैं सबसे पहले मिल चुकी हूँ, बिलकुल इसी तरह और यही सब बातें भी कर चुकी हूँ—बिलकुल इसी तरह। कई बार तो मैं यह भी जानती हूँ कि वे आगे क्या बोलेंगे। ऐसा होने पर मैं कई बार डर भी जाती हूँ। तुम्हें क्या लगता है मुझे कोई बीमारी-वीमारी तो नहीं हो गई है न? तुम कहो तो मैं अपनी गलती मानकर मीनाक्षी से माफी माँग लूँ? चलो, आज सोमवार है और मुझे लग रहा है कि आज से जिन्दगी की एक नई शुरुआत की जा सकती है। जिन्दगी फिर नई हो सकती है। देखो, मेरी उदासी गायब हो गई है और मेरे मन में कोई खुन्नस भी नहीं तुम्हारे प्रति, कि तुमने कहा कि सब जानते हैं कि मेरा स्वभाव कितना खराब है। मैं भी यह बात जानती हूँ और फिर आज सोमवार भी है।

बीज

"तुमने हँसना बन्द कर दिया है, तो क्या सारी दुनिया मनहूसियत में डूब जाए?" —अविनाश के मुँह से निकले ये शब्द उसे इस प्रकार स्तब्ध कर गए थे कि कुछ बोल ही नहीं पाई थी। उसका दिमाग ऐसा खाली हो गया था कि न तो उसने उलटकर इस दंश का बदला लेने के लिए ही कुछ कहा था और न ही उसकी आँखों में इन दिनों झट बरसनेवाले आँसू ही आए थे। वह भौंचक्की-सी उनका मुँह ताकती रह गई थी। बोलने के साथ ही अविनाश खुद अपने मुँह से क्रोध में निकले शब्दों पर बेतरह पछता रहे थे। उनका चेहरा एकदम सफेद हो गया था। उनकी समझ में नहीं आ रहा था कि वे अब क्या करें, जो मामला सुलझ जाए। उन्होंने उसके बगल में बैठकर उसका हाथ पकड़कर धीमे स्वर में कहा था, "गुस्सा आ गया था मुझे। आदमी ही तो हूँ न। मैं भी तो कितना परेशान हूँ तुम्हारे लिए! माफ कर दो मुझे।" उसने पथरीली निगाहों से उन्हें देखते हुए, "कोई बात नहीं" कहकर आँखें मूँद ली थीं।

अविनाश के दफ्तर चले जाने के बाद ही उसने आँखें खोली थीं। उसका मन अभी तक सुन्न ही था। अविनाश के वे शब्द बार-बार उसी कटुता से उसके दिमाग में बज रहे थे। पिछले तीन महीनों से जो निपट अकेलेपन का अहसास हर समय उसके अन्दर रहता था, आज वह पत्थर की तरह उसकी साँसों के बीच अटक गया था। लोग मिलने आते, चले जाते—अविनाश सुबह-शाम उसके पास घंटों बैठते, पर उसे हर घड़ी यही लगता कि वह बिलकुल अकेली है। कभी-कभी उसे लगता था कि वह कोई तमाशा है जिसे कुछ लोग मजबूरी से और कुछ दबी-दबी उत्सुकता से देखने आ जाते हैं। लोगों के जाने के बाद उसका मन और भारी हो जाता। अविनाश जब उसके पास बैठते, तो भी वह देखती रहती कि कब उनके दफ्तर जाने का समय हो और वे चले जाएँ; हालाँकि वह उनके आने की प्रतीक्षा इसी तरह घड़ी देखते हुए करती थी। सारे दिन दरवाजे पर बजनेवाली हर घंटी के बाद कान दरवाजे पर गड़ाए रखती थी कि पता नहीं कौन आया है। वह भी लेटे-लेटे याद करती रहती कि कौन उससे कितने दिनों से मिलने नहीं आया है; पर किसी के आने पर वह और अधिक बेचैन हो जाती थी। अविनाश के चेहरे पर कई बार एक अजीब पशोपेश का भाव उभर आता था—वे निश्चय नहीं कर पाते थे कि उसे

उनका बैठना अच्छा लगता है या चले जाना। वैसे वह खुद भी नहीं जानती थी कि वह चाहती क्या है। बस उसे लगता था कि जिस दुनिया को वह पहले जानती और पहचानती थी, वह उसके लिए एकदम अजनबी हो गई है। कभी वह असहाय होकर सोचती, "यदि दादी होती, तो मेरी ऐसी हालत होती ही नहीं। कैसे वे मेरे बीमार होने पर खुद बीमार-सी हो जाती थीं।" उसे लगता कि उसके अन्दर अब भी एक छोटी बच्ची है जिसे सिर्फ दादी की गोद में ही शान्ति मिल सकती है। किसी और के होने या न होने से उसकी छटपटाहट रत्ती-भर भी कम नहीं होती।

दादी की याद आते ही, उसकी आँखों से आँसू गिरने शुरू हो गए। वह जानती थी अब घंटों उसकी आँखों का बरसना बन्द नहीं होगा, चाहे वह कितनी भी कोशिश क्यों न करे। वह कई बार सोचती कि अविनाश उसके लिए कितनी चिन्ता करते हैं और उसका कितना ध्यान रखते हैं, पर न जाने क्यों वे भी उसे और रिश्तेदारों की तरह ही एक रिश्तेदार ही लगते हैं—बस, थोड़े नजदीक के रिश्तेदार! वह कई बार गौर से एकटक अविनाश को देखती कि वे उससे उकता तो नहीं गए हैं या उन्हें उसकी बीमारी पर खर्च हो रहे रुपयों की व्यर्थता तो नहीं चुभने लगी है। अविनाश के चेहरे से कोई प्रमाण न मिलने पर भी वह पूरी तरह आश्वस्त नहीं होती थी। कई बार उसे यह भी लगता था कि यदि वह अविनाश की जगह होती और अविनाश उसकी जगह, तो अब तक वह पूरी तरह उकता चुकी होती। उसे अविनाश के धीमेपन और शान्त स्वभाव पर कितनी झल्लाहट हुआ करती थी। कहीं जाना होता तो वह कहती, "तुम तो सही वक्त पर कहीं पहुँच ही नहीं सकते। तुम्हारे दिमाग की घड़ी कुछ गड़बड़ है।" अविनाश चिढ़कर कहते, "और तुम जो इतनी हड़बड़ी मचाती हो, चिड़चिड़ाती हो और मेरी नाक में दम कर देती हो, उससे क्या फायदा? आधा घंटा देर से पहुँचोगी, तो भी दुनिया वहीं-की-वहीं मिलेगी।" वह सोचने लगी कि सचमुच अविनाश कितने धीरज से उसकी बीमारी को, उसके पल-पल बदलते मूड को और उसकी चिड़चिड़ाहट को झेल रहे हैं, "उन्होंने आज जो कहा, वह गलत कहा था? सचमुच मैं बीमार हूँ तो सारी दुनिया मेरे लिए भला कैसे बीमार हो जाएगी। कितना करते हैं मेरे लिए। पर मैं कभी कृतज्ञता दिखाना तो दूर, चिढ़ी-चिढ़ी-सी रहती हूँ। कितना भी छिपाऊँ, पर वे समझते तो हैं। मैं उनकी जगह होती, तो यह बात उन्हें बहुत पहले ही बोल चुकी होती।" वह तरह-तरह के संकल्प-विकल्प बनाती इस निश्चय पर पहुँची कि वह इस बात के लिए अविनाश को माफ कर देगी; इस बात को गाँठ बनाकर नहीं रखेगी। उसे बार-बार अविनाश का महीनों से उतरा हुआ उदास चेहरा याद आ रहा था।...

कितनी कोशिश करते हैं खुश दिखने की मेरे सामने। मन-ही-मन चिन्ता करते हैं, पर हमेशा बोलते रहते हैं कि "बस इस सप्ताह बुखार छूट जाएगा"...जैसे खुद अपनी बात पर यकीन करने की कोशिश कर रहे हों...जानते हैं कि मैं उनकी उम्मीद

के झूठेपन को समझ रही हूँ, पर बच्चों जैसी जिद ठानकर झूठ बोलते हैं कि क्या मालूम उसे सच ही समझ लिया जाए। कितनी सहनशीलता से मेरी चिड़चिड़ाहट को झेल लेते हैं...उसे याद आया कि दस दिन पहले उसने अलमारी में कुछ खोजते हुए, न मिलने पर गुस्से से सारे कपड़े निकालकर बाहर फेंक दिए थे। तब भी अविनाश कुछ न बोले थे और चुपचाप अलमारी में सामान रखने लगे थे। वह खुद ही अपने पागलपन पर घबरा उठी थी। कई दिन बाद की गई इतनी मेहनत और उत्तेजना से वह हाँफ रही थी। अविनाश ने कपड़े रखकर, उसके सिर पर हाथ फेरते हुए शान्त स्वर में कहा था, "यह क्या पागलपन है? इतना गुस्सा करोगी, तो कमजोरी बढ़ेगी ही न? सब ठीक हो जाएगा।" उसने माफी की याचना करती हुई आँखों से अविनाश को देखते हुए कहा था, "क्या करूँ? कितनी हिम्मत रखूँ? तुम्हीं बताओ, क्या मेरी उम्र इस तरह बिस्तर पर पड़े रहने की है? मैंने बहुत हिम्मत रखी...बीच में बुखार छूटा तो सोचा अब बुखार नहीं होगा, पर फिर बुखार आ जाता है। अब मैं हताश हो गई हूँ। अब बरदाश्त नहीं होता है। कोई मेरी तरह लेटकर रहे, तो पता चले कितनी चिड़चिड़ाहट होती है।" अविनाश के चेहरे पर उसकी बात सुनकर कई तरह के रंग आए और गए। फिर जैसे उसने हिम्मत बटोरकर कहा, "एक बात कहूँ? डॉक्टर बनर्जी कह रहे थे कि बुखार में इतना बिस्तर पर पड़े रहने की जरूरत नहीं है। तुम पहले कितनी किताबें पढ़ती थीं, अब तुमने किताबें भी छोड़ दीं। तुम अपने को बीमार मत समझो, तो सचमुच ठीक हो जाओगी।" यह बात अविनाश के मुँह से सुनकर उसे बहुत आश्चर्य हुआ था। उसने खीझकर कहा था, "अच्छा, मैं तो पागल हूँ न? मुझे शौक है बिस्तर पर पड़े रहने का। उस डॉक्टर बनर्जी की तो शक्ल से मुझे 'एलर्जी' होती है। अब उसे बुलाने की कोई जरूरत नहीं है। जब मैं ठीक ही हूँ तो वह आकर करेगा भी क्या?"

यह बात याद आने से उसे फिर अविनाश के आज बोले हुए शब्द याद आ गए। वह जैसे दर्द से कराह उठी, "उन्हें अच्छी तरह मालूम है कि बीमारी के कारण मुझे बहुत जोर से बोलना या हँसना अच्छा नहीं लगता। कितनी बुरी तरह हँस रहे थे—और वह भी बेबात! सब दुनिया को दिखाने के लिए नाटक है।" उसका मन फिर क्रोध और क्षोभ से जल उठा। अपनी विवशता पर फिर नए सिरे से मोटे-मोटे आँसू गाल पर ढलक आए। "अब बीमार होकर मालूम हुआ कि दुनिया कैसी है। बस शरीर में दम न हो, तो आदमी बिलकुल बेकार हो जाता है। कैसे उकता गए हैं सब मुझसे! ऊपर से उकताहट को छिपाने की कितनी कोशिश करते हैं। मुझे एकदम मूर्ख और पागल समझ लिया है। बीमार हूँ तो क्या, दिमाग तो मेरा उतना ही तेज है। दिमाग खराब नहीं हो गया है न मेरा!"—वह क्रोध से उठ बैठी और उसने बगल में रखा पानी उठाकर गट-गट पी लिया। वह खाली गिलास हाथ में लेकर उसी में झाँकती रही और सोचती रही, "क्या हालत बना दी इस लम्बी बीमारी ने

मेरी! जिन लोगों को मैं बात करने लायक तक नहीं समझती थी, वे भी आकर मुझ पर तरस खाते हैं और उपदेश दे जाते हैं, "यह मत खाओ, वह मत खाओ, इस डॉक्टर को दिखा लो। और ये अविनाश किस कदर पागल थे मेरे पीछे! अब इन्हें मुझमें कमियाँ-ही-कमियाँ नजर आती हैं, उफ्, कितना अकेला होता है आदमी! सचमुच कितना अकेला!"

अचानक उसके दिमाग में, खाली गिलास में झाँककर सोच में डूबी हुई अपनी ही छवि घूम गई। उसका दिल घबरा उठा, "कहीं मैं पागल तो नहीं होती जा रही हूँ? इन दिनों कितना रोना आने लगा है मुझे बात-बात पर!" पिछले पन्द्रह दिनों से वह जैसे ही सोती, उसकी धड़कन उसके कानों में बजने लगती और माथा पसीने से भर जाता। वह उठ बैठती और तकिया उलटे तरफ रखकर सोने की कोशिश करती। पर फिर वही होता—कभी इस तरफ पैर करती, कभी उस तरफ। डॉक्टर बनर्जी ने उसकी तकलीफ सुनकर एक गोली लिख दी थी। हालाँकि वह एक नए नाम की गोली थी, पर वह जानती थी कि 'डायजापाम' का अर्थ नींद की गोली ही होती है। दादी नींद न आने पर 'कम्पोज' खाती थीं, और उसके पत्ते पर महीन अक्षरों में यही 'डायजापाम' लिखा रहता था। अविनाश से पूछने पर कि गोली किस चीज की है, उसने कहा था, "मुझे क्या मालूम? मैं डॉक्टर हूँ क्या?" उनके मन में अपनी वे सब बातें घूमने लगीं, जो उसके पागलपन की ओर बढ़ने का सबूत हो सकती थीं। ये बातें उसके सिवाय और कोई जानता भी तो नहीं था। कल बाथरूम में लाल रंग की दवाई गिर जाने पर जो दाग बन गया था, उसे देखकर उसका मन न जाने क्यों घबरा रहा था। वह बार-बार इस लाल दाग को न देखने की चेष्टा करती रही थी, पर उसका ध्यान वहीं चला जाता। उसने अपने को सँभालने के लिए बाथरूम में रखा अखबार उठा लिया था। मगर उसकी नजर सीधे एक युवती द्वारा आत्महत्या की खबर पर गई थी। उसका कलेजा मुँह को आ गया था और उसके हाथ से अखबार छूटकर गिर गया था। बाहर निकलकर उसने किशनू की माँ से कहा था कि किसी तरह उस दाग को छुड़ा दे। किशनू की माँ इन दिनों उसके स्वभाव से इतना घबराने लगी थी कि उसने बहुत मेहनत से वह दाग तुरन्त ही छुड़ा दिया था। "कितना चाहती थी किशनू की माँ मुझे! अब तो वह जब मेरी आवाज सुनकर आती है, तो उसकी आँखों में डर रहता है कि पता नहीं किस बात पर मैं उसे डाँटने लगूँगी और फिर थककर रोना शुरू कर दूँगी। क्या हो गया है मुझे?"—यह सोचकर वह बेचैन हो उठी।...और कितनी वहमी हो गई हूँ मैं! पहले अविनाश की मैं कितनी हँसी उड़ाती थी, जब वे उल्टी चप्पलें सीधे करते हुए कहते, "उल्टी चप्पल रखने से बीमारी आती है।" मैं कहती, "तुम्हें तो सौ साल पहले पैदा होना चाहिए था। कहाँ से सीखी हैं ये सब बातें?" अब तो बाहर के लोग आते हैं, तो मेरे मन में यह खयाल आए बिना नहीं रहता कि कहीं किसी

की चप्पल उल्टी न पड़ी हो। क्या आदमी इतना कमजोर होता है कि वह जरा-सी मुसीबत में अपने सारे विश्वास छोड़ देता है?

सामने की खाली दीवार देखकर उसने अपनी आँखें घुमा लीं। उसने जब उसे देखने के लिए आई अपनी छोटी बहन विनीता से कहा था कि वह सामने की दीवार पर टँगी फूलवाली तसवीर हटाकर अलमारी में रख दे, तो विनीता उसका मुँह ताकती खड़ी रही थी, जैसे उसकी बात न समझ रही हो। एक बड़े से खुली पंखुड़ियोंवाले पीले फूल की वह तसवीर उसे बेहद पसन्द थी—शादी के पहले भी उसने इसी तसवीर को अपने पलंग के सामने टाँग रखा था। अब जब वह अकेली होती, तो उसकी आँखें उस फूल से चिपक जातीं और उसे लगता कि वह उस फूल के अन्दर घुसती जा रही है। बड़ी मुश्किल से वह अपनी आँखें उस तसवीर से हटाती। विनीता को चुपचाप खड़े देखकर उसने कहा था, "इस तसवीर को देखकर मैं उदास हो जाती हूँ। इसे हटा दो।" विनीता ने बिना कुछ कहे वह तसवीर अन्दर रख दी थी। शाम को अविनाश भी खाली दीवार देखकर चौंके थे, पर उसकी तरफ देखकर कुछ पूछते-पूछते रह गए थे।

"मैं क्या यहाँ इसी तरह पड़े-पड़े पागल हो जाऊँगी?" यह सोचते-सोचते उसे अपनी चचेरी बहन गीता याद आ गई। गीता बहुत सुन्दर और होशियार थी, पर पता नहीं कैसे उसे अचानक पागलपन के दौर आने लगे थे। "जब वह पागल हो सकती है, तो मैं भी पागल हो सकती हूँ"—यह खयाल उसके मन में चक्कर काटने लगा। उसने माँ के मुँह से सुना था कि जब वे गीता से मिलने गईं तो गीता ने कमरे में दिन में भी परदे खींचकर इतना अँधेरा किया हुआ था कि वे ठीक से गीता को देख ही नहीं पाई थीं। माँ को ऐसा लगा था कि जैसे कुछ छिपाने के लिए कमरे को अन्धकार में रखा गया था। यह बात याद आने पर उसे लगने लगा कि यह भी तो हो सकता है कि गीता को रोशनी उसी तरह आँखों में चुभती हो जैसे उसे इन दिनों चुभने लगी है। आजकल तो वह पूरे दिन न खिड़की खोलती थी और न परदे खिसकाती थी। यदि कोई परदे खिसकाने की सलाह देता तो वह कहती, "मेरी आँखों में दर्द है।" वह सकते में आकर सोचने लगी..."क्या पता यह भी पागलपन की निशानी हो...इस तरह अँधेरे में रहने की इच्छा होना।"

पहले उसे सितम्बर-अक्टूबर के महीने कितने पसन्द थे। आकाश में कई रूई-से छोटे-छोटे बादलों के टुकड़े दौड़ लगाते थे और हवा में जाड़े की एक हल्की-सी खनक आ जाती थी। उसे ऐसा लगता जैसे प्रकृति दम साधकर किसी के आने की प्रतीक्षा में हो। विश्वकर्मा पूजा के ढोल जाड़े का आह्नान कर रहे हों। पर इस साल तो उसने न आकाश देखा था, न वे रूई-रूई जैसे बादल? स्कूल में पढ़ा हुआ कालिदास का शरद ऋतु का वर्णन—'रघुवंश' के श्लोक भूल जाने पर भी शरद ऋतु की एक पहचान उसके अन्दर बस गई थी, पर इस साल तो उसे दिन,

तारीख और महीना ही याद नहीं रहता था। रोज तारीख पूछती, वार पूछती, अगले दिन फिर भूल जाती।

"क्या आदमी इस तरह हार मान लेता है—इतनी जल्दी? उसकी जीने की इच्छा बस इतनी ही होती है?"—उसे याद आया कि डेढ़ महीने तक दादी बीमार रही थीं—कैंसर की पीड़ा से जूझती। उन्हें पूरा होश नहीं रहा था, उनका दिमाग कभी बहुत अतीत में जाने लगता था कभी शून्य हो जाता। एक बार होश में आने पर माँ ने उनसे कहा, "आप ठीक हो जाएँगी अम्माजी। बस अब थोड़े दिन की तकलीफ और है।" तो दादी ने कहा था, "नहीं, मैं ठीक नहीं होना चाहती। मरना तो है ही एक न एक दिन। अब मैं इतनी तकलीफ तो पा चुकी हूँ। यदि ठीक हो गई, तो मरने के लिए इतनी ही तकलीफ फिर भुगतनी होगी।" फिर उसे लीला मौसी याद आईं, जो बरसों से किडनी की तकलीफ पा रही थीं और मौत के कगार पर बैठी थीं। कभी उनका शरीर इतना फूल जाता कि उनका पानी पीना बिलकुल बन्द कर दिया जाता। बहुत तड़पने पर एक छोटी बर्फ की डली चूसने को मिलती। लीला मौसी अपनी बीमारी की गाथा इस तरह सुनातीं जैसे अपने बजाय किसी और की बात कर रही हों। जो भी उनसे मिलने जाता, उसे वे खूब मनोयोग से और विस्तार से अपनी बीमारी की बातें बतातीं। वह सोचने लगी, "क्या लीला मौसी ने जीवन को झेलने के लिए अपने को दो टुकड़ों में बाँट लिया था? एक वह जो तकलीफ सहता था और दूसरा जो उस तकलीफ को देखता था?" उसे लगा कि दादी और लीला मौसी भले ही उसकी तरह पढ़ी-लिखी न थीं, पर उन्हें जीवन जीना और मरना अच्छी तरह आता था। "मौत के आने का इन्तजार करने से अच्छा तो खुद आगे जाकर मौत से मिल लेने का है"—अपने खयालों की दिशा पर वह फिर घबरा उठी और करवट बदलकर कुछ और सोचने की चेष्टा करने लगी।

वह इस करवट बहुत कम लेटती थी, क्योंकि इस तरफ शीशा लगा हुआ था, जिसमें अपने को देखने से वह बहुत बचना चाहती थी। अपना रंग उड़ा चेहरा, सूनी उदास आँखें और भूख बन्द हो जाने से दुबलाए शरीर पर झूलते ब्लाउज को देखकर उसकी हताशा और गाढ़ी हो जाती थी। वह शीशे के सामने से गुजरते हुए खुद अपने से ही आँखें चुरा लिया करती थी। उसका मन होता कि यह शीशा भी वहाँ से हटा दे, पर अविनाश की प्रतिक्रिया सोचकर वह यह बोलने की हिम्मत नहीं कर पाती थी। अब कोई उपाय न देखकर अपने से मिलने आए तरह-तरह की सलाहें देनेवालों की तरह ही इस शीशे को भी बर्दाश्त करना सीख लिया था।

शायद वह बचपन से ही शारीरिक पीड़ा और बीमारी से बहुत घबराती रही है। एक बार तेरह-चौदह साल की उम्र में कई दिनों से घर में हुई खरगोश पालने या न पालने की चलती बहस को खत्म करते हुए दादी ने माँ को कहा था, "याद नहीं तुम्हें, चिड़ियाघर में भालू ने इसकी गुड़िया छीन ली थी, तो कैसे पागल हो

गई थी। कितनी झाड़-फूँक करवानी पड़ी थी। फिर खरगोश मर गया, तो इसे कौन सँभालेगा?" यह सुनकर वह अवाक् होकर दादी का मुँह देखती रह गई थी। उसने दादी और माँ से अलग-अलग बहुत बार पूछकर जानने की कोशिश की थी कि उसके साथ बचपन में क्या हुआ था, पर उन दोनों ने जैसे मुँह ही सिल लिया था। तब अचानक बचपन का एक दृश्य, जो उसे पता भी नहीं था कि उसे याद है, उसके दिमाग में कौंध गया था...लाल पत्थरों के एक मकान में कोई तिलकधारी व्यक्ति एक सफेद चँवरनुमा चीज लेकर उसके सामने डुला रहा था और वह माँ की गोद में चुपचाप बैठी हुई थी। यह दृश्य थोड़े दिनों उसे बहुत परेशान करता रहा था, फिर बड़े होने के साथ-साथ वह यह दृश्य भूल गई थी। आज फिर न जाने कहाँ से उसे फिर वही बात याद आ गई। "क्या पता मुझमें बचपन से ही कोई पागलपन का बीज मौजूद हो?"—यह सोच उसे एकदम काठ कर गया।

वह उठ बैठी। उसने अपने दिमाग से इस खयाल को झटकने के लिए स्कूल-कॉलेज में अपने को स्टेज पर मेडल मिलने के दृश्य याद किए। "नहीं, नहीं, मैं भला पागल कैसे हो सकती हूँ? ठीक है, मैं परेशान हूँ, जल्दी घबरा जाती हूँ, पर इसकी सीमा पार कर एकदम पागलपन में मैं कैसे जा सकती हूँ। मैं क्यों यह सब बेकार की बातें सोच रही हूँ?" पर फिर उसे गीता याद आ गई, जो उससे कम होशियार न थी; स्कूल में उसकी कितनी धाक थी। वह फिर अनिश्चय से भर उठी, "क्या मालूम, हमारे खानदान में ही कोई पागलपन का रोग हो—वंशगत—जो हमारी पीढ़ी में फूटा हो।" उसे स्कूल में बायलोजी में पढ़े हुए वंशगत गुणों के नियम याद आने लगे, जिसके अनुसार कुछ गुण एक-दो पीढ़ियों तक गायब रहने के बाद फिर दिखाई पड़ते हैं।

अचानक वह जल्दी से इस बासी घुटन-भरे कमरे से बाहर निकलने के लिए छटपटा उठी। दोपहर का वक्त था। किशनू की माँ बाहर सो रही थी। वह उसके बगल से गुजरती हुई बरामदे में जाकर खड़ी हो गई। तेज रोशनी से उसकी आँखों में दर्द की एक लहर गुजर गई! इतने दिनों बाद रोशनी से उसकी आँखें पूरी तरह खुल नहीं रही थीं। चौंधियाई हुई आँखों से उसने बरामदे से नीचे देखा। गाड़ियों और लोगों का ताँता लगा था। यह महानगर की एक अत्यन्त व्यस्त क्रासिंग थी, जहाँ गाड़ियों का सिलसिला रात-दिन जारी रहता था। बीमार पड़ने के पहले वह अकेलापन महसूस होने पर, किसी-किसी दिन घंटों खड़े रहकर गाड़ियों और लोगों को चलते देख समय काट लेती थी। इस तरह गाड़ियों को आते-जाते देखने में न जाने कैसा सम्मोहन होता था कि उसे समय बीतने का अहसास ही नहीं होता था। आज महीनों बाद जब उसने सिकुड़ी हुई आँखों से अपनी पुरानी जगह पर खड़े होकर नीचे झाँका, तो वही पुराना दृश्य देखकर उसे अचानक ऐसा झटका लगा जैसे किसी ने बिजली का तार छुआ दिया हो। उसके शरीर में जोर से फुरहरी हुई

और रोयें खड़े हो गए। उसकी धड़कनें उसके कानों में बजने लगीं। उसके मुँह से अपने-आप निकला, "यह क्या हो गया? सारी दुनिया चल रही है। मुझे क्या हो गया? मैं कहाँ रह गई। मैं क्यों रुक गई?" वह बार-बार नीचे चलती गाड़ियों और लोगों को देखती और बार-बार उसके मन में यही प्रश्न घूमने लगता। थोड़ी देर बाद उसने अपने दोनों हाथ बाँधकर ऊँचे किए और गरदन उठाकर आसमान में दौड़ लगाते रूई—जैसे बादलों को आँख-भर देखा। अनायास उसके होंठों पर मुस्कुराहट आ गई। पीछे पलटकर कमरे की ओर जाते हुए उसने देखा, किशनू की माँ जागकर उसे ऐसे देख रही थी जैसे किसी भूत को देख रही हो। वह उसे देखकर मुस्कुराती हुई अपने कमरे में गई और उसने परदे हटाकर खिड़कियाँ खोल दीं। फिर पलटकर देखा तो किशनू की माँ भी उसके पीछे-पीछे कमरे में आ गई थी और दरवाजे से सटकर खड़ी थी। अचानक किशनू की माँ अपने तम्बाकू खाए दाँत छुपाने की कोशिश करते हुए पहले की तरह मुस्कुराने लगी। वह भी जवाब में मुस्कुराई तो किशनू की माँ ठठाकर हँस पड़ी जैसे पगला गई हो। वह खुद भी हँसी, फिर उसने अचानक झेंपकर किशनू की माँ की तरफ पीठ कर ली और कंघा उठाकर शीशे के सामने खड़े होकर अपने बाल बनाने शुरू कर दिए।

मिसेज डिसूजा के नाम

प्रिय श्रीमती डिसूजा,

अचानक बैठे-बैठे मेरा मन हुआ कि आपको पत्रा लिखूँ, हालाँकि कल आपसे मिलने के बाद अब तक मेरे दिमाग में ऐसा कोई खयाल ही नहीं था। मुझे लगता है कि लिखे हुए शब्द बोले हुए शब्दों से ज्यादा सच बोल पाते हैं...कल आपसे बातें करते हुए मैंने महसूस किया कि मेरे शब्द अपने-आप बदल जाते थे...यहाँ तक कि कई बार मैं बोलना कुछ और चाह रही थी, पर बोल कुछ और रही थी। दरअसल कुछ छिपा लेने की कोशिश से बचना आमने-सामने बैठे हुए काफी मुश्किल होता है और साथ-ही-साथ यह कोशिश भी तो जारी रहती है कि हम भाँप लें कि सामनेवाला हमसे क्या सुनना चाहता है। लिखते वक्त तो सिर्फ अपने से टकराना होता है...।

माफ करें, आप एक स्कूल की व्यस्त प्रधानाध्यापिका हैं और आपको छुट्टी की अर्जियों जैसी चुस्त चिट्ठियाँ पढ़ने की आदत है। पर एक कलाकार को बहकने की आदत पड़ ही जाती है, जीवन को एक नए सिरे से समझने-जानने के लिए इधर-उधर भटकना उसकी लगभग मजबूरी होती है कि न जाने कहाँ क्या मिल जाए। इसलिए थोड़ी छूट मैं आपसे जरूर चाहूँगी।

वन्दिता-मेरी छह साल की एक चुलबुली बेटी। कितना जीवन है उसमें! मैं उसे देखती जाती हूँ और सोचती हूँ कि बड़े होने पर यह आनन्द कहाँ गुम हो जाता है? क्यों हम इतने गम्भीर, इतने उदास, इतने शुष्क होते जाते हैं? पर आप कहती हैं कि उसे ऐसा नहीं होना चाहिए। वह बहुत शैतान है...किसी की बात नहीं सुनती... पूरी कक्षा को 'डिस्टर्ब' करती है...बहुत बातूनी है...पढ़ाई में ध्यान नहीं देती। इतना ही नहीं, आपका खयाल है कि इसका कारण मैं ही हूँ...मैं अपने संगीत के कार्यक्रमों में व्यस्त रहती हूँ...उस पर ध्यान नहीं देती...इसीलिए वह सबका ध्यान अपनी तरफ खींचने के लिए ही इतनी शैतानियाँ करती है। आह! कितनी आसानी से आप एक के बाद एक आरोप मुझ पर लगाती जाती हैं...आपकी काले फ्रेम के चश्मे में से झाँकती सिलवटों से घिरी आँखें जैसे मेरे आर-पार चली जाती हैं...आप अपने निकाले हुए निष्कर्ष मेरे मुँह से सुनना चाहती हैं...आप 'कनफेशन' चाहती हैं...और लीजिए मेरी आँखों में आँसू डबडबा आते हैं। मैं जानती हूँ कि आप इन्हें

पश्चात्ताप के आँसू समझ रही हैं। आपके चेहरे पर आत्मसन्तोष आकर आपकी तनी हुई रेखाओं को ढीला कर देता है। मैं आपको अपने आँसुओं का राज नहीं बताती...उनके कारण ही मुझे आपसे मुक्ति मिल जाएगी, यह समझकर चुप रहती हूँ।

चुप तो आजकल मैं अक्सर रहती हूँ, मिसेज डिसूजा। क्योंकि मैंने देख लिया है कि किसी को कुछ समझाने का अर्थ है कि आप एक सस्ते किस्म की अखाड़ेबाजी में उतरकर अधिक-से-अधिक नम्बर लेने की चेष्टा करें। मुश्किल तो यह है कि कितने भी नम्बर आप ले लें, तकलीफ कम नहीं होती। और जितना नजदीक का व्यक्ति हो, तकलीफ उतनी ही अधिक होती है। इसलिए अभी उस दिन मैंने अपनी बहन नीलिमा से भी कुछ नहीं कहा। नीलिमा ने वन्दिता की स्कूल की डायरी देखकर मुझे कहा, "दीदी तुम बुरा मत मानना। पर क्या तुम्हें बुरा नहीं लगता कि वन्दिता की डायरी में दो जगह लिखा है कि वह कविता याद करके नहीं आई और एक जगह लिखा है कि वह कलर-पेंसिल नहीं लाई।" मैं उसे कैसे समझाती, मिसेज डिसूजा कि दस महीने में तीन बार की भूल बाकी दिनों की मेहनत को बेकार नहीं कर सकती। मन तो मेरा हुआ कि उससे कहूँ, "नीलिमा क्या तुम उन अलिखित शिकायतों का ब्यौरा भी रखती हो, जो तुम्हारा मन तुमसे रोज करता होगा...अगर मैं अपने सितार को शादी के बाद ताक पर न रख देती, तो क्या पता मैं...।" पर मैं चुप रही। मैं उससे उसकी यह खुशी नहीं छीनना चाहती थी कि उसके बच्चे की डायरी में कोई शिकायत कभी नहीं लिखी गई।

ऐसा क्यों होता है मिसेज डिसूजा? आप लोग सब मुझे क्यों बार-बार कटघरे में खड़ा करना चाहते हैं? क्यों मेरे इर्द-गिर्द के लोग मुझे हर वक्त बताते रहते हैं कि फलाँ औरत अपने बच्चे के पीछे दो घंटे तक खाना लिये-लिये घूमती रहती है क्योंकि वह खाना नहीं चाहता...फलाँ औरत अपने पाँच साल के बच्चे को चार घंटे पढ़ाती है...। क्या आप भी औरों की तरह यही सोचती हैं कि औरतों को अपने लिए जीने का कोई अधिकार नहीं है? क्या मेरे जीवन में वन्दिता और संगीत एक साथ नहीं रह सकते। क्यों नहीं रह सकते, मिसेज डिसूजा...मेहनत मुझे करनी होती है, परेशानी मुझे होती है—किसी और को उससे क्या मतलब? वन्दिता जब कभी बीमार होती है, तो क्यों सब मुझे अजीब-सी निगाहों से देखने लगते हैं? यहाँ तक कि वन्दिता के पापा भी मुझे कहते हैं कि उसका ध्यान रखना...जैसे कि यदि वे नहीं बोलेंगे तो मैं ध्यान नहीं रखूँगी। औरों की तो छोड़िए, आपने कितनी आसानी से निष्कर्ष निकाल लिया कि सारी मुसीबतों की जड़ मेरा संगीत है...जबकि आप दाखिले के समय इंटरव्यू में कितनी खुश हुई थीं यह सुनकर कि मैं रेडियो की नामी कलाकार हूँ। मुझे लगता है, मिसेज डिसूजा कि सब लोग नतीजे तो चाहते हैं, उन पर पीठ भी थपथपाते हैं, उन नतीजों तक पहुँचने के लिए जो यात्रा करनी होती है, उनमें काँटे बिछाने से नहीं चूकते।

कभी-कभी जब मैं बहुत थक जाती हूँ, मिसेज डिसूजा, तब मैं अपने आत्म-सम्मान को भूलकर यह बात सफाई के तौर पर कह डालती हूँ कि मेरे लिए वन्दिता से अधिक महत्त्वपूर्ण कुछ भी नहीं है। मैं कल आपको भी कह ही देती, पर मैं इतनी स्तब्ध हो गई थी कि आपको यह भी नहीं कह सकी। दो-तीन साल पहले यह बात किसी से कहना मुझे अपमानजनक लगता था, पर मैंने देखा कि इस तरह की बात सुनने से लोगों को तसल्ली मिल जाती है। सचमुच मेरे लिए वन्दिता से महत्त्वपूर्ण कुछ नहीं है लेकिन मिसेज डिसूजा, आप सोचिए कि हम अपने बच्चों के लिए कितने महत्त्वाकांक्षी हैं...उन्हें कुछ बनाने के लिए कितनी तपस्या करते हैं...एक दिन बच्चा कविता याद न करे तो हमें लगता है कि उसकी दुनिया अन्धकारमय हो जाएगी। लेकिन यदि हम अपनी प्रतिभा, अपनी ऊर्जा का कुछ उपयोग नहीं करते, तो हम अपने बच्चों को कैसे सिखाएँगे कि जीवन नष्ट करने के लिए नहीं है? इस तरह तो हम उन्हें अधिक-से-अधिक अपने बच्चों के लिए महत्त्वाकांक्षी होना ही सिखाएँगे। आप सच मानिए, मैंने सब लोगों की निगाहों को झेलते-झेलते भी यह विश्वास बनाए रखा है कि वन्दिता जीवन को पूरी तरह जीने की मेरी इच्छा और संघर्ष से जरूर प्रेरणा लेगी। मुझे हमेशा लगा है कि मेरा अपना संघर्ष भी उसकी शिक्षा और संस्कार का ही एक हिस्सा है।

माफ कीजिएगा, मिसेज डिसूजा, शायद आपको लग रहा होगा कि मैं अपनी खामियों को छिपाने के लिए कितने तर्क जुटा रही हूँ। हाँ, खामियाँ तो रह ही जाती हैं...चाहती तो हम सब यही हैं कि जीवन हर तरह से पूर्ण और चरम उत्कृष्ट हो, लेकिन किस कीमत पर? न जाने कहाँ-कहाँ से छोटे-छोटे सैकड़ों काम निकल आते हैं—वन्दिता के मोजों में इतनी जल्दी-जल्दी छेद हो जाते हैं...स्कूल की फीस भरने का समय कितनी जल्दी-जल्दी आ जाता है...उसके बाल लम्बे होकर आँखों में आने लगते हैं—इनके अलावा रोजाना के तो पच्चीसों काम हैं ही। किसी काम को टाला नहीं जा सकता...कई बार मैं यह भी सोचने लगती हूँ, मिसेज डिसूजा कि छिटपुट कामों को आखिर हम इतना महत्त्व देते ही क्यों हैं—क्यों हम इस तरह के कामों को टाल नहीं पाते...क्यों वन्दिता के घिसे हुए जूतों को देख माँ मुझे इस तरह देखने लगती हैं? अभी उस दिन पार्क में वन्दिता के हमउम्र जो गरीब बच्चे खेल रहे थे, उनके कपड़ों का एक ही रंग था—बदरंग या मटमैला। मैं सोचती रही कि ये बेचारे बिना कलर-पेंसिलों के कैसे रंगों की पहचान सीखते हैं...आप बताइए, मिसेज डिसूजा, जरूरी और गैर-जरूरी में कैसे फर्क होता है? मुझे तो कुछ समझ में नहीं आता।

समझ में तो खैर मुझे और भी बहुत कुछ नहीं आता, मिसेज डिसूजा। जैसे कि मुझे यह भी समझ नहीं आता कि इतने हँसने-खिलखिलानेवाले शैतान बच्चों के बीच रहकर भी आप इतनी गम्भीर कैसे रहती हैं...कई बार तो मुझे आपको देखकर

ऐसी घबराहट होती है कि मुझे अपने को याद दिलाना पड़ता है कि मैं आपकी छात्रा नहीं, बल्कि एक छात्रा की माँ हूँ। आप बुरा मत मानिएगा, मिसेज डिसूजा, लेकिन क्या आपको यह खतरा नहीं लगता कि आपको इस तरह देखकर कहीं बच्चे यह समझ लें कि जिन्दगी ऐसी मनहूस चीज है, कि मुस्कुराना बहुत कठिन है। एक और बात जो मेरी समझ में नहीं आती, मिसेज डिसूजा कि बच्चों के उठने-बैठने, खेलने-खाने में अनुशासन के नाम पर इतनी सेंसरशिप लगाना कहाँ तक उचित है... हम बच्चों को जल्दी-से-जल्दी अपने जैसा क्यों बना लेना चाहते हैं...आखिर हम कैसी दुनिया के लिए उन्हें तैयार कर रहे हैं...कभी-कभी तो मुझे लगता है कि हम भविष्य से बेतरह डरे हुए हैं। इसलिए हम अपने बच्चों को सब कुछ देकर और सब कुछ सिखाकर हर तरह से तैयार करना चाहते हैं ताकि वे जिन्दगी की दौड़ में पीछे न रह जाएँ। लेकिन न जाने क्यों मिसेज डिसूजा, मुझे लगता है कि हमारे बच्चे और सब बातों के साथ हमसे यह डर भी सीख लेंगे। जरा सोचिए मिसेज डिसूजा, हम अपनी सारी ऊर्जा बच्चों के सहज, निर्दोष आनन्द को नष्ट करने में तो नहीं लगा रहे? मेरी एक सहेली अब बहुत खुश है कि उसका लड़का नए स्कूल में आने के बाद बदल गया है...पहले कोई उसे मार देता था, तो वह चुपचाप सह लेता था—कोई उससे कुछ माँग लेता, तो वह बिना सोचे-समझे अपनी चीज पकड़ा देता था। मेरी सहेली अक्सर कहा करती थी, "ऐसा नरम दिल है, न जाने कैसे इसकी जिन्दगी चलेगी।" अब नए स्कूल में टीचर ने सिखाया है कि "कोई तुम्हें एक थप्पड़ मारे, तो तुम उसे चार थप्पड़ मारो।" आपका क्या खयाल है मिसेज डिसूजा? क्या सचमुच में आपको लगता है कि आगे की दुनिया ऐसी भयानक होगी जहाँ सारे गुण अवगुण माने जाने लगेंगे?

माफ कीजिएगा, मिसेज डिसूजा, कहीं मैं जरूरत से ज्यादा तो नहीं बहक रही? लेकिन आपसे बातें करने के बहाने मैं इस दुनिया को समझने की कोशिश कर रही हूँ...पता नहीं, लोग कैसे अपने बारे में इतना विश्वास रख पाते हैं कि वे जो बोल रहे हैं वह बिलकुल सही है। मुझे तो हमेशा अपनी बात पर सन्देह रहता है कि क्या पता यह उतनी सच न हो जितनी कि मैं समझ रही हूँ। वन्दिता जब भी मेरा गाना सुनती है, हमेशा लेट जाती है। मैंने जब शुरू में उसे टोका कि वह बैठकर सुने, तो उसने पूछा "क्यों?" मैं इस 'क्यों' का कोई अच्छा-सा जवाब खोज नहीं पाई। क्या मालूम, हम जीने के जिन तरीकों को सही मानते हैं, वे सही हैं या गलत... आखिर तो जिन्दगी इतनी बड़ी रहस्य है...उसे जान पाना क्या इतना आसान है... जो कहीं सही है, वही कहीं गलत है, और फिर जैसी दुनिया में हम जी रहे हैं, उसे देखकर तो यह विश्वास करना और भी कठिन है कि हमारे तरीके सही हैं। कितनी दूरी है आदमी और आदमी के बीच में—कहीं रंग, कहीं धर्म, कहीं पैसा... क्या सारी शिक्षा-दीक्षा, सभ्यता का अन्तिम लक्ष्य उस चरम करुणा को पा लेना

ही नहीं है जहाँ आदमी को दूसरे की पीड़ा अपनी पीड़ा जैसी लगने लगे? लेकिन ऐसा होता कहाँ है, मिसेज डिसूजा? अभी कुछ दिन पहले वन्दिता ने मुझसे कहा, "मम्मी, यह राहुल मेरा छोटा भाई नहीं है, यह तो मेरा 'कजिन' है।" राहुल वहीं खड़ा-खड़ा उसे ताक रहा था। मैं एक क्षण तो चुप रही कि उसे क्या कहूँ। फिर मैंने उससे कहा, "यह कजिन-वजिन स्कूल में पढ़ने के लिए होता है। असल में हम जिसे प्यार करते हैं, वह हमारा अपना ही होता है। उसे 'कजिन' नहीं कहते। राहुल तुम्हारा भाई है।" यह सुनकर वन्दिता के चेहरे पर बहुत राहत दिखाई दी और वह राहुल का हाथ पकड़कर खेलने के लिए भाग गई।

मैं अब आपका ज्यादा वक्त नहीं लूँगी, मिसेज डिसूजा! मैं सिर्फ आपसे इतना ही कहना चाहती थी मिसेज डिसूजा, कि अभी तक हम लोग जीवन को सही ढंग से जीने का 'फार्मूला' नहीं पा सके हैं। जब तक हम उस नुस्खे को नहीं पा लेते, जिससे हम इस दुनिया को एक बेहतर दुनिया बना सकें तब तक हमें अपने प्रति एक सन्देह भाव रखना ही होगा। हमें यह मानकर चलना होगा कि हम गलत भी हो सकते हैं। मेरी सहेली आभा अपनी माँ के लगभग सैनिक अनुशासन में पलकर बड़ी हुई—फोन की घंटी दो बार से अधिक नहीं बजनी चाहिए, हर बात को एक बार में समझ लेना चाहिए, किसी चीज को लाने के लिए जो दराज खोलना बताया गया हो, उसके अलावा कोई दराज नहीं खुलना चाहिए। आभा में मानसिक सतर्कता और कम ऊर्जा में अधिक काम करने की क्षमता तो जरूर विकसित हुई, पर उसके अन्दर जैसे सारे प्रश्न समाप्त हो गए...वह एक भावहीन चेहरा लिये पति की आज्ञानुसार जीवन बिता रही है। अपनी ओर से कोई मजाक करना तो दूर, किसी हँसने की बात पर वह हँसती नहीं। ऐसा लगता है जैसे उसके अन्दर कुछ जमकर ठोस हो गया हो। उसे देखकर मुझे लगता है, मिसेज डिसूजा कि बहुत अधिक समय का पाबन्द होने की कोई जरूरत नहीं होती...हर समय किसी काम में लगे रहने की भी कोई जरूरत नहीं होती और न ही यह हिसाब लगाते रहने की कि किस काम से क्या फायदा होगा। इस डर के बावजूद कि आप मुझे सनकी और पागल समझ लेंगी, मैं आपको बताना चाहूँगी कि मैंने तो पाया है कि जीवन में आलस, फुरसत और निकम्मापन भी कुछ मात्रा में होना जरूरी है...ताकि आप रुककर देख सकें कि आप आखिर कहाँ जा रहे हैं। बस, इतना ही मैं आपसे कहना चाहती थी—मिसेज डिसूजा। पूरी तरह सच को तो कौन जान पाया है।

आपकी
सुस्मिता गुप्ता

टिफिन

"विद्या के पास हर समय रुपये रहते हैं। उसे टिफिन लाने की भी कोई जरूरत नहीं। कैंटीन में चली जाती है और जो मन में होता है खरीदकर खा लेती है। कितनी अच्छी है उसकी मम्मी।" सारिका ने दादी के बगल में लेटते ही रोज की तरह स्कूल की बातें शुरू कर दीं। "अच्छा दादी, जया की मम्मी इतनी कंजूस क्यों है? जया तो अपनी मम्मी की एक ही लड़की है, पर उसकी मम्मी तो उसे एक पैसा भी पाकेट खर्च नहीं देती। सब बच्चों को थोड़े-बहुत पैसे तो मिलते ही हैं—किसी को कम, किसी को ज्यादा। पर जया तो भूल से भी कभी एक रुपया भी नहीं लाती। मैं उसके घर तो गई हूँ एक बार...वे लोग इतने गरीब तो नहीं लगते।"

"कुछ-न-कुछ दिक्कत होगी उसकी मम्मी को। तुम इतनी बड़ी हो गई—अभी तक यही समझती हो कि बहुत रुपये देने से माँ-बाप अच्छे हो जाते हैं, पगली!" दादी ने रोज की तरह सारिका के माथे पर हाथ फेरते हुए कहा। सारिका ने कुछ गम्भीर होकर सोचते हुए कहा, "हाँ दादी, जया की मम्मी को कुछ परेशानी तो जरूर है। उसकी दादी तो मुझे बिलकुल अच्छी नहीं लगती। जया वैसे ही बहुत कम बोलती है, पर अपनी दादी का तो कभी नाम ही नहीं लेती। मैं तो जब भी स्कूल में घर की बातें करती हूँ, तो बार-बार तुम्हारा ही नाम आ जाता है..." सारिका ने दादी के गले में बाँह डालकर चिपकते हुए कहा। दादी के चेहरे की झुर्रियों को मुस्कान में तनते हुए देख उसने कहा, "वैसे दादी, मैं हूँ तो बहुत 'लकी'। मम्मी मुझे कंजूसी से कम रुपये देती हैं तो क्या, तुम तो चुपके से दे देती हो"—सारिका ने फुसफुसाकर दादी से कहा और दादी भी उसके साथ हँस पड़ीं। "तुम बिगड़ोगी न, तो तुम्हारी मम्मी मेरा ही नाम लगाएगी। मम्मी को सब पता है कि तुम रोज रात को दादी को क्यों फुसलाती हो।" सारिका ने आँखें बड़ी-बड़ी करके कहा, "हूँह, मैं? और बिगड़ूँगी। तुमको पता नहीं दादी, स्कूल में कोई यह बात सुने, तो कितना हँसेगा। मुझे सब टीचरें कितना चाहती हैं, तुम्हें मालूम नहीं। मिसेज विश्वास ने पता है क्या लिखा है मेरी रिपोर्ट में? 'इट्स अ प्लेजर टू टीच सारिका'—मतलब... सारिका को पढ़ाना ही एक आनन्द है। मम्मी की बात छोड़ो—मम्मी को तो मेरा सारे दिन पढ़ना ही बिगड़ना लगता है। मैं पढ़ती हूँ तो मम्मी की बात मुझे सुनाई

नहीं देती। बस मम्मी इसी बात पर गुस्सा हो जाती हैं। उन्हें तो खुश होना चाहिए कि मेरी बेटी इतने ध्यान से पढ़ती है कि उसे कुछ सुनाई देता ही नहीं—एकदम 'अर्जुन' की तरह..."—हँसते हुए सारिका ने कहा। "अच्छा, बहुत बात बनाने लगी हो आजकल। यह मिसेज विश्वास वही है न, जो तुम्हें बहुत अच्छी लगती है—जिसे देखने के लिए रोज सुबह दस मिनट पहले ही स्कूल पहुँच जाती हो?" दादी की बात सुनकर सारिका का चेहरा शरम से लाल हो गया। "तुम भी दादी, अरुणा की बात पर विश्वास कर लेती हो। अरुणा तो मुझे छेड़ने के लिए ऐसी बात करती है...अच्छा दादी, यह अरुणा हर समय अपने घर की बातें क्यों करती रहती है? वह रोज टिफिन में सेंकी हुई मूड़ी (लाई जैसी चीज जो बंगाल में बहुत खाई जाती है) लाती है। हम लोगों को उसकी मूड़ी इतनी अच्छी लगती है, पर कोई उसकी मूड़ी की बड़ाई नहीं कर सकता। वह बुरा मान जाती है।" कहती है, "हमारे घर तो इतना पैसा नहीं कि मैं और कुछ लाऊँ। फिर मेरी मम्मी तो आफिस जाती है, उन्हें इतनी फुरसत भी नहीं है।" मैं उसके घर तो नहीं गई...पाकेट खर्च तो वह भी मेरे जितना ही लाती है—वही पन्द्रह रुपये महीने—पर खैर हम लोगों को तो इसलिए कम रुपये मिलते हैं क्योंकि हम लोग पाँच बच्चे हैं। कितना खराब लगता है उसका इस तरह बोलना। हम लोग उसके घर तो नहीं जाते देखने, वह खुद ही हर समय ऐसे बोलती रहती है और खुद ही दुखी होती रहती है। मुझे कई बार लगता है कि वह रश्मि के कारण ही ऐसा करती है। रश्मि को तो तुम जानती हो, कितनी इतराती है। रोज टिफिन खोलते समय कहेगी—देखो, आज क्या दिया है मम्मी ने। रश्मि है भी एकदम मुँहफट। जो मन में आता है बोल देती है। विद्या ठीक है वह कभी अपने घर के बारे में कोई बात नहीं करती। न बुराई न बड़ाई। आज तक उसके घर के बारे में मैंने एक बात भी नहीं सुनी है, जबकि हम लोग चार साल से एक साथ टिफिन करते हैं। बस इतना मालूम है कि विद्या के पास रुपयों का खजाना है। कई बार तो उसकी किताब में ही दस रुपये का नोट पड़ा रहता है। कैंटीन में वह हमेशा अकेले ही सबके खाने के पैसे देना चाहती है, पर तुम्हें तो मालूम है, मुझे यह पसन्द नहीं। हम लोग मिल-जुलकर ही रुपये देते हैं। रश्मि को जया का पैसा न लाना अखरता तो है, पर मेरे डर से कुछ बोलती नहीं। जिस दिन जया कैंटीन में मूड़ी नहीं खाती, मैं भी नहीं खाती। रश्मि है बड़ी अजीब—वह विद्या से भी कुछ चिढ़ती-सी है। पर विद्या को कुछ बोलती नहीं, क्योंकि विद्या ऐसे तो चुप रहती है, पर गुस्सा आ जाने पर वह भयंकर झगड़ा कर लेती है। पहले तो उसे विद्या का खुद टिफिन न लाकर हम लोगों का टिफिन खा जाना बहुत अखरता था। पर मैंने साफ कह दिया कि विद्या हम लोगों के साथ ही टिफिन करेगी। विद्या कैसे अकेली-अकेली रहती थी। कभी-कभी तो टिफिन के समय कैंटीन न जाकर पूरे समय बरामदे में अकेली खड़ी नीचे देखती रहती थी।

कैंटीन में भी अकेले खाने में मजा थोड़े ही आ सकता है। पर विद्या से कोई दोस्ती ही नहीं करना चाहता था—असल में वह रहती कुछ अजीब ढंग से है न!...अच्छा याद आया, कल मुझे टिफिन में आलू के पराँठे दे देना, विद्या को बहुत पसन्द है..." बोलते-बोलते ही सारिका को नींद आ गई। दादी उसका मुँह देर तक देखती रही। सब बच्चों में सारिका ही उनके सबसे करीब है। बचपन से ही अपने स्कूल की सारी बातें वह उन्हें बताती आई है। अब ग्यारहवीं कक्षा में आने के बाद भी उसे दादी को सारी बातें बताए बिना चैन नहीं पड़ता। कोई समस्या हो तो वह दादी से ही सलाह लेती है। आये दिन ही उसकी कोई-न-कोई समस्या बनती ही रहती है—एक तो उसका कोमल भावुक स्वभाव और ऊपर से यह उम्र भी तो ऐसी ही है। कभी किसी सहेली ने कुछ कह दिया, कभी किसी टीचर ने, कभी नम्बर अच्छे नहीं आए, कभी मम्मी ने डाँट दिया, कभी पापा से नहीं बनी—कुछ-न-कुछ बात ऐसी हो ही जाती है कि वह परेशान हो उठती है। उसकी माँ कई बार आपत्ति करती है, "इतना मनमौजी होना अच्छा नहीं—आखिर लड़की है, दूसरे के घर जाएगी।" पर दादी को मालूम है कि सारिका को समझना उसकी माँ के वश की बात नहीं। वे जानती हैं कि वह अभी बच्ची है, अपने-आप समझ जाएगी। एक लम्बी साँस लेकर वे लेट गईं, "इसकी उम्र में मेरे इसका पापा पैदा हो गया था। हम लोगों का भी कोई जमाना था—उसमें बचपन था ही कहाँ?"

सारिका ने स्कूल से आकर अपना बस्ता रखा और लेट गई। उसका चेहरा बता रहा था कि वह काफी उद्विग्न है। उसके 'मूड' उसकी माँ बिलकुल पसन्द नहीं करती। उन्होंने दादी की तरफ देखकर सारिका से पूछा, "क्या है? खाना नहीं है क्या?" सारिका ने कहा, "हम लोग 'सारा आकाश' पढ़ रहे हैं।" "तो?" "तुम नहीं समझोगी"—कहकर सारिका ने करवट बदल ली। माँ ने दादी की तरफ इलजाम भरी आँखों से देखा, फिर वे कमरे से बाहर चली गईं। दादी ने सारिका के पास बैठकर पूछा, "क्या है उस किताब में बेटा?" सारिका उठकर बैठ गई, "अच्छा बताओ दादी, मैं क्यों पढ़ रही हूँ? मुझे भी करना वही है न जो तुम और माँ बिना पढ़े कर रही हो? फिर क्या फायदा पढ़ने-लिखने से? 'सारा आकाश' की प्रभा पढ़ी-लिखी है, पर उसका पति और ससुरालवाले उसे कितनी तकलीफ देते हैं। उसका पढ़ा-लिखा होना ही उसका सबसे बड़ा दोष है।...जब मैं अपना भविष्य जानती हूँ तो मुझे उसी के लिए अपने को तैयार करना चाहिए न? मैं न खाना बनाना जानती हूँ न और कुछ। माँ शायद ठीक ही मुझे डाँटती रहती है। मुझे वही सब सीखना चाहिए। किताबों में सिर घुसाए रखने से क्या फायदा?" दादी ने मुस्कुराकर स्निग्ध स्वर में कहा, "किसने कहा तुमको कि तुम्हें कुछ और नहीं करना है? तुम बुद्धिमान हो। जमाना बदल रहा है। बहुत कुछ कर सकती हो। घर का काम तो एक नौकर भी कर लेता है। वह सब सीखने में क्या तुम्हें बहुत समय लगेगा?" सारिका दादी से

लिपट गई, "ओह दादी, पापा-मम्मी तुम्हारी तरह क्यों नहीं सोच सकते।" पापा कहते हैं, "औरतों को घर में रहना चाहिए—औरतों को छूट मिलने से घर नहीं चलता। 'यू आर ग्रेट' दादी, तुम देखना मैं जरूर कुछ करूँगी। तुमको पता है, दादी, आज टिफिन में हम लोगों ने सिर्फ यही बातें कीं। पता है दादी न जाने क्यों जया 'सारा आकाश' की प्रभा के बारे में पढ़कर रो रही थी। मुझे लगता है कि उसकी मम्मी को उसकी दादी जरूर तकलीफ देती होगी या फिर उसके पापा। ओह, यह दुनिया ऐसी क्यों हैं।...अरुणा ने क्या कहा मालूम है?" वह बोली, "इस प्रभा को यह सब बर्दाश्त करने की क्या जरूरत थी? मैं होती तो...घर छोड़कर भाग जाती।" इस बात पर सब हँस पड़े। तुमको पता है न उसके पापा-मम्मी ने घर से भागकर शादी की थी। अरुणा इतने घमंड से हम लोगों को यह बात बार-बार बताती रहती है, पर आज सबके हँसने पर वह रो दी। दरअसल रश्मि ने कहा, "क्यों नहीं, क्यों नहीं, तुम्हें तो खानदानी 'एक्सपीरियंस' है ही भागने का।" मुझे रश्मि की बात बहुत बुरी लगी, पर हँसी तो मुझे भी आई थी।

"अच्छा दादी, हम लोग सब एक दूसरे को चाहते हैं। फिर भी क्यों हम लोग ऐसी बातें बोल देते हैं कि हम अपनी ही सहेली को रुला दें। हम लोग क्यों दूसरों पर हँसने के लिए तैयार रहते हैं? लेकिन दादी, विद्या इस बात पर बिलकुल नहीं हँसी। हमेशा तो वह इस तरह की बातों में अपने चमकदार दाँत दिखाकर सबसे जोर से हँसती है। आजकल विद्या को न जाने क्या हो गया है। हमेशा कुछ सोचती रहती है। कुछ बताती तो है नहीं अपने बारे में। लेकिन अब तुम उसे देखोगी, तो पहचानोगी नहीं। उसने अपने बाल छोटे-छोटे कटवा लिये हैं—बहुत अच्छी लगने लगी है।"

दादी को विद्या के दो चोटियों से निकलकर उड़ते हुए रुखे, कटे-फटे बाल याद आए। विद्या को देखकर ऐसा लगता था, जैसे वह कभी बाल बनाती ही नहीं है। सारिका की सब सहेलियाँ 'दादी-दादी' कहकर उनसे खूब बातें करती थीं। पर विद्या उन्हें अपनी काली-काली चमकदार आँखों से एकटक देखती रहती थी। उनसे नजरें मिलते ही वह आँखें घुमा लेती थी। उनके बहुत कोशिश करने पर भी वह उनसे कुछ बात नहीं करती थी। उनको लगा था कि इस लड़की के मन में किसी बात का बहुत दुख है। "पता है दादी, आज विद्या ने आलू के पराँठे भी नहीं खाए। उसे पता नहीं क्या हो गया है इन दिनों।" बोलने लगी, "मैं क्यों खाऊँ तुम्हारा टिफिन? मैं तो टिफिन कभी लाती नहीं, तुम लोगों का खाती रहती हूँ।" अब बोलो, "चार सालों से तो हम लोग साथ खाते आए हैं। अचानक क्या हुआ उसे?"...दादी ने पूछा, "कभी तुम घर नहीं गई विद्या के?" "नहीं, वह किसी को बुलाती ही कहाँ है। पर आज रश्मि बता रही थी कि गर्मी की छुट्टियों में वह विद्या के बगलवाले मकान में किसी के घर गई थी, तो उसने सोचा कि विद्या से मिल आए। अपनी

बहन को लेकर वह विद्या के घर गई। रश्मि कहती है कि विद्या उसे देखकर एकदम डर गई। फिर उसने उन लोगों को एक कमरे में घुसाकर दरवाजा बन्द कर लिया। थोड़ी देर में बाहर से बहुत चीखने-चिल्लाने की आवाज आने लगी। विद्या डर से काँप रही थी। उसने बताया कि उसके पिताजी बहुत गुस्सैल हैं। वे उसके भाई को डाँट रहे थे। विद्या ने रश्मि को कसम दिलाई कि वह उसकी बात किसी को नहीं बताएगी। पर रश्मि को तो तुम जानती ही हो। उसे बिलकुल बर्दाश्त नहीं है कि मैं विद्या को क्यों चाहती हूँ। बोल रही थी कि विद्या की मम्मी देखने में बहुत खराब है। इसीलिए विद्या किसी को अपने घर नहीं बुलाती, जबकि उसका घर तो एकदम पिक्चरों के घरों की तरह बहुत सुन्दर सजा हुआ है।"

अगले दिन सुबह-सुबह टेलीफोन की घंटी बजी। दादी ने फोन उठाया तो स्वर आया, "जरा सारिका से बात करा दीजिए। मैं उसकी सहेली विद्या का बड़ा भाई बोल रहा हूँ।" दादी का सुनते ही माथा ठनक गया। हो-न-हो, कुछ दाल में काला है। उन्होंने सारिका को जगाकर उसे विद्या के भाई से बात करने को कहा। सारिका ने घबड़ाई हुई आँखों से उनकी तरफ देखते हुए फोन पकड़ा, "विद्या रात को मेरे घर रही थी क्या? विद्या यहाँ क्यों रहेगी रात को? मेरे घर तो वह कभी नहीं रही। क्या हुआ उसे?...आप यहाँ आना चाहते हैं? एक मिनट रुकिए, मैं पूछकर बताती हूँ।" सारिका ने आँसू-भरी आँखों से दादी की तरफ देखा।

विद्या का भाई लगातार सारिका को ताक रहा था कि वह उसको कुछ जवाब दे। उसके गोल मोटी खालवाले चहरे पर पसीने की तेल-भरी बूँदें चमक रही थीं और उसके दोनों नथुने बार-बार फूल और पिचक रहे थे। सारिका को उसे देखकर हठात् एक सूअर की याद आ गई जो अपनी थूथनी ऊँची कर उसे गौर से देख रहा हो। उसने वितृष्णा से भर अपनी नजरें घुमा लीं और दादी की ओर देखा। वे अपनी श्वेत साड़ी में गरिमा की मूर्ति-सी बैठी थीं और उनकी बड़ी-बड़ी आँखों में एक तरह की याचना थी। सारिका समझ गई कि वे चाहती हैं कि वह शिष्टता से उस आदमी के प्रश्नों का जवाब दे। वह आदमी सारिका को ऐसे देख रहा था जैसे सारिका कोई अपराधी हो और उसके मुँह खोलते ही सारा पर्दाफाश हो जानेवाला हो। उसने घर में घुसते ही नजरें दौड़ाकर उन लोगों की स्थिति और घरवालों को तौल लिया था। दादी के व्यक्तित्व और उनकी आँखों से झलकती चिन्ता के आगे उसने सभ्य दिखने की कोशिश करते हुए जैसे सफाई दी थी, "कल विद्या स्कूल में शाम के साढ़े पाँच बजे तक बैठी रह गई थी। गाड़ी भेजने में कुछ देर हो गई थी। हम लोग बिजनेसमैन हैं, कभी-कभी भूल जाते हैं। स्कूलवाले तो समझते नहीं, विद्या को जरूर डाँटा होगा। पहले भी उसे बहुत डाँट चुके हैं इसी बात पर। अब आजकल की लड़कियों को तो आप जानती ही हैं..." मम्मी को बोलने का, एक मौका मिला, "बस पूछिए मत। मैं तो सोचती हूँ कि भगवान ही मालिक है, अब

क्या होनेवाला है। इतनी-सी बात पर घरवालों की इज्जत से खेल सकती हैं आजकल की लड़कियाँ।" मम्मी दादी और उसकी तरफ बिना देखे बोलती गईं।

थोड़ी शह पाकर विद्या का भाई आश्वस्त हुआ। उसने अपनी जेब से एक डायरी निकाली और कलम खोलकर सारिका को अधिकारपूर्वक आदेश देते हुए पूछा, "हाँ, तो तुम क्या जानती हो विद्या के बारे में?" अपने भाई होने के कर्तव्य का मुस्तैदी से पालन करने का सन्तोष और पुलिसमैन की भूमिका का नया अनुभव उसे पुलकित किए दे रहा था। सारिका ने दादी की ओर एक बार देखा और कहा, "आप लिखिए मैं विद्या के बारे में क्या-क्या जानती हूँ...।" विद्या के भाई के चेहरे पर प्रसन्नता की लहर दौड़ गई, "आखिर यह अदना-सी लड़की कब तक छुपाती।" उसे लगभग विश्वास हो गया कि उसे पता चलने ही वाला है विद्या कहाँ गई है। सारिका ने शान्त स्वर में कहा, "आप लिखिए...चार सालों में विद्या एक बार भी टिफिन लेकर स्कूल नहीं आई।" सारिका ने परम सन्तोष से देखा कि विद्या के भाई का मुँह खुला-का-खुला रह गया था और उसके हाथ से कलम छूटकर डायरी पर गिर गया था। मम्मी उसे देख रही थी जैसे वह पागल हो गई हो। दादी की आँखों को वह पढ़ नहीं पाई।

बहुत दूर है आसमान

उसकी आँखें अचानक खुल गईं। चेतना लौटते ही उसे अपने मन पर पड़े बोझ का अहसास हुआ। उसने देखा कि बाहर अभी तक घुप्प अँधेरा था। एकाध कौआ बीच-बीच में जरूर बोल पड़ता था। एक बार मन हुआ कि बत्ती जलाकर समय देखे पर फिर वह एक लम्बी साँस लेकर करवट बदलकर दीवार को देखने लगी। "क्या फर्क पड़ता है कितने भी बजे हों"—बल्कि उसे लगा कि यदि अभी एक या दो ही बजे होंगे, तो यह सोचकर कि वह कितना कम सोई है, कल सारे दिन सुस्ती छाई रहेगी। शरीर एकदम इस तरह टूट रहा था जैसे बुखार हो और उसके अन्दर ऐसा खालीपन और उदासी थी कि वह छटपटाकर ऐसा कोई विषय ढूँढ़ने लगी जिस पर वह सोच सके। उसने सोचा कि एक किताब लेकर लेटे-लेटे उसे पढ़ने लगे और अपने को भूल जाए। वैसे भी अगले दिन कालेज में एक नए कवि को पढ़ाना था और थोड़ा देख लेने पर पढ़ाने में सुविधा होती, पर उसने यह खयाल भी दिमाग से निकाल दिया क्योंकि शरीर और मन दोनों कहा मानने को तैयार नहीं थे।

आखिर वह हारकर उठ बैठी और तकिए को गोद में रखकर उस पर कोहनियाँ टिकाकर बगल के मकान में जलती हुई बत्ती की रोशनी में गौर से अपने और निखिल के बीच सोती गुल्लू का चेहरा देखती रही। पिछले रविवार को उसने जब निखिल से कहा कि वह गुल्लू को अपने पास सुलाना चाहती है, तो निखिल चुपचाप उसका मुँह देखता रहा था। उसके चेहरे पर चिन्ता की रेखाएँ गहरी हो गई थीं। और वह कुछ कहते-कहते रह गया। वह भी उससे बचने के लिए जल्दी-जल्दी बिस्तर लगाने लगी थी और उसने गुल्लू का छोटा तकिया दोनों बड़े तकियों के बीच लगा दिया था। वे दोनों इतने चुप थे कि गुल्लू कुछ हैरान होकर खुद भी चुप होकर सो गई थी। उसने बात शुरू करने के लिए कई बार कहा, "मम्मी आज मेरे पेट में दर्द नहीं है" तो भी वह "मुझे मालूम है" कहकर फिर चुप हो गई थी। पहले जब कभी गुल्लू पेट-दर्द का बहाना कर उनके पास सोने की जिद करती या निखिल का ही उसे अपने पास सुलाने का मन हो जाता तो वह बिलकुल मना कर देती, "सवाल ही नहीं उठता। एक दिन सुलाने से वह रोज कहेगी। बच्चों की आदत बिगाड़ने में

एक दिन लगता है और सुधारने में महीनों।" निखिल चिढ़ गया था, "तुमने क्या मुझे अपने कॉलेज का स्टूडेंट समझ रखा है? मुझे तुम्हारे लेक्चर की जरूरत नहीं। जो मन में आए, वह करो।" उसे लगा कि निखिल शायद पिछले महीने इसी बात पर हुए झगड़े की उसे याद दिलाते-दिलाते रह गया था। वह खुद गुल्लू को पास में सुलाने की अपनी इच्छा बताने में झिझक रही थी, पर दरअसल रात को नींद टूटने पर इन दिनों उसके अन्दर ऐसी घबड़ाहट और धुकधुकी होती थी कि वह गुल्लू को अपने पास निश्चिन्त होकर सोते देखकर ही कम होती थी। वह यह बात निखिल को बताना भी चाहती थी क्योंकि उसे लगता था कि निखिल तिल का ताड़ बनाने के लिए उसका मजाक बनाएगा या हो सकता है कि वह खुद भी और परेशान ही हो जाता। दिन में सोचने पर तो उसे लगता कि वह एक मामूली-सी बात पर जरूरत से ज्यादा घबड़ा रही है। पर रात जैसे उसे बदल डालती थी। अनजाने डर, दबाई हुई आशंकाएँ, तरह-तरह के सन्देह सब एक साथ उसके ऊपर चढ़कर उसका दम घोंटने लगते। एक विराट भय उसे सुन्न कर जाता। उसे लगता कि किसी तरह सुबह हो जाए जिससे वह वापस खुद हो सके। रात को नींद खुलने पर उसके दिमाग में एक ही बात घूम-घूमकर बजती रहती, "आखिर कौन है वह नीच जो इतना गन्दा इरादा रखता है? कोई तो है, जो हमारे आसपास ही मौजूद है, पर हम उसे नहीं पहचानते। एक आठ साल की बच्ची के लिए इतनी गन्दी-गन्दी बातें हमारे ही घर के बाहर लिखने की किसकी हिम्मत हो सकती है?"

पिछले रविवार को खाने-पीने के बाद उसने अपनी बहन से विदा लेकर जैसे ही फ्लैट में घुसकर दरवाजा बन्द किया कि वापस एक साथ, लगातार दरवाजे की घंटी बज उठी। कुछ आश्चर्य से उसने दरवाजा खोलकर अपनी बहन से पूछा, "क्या हुआ? कुछ भूल गई क्या?" उसकी बहन उसे कुछ अजीब निगाहों से देखती रही, "तुमको सिर्फ किताबों में ही लिखा हुआ दिखता है क्या—और कहीं कुछ लिखा हुआ नहीं दिखता?" वह भौंचक्की होकर अपनी बहन को देखती रही, "क्या हुआ? क्या नहीं दिखता?" उसकी बहन ने बिना कुछ कहे उसे लिफ्ट के पास दीवार पर कहीं हिन्दी और कहीं अंग्रेजी में लिखे टेढ़े-मेढ़े अक्षरों में लिखे वाक्य दिखाए। वह चुपचाप जाकर निखिल को बुला लाई। निखिल ने पढ़ते ही जेब से अपनी गाड़ी की चाभी का कड़ा निकाला, जिसमें एक छोटा चाकू भी था। उसने चाकू खोलकर उन अक्षरों को दीवार के रंग और पलस्तर सहित खुरच-खुरचकर जल्दी से उतार दिया। फिर दोनों घर में आकर चुपचाप सोफे पर कुछ देर बिना कुछ बोले बैठे रहे। अचानक निखिल ने उसकी तरफ देखकर तीखी आवाज में घबड़ाते हुए कहा, "गुल्लू कहाँ है? कहाँ है गुल्लू?" वह घबड़ाहट के मारे कुछ सोच और बोल ही नहीं सकी। "तुमको कुछ पता भी रहता है कि गुल्लू कहाँ रहती है?" निखिल ने त्यौरियाँ चढ़ाकर गुस्से से कहा था। यह सुनकर वह तमक उठी,

पर उसकी घबड़ाहट ने क्रोध को दबा दिया। "नीचे गई है झूला झूलने। मुझे नहीं पता रहता, तो क्या तुम्हें पता रहता है गुल्लू के बारे में?" इतना जोड़े बिना वह नहीं रह सकती थी। निखिल बिना कुछ बोले तुरन्त चप्पल पहनकर लिफ्ट का इन्तजार किए बगैर ही सीढ़ियों से नीचे उतर गया था।

वह वहीं बैठी-बैठी दरवाज़े की तरफ देखती रही। अखबारों में पढ़ी हुई कई घटनाएँ उसे याद आ गईं। अब तक वह इन घटनाओं को सनसनी पैदा करने के लिए गढ़ी गई खबरों से ज्यादा कुछ नहीं समझती थी। पर अब किस तरह ये खबरें अखबारों और टीवी से निकलकर उनके अपने दरवाजे तक पहुँच गई थीं। न जाने कहाँ से उसे निखिल की चाची की कब की बताई हुई बात याद आई, "हमारी बिल्डिंग में चौथी मंजिल पर एक दस साल की लड़की को किसी ने छेड़ दिया। उसके माँ-बाप तो बेहाल हो गए हैं। हमारे यहाँ तो बहुता आना-जाना है, वरना ऐसी बात कोई किसी को बता भी तो नहीं सकता।" शायद उस समय गुल्लू एक-दो साल की थी और तब उसने चाची की बात पर बहुत ध्यान भी नहीं दिया था। वह धड़कते हुए दिल से सोचती रही, "कौन हो सकता है यह बदमाश? इतनी बड़ी 'मल्टी-स्टोरीड' बिल्डिंग है—कितने नौकर, ड्राइवर, दरबान हैं। कौन कर सकता है यह काम? लिखावट तो किसी कम पढ़े-लिखे आदमी की ही लगती है। कैसे पता चले कि किसका काम है...।" सोचते-सोचते उसका दिमाग भटककर अपने बारे में सोचने लगा, "लो बैठे-बिठाए एक नई मुसीबत आ गई। अब सबको एक मौका मिल जाएगा यह कहने के लिए कि मेरे कॉलेज जाने से घर में कितनी असुविधा होती है। दीदी ने उस दिन कैसे कहा था, "तुम्हें किताबों के सिवाय और कुछ नहीं दिखता?" उफ! कितना कठिन है जिन्दगी को अपनी शर्तों पर जीना।" फिर उसे लगा कि ऐसे मौके पर भी वह अपने बारे में ही सोच रही है। अचानक उसे दाढ़ीवाले नाटे लिफ्टमैन की याद आई, "हो न हो, यह काम उसी बदमाश का है। शक्ल-सूरत तो एकदम गुंडे जैसी ही है। मुझे तो शुरू से ही वह आदमी ठीक नहीं लगता। उससे मेरा झगड़ा भी तो हो गया एक दिन! निखिल तो जानता ही नहीं उस झगड़े के बारे में—मैंने उसे बताया नहीं था। वह लिफ्टमैन है भी बड़े गरम मिजाज का—कभी अंडेवाले से, कभी दूधवाले से किसी-न-किसी से उलझता ही रहता है। हर समय हड़बड़ी मचाता रहता है—कैसे उस दिन पाँचवीं मंजिलवाले बच्चे को लिफ्ट में घुसते समय लिफ्ट का दरवाजा दे मारा। बेचारा बिलबिला गया दर्द से।" मैंने डाँटा तो कहने लगा, "ज्यादा बोलिए मत। उतर जाइए लिफ्ट से।" मुझे भी गुस्सा आ गया। मैंने उसकी कालर पकड़कर उसे जोर से लिफ्ट के दरवाजे से ही भिड़ा दिया। क्या पता, वह मुझसे बदला लेने की फिराक में हो...।" सोचते-सोचते उसे पक्का यकीन हो चला कि यह काम उस दाढ़ीवाले लिफ्टमैन के सिवाय और किसी का हो ही नहीं सकता।

निखिल उछलती-कूदती गुल्लू को लेकर लौटा, तो उसके दिल में चैन आया। "मम्मी देखो ना, पापा ने मुझे झूले से उतार दिया। कहते हैं कि मम्मी को तुमसे बहुत जरूरी काम है। झूठ बोल रहे हैं न पापा, बोलो न मम्मी?" गुल्लू दरवाजे पर खड़ी ही चिल्ला रही थी। "हाँ, मैंने ही बुलाया था। अन्दर आ"—उसने गला साफ करते हुए कहा। शायद उसकी आवाज में कुछ ऐसा था कि गुल्लू अपने जूते उतारकर चुपाचाप उसके पास आ खड़ी हुई। "मैंने इसलिए बुलाया है कि" वह कुछ बहाना सोच ही नहीं पा रही थी। निखिल ने उसकी मदद के लिए जोड़ा, "इसलिए कि मम्मी तुमको टीवी पर एक अच्छी फिल्म दिखाना चाहती हैं।" गुल्लू ने इस असम्भव-सी बात पर हैरत से उसकी तरफ देखा था कि वह आज उसे टीवी कैसे देखने दे रही हैं। वह शायद भाँप भी रही थी कि दाल में कुछ काला है। पर टीवी के लालच में कुछ न बोलकर वह टीवी चलाकर उसके सामने जम गई थी। कमरे में आते ही उसने निखिल से फुसफुसाकर कहा, "मुझे पता है यह सब किसने लिखा है...यह काम उस दाढ़ीवाले लिफ्टमैन का है।" निखिल ने चौंककर कहा, "कैसे पता चला?" "सिक्सथ सेंस? मेरा सिक्सथ सेंस कभी गलत नहीं निकलता और मालूम है, उस दाढ़ीवाले से पिछले महीने मेरी लड़ाई भी हुई थी"—उसने न चाहते हुए भी लड़ाईवाली बात कह डाली। निखिल बेतरह चिड़चिड़ा गया, "क्या लॉजिक है! भगवान जाने तुम कैसे कॉलेज में पढ़ाती होगी। 'सिक्सथ सेंस'! तुमको पता होना चाहिए कि वह लिफ्टमैन दस दिन से छुट्टी पर गया हुआ है—गाँव गया है अपनी बहन की शादी करने। अभी गुल्लू को लाते समय मैंने मालूम किया है। यह लिखा हुआ दस दिन पहले का नहीं हो सकता। इतने दिनों में इसे कोई-न-कोई पढ़ ही लेता। 'सिक्सथ सेंस'", "लड़ाई हुई थी मेरी उससे" "अरे, किससे नहीं होती तुम्हारी लड़ाई।" बड़बड़ाता हुआ निखिल गुल्लू के पास जाकर उसके साथ टीवी देखने लगा था। वह अपना गुस्सा दबाकर फिर सोचने लगी, "कौन हो सकता है? किसकी दुश्मनी हो सकती है हम लोगों से? कहीं यह सामने फ्लैटवाला गुजराती तो नहीं? पिछली दीवाली पर उसने मेरी बनाई हुई रंगोली पटाखे चलाकर खराब कर दी थी। तब से हमलोगों की बातचीत बन्द है। पर उसकी लड़की तो गुल्लू के बराबर की उम्र की है। वह ऐसा कैसे कर सकता है?...पर किसी का क्या भरोसा? कर भी सकता है। अपराधियों के चेहरे पर लिखा थोड़े होता है। गुल्लू को अब सामने तो बिलकुल नहीं जाने दूँगी।"

निखिल टीवी में मन नहीं लगा पाया। वह आकर कमरे के दरवाजे के पास खड़ा होकर उसे ऐसे देख रहा था जैसे सोच रहा हो कि कुछ बोले या न बोले। उसने निखिल की तरफ प्रश्नवाचक निगाह से देखा। निखिल ने वहीं खड़े-खड़े कहना शुरू किया, "देखो हमारे झगड़ने से क्या फायदा? परेशान तो हमलोग दोनों ही हैं। पर तुम खुद सोचो—गुल्लू घंटों नीचे खेलती रहती है। तुमको माँ ने

उस दिन कहा कि इतनी देर तक उसका घर से बाहर रहना ठीक नहीं है, तो तुम बिदक गई"—'माँ, अब पहलेवाला ज़माना है क्या? लड़कियों को तो आपके हिसाब से घर में ही खेलना चाहिए, चाहे उनके दूध के दाँत भी न टूटे हों। अब यह कैसे चल सकता है?' यही कहा था न तुमने?" "अरे भई तुम खुद सोचो, माँ अपने अनुभव से ही तो बोल रही होंगी। देख लिया न। अब हिम्मत हो तो भेजकर दिखाओ उसे नीचे खेलने।"

उसने थककर आँखें बन्द कर लीं। वह अच्छी तरह जानती थी कि उस दिन निखिल भी उसकी बात से सहमत था और वह कभी नहीं चाह सकता था कि वह गुल्लू को घर में बन्द रखे—आज भले ही वह परेशान होकर अपनी माँ के अनुभवीपन की वकालत कर रहा था! उसे खुद भी लग रहा था कि माँ उस दिन ठीक कह रही थीं। "पर आह! क्या यही जिन्दगी है लड़कियों की। क्या मेरी गुल्लू बचपन में भी अपनी मर्जी से खेल-कूद नहीं सकती। क्या लड़कियों को इतना भी अधिकार नहीं? गुल्लू कितनी ऊँची-ऊँची पेंगें लेती है झूले पर। दीवाल पर चढ़कर बिना डरे दौड़ती है। उसकी बराबर की उम्र के लड़के तो घुग्गू हैं उसके सामने। कितना जीवन है उसमें! तो क्या मैं यह मान लूँ कि लड़कियों को बचपन से ही खुली हवा नहीं मिल सकती?" उसके सीने में कुछ अटक गया।

उसका अपना बचपन उसके सामने घूमने लगा—किस तरह वह घर से घंटों ऊबकर दूर आसमान में उड़ते पक्षियों को देखा करती थी। सबसे कहती, "मैं अगले जन्म में चिड़िया बनूँगी।" पापा को पसन्द नहीं था कि वे लोग पार्क में खेलने जाएँ। आसपास के किसी घर में तो जाने का सवाल ही नहीं था। सहेलियों के घर जाना भी उन्हें अच्छा नहीं लगता था। बड़े होने के बाद जब सहेलियाँ कभी एक-दूसरे के घर जाने का या पिक्चर या पिकनिक पर जाने का प्रोग्राम बनातीं तो वे दोनों बहनें जैसे सबसे अलग हो जाती थीं। सारी लड़कियाँ जानती थीं कि वे लोग नहीं जा सकती हैं। इसलिए न कोई उन लोगों की तरफ देखता और न ही उनसे कोई पूछता। ऐसे मौकों पर उसकी हमेशा यही इच्छा होती कि वह मर जाए। बाद में बरामदे में खड़े होकर सड़क और आकाश देखना भी बन्द हो गया था क्योंकि पापा ने देख लिया था कि कुछ लड़के उन लोगों को देखने के लिए सामने की सड़क पर खड़े हो जाते हैं। स्कूल की तरफ से एनसीसी कैम्प में जाने के लिए उसने टीचर से घर में फोन करवाया था। दादी ने बीच में पड़कर हामी भरवा दी थी क्योंकि उसने दादी को न भेजने पर आत्महत्या करने की धमकी दी थी। हालाँकि सबने उसके कैम्प जाने पर इतना भयंकर आश्चर्य प्रकट किया था कि उसकी सारी खुशी काफूर हो गई थी। "अच्छा, तुम्हारे पापा ने तुमको कैसे भेजने के लिए हामी भर दी?"—यह प्रश्न शब्द बदल-बदलकर लगभग पूरी कक्षा ने उससे पूछ लिया था। उसे याद आया कि शादी के पहले वह हर समय कैसे

उफनती रहती थी "काश मैं लड़का होती", "काश, पापा औरों के पापा जैसे होते", "काश मैं इस दुनिया को बदल सकती।"

उसके मन में किस तरह एक उम्मीद बनी रही थी कि एक दिन तो ऐसा होगा जब वह जो इच्छा में आए, वह कर सकेगी। "तो क्या पापा ही सही थे? क्या उनका मुझे इस तरह पालना ठीक था? क्या मुझे भी गुल्लू को इसी तरह पालना होगा कि सारी दुनिया तुम पर घात लगाए बैठी है और हर तरफ खतरा है? नहीं, नहीं, यह कैसे हो सकता है? मैं ऐसा नहीं होने दूँगी। फिर क्या फायदा हुआ मेरी पढ़ाई-लिखाई का? क्या फायदा हुआ सबकी इच्छा के विरुद्ध मेरा अपना 'कैरियर' बनाने की जिद का, जब मेरी बेटी को ही मुझे ऐसे पालना होगा?" निखिल की माँ ने ही उसे बताया था कि किस तरह उनकी माँ के मरने के बाद उनकी दादी उन्हें और उनकी छोटी बहन को आधा पेट खाना देती थीं ताकि उनका शरीर धीरे बढ़े जिससे उनकी शादी की जल्दी न हो। "अब उस तरह से नहीं, तो दूसरी तरह से हम बढ़त रोकते हैं लड़कियों की..." उसके मन में टीस उठी और गुल्लू की दीवार पर दौड़ने की तसवीर उसके सामने कौंध गई।

उसने आँखें खोलीं, तो निखित उसी मुद्रा में वहीं खड़ा उसे देख रहा था। उसके चेहरे पर एक अजीब-सी करुणा का भाव था। उससे आँखें मिलीं, तो वह धीरे-धीरे उसके पास आकर बैठ गया। "तुम अब यही सोच रही हो न कि कितनी मनहूस जिन्दगी है औरतों की...कि तुम्हारे बचपन जैसा गुल्लू का बचपन बीते—यह तुम नहीं होने दोगी? यही सब सोच रही हो न?" वह चुप रही और उसने अपनी आँखें फेर लीं। "तुम क्या समझती हो...क्या मैं यह चाहता हूँ कि मेरी गुल्लू दौड़े-भागे नहीं...यहाँ घर में कैद रहे? पर मैं क्या करूँ? तुम्हारी तरह मैं औरतों के अधिकारों के लिए, बराबरी के लिए गरम होकर नारे तो नहीं लगाता, पर तुम खुद से पूछकर देखो कि क्या मैंने कभी औरों की तरह सिर्फ पति होने के कारण तुम्हारी बात काटी है। क्या मैंने माँ की इच्छा न होते हुए भी तुम्हारे पढ़ने-पढ़ाने में बाधा दी है? क्या मैंने तुम्हारी हर जिद को इसलिए नहीं मान लिया है कि तुम यह सोचकर दुखी न रहो कि तुम गुलामी का जीवन बिता रही हो—भले ही तुम्हें खुद बाद में अपनी जिद पर पछतावा हुआ है?"—निखिल ने उसका मुँह अपनी ओर घुमाते हुए कहा।

बहुत देर से रुके आँसू उसकी आँखों में छलछला आए। "और तुम जो मेरा मजाक बनाते रहते हो—'क्या पढ़ाती होगी कालेज में' इस तरह के लॉजिकवाले दिमाग के साथ, 'किससे झगड़ा नहीं होता तुम्हारा'—यह नहीं कहा तुमने? अभी तुमने यह नहीं कहा कि 'मुझे पता ही नहीं रहता है कि गुल्लू कहाँ है।' अब तो ऐसे बन रहे हो जैसे स्त्रियों से सहानुभूति रखनेवाला तुमसे बढ़कर कोई दुनिया में है ही नहीं।" निखिल हँस पड़ा, "लॉजिक की तो मैं नहीं कहता, पर तुम्हारी

याददाश्त तो वाकई तेज है। अरे पगली, यह सब तो मैं इसलिए कहता हूँ कि तुम अपने को दलित बताते-बताते 'झंडा ऊँचा रहे हमारा' गाने लगती हो। मैं तो कहता हूँ कि हम पतियों से दलित और कोई जाति है ही नहीं दुनिया में। अच्छा बाबा, अब उठकर बैठो और बिना गरम हुए और बिना रोए मुझसे बात करो कि हमें क्या करना चाहिए", "'नो हीटिंग एंड नो मेल्टिंग'—क्यों ठीक है न?"

वह उठकर बैठ गई। "तो आ गए न अपनी असलियत पर! वाह, क्या छवि है तुम्हारे दिमाग में औरतों की! मूर्ख औरतें—क्या तो गुस्सा, क्या आँसू! वाह, वाह! इस पर तो एक लेख लिखा जा सकता है। खैर छोड़ो, बताओ, अब क्या करें इस समस्या का? किसी ने कुछ लिख दिया दीवार पर तो क्या हम गुल्लू को बाहर भेजना बन्द कर देंगे? हर आदमी को शक की निगाह से देखते रहेंगे? अब देखो, तुम बुरा न मानो तो मुझे तो उस नए पंडित पर भी सन्देह होता है, जो हमारे यहाँ इन दिनों पूजा करने आता है। वह गुल्लू को प्रसाद खिलाने के बहाने बहुत देर अपने पास बैठाए रखता है..."—उसने डरते-डरते कहा। उसने सोचा था कि निखिल गुस्सा हो जाएगा कि वह माँ से मनमुटाव करने का एक नया तरीका ढूँढ़ लाई है, पर निखिल चुप ही रहा। उसने फिर कहा, "मेरा तो दिमाग ही खराब हो गया है। इस तरह तो हम हर आदमी पर शक करते रहेंगे। अब क्या करें? तुम ही कुछ सुझाओ..."

निखिल ने एक लम्बी साँस लेकर कहा, "देखो, हमें थोड़ा व्यावहारिक होकर तो सोचना ही पड़ेगा। तुम कितनी भी बात करो बराबरी की, पर आखिर बलात्कार तो औरतों के साथ ही होता है न! औरत को सुरक्षा तो अधिक चाहिए ही। मैं भी नहीं चाहता कि ऐसी दुनिया हो, पर यही हकीकत है उस दुनिया की जिसमें हम और तुम रहते हैं। मैंने तुमसे एक बार कहा कि ऊपर नौवीं मंजिल पर काम करनेवाले लड़के को गुल्लू के साथ मत खेलने दो—वह गुल्लू को गन्दी बातें सिखाता है, तो तुमने मुझे 'बुर्जुआ', 'क्लास-कांशस'—न जाने क्या-क्या बता दिया। क्या पता, यह दीवार पर लिखा भी उसी ने हो। अब मुँह तो ऐसे बना रही हो जैसे कि तुम्हारा..."

"बोलते जाओ, बोलते जाओ, आज मैं गरम होनेवाली नहीं हूँ। तुम्हें आज पूरी छूट है।" "लो शुरू हो गए न हम फिर! हम लोग कोई 'डिबेट' में अलग-अलग पक्ष के लोग थोड़े ही हैं कि तुमको हराकर मुझे जीतना है। तुम्हारी तरह ही मुझे भी हर आदमी पर शक हो रहा है। हम यही चाहते हैं न गुल्लू आजाद पक्षी की तरह उड़े, पर यह भी तो चाहते हैं न कि उसके साथ कोई दुर्घटना न हो। हमें सावधान तो रहना ही होगा। इसके सिवाय और हम क्या कर सकते हैं?"

आकाश में ललाई छाने लगी थी और चिड़ियों की चहचहाहट बढ़ती जा रही थी। गुल्लू कोई सपना देखकर नींद में ही मुस्कुरा रही थी। उसे लग रहा था कि

पिछले सात दिनों में वह काफी गुमसुम हो गई है। वे लोग कुछ बताकर डराना भी नहीं चाहते थे, पर उसे पहले की तरह इधर-उधर अकेले जाने भी नहीं दे सकते थे। वह न जाने क्या समझ पा रही थी कि आजकल नीचे खेलने की जिद भी नहीं कर रही थी। पर ऐसा लगता था, जैसे वह मुरझा गई हो। वह और निखिल इस विषय पर आपस में कोई बात करने से कतरा रहे थे। कल उसने बात शुरू की, तो निखिल ने यह कहकर "बेकार चिन्ता करने की जरूरत नहीं" उसे रोक दिया था। निखिल अचानक नींद में कुछ बुदबुदाया। पता नहीं उसे भ्रम हुआ या वह सचमुच ही कह रहा था, "और हम कर ही क्या सकते हैं।"

एक व्रत की कथा

आँखें खुलते ही उसे ध्यान आया कि आज तो 'बछवारस' है। रात को याद करके ही सोई थी, क्योंकि उसके साथ प्राय: ऐसा होता था कि व्रत के दिन वह उठते ही भूल से कुछ खा लेती थी। हर व्रत की कहानी में व्रत भंग करनेवाली के लिए पति या बच्चे के अमंगल से सम्बन्धित कुछ-न-कुछ सजा तजवीज रहती थी। यह समझते हुए भी कि कहानी सिर्फ कहानी ही होती है, कुछ भूल हो जाने पर कई दिन तक उसके दिमाग में यह बात घूमती रहती, 'सचमुच किसी को कुछ हो गया तो?' वैसे वह जानती थी कि ये सारे व्रत-त्योहार औरतों को व्यस्त रखने और उन पर रोक-टोक लगाने के लिए ही हैं। इन बातों पर कभी-कभी अपनी सास से वह बहस भी कर लिया करती थी। वह उनसे कहती, "शहरों में साँपों के कभी दर्शन ही नहीं होते, तब फिर नागपंचमी की पूजा करते जाने की क्या तुक है?" ऐसे मौकों पर कोई उत्तर न सूझने पर वे कहतीं, "भई, हम तो सारी जिन्दगी करते आए हैं। अट्ठाईस साल सास के पास रहे। जैसा उन्होंने किया, वैसा हमने किया। इतना तो हमने कभी सोचा नहीं। अब आगे तुम लोगों की जैसी इच्छा हो, वैसा करना।" पर उसके तर्कों का कहीं-न-कहीं उसकी सास पर कुछ असर भी हो चला था। कहीं कुछ दिक्कत होने पर वे अब एक कामचलाऊ तौर पर पूजा कर लेतीं। यह बात और थी कि ऐसे लोगों के लिए उनके मन में अपार श्रद्धा थी, जो इन पूजा-व्रतों को पूरे नियम-कानून के साथ करते थे। इसीलिए उनको खुश करने के लिए वह प्राय: वही कर लेती थी, जो वे चाहती थीं।

इन व्रत-त्योहारों के दिन उसे सुबह उठते ही भूख लगने की आदत के कारण बड़ी दिक्कत हुआ करती थी। उसकी सास कई बार घुमा-फिराकर अपनी जीवन कथा सुनाने के बहाने बताया करती थीं कि किस प्रकार सुबह का नाश्ता उन्हें ग्यारह बजे मिलता था, क्योंकि वे अपनी सास के खाने से पहले खाती नहीं थीं और उनकी सास के नाश्ते का समय ग्यारह बजे होता था। वह इन बातों को कहानी सुनने के अन्दाज में सुनती और कभी उनके कठिन जीवन से सहानुभूति प्रकट करती तो कभी आश्चर्य—कि पहले के लोग कितने सहनशील होते थे। उसे लगता कि यदि सास उसके मुँह पर कह पाती तो कह ही देतीं कि तुम पति और ससुर के पहले ही खा

लेती हो, जो कि औरत का धर्म नहीं है। वे अब भी अपने पति और पुत्रों के खाने के बाद ही खाती थीं। उसे शुरू-शुरू में सबसे पहले खाने में कुछ असुविधा-सी महसूस होती थी, पर अब उसने परवाह न करने की आदत डाल ली थी।

"औरतों का धर्म पुरुषों से पहले खाना नहीं है और इससे वे पाप की भागी बनती हैं," उसकी माँ भी उसे बचपन की दहलीज पार कर लेने के बाद से शादी तक कई बार बता चुकी थीं। वह खाना बनते ही किताब लेकर टेबल पर पहुँच जाती। पुराना नौकर बिना पूछे खाना दे देता और रोटी-सब्जी भी बिना पूछे डालता रहता। वह किताब पढ़ते-पढ़ते अन्दाज से खाती रहती। अब माँ की बात सुनकर वह सोचती कि माँ की चिढ़ तो उसके किताब पढ़ते हुए खाने से थी, उसमें अब पहले खानेवाली बात कहाँ से जुड़ गई। बचपन की आदत को अब पाप मान लेने के लिए वह तैयार नहीं थी। जहाँ तक औरतों के धर्म को समझने का सवाल था वह इसे माँ की अशिक्षा का प्रभाव समझ मन-ही-मन मुँह बिचका देती थी। उसके बड़े होने पर माँ को तो उसकी और भी कई आदतें अखरने लगी थीं, किन्तु दादी के अतिशय प्रेम और हमेशा पक्ष लिये जाने का फायदा उठाकर वह अपने पुराने तौर-तरीकों पर कायम थी। "अरे भूख लगी हो, तो खाना ही धर्म है। औरत हो या आदमी।" झल्लाकर एक दिन जवाब देने पर माँ ने कहना ही बन्द कर दिया था।

माँ वैसे भी किसी से कुछ ज्यादा कह भी कहाँ पाती थीं। शुरू से ही वे अपने पति और सास दोनों से दब गई थीं। अपनी शादी के बाद उसे अब समझ में आया था, कि दादी कितनी भी तेजस्विनी और भली क्यों न रही हों, पर माँ को उनकी इच्छा से ही उठना-बैठना पड़ता होगा। वह खुद तो किसी का इतना हुक्म बजाने की कल्पना भी नहीं कर सकती थी। अब उसे कभी-कभी माँ से सहानुभूति भी होती थी। वे सब भाई-बहन अपने स्कूल के जलसों में अपने शानदार व्यक्तित्ववाले पिता से ही सबको मिलाना चाहते थे और घर आनेवाले मित्रों को दादी से। उसने अब सिहरकर सोचा, 'उफ, माँ को कैसा लगता होगा?"

"कहाँ भटक गई सुबह-सुबह मैं भी? आज तो बछवारस है। चलें, नहा-धोकर बछवारस की कहानी सुन लें।" उसने बिस्तर से उठते हुए सोचा। उसकी सास महीने में दस बार दुख प्रकट किया करती थीं कि दोनों में से कोई बहू सुबह नहा-धोकर पूजा नहीं करती। पति उसे समझाते, "तुम बड़ी हो। तुम पूजा करोगी, तभी तो सबके संस्कार बनेंगे।" वह मन-ही-मन ऊबकर सोचती, "क्या झमेला है। पूजा-पाठ भी किसी से जबरदस्ती करवाया जा सकता है?" बात टालने के लिए कभी वह अगले दिन से पूजा करने का आश्वासन देती, तो कभी कह देती साफ-साफ, "मेरा मन नहीं लगता पूजा में। जब लगेगा, तब करूँगी।" वह समझने को तैयार नहीं थी और वे लोग भी हार मानने को तैयार नहीं थे। इसलिए यह बात अक्सर उठ आती थी। अन्त में एक दिन तंग आकर उसने कहा, "आप लोग हिन्दू धर्म को ही नहीं जानते।

किसी प्रकार के नियम-विधान से मुक्त यह एक उदार धर्म है, जिसकी जो इच्छा हो, वह करे।" तब उसके पति ने हँसकर सास से कहा, "पढ़ी-लिखी लड़की है, बहस तो कर ही लेगी, पूजा भले ही न करे। यही इसकी पूजा है।" तब से पूजा की बात कभी-कभार ही उठती थी।

पढ़ाई-लिखाई पर इस तरह कटाक्ष सुनना उसके लिए कुछ नया न था। बचपन में पिता सबके सामने बेझिझक कहते, "औरतों की बुद्धि तो पाँव में होती है।" वह गौर से दादी का और माँ का चेहरा देखती कि ये लोग कुछ प्रतिवाद क्यों नहीं करतीं। खासकर दादी की चुप्पी पर उसे बड़ा आश्चर्य होता। माँ तो खैर पिता के क्रोध से बहुत डरती थीं। वह खुद जैसे-जैसे बड़ी होने लगी, पिता से उसका टकराव बढ़ने लगा था। पिता उसकी बुद्धि पाँव में होने का प्रमाण नहीं दे सकते थे, क्योंकि वह हमेशा अव्वल आती थी। तब उन्होंने एक नया नुक्ता ढूँढ़ा। वे हर मौके पर कहते, "इसे बुद्धि का अजीर्ण हो गया है।" इसलिए पति के कटाक्ष का उस पर कोई असर न हुआ। बल्कि उसे हँसी आ गई। वह अच्छी तरह जानती थी कि इस बहसवाली पूजा को करने की छूट औरतों को कहीं नहीं है। वह खुद जहाँ तक होता था, बहस करने से बचना चाहती थी, क्योंकि उससे जो तनाव पैदा होते थे, वे दिन या कभी-कभी सप्ताह तक खराब कर देते थे। सारे समय माथे पर बोझ की तरह लदे रहते थे। उसे लगता था, कि इन तनावों से बचने के लिए ही औरतें सब कुछ झेल लेती हैं, पर अपनी बात कभी नहीं कहतीं और यही औरतों की सबसे बड़ी कमजोरी है। उसका अपना अनुभव था, कि बहस करना सिर्फ बहस प्रतियोगिता में ही अच्छा समझा जाता है...बाकी तो सबकी नजर में इससे बुरी कोई आदत हो ही नहीं सकती थी, चाहे वे स्कूल के टीचर हों या माँ-बाप या पति एवं सास-ससुर।

उसकी सास अक्सर उसे अपने जीवन की घटनाएँ विस्तार से सुनाया करती थीं कि किस प्रकार उन पर उठने-बैठने, सोने-जागने, बाहर आने-जाने, सब बातों पर पाबन्दियाँ थीं। उसे हैरत होती थी कि कोई आदमी इतना सब बर्दाश्त कैसे कर सकता है और बिना विरोध के कैसे सब कुछ झेल सकता है? वे बताती थीं कि बहस करना तो दूर की बात थी। किसी बात पर अपनी नाराजगी जाहिर करने से भी या चेहरे पर क्रोध के भाव आने तक से भी एक तूफान खड़ा हो सकता था। अपने पति के साथ छुट्टी के दिन घूमने चले जाने के अपराध में उनकी सास ने उनसे एक बार कई महीनों तक बोलचाल बन्द रखी थी। एक बार उससे न रहा गया, तो उसने उनसे पूछ ही लिया था कि "आपने इतना अन्याय क्यों बर्दाश्त किया? अपने जीवन के अट्ठाईस साल आपने गँवा दिए। क्या मिला आखिर आपको?" उसकी सास उसके प्रश्नों को सुनकर कुछ देर चुप रहीं, फिर हँसकर बोलीं, "बहुत कुछ मिला है। तुम नहीं समझ सकोगी। यदि मेरी सास ऐसी न होतीं, तो मुझे मेरे प्रभु कैसे मिलते? मेरे कष्टों में मेरा एकमात्र सहारा मेरे भगवान थे। इसलिए उन्हें मिलाने का

श्रेय मेरी सास को ही है। वे ही मेरी सच्ची गुरु हैं।" यह जवाब सुनकर वह भौंचक्की रह गई। फिर उसकी समझ में आया कि औरतों के लिए सबसे आसान रास्ता सन्त होना है...सुखी होने के बाकी सारे रास्ते बहुत कठिन हैं। फिर शायद कुछ लोगों को पीड़ा में ही सुख मिलता है। उन्हें समझना उसके जैसों के वश की बात नहीं है।

वह तैयार होकर कमरे से बाहर निकली, तो उसने देखा कि उसकी देवरानी भी लाल साड़ी और नथ पहनकर पूजा के लिए तैयार है। उसकी सास ने पूजा की सब तैयारियाँ कर ली थीं और वे उनका इन्तजार कर रही थीं। वे दोनों बैठकर उनसे बछवारस की कहानी सुनने लगीं, "एक सेठ-सेठानी थे। उन्होंने एक तालाब बनवाया था, किन्तु उस तालाब में बारह वर्षों से पानी नहीं भरता था और वह सूखा ही पड़ा रहता था। पंडितों से कारण पूछने पर उन्होंने बताया कि सेठ यदि अपने सातों पुत्रों में से एक, या बड़े पोते की बलि दे दे, तो तालाब भर जाएगा। सेठानी ने अपनी बड़ी बहू को मायके भेज दिया और बड़े पोते की बलि दे दी। बलि देते ही तुरन्त तालाब में पानी भर गया। यह खबर पाकर सेठानी भरे हुए तालाब की पूजा करने गई, तो दासी से कह गई "गेहूँला-धानुला राँध लेना।" उसका आशय गेहूँ की रोटी और धान राँधने (पकाने) से था, किन्तु दासी ने गेहूँला-धानुला नाम के दो बछड़ों को काटकर रसोई बना ली। सेठानी जब घर वापस लौटी, तो सारी बात सुनकर औंधे मुँह जमीन पर पड़ गई और विलाप करने लगी कि वह गायों को क्या जवाब देगी? उस भोजन को जमीन में गड्ढा खोदकर डाल दिया गया। जब शाम को गायें चरकर लौटीं तो उन्होंने बछड़ों के लिए रँभाना शुरू किया। कोई उत्तर न पाकर वे उस जगह की मिट्टी को अपने खुरों से खोदने लगीं जहाँ बछड़े गाड़े गए थे। तब मिट्टी से रँभाते हुए जीवित बछड़े निकल आए। कृतज्ञ होकर सेठ-सेठानी पूरे परिवार सहित फिर तालाब की पूजा करने गए। वहाँ जब बच्चों की नाभि पर सिक्का रखकर उस पर दही डालकर फूँक मारने की रस्म (फुदकड़ा) होने लगी तब तालाब के किनारे से मिट्टी से सना हुआ बड़ा पोता जीवित होकर निकल आया और बोला, "दादी मेरा भी फुदकड़ा करो।" तब से उस दिन बछवारस माता का व्रत रखते हैं। इस दिन गरम खाना नहीं खाते। गेहूँ और धान भी नहीं खाते।"

कहानी सुनते हुए वह सोच रही थी कि सेठानी को गायों के कष्ट का इतना अनुमान था, पर उसने पोते की बलि देते हुए यह नहीं सोचा कि वह अपनी बहू को क्या जवाब देगी? कहानी में जब पोता जीवित हुआ, तो उसकी सास का गला भर्रा आया था। वह चुपचाप बैठी सास का आँचल से आँसू पोंछना देखती रही। छोटी देवरानी राजस्थान की बोली में सुनाई गई कहानी का अर्थ न समझ हैरान थी कि कहानी में रोने की क्या बात है। खुद वह इस सोच में डूबी थी कि क्या किसी के लिए तालाब का भरना इतना महत्त्वपूर्ण हो सकता है कि वह अपनी सन्तान की बलि दे दे। तभी न जाने क्यों उसे उसकी सास के जीवन की एक सुनी हुई घटना

याद आ गई कि किस तरह वे बारिश में भीगने पर पहले अपनी सास के छोटे-छोटे बच्चों के, जो उनके अपने बच्चों के ही हमउम्र थे—कपड़े बदलती थीं और उनका अपना लड़का जिसे कई बार निमोनिया हो चुका था, ठंड से थरथराते हुए इन्तजार करता था, कि कब माँ सबसे अन्त में उसके कपड़े बदले।

इस बात को याद कर उसका मन क्षुब्ध हो गया—ये सब कहानियाँ और पूजा-पाठ इसीलिए किए जाते होंगे कि यह सिखाया जा सके कि सामूहिक जीवन के लिए अपने स्वाभाविक प्रकृत धर्म को आदमी को छोड़ देना चाहिए, अपने अन्दर उठनेवाली सहज इच्छाओं को मार देना चाहिए। सास बताती थीं कि उनके पति उनसे कहा करते थे, "मेडल मिलेगा तुम्हें सोने का! और करो, करती जाओ।" वे अपने सास़-ससुर और दर्जन-भर देवर-ननदों का खयाल रखते-रखते पति का खयाल रखतीं भी कैसे? वह कई बार सोचती है कि उसकी सास के मन में अपने यौवन के सबसे सुहाने वर्षों को उस कुनबे पर कुरबान कर देने का क्या कोई गम नहीं? उसे लगता है कि कहीं-न-कहीं एक कचोट तो जरूर है—नहीं तो वे बार-बार क्यों पीछे लोट जाती हैं, क्यों उसे वही कहानियाँ बार-बार सुनाती हैं? वह अपने ससुर के बारे में सोचने लगी। वे अपनी पत्नी की उसी प्रकार इज्जत करते हैं जैसे कोई किसी शहीद की करता है। पति भी यही उम्मीद उससे करते हैं कि वह अपनी सास के कष्टमय जीवन और उनके त्याग को समझकर उनका उसी प्रकार सम्मान करे। किन्तु उसके मन में रह-रहकर यह सवाल उठता है कि यह जानते हुए कि मेरे साथ अन्याय हो रहा है, उसे बरदाश्त करना क्या सही है? क्या अपने को शहीद मानने से इतना सुख होता है कि उसके लिए तमाम उम्र बेकार की जा सकती है?

उसका देवर दफ्तर जाने के लिए तैयार होकर आ गया था और उसके नाश्ता माँगने पर उसके सोच का तार टूट गया। उसके देवर को उससे बेहद लगाव है। उसकी शादी हुई, तब वह तेरह साल का था। तभी से उसके खाने-पीने, पढ़ाई-लिखाई की जिम्मेदारी उसी पर है। छोटे भाई की उम्र का होने के कारण वह पढ़ाते समय गलती करने पर उसे थप्पड़ लगाने से भी नहीं चूकती थी। ऐसा नहीं था कि वह एक भाभी के अधिकारों की सीमा नहीं जानती थी। पर गुस्सा आने पर वह एक बहू की भूमिका स्वाभाविक रूप से भूल जाती थी और बड़े मजे से उसे डाँटती-धमकाती थी। उसके देवर की शादी होने के बाद शुरू-शुरू में देवरानी के सामने देवर को कुछ कहने में उसे झिझक होती थी। फिर धीरे-धीरे दोनों अपने पुराने रोल में लौट आए। वह उसे छेड़ता, गुस्सा दिलाता और वह उसे धमकाती। देवरानी तटस्थ रूप में देखा करती थी और सास-ससुर, देवर-भाभी के प्रेम के आधुनिक रूप को देखकर परम हर्षित होते थे।

"यह क्या? ये बेसन की ठंडी रोटियाँ मैं नहीं खा सकता। मेरा भी बछवारस का व्रत है क्या? यह सब अंट-शंट आप लोग खाइए। मुझे गरम नाश्ता चाहिए।"

देवर ने नाश्ते को देखकर गुस्से से कहा। अपने स्वभाव के मुताबिक वह झट बोल पड़ी, “वाह-वाह! अंट-शंट खाने के लिए तो हम लोग हैं ही। तुम क्यों खाओगे यह सब?” इतना सुनना था कि देवर उबल पड़ा। उसने भौहें चढ़ाकर उठते हुए कहा, “जाइए, मुझे नहीं करना नाश्ता! जो मन में आता है आप बोल देती हैं।” बिना किसी खास वजह के इस अप्रत्याशित हमले से वह भी क्रुद्ध हो उठी, “नहीं करना है, तो मत करो। बहुत बड़े हो गए हो न, मजाक की बात में भी गुस्सा आता है...।” कहते-कहते उसने सहारे के लिए देवरानी और सास की तरफ देखा। उसने सोचा था कि सास उसके देवर को डाँटेंगी कि इतनी-सी बात पर इतना गुस्सा करने की क्या जरूरत है, किन्तु उनके भावहीन चेहरे पर न जाने कितनी अनकही शिकायतें लिखी थीं। उसे लगा जैसे वे फिर अपने जीवन की कोई घटना मन-ही-मन दुहरा रही हों। देवरानी मुँह नीचा किए खाती जा रही थी। अपने को अकेला पाकर उसका दिल उस बेसन की रोटी के समान ही सूखा और भारी हो गया।

प्रतीक्षा के बाद...

इस छोटे-से बन्द कमरे में घुसते ही पेशाब और सीलन की मिली-जुली गन्ध का जो भभका उसकी नाक में चढ़ गया था, अब कुछ हल्का हो गया था। आदमी हर बात का आदी हो ही जाता है शायद...शुरू-शुरू में थोड़ी-बहुत छटपटाहट हुई तो हुई। पहले-पहल जब वह फ्री स्कूल स्ट्रीट से गुजरा करता था, तो कूड़े के भयंकर गन्धाते ढेर के अगल-बगल खुली दुकानों और फुटपाथ पर कुछ-कुछ बेचते-खरीदते लोगों को देख उसे अचरज हुआ करता था कि ये लोग कैसे इस गन्ध को बर्दाश्त करते होंगे। वह हमेशा अपनी चाल तेज करके उस गन्ध को जल्दी-से-जल्दी पार कर लिया करता था।

यही सब सोचने लग जाओ तो फिर किस-किस का खयाल आने लगता है—आदमी किसी भी तरह कैसे-कैसे जी लेता है। यहाँ तक कि कभी-कभी तो दिल बुरी तरह घबराने लगता है। न चाहते हुए भी फिर वही फुटपाथ पर सोती हुई नौ-दस साल की लड़की उसे याद आ गई। वह रात दस बजे इस तरह बेखबर होकर सो रही थी कि उसका हमउम्र एक लड़का उसके दिन-भर भीख माँगकर जमा किए हुए पैसे चुरा रहा था और उसे होश ही नहीं था। वह हक्का-बक्का देखता खड़ा रहा था कि क्या करे। उसे कुछ समझ में नहीं आ रहा था। थोड़ी देर बाद बगल में पेस्ट्री-केक की बड़ी दुकान के बाहर खड़े नेपाली दरबान ने उस लड़के को हड़काकर भगा दिया था और उसकी तरफ देखा था।

पता नहीं, डॉक्टरों के इस बदबू-भरे चैम्बर में घुसने पर वह लड़की और वह दरबान उसे फिर क्यों याद आ गए। वे अक्सर याद आ जाते थे। शायद वह दरबान उसे कुछ कहना चाहता था और वह भी उसे कुछ कहता—हो सकता है कि धन्यवाद ही दे देता। पर वह दरबान कुछ नहीं बोला था और वह भी अपना मुँह घुमाकर इस तरह चल पड़ा था जैसे किसी ने उसकी कोई चोरी पकड़ ली हो। उस रात उसकी नींद खुली, तो वह बहुत घबड़ाया हुआ उठा था। उसे न जाने कहाँ से याद आया था कि जब भी उसकी बहन सुनीता नुक्कड़ की दुकान से चूरन-बिस्कुट लेने जाती, तो माँ उसके साथ उसे भी भेज देती, "लड़की की जात है। नौ साल की होने को आई, कोई छोटी थोड़े ही है। जा, तू भी इसके साथ जा।" उसने अपने को तसल्ली

दी थी कि वह लड़का उसका भाई ही रहा होगा और माँ-बाप भी नजदीक ही कहीं होंगे। अँधेरे में उसे दिखाई नहीं पड़े होंगे।

इस चैम्बर में कई डॉक्टर छोटे-छोटे कमरों में अलग-अलग बैठते थे जिनके दरवाजे इस बन्द छोटे वेटिंगरूम में खुलते थे। कहीं हवा के निकास की जगह नहीं थी। एक मरा-सा जर्जर एयर-कंडीशनर हवा को सीलन और गन्ध से और बोझिल बना रहा था। पेशाबघर से भी शायद गन्ध बाहर जाने का कोई रास्ता नहीं था, इसिलए वह गन्ध कमरे में ही समा जाती थी। वह अपने नाम की पर्ची देकर प्रतीक्षा करते लोगों के साथ बैठ गया। वह जानता था कि सारे लोग उसे देख रहे होंगे और अटकल लगा रहे होंगे कि उसे क्या बीमारी है। वह यह बात ठीक-ठीक इसलिए जानता था कि वह खुद थोड़ी देर बाद जम जाने के बाद यही करनेवाला था। अचानक उसके दिमाग में एक बात कौंधी कि ऐसी जगहों में न जाने क्यों, लोग हमेशा एक-दूसरे को शक और अकारण दुश्मनी की नजर से देखते हैं। लगभग ऐसा ही अनुभव अक्सर ट्रेन की मुसाफिरी में भी हुआ है। शायद कई जगहें ही ऐसी होती हैं कि वे आदमी को शैतान बना देती हैं। उसने देखा है कि बस-ट्रेन में अगर भीड़-भाड़ ज्यादा हो, तो हर बैठा हुआ आदमी यह पूरी कोशिश करता है कि वह उतनी जगह घेर ले जितनी कि उसके वजन से बीस किलो वजन अधिक होने पर वह घेरता। शायद खड़े रहकर कष्ट पाते हुए बाकी लोगों को अपनी तरफ नफरत से देखते हुए उसे वह आत्मसन्तोष होता है जो कि उसे जिन्दगी में मुश्किल से नसीब होता है। खुद वह इन जगहों में इतना झगड़ालू हो गया है कि बाद में उसे अपने व्यवहार पर आश्चर्य हुआ है। ऐसी जगहों में आकर लगने लगता है कि यह दुनिया बड़ी रद्दी और घटिया जगह है और आदमी मजबूरी में ही सभ्य हो पाता है।

उसने सबसे पहले पर्ची लेनेवाले को देखना शुरू किया। वह दुबला-पतला छोकरानुमा आदमी शायद इसी हवा में जीने को लाचार होने के कारण बिलकुल ऐसा था जैसे उसके शरीर में खून भी न दौड़ रहा हो। उसके तीखे नाक-नक्श और बड़ी-बड़ी सोच में डूबी हुई उदास आँखें और हवाई-चप्पल घसीटते हुए चलना देखकर उसके मन में आया कि वह अपनी पर्ची खुद ही डॉक्टर को पकड़ा देता, तो इस बेचारे को उठाना नहीं पड़ता। पर वह जानता था कि यदि वह ऐसी हिमाकत करता, तो यह आदमी बिलकुल बिगड़ जाता। डॉक्टरों के चैम्बर में काम करनेवाले लोग अपने को डॉक्टर से कम महत्त्वपूर्ण नहीं समझते और नियम-कानून नहीं जाननेवाले लोगों से तो वे उसी तरह पेश आते हैं जिस तरह वे गँवारों से या बहुत मामूली कपड़े पहने हुए गरीब किस्म के लोगों से पेश आते हैं। अच्छे-अच्छे रोबदार आदमी भी उन्हें पर्ची पकड़ाते हुए अदब से मुस्कुराते हैं और मामूली आदमियों की तो यों ही सिट्टी-पिट्टी गुम रहती है कि कहीं उन्होंने पर्ची लिखने में या यहाँ आकर

ही कोई भूल तो नहीं कर डाली है। वह सोचने लगा कि इस उदास आँखोंवाले मरीज से छोकरे को वह यदि कहता कि वह अपनी पर्ची डॉक्टर को खुद ही पकड़ा देगा तो वह क्या करता। उसे लगा कि शायद वह उसे बहुत ही हिकारत से देखता और यह सोचते हुए उसने अपने कपड़ों पर एक सरसरी नजर डाली कि कुरते में कहीं ज्यादा सिलवटें तो नहीं पड़ी हुई हैं।

वहाँ बैठे प्राय: सभी पुरुष पत्रिकाएँ उलट रहे थे। उसे यह देखकर मन-ही-मन काफी हँसी आई कि सभी पुरुष या तो फिल्मी पत्रिकाओं में औरतों को देख रहे थे या फिर स्त्रियों की पत्रिकाएँ देख रहे थे। उसे लगा कि पुरुष भले ही अपने को स्त्रियों से श्रेष्ठ समझते हों पर दुनिया में राज स्त्रियों का ही है। पुरुषों की सबसे अधिक दिलचस्पी औरतों में ही होती है, भले ही वे कितना ही दिखाएँ कि उनकी दिलचस्पी संसार की अधिक गम्भीर चीजों में है। बगल में बैठी कसे बदन और रूखे चेहरे व हाथोंवाली एक महिला अपने थुलथुले, अधेड़ से दिखनेवाले पति को डाँट रही थी। वह इस ओर से बिलकुल बेखबर थी कि सारे लोग उसकी बातें सुन रहे हैं। सामने बैठा एक गंजा आदमी अपने जवान होते हुए बेटे को धीरे-धीरे कुछ समझा रहा था। वह कुछ देर पहले ही डॉक्टर बनर्जी के चैम्बर से निकलकर आया था और अब उसका बेटा मुँह बनाकर अकेला अन्दर जा रहा था। गंजे के चेहरे पर सन्तोष छलक रहा था। उसे लगा कि हो-न-हो कोई पारिवारिक तनाव का मामला होगा जो खिंचते-खिंचते सेहत से भी जुड़ गया होगा। डॉक्टर बनर्जी को जानते हुए यह कल्पना की जा सकती थी कि उन्हें इस तरह के मामले को सुलझाने में या बीच में पड़ने में कितना आनन्द आया होगा। वह मानता था कि बतरस का आनन्द जैसा बंगालियों को होता है, वह संसार की किसी जाति को नहीं होता होगा। उन्होंने जरूर ही कहा होगा, "टेंशन! सारी गड़बड़ी का एक ही कारण है—टेंशन। आप ये 'गुली' रात को लीजिए। एकदम 'माइल्ड' है। नहीं बाबा, नींद का 'गुली' नहीं है—माँ का दूध का माफिक है। और आदत नहीं पड़ेगा।" डॉक्टर बनर्जी ने यही गोली उसे, उसकी पत्नी को और उसकी बेटी को भी दे रखी थी। उसे लगता था कि इस शहर का कोई भी आदमी डॉक्टर बनर्जी के पास आए, तो वे उसे यह गोली जरूर देंगे। उसकी बेटी नीलम को डॉक्टर बनर्जी ने निम्न रक्तचाप के लिए यह गोली इस सलाह के साथ दी थी, "इतना पढ़ता है। क्या 'जोरूरत' है? पहले एम.ए. किया—अब रिसर्च करता है। 'टेंशन' तो रहेगा ही। आप यह गोली लीजिए—'जीरो पाइंट ट्वेंटी मिलीग्राम' है—माँ का दूध का माफिक। नींद अच्छा आएगा, तो प्रेशर ठीक होगा।" नीलम ने गोली नहीं ली थी। वह इस बात से बेहद चिढ़ती थी कि उसको कोई भी तकलीफ होने पर डॉक्टर बनर्जी उसकी पढ़ाई से सम्बन्ध जोड़ देते हैं क्योंकि उनका खयाल है कि लड़कियों को इतना अधिक पढ़ने की कोई जरूरत नहीं होती और नीलम को अब जल्दी शादी कर लेनी चाहिए। उसे लगता था कि

पैदाइशी तौर पर डॉक्टर बनर्जी के अन्दर कोई लेखक या कोई जासूस छिपा है। इसलिए दूसरों के रहस्य जानने में उन्हें बड़ा मजा आता है। जिसे वे डॉक्टरी के अन्दर मनोचिकित्सा करने के बहाने पूरा करते रहते हैं। पर जो भी हो, यह सच था कि अपनी इन्हीं सब आदतों के कारण डॉक्टर बनर्जी एक मशीन बनने से बचे हुए थे। वह कभी नहीं भूल सकता था कि जब नीलम पैदा होनेवाली थी, तो पत्नी का उच्च रक्तचाप होने की वजह से वह कितना घबड़ाया हुआ था। पर डॉक्टरनी व नर्सें कुछ कहने-पूछने पर उसके सवालों का जवाब बिना दिए जल्दी-जल्दी चली जाती थीं। उसे वहाँ बैठे-बैठे यकीन हो गया था कि ये लोग इसलिए दो मिनट वक्त नहीं देते कि उसके काम में बाधा पड़ती है, बल्कि इसलिए मुँह सिले रखते हैं कि रिश्तेदारों की घबड़ाहट कम न हो जाए। ऐसा ही अनुभव उसे नीलम के पेट में अचानक भयंकर दर्द उठकर अपेंडिक्स के आपरेशन के समय हुआ था। डॉक्टर बनर्जी से उसने ये सब घटनाएँ बताई थीं क्योंकि कालेज की नौकरी से रिटायर होने के बाद उसके पास डॉक्टर बनर्जी से गप्पें लगाने का समय भी बहुत रहता था। डॉक्टर बनर्जी कह उठे थे, "सब 'कमर्शियल' हो गया भाई आजकल! अब तो 'टाइम' का मतलब है रुपिया। हम लोगों का माफिक सब थोड़े ही हैं, जो हर पेशेंट का पूरा 'हिस्ट्री' जानता है, पूरा तसल्ली देता है—बीमार को, उसका घरवाला को...। हम लोग 'कमर्शियल' होता तो क्या इतना छोटा कुठरी में बैठता चैम्बर करने? चकाचक मारबलवाला बड़ा चैम्बर में बैठता...।"

अचानक चैम्बर का दरवाजा खुला और दो युवा लड़के हड़बड़ाते हुए अन्दर घुस आए। एक ने पर्चीवाले छोकरे से पूछा, "कोई डॉक्टर है यहाँ पर?" उदास आँखोंवाले पर्चीवाले ने अपनी बड़ी-बड़ी आँखों को उठाकर जैसे नफरत से उसे देखा और एकटक चुपचाप देखता रहा। दूसरे लड़के ने जैसे रहस्य पर से परदा हटाते हुए कहा, "एक 'एमरजेंसी' है। डॉक्टर चाहिए। तुरन्त।" पर्चीवाले ने बिलकुल प्रभावित हुए बिना डॉक्टर बनर्जी के कमरे की ओर इशारा कर दिया और सपाट आवाज में कहा, "अन्दर कोई है। रुक जाइए।" वे दोनों लड़के व्याकुल होते अपना वजन एक टाँग से दूसरी टाँग पर सरकाते हुए खड़े रहे। बीच-बीच में वे अपनी घड़ी देख लेते थे। दोनों काफी सजे-धजे थे जैसे किसी दावत से आ रहे हों, हालाँकि उनके कपड़े-जूते बहुत महँगे किस्म के न थे। अब तक वहाँ झाड़ू लगानेवाला चपरासी झाड़ू हाथ में लिए वहाँ आकर खड़ा हो गया था और उन लोगों की तरफ बहुत उत्सुकता से देख रहा था। उसी ने पूछा, "क्या हो गया बाबू?" दोनों नवयुवकों में से एक ने आकुल स्वर में कहा, "खून गिर रहा है नाक से। बहुत खून गिर रहा है। उफ् कितनी देर लगेगी?" चपरासी ने यह देखते हुए कि पर्चीवाला उसे नहीं देख रहा है, आँख से इशारा किया, "अन्दर घुस जाइए।" शह पाकर एक नवयुवक अन्दर घुस गया और आधा दरवाजा खोलकर उसने वहीं खड़े-खड़े कहा, "माफ

कीजिए, डॉक्टर, आपको मेरे साथ तुरन्त चलना होगा। नजदीक ही। मेरे दोस्त की नाक से बहुत खून गिर रहा है। जल्दी कीजिए, डॉक्टर।" अन्दर से डॉक्टर बनर्जी की आवाज आई, "हम कैसे जाएगा? हमारा 'पेशेंट' लोग बैठा है। बौरोफ (बर्फ) लगाइए, बौरोफ! अगल-बगल का चैम्बर देखिए, कोई दूसरा डॉक्टर नहीं है? जाइए, जाइए, बौरोफ लगाइए।"

वह लड़का असमंजस में खड़ा रहा। फिर उसने पीछे घूमकर अपने साथी की ओर देखा। साथी ने कन्धे उचका दिए और तब वे लोग उसी फुरती से दौड़ते हुए उस कमरे से बाहर निकल गए। वहाँ बैठे डॉक्टर बनर्जी के रोगियों ने राहत की साँस ली कि उनका नम्बर आ ही जाएगा क्योंकि डॉक्टर बनर्जी उस रोगी को देखने नहीं जा रहे हैं। लोगों ने वापस पत्रिकाएँ उठा लीं और बगलवाली महिला फिर अपने पति को डाँटने लग गई। चपरासी एक डॉक्टर के खाली कमरे में झाड़ू लगाकर बाहर निकला और उसने एक चमड़े का थैला लाकर बाहर पर्चीवाले आदमी की टेबुल पर रख दिया। पर्चीवाले ने उसकी तरफ देखा तो वह बोला, "डॉक्टर गुप्ता अपना थैला ले जाना भूल गए। इसमें देखें क्या-क्या है?" पर्चीवाले ने कोई प्रतिक्रिया जाहिर न की। तब चपरासी ने उस थैले को खोलकर एक प्लास्टिक का टिफिन निकाला जो शायद इतना हल्का था कि खाली ही रहा होगा। उसने उसे बिना खोले टेबुल पर रख दिया। फिर उसने एक थरमस निकालकर हिलाया, पर वह भी शायद खाली था। अब उसने थैले में से दो खानोंवाला एक स्टील का टिफिन निकाला। उसकी आँखें चमक रही थीं और उसने अपनी गुलाबी जीभ निकाल होंठों पर फिराई। बड़ी उत्सुकता से उसने टिफिन खोला, पर उसे खाली देखकर उसकी आँखें बुझ गईं। उसने पर्चीवाले से जैसे शिकायत के स्वर में कहा, "खाली है।" पर्चीवाले ने कहा, "फल खाते हैं न। आने के कुछ देर बाद ही खा लेते हैं।" चपरासी ने बेमन से सारे सामान को फिर थैले में भर दिया।

इतने में चैम्बर का दरवाजा फिर धड़ाक से खुला और वे दोनों नवयुवक एक तीसरे नवयुवक के पीछे-पीछे अन्दर घुस आए। यह तीसरा उन दोनों की अपेक्षा अधिक तेज-तर्रार दिख रहा था। उसके कपड़े भी उन लोगों की बनिस्बत काफी बढ़िया थे। उसने तेज आवाज में पर्चीवाले को जैसे धमकाते हुए कहा, "कहाँ है डॉक्टर?" उस शाम इतनी देर में पहली बार पर्चीवाले के शरीर में खून दौड़ता हुआ मालूम पड़ा। वह उठ खड़ा हुआ और डॉक्टर के कमरे की ओर इशारा करते हुए बोला, "आप रुकिए। मैं डॉक्टर से कहता हूँ।" चपरासी भी फिर लौटकर वहीं आ गया था। उसने हँसकर कहा, "डॉक्टर जाएगा नहीं।" यह सुनते ही वह लड़का एकदम से भड़क उठा और उसने चारों तरफ सोफों पर तनकर बैठे लोगों की तरफ मुखातिब होकर अंग्रेजी में कहा, "जरा देखिए तो इन बदतमीज लोगों को। कोई आदमी मर रहा है और इनके ऊपर कोई असर ही नहीं

होता।" चपरासी घबड़ाकर वापस अन्दर चला गया और पर्चीवाले ने बीच रास्ते में रुककर कहा, "हम लोग क्या करें? डॉक्टर नहीं जाता तो हम क्या करें?" फिर वह चप्पल फ़टकारता डॉक्टर बनर्जी के कमरे में घुस गया। लड़का बेचैनी से इधर-उधर ताकता रहा, उसके दोनों साथियों के चेहरों पर अब निश्चिन्तता थी। अचानक कुछ सोचकर उसने अपनी जेब से एक मोटा पर्स निकाला और उसमें से अपना विजिटिंग कार्ड निकाला। फिर उसने बड़ी अदा से वह कार्ड अपने होंठों के बीच दबाया और पर्स वापस जेब में रखा। ऐसा करते हुए उसकी आँखें वहाँ बैठे लोगों पर दौड़ रही थीं।

उससे आँखें मिलने पर उस नवयुवक की आँखें न जाने क्यों उस पर ठहरी रहीं। वह सोच रहा था कि डॉक्टर जरूर ही इस लड़के के साथ चला जाएगा और उसे कल फिर आना पड़ेगा। उस लड़के से आँखें मिलने पर वह सकपका गया और उसे अपने खयालों के लिए काफी शर्मिन्दगी महसूस हुई। उसे लगा कि उसे उसके घायल दोस्त के बारे में कुछ पूछना चाहिए था। वह बोला, "क्या कहीं माथे-वाथे में चोट लग गई है?" उस नवयुवक ने उसे इस तरह नफरत से देखा कि एक क्षण के लिए वह आश्चर्य में पड़ गया कि कहीं उसने मन की बात तो नहीं भाँप ली। उसे लगा कि वह उसके प्रश्न का जवाब ही नहीं देगा। पर एक मिनट बाद बेमन से बोला, "नहीं...पता नहीं कैसे अचानक खून गिरने लगा नाक से..." इतने में अन्दरवाला मरीज और पर्चीवाला दोनों डॉक्टर बनर्जी के चैम्बर से बाहर निकले और उसके इशारे पर वह नवयुवक अन्दर घुस गया।

वह नवयुवक पूरा अन्दर न घुसकर दरवाजे पर ही खड़े होकर बात कर रहा था। अधखुले दरवाजे से डॉक्टर बनर्जी की आवाज आई, "हम तो बोला आपका साथी लोग को—बौरोफ लगाइए। हम ई.एन.टी. (कान-नाक-गले) डॉक्टर नहीं है। हम क्या करेगा जाकर? बाबा, हमको आपका विजिटिंग कार्ड देने से क्या होगा? ये जाकर कोई ई.एन.टी. को दीजिए।" उस लड़के ने लगभग चीखते हुए कहा, "आप डॉक्टर तो हैं—कुछ तो कर सकते हैं। कोई मर रहा है और आपको कोई परवाह नहीं। आपको..." डॉक्टर बनर्जी ने उसे बीच में रोककर कहा, "क्या करेगा हम? किस-किस को देखेगा? चिल्लाइए मत। जाइए बौरोफ लगाइए। हमारा पेशेंट लोग बैठा है घंटों से। कोई ई.एन.टी. को खोजिए...नहीं तो पीजी हास्पिटल ले जाइए...जाइए।"

वह सिर नीचे झुकाए एक-एक अक्षर सुन रहा था। पता नहीं क्यों उसके पैरों में कँपकँपी-सी होने लगी थी और उसका दिल तेजी से धड़कने लगा था। यहाँ तक कि उसके हाथ की फाइल भी थरथरा रही थी और उसने उसे रोकने के लिए पैर जमीन में गड़ा दिए और दोनों घुटनों के बीच फाइल को हाथों समेत दबा लिया। उसे एक क्षण के लिए नीलम फर्श पर गिरी हुई दिखाई दी और उसकी नाक से

निकले खून से उसकी वह सफेद सलवार तर थी, जिसे वह आजकल प्राय: बाहर जाते समय पहनती थी।

फिर उसने इस नाटकीय कल्पना को दिमाग से झटक दिया और अपनी फाइल सँभालकर उठ खड़ा हुआ। उसकी कँपकँपी अब गायब हो चुकी थी और उसने दरवाजे पर खड़े उस महँगे कपड़ोंवाले लड़के को सख्त हाथों से परे हटा दिया और डॉक्टर बनर्जी के चैम्बर में घुस गया। उसने डॉक्टर बनर्जी के सामनेवाली कुर्सी को दोनों हाथ से पकड़ लिया और बिना पलक झपकाए दाँत भींचे चुपचाप उनकी ओर देखता रहा। डॉक्टर बनर्जी का चेहरा सफेद पड़ गया था और वे उसको अवाक् होकर देख रहे थे। उसे महसूस हो रहा था कि उसकी आँखों से चिनगारियाँ निकल रही हैं और उसके कान एकदम गरम हो रहे थे। वह नि:शब्द उन्हें घूरता जा रहा था और डॉक्टर बनर्जी उसे हक्के-बक्के से देखे जा रहे थे। फिर डॉक्टर बनर्जी ने अपनी नजरें घुमा लीं और दरवाजे पर खड़े लड़के से कहा, "आप एक मिनट बाहर बैठिए। हम चलता है।"

पर्चीवाला आदमी उसका नाम लेकर बार-बार पुकार रहा था—यह बात अचानक उसे समझ में आई। वह सिर झुकाए फाइल को घुटनों में दबाए पत्थर की तरह बैठा था। उसने चौंककर पर्चीवाले की ओर देखा।

उसकी बड़ी-बड़ी आखों में घृणा, क्रोध और हिकारत-भरी हुई थी। 'सो गए हैं, क्या मिस्टर? आइए, आपका नम्बर आ गया।" वह हड़बड़ाकर कुरता सीधा करता, फाइल सँभालता उठ खड़ा हुआ और सिर झुकाए जमीन देखता हुआ डॉक्टर बनर्जी के चैम्बर की तरफ इस तरह चल पड़ा जैसे उसकी कोई चोरी पकड़ ली गई हो।

सम्भ्रम

मुझे लगता है कि हर आदमी के अन्दर कहीं-न-कहीं एक खालीपन जरूर होता है। जिसमें यह खालीपन एकदम नहीं होता होगा, वह सिर्फ अपने में ही दिलचस्पी रखनेवाला निहायत आत्मतुष्ट किस्म का इनसान होता होगा, जिससे कोई सहज ही नहीं जुड़ सकता। माँ के अन्दर का खालीपन बहुत बड़ा था। वह हर व्यक्ति में शायद ऐसा कुछ ढूँढ़ती रहती थीं, जो उसे भर दे। यही कारण था कि कोई दूर-दराज की भी रिश्तेदार न होने के बावजूद कनक मौसी कुछ ही दिनों के परिचय में माँ की बहुत अपनी हो गई थीं।

दोनों के बीच एक गहरे बहनापे के पनपने का एक कारण यह भी था कि दोनों के ही कोई अपना सगा भाई-बहन न था। हमारी नानी की मृत्यु माँ के बचपन में ही हो गई थी। बस, एक वृद्ध पिता थे, जो माँ के अपने थे। हमलोगों की रीति के अनुसार वे अपनी बेटी के पास नहीं रह सकते थे, इसलिए अपने चचेरे भाई के परिवार के साथ रहते थे।

वह परिवार उन्हें वैसे ही रखता था, जैसे कोई भी परिवार एक गैर-जरूरी बूढ़े को रखता है। नानाजी को देख माँ को उनका और अपना अभाव सालने लगता था। खुद माँ का बचपन एक बड़े संयुक्त परिवार के बीच रहते हुए भी बिलकुल अकेलेपन में डूबा रहा था, जिसमें स्नेह और अपनापन कभी-कभार तरस खाकर एक भीख की तरह से ही मिल पाता था। हम चारों भाई-बहन जब झगड़ते, तो वे दुखी होकर कहतीं, "अरे, तुम लोगों को क्या मालूम भाई-बहन की कीमत! जब देखो, लड़ते रहते हो। मेरी तरह तरसते, तब पता चलता।"

कनक मौसी के कोई भाई-बहन न होने की बात माँ को बहुत गहरे चुभ गई। कनक मौसी भी अपनी विधवा माँ के लिए परेशान रहती थीं, जो अपने पति की आदमकद तसवीर के साथ एक बड़े-से कमरे में बिलकुल अकेली रहती थीं। कनक मौसी से मिलकर माँ के अन्दर कुछ ऐसी सुगबुगाहट हुई, जैसी पहले कभी नहीं हुई थी। कनक मौसी को एक बड़ी बहन का प्यार देने के लिए मानो वे तड़प उठीं।

सत्रह साल की उम्र में इतनी समझदारी तो मुझमें जरूर आ गई थी कि मैं यह महसूस कर सकूँ कि माँ का स्वभाव औरों से कुछ अलग है। हर आदमी बहुत

जल्दी उनके नजदीक आ जाता था। यह बात वहाँ तक तो ठीक थी, जहाँ तक मेरी सहेलियाँ मेरी माँ की प्रशंसा करते नहीं थकती थीं, पर पिताजी की तरह मुझे भी माँ का भगवान के सामने भजन गाते हुए बहुत देर तक रोना या किसी फिल्म में दुख की बात आने से बेहिसाब रोना कुछ कम समझ में आता था। ऐसे मौकों पर मैं हैरान होकर सोचती, "हम सब लोग और पिताजी कितना तो चाहते हैं माँ को! फिर भी ये अब क्यों इतना दुख पालती हैं?"

कनक मौसी के प्रति माँ का इतना झुकाव देखकर पिताजी के चेहरे पर जो भाव आए, उन्हें पढ़ना मेरे लिए कठिन न था। मैं जानती थी कि वे सोच रहे थे कि यह नया उफान हमेशा की तरह धीरे-धीरे कम हो जाएगा। माँ की जबान पर बस एक कनक मौसी का नाम था। मैं देखती थी कि काफी कोफ्त के बावजूद पिताजी चुपचाप माँ की सारी बातें सुन लेते थे।

माँ पिताजी के सामने कनक मौसी के स्वभाव की बहुत प्रशंसा करती थीं। वे विभोर होकर कहतीं, "कनक जैसा कोई मिलेगा आज के जमाने में? रोज रात को अपनी विधवा सास के पाँव खुद दबाकर सोती है। कनक का छोटा देवर पढ़ने के लिए इन्दौर क्या गया, कनक तो रो-रोकर उसके लिए बीमार हो गई है।" कभी कहतीं, "कनक का बड़ा देवर तो कनक की पूजा करता है। उसकी देवरानी हमेशा एक-जैसी दो साड़ियाँ खरीदती है—एक उसके लिए और एक अपने लिए।" कई दिनों तक सुनते-सुनते एक रात खाना खाते वक्त पिताजी ने पूछा कि कनक मौसी से माँ का परिचय कैसे हुआ। माँ ने घोर आश्चर्य और क्षोभ से भरकर कहा, "बताया तो था तुम्हें! सब भूल जाते हो। लक्खी चाची के यहाँ जो कीर्तन होता है, हर सप्ताह, उसमें! और कहाँ? तुम्हें पता नहीं, कनक कितने अच्छे भजन गाती है? आहा, क्या गला है उसका! रोज भगवान के सामने बैठकर एक घंटा भजन गाती है। मुझसे मिलने के बाद तो हर सप्ताह लक्खी चाची के सत्संग में आने लगी है।" पिताजी ने धीरे-से कहा, "तुमसे ये सब देवर, देवरानी, सास की बातें क्या सत्संग में करती है।" माँ क्रुद्ध होकर बोलीं, "तुम्हें तो न भगवान से मतलब है, न अच्छे लोगों की संगत से। बस अखबार भला, किताबें भली। तुम क्या समझोगे? सत्संग में तो भगवान की चर्चा होती है। उसके बाद किसी से बात करने पर कोई मनाही नहीं है।"

मैं चिन्तित हो उठी कि यदि अब पिताजी कुछ बोले तो माँ रो पड़ेंगी, पर पिताजी ने होशियारी से कनक मौसी के पति के काम-काज के बारे में पूछना शुरू कर दिया और माँ उत्साह से उन्हें फिर कनक मौसी की बातें बताने लगीं।

कनक मौसी जब पहली बार हमारे घर आईं तो मुझे लगा कि उनसे अप्रभावित रहना बिलकुल नामुमकिन था। वे सचमुच एक बड़ी हँसमुख और प्रेममयी महिला थीं। उनके चेहरे पर हमेशा हँसी खेलती रहती थी, जो अपनी ओर अनायास खींचती

थी। उन्होंने बड़ी रुचि लेकर हम लोगों की पढ़ाई, स्कूल आदि के बारे में बहुत सारे प्रश्न किए। मैं पढ़ने में अच्छी हूँ, यह जानकर वे बहुत ही खुश हो गईं। उन्होंने माँ पर बहुत दबाव डाला कि वे कम-से-कम हम लोगों की संगीत की शिक्षा का बन्दोबस्त करें। उनके तीनों लड़के शहर के सबसे नामी स्कूल में पढ़ते थे। एक बैंजो बजाने में माहिर था, एक टेनिस का चैम्पियन था, एक डॉक्टरी पढ़ने के लिए विदेश जा रहा था। उनसे बात करने से मुझे लगने लगा कि मेरी शिक्षा-दीक्षा एकदम अधूरी है। बीच-बीच में अंग्रेजी के शब्दों के प्रयोग से यह साफ जाहिर था कि उन्हें अंग्रेजी का भी अच्छा ज्ञान है।

बात-ही-बात में उन्होंने बताया, "जब मैं लन्दन गई थी तो वहाँ भी तुम्हारे मौसा जी के लिए हाथ से ही खाना बनाती थी। वे मेरे ही हाथ का बना खाना खाते हैं।"

मैंने चकित होकर पूछा, "आप विदेश भी गई हैं?" उन्होंने सहजता से कहा, "हाँ, कई बार।" फिर उन्होंने मुझसे बहुत ही अपनेपन से कहा, "अब तुम बच्ची नहीं हो। पढ़ाई के साथ-साथ कुछ समय देकर तुम्हें खाना बनाना भी सीखना चाहिए। यह तो औरत का धर्म है।" वैसे माँ मुझे यह बात कई बार कह चुकी थीं। आज तक मुझ पर इसका कोई असर नहीं हुआ था, पर अब मैंने निश्चय किया कि मैं खाना बनाना सीखूँगी।

धीरे-धीरे ऐसा होता गया कि जब भी कनक मौसी आतीं, मैं उनके पास से हिलती तक नहीं थी। कनक मौसी भी मेरी पढ़ाई-लिखाई से लेकर मेरे कपड़ों एवं बालों की 'स्टाइल' तक़ हर बात में दिलचस्पी लेती थीं। कनक मौसी की बातों से पता चलता था कि उनको जी-जान से चाहनेवालों की कोई कमी नहीं है। मुझे लगता कि इतने सम्मोहक व्यक्तित्व और ऐसी निर्मल हँसी के साथ ऐसा होना तो बिलकुल स्वाभाविक है। अकेले में मैं कई बार उनके बारे में सोचती और किसी-किसी बात को याद कर मुस्कुराया करती।

एक दिन मैंने उनसे कह ही दिया, "जो सुबह सबसे पहले आपको देखता होगा, उसका दिन तो बहुत अच्छा गुजरता होगा।" इस बात से कनक मौसी का चेहरा एक आभा से दीप्त हो उठा। उन्होंने मेरी आँखों में देखते हुए कहा, "तुम्हारे मौसा जी कहते हैं कि मैं जब सुबह उठूँ, तो तुम मेरे सामने रहा करो। संजू तो जिद ही करता है कि मैं ही उसे सुबह उठाने आया करूँ।" उनके जाने के बाद मेरी छोटी बहन टीनू ने कहा, "ये कनक मौसी वैसे तो बहुत अच्छी हैं, बस अपनी बड़ाई बहुत करती हैं। इनको 'प्रेम' शब्द से बहुत प्रेम है।" मैंने भड़ककर कहा, "तुमसे तुम्हारी 'एक्सपर्ट' राय किसी ने माँगी थी क्या?" बोलते-बोलते मैं फफककर रो पड़ी। टीनू हैरानी से मेरा मुँह ताकती रह गई।

कनक मौसी के पास बातों का जैसे बहुत बड़ा खजाना था। वे इतने लोगों के बारे में इतनी बातें कैसे जानती थीं, यह सोचकर मुझे आश्चर्य होता था। कोई बात

बताते समय उनके चेहरे पर आश्चर्य, भय और दुख का ऐसा मिला-जुला भाव रहता था कि मेरे दिल की धड़कनें तेज हो जाती थीं। ऐसे में मेरी और माँ की आँखें उनके चेहरे से हटती नहीं थीं। वे अपनी बड़ी-बड़ी आँखों को और बड़ी करके, जिनमें पानी की हल्की परत होती थी, दुख-भरे मीठे स्वर में ऐसी-ऐसी बातें बतातीं कि हमारे मन बिलकुल नम और बोझिल हो जाते थे। माँ की आँखों से तो आँसू टपक ही पड़ते थे। मैंने अब अपने छोटे भाई-बहनों से लड़ना बिलकुल छोड़ दिया था। यहाँ तक कि खाने की टेबुल पर एक खास जगह पर बैठने के टीनू के साथ अपने पुराने झगड़े के प्रति भी मैं एकदम उदासीन हो गई थी। मैंने देखा कि इन दिनों पिताजी मुझे गौर से देखा करते थे। एकाध बार आँखें मिल जाने पर उनके चेहरे पर कुछ परेशानी और उलझन के भाव मैंने देखे थे। इन दिनों जैसे हम दोनों कुछ दूर-दूर हो गए थे।

कनक मौसी से परिचय के करीब एक साल बाद उन्होंने अपने घर पर खाने पर आमंत्रित किया। यह बात थोड़ी अजीब थी, क्योंकि वे अक्सर हमारे घर आया करती थीं। कनक मौसी के यहाँ क्या पहनकर जाऊँ, यह सोचकर मैं दो दिन तक परेशान रही। आखिर माँ ने मुझे एक नई पोशाक दिला दी। कनक मौसी के घर में घुसकर हमलोग दंग रह गए। उनका घर इतना सजा-धजा होगा, इसका हम लोगों को कहीं से भी अन्दाज नहीं था।

ऐसा घर हम लोगों ने फिल्मों के सिवाय और नहीं देखा था। मुझे अपनी नई पोशाक अचानक बहुत घटिया मालूम होने लगी।

कनक मौसी ने बड़े गरिमामय ढंग से हँसते हुए अपने तीनों 'स्मार्ट' बेटों से हमारा परिचय करवाया। उन तीनों ने बड़ी शालीनता से हाथ जोड़कर लगभग जमीन तक झुकते हुए माँ और पिताजी को प्रणाम किया। मौसी जी के देवर-देवरानी और सास बम्बई गए हुए थे। काफी देर तक बैठे रहने के बाद मौसा जी ने प्रवेश किया। इस बीच कनक मौसी वहाँ सजे हुए एक पत्थर के गणेश की कीमत और खूबसूरती का वर्णन कर रही थीं। मौसा जी ने एक झकाझक सफेद कुर्ता और पैरों में काली चप्पल पहन रखी थी। वे इस तरह सोफे पर आकर बैठ गए, जैसे उन्हें कोई सजा मिली हो। उनके चेहरे से मनहूसियत झलक रही थी। मुझे लगा कि इस आदमी के मोटे-मोटे लटकें हुए होंठों पर शायद ही कभी हँसी आई हो। परिचय वगैरह होने के बाद बहुत देर तक एकदम चुप रहे। फिर कनक मौसी अपनी बड़ी-बड़ी आँखें फैलाकर बताने लगीं कि किस प्रकार मौसा जी को दिल का दौरा पड़ने पर डॉक्टर वोरा ने लगातार दस-बारह इंजेक्शन लगाकर उनकी जान बचाई थी।

उन्होंने उस समय के अपने भय का एक अच्छा अभिनय किया कि मुझे लगा कि मैंने जैसे दृश्य को ही देख लिया हो। फिर वे अवरुद्ध कंठ से माँ से बोलीं,

"दीदी, डॉ. वोरा को मैं तब से हर साल राखी बाँधती हूँ। आखिर जो रक्षा करे वही तो भाई होता है।" माँ की आँखें मौसी जी की बात पर नम हो उठीं। मौसा जी के आने से जिस मनहूसियत और उस सजे-धजे घर के आतंक ने हम लोगों को दबा लिया था, वह जैसे उठ गया। मौसा जी बिना कोई भाव दिखाए अपनी बीमारी की कहानी बता रहे थे। अचानक मेरे मन में आया कि यह आदमी मौसी जी को बेहद चाहता होगा। कहाँ इस मनहूसियत और कहाँ मौसी जी का कोमल स्वभाव। शायद मौसा जी का मौन तोड़ने की कोशिश करते हुए पिताजी ने उनके शो-केस में लगे हुए बड़े-बड़े कप और शील्ड दिखाते हुए पूछा, "यह सब किसने जीते हैं?" पिताजी ने सोचा होगा कि वे गर्व से अपने छोटे भाई या लड़के का नाम लेंगे, पर मौसा जी ने वैसे ही मुँह बनाए कहा, "घोड़ों ने।" फिर वे चुप हो गए।

हम लोगों को यह समझने में कुछ वक्त लगा कि ये कप-शील्ड, वगैरह रेस के घोड़ों ने जीते हैं। पिताजी ताश, जुआ, रेस खेलनेवालों को बहुत हेयदृष्टि से देखा करते थे। वे इस तरह के कामों को समय नष्ट करनेवाले रईसों के चोंचले मानते थे। अब मौसी जी ने चुप्पी को भंग करते हुए उन्हें उत्साह से एक-एक घोड़े का नाम बताना शुरू किया, जिसने कोई कप या शील्ड जीता था। कप जीतनेवाले 'प्रिंस' की अकाल-मृत्यु की वजह बताते हुए वे अचानक रो पड़ीं। पिताजी माँ को कई बार चिढ़ाते थे कि यदि वे सिनेमा में कुछ करती होतीं तो उन्हें रोने के लिए ग्लिसरीन की जरूरत नहीं पड़ती। मुझे लगा कि इस मामले में तो कनक मौसी माँ को भी मात दे सकती हैं। पिताजी के चेहरे पर एक अजीब-सा भाव दिखाई पड़ रहा था। मुझे कनक मौसी का कप जीतनेवाले घोड़े के लिए इस तरह पिताजी के सामने रोना बहुत बुरा लगा। मुझे यह भी लगा कि कनक मौसी कितनी भी अच्छी क्यों न हों, उनकी दुनिया और हमारी दुनिया में एक बड़ा अन्तर है।

मैंने डूबते हुए दिल से सोचा, कितना अच्छा होता यदि कनक मौसी हमें कभी अपने घर न बुलातीं। घर लौटते समय माँ अपने में डूबी हुई कह रही थीं, "इतना पैसा होते हुए भी कनक को घमंड छू तक नहीं गया है। रतन बाबू थोड़ा कम जरूर बोलते हैं। बिलकुल मेरे चाचा की तरह हैं। दिन में चार वाक्य से ज्यादा नहीं बोलते। इस दुनिया में कनक जैसा प्रेम करनेवाला कहाँ मिलेगा? उसने समोसों को हाथ तक नहीं लगाया, क्योंकि उसका इन्दौरवाला देवर जो नहीं था यहाँ! उसे समोसे बहुत पसन्द हैं न, इसीलिए।" पिताजी माँ की बातें सुनते हुए गुमसुम बैठे रहे। आखिर माँ भी कुछ सोचकर चुप हो गईं। पता नहीं क्यों मेरे दिल में माँ के प्रति बहुत प्रेम और सहानुभूति हुई। मैंने माँ का हाथ पकड़कर अपने ऊपर रख लिया।

कुछ दिन बाद कनक मौसी के बहुत जिद करने पर एकदम मन न होने के बावजूद उनके हाथ से बने हुए समोसे खाने मैं उनके घर गई। उस दिन मैंने समोसों

की बहुत प्रशंसा कर दी थी। मौसी जी ने शायद कुछ भाँपकर मुझे घुमा-फिराकर बता दिया था कि मौसा जी शहर से बाहर गए हुए हैं। मैंने सोचा था कि मौसी जी घर पर अकेली होंगी, पर उनके घर में घुसकर खूब हल्ला-गुल्ला और चहल-पहल देखकर मैं सन्न रह गई। उनका घर तरह-तरह की औरतों से भरा था। उनमें से कुछ एक बड़ा-सा घेरा बनाकर ताश खेल रही थीं और खूब जोर-शोर से आपस में बातें कर रही थीं।

स्लीवलेस लो-कट के ब्लाउज, भड़कीली साड़ियाँ एवं गहने पहने हुए इन थुलथुली औरतों का गहरा 'मेकअप' और बालों की सजावट देखकर साफ पता चलता था कि वे सीधे किसी 'ब्यूटी सैलून' से आ रही हैं। खुद कनक मौसी पाउडर की परत-पर-परत चढ़ाए अपने ही घर में खूब महँगी साड़ी और गहनों से लदी हुई एक अलग ही स्वांग बनाए थीं। उनकी सास और देवरानी सुमन के बहुत कहने पर मैं एक मूर्ख की तरह मुस्कान चिपकाए झेंपते हुए उन औरतों के विभिन्न 'परफ्यूमों' की तेज खुशबुओं और बेमतलब के कहकहों के बीच बैठ गई, पर अपने साधारण कपड़ों और उनकी तरह हँसने-इतराने की योग्यता न होने के कारण मेरा दम घुटने लगा। कुछ बहाना बना समोसे निगलकर मैंने कनक मौसी से विदा माँगी। वे मुझे बाहर छोड़ने आईं तो मेरा उतरा हुआ चेहरा देखकर कहने लगीं, "देखो बेटी, तुम्हारे जैसी सुन्दर और होशियार लड़कियों के लिए सिर्फ पढ़ाई में ही अच्छा होना काफी नहीं है। उसके साथ-साथ 'सोसाइटी' में उठना-बैठना भी सीखना चाहिए।"

मुझे हमेशा की तरह अपनी हाँ-में-हाँ न मिलाते देख उन्होंने स्वर धीमा कर कहा, "वैसे ताश का शौक मुझे भी नहीं है। पर सुमन को ताश खेले बिना चैन नहीं। सबका मन तो रखना ही पड़ता है ना बेटी।" घर लौटी तो माँ मेरा चेहरा देखकर परेशान हो उठीं।

बहुत पूछने पर मैंने उदास स्वर में कहा, "होगा क्या? पता नहीं, उन्होंने मुझे क्यों बुलाया था आज। ताश पीटनेवाली सहेलियों से मिलाने के लिए? वे लोग मुझे देखकर 'हाउ इनोसेंट' की रट लगा रही थीं। मेरे जैसा अजूबा उन्होंने पहली बार ही देखा होगा न।" माँ के चेहरे पर गहरे असमंजस के भाव थे। उन्होंने कहा, "कनक ने मुझे बताया था कि वह सप्ताह में दो दिन ताश खेलती है। वह मुझसे कुछ नहीं छिपाती, पर वह अपने लिए नहीं, अपनी विधवा सास का मन रखने के लिए ताश खेलती है।" मैंने चिढ़कर कहा, "आज तो कह रही थीं, 'सुमन के लिए खेलती हूँ।'" सुनकर माँ का चेहरा एकदम उतर गया।

फिर कनक मौसी से कई दिनों तक हम लोगों का कोई सम्पर्क नहीं हुआ। वे शहर से बाहर गई हुई थीं। बहुत दिन बाद वे हमारे घर आईं तो बहुत परेशान और उदास नजर आ रही थीं। उनकी वह पुरानी मुस्कान पूरी तरह गायब थी। आज ये

माँ से फुसफुसाकर बातें कर रही थीं और मेरे आने पर चुप हो जाती थीं। इस बात से मेरे मन को बहुत चोट पहुँची। उनके जाने के बाद माँ ने मुझे जैसे तसल्ली बँधाते हुए कहा, "कनक के घर में बहुत झमेला चल रहा है। उसके छोटे देवर ने एक सिन्धी लड़की से शादी कर ली है। मौसा जी ने उन्हें घर में घुसाने से इनकार कर दिया है। इस बात से कनक की सास भी घर छोड़कर चली गई हैं। और तो और, बड़ा देवर और देवरानी भी उन लोगों की ही तरफ है।" यह सुनते ही उसी क्षण कनक मौसी का भूत मेरे दिमाग से उतर गया। मैंने निर्मम होकर कहा, "यह वही देवर है ना जिसके इन्दौर चले जाने पर मौसी महीनों बीमार रही थीं? दूसरी जाति की लड़की से शादी कर लेने से गायब हो गया उनका 'प्रेम'?"

'प्रेम' शब्द को कनक मौसी की नकल उतारते हुए उनकी तरह स्निग्ध स्वर में बोलने से माँ को बहुत बुरा लगा। उन्होंने तमतमाकर कहा, "कनक तो माफ कर ही देती, पर अपने पति की इच्छा के विरुद्ध वह कैसे जा सकती हैं? वह आजकल की लड़कियों की तरह थोड़े ही है, जो सिर्फ अपने मन की सुनती है।" अब मुझे समझ में आया कि पिताजी क्यों माँ के मामलों में कम-से-कम बोलते थे। प्रेम अन्धा कैसे होता है, यह भी मुझे पहली बार साफ दिखाई पड़ा।

इसके बाद कनक मौसी से हम लोगों का मिलना-जुलना बिलकुल बन्द-सा हो गया। वे कभी-कभार माँ से फोन पर ही बातें कर लेती थीं। कनक मौसी से हम लोगों की इस दूरी का कोई प्रत्यक्ष कारण नहीं था, पर शायद जिन्दगी में कई बार रिश्ते बिना किसी खास वजह से भी बदल जाते हैं। बहुत दिन बाद हमारे नए घर में जाने पर माँ के बहुत बुलाने पर कनक मौसी आईं भी, तो जैसे उनके पास बताने के लिए कोई बात ही नहीं बची थी। अपनी हँसी के बिना कनक मौसी एक मोटी, नाटी, सामान्य-सी महिला लगने लगी थीं। उनके पास कोई पाँच मिनट भी नहीं बैठ सकता था। यहाँ तक कि माँ के चेहरे पर भी ऊब के साफ लक्षण दिख रहे थे। माँ कुछ उदास भी थीं, क्योंकि हमारे पहलेवाले घर की तुलना में बहुत अच्छे घर में आने पर कनक मौसी के चेहरे पर प्रसन्नता की जगह कुछ खिन्नता का भाव था। यह चीज इतनी साफ जाहिर थी कि हम सबने इसे महसूस कर लिया था। मैंने आश्चर्यचकित होकर सोचा, "आखिर कनक मौसी किस खालीपन को भरने के लिए माँ से जुड़ी होंगी?"

इसी बीच कनक मौसी के घर की बगल में रहनेवाली मेरी एक सहेली ने मुझे बताया कि कनक मौसी के लड़के ने बम्बई में किसी मराठी लड़की से प्रेम-विवाह कर लिया है। माँ को जब मैंने यह बात बताई तो वे सकते में आ गईं। उन्होंने घुटे हुए स्वर में कहा, "उल्टे दिन आ गए कनक के। मौसा जी तो लड़के को बेदखल किए बिना मानेंगे नहीं। कनक को उससे भयंकर मोह है। वह उसके बिना जीएगी कैसे? हे भगवान, यह क्या हुआ!" उन्होंने तुरन्त पड़ोस में जाकर कनक मौसी

को फोन किया। जब वे बात करके लौटीं तो बड़े असमंजस में थीं। उन्होंने कहा, "लगता है, तुम्हारी सहेली को किसी ने गलत खबर दे दी है। कनक तो बड़ी खुश थी। मैंने बड़े लड़के के काम-काज के लिए पूछा, तो कहने लगी कि उसने बम्बई में बहुत अच्छा काम जमा लिया है। कनक के बिना उसका मन नहीं लगता, इसलिए कनक उसके पास अभी दस दिन रह भी आई है। कनक ने उसकी शादी के बारे में कुछ कहा ही नहीं। कोई बात होती तो मुझे तो बताती ही।" उन्होंने अपने असमंजस से उबरते हुए बड़े विश्वास से कहा।

इसके बाद एक विचित्र संयोग हुआ। कनक मौसी के बम्बईवाले लड़के का गहरा दोस्त सुनील हमारे घर ही आकर रुका, क्योंकि वह पिताजी के बचपन के दोस्त का लड़का था। कनक मौसी के लड़के ने मौसी को फोन कर अनुरोध किया कि वे उनके दोस्त को अपने घर खाने पर जरूर बुलाएँ। कनक मौसी ने पता-ठिकाना सुनकर समझ लिया कि अब उनका भंडाफोड़ हो चुका है। मुझे माँ का चेहरा अब भी याद है जब सुनील ने कनक मौसी के लड़के के प्रेम विवाहवाली बात माँ के सामने दोहराई थी। माँ के पास पहली बार कनक मौसी के पक्ष में बोलने के लिए कुछ नहीं था।

कुछ ही दिन बाद कनक मौसी हमें एक विवाह में मिल गईं। मिलते ही मैंने देख लिया कि उनके चेहरे पर वही आत्मविश्वास-भरी हँसी लौट आई है। ऐसा लगता है कि जैसे कोई टूटा हुआ खिलौना फिर जुड़ गया हो। वे हम लोगों से इतने प्रेम से मिलीं, जैसे बरसों की बिछुड़ी हुई हों। उन्होंने माँ को उलाहना देते हुए कहा, "दीदी, तुम भी औरों जैसी निकलीं। मुझे भूल ही गईं। बताओ दीदी, तुमने ऐसा क्यों किया।"

कनक मौसी का यह स्नेह देखकर माँ गद्गद हो गईं। उनकी आँखें भरने लगीं। कनक मौसी माँ को सफाई देने का मौका दिए बिना ही आगे कहने लगीं, "दीदी, मैं तुम्हें कब से कितनी बातें बताना चाहती थी। सन्दीप का बम्बई में इतना अच्छा 'सर्किल' बन गया है कि क्या बताऊँ? बड़े-बड़े क्लबों का मेम्बर बन गया है, जिनमें हर कोई तो घुस ही नहीं सकता। इतना कमा रहा है कि कोई हिसाब नहीं।" फिर आवाज बदलकर रुआँसी आवाज में कहने लगीं, "बस दिक्कत यही है कि उसका मेरे बिना मन नहीं लगता। कहता है, "मम्मी, तुम्हारे बिना सब फीका है। अब दीदी, तुम तो जानती हो कि मेरे बिना एक पल भी..." कहते-कहते उन्होंने बात अधूरी छोड़ दी और रूमाल से आँखों की कोरों को पोछने लगीं। माँ कभी सन्दीप की उन्नति से खुश और कभी मौसी जी की बेटे से दूर रहने की मजबूरी से सहानुभूति दिखाने की चेष्टा कर रही थीं। उनके चेहरे पर वही असमंजसवाला भाव उग आया था। उस समय न जाने क्यों मुझे ऐसा लगा कि मैं माँ से बड़ी हो गई हूँ। फिर कनक मौसी ने अगल-बगल के लोगों को सुनाते हुए जोर से कहा,

"इस बार सन्दीप फोन पर कह रहा था कि वह किसी मराठी लड़की से शादी करना चाहता है। बहुत नामी खानदान की लड़की है और ऊपर से इकलौती भी। दरअसल सन्दीप हमेशा से शौकीन तबीयत का रहा है और यहाँ की लड़कियाँ भी हैं तो 'डल' ही।" उन्होंने एक तिरछी निगाह मुझ पर डाली और आगे कहने लगीं, मैंने कहा, "बेटा, तुम ज़िसमें खुश हो, उसी में तुम्हारे पापा-मम्मी खुश हैं। क्यों दीदी, ठीक कहा कि नहीं मैंने?"

माँ ने थूक निगलकर गला साफ करते हुए कहा, "हाँ कनक, बिलकुल ठीक कहा, माँ-बाप को बच्चों की खुशी से ज्यादा और चाहिए भी क्या?" कहते-कहते उनकी नजरें मुझसे मिलीं, तो उन्होंने तुरन्त अपनी नजरें दूसरी तरफ घुमा लीं।

ख़िजाब

वह अस्पताल के बिस्तर पर लेटी हुई दमयन्ती जी को देख रही थी। आपरेशन के लिए उन्हें ढीले-ढाले कपड़े पहनाकर ऊपर से एक हरी चद्दर से ढक दिया गया था और उनके माथे के सारे बालों को समेटकर एक सफेद कपड़े की पगड़ी-सी बना दी गई थी। उस पगड़ी से सिर्फ कान के पास के थोड़े बाल दिखाई दे रहे थे, जो ख़िजाब से ताजे-ताजे रँगे होने के कारण बहुत काले थे। इन काले बालों के कारण उनका चेहरा और भी लटका हुआ और बूढ़ा नजर आ रहा था। उनकी आँखें बन्द थीं। चेहरे पर जगह-जगह काली झाइयाँ और झुर्रियाँ नजर आ रही थीं। अचानक उन्होंने आँखें खोलीं और उसकी तरफ देखा। उसे लगा कि वे कुछ बोलेंगी, पर वे चुप ही रहीं। कमरे में भरे हुए सन्नाटे को तोड़ने के लिए उसने पूछा, "भैया-भाभी आएँगे क्या—ऑपरेशन के समय?" पूछते-पूछते ही उसे लगा कि उसने बहुत बेवकूफी भरा प्रश्न पूछ डाला है। दमयन्ती जी ने मुँह टेढ़ा करके कहा, "अपने ऑफिस के आदमी को ही भेज देंगे—अस्पताल का 'बिल' चुकाने—यही क्या कम है!" कहकर उन्होंने अपनी आँखें फिर बन्द कर लीं।

वह उनके चेहरे को बोझिल मन से एक टक देखती रही। उसे लग रहा था कि अब वे बहुत देर तक आँखें बन्द रखेंगी। वह उनके चेहरे पर पीड़ा की कोई झलक ढूँढ़ने की कोशिश करती रही। यह जानना बहुत मुश्किल था कि वे क्या सोच रही थीं। पर उसे लगा कि वे जरूर यही सोच रही होंगी कि वे कितनी अकेली और निस्सहाय हैं। उसके जैसे किसी गैर-व्यक्ति के भरोसे आँख का ऑपरेशन करवा रही हैं जबकि खुद के बेटा-बहू इसी शहर में मौजूद हैं। उसे अपने माँ-बाप की याद आ गई जिन्होंने उसकी दादी की कैंसर की पीड़ा-भरी मौत मरते समय किस कदर दिन-रात महीनों सेवा की थी। उसकी दादी रात-दिन कभी माँ का कभी पिताजी का नाम पुकारती रहती थीं। उसे याद आया कि माँ और पिताजी किस तरह हर वक्त उनके सिरहाने मौजूद रहते थे और मौत से लड़ती हुई दादी की पीड़ा को जैसे अपने अन्दर खुद भी भुगत रहे थे। अचानक दमयन्ती जी ने फिर आँखें खोल दीं। वह इस तरह चौंक पड़ी जैसे कोई चोरी पकड़ ली गई हो। पर दमयन्ती जी ने उस पर बिना कुछ ध्यान दिए कहा, "देखो, जब मैं ऑपरेशन के बाद वापस लाई

जाऊँ, तो तुम मेरी साड़ी मेरे सिर पर रख देना। मुझे आदत नहीं खुला सिर रखने की। पता नहीं, कौन-कौन आ जाए मुझे देखने।" हामी भरने के लिए सिर हिलाते हुए वह उठ खड़ी हुई और दमयन्ती जी की तरफ पीठ कर अस्पताल की खिड़की से बाहर देखने लगी।

दमयन्ती जी इतनी छोटी-छोटी बेकार की बातों पर क्यों इतना ध्यान देती हैं—यह वह कभी समझ नहीं पाती थी। खासकर जब ऑपरेशन करवाने में वे इतनी घबड़ाई हुई थीं, उस वक्त इस तरह की फिजूल की बात पर उनका ध्यान जाना आश्चर्य में डालता था। आज सुबह उन्हें अस्पताल ले जाने के लिए जब वह हड़बड़ाए हुए, लगभग दौड़ते हुए और दो-दो सीढ़ियाँ एक साथ फलाँगते हुए निश्चित समय से पाँच मिनट देर से उनके पास पहुँची, तो उन्हें देखकर दंग रह गई थी। वे अपने पलंग पर अपने इने-गिने बाल बिखराए, घर की ही सिलवटों-भरी साड़ी पहने, हाथ में डायरी-कलम और एक चमड़े का 'पर्स' लिये बैठी थीं। एक भूरे रंग का छोटा थैला उनके सामने पड़ा और चाभियों से भरा एक डिब्बा उनके सामने खुला पड़ा था। उनके पलंग पर उनकी एक पड़ोसन भी बैठी थी, जो जरूरत पड़ने पर वक्त-बेवक्त उनकी सहायता कर दिया करती थी, उन्हें इस तरह बैठे देखकर उसे इतना आश्चर्य हुआ कि वह बिना कुछ बोले उनके बगल में बैठ गई। दमयन्ती जी पिछले दो दिनों में दस बार फोन कर उसे ऑपरेशनवाले दिन ठीक समय पर पहुँच जाने की हिदायत दे चुकी थीं। वह चुपचाप बैठकर दमयन्ती जी को देखती रही। वे बार-बार उस पर्स से कुछ रुपये निकालतीं और सामने पड़े भूरे थैले में गिनकर रख देतीं। फिर भूरे थैले से कुछ रुपये निकालतीं और पर्स में रख देतीं। फिर कलम उठाकर डायरी में कुछ लिखतीं और गिने हुए रुपये फिर निकालकर गिनने लगतीं। बहुत देर तक उन्हें देखते रहने के बाद उसने अपनी आवाज से चिढ़ को दूर रखते हुए धीरे-से कहा, "दमयन्ती जी, अस्पताल जाने का समय हो रहा है।" दमयन्ती जी ने तुरन्त पर्स बन्द करते हुए तीखी आवाज में कहा, "मैं तो तैयार हूँ, बस साड़ी बदलनी है।" उनके बालों पर लगे काले खिज़ाब को देखते हुए, जो कहीं-कहीं बालों की सीमा पार करते हुए चेहरे पर भी चला आया था, उसने कहा, "यह खिज़ाब तो आपको धोना होगा। इसे सिर पर लगे रहने देना स्वास्थ्य के लिए नुकसानदायक है।" दमयन्ती जी अजीब-सी महीन हिं-हिं-हिं-हिं करती हुई हँस पड़ीं। उनके चेहरे से ऐसा लग रहा था जैसे उसने कोई बहुत मूर्खता की बात की हो। 'खिजाब नहीं है, काजल पेंसिल से लगाया है। धोना नहीं पड़ेगा।" उसके मन में आया कि पूछे, "इतनी सुन्दरता बढ़ाए बिना क्या डॉक्टर आपका ऑपरेशन नहीं करता?" फिर उसे लगा कि एक वृद्ध महिला की मामूली सनक के प्रति वह कितनी असहिष्णु है। मन-ही-मन पश्चात्ताप करते हुए उसने मधुरता से कहा, "मुझे बता दीजिए कोई काम! जल्दी करनी होगी।" दमयन्ती जी का चेहरा कुछ तन-सा

गया जैसे किसी छठी इन्द्रिय से उन्होंने उसके मन की बात भाँप ली हो। उन्होंने तीखे स्वर में कहा, "मुझे दूसरों का किया काम पसन्द भी तो नहीं आता।" उसने समझ लिया कि जाने-अनजाने उसने उन्हें उखाड़ दिया है। उन्हें शान्त करने के लिए उसने उनकी प्रशंसा करते हुए कहा, "मैं तो हमेशा सबसे कहती हूँ कि दमयन्ती जी जैसी होशियार महिला मैंने कहीं नहीं देखी। कितने साहस की बात है इस तरह बिलकुल अकेले रहना और वह भी आपकी उम्र में! आजकल की पढ़ी-लिखी लड़कियाँ भी इतना साहस कर पाएँगी, मुझे इसमें सन्देह है। फिर कितना सुन्दर घर सजाया है आपने! कितनी तरह के शौक हैं आपके! यदि आपने अपने गुलाब के पौधे की कलम मुझे इस बार भी नहीं दी, तो मैं आपका पूरा पौधा ही ले जाऊँगी, हाँ?" दमयन्ती जी का चेहरा बहुत कम दिखनेवाली मुस्कुराहट से भर गया। उन्होंने हँसकर कहा, "ले जाना भई, तुम्हें कौन रोकता है। तुम्हारे भरोसे आपरेशन की हिम्मत मैंने कर ली है, वरना अपने राम का कौन है? ये नौकर-दाई-दो हैं, जो रोज बदल जाते हैं। कोई अच्छा आदमी मिलता ही नहीं। जितने आते हैं, सब एक-से-एक बदमाश और गन्दे। जब तक सफाई सिखाती हूँ, तब तक गायब हो जाते हैं।" उसने हमेशा की तरह साफ-सुथरे चमकते हुए फर्श को देखते हुए कहा, "अब बातें हम लोग अस्पताल में करेंगे। जल्दी कीजिए।" वह जानती थी कि दाई-नौकर की बात शुरू होने पर दमयन्ती जी जल्दी से बात खत्म नहीं कर पाएँगी।

दमयन्ती जी उठ खड़ी हुईं और गुसलखाने में घुस गईं। दो ही मिनट में वे चोटी करके और साड़ी बदलकर निकल आईं। वे पड़ोसन को चाभियों का गुच्छा सँभालते हुए नौकर-दाई पर निगाह रखने का आदेश देने लगीं। पड़ोसन उनकी बातें पूरे ध्यान से सुनती हुई सिर हिला रही थी। वह अब तक हमेशा सोचती आई थी कि बिना प्रेम दिए अधिकार नहीं मिलता। पर आज दमयन्ती जी को देखकर उसे लगा कि कुछ लोगों को अधिकार ऐसे भी मिल जाते हैं। वह खुद दमयन्ती जी की सारी बातें सुन लिया करती थी, जबकि ऐसा करने की कोई बाध्यता उस पर नहीं थी। दमयन्ती जी उसकी सास की सहेली थीं। यह कोई ऐसा रिश्ता न था जिससे कोई उसे दमयन्ती जी की बातें मानने पर मजबूर कर सकता था। कई बार उसे अखरने लगता था कि दमयन्ती जी उस पर बहुत हुक्म चलाने लगी हैं। दमयन्ती जी किसी काम को करवाने के लिए अनुरोध करने की जगह प्रायः आदेश ही देती थीं। उसकी खुद की भी कोई सुविधा-असुविधा हो सकती है—इसका खयाल जैसे उन्हें कभी आता ही नहीं था। वह कई बार मन-ही-मन उन पर खीझ जाती थी, पर न जाने क्यों वह उन्हें कुछ कह नहीं पाती थी।

दमयन्ती जी का अकेलापन उनका अपना चुना हुआ था। अपने लड़के-बहू के नीचे दबकर रहने को तैयार नहीं थीं। अपने अकेलेपन की शिकायत करते या उस पर दुखी होते उसने उन्हें कभी देखा भी नहीं था। वे जब अपने लड़के को

कोई बात बतातीं—किस तरह वह बचपन में बीमार रहा था और उन्होंने कितनी मुसीबत से उसे पाला था—तब उनके चेहरे पर दुख की कोई छाया तक नहीं रहती थी। ऐसा लगता था जैसे वे अपनी बातें न कहकर किसी और की बात कर रही हों। पर उन्हें देखकर उसे रह-रहकर अपनी दादी की याद आती थी जो दमयन्ती जी जितनी तेज न होते हुए भी कितने अपनत्व, बेफिक्री और सुरक्षा से घिरी थीं। फिर कभी-कभी वह यह भी सोचती थी कि दमयन्ती जी ने प्रेम और स्वतंत्रता में स्वतंत्र रहने का चुनाव कर लिया है। अपने इर्द-गिर्द देखकर उसे कई बार महसूस होता था कि प्रेम सारी सहूलियतें और सुरक्षाएँ भले ही दे सकता है, पर स्वतंत्रता छीन लेता है। सम्बन्धों की निकटता में सुरक्षा तो जरूर है, पर उतनी ही घुटन भी है। उसकी एक बहुत गहरी मित्र सुमन गाड़ी और गाड़ी चलाने का लाइसेंस होते हुए भी गाड़ी नहीं चला सकती थी क्योंकि उसके घरवालों की इजाजत नहीं थी, न ही वह पहले से बिना पूछे अपने मन से किसी के घर जाने का भी कार्यक्रम बना सकती थी क्योंकि इससे घरवालों के नाराज होने का भय था। वह सुमन को देखकर अक्सर सोचा करती थी कि इस प्रेम और सुरक्षा का क्या अर्थ है जो मनुष्य को इतने बन्धनों में बाँध दे, जो उसके चलने, खाने, सोने, जागने सब पर प्रतिबन्ध लगा दे। उसे समझ में नहीं आता था कि सब्जी खरीदने, खराब पंखे के लिए मिस्त्री खोजने—जैसी छोटी-मोटी बातों की फिक्र करती हुई दमयन्ती जी अधिक सुखी हैं या उसकी सहेली सुमन जैसे लोग जिन्होंने मन की उड़ान का सुख जाना ही नहीं है।

दमयन्ती जी अस्पताल जाने के लिए पूरी तरह तैयार थीं। अचानक उन्होंने अपनी दाई को 'हीरा, हीरा' पुकारते हुए जोर से आवाज लगानी शुरू की। कुछ उत्तर न मिलने पर उन्होंने चिड़चिड़ाते हुए कहा, "कहाँ मर गई यह हीरा! जब काम हो तभी गायब।" उनका चेहरा तनाव के मारे विचित्र-सा लग रहा था। उनकी पड़ोसन ने हड़बड़ाते हुए कहा, "मैं बुला देती हूँ। आप इस तरह परेशान मत होइए।" इतने में हीरा ने दरवाजे पर आकर पूछा, "क्या है माँ जी बोलिए?" दमयन्ती जी ने क्रोध से मानो फुँफकारते हुए कहा, "तुम्हारी खबर तो मैं आकर लूँगी। गुसलखाने में पानी भरा है, उसे पोंछना है और क्या काम है बदमाश कहीं की। पूछती है, क्या है माँ जी, बोलिए।" उन्होंने उसकी नकल उतारते हुए कहा। उनके मुँह से थूक के छींटें उड़ रहे थे और उनकी आँखें फटी-फटी-सी हो गई थीं।

दमयन्ती जी को शान्त करने का कोई उपाय न सूझने पर उसने उठकर कहा, "मैं बाहर जाती हूँ। आप तुरन्त आइए। इतना गुस्सा करने से ब्लड प्रेशर बढ़ गया, तो ऑपरेशन ही नहीं होगा।" यह सुनकर दमयन्ती जी ने रुआँसे स्वर में पड़ोसन से कहा, "अब इस मरी हीरा के सामने से ही मुझे अस्पताल जाना होगा क्या? सारे शकुन उलटे ही होते दिखाई दे रहे हैं मुझे तो।" हीरा बिना कुछ कहे समझे वहीं जमी हुई खड़ी थी। दमयन्ती ने पड़ोसन से फुसफुसाते हुए से स्वर में आवाज

निकालकर हीरा को कहा, "जा, अपना काम कर। अभी बाहर मत निकलना—हम लोगों के जाने से पहले।" वह यह सब देखकर सुन्न-सी हो गई थी। अब भारी-भारी कदम उठाती वह कमरे से बाहर निकल आई। दमयन्ती जी भी उसके पीछे आ रही थीं। कमरे के बाहर निकलते उसने देखा कि एक पंडित वहाँ बैठा पाठ कर रहा था। दमयन्ती जी ने उसे प्रणाम करते हुए कहा, "पंडित जी आशीर्वाद दीजिए कि ऑपरेशन सफल हो। आपने कहा था न कि घर के काम के लिए एक अच्छी लड़की ला देंगे। क्या हुआ उसका? यह लड़की तो।" उससे रहा न गया तो उसने उन्हें बीच में ही टोकते हुए कहा, "अब बस कीजिए दमयन्ती जी। बातें बाद में कीजिएगा।"

वे लोग अस्पताल पहुँचे तो दमयन्ती जी की लड़की मिल गई। वह किसी दूसरे शहर में रहती थी। माँ के ऑपरेशन का समाचार पाकर उनके पास चली आई थी। दमयन्ती जी ने उसे अपनी इस लड़की गीता के बारे में बताया था कि वह बिलकुल मूर्ख और आधी पागल है। उनकी लड़की की उम्र चालीस-पैंतालीस से कम न होगी। उसने आश्चर्य से देखा कि उनकी लड़की के चेहरे पर दमयन्ती जी से बात करते समय उस तरह का डर था जैसा कि एक छोटी लड़की के चेहरे पर माँ के क्रोधित होने से होता है। वह बीच-बीच में हकला भी जाती थी, हालाँकि उसकी बातों से उसके पागल होने का कोई सबूत नहीं मिलता था। अस्पताल में अपने कमरे में पहुँचकर दमयन्ती जी ने अपनी लड़की के सामने ही उसे कहना शुरू किया, "यह 'गेट पास' गीता से ले लो, नहीं तो यह कहीं गिरा देगी। इसके भरोसे कोई काम मत छोड़ना। यह पूरी बात नहीं समझती।" यह सुनकर उसके अन्दर जैसे कुछ अटक गया। उसने बड़ी तकलीफ से अपने को न रोक पाने के कारण अपनी आँखें गीता जी के चेहरे की ओर घुमाईं। उसने देखा कि गीता जी के चेहरे पर कोई शर्म या परेशानी का भाव नहीं था। एक झटके के साथ उसे यह अहसास हुआ कि गीता अपने बारे में इसी तरह की बातें सुनती हुई बड़ी हुई है। उसका दिल काँप गया। बचपन में एक कहानी पढ़कर उसे अकेले कमरे में ऐसा लगता था जैसे कोई प्रेत उस कमरे में मौजूद हो, जो मौका लगते ही उसकी गरदन दबोच लेगा। ऐसे में वह दौड़कर उस कमरे के बाहर निकल जाती थी। एकाएक वह उस कमरे से बाहर जाने के लिए छटपटा उठी।

महँगी किताब

मैं उसके चेहरे को बहुत गौर से देख रहा था, पर वह इस ओर से बिलकुल बेखबर थी। पिछले कई महीनों से मैं उसे देखते आ रहा था और अब मैं लगभग निश्चिन्त रहता था कि वह जब भी सुशीला जी से बात करती होगी, तब मैं उसके चेहरे को आराम से पढ़ सकूँगा। उसके चेहरे पर हमेशा सुशीला जी से बात करते हुए गम्भीरता लिये हुए हल्की-सी मुस्कान खेलती रहती थी जैसे वह निश्चय नहीं कर पा रही हो कि वह गम्भीर दिखाई दे या मुस्कुराती हुई। सबसे अधिक दिलचस्प उसकी आँखें थीं जिनमें वह हमेशा गहरा काजल लगाए रखती थी। सुशीला जी से बातें करते समय वह अपनी आँखों को कुछ बड़ी करके एकटक सुशीला जी की तरफ देखती रहती थी। ऐसा लगता था मानो उसकी समग्र चेतना उसकी आँखों में ही समा गई हो। उसका ध्यान इतना गहरा और एकाग्र रहता था कि कभी-कभी मुझे लगता था कि करीब सौ वर्ष पुराने मकान के इस ऊँची सीलिंगवाले बड़े कमरे का यह लम्बी डंडीवाला हिलता हुआ पंखा भी टूटकर गिर जाए, तो भी शायद वह पलकें नहीं झपकाएगी। किन्तु वह कभी-कभी आँखों-ही-आँखों में मुस्कुराती थी जैसे उसे कुछ याद आ गया हो। मजे की बात यह थी कि यह मुस्कुराहट जब उसकी आँखों में होती थी, तब उसका चेहरा बिलकुल गम्भीर हो जाता था, जैसे वह इस मुस्कुराहट को अपने-आप तक से एक राज ही रखना चाहती हो। किन्तु वही क्षण होता था, जब उसका रहस्य खुल जाता था। उसकी आँखों से ही मैंने समझा था कि यह लड़की सुशीला जी से बहुत गहरे तक प्रभावित है। चालू भाषा में कहूँ, तो कह सकता हूँ कि मैं समझ गया था कि वह सुशीला जी की 'फैन' या प्रशंसक बन गई है। ऊपरी तौर पर इस लड़की के व्यवहार में ऐसा कोई चिह्न न होने पर भी यह समझना मेरे लिए उतना ही आसान था जितना सुशीला जी को पिछले बीस वर्षों से जानते हुए समझना कि सुशीला जी खुद भी इस बात को अच्छी तरह जानती हैं और अपने प्रशंसकों की सूची में एक नई बढ़ोत्तरी से कम आह्लादित नहीं हैं। सुशीला जी से प्रभावित होना वाकई किसी भी नए आदमी के लिए बिलकुल वाजिब था—इस लड़की के साथ ऐसा नहीं होने का तो कोई कारण ही नहीं था। वह बाहरी दुनिया से बिलकुल अनजान थी, घर की चारदीवारी के बाहर उसने सिर्फ स्कूल-कॉलेज

की ही दुनिया देखी थी। किताबों के बाहर रहनेवाले असली लोगों से उसका बहुत कम परिचय था। मुझे लगता था कि स्त्री हो या पुरुष, सुशीला जी की तरफ आकृष्ट होने का सबसे पहला कारण तो उनकी सुन्दरता ही थी। वैसे तो पिछले बीस वर्षों से मैं देख रहा था कि अपनी नैसर्गिक सुन्दरता में इजाफा करने की कोशिश में उन्होंने अपनी पचास प्रतिशत सुन्दरता का सत्यानाश कर डाला है, पर बाकी, पचास प्रतिशत से भी वे बहुत सुन्दर की ही श्रेणी में आती थीं। मेरी पत्नी की मृत्यु हो जाने के कारण और बढ़ती उम्र के साथ लोगों में पहले जैसी दिलचस्पी न रह जाने के कारण आजकल औरतों की आपसी बातचीत मुझ तक बहुत कम पहुँचती थी और जितनी पहुँचती थी उसमें मुझे ऊब के सिवाय कुछ नहीं मिलता था। पर एक दिन किसी सभा में एक ईर्ष्या-बुझा वाक्य मेरे कान में अनायास पड़ गया था, "हाँ, हाँ, रोज पाँच घंटे इसी में लगाओ तो कोई भी उम्र से बीस नहीं तो, दस साल कम तो दिखेगा ही।" मैं समझ गया था कि किसी बेचारे पति ने सुशीला जी की प्रशंसा कर अपनी शामत बुलवा ली है।

बाद में उस बात को याद करके मेरे आश्चर्य का ठिकाना न रहा था। आश्चर्य इस बात पर नहीं था कि उम्र को पछाड़ने में सुशीला जी रोज कितने घंटे खर्च करती हैं—लोग और बहुत से बेकार के कामों में पाँच घंटे तो क्या, सारा-सारा दिन नष्ट कर डालते हैं। फिर मैं सुशीला जी की हमउम्र या उनसे कमउम्र कोई स्त्री तो था नहीं, जो इस बात को लेकर परेशान होता। आश्चर्य मुझे इस बात का हुआ कि इस औरत में कितनी अदम्य जिजीविषा है। यों तो हर आदमी के अन्दर ही कुछ ऐसी चीज घुसी होती है जो उसे आगे बढ़ने के लिए हाँकती रहती है, पर अपने-आपको इतना हाँक पाना कोई मामूली बात है क्या? कम-से-कम मेरे जैसे आदमी के लिए तो यह बड़ी बात ही है। आपकी मैं नहीं जानता, मुझे तो जब कुछ हाँकता है, तो मैं बुरी तरह परेशान और तनावग्रस्त हो जाता हूँ। सुशीला जी के सुसंस्कृत व्यक्तित्व के पीछे कितनी मेहनत छिपी थी, इसका मुझे अच्छी तरह अन्दाज था। वैसे रिसर्च तो उन्होंने साहित्य में कोई विषय लेकर की थी, पर उनकी बोली, चाल-ढाल, पहनावा—सबके पीछे उससे भी बड़ी रिसर्च छुपी थी। उन्हें देखकर कभी-कभी मेरे दिमाग में एक ऐसे स्पंज की कल्पना आती थी, जो अपने चारों ओर के माहौल से सब कुछ सार्थक चूस लेता हो। वैसे सच पूछिए, तो सुशीला जी के परिष्कृत ढाँचे के लिए स्पंज की उपमा किसी के मन में आए, तो वह भयंकर गैर-रूमानी या कविता-विरोधी ही हो सकता है। एक दिन मैंने उन्हें उस लड़की को कहते सुना, "जीवन में अपने को सँवारते जाने का कोई अन्त नहीं होता।" सचमुच सुशीला जी अपने विकास के लिए जैसे हर क्षण चौकन्नी रहती थीं। किसी के मुँह से कोई भी ऐसी बात, जिसे वे नहीं जानती थीं, वे तुरन्त ग्रहण कर लेती थीं, चाहे वह व्यक्ति उनसे छोटा हो या बड़ा। वे केवल सुनी हुई बातों के आधार पर किसी किताब के

बारे में ऐसे बोल सकती थीं कि उसे पढ़ने के बावजूद आपको भ्रम हो सकता था कि आपने ठीक से किताब पढ़ी नहीं है। वे ऐसे लोगों का अपने इर्द-गिर्द होना बहुत पसन्द करती थीं, जो उन्हें नई-नई जानकारियाँ दे सकें।

उस लड़की को देखते हुए कभी-कभी मैं मन-ही-मन सुशीला जी के चुनाव करने की क्षमता को दाद दिए बिना नहीं रह पाता था। जिस किताब के सम्पादन का काम हम कर रहे थे, उसमें नौसिखिया होते हुए भी उसने बहुत जल्दी अपनी जगह बना ली थी। उसका अपने काम में इतना मन लगता था कि उसे देखकर मुझे हैरत होती थी। कुछ दिनों में मुझे लगने लगा था कि नई पीढ़ी के निखट्टूपन और अयोग्यता के बारे में मुझे अपनी राय को दोहराकर ठीक करना पड़ेगा। वह हर नए शब्द का अर्थ जानने के लिए बिना आलस के दो-तीन शब्दकोश पलट डालती। एक दिन मैं कुछ जल्दी काम पर पहुँच गया तो मैंने देखा कि वह चुपचाप, शान्त अपनी कुर्सी पर जमी हुई कुछ सोच रही थी। वह मेरी तरफ देखकर मुस्कुराई। फिर उसने बिना किसी भूमिका के सहज विश्वास के साथ मुझे कहा, “मुझे यहाँ आना बहुत अच्छा लगता है। यही मेरी जगह है—इन किताबों के बीच! मेरी शादी के बाद चार साल तक मैं इनसे दूर रही और वही चार साल मेरी जिन्दगी के सबसे बुरे दिन रहे हैं।” वह शायद मुझे अपने बारे में और भी कुछ बताती, पर तभी किसी के कदमों की आहट नीचे लकड़ी के जीने पर सुनाई देने लगी। वह तुरन्त चुप हो गई। उसमें वही चौकन्नापन आ गया, जो सुशीला जी के सामने उसमें एक क्षण के लिए भी गायब नहीं होता था। मैं जैसे उसके लिए अदृश्य हो गया। मैं कुछ-कुछ निराश-सा होकर पीछे मुड़ा और सुशीला जी को कमरे में घुसता देखकर आश्चर्य से सोचने लगा कि यह जरूर सुशीला जी के कदमों की आहट भी अच्छी तरह पहचानती है। किन्तु उस दिन से उसकी मुझसे एक तरह की दोस्ती हो गई। उसके बारे में और अधिक जानने की प्रबल उत्सुकता भी मेरे मन में पैदा हुई।

उसने अपने बारे में जो दो-चार वाक्य मुझे कहे थे, वे मेरे दिमाग में घूमते रहे। मुझे लगा कि उसके मन में सुशीला जी के प्रति कुछ कृतज्ञता का-सा भाव भी है—शायद उसके ‘बुरे दिनों’ से उसे बाहर निकालने के लिए। मेरी बड़ी बुरी आदत है कि यह जानते हुए भी कि सम्बन्धों में ऐसी नाप-जोख करना बेकार है, मैं यह निर्धारित करने की कोशिश करने लगता हूँ कि फलाँ आदमी या औरत की भावना में कितनी असलियत है, कितनी ढोई हुई कृतज्ञता और कितनी खुद को भरमाने की इच्छा। कई बार मैंने देखा है कि किसी व्यक्ति को अपनी ही कोई खास मुद्रा इतनी लुभा जाती है कि वह एक लम्बे समय तक अपने को वैसा ही दिखाते रहना चाहता है। मेरे एक मित्र को अपनी उदारता का ऐसा चस्का लगा कि बेचारे बरबाद हो गए। खैर यहाँ मामला जो भी हो, सुशीला जी भी उस लड़की के विकास पर बहुत ध्यान दे रही थीं। यह बात मुझे कभी बहुत साफ तरीके से और कभी-कभी कुछ

अजीब ढंग से समझ में आने लगी। वह लड़की शुरू के दिनों में अपनी वेश-भूषा के बारे में लापरवाह-सी थी। धीरे-धीरे मैंने देखा कि वह लगभग सुशीला जी की रुचि के कपड़े पहनने लगी है। एक बार तो मुझे इतनी हँसी आई कि मुझे उठकर नीचे सड़क तक जाना पड़ा, जिससे मैं खुलकर हँस सकूँ। मैंने सुना कि सुशीला जी उसे तीन-चार साड़ियों का एक बंडल थमाते हुए कह रही थीं, "हमलोगों की उम्र में ऐसे ही कपड़े फबते हैं।" जब मेरी समझ में आया कि अपने को उम्र से बीस साल छोटा समझने के कारण सुशीला जी उसे हमउम्र बता रही हैं, तो मेरी हँसी रोके नहीं रुकी। मुझे मालूम था कि सुशीला जी का एक लड़का इसी लड़की की बराबर उम्र का है। ऊपर से उस लड़की के चेहरे पर कोई ऐसा भाव न था कि यह समझ में आए कि वह समझ रही है कि कोई बहुत गलत गणित की बात बोली जा रही है। सड़क पर आकर कभी मैं सुशीला जी की बात याद कर हँसता रहा, तो कभी उस लड़की का गम्भीर चेहरा याद कर। क्या किसी को आदमी चाहने लगता है तो उसकी कोई बात गलत लगती ही नहीं? या गलत बात अखरती ही नहीं?

धीरे-धीरे उस लड़की के व्यवहार में भी साफ परिवर्तन आने लगा। पहले किसी बात पर वह अपनी राय दो टूक शब्दों में साफ-साफ खरी-खरी बात बोलकर देती थी जैसे लगभग गुस्से में बोल रही हो। उसके रंग-ढंग में एक तरह का निर्भीक आत्मविश्वास रहता था। अब वह पहले से धीमी आवाज में शिष्ट तरीके से सुशीला जी की तरह बोलने लगी। बस यहीं मेरे मन में उसके लिए भय-सा उत्पन्न हुआ—कुछ कुछ वैसा भय, जैसा एक सहज रूप से उगनेवाले पौधे को काट-छाँटकर बनाए गए 'बोनसाई' या बौने पौधे को देखकर मुझे होता है।

एक बार वह बीमार हो जाने के कारण एक सप्ताह काम पर नहीं आई। एक दिन अचानक काम करते-करते सुशीला जी ने उस लड़की के बारे में मुझे बताना शुरू किया, "आपको मालूम है, उसे कितना भयंकर गुस्सा था पहले? उसके आसपास का हर आदमी उससे त्रस्त रहता था। और उसका दोष भी क्या है—प्रतिभा को सही जगह न मिले, तो वह विनाश की ओर ही मुड़ती है। पहले तो मैं ही उसके सामने अपने को ढीला नहीं छोड़ पाती थी। देखिए, अब देखते-देखते कितनी बदल गई है। उसके घरवाले कितने खुश हैं इस बात से! आपको क्या लगता है?"—उनके स्वर में अपार सन्तोष छलक रहा था और वे मेरी ओर किसी उत्तर की अपेक्षा में देख रही थीं। मैं सोचने लगा कि उन्हें क्या कहूँ। मुझे याद आया कि एक दिन उसने सुशीला जी को किसी बात के लिए किसी तरह जिरह करते हुए कहा था, "उस दिन तो आप कुछ और कह रही थीं, आज बिलकुल उल्टी बात कर रही हैं। मुझे समझाइए तो, ये दोनों बातें कैसे मेल खाती हैं?" उसकी बात से सुशीला जी परेशान होकर पहले तो चुप रह गई थीं और फिर अपनी सफाई पेश करने लगी थीं, पर अन्त तक उसे सन्तुष्ट नहीं कर सकी थीं। उस दिन उन्हें देखकर लगा था

कि सुशीला जी का किसी ऐसे आदमी से पहली बार ही पाला पड़ा होगा। सुशीला जी खुद सामाजिक शिष्टाचार की मूर्ति थीं। उन्हें इस तरह सच-झूठ, का फर्क पूछनेवाले कम ही लोग मिले होंगे। अन्त में सुशीला जी ने हँसकर उसे यह कहकर टाल दिया था, "तुम्हें तो कोई वकील होना चाहिए था।"

उस दिन की बात याद कर मैं पशोपेश में पड़ गया। हर बात पर सारी दुनिया से सर टकराने के लिए तैयार रहनेवाला प्रतिभावान-से-प्रतिभावान आदमी भी अन्त में अपने को खर्च कर चुक जाता है। उसमें मुझे कोई सन्देह नहीं था। पर सच और झूठ, जो जीवन में आपस में इस तरह घुल-मिल जाते हैं कि उनके बीच की रेखा धुँधली हो जाती है, उनमें फर्क करने की इच्छा भी एक बड़ी चीज है। उसे किसी कीमत पर नष्ट नहीं किया जाना चाहिए, यह बात मेरे दिमाग में बिलकुल साफ थी। उस लड़की का बदला हुआ व्यवहार उसे कहाँ पहुँचाएगा, यह मैं इन दिनों कई बार सोचता था। क्या वह अब भी इस तरह बेलाग ढंग से अपने मन में उठनेवाले प्रश्नों को पूछ सकेगी या अपने सन्देहों को दबाकर उन पर शिष्टाचार और शालीनता की साँकल लगा देगी? मुझे यह भी डर हो चला था कि वह धीरे-धीरे सुशीला जी की एक अनुकृति-भर बनकर रह जाएगी। कभी-कभी मेरा मन होता था कि उससे कहूँ कि किसी के भी प्रति मन में एक स्वस्थ सन्देह रखना बहुत जरूरी है, भले ही हम उसे बहुत चाहते ही क्यों न हों। जब सन्देह पूरी तरह खत्म हो जाता है, तो हम एक तरह से उस व्यक्ति के गुलाम बन जाते हैं क्योंकि हमारी सोच-विचार की प्रक्रिया खत्म हो जाती है। अपनी सोचते और जाँचते रहने की क्षमता का बना रहना तो आखिरकार उस व्यक्ति के लिए भी कम जरूरी नहीं, जिसे हम बहुत चाहते हैं। पर मैं उससे कैसे और किस तरह कहूँ यह समझ ही नहीं पाता था।

उस लड़की को बहुत अच्छी तरह न जानने के कारण मेरे लिए यह भविष्यवाणी करना बहुत मुश्किल था कि उसका अन्तिम रूप क्या बनेगा। मनुष्य का क्या भरोसा है? वह जिस दिशा में बह जाता है, उस दिशा में जाने के पीछे, अपनी इच्छा को साबित करने के लिए हजार-हजार युक्तियाँ खोज लेता है। मैंने खुद अपने मित्रों को बिलकुल पलट जाते देखा था। फिर यह तो बिना दुनिया देखी हुई महज एक लड़की थी। इस पर भरोसा कैसे किया जा सकता था? उसके बारे में सोचते हुए मैंने अपने साथ एक शर्त लगा डाली। अपने साथ इस तरह के खेल खेलने में मुझे बड़ा आनन्द आता था। मैंने सोचा कि अगर वह लड़की जीत गई, तो मैं एक महँगी किताब खरीद डालूँगा जिसे खरीदने की इच्छा बहुत दिनों से मेरे मन में थी और यदि हार गई, तो मैं उसे कभी नही खरीदूँगा। अपनी ओर उत्तर की आशा में देखती हुई सुशीला जी को मैंने प्रकट रूप से गोलमोल उत्तर दिया, "उसके जैसी प्रतिभा या तो कुछ कर दिखाती है या ऐसे ही खर्च होते-होते खत्म हो जाती है। सही जगह पहचानने की क्षमता उसमें है या नहीं, यह अभी कहना मेरे लिए मुश्किल

है।" सुशीला जी मेरे उत्तर से कुछ असन्तुष्ट-सी लगीं। वे अपनी नाक पर चश्मा चढ़ाकर फिर काम में लग गईं।

कुछ महीनों में मुझे लगने लगा कि मुझे उस किताब को खरीदने की इच्छा छोड़ देनी चाहिए। वह लड़की इन दिनों अपनी वेश-भूषा और चाल-ढाल के बारे में अतिरिक्त सतर्क रहने लगी थी। उसका बहुत-सा समय इधर-उधर की बातों में खर्च होने लगा था। वह सुशीला जी के बहुत तरह के काम निपटा दिया करती थी जिनमें उनके घरेलू काम भी शामिल रहते थे। किसी से बात करना, किसी से मिलने जाना, कोई सामान कहीं पहुँचाना सुशीला जी के ऐसे बहुत से काम वह बड़ी तत्परता से सुलटा देती थी जिन्हें मेरी समझ में सुशीला जी को खुद ही करना चाहिए था। यहाँ तक कि वह एक छोटी डायरी रखने लगी थी जिसमें वह सुशीला जी के मुँह से निकलते ही उनके काम लिख लिया करती थी, ताकि उन्हें भूल न जाए। एक तरह से उसने अपने को सुशीला जी की सेक्रेटरी के रूप में रख लिया था। सुशीला जी अपनी चेली के भक्ति-भाव से बहुत प्रसन्न थीं, यह बात बिलकुल साफ जाहिर थी। मैं यह सब देखता और सोचता था कि सुशीला जी उससे ये सब काम क्यों करवाती हैं जिनमें उस लड़की की प्रतिभा का कोई उपयोग नहीं होता? मुझे अपने एक परिचित प्रोफेसर याद आए जो मंच पर चलती सभा के बीच सभा के अध्यक्ष के कान में फुसफुसाकर कहते थे, "आप जाकर इस नम्बर पर फोन कर दीजिए कि मुझे पहुँचने में एक घंटा देर होगी। वे मीटिंग रोककर रखें।" सभाध्यक्ष इस बात पर क्षुब्ध होने की जगह इस अहसास से दब जाता था कि यह प्रोफेसर कितना बड़ा आदमी है जो मुझे ऐसे काम का आदेश दे रहा है। वह पालतू कुत्ते की तरह दौड़कर सभा छोड़ फोन करने पहुँच जाता था। सभा में लौटते समय उसके चेहरे पर गद्गद भाव रहता था कि प्रोफेसर साहब ने इतने व्यक्तियों के बीच उन्हें ही इस काम के लायक समझा। वह अपनी जीत पर शान से मुस्कुराता हुआ वापस आसन ग्रहण करता था।

जब तक आपके नीचे कोई न हो, आपको कैसे पता चलेगा कि आप ऊँचे हैं? फिर जितना योग्य व्यक्ति आपके नीचे होगा, वह उतना ही बड़ा प्रमाण होगा कि आपकी योग्यता कितनी ज्यादा है। मेरे एक रिश्तेदार को अपने नौकर की कार्य-कुशलता और योग्यता के किस्से सुनाने का बेहद शौक है। मैं समझ रहा था कि इस योग्य लड़की से ऐसे फालतू काम करवाने के पीछे सुशीला जी का मकसद क्या है। आखिर शक्ति का अहसास किसे नहीं सुहाता? सारी दुनिया ही इसी दौड़ में लगी है। वैसे भी सुशीला जी के बारे में अक्सर सोचा करता था कि वे एक बहुत सफल राजनीतिज्ञ हो सकती थीं। ऐसा होने के सारे नुस्खे उनके पास मौजूद थे। वे बीच-बीच में उस लड़की का भी कोई निजी काम करवाकर उसे अपने अहसान तले दबा देती थीं। वर्षों की मेहनत और जोड़-तोड़ से उन्होंने अपनी ऐसी

जगह तो बना ही ली थी, कि इच्छा होने पर किसी का काम निकलवा सकें। ऐसा करने पर वह आदमी उनकी उस सूची में शामिल हो जाता था, जो किसी और का काम निकलवाने में उनकी मदद कर सकता था। उनकी शक्ति का दायरा इस तरह बढ़ता जाता था और मेरा यह विश्वास भी—कि उनमें एक सफल राजनीतिज्ञ होने के सारे गुण मौजूद हैं।

हमारी किताब का काम लगभग खत्म होने पर आ गया था। इन दिनों मैंने उस लड़की के बारे में सोचना बहुत कम कर दिया था। पर इधर कुछ दिनों से वह लड़की कुछ अनमनी और उखड़ी-उखड़ी लगने लगी थी। वह घर जाने की भी बहुत जल्दी में रहने लगी थी। मेरे साथ-साथ सुशीला जी भी उसमें होते परिवर्तन को देख रही थीं। सबसे अधिक चौंकानेवाली बात यह थी कि वह आजकल सुशीला जी की तरफ बहुत कम देखती थी और बहुत कम बोलने लगी थी। अपने जिम्मे का काम समझकर वह जल्द-से-जल्द घर चली जाना चाहती थी। एक दिन उसके जाने के बाद मेरी आँखें सुशीला जी की आँखों से मिल गईं। तब सुशीला जी ने मुझे धीमे स्वर में बताया कि उसके घर में कुछ समस्या चल रही है। इससे ज्यादा शायद वे मुझे बताना नहीं चाहती थीं। वे खुद भी बड़ी उदास लग रही थीं। कई दिनों तक ऐसा ही चलता रहा। अचानक एक दिन काम करते-करते मैंने उस लड़की की क्रुद्ध फुफकार-भरी आवाज को सुन स्तम्भित होकर सिर उठाया, तो देखा कि वह सीधी तनी हुई सुशीला जी के सामने खड़ी है। उसकी आँखों से जैसे आग बरस रही थी और वह कह रही थी, "आप झूठ बोलती हैं। आप बिलकुल झूठ बोलती हैं। आपकी सारी बातें झूठ हैं।" सुशीला जी बिलकुल शान्त रहकर उसकी तरफ देख रही थीं। उन्होंने धीमे स्वर में उसे कुछ कहा, जो मुझे सुनाई नहीं दिया। वह लड़की क्रोध से झनझना उठी। फिर कुछ कहने के लिए मुँह खोलते-खोलते अचानक उसने मेरी तरफ देखा। मैंने किसी तरह उसे रोकने के लिए कहा, "यह बिलकुल गलत तरीका है किसी से बात करने का।" यह सुनकर वह सुबक पड़ी। उसकी आँखों से आँसू बह निकले। वह बिना कुछ कहे अपना सामान बटोरकर वहाँ से चली गई। मुझमें सुशीला जी की तरफ देखने की हिम्मत नहीं थी। मैं इस दृश्य को देखकर इतना अस्त-व्यस्त हो गया था कि कुछ देर बाद बहाना लगाकर मैं भी वहाँ से चल दिया।

अगले दिन सुबह-सुबह उसे अपने दरवाजे पर खड़ा देखकर मैं चकित रह गया। वह बिना कुछ बोले अन्दर चली आई और कुर्सी के किनारे पर बैठ गई। फिर उसने धीरे-से कहा, "मैं अपने कल के व्यवहार के लिए शर्मिन्दा हूँ। मैं जानती हूँ मुझे ऐसा नहीं करना चाहिए था।" मैंने उस दृश्य को याद कर कठोर होकर कहा, "इस तरह के व्यवहार को किसी तरह माफ नहीं किया जा सकता।" यह सुनते ही उसके चेहरे से अफसोस का भाव और निढालपन गायब हो गया और उसने कड़ककर कहा, "व्यवहार? व्यवहार क्या होता है? मैं फूहड़ और

जंगली ही सही! नहीं होना मुझे औरों के जैसा! मैं जैसी थी, वैसी ही ठीक थी।" मैं हतप्रभ होकर चुपचाप उसका मुँह ताकता रहा और सोचने लगा कि आखिर ऐसी क्या बात हो सकती है जिसने इसे इस कदर बदल दिया है। यह साफ जाहिर था कि वह रात-भर सोई नहीं थी और बहुत कष्ट में थी। मेरे मन में उसके लिए सहानुभूति उमड़ आई। एक तरह से अपने स्वभाव के खिलाफ मैंने निर्णय ले लिया कि इसकी कोई गलती नहीं है और इसकी ईमानदारी में मेरा विश्वास है। वह मेरी तरफ बिना पलक झपकाए देखती जा रही थी और उसका चेहरा पल-पल बदलता एक चित्र था, जिसे पढ़ पाना नामुमकिन था। उसने एक तेज साँस ली और सीधी तनकर बैठ गई। फिर उसने अचानक तेवर बदलकर मुझे तीखे स्वर में डाँटते हुए कहा, "मैंने तो दुनिया नहीं देखी थी, आपने तो देखी थी। आप क्या करने गए थे वहाँ? किसलिए?" यह प्रश्न सुनकर मैं भौचक्का रह गया क्योंकि यह एक ऐसा प्रश्न था जिसे मैं अपने-आपसे पूछने से बचता रहा था। मुझे कोई उत्तर न सूझा। फिर मैं ठठाकर हँस पड़ा और मैंने कहा, "वह किताब अब मैं खरीद लूँगा।" अब भौंचक्के होने की बारी उसकी थी। वह अपना गुस्सा भूलकर मुझे ऐसे देखती रही जैसे उसे समझ में नहीं आ रहा हो कि वह हँसे या रोए।

जोड़-घटाव

उसने कुर्सी से पीठ सटाकर एक क्षण के लिए आँखें मूँद लीं। उसे लगा जैसे उसके पास कोई बहुत बड़ी मशीन चल रही है और वह उसकी आवाजों के बीच एकदम अकेली हो। चारों तरफ आवाजें थीं—खाने-पीनेवालों की फरमाइशों की आवाजें, खाते हुए लोगों की आपस में बातें, हँसी-ठहाके, बरतनों के रखे-उठाए जाने की आवाजें, बाहर सड़क पर बजते बस-गाड़ियों के हार्न, रिक्शों की टनटनाहट, ट्राम के गुजरने की आवाज और इन सबको दबाता हुआ होटल के छोकरे का ऊँचा स्वर, जो टेबुल से आर्डर लेकर वहीं से किचन तक पहुँचा देता था।

"अरे, आप किस ध्यान में डूब गईं सुधाजी?" सुबोध जी का स्वर सुनकर उसने चौंककर आँखें खोलीं। "हाँ, तो मैं क्या कह रहा था—यह छोकरा बिना मतलब डिस्टर्ब करता है, जानता तो है मैं रोज क्या लेता हूँ—हाँ, तो मैं कह रहा था, मैं हमेशा से 'बोहेमियन' किस्म का आदमी हूँ..." सुबोध जी ने अपनी लाल आँखें तरेरकर छोकरे की तरफ देखा। "सॉरी साहब, डोसा और लस्सी ना? अभी लाया"—छोकरा चहकते हुए आगे बढ़ गया।

'बोहेमियन?'—सुधा उन्हें गौर से देखती रही। खुरदरा चेहरा, लाल आँखें, सिर पर उड़ते रूखे बाल, पैंट-शर्ट-चेहरा सब जैसे एक ही रंग के, एक तरह का लादा हुआ बेफिकराना अन्दाज।

"पूछ लो किसी से—बड़े-बड़े मौके आए मेरे पास, मैंने वही किया जो दिल में आया। इस कालेज की नौकरी को भी तभी तक कर रहा हूँ, जब तक मन है...फिर वही धूल होगी, हम होंगे। क्यों मोहन?" उन्होंने शायद किसी कविता की पंक्ति बोली। बगल में बैठे मोहन जी बोल उठे, "आँ हाँ, यह तो अभी बच्ची है हमारे सामने। यह क्या जानती है? इसीलिए तो कहता हूँ, कोई काम हो न, तो हमें बोलना। समझी न?" फिर इधर-उधर देखकर फुसफुसाते हुए बोले, "अरे लोग खबर रखते हैं। आज तुम यहाँ 'मोउचाक' में हमारे साथ बैठी हो, यह बात अब तक सब जान गए होंगे।" उसके रंग बदलते चेहरे को पढ़ते हुए सुबोध जी ने कहा, "यह सोच रही होगी कि हम बिना मतलब कुछ रहस्य पैदा करने की कोशिश कर रहे हैं। बेचारी जानती नहीं न कुछ...हमलोग

तो यहाँ के पुराने..." बात बीच में ही छोड़कर वे सीलिंग में कोई महत्त्वपूर्ण मुद्दा खोजने लगे।

मीठी चटनी में लिपट गए समोसे को उठाते हुए मोहन जी बोले, "पुराने? यानी बहुत पुराने। अरे, इन 'गंगा पार' के लोगों को तो मैं बरसों से देख रहा हूँ। कौन क्या करता है, किसकी किसके साथ घुट रही है—ये लोग तो विश्वविद्यालय में इसी विषय पर रिसर्च करते हैं..."—कहकर वे खिलखिलाकर हँस पड़े। सुधा ने हैरत से कहा, "गंगा पार? गंगा पार माने?"—उसका चेहरा देखकर मोहन जी ने हँसते-हँसते पूरा समोसा निगल डाला। बड़ी मुश्किल से हँसी रोककर बोले, "हमारे गाँव में गंगा बहती है न, उसके उस पार के लोग...अरे भई, तुम शहर की हो न, जानती नहीं, बड़े जालिम लोग होते हैं।" सुधा के मुँह से निकला, "ओह, मैं तो कुछ और ही समझ बैठी थी।" मोहन जी ने सहानुभूति जताते हुए कहा, "तुम यहाँ के बारे में कुछ नहीं जानती न...इसीलिए तो कहता हूँ कोई काम पड़े, तो हमलोगों को बताना। हम लोग सबकी नस-नस पहचानते हैं और उसे दबाना भी जानते हैं। वह निशा है न, इतने दिनों तक बेकार उस प्रोफेसर के पीछे घूमती रही। मैंने चुटकियों में करवा दिया उसका काम, अरे, ये प्रोफेसर तो खुद हमारे पीछे घूमते हैं..." अचानक बोलते-बोलते मोहन जी जोश में आ गए, "देखो, तुमसे इतनी बातें हो रही हैं, तो एक बात और बता दूँ तुमको। तुम्हारे दुश्मनों की यहाँ कमी नहीं है...हाँ...तुम्हें मालूम हो या न हो।"

रेस्तराँ में एक नए गुट के आने से शोरगुल और बढ़ गया। सुधा को लगा कि अब एक मिनट भी और बैठना मुश्किल है। पर वह बिलकुल चुप बैठी रह गई, "यदि उठती हूँ तो ये लोग या तो डरपोक समझ लेंगे या बदतमीज।" वह आँखें नीची किए टेबुल को देखती रही। उसे अपने दुश्मनों के बारे में कोई प्रश्न न करते देख मोहन जी कुछ बुझ से गए और सुबोध से कहने लगे, "लोग इससे क्यों जलते हैं सुबोध, मेरी समझ में नहीं आता। इतनी होनहार लड़की के बारे में इस तरह की बातें सुनकर मुझे बहुत दुख होता है। हद है, कितना गन्दा माहौल होता जा रहा है इस यूनिवर्सिटी का। इसका एम.ए. में फर्स्ट क्लास क्या आया, लोग किस-किस तरह की बातें कर रहे हैं..."

सुधा तिलमिलाकर उठ खड़ी हुई। "मुझे नहीं सुननी किसी की बातें।" "अरे बाबा, तुम तो नाराज हो गईं। मैं तो तुम्हें बता रहा था कि लोग किस तरह की बकवास करते हैं—हम लोग क्या तुम्हारी योग्यता को नहीं जानते...हम तो पूरी चेष्टा करेंगे कि इस बार जो लेक्चरार की जगह खाली हुई है, वह तुम्हें ही मिले।" "अच्छा माफ कीजिए मैं चलती हूँ, मेरा सेमिनार में जाने का समय हो गया है। आप लोगों से मैं क्या नाराज होऊँगी। मैं क्या नहीं जानती कि कौन मेरे शुभचिन्तक हैं..."—कहकर सुधा बाहर निकल आई।

सुधा थकी-थकी-सी सड़क पार करके फुटपाथ पर बिछी पुरानी किताबों की दुकानों के बगल से चलती रही। उसकी ताकत को जैसे किसी ने चूस डाला था। वह जानती थी कि सुबोध जी और मोहन जी जैसे लोगों से सारे प्रोफेसर तक खुद चलाकर बातें करते हैं। "ओह, यह दुनिया ऐसी क्यों है...कहीं कोई सुन्दरता नहीं है और इसीलिए कुछ भी करने का भी कोई आनन्द नहीं है। जो दुनिया मेरे नजदीक है", वह कहती है, "हिन्दी में एम.ए. कर रही हो? करना है तो अंग्रेजी में करो।" मेरा अपना छोटा भाई कहता है, "हिन्दी साहित्य पढ़ना ही है तो रामायण पढ़ो, गीता पढ़ो।" किसी को समझाया भी तो नहीं जा सकता। यह दकियानूसीपन कैसे फिर-फिर नए लोगों में सिर उठाता है...और एक दुनिया यह है जहाँ सारे समय इसी तरह का जोड़-घटाव चलता रहता है...और यह एक घटिया किस्म की दुनिया बनती है जिसमें घटिया-से-घटिया चीज को सर्वश्रेष्ठ बताया जा सकता है... बड़े सरकारी ओहदे पर होने की योग्यता से ही अफसरों को साहित्यिक पुरस्कार मिल जाते हैं, उन पर किताबें या अभिनन्दन-ग्रन्थ छप जाते हैं जिनमें उन्हें श्रेष्ठ साहित्यकार घोषित किया जाता है..."

"अरे यार, क्या बात है? आजकल अपने से ही बातें करने लगी हो...या कोई कविता लिख रही थी...सुनते हैं आजकल बहुत कविताएँ छपवा रही हो।"—निशा ने उससे टकराते हुए पूछा। उसे गुमसुम अपना मुँह ताकते देख निशा बोल उठी, "क्या यार, तुम तो देखने में भी पक्की कवयित्री लगने लगी हो...लगता है, कोई प्रेम की कविता लिख रही थी..." सुधा व्यंग्य से मुस्कुरा उठी, "प्रेम की कविता मैं क्या खाक लिखूँगी। वह तो आपके जैसा रसपूर्ण व्यक्ति ही लिख सकता है।" "हाँ, यह बात तो ठीक कही...अच्छा यार, तुम इतनी सीरियस क्यों रहती हो? क्या हर समय पढ़ाई-वढ़ाई के बारे में ही सोचती-बोलती रहती हो। तुमको पता नहीं न्यूटन ने क्या कहा है? नहीं? यही...कि ज्ञान तो समुद्र के किनारे बड़े पत्थरों की तरह बिखरा पड़ा है...उठाती रहना जिन्दगी-भर...क्या जल्दी पड़ी है। हम तो यार, अभी घायल हो रखे हैं। सुन लो हमारी बात भी...किताबी कीड़े की तरह इतनी नीरस मत बनो यार! फर्स्ट क्लास तो हमारा भी आया था...हाँ, तो यार, हम तो नए प्रोफेसर की पतली-पतली अँगुलियों से घायल हो रखे हैं...।" सुधा की समझ में नहीं आया कि वह मुस्कुराए, हँसे या चुप रहे। उसके मन में एक क्षण के लिए यह सन्देह भी आया कि निशा जान-बूझकर उससे इस तरह की बातें कर रही है जिससे उसका चौंकना देखकर खुद अपने द्वारा घोषित अपनी 'भयंकर सेक्स अपील' वाली सहेली प्रभा के साथ हँस सके। "हमारी व्यग्रता से तुम्हें परेशानी हो रही है न क्या करें, हमारी चाहत हमारी विवशता है।"—निशा ने इतराते हुए कहा। सुधा को अचानक लगा कि हिन्दी में 'रीतिकाल' अभी तक समाप्त नहीं हुआ है—और न ही निशा सोलह-सत्रह साल की उम्र से आगे बढ़ी है।

"छोड़ो भई, तुम्हें यह सब बातें नहीं सुहातीं—मैं जानती हूँ। चलो, आज यूनिवर्सिटी में सेमिनार है न, उसमें चलें—निशा ने उसका हाथ पकड़ते हुए कहा।" "मैं तो सोच रही थी कि न जाऊँ सिर में"—सुधा के वाक्य को काटते हुए निशा बोल उठी, "क्या बात करती हो। तुम नहीं जाओगी, तो प्रश्न कौन पूछेगा? चलो यार, ऐसे क्या करती हो! पर देखो, आज हमारी प्रभा भी अपना 'पेपर' पढ़ेगी। ज्यादा प्रश्न-व्रश्न मत पूछना उससे...ठीक है न?" सुधा निशा का मुँह देखती रही कितने भ्रम होते हैं विश्वविद्यालय की दुनिया के बारे में सबके मन में—कि यहाँ बहस-मुबाहिसा होता है, हर बात को अलग-अलग पहलुओं से देखने की इच्छा होती है...पर यहाँ तो उसने देखा था कि किसी के 'पेपर' पर कुछ प्रश्न करने का मतलब था—एक तरह से उसे अपना दुश्मन बनाने का न्यौता देना। उसने देखा था कि लोग उससे अकारण चिढ़ने लगे थे और जिसका पेपर होता, वह तो उसे बाकायदा वैर भाव से देखता था। हैरान होकर उसने प्रश्न उठाने बहुत कम कर दिए थे। वह अपने मन्तव्य खुद अपने मन में ही देती जाती थी, "हाँ, आपका लेख बहुत पांडित्यपूर्ण है क्योंकि वह बहुत कम समझ में आता है...आपने अधिकांश बातें इधर-उधर से उठाकर जैसे-तैसे रख ली हैं। पाँच-सात विदेशी लेखकों के उदाहरणों को ठूँसने से हम विद्वान आसानी से कहलाते हैं।"

निशा के हाथ थामने से सुधा के मन में कुछ आत्मीयता भी जगी और उसने कहा, "चलिए, आप कहती हैं, तो चलना ही पड़ेगा। एक तरह से हम अभी भी बिलकुल बचपने में ही हैं, सुधा को लगा—वही स्कूली जिन्दगी जैसी ईर्ष्याएँ, गुटबाजियाँ, नाराजगियाँ, मित्रताएँ। निशा उसे हाथ थामे ही हाल में बिलकुल आगे की सीट पर ले गई। वह सुन्न-सी हुई सुनती रही—एक के बाद एक वक्ता को। धीरे-धीरे उसके दिमाग में शब्द सिर्फ आवाज बनते गए। उसे ऐसा लगने लगा जैसे सारे शब्द अर्थहीन होते जा रहे हैं, "तुलसी को अब तक धार्मिक, सामाजिक, ऐतिहासिक दृष्टि से देखा गया था...मैंने तुलसी को मानवतावाद की दृष्टि से देखा है, जो बिलकुल मौलिक है"—प्रभा कह रही थी और निशा कुछ सोचती हुई सुधा का चेहरा देख रही थी। सुधा के मन में आया कि ऐसा तो हो ही नहीं सकता कि निशा यह भाँप नहीं सकती हो कि प्रभा के 'पेपर' में कुछ भी मौलिक नहीं है—न विचार और न ही शब्द। पर हम सब अपनी-अपनी चुप्पी चुन लेते हैं अपने-अपने कारणों से। वह जानती थी कि एक नामी विद्वान अपने भाषण में मनगढ़न्त किताबों के मनमाने सन्दर्भ तक दे देते हैं और बहुत से लोग जानकर भी चुप रहते हैं। एक बार प्रोफेसर वर्मा ने खुद उसे इस बावत बताया था

और उसके उनकी चुप्पी का कारण पूछने पर कहा था, "किस-किस से उलझा जाए?...और फिर वे मेरे सीनियर हैं।" आखिर आत्महत्या तो कोई नहीं करना चाहता, जब तक जीने का कोई रास्ता हो—सुधा ने सोचा—इसीलिए हम

एक मरी हुई जिन्दगी चुन लेते हैं और बना लेते हैं एक मरी-मरी दुनिया जिसमें कोई सौन्दर्य नहीं, कोई जीने का अर्थ नहीं। उसने एक बार अपने चाचा के दोस्त से, जो किसी दूसरे शहर में प्रोफेसर थे, शिकायतें की थीं, तो उन्होंने कहा था, "एक बात मेरी समझ में नहीं आ रही कि तुम इतनी परेशान क्यों होती हो...मेरा मतलब है कि इतनी उत्तेजित क्यों होती है ऐसी बातों पर—यह सब तो हम जानते हैं कि सब जगह होता ही है..."

"ओह, अब यह कमल 'पेपर' पढ़ेगा। यार यह तो इतना हल्ला मचाता है कि कान में दर्द हो जाता है। अपने-आपको एकदम ग्रेट समझता है। देखा नहीं, उस दिन कितनी छोटी-सी बात पर तुमसे उलझ पड़ा"—निशा ने उसके कान में कहा। "ओह, वह तो एक गलतफहमी के कारण। कोई खास बात नहीं। मुझे तो सिर्फ उसका 'पेपर' सुनने में ही दिलचस्पी थी। बहुत इंटेलिजेंट है"—सुधा ने ध्यान कमल की ओर लगाने की चेष्टा की। "मुझे तो मोहन जी से पता चला इसका राज—शिड्यूल कास्ट है न। बड़ा बदमिजाज है"—निशा उसके कान में फुसफुसाई। वह अवाक् रह गई अप्रत्याशित ढंग से मिली इस सूचना पर। "मोहन जी बता रहे थे कि इसको नौकरी-वोकरी भी जो मिली है न, सब इसी के बूते पर। समझता है अपने-आपको दुनिया का सबसे बड़ा विद्वान।" सुधा के दिमाग में कमल की बातों की जगह प्रोफेसर गुप्ता की क्लास चल रही थी, "क्या कारण है कि भक्तिकाल में दलित जातियों से कबीर, रैदास, दादू जैसे बड़े साहित्यकार हुए, किन्तु उसके बाद इन जातियों से कोई बड़ा लेखक नहीं हुआ?" एक कोने से जवाब आया था, "क्योंकि दलित जातियाँ अब दलित हैं ही नहीं। उन्हें तो सारी सुविधाएँ मिल ही गई हैं।"

घर में घुसते हुए सुधा को भारी थकान लग रही थी। "तुमसे मिलने कोई..." —माँ के कहते ही उसे सोफे पर बैठे मोहन जी दिखाई दे गए।

"अरे मोहन जी आप?" सुधा ने बहुत चकित होकर पूछा, "क्या बात है?" "कोई बात नहीं भाई। क्यों हम नहीं आ सकते क्या तुम्हारे घर? मैंने सोचा कि सेमिनार से अब तक घर पहुँच गई होगी। तुम्हारी माँ से बातें करके तो बहुत अच्छा लगा। क्या दिव्य स्वभाव है इनका। तुम आज नाराज होकर चली आईं। मुझे बहुत दुख हुआ। इधर से गुजर रहा था—सोचा तुमसे मिलता चलूँ।"—मोहन जी ने चाय की प्याली पकड़ते हुए कहा।

"बिना वजह आपने कष्ट किया। वह तो ऐसे ही...कोई खास बात नहीं थी।... बिना मतलब आप परेशान हुए—" सुधा ने विनम्रता से कहा। "अरे, नहीं, नहीं, यह तो मेरा फर्ज था। तुमसे जलनेवालों की तो मैं एकदम छुट्टी कर दूँगा जब तुम्हारी कविता की किताब का विमोचन हिन्दी का सबसे बड़ा आलोचक करेगा... मेरी जान-पहचान है भई सबसे।"—मोहन जी ने अपना स्वर धीमा करते हुए कहा। सुधा के चेहरे पर एक क्षण के लिए पुनः तनाव की रेखाएँ उभर आईं। फिर उसने

कहा, "छोड़िए, छोड़िए, ये सब बातें। आज आप पहली बार घर आए हैं। चाय के साथ आपको बढ़िया गरम समोसे खिलाती हूँ। बगल में ही मिलते हैं।" "मोहन जी ने कुछ सोचते हुए कहा, "अच्छा मँगवाओ तब...एक बात सोच रहा था तुमसे कहूँ...तुम्हें तो प्रोफेसर वर्मा बहुत मानते हैं न? इस बार उनसे बात करो तो कहना कि मोहन जी आपकी बहुत प्रशंसा कर रहे थे। कुछ नाराज हो गए हैं मुझसे।

"क्या करूँ, मैं कुछ गलत-सलत देखता हूँ तो तुम्हारी तरह बोले बिना नहीं रह पाता। चले आए जनाब उस दिन यूनिवर्सिटी में पाजामा-कुरता पहनकर। मुझसे रहा नहीं गया। मैंने कह दिया, 'आपको कम-से-कम प्रोफेसर की इज्जत के अनुकूल कपड़े तो पहनने चाहिए।' तुम्हीं बताओ, क्या—पाजामा-कुरता पहनकर यूनिवर्सिटी आना चाहिए?" सुधा ने थूक निगलकर कहा, "पाजामा-कुरता पहनने में क्या बुराई है मोहन जी?" "अरे बस, यही तो तुम लोग नहीं समझते न। तुम लोग नई पीढ़ी के लोग क्या जानो किसी पद की और किसी स्थान की मर्यादा को...खैर छोड़ो, तुम उनसे जरूर कह देना कि मैं उनकी विद्वता का बहुत कायल हूँ।" सुधा ने बिना कुछ कहे सिर हिला दिया। "तुम्हारा घर तो काफी बड़ा है—अच्छा है, अच्छा है। किस चीज का 'बिजनेस' है तुमलोगों का? मेरा बहुत बिजनेसवालों से परिचय है—सब जगह मेरी छात्राएँ हैं। कालेज की नौकरी में क्या मेरा खर्च निकल सकता है?...तुम्हारी माँ बहुत पूजा-पाठ करती हैं। वे ही गा रही हैं न भजन? तुम्हारे घर के संस्कार अच्छे हैं। घर के बाहर 'श्रीराम' का स्टिकर भी लगा है।"

"वह मेरा छोटा भाई बार-बार लगा देता है..."—सुधा ने मुँह बनाकर कहा। "हाँ, हाँ, तभी तो कहता हूँ, सांस्कारिक परिवार है तुम्हारा। मुझे तो बस दो तरह के आदमियों से सख्त नफरत है—एक मुसलमान से और दूसरा शिड्यूल कास्ट से..." सुधा के कान अचानक गर्म हो उठे। "तुम किसी तरह की फिक्र न करना मेरे रहते। तुम्हें नौकरी की कोई दरकार तो नहीं है। पर खैर, तुम्हारा इतना मन है तो मेरे ही कालेज में तुम्हारे लिए नौकरी पक्की है। अगले महीने 'एपायंटमेंट लेटर' दिला दूँगा।"

मोहन जी को छोड़ने के लिए सुधा बाहर आकर लिफ्ट का बटन बार-बार दबा रही थी। वह ऐसी चुप हो गई कि मोहन जी भी बोलते-बोलते चुप हो आए थे जैसे उनकी बातें खत्म हो गई थीं। समय अचानक बहुत धीमे तकलीफ से चलने लगा था। "प्रोफेसर वर्मा हों या मैं—हम सभी तो आत्महत्या से डरे हुए हैं। हम कहाँ चीख पाते हैं, बस जड़ हो जाते हैं या औपचारिक", "अच्छा नमस्कार। घर आने के लिए बहुत-बहुत धन्यवाद मोहन जी। आपने बेकार इतना कष्ट किया।"

पिस्सू और कलमघिस्सू

मीटिंग बुलाई गई थी—अर्जेंट। सवाल कोई छोटा-मोटा न था। बड़ी-बड़ी जगहों के बड़े-बड़े लोगों के बारे में बात की जानी थी। जगह जरूर छोटी और मामूली थी। पुराने ढहते मकान में घुसने के लिए कूड़े के ढेर और कीचड़-भरी पिचपिचाती सड़क को फाँदते हुए किसी ट्रक-ड्राइवर की सब्जियों या फलों से लदी गाड़ी के पहियों के नीचे कुचले जाने से बचते हुए ही वहाँ पहुँचा जा सकता था। कमरा तंग था, कुर्सियों की भी कमी थी। कुल मिलाकर कुछ मामूली लोगों यानी कुछ कलमघिस्सुओं का जमघट था। हालाँकि कलमघिस्सुओं के चेहरों पर अपने गैरमामूली होने का भाव जरूर मौजूद था। यह भाव ही उनका संसार से लड़ने का एकमात्र कवच था। मन-ही-मन वे जानते थे कि इस दुनिया के सफलता के पैमाने पर वे कहीं नहीं ठहरेंगे। इसलिए उस पैमाने को जानते हुए भी उसे न मानने का एक अहंकार-भरा सुख ही था, जो उन्हें अपने जीवन से निहायत असन्तुष्ट होने से बचा सकता था।

उसकी पहली कहानी का अभी उसे साढ़े तीन सौ रुपया मिला था और वह भी हिन्दी की—सुनकर उसकी सहेली के चेहरे पर तरस खाने का भाव रोकते-रोकते भी झलक आया था। अरुणा पहले घर में सलवार-कुरतियाँ सिलवा-सिलवाकर दुकानों में बेचती आई थी। अब उसने खुद की दुकान खोल ली थी।—इतना रुपया तो वह एक-दो सलवार-कुरतियाँ बेचकर भी कमा लेती है और फिर आजकल हिन्दी की किताब पढ़ता भी कौन है? कॉलेज के बगल में खुली उसकी दुकान में जो लड़कियाँ आती हैं—सिर्फ इतराने के लिए ही बीच-बीच में हिन्दी बोलती हैं, बाकी तो सारे समय फकाफक 'हाय-हाय' करती अंग्रेजी ही बोलती हैं। अब तो अरुणा के लिए भी 'हम जाकर उसको बोला' से अलग हिन्दी बोलना भारी पड़ता है। मैंने उसको कहा—कितना बनावटी-सा लगता है! और हिन्दी की किताब तो खोले ही उसे बरसों बीत गए। उसकी दुकान में आनेवाली लड़कियाँ अंग्रेजी के रोमांटिक उपन्यास बगल में दबाए रखती हैं—कई तो उनके बीच में पढ़े हुए पृष्ठ में अँगुली लगाए रखती हैं ताकि बिल बनते वक्त भी किताब खोलकर पढ़ सकें। उसने खुद इन लोगों से ले-लेकर सैकड़ों 'मिल्स एंड बून' की किताबें पढ़ डाली हैं। पर यह सुमित्रा कहती है कि वह न जाने कैसे इतनी बचकानी किताबें पढ़ती है...।

तभी दोनों की आँखें मिल गई थीं और अरुणा समझ गई थी कि वह उसके मन की बातें एक-एक कर पढ़ती जा रही थी। अरुणा ने हल्के-से हँसकर कन्धे उचका दिए थे अपनी दुकान में आनेवाली लड़कियों की तरह—जिसका अर्थ था—हकीकत हकीकत है। जो जमाने का दस्तूर और फैशन है, वह है। इसमें मैं भला क्या कर सकती हूँ। तुम उलटा चलना चाहो, तुम्हारी मर्जी है। अरुणा ने एक बार उससे कहा था कि यदि उसे लिखना ही है, तो अंग्रेजी में लिखे। वह बोल उठी थी, "जब रवीन्द्रनाथ बांग्ला में लिखकर सारी दुनिया में जाने जा सकते हैं, तो मैं क्यों अपनी मातृभाषा छोड़कर दूसरी भाषा में लिखूँ।" अरुणा ने उसकी हर सनक-भरी बात की तरह इस बात पर भी गरदन ऊँची कर आसमान की ओर देखा था। भले ही अरुणा की पूरी पढ़ाई उसी के बनाए 'नोट्स' पर बैठे-ठाले होती गई है, पर 'नोट्स' बनाना अलग बात है और जीवन में सफल होना ऐक दूसरी बात है। अरुणा के चेहरे पर उमड़े आत्मसन्तोष के भाव से वह समझ गई कि अरुणा सोच रही है कि डिग्रियाँ होने से क्या आनी-जानी है—जीवन में सही धारा को पकड़ना बड़ी बात है। उसे यह सोचकर हैरत-सी हुई कि बिना बोले एक-दूसरे की बात समझ लेनेवाली इतनी गहरी दोस्ती में भी कैसे बाद में एक-दूसरे को समझाना इतना मुश्किल हो जाता है? शायद कहीं-न-कहीं हम एक-दूसरे को तौलते हुए दूसरे से यह मनवा लेना चाहते हैं कि दरअसल वही जिन्दगी में पाने योग्य है, जो हमने पाया है। इसके बिना किसी तरह की शान्ति उस भ्रम की तरह ही है जिसे हम जानते तो हैं कि भ्रम है, पर मानना नहीं चाहते। जीवन बेकार चुकता जा रहा है—इस भयंकर अहसास से तो आखिर हम हर कीमत पर बचना चाहते हैं...वैसे भी शान्ति शायद कोई ऐसी ही चीज है जिसको दूसरे को अशान्त या कमजोर पाकर अपने अन्दर आदमी खोज पाता है। पिछले साल क्रिसमस पर अरुणा उसे एक अच्छे महँगे होटल में 'डिनर' करवाने ले गई थी। संयोग से वह एक ऐसी जगह बैठी थी, जहाँ से वह हर नए आनेवाले को भी शीशे से देख सकती थी। उसने देखा कि हर नए आनेवाले मर्द और औरत के चेहरे पर एक घबड़ाहट होती थी कि न जाने किस तरह के लोग वहाँ बैठे होंगे और उनकी क्या प्रतिक्रिया होगी। वह दम साधकर उस रेस्तराँ में घुसता था। यदि वह पहले बैठे हुए लोगों से अधिक 'स्मार्ट' होता था, तो बैठे हुए लोगों के चेहरे बुझ जाते थे और यदि उनकी तुलना में फूहड़-सा होता था, तो पहले से बैठे हुए लोग उमंग और जोश से भर जाते थे और उनकी हँसी पहले से अधिक जोर और तीखी हो जाती थी। लगातार खिले हुए लोग वही थे जो जानते थे कि वे हर तरह से 'स्मार्ट' ही हैं और उनके आगे कोई टिक नहीं पाएगा। वे लोग हर नए आनेवाले पर एक बेपरवाही-भरी नजर डालकर अपने में मशगूल हो जाते थे, लगातार बुझे हुए वे थे जो पैसे के जोर पर इस महँगे होटल में आ तो गए थे, पर किसी तरह वहाँ 'फिट' नहीं हो रहे थे—वे एक लम्बी यंत्रणा से गुजर रहे थे। वह अरुणा के

चेहरे का भी चमकना-बुझना देखती रही थी। और थोड़ी देर बाद तो उसे बहुत मजा आने लगा था कि आनेवालों को दूर से देखकर ही मन-ही-मन सबकी प्रतिक्रिया पहले से ही बिलकुल सही-सही भाँप ले रही थी।

उस तंग कमरे का दरवाजा आवाज करते हुए फिर खुला, तो वह एक झटके से वापस उसी दुनिया में आ गई। आजकल उसका दिमाग विचित्र ढंग से काम कर रहा था। कहाँ की बात पकड़कर वह कहाँ पहुँच जाती थी, कुछ पता ही नहीं चलता था। बगल में बैठे कमल ने उसका चौंकना देखकर कहा, "हाँ-हाँ, लेखिका बनने के लिए अपनी दुनिया में डूबे रहना तो जरूरी है। यह तो पहली शर्त है लिखने की। मुझे तो भई, अब इनसे डर लगने लगा है कोई बात बताने में। क्या पता ये अपनी अगली कहानी हम पर ही लिख डालें।" उसने कुछ झेंपकर कमल को मुँह चिढ़ाते हुए अपना रुख वर्मा जी की ओर कर लिया जो मेज के चारों तरफ सट-सटकर तरह-तरह की कुर्सियों पर बैठे कलमघिस्सुओं के सामने मेज के दूसरी तरफ एक बड़ी कुर्सी पर इस तरह बैठे थे जैसे बिना ताज के बादशाह हों। उनकी सतर्क और पैनी निगाहों व तेज कानों से कोई बात बचकर निकल नहीं सकती थी। उन्होंने अपने सुनहले फ्रेम के चश्मे को नाक पर उठाते हुए उसे ध्यान से देखते हुए कहा, "भई, हमें भी दीजिए आपकी लिखी हुई कहानियाँ! हम भी पढ़ना चाहते हैं। आप लोगों की तरह साहित्य की दुनिया के आदमी तो हैं नहीं—कोई परिचित कुछ लिखता है तो जरूर इच्छा होती है पढ़ने की...।" फिर उन्होंने धीमे-धीमे मुस्कुराते हुए कहा, "वैसे भी, महिला लेखिकाओं को पढ़ना ज्यादा दिलचस्प होता है। मेरी मानिए तो अपना एक अच्छा-सा फोटो हर कहानी के साथ छपवाइए। फिर देखिए, आपकी कहानियाँ क्या 'पोपुलर' होती हैं...।" अचानक ऊपर जलते बल्ब की रोशनी में आईने की तरह चमकती वर्मा जी की गंजी टांट और छोटी-छोटी तराशी हुई काली-सफेद मूँछों से सजा आत्मविश्वास से दमकता चेहरा उसके लिए असह्य हो गया। उसने तिलमिलाकर अगल-बगल देखा तो सबकी आँखों में 'जाने दो, परवाह मत करो' की याचना दिखाई दी। वह बड़ी मुश्किल से कुछ न कहकर चुप रह गई।

"हाँ, तो देवियो और सज्जनो! हम यहाँ कुछ बहुत जरूरी मुद्दे तय करने के लिए इकट्ठे हुए हैं।...मैं आप सबका ध्यान अपनी तरफ चाहूँगा"—अपने दिमाग में आए अंग्रेजी के वाक्य का हिन्दी अनुवाद करते हुए अपनी औपचारिक तरीके से की गई घोषणा पर गद्गद होते हुए वर्मा जी मुस्कुराए। इस मुस्कुराहट पर बातचीत को सही ढंग से शुरू करने की कला में अभ्यस्त होने का गौरव झलक रहा था। "आप सब विद्वानों ने बड़ी लगन और मेहनत से जो महान कार्य पूरा किया है, आज उसे आगे बढ़ाकर अंजाम देने की जिम्मेदारी हमारी है। आपको यह जानकर परम प्रसन्नता होगी कि हमारी कम्पनी ने आपके ग्रन्थ को छपवाने में होनेवाले व्यय का भार वहन करने का निश्चय किया है। भारत की प्राचीन संस्कृति पर लिखे गए

इस महाप्रयास को पूर्णता तक पहुँचाने का श्रेय हमारी कम्पनी को मिला, यह हमारे लिए सौभाग्य की बात है। आप जानते ही हैं कि हमारी कम्पनी की परम्परा है कि जन-हित में वह इस तरह के कार्य अपने हाथ में लेती रही है...।" अपनी भाषा के सारे भारी-भरकम शब्दों के इस्तेमाल का प्रभाव देखने के लिए वर्मा जी एक क्षण के लिए रुके, तो प्रमुख कलमघिस्सू ने, जो वर्मा जी का स्कूल के जमाने का दोस्त होने के कारण उनसे तू-मैं कर सकता था, कुछ चिढ़-भरे स्वर में कहा, "हाँ, हाँ जानते हैं भाई, सब जानते हैं। यहाँ सबको यह सब मालूम है। अब काम की बात करो।" वर्मा जी इस चोट से एक क्षण रुके। फिर उन्होंने आँखें फैलाकर नाटकीय अन्दाज में कहा, "देखो भाई, तुम इस तरह हमारी बातों को बीच में काटकर हमारा बोलने का प्रवाह नष्ट मत करो। हमारी कम्पनी हमें बोलने के लिए ही तनख्वाह देती है। हम पी.आर.ओ. हैं—समझे, जनसम्पर्क अधिकारी! काम की भी बात करेंगे, लेकिन सही वक्त पर। इतना हड़बड़ाओ मत हमको।"—अपनी बातों के अनुमोदन के लिए वर्मा जी ने बाकी लोगों के चेहरों की ओर नजरें घुमाईं। सभी लोग थोड़ी तकलीफ उठाकर मुस्कुरा रहे थे। सन्तुष्ट होकर वर्मा जी ने कहा, "ठीक है, अब काम की बात हम चाहते हैं कि हमारे महा-ग्रन्थ का विमोचन दिल्ली में एक महा-समारोह में हो। इस कार्य के लिए या तो प्रधानमंत्री को बुलाया जाए या राष्ट्रपति को। उसके बाद इस शहर में हम एक समारोह में आप सब विद्वानों को सम्मानित करेंगे।" यह सुनकर फिर उसी कलमघिस्सू ने वर्मा जी को टोकते हुए इस बार धीमे स्वर में कहा, "दो समारोहों में इतना पैसा खर्च करने की क्या जरूरत है? यहीं कर लो, जो करना है।"

वर्मा जी ने इस बार ऐसे स्वर में, जिसमें बच्चों को फुसलाया-समझाया जाता है, कहा, "देखो भाई, तुम लोग यहीं तो मार खा जाते हो। यही तो कमी है तुम लोगों में। अरे, किसी बात का धूमधड़ाका न हो, तो दुनिया को तुम्हारे इतने बड़े काम का क्या पता चलेगा? छोड़ो-छोड़ो, ये सब बातें तुम लोग मेरे ऊपर छोड़ दो। यह सब तुम्हारे वश की बातें नहीं हैं। अरे यार 'नेशनल न्यूज' में तुम प्रधानमंत्री से हाथ मिलाते न दिखाई दो, तो क्या फायदा किताब लिखने का और क्या फायदा हमारे होने का?"—विजय-भरी मुस्कान से चारों ओर चेहरा घुमाते हुए वर्मा जी ने कहा। वर्मा जी को पूरा विश्वास था कि सबकी आँखों में टीवी का स्क्रीन है जिसमें वे प्रधानमंत्री से हाथ मिलाते हुए दिखाई दे रहे हैं और उनके सारे घरवाले उस टीवी स्क्रीन को देख रहे हैं। कौन ऐसा नादान हो सकता है जो यह सब न चाहता हो—भले ही ऊपरी तौर पर कोई कुछ न कहे। एक जनसम्पर्क अधिकारी भला इतना भी न ताड़ पाए, तो वह अपना काम क्या खाक करेगा? वर्मा जी बार-बार उसकी तरफ देख लेते थे और वह गुमसुम मुस्कुराती हुई उनकी ओर देख रही थी। ऐसी स्थिति में इसके सिवाय क्या किया जा सकता है, यह वह सोच नहीं पा रही

थी। फिर बाकी लोगों में से कितनों की आँखों में वर्मा जी की काबलियत के प्रति श्रद्धा और प्रशंसा का भाव था, यह अन्दाज लगाना काफी मुश्किल था। कमल से उसकी निगाहें मिलीं तो उसे यह महसूस कर तसल्ली हुई कि कमल की मुस्कान में गहरा व्यंग्य छुपा था। कमल ने वर्मा जी की तरफ मुखातिब होकर नकली गम्भीरता से पूछा, "तो वर्मा जी आपका यह महाप्रयास कब फलीभूत होगा?" वर्मा जी पर अपने आत्मगौरव का खुमार इस कदर चढ़ रहा था कि वे मदहोश-से हो रहे थे। अपने को साहित्यिक कहने-कहलानेवाले लोग किस तरह मुँह बाए उनकी कलाबाजियाँ देख रहे हैं, रह-रहकर उनके दिमाग में यह बात दौड़ लगा रही थी। आखिर वे भी किसी से कम नहीं हैं। भले ही उनके नाम के आगे डॉक्टरेट की उपाधि न लगी हो। "अरे यारों तुम लोग क्या मेरे लिए इतना भी नहीं कर सकते? मेरे नाम के आगे डॉक्टरेट की डिग्री तो लगवा दो। देखो मैं तुमलोगों के लिए किस तरह अपनी जान खपा रहा हूँ—" अचानक वर्मा जी ने कलमघिस्सुओं के प्रमुख को उलाहना-मिश्रित अधिकार के साथ कहा। प्रमुख का चेहरा दबी हुई जुगुप्सा से जैसे विकृत हो उठा। उसके चेहरे पर कई रंग आए-गए। फिर उसने बात टरकाते हुए हल्की मजाकिया आवाज में कहा, "यह कारोबार मैंने अभी शुरू नहीं किया है। कभी किया, तो तुम्हारा नम्बर पहला होगा।" कहकर उसने गरदन झुका ली।

वर्मा जी का जोश उबालें खाने लगा। मेज पर आगे झुकते हुए बोले, "तुम क्या कर पाओगे। अगर तुममें कुछ दम होता, तो तुमसे उम्मीद भी की जा सकती थी। पर तुम तो एकदम घोंघाबसन्त हो। खाली लिखने-पढ़ने से क्या होता है। मुझे देखो, मैंने जब अपने 'चीफ' को एक राष्ट्रीय पुरस्कार दिलवाने की ठानी, तो क्या-क्या पापड़ नहीं बेले! ओह, कितना भयंकर कठिन काम था। आखिर राष्ट्रीय पुरस्कार का मामला था, 'नेशनल कमेटी' थी...उसके बहुत सारे नियम-कानून थे। मैंने सबका अध्ययन किया। आप लोग विश्वास करेंगे कि धीरे-धीरे मैं ही उस पुरस्कार समिति का उपाध्यक्ष बन गया"...—दमकते चेहरे से वर्मा जी ने उसकी तरफ देखा। उसके चेहरे पर घोर आश्चर्य का भाव देखकर उनका उत्साह दोगुना हो गया। "उसके बाद मैं ब्रीफकेस में दो जोड़ी कपड़े लेकर भारत-भ्रमण पर निकल पड़ा—आज इस शहर तो कल उस शहर। एड़ी-चोटी का जोर लगाकर। किसी का किसी से सम्बन्ध पता लगाकर—न जाने क्या-क्या करके मैंने अपने प्रमुख के समर्थन में कमिटी के अधिकांश लोगों से दस्तखत करवा लिये। जब कमेटी की मीटिंग बैठी, तो मैंने वे सारे दस्तखत किए हुए कागज सामने रख दिए और भयंकर हैरानी के बावजूद कमेटी के नियमानुसार उन लोगों को मेरे 'चीफ' को वह पुरस्कार देना पड़ा।" वर्मा जी का दम फूल रहा था और वे साँस लेने के लिए एक मिनट रुक गए। सारे लोगों के बीच गहरा सन्नाटा था। "मजे की बात देखो, इस सप्ताह के एक बड़े व्यापारिक अखबार में मेरे कारनामों का

कच्चा-चिट्ठा प्रकाशित हुआ है। जो बातें मैंने मेरी पत्नी को कभी नहीं बताईं, वे भी न जाने कैसे सब बातें सूँघ लेते हैं।"—वर्मा जी ने आश्चर्य प्रकट करते हुए कहा। इस बार कमल ने लगभग उल्लसित स्वर में कहा, "तब तो आप पड़ गए मुसीबत में! अब तो आपकी छुट्टी हो जाएगी...।" वर्मा जी के ठहाकों से कमरा गूँज उठा। कमल की बुद्धि पर जैसे तरस खाते हुए वर्मा जी बोले, "अरे नहीं बच्चे! मैं तो खुद लोगों को उस अखबार के बारे में बता रहा हूँ कि वे लोग उस लेख को पढ़ें।" कमरे की सीलिंग की ओर देखते हुए वर्मा जी ने फिर जोरदार ठहाका लगाया। इस बार उसकी आँखें कमल की आँखों से मिलीं तो दोनों ने तुरन्त अपनी नजरें घुमा लीं। उसने प्रमुख कलमघिस्सू की ओर देखा, तो वह सिर झुकाए बैठा था उसका चेहरा जैसे स्याह पड़ गया था।

उद्विग्नता का एक दिन

शायद यह आम हिन्दुस्तानी आदत ही है कि हम जब भी कहीं बैठे किसी का इन्तजार करते होते हैं, तो हम आसपास के लोगों को बड़ी दिलचस्पी से देखते हैं और उनके बारे में कुछ उलटे-सुलटे निष्कर्ष निकालते रहते हैं। अब देखिए न, मैं इस यूनिवर्सिटी के ऊँची सीलिंगवाले बड़े पुराने कमरे में बैठी उस 'दो' के गजर बजने का इन्तजार कर रही हूँ, जो अभी भी पुराने तरीके से उसी भारी पुराने हथौड़े को पीतल की झूलती तश्तरीनुमा चीज पर मारकर एक आदमी बजाएगा। उस घंटे के बजते ही कक्षाओं के बन्द दरवाजे खुल जाएँगे और बहुत-से विद्यार्थी और प्रोफेसर राहत की साँस लेते हुए अभी खाली पड़े हुए गलियारे में चलते-फिरते नजर आएँगे। ऊब से बचने के लिए या शायद अपने-आपसे ही बचने के लिए मैंने इस विशाल कमरे में अलग-अलग कई जगह बैठे लोगों की तरफ नजरें घुमाकर अपना ध्यान अपने से कुछ ही दूर बड़ी टेबुल पर बैठे कुछ लोगों की तरफ लगा लिया है। मेरी पूरी कोशिश है कि उन लोगों की बातें सुन सकूँ, पर यह दिखाते हुए कि मैं किसी निजी गहरे सोच में डूबी हूँ। यह चालाकी अपने हिन्दुस्तानीपन को ढँकने के लिए है।

यह ठीक है कि इस तरह लोगों के बारे में आप कोई खास बात नहीं जान पाते—ज्यादा-से-ज्यादा उनसे मिलते-जुलते चरित्रों के माध्यम से उनके बारे में कुछ गलत-सही अन्दाज ही लगा सकते हैं। पर इसका भी एक तरह का आनन्द है और आप चाहें तो कह सकते हैं कि मुझमें शहर में पैदा होने और बड़े होने पर भी इतना गवाँरूपन है कि मैं इस तरह लोगों को जानने की कोशिश गाहे-बगाहे करती हूँ। वैसे इस समूह में मेरी दिलचस्पी का एक खास कारण भी है। ये लोग जिस आदमी की बातें इतने ध्यान से सुन रहे हैं, उसने अपने बाएँ हाथ में चार रंग के पत्थरों की चार अँगूठियाँ पहन रखी हैं। वह बार-बार अपना हाथ हिलाता है जिससे अनायास ही ध्यान उसकी अँगूठियों की तरफ चला जाता है। वह काफी सफल किस्म का तेज-तर्रार आदमी लगता है और उस तरह का आदमी बिलकुल नहीं लगता जिसे अँगूठियाँ पहनने की कोई जरूरत हो। मेरा मतलब है कि उसके ग्रह वगैरह काफी बलवान ही होंगे। वरना उसकी बातें इतनी एकाग्रता से इतने सारे

लोग क्यों सुनते होते? उसके चेहरे पर कुछ सफलता की, कुछ बुद्धि की और कुछ अच्छे खाने की चमक का मेल है। उसके कपड़े भी काफी बढ़िया किस्म के हैं और वह जिस आदमी को किसी फाइल के बारे में कुछ आदेश दे रहा है उसने अपनी गोल तोंद पर पूरी तरह उभारती हुई कसी हुई पुरानी टी-शर्ट पहन रखी है और अपनी बड़ी-बड़ी आँखों को लड़कियों की तरह झुकाए एक झेंपी हुई मुस्कान के साथ बात सुन रहा है।

दरअसल यह अँगूठीवाला आदमी अपनी अँगूठियों के कारण मुझे वकील चाचा की याद दिलाता है जो इसी तरह अपने एक क्षण के लिए भी स्थिर न रहनेवाले परेशान हाथों पर चार अँगूठियाँ पहने रखते थे। उनका काला कोट लगातार घिसता गया था और एक के बाद एक अँगूठियाँ बढ़ती गई थीं। हालाँकि वे माँ और पिताजी को हर बार यह यकीन दिलाने की कोशिश करते थे कि उनकी माली हालत पहले से बहुत सुधर गई है और एक फ्लैट खरीदने की बात भी बताया करते थे, पर सबका यह सन्देह हर बार बढ़ता जाता था कि वह खरीदा हुआ फ्लैट सिर्फ उनकी कल्पना में है। उनके चेहरे की दयनीयता और कपड़ों पर शर्मिन्दगी इस तरह बढ़ती गई थी कि मुझे अँगूठियों में विश्वास न होने के बावजूद गुस्सा आने लगता था कि उनकी अँगूठियाँ कुछ काम क्यों नहीं करतीं। पर इस आदमी के दमकते हुए चेहरे से उसकी अँगूठियों का कोई मेल ही नहीं है। मेरा खयाल था कि आदमी ज़ब मन से काफी कमजोर हो जाता होगा, तभी इस तरह अपनी कमजोरी का इश्तहार करने की हिम्मत करता होगा। नहीं, इस आदमी के चेहरे पर किसी तरह की दीनता का चिह्न नहीं है—बहुत खींच-तानकर भी इसमें और वकील चाचा में अँगूठियों के अलावा और कोई समानता नहीं खोजी जा सकती है।

आप वकील चाचा के बारे में जानने को उत्सुक हो रहे हैं न? आखिर कहानी कितनी भी बदल जाए पर उसका धर्म तो किस्सागोई ही बना हुआ है। वकील चाचा हमारे पिताजी के बचपन के दोस्त थे और कभी-कभी महीनों में, तो कभी बरसों में पिताजी से मिलने आ जाया करते थे। पिताजी और उनमें कहीं दूर-दराज का भी मेल नहीं था—हमारे पिता व्यापारी थे, वे ब्राह्मण; हमारे पिता की जीविका लक्ष्मी की आराधना से चलती थी, उनके दोस्त अपनी वकालत की पढ़ाई पर चल रहे थे; हमारे पिता आत्मविश्वास से पूर्ण थे; उनके दोस्त इतने निरीह कि आप बरदाश्त न कर पाएँ और उनकी तरफ देखने से बचना चाहें। बहरहाल, दोनों बचपन में कुष्टिया में, जो अब बाँग्लादेश में है, एक ही पाठशाला में पढ़ते थे और एक ही नदी के तट पर दोनों गुल्ली-डंडे से लेकर न जाने कौन-कौन-से खेल खेले थे। उन्हें न जाने कौन-सी चीज भूले-भटके पिताजी के पास खींच लाती थी। हालाँकि वे रुपये माँग बैठेंगे—घरवालों का यह सन्देह कभी सच नहीं निकला। वकील चाचा की बातों की धुरी उनकी बेटी थी, जो उनके अनुसार पढ़ने-लिखने में बेहद तेज

थी। वे उसकी प्रशंसा के इतने पुल बाँधते रहते कि हमें लगता ही नहीं था कि वह कोई वास्तविक प्राणी भी हो सकती है। बीच-बीच में वे पिताजी को अपनी समृद्धि में बढ़ोत्तरी के बारे में ऐसी सूचनाएँ देते रहते, जो किसी भी तरह पिताजी के लिए मामूली से अधिक नहीं हो सकती थीं। पिताजी उनकी बातों को हाँ-हूँ करते हुए चेहरे पर बिना किसी भाव के सुनते रहते। यहाँ तक कि वे वकील चाचा को बीस साल बाद मिलनेवाली बीमे की बड़ी रकम के बारे में सुनकर भी बिलकुल प्रभावित नहीं हुए थे। माँ ने ही आँखें फैलाकर "वाह, आपने तो बुढ़ापे के लिए बन्दोबस्त कर लिया" कहकर वकील चाचा को आश्वस्त किया था। माँ के दिमाग में शायद कृष्ण-सुदामा की कथा इतनी गहरी बैठी हुई थी, कि वे वकील चाचा की बहुत आवभगत करती थीं। माँ के हर बार आग्रह करने पर वकील चाचा आश्वासन देते कि वे अगली बार वकील चाची और बेटी को लेकर ही आएँगे। पिताजी के ठंडेपन के कारण वकील चाचा माँ की तरफ ही प्राण लगाए रखते थे और माँ उनके जाने के बाद दो-एक दिन तक पिताजी के प्रति उलाहने का भाव टिकाए रखती थीं।

लीजिए, मैं यहाँ बचपन की स्मृतियों को आपके लिए टटोल रही हूँ और उधर वह अँगूठीवाला बगल का आदमी बड़े जोश-खरोश में किसी महेश बाबू की बात करने लगा है जो पुनर्जन्म में यकीन करते हैं। अचानक मैं सोचने लग पड़ी हूँ कि इस आदमी की बीवी कैसी होगी? क्या इसे अँगूठियाँ पहनाने में उसका भी कोई हाथ होगा? अँगूठीवाले के बगल में बैठे टी-शर्टवाले आदमी को अब यकीन हो चला है कि मैं किसी सोच-वोच में डूबी न होकर बाकायदा उनकी बातें सुन रही हूँ, पर मैंने उसकी बिलकुल परवाह न करने की ठान ली है। मेरी इच्छा है कि मैं इस अँगूठीवाले के अन्दर से तिर आऊँ और इसमें टी-शर्टवाला बुरा माने तो मानता रहे। हाँ, तो मैं आपको बताने जा रही थी कि वकील चाची से पहली बार मिलना मुझे आज भी ज्यों-का-त्यों याद है। हम लोगों ने यह आशा ही छोड़ दी थी कि वकील चाचा कभी चाची को हमारे घर लाएँगे और हम लोगों को इसकी वजह का कुछ-कुछ अनुमान भी था, तब एक दिन अचानक वे अपनी पत्नी और होनहार पुत्री सहित सदलबल हाजिर हो गए। उन्हें देखकर हम हक्के-बक्के रह गए क्योंकि हमारी आशा के विपरीत वे दोनों बहुत सुन्दर थीं और उन्होंने बहुत ही अच्छी रुचि के 'लेटेस्ट' कपड़े पहन रखे थे। वकील चाची इतने सलीकेदार लहजे में हिन्दी बोलती थीं कि हमारी हिन्दी गड़बड़ा गई और पुत्री कान्वेंटी फकाफक अंग्रेजी, जो हमारे बूते के बाहर थी। वकील चाचा उन्हें ऐसे देख रहे थे जैसे हमारी तरह उन्होंने भी उन्हें पहली बार देखा हो। माँ कृष्ण-सुदामा की कथा के गड़बड़ाने से चुप-सी पड़ गईं, जबकि पिताजी अपना उदासीन भाव छोड़कर इनकी खातिर करते हुए शालीनता की मूर्ति बन गए। पर थोड़ी देर में ही वकील चाची ने एक ऐसी बात कह दी कि माँ का रुका हुआ प्रवाह फिर चल पड़ा। "भाभी जी, हमारे

ये तो, आप जानती ही हैं, कितने सीधे हैं। पर भाभी जी, मैं तो अपने भोले-भंडारी से ही खुश हूँ। बस, ये बने रहें। हमें कुछ नहीं चाहिए।" इतना ही नहीं, वकील चाची चाचा से मिठाई लेने के लिए इतना आग्रह कर रही थीं जैसे यह उनका ही घर हो या वे वकील चाचा से बहुत दिनों बाद मिली हों। यह सब सुन-देखकर माँ के मन में शिव-पार्वती का रूपक काम करने लगा। फिर तो उन्होंने उन लोगों की प्रशंसा में ऐसी-ऐसी मौलिक उपमाएँ दीं और चुन-चुनकर ऐसे मुहावरों का प्रयोग किया जिन्हें समझना किसी अच्छे-भले जानकार के लिए भी आसान न होता। माँ के पास न जाने कहाँ से मुहावरों का ऐसा भंडार है जिसमें हर स्थिति के लिए एक मुहावरा 'फिट' बैठता है, पर जो हमारे स्कूल में दसवीं कक्षा तक पढ़े मुहावरों में कहीं नहीं मिलता था।

इसी बीच अँगूठीवाले आदमी के पास कलफदार धोती और सिल्क का कुर्ता पहने हुए आदमी आ खड़ा हुआ है और उसने अँगूठीवाले के पास लगे जमघट से प्रभावित होकर कहा है, "ओह, कितने व्यस्त रहते हैं आप!" उसके चेहरे से अँगूठीवाले के प्रति श्रद्धा और विनम्रता टपक रही है और शायद वह सोच भी नहीं सकता कि अँगूठीवाला कोई विद्वतापूर्ण भाषण न देकर गप्पें लगा रहा था। अँगूठीवाले से वह कुछ निजी बातें करना चाहता है और उसे उठाकर दूसरे कोने में ले जा रहा है। अँगूठीवाले ने फाइलवाले को जाते-जाते कहा है कि वह तुरन्त लौटकर उसे पूरी बात समझा देगा। क्या आप भी इस वर्णन से मेरी तरह कुछ उलटे-सुलटे निष्कर्ष निकालने लगे हैं? देखिए, हर जगह की एक गरिमा होती है, पर पुराने प्रोफेसरों के ऊँची दीवालों से झाँकते चित्रों के नीचे बैठकर आप गप्पें लगाकर कोई गुनाह नहीं करते और सच पूछें, तो इन गप्पों को गहरी विद्वत्तापूर्ण बातों की तरह दिखाने में भी कोई गुनाह नहीं करते। आदमी आखिर आदमी है, वह क्या कर सकता है? हाँ, मुझे यह विनम्र दिखता आदमी जरूर घाघ लग रहा है और मुझे पूरा यकीन है कि सीढ़ियाँ उतरते वक्त वह इस विनम्रता को पोंछ फेंकेगा और अँगूठीवाले को इस तरह विनम्र होने को मजबूर करने के लिए गाली देगा। यह मेरा अनुमान है, कोई दावा नहीं। उसी तरह जैसे अँगूठी पहननेवाले व्यक्ति मुझे कम बदमाश लगते हैं या उनके अच्छे होने की सम्भावना मुझे ज्यादा लगती है क्योंकि मुझे लगता है कि जो खुद डरा हुआ हो, कम-से-कम दूसरे को ज्यादा चोट तो नहीं पहुँचा सकता। आप मेरी बात को दिमागी फितूर मानने के लिए या किसी परिचित व्यक्ति के आधार पर गलत मानने के लिए स्वतंत्र हैं। आखिर हमारे निष्कर्ष हमारे ही होते हैं।

मैं आपको बता रही थी कि वकील चाची ने वकील चाचा के प्रति प्रेम से माँ को धराशायी कर दिया। इतना ही नहीं, हमारे घर में नए-नए आए 'ब्लैक एंड ह्वाइट टीवी', जो अभी तक बहुत कम घरों में आने के कारण हमारे घर की शान

था, के बारे में वकील चाची ने हमें ऐसी नई-नई बातें बताईं कि पिताजी तक मानने को मजबूर हो गए कि वकील चाचा के पास भी टीवी होगा। हमारे मन में यह भी सन्देह पैदा हुआ कि वकील चाचा अपनी कंजूसी के कारण इस तरह फटेहाल रहते हैं। माँ ने तो उन लोगों के जाने के बाद इस तरह की कोई बात भी कही कि वे अगली बार वकील चाचा को उनके कपड़ों के लिए खूब डाँटेंगी। पर यह अगली बार कभी आया ही नहीं। साल-दो साल तक वकील चाचा आए ही नहीं। माँ-पिताजी भी शायद भूल ही गए। फिर एक दिन अचानक वकील चाची सफेद साड़ी पहने आईं और माँ के गले लगकर रोने लगीं। हम यह सुनकर स्तब्ध रह गए कि वकील चाचा का दो महीने पहले अचानक हार्ट फेल हो गया था। पिताजी तब सुबक उठे। थोड़ी देर बाद शान्त होकर वकील चाची बताने लगीं, "वे हमारे लिए बहुत कुछ छोड़ गए हैं भाई साहब। बच्ची की सगाई भी उनके सामने ही तय हो गई थी। लड़केवाले दहेज भी नहीं लेंगे। बहुत पैसेवाले हैं—दूसरी जाति के हैं तो क्या हुआ? फ्लैट का दाम भी बहुत बढ़ गया है। बस, आप उसे बिकवाने में मदद कर दें, तो फिर हमें कोई समस्या नहीं रहेगी।" उसके बाद उन्होंने बताया कि उन्होंने साड़ियों का काम शुरू कर दिया है और इतनी उत्साहित दिखाई पड़ीं कि माँ का चेहरा काला-सा पड़ गया। साफ जाहिर था, कि उन्हें यह उत्साह बहुत अशोभनीय लग रहा है। वकील चाची ने वकील चाचा का फिर नाम तक नहीं लिया। पिताजी भी कुछ हतप्रभ-से दिखाई पड़े। वकील चाची साड़ियों, टी.वी., जमीन-जायदाद की बातें घंटों करती रहीं।

अँगूठीवाला आदमी वापस लौट आया है और फिर बड़े आनन्द से गप्पें लगाने लगा है। मैं फिर अपनी आदत से मजबूर होकर उधर कान लगा लेती हूँ। लीजिए, बातचीत घर-गृहस्थी की ओर मुड़ गई है और वह आदमी कह रहा है, " 'मेरी वाइफ' की अब 'लेटेस्ट' फरमाइश यह है कि एक 'डबल डोर' फ्रीजर खरीदा जाए। हमारा पुराना फ्रीजर तो ठीक-ठाक ही है। पर सत्यानाश हो इन एडवरटाइजिंग कम्पनियों का..." उसके चेहरे पर अचानक चिन्ता की रेखाएँ दिखने लगी हैं। "अपने उपनाम से एक और गाइड-बुक लिख डालिए जनाब"—बगलवाला हँसता है। अचानक मुझे कुछ हो रहा है। मैं झटके से उठ खड़ी होती हूँ। वकील चाचा ऐसे अचानक क्यों मर गए—वे तो काफी हट्टे-कट्टे, स्वस्थ थे। कहीं उन्होंने... पिताजी ने एक बार वकील चाचा का जिक्र आने पर माँ को क्यों कहा था, "अच्छा ही हुआ, मर गया तो। बेचारे को मुक्ति मिली।" पिताजी ने माँ से यह भी कहा था, "अब तुम्हें समझ में आता है कि उसकी बढ़ती हुई आमदनी और फ्लैट—इस तरह की बातों में मैं क्यों चुप रहता था? मैं जानता था कि दौड़ने का अन्त नहीं होता।" पिताजी वकील चाची की लड़की की शादी में भी नहीं गए थे, जबकि वह खुद महँगे कपड़ों-गहनों से लदी उन्हें निमंत्रण दे गई थीं। अब देखिए दिमाग

की विचित्र गति! कहाँ से शुरू होता है और कहाँ-कहाँ भटकने लगता है। मुझे अचानक सारी दुनिया से यहाँ तक कि जिन्दगी से भय हो रहा है। मैं इतने सालों पहले की सुनी हुई बातों को अपनी कल्पना से—जैसे एक 'जिग-सॉ' पहेली के अलग-अलग बिखरे टुकड़ों की तरह एक साथ लाकर जोड़ रही हूँ। वकील चाचा का घिसा हुआ काला कोट और उनके छेदों से भरे मोजे, जिन्हें छुपाने की वे हर समय, कोशिश करते रहते थे, मेरी आँखों के सामने घूम रहे हैं। वकील चाचा अपने घर में कैसे रहते होंगे,...चाची उनकी तरफ कैसे देखती होंगी...होनहार बेटी उनसे कैसे बातें करती होगी...?

अँगूठीवाले में मेरी दिलचस्पी गायब हो गई है और मैं बाहर गलियारे में घूम रही हूँ। एक कक्षा में एक सपाट चेहरेवाली पढ़ाकू किस्म की चशमेवाली लड़की बैठी है। उसके शरीर का विकास उसकी उम्र के हिसाब से बहुत कम है और मुझे लगता है कि वह इस बारे में जरूर अन्दर-ही-अन्दर दुखी रहती होगी। यह भी सम्भव है कि उसने इस दुख से बचने के लिए किताबों की शरण ली हो या यह भी हो सकता है कि ज्यादा मगजमारी करते रहने के कारण उसका शरीर अविकसित रह गया हो। वह बिलकुल अकेली बैठी अपना बड़ा-सा एल्युमिनियम का टिफिन निकालकर खा रही है। मुझे लगता है कि उसके माँ-बाप ने बचपन से उसे पढ़ने और ज्यादा पढ़ने की ओर प्रायः हर बंगाली माँ-बाप की तरह धकेला होगा और अब उसे अच्छी तरह खिला-पिलाकर उसकी बढ़त ज्यादा करना चाहते होंगे।

मैं उसी कक्षा में घुस जाती हूँ और खिड़की पर खड़ी हो जाती हूँ। उधर दूसरे कोने में दरवाजे के ऊपर बने रोशनदानों में लगे काँचों पर कागज से बने क्रॉस के निशानों के नीचे तीन लड़कियों का झुंड है। कभी कलकत्ते पर सम्भावित बमबारी के दौरान काँचों को टूटने से बचाने के लिए ये कागज चिपकाए गए होंगे। कई बार इतिहास इस तरह निकम्मेपन और लापरवाही से भी बचा रह जाता है। ये लड़कियाँ जिन्दगी का रस लेनेवाली हैं—ये सुन्दर हैं, इनके कपड़े बढ़िया किस्म के हैं, और ये बहुत चहक-चहककर बातें कर रही हैं। ब्लैक-बोर्ड पर एक लड़की की तसवीर किसी ने चाक से बना दी है जिसका चेहरा बहुत बड़ा है और बाकी शरीर बिलकुल छोटा। ये लड़कियाँ उस तसवीर पर हँस रही हैं। ये जानती हैं कि समय इनका है।

नहीं, इन्हें देखकर आप कुछ खास निष्कर्ष नहीं निकाल सकते। हकीकत तो यह है कि हम सब आम लोग हैं और यह बात सबसे ज्यादा तब पता चलती है जब हम अपनी तसवीर देखकर निराश होते हैं। हम अपनी कल्पना में हमेशा अपनी

तसवीर से अधिक सुन्दर होते हैं। पर इन चहकती लड़कियों को देख मेरी उद्विग्नता और क्यों बढ़ रही है? वकील चाचा क्या अपनी लड़की के किसी पैसेवाले से अन्तर्जातीय विवाह करने से खुश थे? सपाट चेहरेवाली अविकसित लड़की टिफिन बन्द कर रही है। मैं एक लम्बी साँस लेकर खिड़की से बाहर देखने लगती हूँ और आपको यह बताना चाहती हूँ कि मैंने इस भीड़भाड़वाली शोर से फटती कॉलेज स्ट्रीट में हरे-हरे नए पत्तों से लदे एक पेड़ पर एक नीली चिड़िया देखी है। आपको मुझसे शिकायत हो सकती है कि मैं क्यों इस तरह की फालतू बातों से आपका और अपना समय नष्ट कर रही हूँ, पर दरअसल पिछले दो-एक साल से एक गहरी मानसिक उलझन के समय मुझे इन पेड़ों और चिड़ियों ने ही सँभाला है। उस समय किसी आदमी से सहानुभूति और समझ की उम्मीद मैं नहीं कर सकती थी। यकायक न जाने कहाँ से वे सारे पेड़ मुझे बचाने आ गए, जिनकी तरफ जीवन के इतने सालों में कभी मैंने देखा भी नहीं था या देखकर भी नहीं देखा था। लीजिए, अब आप मेरे बारे में क्या उलटे-सुलटे अन्दाज लगाने बैठ गए हैं?

मौत का एक दिन मुअय्यन है, नींद क्यों रात-भर नहीं आती

और वह लड़की तेज-तेज कदमों से चलती चली जा रही थी। उसके चलने को, उसकी रफ्तार को, उसके कपड़ों को, बालों को, हाथ में थामी हुई फाइलनुमा बैग को मैं एक-एक क्षण इस तरह देखता रहा जैसे मेरे देखने का एक पल भी छूट जाने से मेरा जीवन एक विस्फोट के साथ खत्म हो जाएगा। मेरी आँखें-आँखें नहीं रह जाएँगी और अप्रैल में हर साल घुमड़नेवाले ये काले-बैशाखी के बादल, कहीं-कहीं निकल आनेवाली धूप और बैंगनी फूलों से लदे जारुल के झूमते पेड़ इस तरह गायब हो जाएँगे, जैसे सिनेमा हाल में कभी-कभी अचानक बिजली गुल हो जाने पर परदे पर चलती दुनिया एक झटके के साथ शून्य में विलीन हो जाती है। इन दिनों मुझे जो खयाल हर समय एक भूत की तरह जकड़े रहता है वह यह है कि मरते वक्त आदमी को क्या महसूस होता है। मेरे दिमाग में रह-रहकर तरह-तरह की कल्पनाएँ आती रहती हैं, जैसे कि यदि अभी वह मिनी बस तेजी से दौड़ती हुई फुटपाथ पर चढ़कर मुझसे टकराकर निकल जाए, तो यहाँ चौरंगी रोड पर इंडियन म्यूजियम के सामने दिखता हुआ यह दृश्य, यह लड़की जो शायद कालेज पहुँचने की जल्दी में फैशनेबल सफेद-पीले रंग की सलवार-कुरती और सुनहरे बकलसवाले सफेद जूते पहने तेज-तेज चल रही है, सब जैसे हवा हो जाएँगे और कैसे सड़क पर मेरी लाश के इर्द-गिर्द सब इकट्ठे होकर कुछ-कुछ कहेंगे जिनमें शायद यह लड़की भी शामिल होगी।

इस दृश्य के बारे में सोचते हुए सहसा मुझे विश्वास हो चला है कि उसने भी इसी तरह अपनी लाश की कल्पना जरूर की होगी। जब मैंने लाल साड़ी और बड़ी-सी नथ पहनाकर सजाई हुई उसकी लाश को देखा था तो वह बिलकुल वैसी ही लग रही थी जैसे चार साल पहले उसी दिन—जब हमारी शादी हुई थी। बस उसके होंठ जहर के प्रभाव से नीले जरूर पड़ गए थे पर उसकी आँखें अधखुली थीं और उनमें अभी तक काजल लगा हुआ था। वह इतनी सुन्दर लग रही थी कि दिमाग की उस शून्य अवस्था में भी मेरे अन्दर यह खयाल उपजा था कि उसने

मरने से पहले इस दृश्य की कल्पना जरूर की होगी। साथ ही मैंने सच्चे दिल से भगवान को—यदि वह कहीं हो तो—धन्यवाद दिया था कि उसने उसकी सुन्दरता को बेदाग रखा था और उसके गोरे रंग को जरा भी फीका नहीं होने दिया था। मुझे मालूम है कि वह इस बात को बिलकुल पसन्द नहीं करती कि जब इतने लोग देख रहे हों, तब उसका चेहरा खराब दिखे। पिछले साल होली पर जब रंग से उसके चेहरे पर धब्बे-से पड़ गए थे और चेहरा खुरदरा हो गया था तो वह बहुत रोई थी। कभी भाप लेकर, तो कभी कुछ-कुछ लगाकर घंटों उसने अपने चेहरे का उपचार किया था और तब तक मेरे सिवाय उसने किसी को अपना चेहरा दिखाने से इनकार कर दिया था। मैंने सबको कमरे में आने से मना कर दिया था और घरवाले बाहर से ही उसकी तबीयत पूछ लेते थे।

इस चलती चली जा रही लड़की को देखकर न जाने क्यों मुझे उसका इस कदर खयाल आ रहा है कि मेरे सीने में जैसे कोई मवाद से भरा फोड़ा फूटने से ठीक पहले टसक रहा हो। मुझे इसका चेहरा तो केवल बगल से ही दिखा है, पर शायद इसकी चाल में या इसके कपड़े पहनने के तरीके में या बालों के झूलने में या फाइल को पकड़ने में कुछ ऐसा है जो बिलकुल उसके जैसा है। मुझे ठीक-ठीक नहीं मालूम क्योंकि अपने को बहुत कोसने के बावजूद और अपने दिमाग के ठसपन पर घोर आश्चर्य करने के बावजूद मैं सच कहूँ, तो मुझे उसका चेहरा ठीक से याद नहीं आता। वह हर समय मेरे साथ मौजूद रहती है। एक क्षण भी दिमाग से नहीं निकलती। पर चेहरा याद करता हूँ तो लगता है—ठीक से देख नहीं पाता। ऐसा कैसे हो सकता है, मुझे नहीं मालूम। पर ऐसा ही हुआ है मेरे साथ। शायद मैं बहुत कमअक्ल हूँ और इसीलिए वह मुझे छोड़कर चली गई। हालाँकि उसने कभी ऐसा कहा नहीं, पर इतना तो मैं जानता ही हूँ कि वह मुझसे ज्यादा तेज थी। वह कितनी किताबें पढ़ा करती थी और उसकी अंग्रेजी तो मुझसे काफी अच्छी थी। कितनी तरह-तरह की चीजों और कामों का शौक था उसे। किसी भी काम को सीखने की कितनी लगन थी उसमें। वह जो ठान लेती थी, उसे पूरा करके ही छोड़ती थी। वह एक छोटे कस्बेनुमा शहर से आई थी इस महानगर में, पर बिना जाने कौन यह बात भाँप सकता था? उसे हर नए फैशन की, हर नई चीज की और हर नए चाल-चलन की जानकारी सबसे पहले हो जाती थी। मुझे कई बार उसकी क्षमता पर इतनी हैरत होती थी कि मैं डर-सा जाता था। कभी बहुत गौरव की अनुभूति होती थी। वह 'ध्यान' करने के तरीकोंवाली किताबों से लेकर हर नए विदेशी पॉप संगीत के कैसेट बाजार में आते ही खरीद लेती थी। बीच में उसे गजलों का शौक हो आया, तो उसने किसी गजल गायक को शायद ही छोड़ा होगा। किसी-किसी मौके के अनुकूल शेर बोलकर हँसने लगती और फिर मुझे खोई-हुई-सी उसका अर्थ बताती। अंग्रेजी माँजने की धुन सवार हुई, तो उसने कई कापियाँ, डिक्शनरी से

शब्दार्थ लिख-लिखकर भर ली थीं। सुन्दरता बढ़ाने और खाना पकाने के सैकड़ों नुस्खों की उसने मोटी फाइलें बना रखी थीं। मेरा खयाल है कि इसी महानगर में जन्म लेकर बड़ी होनेवली मेरी दोनों बहनें उसके सामने अपने को बिलकुल गँवार समझती रही होंगी।

सच कहूँ, तो उसके बारे में बहुत-सी ये सब जानकारियाँ मुझे उसके इन चीजों के बीच अकेला छोड़ जाने के बाद मिली हैं। मैंने नहीं जाना था कि कोई आदमी किसी के प्रति एक साथ इतनी प्रशंसा और इतनी भयंकर शिकायत रख सकता है। जब मेरे घरवाले रात को मुझे तसल्ली देते-देते और खुद तसल्ली खोजते-खोजते थककर सो जाते हैं, तो मैं बत्ती जलाकर सारी चीजों को देखता हूँ। "कितनी इच्छा थी उसमें जीवन को पकड़ने की"—उसकी किताबें, कैसेट और छोटे-छोटे तरह के सामान देखकर मन में आता है। उसने अपने बालों को बाँधने की कितनी तरह की पिनें-क्लिपें और रेशमी डोरियाँ व रूमाल इकट्ठे कर रखे थे। मैंने अलग-अलग जगहों से उठाकर उन्हें एक दराज में रख दिया है और वह पूरा दराज भर गया है। उसकी चीजें देखते-देखते मैं कभी-कभी उसके प्रति एक आदर भाव से भर उठता हूँ। आखिर मैंने कब जीवन को इतनी मेहनत से काट-छाँटकर जीने की जरूरत समझी थी—उसकी सलीकेदार जिन्दगी जीने की इच्छा के प्रति मेरे अन्दर प्रेम का ज्वार-सा आता है। फिर दूसरे ही क्षण एक भयंकर अफसोस मिला डर मुझे हिलाकर रख जाता है। तेज-तेज साँसें लेता हुआ मैं उन चीजों को वापस दराजों में इस तरह डाल देता हूँ जैसे वे साँप-बिच्छू जैसी कोई चीजें हों। मैं एकदम निढाल होकर पड़ जाता हूँ और निश्चय करता हूँ कि अब मैं उसके बारे में कोई जानकारी प्राप्त करने की कोशिश नहीं करूँगा। मुझे लगता है कि उसने अपने साथ और अपनी इन सारी चीजों के साथ कितना अन्याय किया है। कभी-कभी मेरे अन्दर यह खयाल भी आता है कि इन सब चीजों ने ही उसकी जान ले ली है, हालाँकि मैं जानता हूँ कि यह एक बहुत ही मूर्खतापूर्ण बात है। इतना ही नहीं, शायद यह सच्चाई से दूर भागने की कोशिश भी है। ऐसा सोचकर मैं अपने को भरमाने की चेष्टा कर रहा हूँ कि जीवन को बनाने-सँवारने की इच्छा में कोई गलत बात है या अपने खुद के आलस के लिए सफाई खोज रहा हूँ। उसने मुझे टीवी पर फिल्में और कुश्ती देखने से रोकने की बहुत कोशिश की, पर मुझे दूसरी चीजों में कहाँ रस आता था। उसे मेरे पान खाने की आदत बहुत गँवारू लगती थी। मुझे किसी बड़े होटल में ले जाकर शराब का गिलास थामकर सिगरेट फूँकते देखना वह पसन्द करती थी। पर मैंने कब उसकी इच्छाओं की परवाह की? अब तो पिछले दो महीनों से मैं पान भूल ही गया हूँ। पर उसके इतना चिढ़ने के बावजूद मैं तब तक पान खाता रहा। सलीके से कपड़े न पहनने के कारण वह मुझसे बहुत दुखी होती थी। मैं जिस दिन कारखाने से पसीने-धूल में गन्धाता लौटता था, वह मुझे कपड़े बदले बिना

एक मिनट बैठने नहीं देना चाहती थी। वह चाहती थी कि मैं हमेशा महँगे कपड़ों में सजा-धजा रहूँ। कभी-कभी वह पूरे महीने का पाकेट खर्च मेरे कपड़ों पर खर्च कर डालती थी, पर मैंने हमेशा इस बात पर अपनी नाराजगी ही दिखाई। सच तो यह है कि मैं उसके लायक ही नहीं था। उसे जीवन जीने का शौक था। वह हर अच्छी-से-अच्छी चीज को पाना और जीना चाहती थी, और मैं हर समय अपनी चादर को नापता रहता था। वह हवा में उड़ना चाहती थी और मैं जमीन की तरफ मुँह कर गड्ढों से बचते-बचते चलने का आदी था।

लेकिन फिर भी, वह मुझे चाहती तो थी। मेरी बहुत-सी बातों को नापसन्द करने के बावजूद वह मुझे प्रेम भी करती ही होगी, वरना वह मेरे खाने-पीने-पहनने की सारी बातों का इतना खयाल क्यों रखती? मेरे कुछ समझ में नहीं आता। कोई किसी से यदि प्रेम करे, तो वह उससे ऐसा बदला कैसे ले सकता है कि उसे सारे जीवन के लिए छोड़ जाए? वह भी इस तरह कि वह दूसरा सारे जीवन अपने से लड़ता और तड़पता रहे? अभी कुछ दिन पहले मैंने एक विचित्र सपना देखा है और यदि बहुत-सी अब तक न मानी गई बातों को सच मान लूँ तो मुझे अपने इस प्रश्न का जवाब मिल जाता है। मैंने देखा कि एक कारखाना धू-धूकर जल रहा है और वह आग मैंने ही लगाई है। मैं जब आग लगाकर सीढ़ियों से दौड़ता हुआ नीचे उतरता हूँ तो देखता हूँ कि दरवाजे पर एक स्ट्रेचर पर सफेद चादर से शरीर ढके हुए कोई बीमार औरत पड़ी है। मैं जैसे ही बाहर निकलने लगता हूँ कि वह औरत लपककर मेरे पाँवों पर आ गिरती है और वहीं मर जाती है। तब मैं देखता हूँ कि वह वही है—ठीक वैसा ही चेहरा, वैसी ही अधखुली आँखें। इस सपने के बारे में मैं अक्सर सोचा करता हूँ। दिन में न जाने कितनी बार यह सपना एकदम पिक्चर की रील की तरह मेरी आँखों के सामने झलककर गायब हो जाता है। कहीं ऐसा तो नहीं कि मैंने पिछले जन्म में उसके साथ कोई बहुत बड़ा अन्याय किया हो और उसने इस जन्म में मुझसे बदला लिया हो। अभी तक तो मैंने पिछला जन्म, अगला जन्म, पुनर्जन्म जैसी बातों पर कभी सोचा ही नहीं था, पर अब न जाने कभी-कभार की सुनी-पढ़ी बातें कहाँ-कहाँ से मेरे दिमाग में आती-जाती रहती हैं। इस सपने की यह व्याख्या करने से उसके जाने के बाद मेरे दिल में पहली बार हल्की-सी राहत मिली थी। कम-से-कम मैंने कोई तो वजह खोज ली उसके इस तरह चले जाने की। क्या कहूँ कि सब लोग सहानुभूति दिखाते हुए भी मुझे अजीब-सी निगाहों से देखते हैं। मैं उनकी निगाहों में मुश्किल से छुपाए गए अविश्वास और उत्सुकता को देख पाता हूँ, पर मैं इसी तरह व्यवहार करता हूँ जैसे मैं सोच नहीं रहा हूँ कि उन्हें मुझ पर कोई सन्देह है और जैसे वे मेरी बात को पूरा सच मानते हैं। मैं जानता हूँ कि प्राय: लोग इस तरह सोचते है, "यह लड़का देखने में तो भला लगता है, पर किसी का क्या भरोसा।" यहाँ तक कि मेरी बड़ी बहन मुझसे कई बार पूछ चुकी

है कि आखिर उस दिन मैंने उससे ऐसा क्या कह दिया था या ऐसा क्या कर दिया कि वह इस तरह चली गई। मैं जब भी खीझ छुपाते हुए दोहराता हूँ कि वह एक सामान्य-सी लड़ाई थी, जो घूमने-फिरने की बातों को लेकर किसी भी मियाँ-बीवी में अक्सर हो जाया करती है, तो वह अपना चेहरा सख्त कर दूसरी बातें करने लगती है। मैं जानता हूँ कि वह मुझ पर यकीन नहीं करती और उसे यह सोचकर चोट पहुँचती है कि उसके मेरे सबसे अधिक नजदीक होने के बावजूद मैं उससे भी बातें छुपाने की जरूरत समझता हूँ।

मैं आजकल बैठे-बैठे सारे रिश्तों के ताने-बाने उधेड़-उधेड़कर उन्हें देखता रहता हूँ, पर मैं किसी के बारे में किसी निष्कर्ष पर पहुँच नहीं पाता। सच पूछें तो मुझे लगता है कि हर व्यक्ति एक पहेली है और खुद भी कोई अपने बारे में कुछ नहीं जानता। अपने बारे में हमारी कुछ धारणाएँ जरूर होती हैं जो असल में दूसरों की ही दी हुई होती हैं। मेरे बारे में एक आम धारणा यह है कि मैं किसी से ज्यादा कुछ कह नहीं पाता—क्रोध में भी अन्दर-ही-अन्दर घुमड़ता रहता हूँ। मैं अक्सर इसी धारणा के अनुसार चलता हूँ, पर मैं जानता हूँ कि यह पूरी तरह सच नहीं है। फिर यह बात भी तो सोची जानी चाहिए कि कब अचानक काल के किस क्षण मैं कौन एकदम उलटकर कुछ कर बैठेगा, यह कोई नहीं जानता। आजकल मैं हस्तरेखाओं के अध्ययन के लिए लिखी गई किताबें खरीदकर ले आया हूँ और हर समय उन्हें पढ़ता रहता हूँ। इन्हीं किताबों में डूबकर मैं थोड़ी देर के लिए अपने को भूल पाता हूँ। घरवाले इन किताबों से चिढ़ते हैं और मेरी बड़ी बहन इन किताबों को फेंक देने की धमकी कई बार दे चुकी है, पर मुझे लगता है कि इन किताबों में ही आदमी नाम की पहेली का रहस्य छुपा है। एक बार लोकल ट्रेन में सफर करते हुए मुझे एक पगड़ी बाँधे हुए पंडितनुमा आदमी मिल गया था, जिसने मेरा हाथ देखकर कहा था कि मेरी दो शादियाँ होंगी। मैंने इस बात का बहुत मखौल उड़ाया था क्योंकि उससे इतना प्रेम करने के कारण मैं जानता था कि यह बिलकुल असम्भव है। अब उसके जाने के बाद मैं पहले की तरह नहीं मान सकता कि हस्त रेखाएँ पढ़ने का कोई विज्ञान नहीं होता और ये सब बातें महज अन्धविश्वास हैं। अब मैं आत्महत्या करने की सम्भावनावाले हाथों को भी समझने लगा हूँ, पर अफसोस कि उसके हाथ की रेखाएँ मुझे याद नहीं हैं। काश मैंने पहले ही फिल्में देखकर समय बरबाद करने के बजाय इन किताबों को पढ़ लिया होता।

इन किताबों से ही पिछले सप्ताह मैंने अपनी बड़ी बहन के स्वभाव की गुत्थी सुलझा ली है। पिछले दिनों के हादसे के बाद मैं कई बार उसकी बातों से हैरत में पड़ जाता था कि वह अपनी भाभी को सचमुच पसन्द करती थी या उससे गहरी ईर्ष्या छुपाकर सिर्फ पसन्द करने का नाटक करती रही थी। उन दोनों में काफी मित्रता थी, पर उसके जाने के बाद मेरी बड़ी बहन जिस तरह उसके बारे में कभी-कभी बातें

करती है, उससे मुझे बहुत घबड़ाहट होती है। एक दिन तो मैंने उससे कह दिया था कि "मेहरबानी करके तुम उसकी बुराई मत करो। मैं ये बातें सह नहीं सकता।" तब वह मेरी ओर दुख और आश्चर्य से बहुत देर तक एकटक देखती रही। फिर उसने कहा, "इतना सिर चढ़ाया उसे, उसका नतीजा तो भुगत रहे हो। सच्चाई को क्या अब भी नहीं सुन सकते?" फिर उसने मेरा सिर अपनी गोद में ले लिया और सान्त्वना देने के अन्दाज में थपथपाती रही। मैंने तभी देखा कि मेरी बहन की हृदय रेखा में कई टापू बनते हैं। वह जिससे प्रेम करती है, उससे उतनी ही नफरत भी करती है क्योंकि वह उसमें कोई कमी बर्दाश्त नहीं कर सकती।

इस बहन से ज्यादा सुकून मुझे अब अपनी छोटी बहन के पास मिलता है। जो अपनी दीदी जितनी होशियार नहीं है। यह बहुत सीधी और सरल है और इसे ठीक से सान्त्वना देना भी नहीं आता। न तो यह कुछ बोल पाती है और न मुझे गले लागकर या हाथ पकड़कर अपनी भावनाएँ जता पाती है। वह बस एक पिटा-सा चेहरा लेकर अपनी पनीली आँखों से मुझे देखती रहती है और जब कभी नजरें मिल जाती हैं, तो अपनी आँखें फेर लेती है। इसकी भाभी ने भी इसे कुछ खास महत्त्व नहीं दिया था, और न ही मैंने। पर कल मौका देखकर इसे ही मैंने अपने सपने की बात बताई और इसे मेरी बात एकदम ठीक लगी कि मुझसे पिछले जन्म का बदला ही लिया गया है। मुझे अच्छी तरह मालूम है कि यदि मैं अपनी बड़ी बहन को यह सपना सुनाता तो वह कहती कि यह एक भ्रान्त दिमाग का कुछ-कुछ बुनना है या शायद सपनों की व्याख्या का कोई सिद्धान्त बताने लगती। यह मुझसे कभी नहीं पूछती कि मैंने ऐसा क्या झगड़ा किया कि उसे बर्दाश्त नहीं हुआ। यह कहती है कि यह सब भाग्य का फेर है और हर आदमी को अपने हिस्से का कष्ट झेलना ही पड़ता है। मैंने इससे कहा है कि इसकी भाभी से मेरा हिसाब-किताब अब अगले जन्म में ही सलटेगा और उसे सात जन्म में भी मेरे जैसा ध्यान रखनेवाला पति नहीं मिलेगा। इस बात पर इसने बहुत गम्भीर होकर यह कहकर अपनी सहमति जताई, "इसमें क्या शक है!" इसकी हृदय रेखा में कोई टापू नहीं है। कल मेरी इच्छा हुई कि इसे खुद ही बताऊँ कि उस दिन हमारे बीच क्या बात हुई थी। मैं जानता हूँ कि यह मेरी कोई बात किसी से नहीं बोलेगी। मैं यह भी जानता हूँ कि यह समझती है कि इसकी भाभी से मैं अब भी प्रेम करता हूँ और उसकी कोई ऐसी बात किसी को नहीं बता सकता जिससे लोगों के मन में उसकी छवि खराब हो। मैंने इसको बताया, "वह लांग ड्राइव कर शहर के बाहर कहीं दूर किसी नए खुले ढाबे में खाना खाने जाना चाहती थी पर मैं पिछले दिन कारखाने में बहुत थककर लौटा था और उस दिन मेरा उतनी दूर गाड़ी चलाने का मन नहीं था। तब उसने मुझे एक फाइव स्टार होटल में चलकर बैठने के लिए कहा, किन्तु मेरी जेब में उस लायक रुपये नहीं थे। वह मेरी हैसियत जानने के बावजूद मुझे ऐसा करने को कहती रहती थी, यह

सोचकर मेरे अन्दर बहुत झुंझलाहट और हताशा-भरा क्रोध उमड़ा। इसके बाद हमने एक-दूसरे पर आरोप-प्रत्यारोप लगाए जैसे कि दो बहुत नजदीक रहनेवाले लोग आपस में झगड़ने पर लगाते हैं। उस समय यही सबसे बड़ी इच्छा और कोशिश रहती है कि कौन ऐसी बात बोल दे जो दूसरे के दिल में चुभकर ज्यादा-से-ज्यादा कष्ट दे। फिर वह अचानक चुप हो गई। मैंने गाड़ी घर की तरफ मोड़ ली। मुझे खयाल आता है कि पूर्णिमा का चाँद पूरी तरह रोशन था और गाड़ी के साथ-साथ चल रहा था। मैंने जिन्दगी को कोसते हुए चाँद को शिकायत और नफरत से देखा। इतने में एक टैक्सीवाला अचानक इस तरह गाड़ी के बगल से आगे आ गया कि गाड़ी उससे भिड़ते-भिड़ते बची। मैंने गुस्से से चिल्लाकर उसे एक अश्लील गाली दी। इस पर उसने अपनी चुप्पी तोड़ते हुए तीखे स्वर में कहा, "मुझे यहीं सड़क पर उतार दो।" मैंने कुछ जवाब नहीं दिया और अन्धाधुन्ध गाड़ी चलाता हुआ घर लौट आया। गाड़ी से उतरकर मैंने निचली मंजिल पर बना ऑफिस का कमरा खोल लिया जबकि उस दिन छुट्टी थी। वह शान्त भाव से ऊपर चली गई। पन्द्रह मिनट बाद ही जबकि मैं ऊपर जाकर उसे मनाने की सोच रहा था, नौकर दौड़ता हुआ उसकी खबर लाया। मैंने उसे उल्टी करवाने की असफल चेष्टा की। फिर घबराकर उसे अस्पताल ले गया, जहाँ जैसा कि तुम जानती ही हो—बाईस घंटे बेहोशी में मौत से लड़ते हुए उसने प्राण छोड़ दिए।"

हर आदमी कितना विचित्र होता है—किसी को समझना और जानना बिलकुल असम्भव ही है। मेरी बहन ने बीच-बीच में आँखें पोंछते हुए पूरी गाथा सुनी। मुझे बेहद आश्चर्य हुआ जब बात पूरी होने के बाद उसने मुझे शिकायत-भरी रुँधी हुई आवाज में कहा, "तुम्हें भाभी के आगे किसी को इस तरह गन्दी गाली देनी चाहिए थी क्या? तुम जानते हो, वह इस तरह की बातों को बिलकुल बर्दाश्त नहीं कर सकती थीं।" मैं तभी से आश्चर्य में पड़ा हूँ कि इस पूरी कहानी की इतनी सारी बातों में उसका ध्यान सिर्फ इसी बात पर क्यों पड़ा? उसने सारी बातें सुनकर यही बात क्यों कही? या वह यह कहकर मुझे वे बहुत सारी बातें तो नहीं बता रही थी, जो वह कह नहीं पाती है और जिन तक मैं उसकी बात सुनकर और गहराई से सोचने पर पहुँच रहा हूँ। पर मैं यह भी सोचने लगता हूँ कि क्या इतना ही था हमारा प्यार, हमारी हँसी—बातचीत और क्या-क्या नहीं? क्या हमारा सच इतना ही था? नहीं, मैं ऐसा नहीं मान पाता। किसी तरह भी नहीं। मैंने कुचले गए कीड़े की तरह सारी ताकत जुगाड़कर फिर से अपने हाथ-पाँव हिलाए। अपनी छोटी बहन के ही बात करने के अन्दाज को अपनाते हुए मैंने उससे कहा, "सब भाग्य का फेर है। मुझे जब लोकल ट्रेन में उस पगड़ीवाले पंडित ने कहा था कि तुम्हारी दो शादियाँ होंगी, तो मुझे यकीन नहीं आया था। अफसोस तो यह है कि उसके प्राण बिछुड़ गए और अब मुझे उसके हाथ की कोई रेखाएँ याद नहीं आतीं। कितनी कोशिश करता हूँ, पर

कुछ भी साफ-साफ नहीं दिखता। उसके हाथ की छाप तक नहीं बची है कहीं।" मेरी छोटी बहन चुपचाप मुझे घूरती रही। उसकी आँखों में एकदम पानी नहीं था। फिर उसने धीमे से कहा, "क्या भाभी को इस पगड़ीवाले पंडित की बात बताई थी तुमने?" मैं भौचक्का-सा उसे देखता रहा और मैंने मुँह से बिना कुछ कहे "हाँ" की गरदन हिलाई। तब मेरी बहन ने एक सुबकी ली और वहाँ से उठकर चली गई।

यह लड़की जो तेज-तेज कदमों से चली जा रही है, मेरे अन्दर न जाने क्या जगा रही है—शायद इसे ही वेदना कहते हैं। इसकी चाल-ढाल शायद उसके जैसी है। यह भी शायद वह सब कुछ कर सकती है, जो यह ठान लेती है। मेरे अन्दर अचानक बहुत घबड़ाहट होने लगी है। मेरा दिल बुरी तरह धड़क रहा है। मेरा मन होता है कि मैं दौड़कर उस लड़की के पास जाकर उसका हाथ देख लूँ कि कहीं उसके हाथ में आत्महत्या की रेखाएँ तो मौजूद नहीं हैं। पर मैं जानता हूँ कि मैं ऐसा कुछ नहीं कर पाऊँगा। मैं उस लड़की के ओझल होने के पहले ही अपना मुँह घुमाकर चौरंगी रोड पर एक कतार में लगे जारुल से हल्का बैंगनी फूलों को देखने लगता हूँ, जो हवा में हिल रहे हैं और जिन्हें वह अब कभी देख नहीं पाएगी।

लाल मिट्टी की सड़क

वन्दना ने करवट बदलकर अपने मन को उस बेचैनी से मुक्त करने की कोशिश की, जो आधी नींद तक पहुँचते-पहुँचते न जाने कहाँ से आकर उसे दबाने लगी थी। अधजगी-सी हालत में उसका दिमाग इस बेचैनी का कोई कारण खोज नहीं पा रहा था। 'यह घबराहट है या एक तरह का खालीपन-सा?" उसने अपनी बोझिल आँखें खोल बगल के पलंग पर लेटी सविता जी की ओर देखा। पूर्णिमा के दो दिन बाद के चाँद की रोशनी कैसुरीना के लम्बे पेड़ों से छनकर कमरे में आ रही थी। न जाने यह एक नई जगह में सोने का असर था या चाँदनी को रोकने की कोशिश करते उन पेड़ों की कमरे में बनती छाया का, वर्षा का मन हैरत से भर उठा। "क्या मुझे ही यह बिलकुल अकेले होने की अनुभूति—यह खालीपन इस तरह घेर लेता है या सभी को इससे गुजरना होता है?" एकबारगी उसका मन हुआ कि सविता जी को जगाकर उनसे पूछे, पर फिर उसे लगा कि यह हरकत बचकानी लगेगी।

"पता नहीं, आदमी क्या खोजना और क्या पाना चाहता है? शायद वह हर वक्त अपने-आपको ही ढूँढ़ता रहता है—अपने गहरे अकेलेपन से बाहर आकर खुद को जानना चाहता है..." वन्दना ने बादलों की दौड़ से कमरे में सामने की दीवार पर बार-बार बनती और मिटती छायाओं को देखा। रात की निस्तब्धता में कुछ अजीब ढंग से उसे अपने एक यात्रा में होने का भान हुआ...सूरज के चारों ओर दौड़ लगाती, अपनी धुरी पर घूमती पृथ्वी और हम सब उसके साथ घूमते हुए। एक अमूर्त कल्पना उसे हकीकत-सी लगी। पूर्वपल्ली गेस्ट हाउस में सामने की ओर उसे गुलंछ के सफेद फूलों की खुशबू अचानक हवा के झोंके के साथ कमरे में भर गई। "फिर चली आई हूँ मैं अकेले—बिना किसी पुरुष के—पिता नहीं, पति नहीं, पुत्र नहीं—भले ही इस बार एक दिन के लिए ही और यह भी सविता जी के साथ ही...पर यह भी क्या कम है?" वन्दना का दिमाग अब पूरी तरह चेतकर जैसे जिन्दगी का हिसाब ले रहा था। "दो साल पहले जब पहली बार अपनी सहेली से मिलने यहाँ शान्तिनिकेतन अकेली आई थी, तो धान के खेतों के बीच दौड़ती रेल में कितने अद्भुत हलकेपन का अहसास हुआ था—जैसे धरती से ऊपर उठकर धरती को देख रही हो..."

"मम्मी, नानी क्या तुम्हें इस तरह अकेले छोड़कर कभी गई थीं, जो तुम मुझे छोड़कर जा रही हो?" अचानक पूछे गए अप्रत्याशित सवाल पर वह चुप रह गई थी। "तुम्हारी मम्मी मॉडर्न हैं भई!" क्या सुरेश के व्यंग्य में खिन्नता छुपी थी? "नहीं बिट्टू। मॉडर्न कोई इस तरह इतना-भर करने से नहीं होता...और देखो, तुम भी जब बड़ी हो जाओगी तो बहुत से ऐसे काम करोगी, जो मैंने कभी नहीं किए। इस तरह सब कुछ हर बार बदलता रहता है। मैं नानी तो नहीं हूँ न—उसी तरह जैसे तुम—मैं नहीं हो?"—वन्दना ने निरपेक्ष स्वर में चेहरे पर बिना किसी भाव के कहा था।

वन्दना ने आँखें गड़ाकर चाँदनी में सोती हुई सविता जी के चेहरे को पढ़ने की कोशिश की। "एक तरह से सविता जी जैसे लोग कितने सुखी हैं—बने-बनाए रिश्तों को बिना किसी विरोध के सहज भाव से स्वीकार करते हुए। पति से गहरा प्रेम और अब ढलती उम्र में स्मृतियों की धरोहर सँभाले हुए...इस तरह कि यह भी नहीं मालूम पड़ता कि बच्चे न होने की कोई कचोट है। शान्त, सँभली हुई, अपने अकेलेपन को भाग्य मानकर सरलता से सहती हुई। पर औरों का सुख हमारा सुख तो नहीं हो सकता न? हममें जैसे एक भीतरी हाँक है—रिश्तों को अपनी कसौटी पर जाँचने, उलटने-पुलटने—टटोलने की—उनके नए अर्थ निकालने की। शायद हम हर समय एक तरह के सन्देह से घिरे हुए हैं कि कहीं हमारा जीवन अधूरा तो नहीं—कहीं जिन्दगी हमें बेवकूफ तो नहीं बना रही?"

"अच्छा वन्दना, बताओ तो, क्या तुम कह सकती हो कि तुम्हारे और तुम्हारे पति के बीच फिफ्टी-फिफ्टी बराबरी का रिश्ता है? क्या तुम्हें उन्हीं की दी हुई आजादी को बरतते हुए अपनी लिखाई-पढ़ाई नहीं करनी पड़ती?"—प्रभा यूनिवर्सिटी में अकेली बैठी कुछ सोच रही थी और वन्दना के क्लासरूम में घुसते ही उसने वन्दना से प्रश्न पूछ डाला था। 'फिफ्टी फिफ्टी?' वन्दना सोच में पड़ गई। वह जानती है कि प्रभा के अपने कटु अनुभव हैं। लेकिन नहीं, सुरेश की उदारता को इस तरह नहीं तौला जा सकता। यह तो बिलकुल गलत होगा। आखिर तक परम्परा सम्मत रिश्तों को ही जाननेवाला पुरुष जब औरत को आजादी देता है, तो वह खुद कितनी उथल-पुथल से गुरजता होगा। मैं खुद भी क्या इसकी शिकार नहीं?...फिर सुरेश ने तो कभी मेरी सफलताओं का श्रेय खुद नहीं लिया...कभी अपनी उदारता की धौंस नहीं दिखाई कि "देखो मेरे कारण ही तुम शादी के बाद पढ़ सकीं।" मीना के पति की तरह किसी से अपनी प्रशंसा सुनकर इतना भी नहीं कहा, "मैंने क्या किया...मैंने तो बस लगाम ढीली छोड़ दी।"—नहीं, इतना भी नहीं कहा जिसमें यह अहंकार होता कि लगाम मेरे हाथ में थी। लेकिन फिफ्टी-फिफ्टी? क्या मैंने हर अगला कदम डर-डरकर ही आगे नहीं रखा? क्या सुरेश की स्वीकृति के बिना कुछ करने का साहस अब भी मैं कर सकती हूँ? क्या एक कृतज्ञता का

बोझ नहीं मुझ पर कि "मैं कृतज्ञ हूँ क्योंकि तुमने मुझे मेरा जीवन मेरे ढंग से जीने दिया।" ऐसा तो मैं नहीं सोच पाती कि "यह मेरा जन्मसिद्ध अधिकार था और उसे तुमने मुझे लेने दिया तो कोई अहसान नहीं किया।" लेकिन क्या किसी भी रिश्ते में इस तरह बराबरी का हिसाब-किताब हो सकता है? क्या इस तरह अपनत्व और प्रेम हाथ से फिसल नहीं जाएँगे?—वन्दना सोचती रही।

"मुझे तो नींद नहीं आ रही और तुम हो कि तुम्हें तो मुझे देखते ही जैसे कम्पोज़ का इंजेक्शन लग गया हो। बस लेटते ही झट से सो जाओगी"—सुरेश के स्वर में कई दिनों से दबी खीझ थी।

"रात के साढ़े ग्यारह बज रहे हैं। इस वक्त नींद आ भी रही है, तो क्या गलत है? फिर तुम जानते हो कि मैं सुबह जल्दी उठ जाती हूँ।"—वन्दना ने मुस्कुराहट से खीझ को हटाना चाहा था।

"हूँ पहले जमाने की औरतें भी क्या होती थीं—पति के खाने के बाद खाना, पति के सोने के बाद सोना...और अब तो हर बात पर कितने प्रश्न हैं—गलत-सही बाबा-रे- बाबा!"—सुरेश का मकसद उसकी नींद उड़ाना था, यह समझते हुए भी वह अपने को रोक नहीं सकी। दिमाग में कहीं से 'फिफ्टी-फिफ्टी' उग आया। "कभी नहीं सुधर सकते तुम लोग! कहीं-न-कहीं तुम लोगों के दिमाग में 'पति परमेश्वर' वाली इच्छा जो भरी हुई है। क्यों हम दो दोस्तों की तरह बराबर-बराबर नहीं हो सकते? क्यों तुम लोग औरतों के खाने और सोने का समय अपने मन से चलाना चाहते हो? इसीलिए न कि तुम लोगों ने औरतों को अपना गुलाम समझ रखा है।"—वन्दना ने तमतमाकर सुरेश की ओर देखा। "तुम बातें करते-करते तुम लोग—तुम लोग क्यों करने लगती हो? बात तुम्हारी-मेरी हो रही है। तुम औरों को बीच में क्यों ले आती हो? तुम तो अपनी मर्जी से सोती-जागती हो, खाती-पीती हो, तुम्हें भला क्यों शिकायत है इतनी?" सुरेश की मुस्कुराहट से वह रुआँसी हो आई।

"नहीं आज मैं समझ रही हूँ कि तुम्हारे मन में क्या है। तुम भी अन्दर से औरों की तरह ही हो। नहीं, कहीं बराबरी नहीं होती औरत और आदमी के बीच...हो ही नहीं सकती जब तक औरतें अपने पाँवों पर खड़ी न हों। पहले की औरतों का उदाहरण दे रहे हो मुझे? इसलिए न कि तुम..." "बहुत हो गया वन्दना! हद है कि तुम एक साधारण से मजाक के पीछे भी न जाने क्या-क्या ढूँढ़ लाती हो। हर बात को एक झगड़ा बना लेती हो। इतनी ही तो माँग थी न मेरी कि तुम मेरे साथ थोड़ी देर और जाग लो...मुझसे बातें करो? यदि तुम ऐसी माँग मुझसे करती तो मैं कभी इसमें अधिकारों का झगड़ा नहीं लाता। पर तुमलोग सीधे-सीधे किसी बात को देख ही नहीं सकती...न जाने क्या ग्रन्थि बन गई है तुम लोगों में..."

वन्दना ने एक गहरी साँस लेकर चाँदनी में कलाई की घड़ी देखने की कोशिश की कि कितने बज रहे हैं। नींद बिलकुल उड़ गई थी दिमाग जैसे एक भँवर में गोल-गोल घूम रहा था। "जब हम किसी जगह से दूर अलग होते हैं, तब ज्यादा गहराई से वहाँ से अपने रिश्तों को देख पाते हैं"—वन्दना को लगा कि वह शायद वहाँ इस तरह अकेले होने का समर्थन ढूँढ़ रही है। "मैं कौन हूँ और क्या हूँ। बस यही जानना मेरे यहाँ होने का कारण है"—कल वन्दना ने अपनी सहेली से कहा था। "सुरेश ने दिमाग की ग्रन्थि की जो बात कही, क्या वह वाकई सच है? क्या हम रिश्तों की पड़ताल करते-करते बेमतलब बातों को उलझा लेते हैं? क्या हम सचमुच अपने संस्कारों के या उन संस्कारों को पार करने की इच्छा के ही इतने गुलाम हैं कि इसमें कहीं कोई निजी अनछुई संवेदना ही नहीं बचती और हम खुद अपने मन के घेरे में ही चक्कर लगाते रह जाते हैं?" "मुझे हमेशा ऐसा लगता है जैसे कोई ऐसा व्यक्ति मिल जाएगा जिसके आने-भर से सारे प्रश्नों के उत्तर मिल जाएँगे और जैसे सब कुछ एकदम व्यवस्थित और ठीक हो जाएगा...एक तरह से जीवन का अर्थ समझ में आ जाएगा..." वह एक रौ में प्रोफेसर रमेश से गप्पें लगाती हुई बोलती चली गई थी "...इसलिए मुझे लगता है कि हर सम्बन्ध को लेकर मेरे मन में एक खोज-सी रहती है। हालाँकि ऐसा कुछ कहीं दिखता नहीं... कहीं क्षुद्र बुद्धि है तो कहीं हृदय की क्षुद्रता निराश कर डालती है...कहीं दोनों ठीक हैं पर घोर परेशानी और उदासी है...कोई आनन्द ही नहीं है जीवन में...।" प्रोफेसर रमेश उसकी ओर भौंचक से देखते रहे थे। वह एकदम-से संकोच में भर उठी थी। "लेकिन आपको देखकर तो ऐसा नहीं लगता कि आप सोचती हैं कि कोई और आकर सारी उलझनें सुलझा देगा? मुझे तो हमेशा यह महसूस हुआ है कि आप अपने निर्णय खुद लेना पसन्द करती हैं। मैंने तो ऐसा कभी नहीं सोचा...नहीं, उम्र के किसी दौर में नहीं...अब भी नहीं, जब जिन्दगी का अधिकांश बीत गया है—बहुत परेशानियों में भी नहीं—कहीं आपका ऐसा सोचने का कारण आपका औरत होना तो नहीं है?"

वह बहुत आहत हुई थी इन शब्दों से। एक घबड़ाहट भी उपजी थी, "तो क्या सचमुच मेरा सारा सोचना-विचारना एक औरत होने से ही जुड़ा है? क्या एक व्यक्ति के रूप में मेरी कोई सत्ता नहीं?" जिस अहसास को वह वर्षों से जीवन के अर्थ की एक गहरी खोज के रूप में देखती आई थी, वह क्या सिर्फ एक कमजोरी-भर है? एक सहारे की जरूरत, सहारा क्योंकि वह दुर्बल है? उसने बहुत पहले एक दिन 'यशोधरा' निकालकर 'अबला जीवन हाय तुम्हारी यही कहानी...' और रामायण निकालकर 'ढोल गँवार शूद्र पशु नारी...' पंक्तियाँ काट दी थीं। यह ठीक है कि वह एक बचकाना विद्रोह था, पर कहीं अपने को दुर्बल न मानकर जीने की चाह भी तो थी? लेकिन क्या वह सचमुच अपने को दुर्बल

मानने के संस्कार से मुक्त हो सकी? बचपन से उसने माँ को पिता की प्रखर बुद्धि के सामने पुरुष की श्रेष्ठता को बिना प्रतिवाद के स्वीकार करते देखा था। खुद उसे माँ से कभी विशेष सहानुभूति नहीं हुई। माँ स्वयं धन्य भाव से ही पिता की हर मर्जी चलने देती थीं। पीड़ित होने का भाव माँ में बहुत कम ही नजर आता था। वह तो खुद बड़े होते-होते जब उसने उस मर्जी की निरंकुशता को समझा, तो वह अपने को कमजोर पक्ष में पाया। उस मर्जी में किसी प्रकार के बहस-मुबाहिसे की गुंजाइश न होना उसे अखरने लगा। उसे अपने एक दुर्बल अस्तित्व यानी एक औरत होने का अर्थ समझ में आने लगा और साथ ही दिमाग में यह प्रश्न भी, "यदि मैं लड़का होती तो?"

"देखो, इन दो दिनों तक बिस्तर पर नहीं बैठते और किसी चीज में हाथ नहीं लगाना। नीचे चटाई बिछाकर बैठना और रात में वह नीली रेशमी चादर बिस्तर पर लगाकर सोना। समझ गई न...जैसे दीदी करती हैं न वैसे ही"—माँ बड़ी जिम्मेदारी के भाव से उसके कान में खुसफुसा रही थीं। वन्दना चुपचाप सुनती रही थी। उसने चटाई और नीली चादर के रहस्य के बारे में बहुत बार सोचा भी था, पर पूरी जानकारी के बिना किसी निष्कर्ष पर पहुँच नहीं पाई थी। दीदी ने पूछने पर झिड़ककर भगा दिया था। माँ के खिसकते ही वह दादी की गोद में घुसकर बिस्तर पर सो गई थी। "मैं न चटाई पर बैठूँगी, और न उस चादर पर सोऊँगी...और तुमको तो मैंने छूकर अछूत बना ही दिया है। अब क्या करोगी?" दादी चुपचाप उसके सिर पर हाथ फेरने लगी थीं। "माँ, यह क्या, तुम इसे समझाती नहीं हो? यह क्या कर रही हो। सब कुछ छू दिया इसने।"—पिताजी के शब्दों से वह बुरी तरह चौंक गई थी। "तो क्या ये भी यही चाहते हैं?" "अभी बच्ची है, धीरे-धीरे समझ जाएगी बेटा"—दादी ने बात को टाल दिया था। महीने-दर-महीने बीतते गए थे। पर वह अपने निर्णय पर माँ की नाराजगी और पिता की अप्रसन्नता के बावजूद दादी का सहारा लेकर डटी रही थी। अन्ततः दीदी ने भी विद्रोह कर दिया था, "वाह, इसके लिए अलग नियम हैं और मेरे लिए अलग?" यह पहला सफल विद्रोह था, किन्तु कहीं यह भी तय हो गया था कि एक कमजोर पक्ष के लड़ने के हथियार बुद्धि और तर्क न होकर एक ठुनकती हुई जिद ही हो सकते हैं। इस हथियार का प्रयोग उसे इतना अपमानजनक लगा था कि उसने बाद में किसी बात के लिए इस तरह जिद करने के बजाय पिता की मर्जी को चलाने देना ज्यादा ठीक समझा था।

बाहर भोर की शुरुआत होने को थी और अन्धकार फटने लगा था। एक कोयल ने जैसे डरते-डरते धीमी आवाज में कूकना शुरू किया। उसका हौसला बढ़ाते हुए पपीहे ने 'पी-कहाँ' की रट लगा दी। वन्दना का मन अनायास एकदम हल्का हो उठा। उसने पहले कभी पपीहे को बोलते हुए नहीं सुना था। "कहीं जाने से कुछ नया जरूर मिलता है और वही शायद जीवन का अर्थ भी है और अपनी भीतरी

तलाश की तुष्टि भी।" कल से न जाने कितनी तरह की चिड़ियों की बोलियाँ उसने सुनी थीं और कितनी खुशबुएँ उसने जानी थीं। उसकी सहेली हर नई आवाज और नई खुशबू पर उसका चौंकना और ठिठकना देखकर उत्साहपूर्वक बताती रही थी, "यह आवाज रंगीन चिड़िया की है और इस चिड़िया को हम फूलटुस्सी कहते हैं... वह महोक जमीन पर बैठी है...यह माधवी लता, यह मालती की खुशबू आई...और यह चम्पा की खुशबू? पहचानती हो...वह देखो चम्पा का बड़ा पेड़ उस मकान के कम्पाउंड में..."। चम्पा की खुशबू उसे बचपन से बहुत पसन्द थी, पर उस दिन सुरेश ने चम्पा के फूल उसके लिए नहीं खरीदे थे।

प्रोफेसर वर्मा के साथ नाटक देखकर अकेले निकलते हुए देखकर उसे लेने आए सुरेश का चेहरा कैसा-कैसा हो गया था। घर जाकर भी वह एकदम गम्भीर रहा था। "तुमने तो कहा था कि और भी कई लोग साथ जा रहे हैं। तुम्हें इस तरह कोई अकेले उनके साथ देखे, तो अच्छा लगेगा क्या? "अन्तिम समय पर बाकी दोनों साथियों का प्रोग्राम बदलने की सफाई देते-देते वन्दना क्रुद्ध हो उठी थी। "तुम्हें विश्वास नहीं मुझ पर? औरों की बात छोड़ो, कोई क्या सोचेगा और क्या बातें बताएगा...तुम्हें क्यों इतना बुरा लग रहा है?" रात को सुरेश के न खाने पर उसने अकेले खाना खा लिया था। "भूखे रहकर किसी पर दबाव डालना तो कमजोरी है या फिर ब्लैकमेलिंग। मैंने कोई गलती नहीं की है।" बाद में सुलह हो जाने पर भी बहुत बार यह बहस उठ आती थी। पिता की इस धारणा को वह बहुत पीछे छोड़ आई थी कि "स्त्री और पुरुष के बीच आग और घी का सम्बन्ध होता है!" "क्या सुरेश की भी अन्ततः यही धारणा है"—यह प्रश्न उसके जेहन में घूमता रहा था। "एक स्त्री आखिर जब घर से बाहर निकलती है, तो यह कैसे सम्भव है कि वह किसी पुरुष के सम्पर्क में न आए और उससे किसी तरह का रिश्ता न बनाए। क्या स्त्री-पुरुष में कोई स्वस्थ सम्बन्ध सम्भव नहीं—जहाँ वे दो व्यक्तियों की तरह मिलते हैं? फिर प्रोफेसर वर्मा तो बुजुर्ग आदमी हैं। उनके साथ जाने में क्या आपत्ति हो सकती है?" उसने सुरेश को समझाना चाहा था, पर सुरेश अड़ा रहा था कि उसे लोगों को बातें बनाने का मौका नहीं देना चाहिए था और दूसरों की तरह अपना भी प्रोग्राम रद्द कर देना चाहिए था।

सविता जी उठकर गुसलखाने में घुस गई थीं। वन्दना भी उठकर खिड़की पर जा खड़ी हुई। कैसुरीना के महीन नुकीले पत्ते सुबह की ठंडी हवा में झूम रहे थे। वृक्षों की सघन हरियाली के बीच लाल मिट्टी की सुन्दर सड़क न जाने कहाँ जा रही थी। "सुरेश ने यह रात कैसे काटी होगी? क्या वह भी इसी तरह अपने खालीपन का कारण खोजता रहा होगा? क्या वह भी बातों को दोहराता-उलझाता-सुलझाता रहा होगा? क्या वह आशंकाओं से घिरा होगा कि वह अकेली है और कहीं कुछ भी घटित हो सकता है?"

“मैं तुम्हारी बात मान ही लेता हूँ क्योंकि मैं नहीं चाहता कि तुम सोचो कि मैं तुम्हें अपनी ताकत से जबर्दस्ती कुछ करने से रोक रहा हूँ। मेरा वैसा स्वभाव नहीं कि मैं किसी से जबर्दस्ती करूँ। अकेले यहाँ-वहाँ मत घूमना”—स्टेशन पर उसे छोड़ने आए सुरेश ने ट्रेन छूटते समय कहा था। वह बिना कुछ कहे सुरेश को देखती रही थी। “सुरेश ने क्या पढ़ा होगा उसके चेहरे पर या क्या पढ़ना चाहा होगा?” लाल मिट्टी की सड़क उसे बुला रही थी, पर उसने सोचा की सविता जी के साथ ठीक रहेगा और थोड़ी और रोशनी बढ़ने का इन्तजार भी।

आपकी हँसी

पहली नजर में वह मुझे एक बहुत खुशमिजाज आदमी लगा जो हमारे आने से बहुत खुश था। शायद इसीलिए बात-बेबात हँस पड़ता था। मुझे लगा कि इस छोटे-से कस्बे के सूनेपन को तोड़ती हुई हम शहरातियों की टोली के आने से वह बहुत खुश था। उसकी हँसी उसकी बड़े पकौड़े-सी नाक को उठाती हुई उसके चेहरे को अजीब मसखरेपन से रंग देती थी। शायद उसका चेहरा किसी फिल्म के कामेडियन से मिलता भी था। वैसे सच पूछिए तो इतना खुश होने की कोई बात थी नहीं। किसी घर में चार जोड़े चार बच्चों सहित यानी कि कुल बारह आदमी आ धमकें, तो कोई कैसे खुश हो सकता है। इस तरह बिना मतलब खुश होनेवाले आदमी को देखकर मेरे अन्दर कुछ अजीब-अजीब-सा होने लगता है—बिना वजह मैं कुछ परेशान हो उठता हूँ। खैर, वह खुश था और उसकी हँसी उसके होंठों को लम्बा तानती हुई चेहरे के दोनों तरफ खूब सिलवटें पैदा करती थीं। मैंने सोचा, शायद छोटी जगह के लोग बड़े शहर के लोगों के आने से परेशान नहीं होते होंगे।

किन्तु यह आदमी है कौन? इसका हमारे मेजबान से क्या रिश्ता है—यह समझना मुश्किल था। मुश्किल की वजह यह थी कि वह खाते समय तो हमारे साथ ही बैठकर खा रहा था और हमारे मेजबान नत्थू बाबू के लड़के की बहू उसे भी खाना परोस रही थी। पर उसके बाद वह उठकर जूठे बरतन उठाने लगा था। उसने मेरी थाली उठा ली, तो मैं संकोच और घबराहट से उसे मना करते हुए थाली पकड़कर उसे ऐसा करने से रोकने लगा, किन्तु वह थाली किसी तरह छोड़ने को तैयार नहीं था। इसी खींचातानी से एक अजीबोगरीब स्थिति पैदा हो गई। तब मैंने हारकर थाली छोड़ दी। वह थाली रख आया और दूसरों की थालियाँ उठाने लगा। मैंने उन लोगों की तरफ देखा, पर किसी के चेहरे पर कोई शिकन नहीं थी। मुझे अपने शहर के इन निर्लज्ज लोगों पर बड़ी हैरत हुई। मुझे लगा कि ये आलसी लोग खुश हैं कि इनका काम करनेवाला कोई मिल गया या फिर शायद इन्हें सारे देहाती लोग अपने नौकर जैसे ही लगते होंगे। रात को सोते समय मैंने देखा कि उसका बिछौना बाहर के कमरे में घर के मालिक नत्थू बाबू के बगल में ही लगा था और वह सब लोगों की बातचीत सुनता हुआ और खुद भी कुछ-कुछ बोलता हुआ हँस रहा था। किन्तु

फिर सुबह मैंने उसे कड़कती ठंड में नीचे से बाल्टियाँ भर-भर के पानी लाते हुए देखा। नाश्ता करते समय वह दौड़-दौड़कर रसोईघर से खाना लाकर हमें खिला रहा था। बार-बार पूछकर और लेने का अनुरोध करता था और बीच-बीच में वैसे ही हँसता था। उसके बार-बार पूछने से चिढ़कर हमारी टोली से ही एक व्यक्ति ने रुखाई से कहा, "कह तो दिया, नहीं लूँगा।" वह शख्स न जाने किस मिट्टी का बना था, इस बात पर हँस पड़ा। मैं तो अपने मित्र की इस बदतमीजी पर गुस्से के मारे लाल-पीला हो रहा था, पर उसकी हँसी में न जाने क्या था कि मैं भी हँस पड़ा। मेरी इस बेमतलब की हँसी से हमारे वे मित्र बुरी तरह चिढ़ गए और जल्दी-जल्दी नाश्ता खत्म कर वहाँ से उठ गए।

उसने मुझे एक अजीब पशोपेश में डाल दिया था कि यह आखिर कौन है। वह उस घर का नौकर तो नहीं ही था क्योंकि घरवालों के साथ ही उठता-बैठता और खाता-पीता था। किन्तु वह घर में हर तरह के काम करता था। नत्थू बाबू और उनकी बीवी उसे नौकरों की तरह काम करने के आदेश देते थे और वह उसी तरह हँसते हुए काम करता था। कभी हाथ में झाड़न लिये हुए सारे घर की धूल झाड़ता फिरता था, कभी किसी कपड़े को उठाकर पूछ लेता था कि "यह आपका तो नहीं है?" बीच-बीच में वही हँसी हँसता और काम करता रहता—मेरी आँखें बरबस उसकी ओर खिंच जातीं। हमारी टोली में कोई उस पर विशेष ध्यान नहीं दे रहा था, यहाँ तक कि बच्चे भी, जिनसे वह बार-बार बात करने की चेष्टा करता था, उसकी तरफ से निपट उदासीन थे। यहाँ तक कि उसने एक बार एक बच्चे की गेंद को रोककर उठा लिया और देखता रहा कि बच्चा उसकी तरफ आएगा, पर वह बच्चा गेंद भूलकर दूसरे कमरे में घुस गया। मैंने देखा कि पहली बार उसके चेहरे पर कुछ शिथिलता आई। फिर वह गेंद को धीरे-से नीचे रखकर चौके में चला गया। मैं छत पर जाने के बहाने चौके के सामने से गुजरा तो मैंने देखा कि वह नत्थू बाबू की बीवी के साथ उबले हुए आलू छिलवा रहा था और बहुत खुश होकर हँस रहा था। मुझसे आँखें मिलने पर वह मुस्कुराया और मुझे भी जवाब में मुस्कुराना पड़ा।

नत्थू बाबू और उसकी बीवी हमारी खूब खातिर कर रहे थे। मैं अक्सर उसके चेहरे पर परेशानी या उकताहट के चिह्न खोजा करता था, पर लगता था कि वे बहुत ही भले आदमी हैं। उनके लड़के की बहू जरूर मशीन की तरह काम करती थी। उसके चेहरे पर न कोई प्रसन्नता दिखती थी, न नाराजगी। वह काफी सुन्दर भी थी, और खासकर नत्थू बाबू की भैंस जैसी बीवी के सामने तो अपूर्व सुन्दरी लगती थी। कई बार ऐसा लगता था कि उसे अपनी सुन्दरता का बहुत घमंड हो। कई बार लगता था कि बेचारी थक जाती होगी काम करते-करते। एकाध बार तो वह सिर-दर्द का बहाना कर सोती भी रही थी। वह थी भी शहर की ही लड़की। मैं सोचने लगा कि नत्थू बाबा के पास यह आदमी न होता, तो उन्हें हम लोगों का

आना पहाड़-सा लगता। बेचारा सारे दिन कुछ-न-कुछ करता घूमता ही रहता था। उसका पाजामा इतना ढीला-ढाला था कि शहराती फैशन के अनुसार उसके तीन पाजामे बन जाते। तेजी से चलते हुए उस लहराते हुए पाजामे में वह बड़ा अजीब लगता था। एक बार मैंने दूर से देखा कि उसने नत्थू बाबू के लड़के की बहू को रोककर कुछ बात कही। बहू के भावहीन चेहरे पर न कोई भाव आया और न ही उसने कुछ जवाब दिया। वह ऐसे आगे बढ़ गई जैसे कोई उससे कुछ बात पूछ ही न रहा हो। तब भी वह हँसा और आगे बढ़ गया।

अब मेरे लिए यह जाने बगैर रहना मुश्किल हो गया था कि यह आदमी कौन है। यह क्यों इस घर के सदस्य की तरह रहते हुए भी उन लोगों के लिए जैसे कोई है ही नहीं। इसका अपना घर-परिवार कहाँ है? पर मुझे समझ में नहीं आता था कि किससे पूछूँ और कैसे पूछूँ। नत्थू बाबू और उनका लड़का दोनों ही बहुत कम बोलते थे। उनसे यह प्रसंग कैसे छेड़ा जाए। कहीं बुरा तो नहीं मानेंगे—इसकी भी आशंका मुझे थी क्योंकि एक तो वैसे ही हम सब उन पर बोझ बने हुए मुफ्त की पिकनिक मना रहे थे। हमारी टोली में से एक सदस्य उनका कोई दूर का रिश्तेदार था, जिसके कारण हम छुट्टियों में घूमने के लिए उनके यहाँ दो-तीन दिन के लिए टिक गए थे और रोज वहाँ से किसी बाँध या पर्वत या मन्दिर घूम आते थे। ऐसे में उनके घरेलू मामलों में दखल देना मुझे उचित नहीं लग रहा था। नत्थू बाबू और उनके घरवालों का व्यवहार उसके प्रति सपाट-सा था—उसमें न कोई गरमाहट थी और न ही कोई भावना। उस आदमी की हँसी ही अजीब थी, जो मुझे बरबस अपनी ओर खींच लेती थी। नत्थू बाबू की बीवी का वह चौके में भी काफी हाथ बँटा देता था। आखिर इतने लोगों का भार गृहिणी के लिए अकेले सँभालना तो मुश्किल ही था। हमारी टोली में एक स्त्री गृहिणी की मदद अवश्य करती थी, बाकी तीन उसकी प्रशंसा के पुल बाँध-बाँधकर ही काम चला लेती थीं। वे घर के काम-काज में हाथ बँटाकर अपनी पिकनिक को बरबाद करने की मूर्खता करने को तैयार नहीं थीं। अपनी सीधी-सादी सहेली की प्रशंसा करते समय उनके चेहरे पर एक तरह के आत्मगौरव का भाव रहता था क्योंकि उन्हें यह अहसास था कि उनका व्यक्तित्व उनकी सहेली से कुछ ऊँचे दर्जे का है। उन्हें देखकर मैं अक्सर सोचता था कि अगर उनके घर में ऐसे मेहमान आ जाएँ तो ये क्या करेंगी।

जिस दिन हम लोग लौटनेवाले थे, उस दिन सुबह वह भी हमारे साथ चाय पी रहा था। उसकी मुझसे एक अनकही आत्मीयता हो गई थी क्योंकि मैं ही उसकी हँसी के जवाब में मुस्कुरा दिया करता था। चाय पीते-पीते नत्थू बाबू ने उसे नीचे जाकर सब्जी खरीद लाने को कहा। नत्थू बाबू के घर के नीचे ही सब्जी का बाजार लगता था। जब वह चला गया तो मैंने नत्थू बाबू से सकुचाते हुए पूछा, "यह क्या अपने परिवार के साथ नहीं रहता?" नत्थू बाबू पहले तो यह समझे ही नहीं कि मैं

किसके लिए पूछ रहा हूँ फिर समझने पर बोले, "इसका कोई परिवार नहीं। यह यहीं रहता है।" उनके बोलने के ढंग से मैं समझ गया कि वे और प्रश्नों को पसन्द नहीं करेंगे। मैं चुप रहा और अपने प्रश्नों को निगल गया।

जब हम लोग गाड़ी में सामान लदवाकर चलने लगे तो वह हाँफता हुआ गाड़ी के पास खड़ा हो गया। उसने हमारे सामान को लदवाने में काफी मेहनत की थी। अब वह बच्चों को देख-देखकर हँस रहा था, जो अपनी टाफियों के बँटवारे में लगे हुए थे। नत्थू बाबू और उनकी बीवी वे सब बातें कर रहे थे जो मेहमानों को विदा करते समय कही जाती हैं और हम लोग वे सारे जवाब दे रहे थे जो मेहमान ऐसे मौकों पर दिया करते हैं। नत्थू बाबू की बीवी के चेहरे पर सिर की बला टलने का सन्तोष छुपाए नहीं छुप रहा था। उनके बेटे की बहू जिसने इतने दिन हम लोगों से बात करने की कोई विशेष चेष्टा नहीं की थी, कुछ अनमनी-सी दिख रही थी। उसने कहा, "आप लोग आए, तो यहाँ चहल-पहल हुई, वरना तो बस..." कहकर वह चुप हो गई। अचानक मेरी निगाह उस पर गई। उसके चेहरे से वह जानी-पहचानी हँसी अब गायब थी और उसकी आँखों से झर-झर आँसू गिर रहे थे। मेरा मन न जाने कैसा-कैसा हो गया और मैंने अपनी निगाहें फेर लीं। गाड़ी चलने पर मैंने नत्थू बाबू के उस दूर के रिश्तेदार से पूछा, "यह आदमी, जो नत्थू बाबू के यहाँ काम करता है कौन है?" उन्होंने मुझसे कहा, "कौन, वह पगला? दूर का रिश्तेदार है या कहिए कि मुफ्त का नौकर है।" मैंने आश्चर्यचकित होकर कहा, "पगला? वह क्या आपको पागल दिखता है?" इस पर मेरे वे मित्र हँसते-हँसते दोहरे हो गए। ऐसे लगा जैसे उन्हें कोई दौरा पड़ गया हो। मैं मूर्ख की तरह उनका मुँह ताकता रहा। हँसी कुछ थमने पर बोले, "दरअसल आपकी ही तरह पागल है वह। इसीलिए आपको तो 'नार्मल' ही लगेगा न।" उन्होंने फिर एक जोरदार ठहाका लगाया और बोले, "लेकिन पगले की बीवी बड़ी सुन्दर थी। किसी यार के साथ भाग गई। अच्छा भला आप ही बताइए, बिना पागल हुए कोई इतना हँस सकता है?" कहकर उन्हें फिर हँसी का दौरा पड़ गया।

ये रहगुजर न होती

एक मुद्दत के बाद बचपन के उसी पुराने मकान में घुसते हुए उसके अन्दर धड़कन-सी होती है। ऐसा लगता है, जैसे मकान की आँखें हों और वह अपनी बूढ़ी, मरती हुई आँखों से उसे गौर से देख रहा हो। अन्तिम बार, दादी की तरह—जैसे कुछ कहने की इच्छा रह गई हो।

उसने अपने साथ चलते डेढ़ बरस के अपने बच्चे का हाथ छोड़कर झुककर उसे गोद में उठा लिया। उसका बच्चा इस बीती हुई दुनिया में उसकी नई जीती हुई दुनिया का छोर है। बच्चे को अपने से सटाकर वह कुछ सहज हो आई।

छोटे-से अहाते में घुसकर वह बैठक के सामने पहुँची। वे बैठक में दरवाजे के पास उसी तरह उसी पुरानी कुर्सी पर बैठे थे, जैसा कि उसे डर था कि वे बैठे होंगे। बैठक खाली पाने की उम्मीद फुस्स होने पर एक क्षण के लिए उसमें गहरी हताशा भर गई। उसके अन्दर फिर वही बचपन वाला खयाल उगा कि कितना अच्छा होता कि इस मकान के अन्दर घुसने की कोई ऐसी सीढ़ी होती, जो इस बैठक के रास्ते से गुजरे बिना भी ऊपर ले जाती। पर अब वह चूँकि बड़ी हो गई थी, उसके दिमाग में यह बात आई कि तब तो बैठक भी शायद उसी सीढ़ी के पास होती।

बाबा उसी कुर्सी पर बैठे उसी तरह उसे देख रहे थे—बिना मुसकराए, जैसे कोई किसी अनजान, घर में घुसे आ रहे व्यक्ति को देखता है। उसने मुसकराने की कोशिश की, तो उसका चेहरा उसी खिलेपन से भर गया, जिसके कारण लोग उसे हँसमुख कहते थे। कई लोगों का चेहरा ऐसा होता है कि जरा-सी हरकत होते ही हँसमुख दिखाई पड़ता है। ऐसे लोग खिसियाहट में भी हँसमुख ही दिखते हैं।

"कैसे हैं बाबा?" उनसे न बच पाने की अपनी जानी-पहचानी हताशा को तोड़ने की जी-जान से कोशिश करते हुए उसने पूछा।

इन तीन शब्दों में उसने बाबा का स्थिर, भावहीन चेहरा बदलते देखा—जैसे किसी ने पटाखे के पलीते के अन्तिम सिरे में आग लगा दी हो और वह जलता हुआ आग को पटाखे की तरफ बढ़ा रहा हो। अचानक न जाने कहाँ से उसके दिमाग में पापा का झुका हुआ चेहरा और बाबा का इसी तरह भड़कता हुआ चेहरा कौंध गया। दोनों के कितने मिलते हुए चेहरे! पर कितने अलग! उसे यह सोचकर—बल्कि

अचानक देखकर—बेहद आश्चर्य हुआ कि अब पापा साठ साल की उम्र पार करने के बाद बाबा की ही उम्र के लगने लगे हैं। या अब शायद पापा बाबा से भी बड़ी उम्र के लगते हैं। तो क्या बाबा की उम्र कहीं बरसों पहले रुक गई थी और आगे नहीं बढ़ी? नीले रंग का बुलवर्कर लेकर कसरत करते बाबा की पुरानी छवि उसे याद आ गई।

"कैसे हैं बाबा? ठीक हैं बाबा। अभी तक मरे नहीं। बैठे हैं बाबा अभी तक—साले सारे बेईमानों को देखने, जो यहाँ से जा-जाकर बड़े साहब बन गए हैं। कोई आया पूछने कि कैसे हैं बाबा? उनकी माँ मरने को मर गई, किसी ने पूछा? न पूछे तो न सही। अभी तुम्हारा बाबा इतना कमजोर नहीं हुआ, समझी? एक कान खराब हुआ तो क्या? अभी बाबा ठीक हैं। वे लोग तो सोचते थे कि पहले ही मर-खप जाएँगे। पर मरे नहीं। उसको जरूर फूँक आए—उन सालों की माँ को।"

उसका चेहरा हँसी के बिना डरा हुआ दिखने लगा है। उसके दिमाग में आता है कि 'मरने को मर गई' का क्या मतलब है! पर वह कुछ नहीं बोलती। चुप रहती है। बाबा के सामने कोई कभी नहीं बोला। पापा नहीं बोले। दादी चुप रहीं। मम्मी तो घर की बड़ी बहू थीं। वे कैसे जुबान खोलतीं? अब सब चले गए और बाबा अकेले रह गए।

उसने कोशिश की कि इस बूढ़े अकेले व्यक्ति के प्रति सहानुभूति से सोचे। वह सामने दीवार पर दादी की फोटो देखती है। हँसती हुई फोटो। फोटो के काँच पर लगी हुई बड़ी लाल टिक्की। दादी सुहागिन मरी हैं। इसी बैठक में तीन साल बिस्तर पर पड़े-पड़े। अब वे फोटो में हँस रही हैं। अन्तिम दिनों में उनका दिमाग फिर गया था, वे कुछ-कुछ अंट-शंट प्रलाप करती रहतीं—इधर-उधर की स्मृतियाँ, कहाँ-कहाँ की बातें! पर बाबा का डर पागलपन भी नहीं तोड़ पाया था। बाबा डाँटते तो चुप हो जातीं। फिर चुप रहतीं और आँखें भींच लेतीं। घंटों वैसे ही पड़ी रहतीं।

यह फोटोवाली हँसी कितनी पुरानी है? शायद यह उनकी अन्तिम हँसी रही हो। ऐसा भी तो हो सकता है। कितनी भयानक बात है कि आदमी को हँसते वक्त यह पता भी न हो कि यह उसकी अन्तिम हँसी है। उसके रोएँ खड़े हो जाते हैं।

कितनी देर से वह बच्चे को गोद में लिये खड़ी है। बाँहें दुखने लगी हैं। बाबा बच्चे की तरफ नहीं देखते। न ही उसे बैठने के लिए कहते हैं। वह उम्मीद से बच्चे की तरफ देखती है कि शायद वह कुछ आवाज करे और बाबा का ध्यान उसकी तरफ चला जाए। पर वह सो गया है।

क्या बाबा ने बचपन में उसे कभी इस तरह गोद में लिया होगा? कभी खिलाया होगा? उसे इतना-भर याद है कि परीक्षा के दिनों में वह बाबा के कमरे में उनसे यह कहकर सो जाती थी कि उसे सुबह चार बजे उठा दें। वे ठीक समय पर उठा

देते—न चार बजने के एक मिनट आगे, न एक मिनट पीछे। वह आँखें खोलकर बाबा की विशाल 'ग्रैंडफादर्स क्लॉक' के बड़े गोल डायल में समय देखती, तो ठीक चार बजते होते थे। बाबा उस घड़ी की चाभी अपनी धोती की अंटी में रखते और उसके खराब पेंडुलम को दिखाने के लिए जब-तब किसी घड़ीसाज को ले आते और घंटों माथापच्ची करते। क्या बाबा को कोई पुरानी बात याद दिलाई जा सकती है? क्या कोई सेतु बनाया जा सकता है उनके बीच किसी पुराने मिटे हुए क्षण का? क्या बाबा को उसे देखकर, उसके बच्चे को देखकर कुछ भी याद नहीं आता?

"बाबा, हमारी पुरानी बड़ी घड़ी क्या अब तक ठीक चल रही है? अभी भी मैं घड़ी चार बजे हुए देखती हूँ, तो हर बार मुझे उसकी याद आ जाती है।"

"कौन-सी घड़ी? ग्रैंडफादर्स क्लॉक? वह कहाँ है अब? वह तो कब की बेच डाली मैंने।"

वह सन्न रह जाती है। बेच डाली? क्यों भला? उसे बताते तो क्या पता वही खरीद लेती उस घड़ी को। एक ही तो शानदार चीज थी उसके बचपन की, जिस पर वह गौरव का अनुभव कर सकती थी। कई बार तो बहुत दुख होने पर उसे लगता था कि बाबा के ग्रैंडफादर्स—जो शायद बहुत भले आदमी थे—की यह घड़ी उसके दुख को समझकर उसे दिलासा दे रही है। उस घड़ी के बिना तो यह घर कितना मामूली है! कितना छोटा अहाता है, कितनी छोटी है यह बैठक, कितनी तंग सीढ़ियाँ, कितना अँधेरा, कितनी सीलन है पपड़ाई दीवारों में! क्या यह मकान पहले से अब सिकुड़ गया है?

"जाओ-जाओ, ऊपर जाओ। बैठोगी थोड़े ही। कब तक खड़ी रहोगी? छोटे भाई से मिलने आई हो? एक वही बचा हुआ है इस मकान में। पड़ा है बेचारा फँसा हुआ। कहाँ जाए? कहीं जाने को जेब में गरमी चाहिए न? अपने बाप के जैसे ही एक वही साहब नहीं बन पाया। कमजोर रह गया। बाकी सब बेईमान चलते बने। यहाँ बिजली का बिल भी बाबा के भरोसे भरवाया जाता था। एक कौड़ी कभी किसी ने नहीं दी। तुम्हारे दोनों चाचा और बड़े भाई सेठ बन गए। पर मेरा रुपया नहीं चुकाया।"

उसका मन होता है कि कुछ कह दे। कहे कि "अब छोड़ो न बाबा। तुम्हारे ही तो हैं सब, कोई दूसरे तो नहीं। तुम्हारे मकान वाली बैंक से इतना किराया आता तो है।" पर इतना कहना फिर आग भड़का सकता है। यह सोचकर उसके अन्दर कुलबुलाते शब्द शान्त हो जाते हैं। अभी तुरन्त ऊपर चले जाना सम्भव नहीं। थोड़ी देर ही सही, पर अभी यहीं बैठना होगा। और किसी के लिए नहीं, तो अपने छोटे भाई के लिए ही, जो यहाँ अपनी बीवी सहित सचमुच फँसा हुआ पड़ा है। बाबा आये दिन दोनों को बिजली-पानी बन्द करवाने की धमकी

देते रहते हैं—सबका बरसों से बकाया बिजली का खर्च उससे माँगते रहते हैं। वह अपना बिल देना चाहता है तो लेते नहीं। कहते हैं कि वह पहले का हिसाब चुकता करे।

वह फिर हँसने की कोशिश करती हुई बैठक के गद्दे पर बैठ जाती है। उसे एक झटका लगता है, क्योंकि हमेशा बहुत ऊँचा रहनेवाला गद्दा नीचा हो गया है। वह बच्चे को गोद से उतारकर गद्दे पर सुलाती हुई उम्मीद करने लगती है कि अब बाबा बच्चे को देखेंगे और उसके बारे में पूछेंगे—क्या नाम रखा इसका? कितना बड़ा हो गया? तुमसे चेहरा मिलता है एकदम इसका। जब दो मिनट गुजर जाते हैं और ऐसा कुछ नहीं होता, तो वह कहती है, "बाबा, यह गद्दा पहले कितना ऊँचा था। अब इतना नीचा कैसे हो गया?"

उसने फिर एक गलत बात कह दी है। बाबा का घुटा हुआ चमकता गोल चेहरा फिर भड़क उठता है, "अब यहाँ सब कुछ नीचे जमीन में धसकने ही वाला है। गया तुम्हारी दादी के साथ ऊपर का गद्दा भी। साले सब-के-सब माँ के मरते ही आ खड़े हुए, अपनी माँ का क्रिया-करम करने। हम फूँकेंगे अपनी माँ को। मैंने कहा कि हाथ नहीं लगाने दूँगा किसी को। मैं अकेला ही बहुत हूँ इसे पार लगाने को। किसी ने हाथ लगाया, तो खून-खराबा हो जाएगा। आए हैं बड़े, माँ के वारिस! जीते-जी किसी ने पानी के लिए नहीं पूछा। अब माँ को फूँककर दुनिया को दिखाएँगे कि हम माँ के लायक बेटे हैं।"

बाबा का ऊँचा स्वर हाँफने के कारण घरघराने लगा है। वह डर जाती है। बाबा कुर्सी से उठकर गद्दे के किनारे मसनद के सहारे बैठ गए हैं। कहीं बाबा का हार्ट-फेल होकर इसी गद्दे पर उनके प्राण निकल गए तो? वह डरकर उसी गद्दे पर सोए अपने बच्चे को देखती है। उसका मन होता है कि कुछ करे—बच्चे को उठाकर दौड़कर इस कमरे से बाहर निकल जाए या फिर बाबा की तरह ही उनसे चिल्ला-चिल्लाकर पूछे, "अपनी माँ को उन लोगों ने जीते-जी पानी तक नहीं पिलाया या आपने किसी को पिलाने नहीं दिया? उनसे बदला लेने के लिए आपने उनकी माँ को—अपनी औरत को—तीन साल इस कमरे में कैद रखा, ताकि वह किसी से न मिल सके। वह तीन साल तक ऊपर अपने कमरे में ले जाए जाने के लिए कहती रही, पर आपने उसकी एक नहीं सुनी..."

वह कुछ कहती नहीं। सिर झुकाए बैठी रहती है, उसी तरह जैसे पापा बैठे रहते थे। वह जानती है कि उसका छोटा भाई बेचैन होकर बाबा की ऊँची आवाज को सुनता अपने को कोस रहा होगा, कि क्यों उसने जिद कर बहन को यहाँ बुलाकर फँसा दिया। उसी तरह जैसे वे लोग बचपन में कुछ फरमाइश कर पापा को इसी तरह यहाँ फँसा देते थे और बाबा के चिल्लाने की आवाज से घबराए कलेजा मुँह में लिये कहीं दुबककर बैठ जाते थे। उन लोगों की हिम्मत नहीं होती थी कि मम्मी

की तरफ देखें। बाद में मम्मी पापा पर खूब बरसतीं कि वे क्यों चुपचाप बाबा की सारी बातें सुनते हैं। पापा उनकी भी सुनकर चुप रहते।

साझे कारोबार से बड़े चाचा के यहाँ टी.वी. उसी तरह खरीदकर आ गया था जैसे घर में आनेवाली मिठाई या फल से उन लोगों का सबसे पहले हिस्सा निकल आया करता था। बाबा उनसे किस बात के लिए दबते थे—वह सारे बचपन यह सोचती रह गई। बड़े चाचा के बाद हिस्सा होता बाबा-दादी का, फिर छोटे चाचा का और फिर बचा-खुचा उन लोगों का। कई बार उसे ऐसे मौकों पर पापा से लगभग नफरत होती। काश! वह बड़ी चाची के पेट से पैदा हुई होती—तब वह भी उनकी बेटी की तरह गोरी होती, उसकी तरह नए-नए डिजाइन के कपड़े पहनती, टी.वी. देखती और कभी नहीं रोती।

चाचा के घर में टी.वी. आने के चार साल बाद, वे तीनों भाई-बहन अपने गुल्लक में जमा पैसों से पहली किस्त चुकाकर सफेद-काला टी.वी. घर ले आए थे—पापा के जन्मदिन पर उन्हें तोहफा देने। उस दिन, पापा के चेहरे पर खुशी से अधिक शर्मिन्दगी देखकर उसे पापा पर तरस आया था। थोड़े दिनों की बात है—उसने सोचा था—थोड़े दिनों में हम तीनों बड़े हो जाएँगे और पापा को जरूरत ही नहीं होगी कि वे उन लोगों के लिए किसी से कुछ बोलें।

वह पूछना चाहती है बाबा से कि "जिन लोगों को आप साहब बता रहे हैं, उन्हें साहब बनाया किसने? उन्हें अन्याय करना सिखाया किसने?" इस जिन्दगी में एक बार बाबा से वह यह पूछ लेना चाहती है। पर वह बिना कुछ बोले, पापा की तरह ही बैठी रहती है, जैसे उसके सिर्फ कान हों, जुबान नहीं। तो क्या पापा के अन्दर भी इसी तरह शब्द चिल्लाते रहे थे बेआवाज, जैसे उसके अन्दर चिल्ला रहे हैं?

वह चुपचाप दादी की तसवीर की ओर आँख उठाकर बचपन की तरह शिकायत से देखती है और दादी के मरने पर अपनी जिन्दगी के सबसे शर्मनाक दृश्य के बारे में सोचती है, जिसे देखने के लिए पापा हरिद्वार से नहीं आए थे। उसने बाबा की बहन, यानी बड़ी बुआ से उसी दिन जाना था कि बाबा के पिता ने भी बाबा को अपनी माँ की अरथी में हाथ नहीं लगाने दिया था। तो क्या बाबा अपने पिता का बदला अपने बच्चों से ले रहे थे? या इस तरह की बातें खून में आ जाती हैं और पीढ़ी-दर-पीढ़ी चलती रहती हैं?

"तुम्हारा पापा तो मोडा-साधु बनकर बैठा है हरिद्वार में। वह तो आया तक नहीं अपनी माँ को रोने। तुम्हारी मम्मी मीराबाई बनी सो बनी, वह भी उसके पीछे जोगी बनकर बैठा है। चलो, हमसे तो अच्छी ही गति है उसकी। किसी के आगे बिजली के बिल को नहीं रोना पड़ता। सुना है, तुम्हारा बड़ा भाई उसे खर्च के लिए रुपये भेजता है हर महीने?"

उसे एक अजीब तरह का सुख होता है, यह देखकर कि बाबा के स्वर में कहीं पापा के प्रति ईर्ष्या है। पापा से आज तक दुनिया में किसी ने ईर्ष्या नहीं की होगी। बरसों बाद बाबा के मुँह से मम्मी के लिए मीराबाई का नाम सुनकर उसकी जोर-जोर से हँसने की इच्छा होती है। मम्मी का कीर्तन-भजन-सत्संग बाबा को कभी फूटी आँख नहीं सुहाया, पर मम्मी ने इस बात के लिए उनकी कोई परवाह नहीं की थी। भुनभुनाते, ताने कसते और पापा को जब-तब खरी-खोटी सुनाते बाबा अन्त में थक गए थे और मम्मी की भक्ति बढ़ती ही चली गई थी। और पापा? क्या पापा में भी भक्ति जाग गई थी या शान्ति की तलाश में वे मम्मी के पीछे-पीछे चुपचाप चले गए थे?

वह दादी के चित्र की ओर फिर देख रही है। हँसती हुई दादी की फोटो के काँच पर लगी लाल रंग की बड़ी टिक्की उन्हें किसी अनजान औरत में बदले दे रही है। दादी ने कभी ऐसी टिक्की नहीं लगाई। तब फोटो में किसने लगाई? क्या दादा जी ने खुद लगा दी है यह टिक्की? खुद को बताने के लिए कि मरी हुई दादी की फोटो में भी उनके होने का अर्थ है! क्या बाबा के मरने पर यह फोटो विधवा हो जाएगी? दादी को बगल का एक रुपया फीसवाला होमियोपैथिक डॉक्टर हर बार कहता, "खूब हँसिए। जोर-जोर से हँसिए। ऐसे नहीं हँस सकते, तो बाथरूम में जाकर, बन्द करके हँसिए। पर हँसिए जरूर। स्वस्थ रहने के लिए।" यह कहकर वह खुद हँसता, तो उसके नकली दाँतों का सेट, जो ढीला था, बाहर निकल आता। वह हाथ से उसे अन्दर ठेलकर फिर भूत से आदमी बन जाता। इस बात को याद करके वह जब-तब हँस पड़ती थी। दादी हर दूसरे दिन डॉक्टर को बुला भेजतीं, "अरे रामजतन, डागदर बाबू को कहियो आने के लिए।" क्या दादी हँसने के लिए डॉक्टर को बुलाती थीं? उसके आते ही बाबा कमरे से तुरन्त बाहर चले जाते। क्या दादी बाबा को बाहर भेजने के लिए उसे बुलाती थीं?

उसे याद है कि दादी इसी फोटो की तरह तब भी हँसी थीं, जब उसकी सगाई पक्की हुई थी। उसने बचपन से बड़े होने तक हजारों बार दादी को उसके साँवले रंग के कारण चिन्ता करते सुना था, "कैसे होगा इसका ब्याह? आजकल सबको गोरी लड़की चाहिए।" बड़ी चाची की लड़की की सगाई होने के बाद तो उन्होंने इस बात की रट लगा दी थी। लेकिन जब दादी, उसकी सगाई पक्की होने पर इस तरह खुश होकर हँसी थीं, तो उसने उन बातों के लिए दादी को माफ कर दिया था।

"दादी की फोटो क्या देख रही हो? ऊपर जाकर अपने छोटे भाई के पास फोटो देखो। उसने सारे परिवार की एक बड़ी फोटो करवाकर टाँगी है। लाया था मुझे दिखाने। बहुत बढ़िया फोटो बनवाई है—सफेद-काली तसवीर को रंगीन तसवीर करवा दिया है। सब हैं उसमें—मैं, तुम्हारी दादी, तुम्हारे मम्मी-पापा, तुम और वह खुद। बस, एक जन गायब है।"

दादा जी की आवाज में उत्साह है। वह चुपचाप उनकी तरफ देखती है।

"तुम्हारे बड़े भाई को उसने फोटो से गायब करवा दिया है। वह कोने में था न, इसलिए कोई दिक्कत नहीं हुई। ठीक ही है। जिससे जिन्दगी में ही कोई रिश्ता नहीं बचा, उससे फोटो में भी क्यों झूठ-मूठ रिश्ता रखा जाए! मैंने तो कभी ऐसा दोगलापन नहीं किया अपने जीवन में। मेरा सिद्धान्त ही रहा..."

वह उठ खड़ी हुई। उसे यहाँ नहीं रहना है। और एक पल भी नहीं। लेकिन उसे ऊपर भी नहीं जाना है, उस फोटो को देखने—बिना ग्रैंडफादर्स क्लॉक वाले कमरे में। वह कुछ नहीं कहती, इतना भी नहीं कि "अच्छा बाबा, चलती हूँ।" उस एक क्षण में उसने उस पहेली को खोल लिया है, जो इतने बरसों तक अनसुलझी रही थी। पापा क्यों चुप रहते थे, यह उसे पता चल गया है। जब सामनेवाले जैसे हथियार हम अपने पास न रखना चाहते हों, तो उन्हें झेल लेना ही बहादुरी है। झूठे ही वह पापा को कायर समझती रही थी। उसने इस बात को इन्हीं शब्दों में नहीं, पर इसी अर्थ में समझ लिया।

"लेकिन नहीं बोलने से क्या सब कुछ ऐसा-का-ऐसा ही नहीं रह जाएगा?" उसके दिमाग में बचपन की तरह एक-के-बाद-एक प्रश्न उठे और उन्हीं प्रश्नों की तरह हवा में टँगे रह गए, "क्या इस तरह सब कुछ घटिया से और घटिया नहीं होता जाएगा?" वह इन प्रश्नों से कन्नी काटकर निकलते हुए बैठक के दरवाजे तक पहुँची ही थी कि बाबा के दनदनाते स्वर से जड़ हो गई, जैसे उस पर बिजली गिर गई हो, "कहाँ चली? बेहोशी में रहते हो क्या तुम लोग सब-के-सब? इसको यहाँ किसलिए छोड़कर जा रही हो?"

उसको यह समझने में एक लम्बे क्षण का वक्त लगा कि 'इसको' का अर्थ उसका बच्चा है। वह जैसे सकते में वापस पलटी—बाबा ठीक कहते हैं। सचमुच बेहोशी की हद कर दी उसने। कैसे अपने इस अंश को यहाँ—इस जगह—भूल सकी? वह बच्चे के ऊपर झुकी। "लेकिन न चाहते हुए भी मेरा कितना अंश यहाँ छूटा हुआ है, यह कौन जानता है?" मन-ही-मन यह सोचते हुए उसने बच्चे को गोद में उठाकर भींच लिया और बौखलाई हुई-सी दरवाजे की ओर बढ़ी, पर दरवाजे तक आते-आते एक पुरसुकून खयाल उसके चेहरे को उसी खिलेपन से भर गया, जिसके कारण उसे लोग हँसमुख कहते थे—उसकी बेहोशी के कारण ही सही, लेकिन आखिर बाबा का ध्यान उसके बच्चे की ओर चला ही गया था।

दूसरी कहानी

अपर्णा एक कहानी लिखना चाहती है पिछले पन्द्रह बरसों से। अपने जीवन की पहली और अन्तिम कहानी। पर वह कहानी कभी वही कहानी नहीं रहती—समय के साथ वह हर बार एक बदली हुई कहानी होती है। वह कभी लिखी नहीं जाती। बन जाती है पूरी, पर निराकार रहती है। एक बार नौवें साल में उस कहानी ने शरीर ग्रहण कर लिया था, जो ठीक-ठाक ही था। ठीक इस अर्थ में कि यदि वह तीसरे-चौथे साल में ही आकार ग्रहण करती तो उसके रेशे बहुत दुख, पीड़ा, वेदना, कष्ट या ऐसे ही शब्दों के पर्यायों से बनते। और वह भी कोई ऐसा-वैसा मामूली-सा दुख नहीं, बल्कि ऐसा कि एक-एक पल को एक-एक वर्ष की तरह जीते हुए मनुष्य ब्रह्मा-विष्णु हो जाए, तो भी दुख का तल उसे नहीं मिले। लेकिन इस तरह दुख को उघाड़ दिखलाना क्या अश्लील-सा नहीं? और फिर उसकी इकलौती कहानी अपने दिल की कटुता और नफरत की भड़ास निकालते हुए लोगों से बदला लेने का अस्त्र क्यों हो? अपर्णा ने हर बार रुककर देखा तो पाया था कि वे सब लोग उसके सबसे अपने हैं।

नौवें वर्ष की उस कहानी को अपर्णा इन सबसे बचाते हुए लिखना चाहती थी। इसलिए उसने अपनी कहानी को एक माँ-बेटे की कहानी बनाया। उसने उसमें दुनिया को घुसने ही नहीं दिया। इससे फायदा यह हुआ कि उसमें से वे ढेर सारे अपने और पराए लोग निकल गए, जो उसके दिमाग में घुसकर उसके अन्दर हाहाकार पैदा करते रहे थे। यदि आपने कभी किसी सच्ची वेदना को जाना है, तो आप समझ लेंगे कि आदमी के अन्दर ऐसे समय में जो होता है वह हाहाकार ही होता है। (यदि आपने किसी ऐसे क्षण को नहीं जाना है तो पौराणिक कथाओं के अन्त में आनेवाली शुभकामनाओं की तरह यहाँ आपके लिए कामना की जा सकती है कि आप इस हाहाकार को कभी न जानें।) बहरहाल, अपर्णा की कहानी में उसके सबसे नजदीक के वे लोग नहीं घुस पाए, जो उसके बेटे सुदर्शन को बेचारा, अपंग या ऐसा ही कोई लुंज-पुंज शब्द कहकर उसके जीवन में देर तक घुसे रह जाते थे। वे अपने लोग भी बाहर रह गए, जो उसकी तरफ बिलकुल ध्यान नहीं देते थे, जैसे कि लोग गरीबों के गन्दे, फटेहाल बचपनों में कोई बचपन नहीं देखते। वे लोग तो

उस कहानी में आते ही क्यों भला, जो अपने न थे, पर चलते-फिरते, जिन्दगी में मिल जाया करते थे—सुदर्शन की नकल उतारते हुए या उस पर हँसते हुए या उसे एक अजूबे की तरह देखते हुए और अपनी जिज्ञासा न रोक पाते हुए। लेकिन फिर भी उस कहानी में—जो कि सिर्फ एक माँ-बेटे की कहानी होना चाहती थी—बार-बार जीवन का यथार्थ कभी दुख बनकर, तो कभी संघर्ष बनकर, घुसता रहा। नतीजा यह निकला कि सारी कोशिशों के बावजूद वह कहानी भी अशरीरी ही रह गई।

उस कहानी की शुरुआत वहाँ से होती थी जब अपर्णा बहुत देर से गहरी नींद में सोते हुए अपने बेटे का मासूम चेहरा और बड़ी-बड़ी पलकोंवाली मुँदी हुई आँखें देखते हुए अपने अन्दर ऐसा भारीपन महसूस कर रही थी कि उसके लिए साँस लेना भी मुश्किल हो रहा था। उसने एक गहरी साँस भरकर सीधे लेटते हुए अपने हाथ से कलेजे के बीचोंबीच उस जगह को दबाया जहाँ ऐसे मौकों पर उसे दर्द हुआ करता था। कुछ राहत मिलने पर वह फिर कोहनियों के बल लेटकर नौ साल के सुदर्शन का चेहरा देखने लगी, जिसकी त्वचा अब भी एक नवजात शिशु की तरह कोमल और पारदर्शी थी। उसके माथे पर हाथ फेरते हुए अपने व्यवहार पर फिर एक बार वही अफसोस उसके अन्दर उमड़ पड़ा। उसकी जल्दी न भरनेवाली आँखें भर आईं। क्या हो जाता है उसे? कहाँ से यह खीझ उसे बींधती हुई निकलती है सुदर्शन को चोट पहुँचाती हुई? क्यों वह दुनिया को—उस दुनिया को जो ठीक-ठाक चलनेवाले और बोलनेवाले बच्चों की दुनिया है—अपने और सुदर्शन के बीच आने देती है? क्यों वह उसे एक-एक हरकत पर टोकने लग जाती है कि वह ठीक से चले, ठीक से बोले, मुँह को इस तरह रखे, हाथों को ऐसे रखे—यह जानते हुए भी कि इन बातों पर उसका कोई वश नहीं है और वह खुद अपने बूते से अधिक चेष्टा करता है? क्यों वह उसकी टीचर ही बनी रहती है हर समय—कभी माँ नहीं बन पाती? जब वह सो जाता है, तभी वह उसकी माँ बनती है और बादल बनकर उस पर बरस जाना चाहती है। अपर्णा ने एकदम निस्सहाय होकर तकिए में मुँह छिपा लिया, "हे प्रभु, तुमने भी मेरा साथ छोड़ दिया।" ये शब्द उसके अन्दर कहीं दूर से आकर बज गए, "मैं क्या करूँ? आखिर मैं क्या करूँ?"

नौवें साल में लिखी इस कहानी में अपर्णा ने इस बिन्दु पर आकर यह पाया था कि उसकी कहानी में दुख सेंध लगाने लगा है। एक माँ-बेटे की कहानी में, जिसमें माँ अपने बेटे को दुनिया की किसी भी माँ से कम प्रेम नहीं करती और बेटा भी अपनी माँ से उतना ही प्रेम करता है जितना कि दुनिया का कोई भी बेटा अपनी माँ से कर सकता है, दुख का क्या काम है? क्या प्रेम ही जीवन में किसी भी रिश्ते को या खुद जीवन को ही अर्थ नहीं दे देता—यह सोचकर अपर्णा ने याद किया था कि कैसे उसके रिश्ते दुनियावालों से इस बात पर बनते-बिगड़ते सुधरते रहे थे कि उनके लिए सुदर्शन क्या है। कभी किसी की सहानुभूति चुभ गई थी,

तो कभी किसी की उपेक्षा। अपर्णा ने यह जान लिया था कि अक्सर लोग सिर्फ कहने के लिए ही कुछ कहते हैं और दरअसल वे एक राहत ही महसूस करते होते हैं कि उनके जीवन में ऐसी कोई समस्या नहीं आई। वे घर जाकर अपने बच्चों को अधिक दुलराते हैं, जिन्हें वे अन्यथा हमेशा पढ़ने में या खेल में बेहतर बनाने के लिए डाँटते-झिड़कते होते हैं। अपनी-अपनी जिन्दगी के रजिस्टर में दुख-सुख का हिसाब-किताब तो हमेशा दूसरों के दुख-सुख के अनुसार ही बनता है, उसका अपने-आपमें कोई स्वतंत्र लेखा-जोखा थोड़े ही होता है। "कितना दुख झेलना पड़ा तुम्हें बेटी। कोई क्या कभी सोच सकता था कि सब बहनों में तेज तुम्हारे जैसी लड़की को यह सहना होगा।" अपर्णा ने यह सुनकर अपने दुख को सबके सुखों के साथ रखकर देखा था। नहीं, दुख कोई दुख नहीं है। दुख भी सुख है। इसे उसे जिन्दगी के अन्तिम सत्य की तरह पाना होगा। इसलिए उसने बुद्ध की तरह सबको छोड़ दिया था। दुख का अन्त करने के लिए चलना होगा सब छोड़कर। माता-पिता, भाई-बन्धु—कोई नहीं। वहीं से शुरू होता था सुख—एक जीवन को गढ़ने-बनाने का, जीवन जीने का सुख, जिसमें एक-एक पल समय का ऐसा हिस्सा था जिसमें जीवन के भरे होने का अहसास जिन्दा था। सम्भावना से भरा हुआ हर एक पल। उसमें दुख कहीं दूर-दूर तक नहीं था। बहुत सुन्दर प्रतिमा बनानेवाले कलाकार की तरह दिन-रात महीनों-वर्षों का अकष्टकर कष्ट।

तीन मोमबत्तियाँ केक पर जलती हुईं। बहुत सारे बच्चे कागज की रंग-बिरंगी टोपियाँ पहने टेबल के चारों ओर खड़े हैं। मुँह में सीटियाँ, जिनमें गोल घूमा हुआ कागज जुड़ा है, जो सीटी में फूँकते ही हवा से सीधा खुल जाता है। सुदर्शन को गोद में लेकर अपर्णा ने उसे अपना सहारा देकर उसका हाथ और चाकू दोनों एक साथ पकड़कर केक कटवाया, "मोमबत्तियाँ बुझा दो बेटा।" सुदर्शन फूँक नहीं सकता। वह कोशिश करता है, पर हवा निकलती नहीं। समझ में आने पर अपर्णा फूँककर मोमबत्तियाँ बुझा देती है। उसकी आँखें सामने कैमरा लेकर फोटो खींचने के लिए खड़े पति अजित से मिल जाती हैं। वह तुरन्त आँखें हटा लेती है। नहीं, किसी से कोई संवाद नहीं चाहिए—न शब्दों से, न शब्दहीन। रात को दोनों अगल-बगल जागते हुए सोते हैं, बिना हिले-डुले। अगले दिन की सुबह। अजित वही सीटी लिये सुदर्शन को फूँकना सिखाते हैं। बीच-बीच में थोड़ी-सी हवा अन्दर पहुँचती है और कागज थोड़ा खुलकर सीधा हो जाता है। अजित हर बार खुश होकर अपर्णा को देखते हैं। उन दोनों के बीच एक सन्तोष का समुद्र फैला है जिसकी लहरों में वे झूलते रहते हैं। अजित के दफ्तर जाने के बाद अपर्णा इस काम में लगती है। फिर एक गिलास पानी में पाइप डालकर उसमें सुदर्शन से फुँकवाती है। गुड़-गुड़-गुड़-गुड़। हूँ। अगले जन्मदिन की चार मोमबत्तियाँ वह बुझाएगा खुद फूँक मारकर। अब पलंग का सिरा पकड़कर खड़े होने की कसरत। अब पलंग के चारों तरफ पकड़-पकड़कर चलना।

एक महीना, दूसरा महीना, तीसरा, चौथा—कितने घंटे, कितने मिनट, कितने पल। हाँ, यह डालो इस डिब्बे में। यह गोल टुकड़ा इस छेद से जाएगा डिब्बे में—देखो चला गया—यह—चौकोर—स्क्वायर—इस छेद में। हाँ, शाबाश! राजा बेटा। अब बोलने की प्रैक्टिस। ला-लो-ले-ली। केला, केले, कोलो, कोली। "कितने शब्द बोल लेता है आपका बच्चा?" "तेईस, डॉक्टर।" डॉक्टर की आँखें चश्मे के ऊपर से उसे गौर से देखती हैं। वह तेईस शब्द धड़ाधड़ गिनवाती है। "डॉक्टर, यह ठीक हो जाएगा न?" आप आठवें डॉक्टर हैं, जिनसे मैं यह प्रश्न पूछ रही हूँ—अपर्णा मन-ही-मन कहती है। वह भी औरों की तरह ठीक-ठीक जवाब नहीं देता। अजित की आँखें डॉक्टर की तरफ याचना से देखती हैं। "मैंने एक प्रश्न-सूची बनाई है डॉक्टर, आप देखिए"—अपर्णा उन आँखों को फिर नहीं देखती। प्रश्न-सूची वापस थमाकर डॉक्टर पन्ने पर बाईं तरफ लिखने लगता है—मेंटली रिटार्डेड (मानसिक रूप से अक्षम)। नहीं डॉक्टर, तुम कुछ नहीं जानते। मेरा बच्चा सब समझता है। तुम गलत हो। तुम्हें कोई परवाह नहीं कि तुम जो लिख रहे हो, वह कितना गलत है और उससे कितना नुकसान हो सकता है। हमारी हिम्मत टूट सकती है। मेरा बच्चा है। मैं जानती हूँ कि वह सब जानता है। बोल नहीं सकता तो क्या? 'हम होंगे कामयाब एक दिन'—श्वेत-श्याम टी.वी. पर लाइनों में खड़े सैकड़ों बच्चे दिल्ली में कहीं गाते हुए दिखते हैं। बहुत-बहुत दिनों के बाद अपर्णा की आँखों से आँसू बहते हैं। पूरा गीत पहली बार सुनने से ही याद हो गया है। 'हम चलेंगे साथ-साथ...'—कितना बड़ा काम है चलना। लेकिन सभी तो चलते हैं। नुक्कड़वाली भिखारिन का कितना छोटा बच्चा चलने लगा है। नहीं, ऐसे मत सोचो। लिखो भी मत। डायरी में भी नहीं। "डॉक्टर का प्रिसक्रिप्शन दिखाओ मुझे"—अजित कहते हैं। "पता नहीं कहाँ गया? गिर गया कहीं शायद। छोड़ो। कोई काम का नहीं था।"

नौवें साल में लिखी कहानी बार-बार स्मृतियों में भटक जाती है। क्या दो जीवों के बीच की कहानी उनके आज में रहकर प्रेम के तानों-बानों से बुनी नहीं जा सकती? लेकिन आज में कल की हर पल मौजूदगी को कैसे आने से रोका जाए? आज सुबह सुदर्शन ने अपर्णा से कहा है, "मैं तुम्हारे पेट से पैदा ही नहीं होता, तो अच्छा होता।" इस वाक्य में ग्यारह शब्द हैं। चोट खाकर चोट पहुँचाने के लिए बोले गए शब्द। लेकिन ये शब्द कोई आघात पैदा नहीं करते। बस, एक अहसास कि वह शायद जूझते-जूझते थक गई है और दौड़ते-भागते बच्चों की दुनिया को अनजाने उन दोनों के बीच ले आती है। अपर्णा इन शब्दों से यह जान पाती है और यह भी कि सुदर्शन अपनी माँ से अब भी जैसे जन्मनाल से जुड़ा होने के बावजूद उसे यह अधिकार नहीं देता कि वह उसकी हिम्मत पस्त करे। ठीक उसी तरह जैसे अपर्णा किसी और को यह अधिकार नहीं देती। पर अपर्णा निर्वाक जरूर है इन शब्दों के सामने। नहीं, दुख नहीं। एक नन्हा पौधा अपने पाँव जमाता खड़ा हो रहा

है। और शब्दों में अर्थों को उतना ही भरना और निकालना होता है जितना उनका अर्थ जीवन में होता है—यह भी तो उसे सुदर्शन ने बतलाया है—कितनी तरह से।

वह चिट्ठी लिख रही है सुदर्शन के पहले स्कूल की प्रिंसिपल को। सुदर्शन कुर्सी के पीछे खड़ा होकर उसके लिखने को देखता है। वे दोनों आज नए स्कूल की छुट्टी होने के कारण उस औरत से कई साल बाद मिलने जा रहे हैं जिसने सुदर्शन को एक नई जिन्दगी का मौका दिया था। ऐसा करने की योजना अपर्णा ने बनाई है। लिखते हुए उसके शब्द कृतज्ञता के घोल में डूब रहे हैं—वह बार-बार उन्हें निकाल पन्ने पर सजाती है। वह नहीं चाहती कि सुदर्शन पढ़े कि वह क्या लिख रही है, पर उसे यह भी नहीं कहना चाहती है कि वह न पढ़े। सुदर्शन कहता है, "कितनी खराब चिट्ठी लिखी है तुमने। मैं सोच भी नहीं सकता था कि तुम ऐसी चिट्ठी लिखोगी। क्या सीधे-सीधे धन्यवाद नहीं लिख सकती, उन्होंने जो किया उसके लिए?" वह त्वरित गति से अपनी चिट्ठी की चिन्दी-चिन्दी कर देती है। भावुकता के लिए गुंजाइश उसके पास हो सकती है, सुदर्शन के पास नहीं। उसे जिन्दगी जीनी है, उस पर सिर्फ विचार नहीं करना है। "धीरे चलो, गिर जाओगे। अभी तक पिछली बार के घुटने छिले हुए हैं।" "तो क्या हुआ? मुझे गिरने से दर्द नहीं होता।"—सुदर्शन के शब्द उसके दिल में छेद कर देते हैं बिना दर्द के। वह सुदर्शन को इस तरह चकित होकर देखती है जैसे पहली बार कोई बर्फ से ढँकी हिमालय की चोटियों को देखता है। पिकनिक में आँख के ऊपर भौंह के पास गहरी चोट लगी है। खून बह रहा है। सारे लोग घबरा रहे हैं। अपर्णा शान्त रहती है। रूमाल दो। मिसेज शर्मा अपना नया रूमाल हाथ में दबाए रखती हैं। एक और साथ छूटा। अपर्णा दूसरी तरफ देखती है। कोई रूमाल देता है। सिलाई करवानी पड़ेगी। घाव गहरा है। डॉक्टर कहता है, "आप अपने पति को अन्दर भेजिए। आप बाहर बैठिए। बच्चे को कसकर पकड़ना होगा।" "मेरे पति यहाँ नहीं हैं। आप कीजिए सिलाई। कोई बात नहीं है।" डॉक्टर उस बच्चे को हैरानी से देखता है जो सिलाई करवाते हुए चिहुँकता तक नहीं। वह निर्विकार भाव लिये खड़ी माँ से कहता है, "आपका बच्चा बहुत बहादुर है। आप अब बाहर जाकर बैठ जाइए। चक्कर आ जाएगा।" अपर्णा मुसकराती है। "मेरे पति होते तो शायद उन्हें आ जाता। क्यों बेटा?" सुदर्शन मुसकराता है, "अच्छा हुआ, पापा पिकनिक पर नहीं आए।"

"तुझसे नाराज नहीं जिन्दगी, हैरान हूँ, तेरे मासूम सवालों पर परेशान हूँ।" "मम्मी, तुमने मुझे कैसे स्कूल भेजा, जब मैं चलता भी नहीं था?" "सुदर्शन कहानी सुनना चाहता है। अपनी कहानी। बार-बार।" "क्यों तुम इसे यह सब बताती हो? या इसके सामने दूसरों को यह सब क्यों बताती हो?"—अजित कहते हैं। "क्या हर्ज है? उसे तो जानना ही चाहिए।" "नौ साल की उम्र में उसे सब कुछ जानना चाहिए?"..."साढ़े तीन साल की उम्र में तुम्हारे लिए एक छोटे स्कूल में गई तो

प्रिंसिपल ने फीस लेकर अगले दिन लौटा दी। कहा कि वह तुम्हें नहीं भरती कर सकती।" "तुम्हें कितना गुस्सा आया होगा मम्मी! है न? तुम गुस्से में अच्छी लगती हो"—सुदर्शन मुसकराता है। वह हँसती है। "बहुत। मन तो हुआ आग लगा दूँ वहाँ।" "फिर?" "फिर क्या? जानते तो हो। इन्हीं मिसेज अली अकबर को चिट्ठी लिखी। उस समय तुम नहीं थे न, बतानेवाले कि कैसे चिट्ठी लिखी जाए। मैंने लिखा कि क्या उनमें इतनी हिम्मत है कि वे एक असाधारण बात को स्वीकार कर सकें? और वे नहीं करेंगी तो कौन करेगा? मिलने गई, तो उन्होंने कहा—बैठिए।" "तुमने कहा कि तुम नहीं बैठोगी। पहले वे हाँ या ना में जवाब दें"—सुदर्शन का स्वर उत्तेजित है। "हाँ, तब उन्होंने कहा—अच्छा, मैं आपके बेटे को अपने स्कूल में ले लूँगी। आप बैठिए। मुझे उसे देखने तो देंगी एक बार?" दोनों हँसते हैं। "फिर तुम्हारे लिए हत्थेवाली कुर्सी आई और लकड़ी का कटघरानुमा वॉकर बनवाया गया जिसके नीचे चार चक्के थे। बस तुम चल निकले घर्र-घर्र। साढ़े पाँच साल की उम्र में दूसरा स्कूल। तब तुम हाथ पकड़कर चल लेते थे। वहाँ मिली आरती आंटी। एक कॉलेज पास करके आई लड़की। सारे बच्चे लाइन लगाकर तुम्हारा हाथ पकड़ने के लिए सुबह खड़े हो जाते। आरती आंटी ने कहा है। बाद में आरती आंटी ने हल्ला-गुल्ला रोकने के लिए नम्बर बाँध दिया। एक दिन कोई नहीं आया पास। आंटी, आरती आंटी ने कहा है, सुदर्शन अपने-आप चल सकता है। उसका हाथ नहीं पकड़ना है। मैं हक्की-बक्की खड़ी रही। तुमने मेरा हाथ छोड़ा और चल दिए। धीरे-धीरे। अपने-आप।" यहाँ वे दोनों चुप हो जाते हैं एक क्षण। हँसते नहीं। यहाँ वह एक बार फिर सुदर्शन के साथ जिन्दगी के सामने श्रद्धा से झुक जाती है। वह जानती है कि सुदर्शन इसी जगह पहुँचने के लिए शुरू से पूरी कहानी सुनता है। "आरती आंटी से मिलने चलोगे?" "नहीं, थोड़े दिनों के बाद। उसकी शादी हो गई न?" "हाँ, नहीं तो तुम कर लेते क्या उससे शादी?" फिर दोनों हँसते हैं। यह हँसी भूत और भविष्य से मुक्त हँसी है। न इसमें भोगे हुए की पीड़ा है और न आनेवाले कल का डर। इसलिए यह हँसी हँस ली जाती है।

डर? अनन्त, अनजाने—कितने डर! अपर्णा को डर है कि सुदर्शन एक दिन अब तक न आए दुखों से डरने लगेगा। उसने इस डर को जिया है। उसे मालूम है। कितने साल पहले की बात है? एक दिन वह लेटी हुई अजित को ऑफिस जाने के लिए तैयार होते देख रही थी। अजित ने जब अपनी कमीज पैंट में घुसाकर पेट को सिकोड़ा कि पैंट का बटन बन्द कर सके, अपर्णा एकदम बुरी तरह घबरा गई थी। उसके अन्दर एक हौल-सा उठा। क्या कभी सुदर्शन इस तरह खुद तैयार हो सकेगा? छोटे-छोटे काम कितने बड़े हो गए थे, जिन्हें कभी जाना तक नहीं था कि उन्हें भी सीखना-सिखाना पड़ता है। "मंजन का ट्यूब दबाओ। ब्रश को पकड़ो ऐसे—नहीं, यहाँ रख दो। फिर ट्यूब को पकड़कर मंजन लगाओ। फिर दाँतों में

घिसो। ऐसे-ऐसे। अब कुल्ला करना है।" अँगुलियों में पानी नहीं ठहरता। मुँह तक लाते-लाते गिर जाता है। अंजलि खाली। "अच्छा, कोई बात नहीं, यहाँ एक गिलास रख दिया है। लो, गिलास में पानी भरकर कुल्ला करो।" खाना खाना। चम्मच से उठाकर मुँह तक ले जाना। बीच में खाना गिरे नहीं। मुँह में सीधे। नाक में नहीं। कपड़े पहनना। बटन लगाना। बिना फीते के जूते खरीदना। टट्टी करने के बाद खुद धोना। मद्रास के डॉक्टर ने प्रिसक्रिप्शन लिखा है—दो बच्चे और पैदा करो। हाँ, उसे क्या मालूम है कि हमारे पास कितना समय है, बच्चे पैदा करने और पालने का। एक मिनट खाली नहीं। जब तक सुदर्शन जागता रहता है, तब तक अनन्त पाठ्यक्रम—अनन्त काल तक। सुदर्शन सीढ़ी चढ़ना-उतरना सीख रहा है। "तुम गई नहीं आज उसके साथ इक्सरसाइज करवाने?"—अजित फोन पर पूछ रहे हैं। "नहीं, आज से मैं नहीं जाऊँगी। वह मुझे देखकर ठीक से नहीं करता। रोता है कि और नहीं करूँगा। चलो, थोड़ी छुट्टी मिली है मुझे, आज आलमारी साफ कर लेती हूँ।" अपर्णा कुछ नहीं करती। कोई आलमारी नहीं खुलती। वहाँ उसे देख नहीं पाती। हर क्षण लगता है कि वह सीढ़ी से गिर जाएगा। वह चारों तरफ खून-खून देखती है। नहीं, डरने से नहीं चलेगा। वह नहीं गिरेगा। सीखना तो होगा। "सीढ़ी पर थोड़ा सँभलकर चलना, हाँ बेटा? वहाँ गिरने से तुम्हारी 'रिपेयरिंग' में बहुत मुश्किल होगी। ठीक?"—अपर्णा कहती है। सुदर्शन मुसकरा देता है, "तुम हमेशा ऐसे बात करती हो जैसे मैं कोई गाड़ी हूँ।" वह हँसती है। फिर गम्भीर हो जाती है। "प्लीज, मेरे लिए। सीढ़ी पर गिरना नहीं। ध्यान से।" "चिन्ता मत करो मम्मी। जिस दिन बिना रेलिंग पकड़े सीढ़ियाँ चढ़ जाऊँगा, उस दिन तुम देखने आना।" वह क्या जानता है कि उसने साथ जाना क्यों छोड़ दिया है? अपर्णा कौतूहल से उसे देखती है—वह, जो उसे न सीखे हुए कितने पाठ पढ़ा रहा है। अपर्णा उसे खींचकर अपनी गोद में बैठा लेती है, "तुमसे मेरा जीवन कितना सुन्दर है।" "सच कह रही हो तो? थोड़ी देर में कहोगी—मैं तो परेशान हो गई तुम्हारे कारण। तुम कोई बात सुनते ही नहीं"—सुदर्शन उसकी नकल उतारता है।

"फिर तुम कूबड़ निकालकर बैठ गए? रीढ़ की हड्डी सीधी नहीं रख सकते? कितनी बार तुम्हें कहना पड़ेगा? हूँ, बस मुँह फुला लो। हो जाओ गुस्सा। तुम्हारे अच्छे के लिए ही तो कहती हूँ। लम्बे नहीं हो पाओगे इस तरह।" दिमाग की टिक-टिक। कभी कोई बात, कभी कोई—दिन हो या रात, गायब नहीं होती। अजित के साथ ऐसा होता है, तो वह चिढ़ जाती है, "क्यों पीछे पड़ जाते हो उसके? जितना होता है, चेष्टा करता तो है।" "और तुम जब एक बात को उसे सौ बार कहती रहती हो, तब? तब वह पीछे पड़ना नहीं होता?" अजित ने एक बार उसे बताया था कि जब वे शहर से बाहर होते हैं, तो रात-भर सो नहीं पाते। वह भी इसी तरह सोचती है कुछ-कुछ। पर वे दोनों क्या सोचते हैं, इस बारे में आपस में कोई संवाद

नहीं किया जा सकता। क्या फायदा? कुछ भी कहना दूसरे की तकलीफ बढ़ाना नहीं है? कौन कहता है कि दुख बाँटने से आधा हो जाता है? बेकार की बात है। कभी-कभी अजित ने इतना-भर पूछ लिया है, "यह ठीक हो जाएगा न?" बस इतना ही। अपर्णा ने पूरे विश्वास के साथ, कुछ आश्चर्य का पुट लगाते हुए कहा है, "और नहीं तो क्या? तुम क्या समझते हो ठीक नहीं होगा? देखते नहीं, हम लोगों से ज्यादा समझदार है।" "मेरा मतलब शारीरिक रूप से?" "जब इतना ठीक हो गया है, तो क्या नहीं होगा? पाँच साल में पचास प्रतिशत ठीक हुआ है तो अगले पाँच सालों में बाकी के पचास प्रतिशत नहीं होगा?" अपर्णा यह कहते हुए सोचती है—क्या फर्क पड़ता है कि अस्सी-नब्बे प्रतिशत ही हो। क्या सभी लोगों में किसी-न-किसी तरह की कमियाँ नहीं हैं? सुदर्शन कितना खुशमिजाज है, कितना धैर्यवान! उसके जैसा कौन है? क्या एक जीवन काटने के लिए इतना कुछ काफी नहीं है? उसके स्कूल की टीचरें कहती हैं, "हम इसे क्या सिखाएँ? हम ही इससे सीख रहे हैं।"

पर अजित शायद अपर्णा की तरह नहीं सोच सकते। पुरुष कमजोर होता है। उसे आश्वासन चाहिए इसी क्षण। वह सह नहीं सकता। अजित रोते हैं। एक दिन बाहर यात्रा से लौटकर। वह बिना अवसाद के उनका रोना देखती है। टप-टप गिरते निःशब्द आँसू। अपर्णा ने आज इंडियन म्यूजियम सुदर्शन के साथ घूमकर देखा है। कितना आनन्द! वह कितना कुछ जानता है इतिहास की किताबों से! लोग उसे हिलते-डुलते चलते देखते हैं कौतुक से। पर वह खुश रहता है अपने में। कहाँ से आती है यह हिम्मत? अपर्णा एक बचपन की सहेली को वहाँ देखकर उससे बचकर आड़ ले लेती है—क्या फायदा बात करने से? अभी सुदर्शन के बारे में विस्तार से बताना होगा। सुदर्शन का उत्साह देखकर वह भी मूर्तियों को बहुत ध्यान से देखती है—उसकी आँखों से। वह अजित की भरी हुई आँखों में देखती है—मैं समझ सकती हूँ कि तुम्हें चिन्ता होती है। दुख होता है। पर तुम देखो कि मैं तो उसकी माँ हूँ, मुझे कोई दुख नहीं है। तुम मुझे रुला नहीं सकते। वह किसी से कम नहीं है—यह देख सकने के लिए तुम्हें ही अपने दुख को खुद जीतना होगा। मैं कुछ नहीं कर सकती तुम्हारे लिए।"

अपर्णा नौवें साल में लिखी कहानी को उलट-पुलटकर कई बार पढ़ती है। आज पन्द्रहवें साल में उस कहानी में बहुत-सी कतर-ब्यौंत की जा सकती है यानी बहुत-सा अनचाहे घुस आया दुख उससे निकाला जा सकता है। इस अहसास में एक सन्तोष है, हालाँकि यह सवाल उतने का उतना ही बना रह गया है कि क्या सचमुच दुख कोई दुख नहीं है—और यदि नहीं है तो इस बात को रोज एक नए सिरे से समझना क्यों पड़ता है? क्यों बार-बार एक सही-सलामत दुनिया उसके और सुदर्शन के बीच आकर खड़ी हो जाती है। सुदर्शन ने नौवें साल में उससे कहा था, "मैं तुम्हारे पेट से पैदा ही नहीं होता तो...तो अच्छा होता।" अपर्णा यह सुनकर सुन्न हो गई थी।

सारे दिन जैसे बेचैनी के अथाह पानी में डूबती-उतराती वह शाम को सुदर्शन को लेने स्कूल पहुँची थी। सुदर्शन भी हमेशा की तरह उस दिन उसे देख उल्लसित नहीं हुआ था। दोनों चुप-चुप थे। वह अपने सुन्न दिमाग को कुरेदती हुई कुछ कहने के लिए खोजती रही थी कि सुदर्शन बोला था, "मम्मी, तुमने मुझे इतनी अच्छी तरह पढ़ाया कि मुझे हिस्ट्री में सबसे अच्छे नम्बर मिले हैं।" "अच्छा," अपर्णा ने अपने शब्दों में उत्साह भरने की कोशिश की थी। जिन्दगी में बहुत कुछ है—भरापन, जिसे जाने-महसूस किए बिना जीने का कोई मतलब नहीं है। अपर्णा ने अपने को बटोरना चाहा था। सुदर्शन हलके-हलके मुसकराते हुए उसे देख रहा था, "मम्मी, तुम मेरे सब दोस्तों की मम्मियों से ज्यादा इंटेलिजेंट हो। और सबसे सुन्दर भी। आई एम प्राउड टू बी योर सन मम्मी (मुझे तुम्हारा बेटा होने पर गर्व है)।" अपर्णा ने गले से ऊपर उठते आवेग को रोक लिया था। पर एक क्षण लम्बा होता हुआ दोनों के बीच सन्नाटे को फैलाता रहा था। फिर अपर्णा से रहा नहीं गया था, "और सुबह क्या कह रहे थे तुम!" "सुबह? ओहो! तुम जानती हो कि वह तो मैंने वैसे ही कहा था जैसे गुस्से में तुम मुझे कुछ-कुछ कहती हो। ऐसी बातों का कोई मतलब होता है क्या?" नौवें साल में लिखी माँ-बेटे की कहानी इस बिन्दु पर आकर रुक गई थी—इस समझ के साथ कि शब्दों का हर बार कुछ अलग मतलब होता है।

पन्द्रहवें साल में इस बिन्दु पर अपने को पाकर अपर्णा ने सारी बातों के मतलब को एक बार फिर बेमतलब कर देना चाहा था। ऐसा करने की जरूरत उसे फिर एक बार शिद्दत से महसूस होने लगी थी। नहीं, किसी बात का कोई मतलब नहीं होता। कम-से-कम इतना बड़ा मतलब तो नहीं होता कि उसके सामने जिन्दगी बौनी पड़ जाए। पर क्या यह बात उसे सुदर्शन से ही बार-बार सीखनी होगी? कोई बच्चा स्कूल में सुदर्शन को छेड़े, उसकी नकल उतारे, उसका नाम रख दे, तो भी इस बात का इतना मतलब नहीं होता कि सुदर्शन अपनी माँ को इस बारे में बता तक दे। यदि उसे सुदर्शन के एक दोस्त से जो उससे दूर के रिश्ते से कुछ सम्बन्ध रखता है, इस बारे में पता चल भी जाए तो भी ऐसी बातों का इतना मतलब नहीं होता कि सुदर्शन टीचर को उस लड़के की शिकायत करने दे या उस लड़के को ऐसा-वैसा करने की धमकी तक देने दे। लेकिन अपर्णा के लिए हर बात का एक मतलब होता है—कई बार इतना गहरा और दो-टूक मतलब कि बरसों-बरस बाद भी रत्ती-भर धुँधला नहीं होता। जो रिश्ते इन मतलबों ने बदले, वे बदल ही गए। हमेशा के लिए। कई बार बहुत तकलीफ होने के बावजूद! "क्या सुदर्शन की शादी होगी?"—यह प्रश्न पूछनेवाले अपने बहुत नजदीक के व्यक्ति को उसने कभी माफ नहीं किया है। वह तिलमिलाती है फिर उसी तरह आज भी। किसी को यह अधिकार नहीं कि उसे भविष्य का अन्धकार दिखाकर डराए। उसके लिए जिन्दगी आज-भर है।

कितनी सारी बातें, कितने सारे मतलब—बल्कि हर बात के कितने सारे मतलब! "तुम क्यों जिद पर अड़ी हो? सुदर्शन को 'ऐसे' बच्चों के स्कूल में क्यों नहीं भरती करवा देती?" "ऐसे बच्चों का स्कूल? सुदर्शन नॉर्मल स्कूल में पढ़ सकता है। यह कोई जिद की बात नहीं है"—अपर्णा अपनी बात कहते-समझाते हर बार अन्दर-ही-अन्दर मरती जाती है। दुनिया के लिए—और दुनिया उसके लिए। कितनी रातें जागते हुए, तारे देखते, किताबें पढ़ते—हर मतलब को बेमतलब बनाने के लिए कितनी साधना! पर हर बार ऊपर पहुँचकर फिर नीचे फिसल जाना—फिर वहीं, फिर वहीं—जैसे काई की बनी हुई सीढ़ियाँ चढ़ रहे हों।

कौन देगा मुझे मुक्ति इन सारे बदले हुए और बदलते रिश्तों से? सुदर्शन?—अपर्णा पन्द्रहवें साल में सोचती है। सुदर्शन? पन्द्रह साल की उम्र में?—अजित परेशान हो जाएँगे यदि वे किसी चमत्कार से उसके अन्दर की बात जान लें। "हाँ, क्यों नहीं? वही समझ सकता है, उसे ही कहा जा सकता है क्योंकि वही सबसे सँभला हुआ है—हम सुख-दुख के बीच की सँकरी पगडंडी पर चलते हुए बार-बार डगमगाते हैं—कभी इधर, कभी उधर"—अपर्णा संवादहीन संवाद करती है अजित से।

सुदर्शन स्कूल में टिफिन खाते हुए उसे अपने सबसे अच्छे दोस्त समीर के बारे में बता रहा है, "तुम जानती हो मम्मी मुझे वह क्यों पसन्द है? वह मुझसे बराबरी का व्यवहार करता है। जैसे कि समझो, यदि मैं उसका हाथ मरोड़ूँ तो वह भी मेरा हाथ मरोड़े बिना मुझे नहीं छोड़ेगा। बाकी लड़के ऐसा कभी नहीं करेंगे। वे मुझे कमजोर समझकर छोड़ देंगे।" अपर्णा चुपचाप उसकी तरफ एकटक देखती रहती है। "क्या हुआ, क्या सोचने लगी तुम? बात करते-करते तुम पता नहीं कब सुनना बन्द कर देती हो। पापा कितनी बार तुमसे इसी बात पर गुस्सा हो चुके हैं।" अपर्णा हलके से मुसकराती है। "नहीं, बताओ न क्या सोच रही थी अभी? बताना पड़ेगा।" अपर्णा हिचकती है। आखिर बात सुदर्शन को लेकर ही है। बरसों से कसकती बात कंठ में अटकी हुई। न निगलते बने, न उगलते। "मैं कई सालों से एक बात को लेकर परेशान हूँ..." वह सुनता है। "लेकिन मेरी शादी की बात पूछने से इतनी तकलीफ क्यों?...और जो तुम्हें इतना चाहता है, वह तुम्हें दुख पहुँचाने के लिए तो नहीं बोलेगा न? वैसे भी यह तो मेरी मरजी है कि मैं क्या करूँ या क्या न करूँ।" बात इतनी ही है। सचमुच। एकदम सीधी। इससे ज्यादा सोचने की, बोलने की कोई जरूरत नहीं। सुदर्शन फिर अपने दोस्त समीर की बातें करने लगा है। वह सुनती भी है, नहीं भी। अचानक वह हलकी हो आई है। "...पहले देखो मैं कितनी परवाह करता था कि कोई लड़का मुझे तुम्हारे हाथ से खाते देखेगा, तो मेरा मजाक बनाएगा। अब मुझे कोई परवाह नहीं। देखे तो देखे। पहले मैं डरते-डरते क्लास में बोलता था—न जाने कहाँ अटक जाऊँ। सारे लड़के साँस रोककर सुनते थे। अब देखो, मेरा हकलाना काफी ठीक हो गया है। हमें लोगों की परवाह करना छोड़ना ही होगा।"

अपर्णा हँसती है उसकी बात सुनकर। खुली हँसी। कितना गहरा सुख। एक और शुकदेव—पिता व्यास मुनि को ज्ञान देता हुआ। हवा में जाड़े की धूप उड़ रही है। "अच्छा बाबा, मैं तुम्हें एक बार प्यार कर सकती हूँ?" वह आँखें बड़ी-बड़ी करके मना करते हुए कहता है, "नो। नॉट एट ऑल। लोगों के सामने हरगिज नहीं।" टिफिन खत्म हो गया है। वह हँसते-हँसते जाने के लिए उठ खड़ा होता है। पन्द्रहवें साल की यह दूसरी कहानी फिलहाल इस ज्ञान-दान और उससे निकले अनिर्वचनीय आनन्द पर खत्म होना चाहती है, हालाँकि आनेवाले समय में यह कहानी बहुत बार बहुत तरह से लिखी जाएगी।

पार्टनर

धरती माता! तेरी पहाड़ियाँ, हिम से ढके पर्वत और वन-उपवन मुसकरा रहे हैं। मैं तेरी सतह पर खड़ा हूँ। मैं पराजित नहीं हुआ। मुझे कोई चोट नहीं पहुँची, मुझे घाव नहीं लगे। मैं पूर्ण हूँ। मेरा कोई अन्त नहीं कर सका।

धरती मुझे ठौर दे—मुझे कहीं ठौर दे।

—ऋग्वेद की स्तुति

उस छतनार पेड़ की छाया धूप में एक बड़ा गोल घेरा बनाती थी। लड़की उस घेरे के एक किनारे से दूसरे किनारे तक ऊपर देखती हुई चलती गई। फिर लौटकर वह वापस पहलेवाली जगह पर आ खड़ी हुई। इतने में उसे पेड़ पर पत्तों में लगभग छिपा हुआ एक कमरख का फल दिखाई पड़ा। अपनी चुन्नी को कन्धे पर टिकाती हुई वह ठीक उस फल के नीचे जा खड़ी हुई। "वह नहीं मिलेगा। बहुत ऊँचा है"—कहीं से आवाज आई। उसने देखा तो पेड़ जिस मकान से अपने फैलाव में सट रहा था उसकी बाहर बनी हुई सीढ़ियों पर बीच में एक चौदह-पन्द्रह साल का लड़का खड़ा था। वह दुबला था और उसने चश्मा लगा रखा था। "इधर सीढ़ी पर आकर देखिए, यहाँ से एक और कमरख दिखाई पड़ रहा है"—उसने दोस्ताना अन्दाज में कहा। वह सात-आठ सीढ़ियाँ चढ़कर उसके पास जा खड़ी हुई। "आपको चाहिए कमरख? कल के तोड़े हुए से एक बचा है मेरे पास।" "नहीं, नहीं। मैं तो बस पहचानना चाह रही थी कि यह कौन सा पेड़ है"—उसने जाड़े की पछुआ हवा में फहराती चुन्नी को रोकते हुए कहा। अब वे एक-दूसरे को देख रहे थे। "मैं कलकत्ते से आया हूँ। मेरे दादा जी पिछले बीस सालों से हर साल जाड़े में यहाँ आते हैं और इसी मकान में रहते हैं। आप भी कलकत्ते से आई हैं न?"—लड़के ने पहल करते हुए उससे पूछा। लड़की ने गरदन हिलाते हुए हामी भरी। "आप क्या पहली बार आई हैं?"—लड़के ने और जानने की कोशिश की। "नहीं, हम लोग भी प्राय: हर साल आते हैं और उस मकान में ठहरते हैं।"—लड़की ने पीछे की तरफ बने मकानों की तरफ इशारा करते हुए कहा। "अच्छा, आपको पहले कभी देखा तो नहीं"—लड़के ने हैरत जताई।

कलकत्ते से तीन सौ किलोमीटर दूर बने इस विश्राम-गृह में बूढ़ों, बच्चों, स्त्रियों—सभी का अपना-अपना मेला हर साल जाड़े में जुट जाता है। सबकी अपनी मंडली है—कहीं कीर्तन-भजन की, कहीं ताश-चौपड़ की, कहीं फिल्मी धुनों पर अन्त्याक्षरी की। शहर में जो लोग अपने जान-पहचानवालों तक से बोलने-बतलाने में कतराते हैं, वे भी यहाँ की हवा के असर से अचानक मिलनसार हो उठते हैं। सबको मालूम है कि दोस्ती अस्थायी है, शहर में लौटने के बाद कोई किसी को याद तक नहीं करेगा, पर इस बात से उस छोटे-से साथ में आत्मीयता में कोई कमी नहीं आती। कमरख के पेड़ के बगलवाले मकान के लड़के ने जाना कि लड़की का कॉलेज पूरा हो चुका है। उसने उम्र का अन्दाज लगा लिया। मन में आया कि पूछा जाए—इसकी अभी तक शादी क्यों नहीं हुई। लड़की उसके सवालों के जवाब देती थी, पर अपनी तरफ से वह लड़के से कोई बात नहीं पूछ रही थी, मानो उसे उसमें कोई दिलचस्पी न हो। वह बार-बार कमरख के पेड़ की ओर देखने लगती थी। उसके अनमनेपन के बावजूद लड़के ने देखा कि वह अपने बारे में कुछ बताता तो लड़की पूरे ध्यान से उसकी बात सुनती थी। "मुझे तो कलकत्ते में जाड़े की पहली-पहली हलकी शुरुआत होते ही यहाँ की मिट्टी की खुशबू आने लगती है और ट्रेनों की खड़खड़ और सीटियाँ सुनने लगती हैं"—लड़के को लगा था कि वह उसकी इस बात पर जरूर चौंकेगी या कुछ जरूर कहेगी। सचमुच लड़की चौंककर खुश हो गई और उसने कहा, "अच्छा? सचमुच!" इस बात से दोनों के बीच अचानक जैसे कुछ बदल गया।

लड़की अब उससे उसके स्कूल के बारे में पूछने लगी। "तुम्हें कौन-कौन से विषय अच्छे लगते हैं?" "सबसे खराब तो भूगोल लगता है, इतना तो मैं जानता हूँ"—लड़के ने मौज में आकर कहा। लड़की का चेहरा उतर गया। वह अचानक पहले की तरह चुप हो गई और मुँह घुमाकर कमरख के पेड़ की तरफ देखने लगी। लड़के को कुछ समझ में नहीं आया। उसे लगा कि इस बदले हुए काल का सम्बन्ध भूगोल से है, हालाँकि यह बात असम्भव ही थी। फिर भी उसने कहा, "दरअसल भूगोल की हमारी टीचर ही कुछ ऐसी हैं। ऊँट जितनी लम्बी हैं, पर बोर्ड पर मैप टाँगने के लिए कुर्सी पर खड़ी हो जाती हैं और कहती हैं—काश, मैं थोड़ी लम्बी होती! 'र' को 'ड़' बोलती हैं—खुद अपना नाम बताती हैं ड़ानी मुखड़जी—यानी रानी मुखर्जी।" लड़की ने कमरख के पेड़ से आँखें हटाकर उसकी तरफ देखा। वह हँसी नहीं। उसने गम्भीरता से कहा, "इससे क्या फर्क पड़ता है कि टीचर कैसी हैं? मैं तो अपने भतीजे को भूगोल पढ़ा ही नहीं पाती—नदियों के नाम पढ़कर ही पागल हो जाती हूँ—कृष्णा, कावेरी, गोदावरी, तुंगभद्रा...। मैं तो हर नदी से मिलना चाहती हूँ। सबके पास जाना चाहती हूँ।" लड़का उसकी बातें सुनकर उसे हक्का-बक्का होकर देखता रहा। अजीब लड़की है। वह फिर कमरख के पेड़ को देख रही थी।

"क्या देख रही हैं आप इस पेड़ में? इसकी खट्टी-मीठी चटनी अच्छी लगती है न?"—लड़के ने कुछ सुस्त होकर कहा। "कुछ नहीं देख रही हूँ—मैं इसे पहचान लेना चाहती हूँ ताकि फिर कभी यह पेड़ दिखे तो इसके पत्तों से ही इसे पहचान लूँ।" लड़के के दोस्त आ गए थे और उसे नीचे से क्रिकेट खेलने चलने के लिए आवाज़ें दे रहे थे। लड़का चुपचाप खड़ा रहा। लड़की ने कहा, "अच्छा मैं चलती हूँ," और सीढ़ियाँ उतरने लगी। अब तक लड़के के दोस्त ऊपर चढ़ आए थे और उसे बहरा-गूँगा बताकर हल्ला-गुल्ला मचाने लगे थे। लड़के ने देखने की कोशिश की कि लड़की कहाँ गई, पर वह गायब हो चुकी थी।

विश्राम-गृह का परिसर बहुत बड़ा है—पीछे की तरफ तालाबों और खेतों और सामने छोटे-छोटे बगीचों के खुलेपन में छितरे कई एक-मंजिले, सीधी छतोंवाले और बरामदोंवाले एक-से मकान हैं। सभी मकान बरामदों में छाई रहनेवाली जाड़े की उजली धूप को मानो वहाँ की लाल मिट्टी के संग घोलकर बनाए हुए पीले रंग से पुते हैं। सबकी सीढ़ियाँ मकानों के बाहर खुले में बनी हैं। तकरीबन ऐसे ही छोटे-बड़े पीले मकान इस पूरे इलाके में, बल्कि आसपास के कस्बों तक में इसी तरह लाल मिट्टी और ऊँची-नीची पहाड़ी धरती पर उगनेवाले पलाश और खजूर के टेढ़े-मेढ़े पेड़ों के बीच बने हुए हैं। छोटी-छोटी पहाड़ियाँ क्षितिज पर दूर कहीं-कहीं उगी दिखाई पड़ती हैं। ऐसा लगता है कि इस इलाके में समय आकर ठहर गया हो। हर साल जब शुद्ध हवा-पानी के लिए आसपास के शहरों से लोग जाड़े की छुट्टियाँ बिताने पीढ़ी-दर-पीढ़ी आते हैं, विश्राम-गृह के ठीक बाहर शिरीष का विशाल पुराना वृक्ष दूर-दूर तक छाँह किए और टें-टें कर उड़ते तोतों को आश्रय दिए, वैसे ही खड़ा मिलता है। उसके सामने सड़क के पार रेल-लाइन के किनारे-किनारे पीठ किए वही मूड़ीवाले, पुचका-चाटवाले, पानवाले और चायवाले हर बार उसी तरह इन्तजार करते मिलते हैं। उनके पीछे से पास के शहर को जानेवाली कोयलेवाली ट्रेन के लिए हर एकाध घंटे में लाइनमैन रास्ता बन्द कर देता है और दूसरी तरफ विश्राम-गृह के पीछे से मेन लाइनों पर रेलवे की सारी मुख्य रेलें रात-दिन हॉर्न बजाती हुई उसी तरह गुजरती रहती हैं। कभी कुछ नहीं बदलता—यहाँ तक कि रेल-लाइन के पार गाँव में रहनेवाली पुतली की माँ हर साल अक्षय प्रौढ़ावस्था लिये घर के काम करने के लिए मौजूद रहती है। न उसकी उम्र उसके गहरे काले रंग और पीली डोरेदार आँखों में बढ़ती नजर आती है और न उसकी बेटी पुतली के सलोने यौवन में ही कोई बदलाव आता है। बस पुतली के दोनों लड़के बड़े हो गए हैं और नाक टपकाते बचपन की जगह शहरातियों की फैशनेबल उतरनें पहनकर बाल काढ़े हुए युवावस्था की ओर बढ़ने के लिए आतुर दिखाई देते हैं। उन्हीं की उम्र के शहरी लड़के-लड़कियों के बीच बहुत सारे प्रेम-सम्बन्धों के पनपने की सम्भावना हवा में हर समय मौजूद है और वे इससे बेखबर नहीं हैं। हर साल कोई-न-कोई किस्सा चर्चा में रहता है,

अलबत्ता किसी किस्से का सचमुच कोई परिणाम निकला हो, ऐसा सुनने में नहीं आया। यहाँ जो भी सहज आकर्षण पैदा होता है, शायद वह शहर की दूषित हवा खाते ही मर जाता है। यहाँ सभी शहरी जीवन की दफ्तर-घर या स्कूल-घर या फिर वानप्रस्थावस्था की घर-ही-घर की बँधी-बँधाई दिनचर्या को तोड़ने के लिए आते हैं और बिना यूरिया की ताजी सब्जियाँ खाकर, तेल मालिश करवाकर, खेल-कूदकर, दोस्तियाँ करके लौट जाते हैं। हर साल नई-नई जगह घूमनेवाले यात्री को इस तरह एक ही जगह लौट आने का सुख मालूम ही नहीं हो सकता।

सुबह उठते ही कमरख के पेड़ को देखकर लड़के को उस लड़की की याद आई। कल रात को सामने की तरफ बने चारों ओर से खुले गोलघर में देर तक फिल्मी गीतों पर अन्त्याक्षरी का कार्यक्रम चला था। ढेर सारे लड़के-लड़कियों के बीच उसने कई बार उस लड़की को खोजना चाहा था, पर वह नजर नहीं आई थी।

इस बार कलकत्ते से हर साल आनेवाली एक बहुत फैशनेबल लड़की के साथ उसकी चचेरी बहन भी आई थी और उन्होंने हर जगह अपनी फकाफक अंग्रेजी, चुस्त कपड़ों और लटकों-झटकों से अपना सिक्का जमा रखा था। पिछले साल उस लड़की के साथ इस लड़के की कुछ झड़प हो गई थी और इस बार वह उससे बदला लेने के लिए अपनी चचेरी बहनों के साथ मिलकर उसका मजाक बनाने में लगी थी। उनके इतराने का एक दूसरा बड़ा कारण यह था कि पिछले पच्चीसों वर्षों से ज्यों-के-त्यों बने रहे विश्राम-गृह की साधारण, एक-जैसी स्तरीयता को तोड़ती हुई एक लाल-सफेद बँगलानुमा ढलुवाँ छतवाली कोठी, पीली सपाट छतोंवाले मकानों के बीच खड़ी हो गई थी। इस कोठी की सीढ़ियाँ भी उसके अन्दर थीं। ये लड़कियाँ उसी कोठी में ठहरी थीं और अपने को बाकी लोगों से एक दर्जा ऊँचा समझ रही थीं। लड़के ने रात का किस्सा याद कर मुँह बिचकाया। पास के छोटे कस्बे से आई एक लड़की के कपड़ों और उसके बैडमिंटन खेलने के प्लास्टिक के सस्ते, बच्चों के-से रैकेट पर ये लड़कियाँ पागलों की तरह हँसती रही थीं। लड़के से रहा नहीं गया था और उसने कह दिया था, "अच्छे रैकेट खरीद लेने से क्या होता है—उसे पकड़ना तक तो आता नहीं तुम लोगों को।" इसके बाद तो उन लोगों पर हँसी का दौरा पड़ गया था और उन लोगों ने उस सीधी-सादी लड़की को उसकी 'होनेवाली' करार देकर उसका खूब मजाक बनाया था। लड़के ने सुबह-सुबह निश्चय किया कि आज से वह उनकी तरफ देखेगा भी नहीं। रात की तिलमिलाहट उसे अब भी महसूस हुई।

कुछ निश्चय करके लड़का पीछे के मकानों की तरफ चल पड़ा। कमरखवाली लड़की ने अपने घर का नम्बर नहीं बताया था और इस तरफ कम किराएवाले एक-एक कमरे के साथ रसोईवाले घर बने हुए थे। वह लड़की उनमें से किसी कमरे में होगी, ऐसा माना जा सकता था। वह उन सारे कमरों के सामने से गुजर

गया। निराश-सा होकर वह लौट रहा था कि तालाब की सीढ़ियों के पास बने चबूतरे पर वह एक कोने में बैठी नजर आई। उसने भी लड़के की तरफ देखा और मुँह पर अँगुली रखकर आवाज न करने का इशारा किया। लड़की की निगाह का पीछा करते हुए लड़के ने वहीं रुककर देखा कि लाल आँखवाली एक काली कोयल पपीते के पेड़ पर टेढ़ी लटककर बहुत सफाई से एक बड़े हरे पपीते को एक-एक पीली रसदार फाँक की तरह काटती हुई खा रही थी। बहुत देर तक वे दोनों अपनी-अपनी जगह से कोयल को पपीता खाते देखते रहे। कोयल के उड़ जाने पर वह चबूतरे के पास आया। "कितने बढ़िया ढंग से खा रही थी पपीता"—लड़के ने चबूतरे पर बैठना चाहा। "अरे, अरे देखो, उस पौधे को मत छुओ, नहीं तो खुजली होगी पूरे शरीर में"—लड़की ने सीढ़ी के पास लटकती बेल की सुनहरी-हरी छीमियों को दिखाते हुए कहा। "आपको कैसे मालूम? क्या आपने छूकर देखा है?" "नहीं, पर उसे छूकर लोगों को खुजली करते देखा है"—लड़की ने हँसते हुए कहा। लड़के ने देखा, उसकी हँसी में एक अद्भुत खुलापन है, जो उसे बहुत आकर्षक बनाता है। "अच्छा तो क्या आप यहाँ के सारे पेड़ों के नाम जानती हैं?" लड़के ने चकित होकर पूछा। "ऊँ हूँ, सबको तो नहीं"—लड़की ने खुश दिखते हुए कहा। "हाँ, जैसे कमरख के पेड़ से तो कल ही पहचान हुई है न आपकी। मैं तो उस पेड़ को बचपन से पहचानता हूँ। एक और चीज मैं आपको दिखा सकता हूँ, जो आपने कभी नहीं देखी होगी। यहाँ मन्दिर के पास एक पौधा है जिसमें काले मुँह के कड़े-कड़े लाल दाने होते हैं छीमियों में।"—लड़का बहुत खुश था कि वह लड़की को कोई नई चीज दिखा सकेगा। लड़की अचानक उदास होकर बुझ गई। उसने गरदन नीचे झुका ली और बोली, "ओह, काले मुँह वाली लाल चिरमठी! तुम्हें मालूम है कि सबका वजन एक रत्ती होता है? मेरी दादी सुनहले सितारों का वजन करने के लिए सिलाई के डब्बे में रखती थीं।" वह कुछ देर चुप रहकर बोली, "मेरी दादी चिरमठी के बारे में एक गीत गाती थीं जिसमें लड़की की माँ लड़की के पिता को कहती है कि हमारे आँगन में तो सिर्फ चिरमठी का पौधा है, लेकिन हमारी लड़की के ससुराल में—हमारे समधी के आँगन में केवड़ा फूलता है—यानी कि चिरमठी तो हुई एक मामूली चीज—छोटा-सा पौधा—सिर्फ रत्ती उगाए—जबकि केवड़ा है एक खुशबूदार फूल, जिसे बड़ी जगह में ही उगाया जा सकता है।" इतना कहकर वह चुप हो गई और कुछ सोचने लगी। लड़के का मन हुआ कि उससे पूछे कि उसकी अभी तक शादी क्यों नहीं हुई। पीछे की मेन लाइन से एक ट्रेन धड़धड़ाती हुई गुजर रही थी। लड़की ने लम्बी साँस छोड़कर घड़ी में समय देखते हुए कहा, "अमृतसर मेल थी।" "क्या आपको सब ट्रेनों का समय भी मालूम है"—लड़के ने आश्चर्य से पूछा। "हमारे यहाँ पुतली की माँ काम करने आती है न, वह ट्रेन के पहियों की आवाज से ट्रेन का नाम बता देती है"—लड़की हँसी और उठ खड़ी

हुई।, "अच्छा मैं चलती हूँ। आज माँ की तबीयत ठीक नहीं है, मैं नहीं रहती तो और चिन्ता करती हैं।" "आप रात को अन्त्याक्षरी में नहीं जातीं गोलघर में?"—लड़के ने पूछा। "नहीं, मैं जल्दी सो जाती हूँ। रोज सुबह उगता हुआ सूरज देखने की मुझे आदत है। यहाँ बाहर सड़क पर मिशनरी स्कूल के सामने की चट्टान से उगते हुए सूरज का बहुत सुन्दर दृश्य दिखता है—धरती फाड़कर निकलता लाल सूरज का गोला। तुमने कभी ऐसा सूरज देखा है?" लड़का वहीं देर तक चबूतरे पर अकेला बैठा हुआ सोचता रहा। उस रात गोलघर में चल रहे टी.वी. के विज्ञापनों को मूक अभिनय के जरिए पहचानने के कार्यक्रम में उसका मन न लगा। बीच में ही वह कार्यक्रम छोड़ उठ आया। इतनी जल्दी अपने-आप सोने के लिए घर आने पर माँ के आश्चर्य को बढ़ाते हुए उसने कहा, "मुझे कल उगता हुआ सूरज देखना है।"

जब दूर-दूर तक धरती का फैलाव हो और बीच में कोई पेड़-पौधा तक उस फैलाव में बाधा न डालता हो, तो धरती के किनारे से निकलते लाल सूरज के गोले को देखना जीवन के शाश्वत अनन्त कालक्रम को देखना है—लड़के ने इस बात को बिना शब्दों के लड़की के साथ अगली सुबह के सूरज को देखते हुए जाना। उसके बाद हर सूर्योदय और हर सूर्यास्त को देखते हुए वह बार-बार इस बात को नई गहराई के साथ जानता रहा। पूर्णिमा के चाँद को उसने साँझ ढलते ही पूर्व दिशा में देखा और सूर्योदय के पहले उसे पश्चिम में अस्त होते हुए। विश्राम-गृह के हर उम्र के चलने-फिरनेवाले लोग शिरीष के पेड़ से दो किलोमीटर दूर एक आश्रम को जानेवाले रास्ते में हर सुबह और शाम को सैर करने जाते थे। लड़का भी इसी रास्ते को बचपन से हर सुबह मित्रों की टोली के साथ नापता आया था। पर अब उसने उस रास्ते से फूटते अनेक-अनेक दिशाओं की ओर जाते रास्तों को जाना। वे दोनों जब सुबह की सैर कर लौटते थे, तो सूरज काफी ऊपर चढ़ आया होता और चाय-नाश्ते की दुकानवाले भी सुबह की बिक्री सलटाकर आराम कर रहे होते थे। इस अनमेल जोड़ी को कई जोड़ी आँखों के विस्मय और सन्देह का सामना करना होता था। उन दोनों को 'पार्टनर' की संज्ञा न जाने लड़की के घरवालों ने दी या लड़के के घरवालों ने। पर अब वे एक-दूसरे को पार्टनर के नाम से ही सम्बोधित करने लगे थे।

रेल-लाइन को पार कर दूर दिखते पहाड़ तक जाने के लिए बीसियों खेतों, चट्टानों, नदियों की पतली धाराओं को पार करते हुए उन दोनों ने रास्ता बनाया। रास्ते में चौड़ी नदी मिलने पर लड़के ने लड़की की तरफ निराशा से देखा तो उसने देखा कि वह अपने जूते उतारकर हाथ में लेकर पानी में घुस रही थी। दोनों ने नदी पार कर बालू में बैठकर पत्तों से पाँवों का पानी झाड़कर जूते पहने। पहाड़ की तहलटी में उगे तेन्दू के पत्तों और दोने बनाने के लिए पत्ते चुनते आदिवासियों को देखकर वे साथ-साथ मुसकराए। लड़की ने केले के लाल फूल की एक पंखुड़ी को लड़के को तश्तरी की तरह इस्तेमाल करने के लिए दिया, जिसमें उन्होंने

चिड़ियों के पंख, कई रंग के पत्थर और जंगली फूल इकट्ठे किए। रेल-लाइन के नीचे बनी गुम्बदनुमा सुरंग से गुजरते हुए उन्होंने ऊपर चलती रेल की घड़घड़ाहट सुनी और एक-दूसरे का नाम लेकर पुकारा। लड़के ने लड़की के साथ कल्पना की कि पलाश के सूखे मटमैले पत्तों की जगह जब होली के पास पलाश के फूल लद जाते होंगे, तो भूरा उजाड़ दिखनेवाला जंगल कितना चटख हो उठता होगा। रेल-लाइन पर चलते हुए उन्होंने रेल-लाइन पर कान रखकर सुना कि कहीं रेल पीछे से तो नहीं आ रही और रेल के नीचे दस पैसे के सिक्के को दबाकर उसे चपटा बनाया। कभी कोई जंगली फूल या पत्ता या कोई अजीब आकृति का पत्थर या कोई नीली-पीली चिड़िया दिख जाती, तो लड़की उमंग में आकर लड़के का हाथ पकड़ लेती थी। लड़के को दुनिया का एक-एक अणु रहस्यमय और अद्‌भुत लग रहा था—ऐसे क्षणों में उसका संसार एक दिव्य आलोक से भर उठता। उसने विश्राम-गृह की धरती में कपूर, तेजपत्ता, दालचीनी, सीताफल, राधा चम्पा, नाग चम्पा—न जाने कितने पेड़-पौधों को उनकी खुशबुओं, पत्तों, तनों और शक्लों से जाना; आकाश में उसने सप्तर्षि तारों को, शुक्र ग्रह को, चाँद के पूर्णिमा के बाद रोज क्रमशः देर से उगने को जाना।

विश्राम-गृह में उनके बारे में हर उम्र की टोलियों के स्त्री-पुरुषों, लड़कियों-लड़कों में जिक्र हो रहा था। इस बार की चर्चा में कौतुक ही अधिक था क्योंकि दोनों के बीच किसी निन्दा करने लायक आकर्षण की सम्भावना को लड़की-लड़के के बीच उम्र का अन्तर और लड़की की गम्भीरता खारिज कर देती थी। लड़के के दोस्तों ने भी एक बार उन दोनों के साथ घूमकर उन चिड़ियों-पेड़ों-पत्थरों को देखा, जो उन दोनों के लिए अपूर्व आनन्द का स्रोत थे, पर उन्हें इस सिरफिरेपन से ऊब और झल्लाहट ही हुई। रात को गोलघर में आने के आमंत्रण, "दीदी, आप पार्टनर को लेकर आज, 'तोल मोल के बोल'—प्रतियोगिता में जरूर आइए"—को लड़की ने अचरज भरी आँखों के साथ हँसकर टाल दिया, "लेकिन मैं तो किसी चीज का दाम जानती ही नहीं।" उसकी इस बेतुकी बात पर पार्टनर की हँसी उसके दोस्तों को बहुत अखर गई और उन लोगों ने उसका बायकाट करने का फैसला कर लिया। लड़के की इकलौती बहन, जो परीक्षा के कारण काफी बाद में विश्राम-गृह में आई थी, अपने भाई के बदले हुए रुख से काफी हैरान थी। वह बार-बार कहने पर भी भाई को पिछले साल की टोली के साथ पिकनिक पर ले जाने में सफल नहीं हुई। बहन का परिचय अपनी पार्टनर के साथ उसने इन शब्दों में करवाया था, "यह मेरी बहन है। इसे एक बार टी.वी. वालों की तरफ से इनाम मिला था—यह बताने के लिए कि 'तारा' सीरियल में तारा ने किस 'एपिसोड' में कौन से रंग के कपड़े पहने थे।" इस बात पर दोनों पार्टनरशिप में हँस पड़े थे। इसमें हँसने की क्या बात थी, नाराज होकर बाद में भाई से पूछने पर उसने कहा था, "नहीं, बात

तो दरअसल रोने की है। पार्टनर कहती है कि टी.वी. वाले हमें इतना मूर्ख समझते हैं कि वे हमसे ऐसे ही मूर्खतापूर्ण प्रश्न पूछते हैं कि किसने कब क्या कपड़े पहने थे, किसने किसके साथ कौन सा गीत गाया था, किस पंखे का बाजार में कितना दाम है। वे चाहते हैं कि हमारे दिमाग इसी तरह की बकवास से भरे रहें।" माँ को शिकायत करने पर माँ ने कहा, "तुम्हें क्यों उनकी दोस्ती से तकलीफ हो रही है। अच्छी लड़की है। उसे इतिहास, भूगोल सब पढ़ा रही है। पहले यहाँ आता था, तो रोज कहीं चोट लगा लेता था, किसी से झगड़ आता था। अब इस बार कितनी अच्छी तरह रह रहा है।"

इस पार्टनरशिप से परेशान लोगों ने राहत की साँस ली जब वह लड़की बिना अपने पार्टनर को अपना पता-ठिकाना दिए एक दिन अचानक सुबह अपने माँ-बाप के साथ—जो यहाँ आने के बाद अस्वस्थ ही रहे थे और बहुत कम बाहर निकलते थे, वापस कलकत्ते लौट गई। उसके जाने के बाद दो दिन तक दूर दिखते तेन्दू के पत्तोंवाले पहाड़ को दिन-भर और उसके पीछे डूबते सूरज को शाम देर तक देखकर लड़का भी कलकत्ते चला गया। कई लोगों ने उसके जाने के बाद अपने अन्तर्मन में छुपाकर रखे गए ऐसे कई किस्से एक-दूसरे को सुनाए जिनमें इस तरह के अनमेल लड़के-लड़की के बीच भी प्रेम-सम्बन्ध पनप जाता था। कई लोगों के पास बड़ी उम्र की औरतों द्वारा छोटी उम्र के लड़कों को फँसाने की दास्तानें निकल आईं। एक सप्ताह तक ऐसा सिलसिला रहा फिर ऊबकर लोग दूसरे-तीसरे किस्सों की बात करने लगे। गोलघर रोज रात को देर तक लड़के-लड़कियों के हुल्लड़ और फिल्मी गीतों से गुंजार रहता था। बड़ी उम्र के लोगों में ताजी सब्जियों—गाजर, मूली, गोभी—की चर्चा रहती थी और तरह-तरह के पकवानों की, जो एक-दूसरे को दावत पर बुलाने के लिए पकाए जाते थे। विश्राम-गृह के बाहर मूड़ी-पुचके-चाय की दुकानों पर सुबह-शाम तिल रखने की जगह नहीं रहती थी और इन सबके बीच आगे की तरफ कोयलेवाली रेल और पीछे की तरफ मेन लाइन पर राजधानी जानेवाली रेलों की सीटियाँ हमेशा की तरह गूँजती रहती थीं। पीछे के तालाब में मछली खानेवाली नीली चिड़िया तीर की तरह डुबकी मारकर पानी से मछली पकड़कर ले जाती थी और सोनपाखी 'कहाँ हो', 'क्या कहूँ' जोर-जोर से बोलती हुई मन्दिर के ऊपर बेल के पेड़ में घुस जाती थी। सूरज का लाल गोला रोज धरती से अनदेखा निकलता और पहाड़ी के पीछे जाकर उसे सोने के पहाड़ में बदलता धरती के दूसरे छोर पर सुबह करने चला जाता था।

कलकत्ते लौटकर लड़के ने पाया कि दुनिया बहुत बदल गई है। गाड़ियों की गड़गड़ाहट से गुर्राते और उनके धुएँ में हवा के लिए छटपटाते शहर में लौटकर उसे कोई शिकायत नहीं हुई क्योंकि उसने पाया कि शहर का आकाश निराले रूप से सुन्दर है। उसने देखा कि सूर्योदय और सूर्यास्त को यहाँ भी खोजा और पाया जा

सकता है। उसने अपने पार्टनर का अता-पता ढूँढ़ने की कोई कोशिश नहीं की। वह उन सारी बातों को इकट्ठा करने में लगा रहा, जो जीवन और प्रकृति उसे तरह-तरह से सिखा रही थीं। उसने अपने सोने की जगह बदल ली और पूर्व दिशा की ओर मुँह कर सोने से उसने तारों की कनात को रात को धीरे-धीरे ऊपर की ओर खिसकते पाया। कभी खिड़की पर रात तीन बजे शुक्र तारा उसे आकर जगा गया। अमावस्या के पहले दिन तक वह सूर्योदय के ठीक पहले चाँद की पतली लकीर को देख लेता था। उसने शहर के हरेक स्थान को घूम-घूमकर देख लिया, जहाँ पुराने पेड़ थे। वह हर जगह आदमियों को न देखकर पेड़ों को पहचानता चलता था। शहर के पास के इलाकों में वह उन जगहों पर घूम आया जहाँ तालाब-ही-तालाब थे और उनके बीच चलने को एक सँकरी पगडंडी मात्र थी। कहीं उसे जलकुम्भी के नीले मोरपंखी फूलों का फैलाव मिल गया, कहीं उसे अचानक शत-शत कमल के फूलों से भरा सरोवर मिल गया और कहीं सुर्ख लाल कुमुदिनी से भरा तालाब। उसने हर ऋतु को पहली बार जाना : वसन्त ऋतु में आते नए पत्तों ने उसमें उल्लास की हिलोर भर दी, तो कभी इस सोच से वह सिहर उठा कि गर्मी के बाद काले मेघ बंगाल की खाड़ी से चले आएँगे। शरद ऋतु में उसे अनायास कास के सफेद लहराते वन मिल गए और कहीं-कहीं पतझड़ का आरम्भ दिखाई पड़ा। उसके अन्दर एक विचित्र वेदना और उल्लास एक साथ घुले-मिले थे, जिसका कोई कारण वह नहीं बता सकता था। हर क्षण उसे लगता था कि न जाने कब और कहाँ कुछ नया मिल जाएगा। हर घड़ी वह किसी खोज में था। इतने में जाड़े की पहली हवा चल पड़ी और उसे ट्रेन की सीटियाँ याद आने लगीं।

अपनी उम्र का एक साल गुजारकर लड़का वापस शिरीष के पेड़ में टें-टें करते तोतों के पास लौट आया। उसने कमरख के पेड़ के तने को छूकर देखा और उसकी छाया में एक सिरे से दूसरे सिरे तक चलकर गया यह देखते हुए कि उसमें कितने कमरख लगे हुए हैं। अपना सामान घर में रखकर वह पिछवाड़े की तरफ के मकानों के सामने से गुजरता हुआ जब तालाब के पास पहुँचा तो उसे यह देखकर कोई आश्चर्य नहीं हुआ कि पार्टनर वहीं उसी तरह बैठी थी। यह कोई संयोग नहीं था। यह सिर्फ वैसी ही एक आयोजित घटना थी, जिस तरह चाँद और तारे खुद उसे उठाकर उससे मिल लेते थे। वह जानता था कि वे भी उससे मिलने के लिए उससे कम उत्सुक नहीं हैं। उसने पपीते के पेड़ की तरफ देखा तो यह देखकर उसे एक क्षण के लिए खिन्नता हुई कि वहाँ पपीते का पेड़ नहीं था। पार्टनर ने अभी तक उसे नहीं देखा था क्योंकि वह सिर झुकाए इस तरह बैठी थी जैसे जमीन में कुछ खोज रही हो। उसने लड़के के कदमों की आहट से सिर उठाया, तो लड़का एक मिनट के लिए चौंक गया क्योंकि उसकी माँग में सिन्दूर की लाल रेखा खींची हुई थी। "अच्छा, तो तुम आ गए"—लड़की ने मुसकराकर कहा। लड़के को उसे

बहुत कुछ कहना था, पर वह चुप रहा और लड़की की पीली सलवार-कुरती पर मँडराती पीली तितली को देखता रहा। एक क्षण के लिए उसके दिमाग में वे खेतों की मेंड़ें, वे तालाबों के किनारे और नदियों की पतली धाराएँ कौंध गईं, जिन पर चलकर वे पहाड़ की तलहटी तक पहुँचे थे। "तो आपकी शादी हो गई—हम लोगों को बिना बताए?"—उसने भरसक अपनी आवाज को सामान्य रखते हुए कहा। लड़की ने तितली को देखते हुए कहा, "शादी तो मेरी दो साल पहले ही हो गई थी।" लड़का साँस रोके खड़ा रहा कि वह आगे बोले। लड़की ने उसके चेहरे की गम्भीर जिज्ञासा को आँख-भर देखा। "मैं लौट आई थी माँ के पास—अपनी मरजी से।" लड़की फिर नीचे जमीन में कुछ देख रही थी। लड़के का मन हुआ कि पूछे, "किसलिए?" तभी उसे चिरमठी और केवड़ेवाला गीत याद आ गया जिसमें लड़की की माँ लड़की के पिता से कहती है कि हमारे आँगन में तो चिरमठी का मामूली-सा पौधा है जबकि हमारे समधी के आँगन में केवड़ा फूलता है। उसने गीत के बोल माँ से सीखकर याद कर लिये थे और केवड़े के झाड़ भी 'बोटेनिकल गार्डन' में देख आया था। उसे लड़की की चिरमठी का गीत बताते हुए उदासी भी याद आई। वह लड़की के साथ बिताया कोई क्षण नहीं भूला था। "आपके वे नहीं आए यहाँ?"—लड़के ने अपनी धड़कनों को अपने कानों में बजते सुना। उसके अन्दर जैसे कोई प्रार्थना चल रही थी। उसके दिमाग में रेल लाइन पर हाथ पकड़कर साथ चलने का दृश्य कौंधकर गायब हो गया। "आए हैं, सो रहे हैं।" "वे उगता हुआ सूरज नहीं देखते आपके साथ?"—यह कहते-कहते लड़के ने अपना चेहरा छिपाने के लिए पपीते के अदृश्य पेड़ की तरफ मुँह घुमा लिया। उसकी आँखें तालाब की तरह हो जाना चाह रही थीं।

एक पेड़ की मौत

कहानियाँ कई बार शीर्षक लगाकर ही पैदा होती हैं और चूँकि यह एक ऐसी ही कहानी है, इसके साथ यह खतरा जुड़ा हुआ है कि आप समझ लें कि आप इसे पहले ही भाँप सकते हैं और खारिज कर दें। यों भी पेड़—और वह भी कलकत्ता जैसे महानगर में—तो मरते ही रहते हैं और किसे पड़ी है कि यहाँ-वहाँ सड़कों पर पेड़ों तले टूटे-फूटे बरतन-भाँड़ों के साथ गृहस्थी जमाए मरते-जीते लोगों के शहर में, एक पेड़ की मौत का मातम मनाए?

लेकिन जिस व्यक्ति से हमने यह कथा सुनी, उसी की शैली में हम आपको कथा सुनाने से पहले ही यह बता देना चाहते हैं कि इस पेड़ की मौत में कुछ ऐसा है कि आप चकरा जाएँगे और कथा के अन्त में जो सवाल आपसे पूछा जाएगा, उसका उत्तर आप जो भी देंगे, वह न सिर्फ आपको खुद अपने बारे में कुछ जानकारी दे जाएगा, बल्कि आपको इस शक में डाल देगा कि क्या आप पूरी तरह सही हैं?

जगन्नाथ बाबू हमारे पुराने पड़ोसी हैं और उन्हें कथाएँ-किस्से सुनाने का बेहद शौक है। उनमें खासियत है कि वे हर उम्र और हर किस्म के व्यक्ति को ऐसी कथा सुना सकते हैं कि वह ऊब ही नहीं सकता। शायद उनसे ज्यादा कोई यह बात नहीं जानता कि हर आदमी की पसन्द की कहानी अलग होती है और कोई ऐसी कहानी नहीं हो सकती जो सबको पसन्द आए।

जगन्नाथ बाबू के पास इतने कहानी-किस्से होना और उससे भी ज्यादा उन्हें सुनाने की ऐसी इच्छा होना—दोनों ही उन्हें जान लेने के बाद कोई अनोखी बातें नहीं हैं। एक तो जगन्नाथ बाबू ने आज तक छह साल से ज्यादा कभी भी एक जगह नौकरी नहीं की है और पचास के पास पहुँचते-पहुँचते अब तक तीस-चालीस नौकरियाँ बदल चुके हैं। जिन्दगी में इस तरह दफ्तर बदलनेवाले लोग एकाध नहीं तो, कम-से-कम दुर्लभ तो होते ही होंगे। जहाँ सारा जमाना इस फिराक में हो कि जैसे-तैसे-कैसे जूते खाकर भी एक जगह टिकने के फायदों को उठाकर जिन्दगी को सहा जाए, वहीं जगन्नाथ बाबू का जब सुनो, तभी दफ्तर बदल जाता है। कहते हैं कि शहर में उनका नाम है कि उनके जैसा मुनीम होना मुश्किल है;

बड़े-बड़े ऑडिटर और एकाउंटेंट तक उनके आगे फेल हैं—किसी भी कम्प्यूटर या कैलकुलेटर से जल्दी वे हिसाब कर सकते हैं और उनके पास अपने ईजाद किए हुए ऐसे-ऐसे फार्मूले हैं कि वे किसी भी गलती को पकड़ने में दो मिनट से ज्यादा समय नहीं लगाते।

जगन्नाथ बाबू बेशक गुणी तो हैं ही कि दफ्तर बदलने में उन्हें दिक्कत न हो, सबसे बड़ी बात यह है कि शादी न करने के कारण उनके पास कोई बीवी भी नहीं, जो आम दुनियावी औरतों की तरह एक जगह टिके पड़े रहने की कायल हो और प्रोविडेंट फंड, ग्रैच्युटी आदि के नुकसान की बातें उन्हें समझा सके। नतीजा यह कि जगन्नाथ बाबू मानो कहानी-किस्से बटोरने के लिए ही दफ्तर-पर-दफ्तर बदलते जाते हैं। कहीं न टिकना जैसे उनका स्वभाव है। न जाने कैसे उन्हें समझ में आ जाता है कि यहाँ काम पूरा हो गया और अब जिन्दगी को दूसरे खाँचे में डाल देना है। उन्हें अपनी जिन्दगी के सारे टुकड़े अलग-अलग नौकरियों में काटी जिन्दगियों की तरह पूरे-पूरे याद हैं और वे अक्सर अपनी बात इसी तरह शुरू करते हैं कि "यह उन दिनों की बात है जब मैं फलाँ जगह काम करता था।"

सम्भवत: कहानी सुनाने की इच्छा भी और-और दूसरी आदतों की तरह रक्त में अपने पूर्वजों से चली आती है—कम-से-कम जगन्नाथ बाबू के साथ तो यही सच है। दरअसल जगन्नाथ बाबू की कहानियों में उनके अपने जीवन की कहानी भी बार-बार चली आती है और उन्हें सुनते-सुनते उनके नजदीक के लोग अब उन बातों को एक फिल्म के हिस्से की तरह देख सकते हैं। जगन्नाथ बाबू के ऐसा कुछ कहते ही सब लोग अपनी-अपनी फिल्में देखने लगते हैं। सबने जगन्नाथ बाबू की बातों से अपनी-अपनी कल्पना में अलग-अलग शक्ल-सूरतों के पात्र अलग-अलग मकानों-इलाकों में बैठा रखे हैं और यह कोई कैसे जान सकता है कि सबकी फिल्म एक-दूसरे से कितनी अलग है—भले ही वह एक ही कहानी के आधार पर बनी हो।

सबकी फिल्मों में जगन्नाथ बाबू के पिता कलकत्ता के श्यामबाजार के इलाके में एक बन्द गली—या अन्धी गली, जिसके आगे कोई रास्ता नहीं फूटता और वहीं से वापस लौट आना होता है—के अन्तिम मकान में एक व्हील-चेयर पर बैठे हुए कहानियाँ बुनते रहते हैं। वे हर आनेवाले को देखकर प्रसन्न होते रहते हैं, जबकि उनकी माँ सिर झुकाए आम की गुठलियाँ सुखाती रहती है। उनकी माँ के चेहरे पर कभी हँसी का लेश भी नहीं रहता। वह एक कड़े चेहरेवाली मर्दाना-सी औरत है, जो अपने संकल्प की बिलकुल पक्की है। अपने जीवन में आ पड़ी दरिद्रता, बीमारी और अपाहिजपन से लड़ने का उसका संकल्प ऐसा दृढ़ है कि वह एक मिनट खाली नहीं बैठती। हर वक्त काम में जुटी रहती है। उसके लिए पति-सेवा—और वह भी एक अपाहिज पति की सेवा—एक ऐसा कर्तव्य है जो

मानो खुद ईश्वर ने उसके हाथों में थमाया है। उसके पालन में वह एक क्षण का आलस नहीं करती, एक क्षण के लिए भी नहीं थकती और कभी किसी काम में एक क्षण की देर नहीं करती। सम्भवत:—जैसा कि जगन्नाथ बाबू ने एक बार कहा—अपाहिजपन से जूझनेवाले लोग बहुत बार जिन्दगी को एक घोर कर्तव्य की तरह ही जी पाते हैं।

जगन्नाथ बाबू की दोनों बड़ी बहनें हर समय नाच-गान के ट्यूशन देने और सिलाई-बुनाई में लगी रहती हैं। इन दोनों कामों से फुरसत मिलने पर वे एक चौकी पर चॉक से हिन्दी की सारी वर्णमाला अ, आ, से क्ष, त्र, ज्ञ तक लिखकर—यानी एक प्लेनचेट बनाकर—उस पर एक कटोरी को उलटाकर उस पर अँगुली रखकर न जाने किस-किस की आत्मा का आह्वान करती रहती हैं। उन्हें खासतौर से गांधी जी की आत्मा को बुलाने का शौक है, हालाँकि उन्हें ठीक समझ नहीं पड़ता कि गांधी जी की आत्मा कटोरी में इतनी चुप क्यों बैठी रहती है। वह जैसे हमेशा कुछ सोच में डूबी निस्पन्द पड़ी रहती है। लेकिन वह महात्मा—यानी एक महान आत्मा—होने के कारण दोनों बहनों को कभी डराती नहीं। उन्हें मालूम है कि वह उन्हें कोई नुकसान नहीं पहुँचाएगी। एक बार बड़ी बहन ने एक अखबार में कहीं एक लेख देखा था जिसका शीर्षक था, "गांधी जी की आत्मा आज रो रही है"। तब जाकर उन्हें समझ में आया था कि गांधी की आत्मा चुप क्यों रहती है। उस दिन व्हील-चेयर पर बैठे जगन्नाथ बाबू के पिता ने इसी शीर्षक की एक कहानी बुनी थी।

कई बार आत्माएँ हिंसक होती हैं और वे बुलानेवाले के शरीर में कुछ तकलीफ पैदा कर देती हैं—गला घुटने लगता है, कान सूँ-सूँ करने लगते हैं, आदि-आदि। तब ऐसे मौकों पर आत्मा से हाथ जोड़कर बहुत दीन होकर प्रार्थना करनी पड़ती है कि वह उन्हें माफ कर दे और अपने स्थान पर वापस लौट जाए। कई बार आत्माओं को—खासकर नजदीकी लोगों की आत्माओं को—इतना संसार से मोह हो आता है कि वे वापस जाना नहीं चाहतीं। जगन्नाथ बाबू की बड़ी बहनें ऐसे मौकों पर रो-रोकर माँ का डर दिखाकर इन आत्माओं से लौट जाने की प्रार्थना करती हैं।

हम लोगों की फिल्मों में जगन्नाथ बाबू के परिवार से जुड़े ऐसे और बहुत सारे अद्‌भुत ब्यौरे हैं, जिन्हें कहने से हमें बचना पड़ेगा क्योंकि कहानी का पहले से लगा शीर्षक फिर हमें याद दिला रहा है कि यह कहानी का मूल कथ्य नहीं है। न कभी जगन्नाथ बाबू के साथ ऐसा हुआ और न कभी व्हील-चेयर पर बैठे-बैठे कहानियाँ बुनते-सुनाते उनके पिता के साथ—कि उन लोगों ने कहानी कुछ सुनानी शुरू की हो और सुना कुछ और गए हों। वे हमेशा ठीक-ठीक कहानी कहनेवाले लोग रहे हैं और उन्हें हमेशा मालूम रहता है कि कहानी कितनी सुनानी

है, किस तरह सुनानी है और सबसे बड़ी बात कि कहाँ क्या कहना है और किस तरह कहना है।

हाँ, तो जगन्नाथ बाबू इस पिछली नौकरी में पूरे-पूरे छह वर्ष टिके। सब कोई हैरत में थे कि क्या जगन्नाथ बाबू को कोई साँप सूँघ गया है या उन्होंने ही किसी साँप को सूँघ लिया है। अब देखिए, साँप का बिम्ब भी हमारी कथा में जगन्नाथ बाबू के कारण ही चला आया है। दरअसल जगन्नाथ बाबू की छोटी बहन सर्प-नृत्य में बहुत कुशल थी और कहते हैं कि वह नाचते समय बिलकुल साँप की तरह ही लचीली और गति-थिरकन से युक्त हो जाती थी। ऐसे लगता था कि उसमें किसी नागिन की आत्मा प्रविष्ट हो गई हो। उसने इस नृत्य में न जाने कितने पुरस्कार जीते थे। अन्त में यही नृत्य करते-करते एक दिन उसकी एक पसली टूटकर उसके फेफड़ों में घुस गई और वह स्टेज पर ही मर गई।

बहरहाल, कहने का आशय यह था कि जगन्नाथ बाबू का एक नौकरी में छह साल तक टिक जाना उन्हें जाननेवालों को अचम्भे में डालने के लिए बहुत था और सब समझ सकते थे कि इसका कारण कुछ-न-कुछ अद्‌भुत ही होगा। क्या जगन्नाथ बाबू किसी स्त्री के प्रेम में पड़ गए थे?—सबसे पहले लोगों को ऐसा शुबहा हुआ। आखिरकार स्त्रियाँ दफ्तरों में खिले हुए कमल के फूलों की तरह होती हैं जिन पर पुरुष भँवरों की तरह मँडराने के लिए मजबूर होते हैं। अभी हाल में कलकत्ते में बैंक ऑफ अमेरिका ने अपनी शाखा खोली है और वहाँ कटे हुए छोटे-छोटे झूलते रेशमी बालोंवाली लड़कियों को देखकर ऐसा लग ही रहा था कि कलकत्तेवालों के सारे खाते यहीं खुल जाएँगे कि दो बड़े पुराने विदेशी बैंकों के अपना कार्यालय बन्द करने की घोषणा अखबार में आ गई। इसी तरह कलकत्ते में जब दिल की बाइपास सर्जरी करनेवाला पहला-पहला अस्पताल खुला, तभी कम्प्यूटरों के बटन दबाती, चमकीली आँखोंवाली तन्वंगी लड़कियों को देखकर ही हमें समझ में आ गया था कि अस्पतालवालों का सौन्दर्य-संग्रह-बोध रंग लाएगा। सुना है कि वहाँ बाइपास सर्जरी कराने के लिए कई बार महीने-महीने इन्तजार करना पड़ता है क्योंकि अक्सर बहुत लम्बी 'क्यू' लगी होती है।

जगन्नाथ बाबू के एक दफ्तर में टिके होने का कारण किसी सुन्दरी की उपस्थिति होना इसलिए भी समझ में आ रहा था क्योंकि जगन्नाथ बाबू का यह दफ्तर एक 'पॉश' इलाके की एक बहुमंजिली इमारत के नौवें तल्ले पर था और वहाँ ऐसे किसी आकर्षण के उपस्थित होने की सम्भावना आमतौर से कहीं अधिक थी। आखिर पैसे का आकर्षण ही तो सुन्दरता के लिए चुम्बक का काम करता है। लोगों का यह सोचना कि जगन्नाथ बाबू प्रेम में पड़ गए हैं, और भी पक्का हो चला, जब जगन्नाथ बाबू अचानक चिड़ियों की बातें करने लगे। लोग 'चिड़ियों' का अर्थ लड़कियाँ लगाते और जगन्नाथ बाबू की बातों पर बड़ी भेद-भरी मुसकराहट लिये

मुसकराते। खासकर जगन्नाथ बाबू एक लाल चोंचवाली पीली-काली चिड़िया की जब बातें करते, जो 'क्या कहूँ' 'क्या कहूँ' बोलती है, तब लोगों के लिए हँसी दबाना मुश्किल हो जाता।

जगन्नाथ बाबू के व्यक्तित्व में कुछ ऐसा तत्त्व था कि लोग उनकी ओर सहज आकर्षित होते थे। शायद यह जिन्दगी को एक कहानी की तरह देख पाने से अन्तस से उपजी प्रसन्नता ही होगी जिसकी तरफ आदमी खिंचे बिना नहीं रहता था। जगन्नाथ बाबू को कभी किसी ने दुखी नहीं देखा था—यहाँ तक कि अपने अपाहिज पिता, आम की गुठलियाँ सुखाती माँ और स्टेज पर मर जानेवाली बहन की बातें भी वे इस तरह बताते थे जैसे जीवन को रहस्य की तरह देख पाने के कारण भीतर-ही-भीतर बहुत आनन्दित हों। अलबत्ता उनकी बड़ी बहन का क्या हुआ, यह बात उन्होंने कभी किसी कहानी में नहीं बताई। उनकी माँ ने विधवा होने के बाद अनाज, नमक और चीनी खाना और चप्पल पहनना छोड़ दिया था। जिस लगन से उन्होंने अपने पति की सेवा की थी, उससे भी अधिक दृढ़ता से उन्होंने अपने कुल की कई सौ साल पहले हुई एक सती—जमुली सती—के प्रचार-प्रसार में अपना जीवन लगा दिया था। वे उनका जुलूस लेकर सैकड़ों मीलों की कई बार पैदल यात्राएँ कर चुकी थीं और उनका यह साध्वी रूप इतना प्रभावशाली था कि जमुली सती दादी की तसवीरें घर-घर में लग गई थीं और उनका मन्दिर भव्य से भव्यतर होता चला गया था। एक बार जगन्नाथ बाबू ने ही बताया कि जमुली सती दादी के आदेश से ही उनकी माँ ने अपने इकलौते बेटे—यानी जगन्नाथ बाबू—की शादी न करने की इच्छा को भी सहर्ष स्वीकार कर लिया था।

जगन्नाथ बाबू में छिपी एक विचित्र आकर्षण-शक्ति को जाननेवाले लोगों को इस बात में कोई पोल नहीं लगी कि कोई काली-पीली साड़ी पहननेवाली लड़की इस कदर उनके प्रेम में पड़ गई है कि 'क्या कहूँ', 'क्या कहूँ' कहती रहती है। लोग भीतर-ही-भीतर बहुत प्रसन्न हुए। कहीं तो इस आदमी के अन्दर अकेलापन और उदासी छिपी होगी—क्या ऐसा सम्भव है कि कोई ऐसा आदमी हो, जिसके अन्दर यह सब न हो और वह धरती पर साँस लेता हो? चलो, इस उम्र में ही सही, इसने मनुष्य का शरीर धारण कर मिलनेवाली इस अमूल्य वस्तु यानी प्रेम का अनुभव तो किया। क्या पता इसीलिए यह शख्स दफ्तर-दर-दफ्तर भटकता रहा कि इस अनुभव से गुजर सके। जगन्नाथ बाबू ने ही एक बार एक कहानी में बताया था कि प्रेम ही आदमी की एकमात्र ऐसी सच्ची अनुभूति है जिसमें उसका 'स्व' किसी दूसरे के सामने विलीन हो जाता है और उसका अहंकार लुप्त हो जाता है। वे अपनी माँ के लिए अपने पिता की मृत्यु के बाद जमुली सती की उपस्थिति की जरूरत के बारे में बताते हुए कह गए थे कि धर्म के सारे नकली कर्मकांड और ताम-झाम किसी सच्ची-मुच्ची के प्रेम-पात्र के न

होने पर पैदा होते हैं। आदमी के अन्दर ऐसे अनुभव की गहरी चाह कभी मरती नहीं, जहाँ उसका अहंकार मटियामेट हो जाए। और कुछ नहीं होता, तो वह धर्म की शरण में जाता है।

जगन्नाथ बाबू की इस तरह की बातों को सुनकर, उनकी कहानियाँ सुनते हुए लोगों के दिल में एक शूल-सा चुभ जाता था कि क्या जगन्नाथ बाबू अपने जीवन में इस तरह की कमी नहीं महसूस करते? क्या वे आदमी मात्र की इस चरम अभीप्सा के परे हैं? इसलिए अब लोगों के दिल में उनकी 'क्या कहूँ', 'क्या कहूँ' कहनेवाली 'चिड़िया' के प्रति एक सच्ची सदाशयता जागी और उनके कलेजे ठंडे पड़ गए कि जगन्नाथ बाबू के जीवन की यह अपूर्णता तो मिटी।

जगन्नाथ बाबू न जाने लोगों की समझ के बारे में क्या समझ रहे थे। न उन्होंने लोगों की भेद-भरी मुसकराहट पर प्रकट रूप से कोई ध्यान दिया और न अपने तौर-तरीके बदले। वे पूरे उत्साह से दूसरी 'चिड़ियों' के बारे में भी लोगों को बताने लगे कि एक लम्बी पूँछवाली काली-सफेद-भूरी-मटियाली रंगवाली चिड़िया इस तरह बोलती है जैसे कोई दरवाजा खुल और बन्द हो रहा हो; लाल सिरवाली हरी चिड़िया हुडुक-हुडुक बोलती है और नीली चिड़िया खाली तभी नीली दिखती है जब वह उड़ने के लिए अपने पंख खोलती है।

जगन्नाथ बाबू की इन बातों ने लोगों के दिल को धक्का-सा पहुँचाया। उन्हें यह काली-पीली साड़ीवाली प्रेमिका के प्रति गैर-वफादारी का रुख लगा और उनके दिलों में जगन्नाथ बाबू के प्रति किंचित रोष भी उत्पन्न हुआ। इधर जगन्नाथ बाबू ने अचानक चिड़ियों की बातें करनी कम कर दीं, जैसे अब उनकी दिलचस्पी कहीं और मुड़ गई हो और पेड़ों की बातें करने लगे। वे गुलमोहर, अमलतास, पलाश, सेमल आदि पेड़ों के नाम इस तरह लेते, जैसे ये सब उनके कितने पुराने बन्धुओं के नाम हों। उनकी हर कहानी में घूम-फिरकर कोई-न-कोई पेड़ चला आता। कभी वे बहाने से कहते कि यह उस समय की बात है कि जब पलाश फूल रहा था; कभी कहते कि उम्र बीत चली और अब जाना कि हर पेड़ का पतझड़ और वसन्त अलग समय पर होता है। फिर एक दिन अचानक वे सबको भूलकर एक पेड़ की बात करने लगे, जिसका कोई नाम नहीं था।

जगन्नाथ बाबू ने बताया कि उनका वह पेड़, जिस पर वे चिड़ियों को देखा करते हैं, वसन्त के मामले में सबसे ढीला है। उसमें तब वसन्त आता है, जब और सारे पेड़ों के पत्ते पुराने पड़ जाते हैं। उसका नाम उन्होंने 'चिड़ियोंवाला पेड़' रख दिया क्योंकि उन्हें किसी तरह उस पेड़ का नाम पता नहीं चल रहा था। न जाने कैसे उनमें यह परिवर्तन आया कि उन्होंने कहानियाँ तक बुनना-सुनानी छोड़ दीं और दफ्तर के बाद वृक्षों पर लिखी हुई ढेर सारी किताबों को लाकर उनमें मगजमारी करने लगे। लोग हैरान थे कि उन्हें क्या हो गया है। अब जाकर लोगों को मानना

ही पड़ा कि जगन्नाथ बाबू की चिड़ियाँ सचमुच की चिड़ियाँ थीं और उनके पेड़ सचमुच के पेड़ हैं।

जगन्नाथ बाबू वृक्षोंवाली किताबों के पन्ने इस कदर उलटते-पलटते रहते, जैसे न जाने किस पन्ने में कोई चीज दबाकर भूल गए हों और उसे ढूँढ़ रहे हों। जब लोगों ने बहुत बार पूछ लिया कि वे क्या खोज रहे हैं, तो जगन्नाथ बाबू ने जैसे मजबूर होकर बताया कि दरअसल वह पेड़, जिस पर सब नीली-पीली-हरी-कत्थई चिड़ियाँ आती हैं, एक विचित्र पेड़ है, जिसका नाम कहीं खोजे से भी नहीं मिल रहा है। वह पेड़ सौ साल पहले अंग्रेजों के द्वारा कलकत्ते में बनाई गई सैकड़ों एक-जैसी पीले रंग की एक-मंजिली कोठियों में से उनके दफ्तर के पिछवाड़े में बनी एक ऐसी ही कोठी में न जाने किसके द्वारा कहाँ से लाकर लगाया गया पेड़ है। इस पेड़ का नाम उन्हें शहर के सबसे जानकार वनस्पतिशास्त्री भी नहीं बता सके हैं। यह पेड़ बहुत पुराना है और ऐसा मालूम होता है कि सब चिड़ियों को पीढ़ी-दर-पीढ़ी इस पेड़ के बारे में मालूम रहता है। इस पेड़ में दूर-दूर से आनेवाली चिड़ियों के लिए जैसे एक आकर्षण है। न जाने कहाँ-कहाँ से यह चिड़ियों को अपनी ओर खींच लेता है और उस पेड़ पर बैठने के लिए ही शायद वे दूर-दूर का सफर तय करती हैं।

जगन्नाथ बाबू की इन बातों से लोग बहुत चकित हुए। चकित ही नहीं, मुग्ध भी हुए। कितनी सुन्दर बात है कि कोई ऐसा पेड़ हो, जो पीढ़ी-दर-पीढ़ी चिड़ियों को अपने पास बुला सकता हो। ऐसा पेड़ तो शायद स्वर्ग की कल्पना में ही कभी किसी ने देखा-सोचा हो। असलियत में ऐसा पेड़ हो सकता है, यह तो कल्पना के परे है। लेकिन जगन्नाथ बाबू की कहानियाँ सुननेवाले लोगों में हर तरह के लोग थे, जैसे कि दुनिया में हर जगह हर समय मौजूद रहते हैं। उनमें से कुछ को यह बात नितान्त असम्भव लगी कि एक भीड़-भाड़वाले शहर में बहुमंजिली इमारतों से घिरे एक पुराने मकान में ऐसा कोई अद्‌भुत, अनोखा पेड़ मौजूद हो, और जगन्नाथ बाबू के सिवाय किसी और को उसके बारे में पता तक न हो। यदि सचमुच कोई ऐसा पेड़ होता, तो क्या अब तक सारे संसार में यह खबर सुर्खियों में नहीं आ जाती? क्या अब तक अमेरिका के वैज्ञानिक हाथ-पर-हाथ धरे बैठे रहते, और इस पेड़ के रहस्य का पता न लगा लेते?

बाकी लोगों ने सहज रूप से जगन्नाथ बाबू की बातों को सच ही नहीं माना, बल्कि उतनी ही सहजता से उस पेड़ को देखने की इच्छा व्यक्त की। जगन्नाथ बाबू ने तब उन्हें सालिम अली नामक एक चिड़िया-विशेषज्ञ की किताबों में उन नीली-पीली-हरी-कत्थई चिड़ियों की तसवीरें भी दिखाईं, जिन्हें वे उस पेड़ पर देखते आ रहे थे। उन्होंने बताया कि अब सालिम अली के सहारे वे न सिर्फ उन चिड़ियों के नाम जान गए हैं, बल्कि उन चिड़ियों को उनकी बोली से भी पहचानने

लगे हैं। बिना देखे भी उन्हें पता चल जाता है कि उस पेड़ पर फलाँ चिड़िया आई है। जगन्नाथ बाबू ने सब लोगों को आश्वासन दिया कि एक-एक करके 'लंच' के समय उनमें से हरेक व्यक्ति को दफ्तर बुलाकर वह पेड़ दिखा देंगे—अलबत्ता मुश्किल यह रहेगी कि उस बेला में प्राय: चिड़ियाँ दिखाई नहीं पड़तीं। वे अक्सर दोपहर तीन बजे के आसपास आनी शुरू होती हैं।

जगन्नाथ बाबू के 'पॉश' इलाके के शानदार दफ्तर में उनके सारे लोग एक-एक करके अपने सबसे अच्छे कपड़े धारण करके पहुँचे और वहाँ उपस्थित शानदार लोगों के बीच अपने-आपको निहायत घटिया महसूस करते हुए वह पेड़ देख आए। लेकिन इस 'देखा-देखी' ने उनके और जगन्नाथ बाबू के बीच जैसे कुछ बदल डाला। यों तो जगन्नाथ बाबू के सुदर्शन व्यक्तित्व और आन्तरिक प्रसन्नता के कारण उनके सभी साधारण वस्त्र हमेशा असाधारण रूप से शानदार दिखते थे, पर अब उनके दफ्तर में जाकर लोगों के मन में यह भ्रम पैदा हो गया कि जगन्नाथ बाबू ने उन लोगों पर मानो तरस खाकर ही उन्हें अपना मित्र बना रखा है। क्या हैसियत का इतना बड़ा फर्क मन को आच्छादित होने से रोक सकता है? लोगों ने पहली बार पाया कि जगन्नाथ बाबू के प्रति उनके हृदय में गाँठ-सी पड़ गई है। इसी गाँठ के चलते लोगों ने पाया कि उन्हें वह पेड़ कलकत्ता शहर के हजारों-लाखों पुराने पेड़ों की तरह एक मामूली पेड़ लगा, जिस पर न उनकी कल्पना के 'कल्पतरु' की तरह कोई अद्‌भुत रंग के फूल खिले थे और न ही उनसे कोई दिव्य सुगन्ध उठ रही थी। दोपहर के वक्त रंगीन चिड़ियों की जगह एकाध कौवे, गौरैया और मैना जैसी आम और मामूली चिड़ियाँ ही वहाँ बैठी नजर आईं।

आश्चर्य को नियोजित करना प्रकृति का शायद एक खेल है, जिसे एक खेल की तरह से न देख सकनेवाले 'संयोग' कहकर पुकारते हैं। इसी संयोग से जगन्नाथ बाबू की इस अद्‌भुत पेड़ की कहानी पर रत्ती-भर भी विश्वास न करनेवाले हमारे ही इलाके के बैरिस्टर निमाईसाधन घोष ठीक तीन बजे जगन्नाथ बाबू के दफ्तर की उसी इमारत की छत पर दरबान को दस रुपये घूस खिलाकर अकेले पहुँचे और उन्होंने अपने साथ ली हुई दूरबीन से न सिर्फ नीली-पीली-हरी-कत्थई चिड़ियाँ देखीं, बल्कि आधे शरीर में जेबरा जैसी धारियों और आधे शरीर में गेरुआ रंगवाली एक शानदार किलंगीवाली चिड़िया भी देख ली।

उस शाम हमारे इलाकेवालों को एक अद्‌भुत दृश्य दिखाई पड़ा। बैरिस्टर निमाईसाधन घोष जगन्नाथ बाबू के पैरों के पास जमीन पर बैठे थे और किसी तरह उनके बगल में सोफे पर बैठने को तैयार नहीं हो रहे थे। उन्होंने जगन्नाथ बाबू को अपना गुरु घोषित कर दिया था और सालिम अली की किताबों के पन्ने इस कदर धीरे-धीरे पलटकर श्रद्धापूर्वक उस किलंगीवाली चिड़िया को खोज रहे थे,

जैसे किसी वेद-उपनिषद के पन्ने उलट रहे हों। अन्ततः उन्होंने एक किलकारी-सी मारी और सबको पता चला कि उस चिड़िया का नाम 'हूपू' है। इस चिड़िया को आज तक जगन्नाथ बाबू ने भी नहीं देखा था। बाद में किसी विशेषज्ञ से पता चला कि उस चिड़िया का कलकत्ते में दिखाई पड़ना भी अपने-आपमें एक आश्चर्य है क्योंकि यह चिड़िया प्रायः अधिक सूखे प्रदेशों में दिखाई पड़ती है।

आगे की कथा पेड़ों, चिड़ियों और अद्‌भुत किस्सों से दूर जिन्दगी के यथार्थ की कथा है। जगन्नाथ बाबू, जो खुद किसी दफ्तर में आज तक इतने बरस नहीं टिके थे, अब एक पेड़ के प्रेम में बँधे हुए उसी दफ्तर में टिके रहना चाहते थे। लेकिन अचानक दफ्तर के मालिक ने उन्हें सारे दिन खिड़की के बाहर देखते रहने के कारण दफ्तर के हिसाब में हुई भूलों के कारण बरखास्त कर दिया। यह तो लोगों को बाद में ही मालूम पड़ा कि जगन्नाथ बाबू को इसके पहले कई बार चेतावनी दी जा चुकी थी। प्रेम का सबसे बड़ा दुर्गुण यह है—जगन्नाथ बाबू ने यह कहानी सुनाते हुए कहा—कि वह व्यक्ति के जीने के ढंग को उलट-पलटकर रख देता है। आदमी अपने पर नियंत्रण खो बैठता है और चकरघिन्नी हो जाता है। उसके संस्कार, उसकी मान्यताएँ, उसकी धारणाएँ और उसकी आदतें—सब रातोंरात हवा हो जाते हैं। "लेकिन"—जगन्नाथ बाबू ने एक लम्बी साँस छोड़कर कहा, "यह कोई नहीं कह सकता कि यह कोई फायदेवाली बात है या नुकसानवाली। सच तो यह है कि कोई नुकसान सचमुच कोई नुकसान नहीं है और यह फायदे-नुकसानवाली भाषा ही गड़बड़ है।"

यह सब कहने के बावजूद लोगों ने देखा कि जगन्नाथ बाबू उदास रहने लगे। तीन दिन तक दफ्तर के क्रम से निजात पाकर उनके पास काफी समय था कि वे पच्चीसों कहानियाँ बुन लेते, लेकिन वे जैसे किसी गम में घुले जा रहे थे। अन्त में उनके शिष्य बने हुए निमाईसाधन वकील बाबू ही उनके काम आए। निमाई बाबू ने उनके घुलने का कारण ढूँढ़ने के क्रम में—क्योंकि उसके बिना जगन्नाथ बाबू का पहले जैसा हो जाना सम्भव नहीं था—बंगाल के वैज्ञानिक जगदीशचन्द्र बोस की 'अव्यक्त' नाम की पुस्तक प्राप्त की और जगन्नाथ बाबू को उसमें से पढ़कर सुनाया,...वृक्ष क्या कभी बोलते हैं? लोग बोलेंगे कि भला यह क्या प्रश्न है? लेकिन गाछ मूक भले ही हों, क्या यह निस्पन्द है? नहीं, यह तो हमारा मूक संगी है जो जीवन के गम्भीर मर्म की कथा हमारे लिए भाषाहीन करके लिपिबद्ध कर रहा है। मैंने कभी यों ही बिना सोचे-समझे लिखा था कि वृक्ष-जीवन मानव-जीवन की छाया है, आज देख रहा हूँ कि मेरा वह स्वप्न आज जागरण में भी सच हो गया है...

निमाई बाबू ने देखा कि जगन्नाथ बाबू यह सुनकर कुछ प्रकृतिस्थ हुए हैं और उनकी प्रसन्नता कुछ वापस लौटती-सी लग रही है। निमाई बाबू ने पुस्तक

बन्द कर दी और कहीं से भी वकील जैसी न लगनेवाली भाषा और स्वर में बोले, "जगन्नाथ बाबू, बचपन में कहानी सुनी थी कि बुद्ध को एक पीपल के वृक्ष के नीचे निर्वाण प्राप्त हुआ था—तब समझ में नहीं आया था कि इस बात का उस वृक्ष से क्या सम्बन्ध है। लेकिन अब सोचता हूँ तो लग रहा है कि हम सभी एक ही अस्तित्व के तो हिस्से हैं—ये वृक्ष ऑक्सीजन छोड़ रहे हैं, तो हम श्वास ले रहे हैं; हम श्वास छोड़ रहे हैं, तो उसी कार्बन-डाइऑक्साइड से ये वृक्ष श्वास ले रहे हैं; और हमारे अन्दर वही तो रस है जो इनमें है—जो घास में है—जो फूल में है। आपने हमारे और इनके बीच की लय का अनुभव कर लिया है, जगन्नाथ बाबू ।"

जगन्नाथ बाबू का चेहरा दमक उठा। न जाने वकील बाबू ने ऐसा क्या कहा और न जाने जगन्नाथ बाबू ने क्या समझा, लेकिन लगा कि जगन्नाथ बाबू अपने में लौट आए हैं। अब निमाई बाबू लगभग एक तीर्थयात्री की तरह जगन्नाथ बाबू को साथ लेकर ठीक तीन बजे दोपहर अपने उसी परिचित दरबान की मारफत उसी दफ्तर की इमारत की छत पर पहुँचे। लेकिन वहाँ जाकर उन दोनों को ऐसा धक्का पहुँचा कि उनकी बोलती बन्द हो गई। वहाँ कोई पेड़ ही नहीं था। वह पेड़ इस तरह गायब हो गया था, जैसे वह कभी वहाँ था ही नहीं।

जगन्नाथ बाबू के मन में इस पेड़ की मौत ने एक ऐसा सवाल खड़ा कर दिया, जिसका उत्तर शायद किसी के पास कभी नहीं होगा—क्या वह पेड़ भी उनसे प्रेम करता था और उनके वियोग में देह-त्याग का संकल्प करके उसने तीन दिनों में ही अपने को कटवा दिया? क्या वह पेड़ बरसों से—दशकों से किसी का इन्तजार कर रहा था? चूँकि यह कोई मनगढ़न्त कथा नहीं है, जैसा कि जीवन में सहज विश्वास करनेवाले जान रहे होंगे, निश्चय ही वे भी इस अबूझ प्रश्न से जगन्नाथ बाबू की तरह ही जूझेंगे।

जगन्नाथ बाबू ने उस पेड़ की द्वादशी का श्राद्ध किया। इस संसार में प्रियजनों की मौतें होती हैं तो हमारे यहाँ बारह दिन की बैठकें होती हैं, जिनमें मातमपुरसी करनेवालों की आवभगत, घर की सफाई, पूजा, विधि-विधान और भोजन का प्रबन्ध करने में सब मशगूल रहते हैं। जगन्नाथ बाबू ने इन बारह दिनों में न कुछ खाया, न पीया। उनकी आँखें एक क्षण के लिए भी सूखी नहीं दिखीं। जगन्नाथ बाबू के साथ के लोगों ने भी मौन रहकर उनके दुख में उनका साथ दिया। सभी जगन्नाथ बाबू के प्रश्न से ही जूझ रहे थे और किसी के पास कोई उत्तर नहीं था। यदि वह पेड़ कटना ही था, तो पिछले छह वर्षों के दो हजार दिनों में क्यों नहीं कटा? वह उन्हीं तीन दिनों में क्यों कटा, जब जगन्नाथ बाबू को वहाँ से निकाल दिया गया। क्या वह पेड़ भी जगन्नाथ बाबू को देखा करता था अपने को देखते हुए?

बहुत सारे लोग इक्कीसवीं सदी के मुँह पर वृक्ष-पूजन जैसी इस तरह की आदिम बातों से कुढ़ सकते हैं। वृक्षों में संवेदना है, यह तो विज्ञान भी मानता है। यह बात और है कि हमें पता नहीं कि वह किस हद तक जीवित और क्रियाशील है। बहरहाल, जगन्नाथ बाबू इन पक्ष-विपक्ष के तर्कों से आगे निकल आए हैं। उनके नए दफ्तर के दो तल्ले से बिलकुल सटा हुआ एक सेमल का वृक्ष है। जगन्नाथ बाबू का मानना है कि वे सारी चिड़ियाँ, जो उस अनाम पेड़ से उसी तरह बँधी हुई थीं जैसे कि वे खुद, अब इसी सेमल के वृक्ष पर उनके बिलकुल नजदीक आती हैं।

अँधेरी खोह में

फरवरी महीने के अन्तिम दिन। कहीं पतझड़ और कहीं वसन्त। पलाश और सेमल के वृक्षों ने भूरी-भूरी खाक धूल और एकतरफा उजाड़वाले साल-वृक्षों के बीच इतराने में कोई कसर नहीं छोड़ी है : इनके सामने गुलाबों की बिसात भी क्या होगी? लेकिन मिसेज शुक्ला बहुत परेशान हैं। उनकी परेशानी का कारण पलाश और सेमल का पुराने साहित्य की तरह इस कदर दहकना ही नहीं है, उसके और भी हजार कारण हैं। अव्वल तो वे मध्य प्रदेश के इस जगदलपुर-बस्तर के आदिवासी इलाके में अपने पति-बच्ची-मित्र-दम्पती के साथ महज तफरी के लिए नहीं आई हैं, इसलिए झड़ने से पहले पीले पड़ते हुए पत्तों की फूलों को मात देती हुई सुन्दरता के लिए मिलन से अधिक सुन्दर वियोग की उपमा का भाव आना उन्हें कोई प्रसन्नता नहीं देता। उनकी चिन्ताएँ अनन्त हैं, जिनमें यूकिलिप्टस के पेड़ों से धरती का पानी सूखना भी शामिल है। तिस पर उनकी लड़की किसी सारी दुनिया देखी हुई, 'मेड इन इंडिया' प्रेम के लिए तरसती देसी मेम का गाना इतनी बार बजा चुकी है कि उनके अपने दिमाग से अनजाने ही 'मेड इन इंडिया' की धुन निकलकर होंठों पर आकर उन्हें खिन्न कर जाती है।

'सन्दीपनी' पत्रिका के सम्पादक घर आकर कोई रचना देने के लिए बहुत आग्रह कर गए हैं। मिसेज शुक्ला चाहती हैं कि इस यात्रा का एक वृत्तान्त लिखकर पत्रिका के सम्पादक को थमा दें। उन्हें यात्राएँ करने का बहुत शौक है। उनकी पिछली कई यात्राएँ आलस और इच्छा की कमी के कारण बेकार चली गई हैं जबकि उनके ही कॉलेज के हिन्दी विभाग के मिस्टर वर्मा अपनी ढाका की इकलौती यात्रा की डायरी छपवा चुके हैं। यों मिसेज शुक्ला साल में दो-एक कहानियाँ और कविताएँ भी लिख डालती हैं, पर कविता-कहानी लिखना अब उनके लिए दिन-ब-दिन कठिन होता जा रहा है। ऐसे होने के भी अनेक कारण हैं। मिसेज शुक्ला को लगता है कि एक बड़ा कारण तो उनका स्त्री होना है और वह भी एक परम्परागत स्त्री होना। उनके अनुभवों की दुनिया इस वजह से कितनी सीमित है। पिता, और फिर पति की रक्षिता स्त्री और लड़कियों के कॉलेज में हिन्दी साहित्य की प्राध्यापिका—सिर्फ इतने जीवन में कितनी कहानियाँ-कविताएँ निकल सकती हैं? किसी 'कामरेड के कोट' या 'पाल

गोमरा के स्कूटर' तक पहुँच न होने की व्यथा वे अपने पति के सामने इतनी बार खोल चुकी हैं कि इस असम्भव स्थिति के लिए वे खुद को जिम्मेदार कुबूल करने लगे हैं। ऊपर से एक महानगर में पैदाइश और रिहाइश ने उनकी कविताओं को किसी गाँव-कस्बे या छोटे शहर तक की गन्ध से वंचित कर दिया है। इसी कारण घ्राणेन्द्रिय से परिचालित तमाम आलोचकों ने उनकी उपेक्षा कर डाली है। बात यदि यहीं तक होती, तो भी ठीक था। किन्तु मिसेज शुक्ला को सबसे गहरी मार अपनी कहानियों के अपने ही जैसे सुविधाभोगी पात्रों से मिली है। वे जब भी कोई कहानी लिखने की सोचती हैं, उनकी पिछली कहानियों से निकलकर खाती-पीती महिलाएँ, सफल रिटायर्ड व्यक्ति और तन्दुरुस्त बच्चे उनके सामने खड़े हो गए हैं। उन्हें खुद आलोचकों की पैनी निगाहों से देखी गई इन पात्रों के गालों की चमक बहुत खटक गई है—यहाँ तक कि वह उन्हें अश्लील लगी है। वे भी अब चाहने लगी हैं कि वे अपने मोहल्ले के बच्चों को स्कूल से घर पहुँचानेवाले रिक्शेवाले की फूली हुई नाड़ियों पर या सामने की चाय की दुकान पर बरतनों के साथ अपना बचपन घिसते बच्चे पर कहानी लिखें। लेकिन इन रचनाओं को लिखने की अपनी समस्याएँ हैं। जब-जब मिसेज शुक्ला ने ऐसी कोई कहानी लिखने की चेष्टा की है, कोई बात नहीं बन पाई है। मालिक या मालकिन की संवेदनशून्यता या ऐसी ही किसी 'थीम' में करुणा का घोल बनाते ही उनका शरीर अजीब-अजीब हरकतें करने लगा है। रात को सोते समय उनके तलवों से भय जैसी कोई चीज उठती है और उनकी रीढ़ को सिहराती हुई ऊपर की ओर चली जाती है। उनके पात्र अपनी भाषा बोलते-बोलते मनमाने स्वतंत्र ढंग से कभी खुद मिसेज शुक्ला की ही नकल उतारने लगते हैं। इसलिए अब उन्हें लगने लगा है कि अपनी अनिवार अभिव्यक्ति को बचाने के लिए उनके पास दो ही रास्ते बचे हैं—या तो वे कथा-रस का पुट लिये यात्रा-वृत्तान्त और लेख लिखने लग जाएँ या फिर वे स्वयं आलोचना ही लिखें।

इन्हीं सारी उलझनों के बीच इस रायपुर-बस्तर यात्रा का सुयोग मिसेज शुक्ला के लिए रचने के लिए अपने को बचाने की एक नई सम्भावना लेकर उपस्थित हुआ है। मुसीबत यह है कि अचानक मौसम बदलकर गरमी बहुत बढ़ गई है और रायपुर जिले के डोंगरिया ग्राम में मित्र-दम्पती के घर में तीन दिन रहना विशेष सार्थक नहीं हुआ है। सुबह नौ बजे से चौंधियाती धूप शाम को पाँच बजे तक बाहर झाँकने भी नहीं देती और जो छत्तीसगढ़ी औरत 'दुरपति' घर के काम करने आती है, उसे मिसेज शुक्ला में कोई दिलचस्पी नहीं है। इतना ही नहीं, उसने अपने पति की अचानक बीमारी में मृत्यु और चार साल की लड़की को लेकर मायके लौट आने की घटनाओं का इतना संक्षिप्त और निर्लिप्त भाव से विवरण मिसेज शुक्ला को दिया है कि वे चकराकर रह गई हैं। वे समझ ही नहीं पा रही हैं कि इसे दुरपति की स्थिरप्रज्ञता मानें या भाव-शून्यता, पर इतना जरूर समझ रही हैं कि दुरपति उनसे

बात नहीं करना चाहती। गाँव में बिजली का न होना, साँप-गिरगिट का डर और धूप की तपन से भी अधिक उन्हें दुरपति की अपने प्रति यह हिकारत उसे कहने से रोकती है कि वे उसका गाँव देखना चाहती हैं। फिर उन्हें शरण देती है वही प्रकृति, जिसकी उनके साहित्य में कोई उपयोगिता नहीं है—न उद्दीपन-आलम्बन के लिए और न किसी और काम के लिए। मिसेज शुक्ला ठीक साढ़े छह बजे सुबह जमीन से निकलनेवाले सूरज के लाल गोले की प्रतीक्षा करती हुई एक घंटा पहले से तिल-तिल कर बढ़ती रोशनी और ललाई पर नजरें टिकाए खड़ी रहती हैं; ठीक छह बजे शाम को महुए के सफेद फूलोंवाले पेड़ की बगल में जमीन में समा जानेवाली उस सूरज के लाल गोले को निस्पन्द होती प्रकृति के बीच देखने के लिए खड़ी हो जाती हैं। उसके बाद घास पर कुर्सी डालकर ललाती और गहराती साँझ, पंचमी से लगातार बढ़ते चाँद और शुक्र ग्रह की चमक को चुपचाप देखती हैं। इस असीम फैली हुई पृथ्वी पर चारों ओर का खालीपन उनमें अपने बौनेपन का एक अब तक न जाना हुआ आदिम भय जगाता है, जिससे लड़ने के लिए वे कभी किसी विचार-तंतु को पकड़ती हैं, तो कभी साथ के लोगों के बीच बैठकर मामूली गपशप की विस्मृति को। कभी वे साथ लाई हुई किताबों में से किसी को उलट-पुलट लेती हैं।

मिसेज शुक्ला की बेचैनी ऐसी नहीं है कि कोई उसे आसानी से पकड़ सके। यह छटपट अपने अन्दर ही घुमड़ती है। इसमें तरह-तरह के सन्देह घुले-मिले हैं जिनमें से एक अपने होने के अर्थ के बारे में है। वैसे उनका यह सन्देह कोई खुद-ब-खुद पैदा हुई चीज नहीं है। यह जिन्दगी की एक और मासूमियत को चटकाता हुआ एक और ज्ञान ही है। उनकी पहली कहानी के प्रकाशित होने पर बहुत से पाठकों के पत्रा मिलने के उल्लास को उनकी एक प्राध्यापिका सहेली ने यह कहकर बहुत धक्का पहुँचाया था कि ये पत्र उन्हें एक स्त्री होने के कारण लिखे गए हैं। तब तक उनके दिमाग से यह अहसास गुजरा तक नहीं था कि लिखने-पढ़ने की दुनिया में भी इसी तरह के भेदभाव बरते जाते हैं। बाकी जिन्दगी में तो वे बचपन से लेकर अभी तक अपने औरत होने को बहुत कम लड़ाई के साथ स्वीकार करती आ रही थीं। किन्तु क्या वाकई कोई उनकी रचना छापेगा या किसी गोष्ठी में बुलाएगा या उन्हें पत्रा लिखेगा, तो इसलिए नहीं कि उनकी रचना में कुछ है, बल्कि इसलिए कि वे एक औरत हैं? मुश्किल यह कि इस जमीन पर लड़ें भी तो किससे? यहाँ तो कोई साफ-साफ सामने पहचाना भी नहीं जाता कि उसका इस भेदभाव के लिए थोड़ा तिरस्कार तक किया जा सके। सब गम्भीर, संजीदा और दायित्व-बोध से लदे नजर आते हैं। एक बार जो मिसेज शुक्ला की यह बचकानी धारणा टूटी कि लिखने-पढ़ने की दुनिया में तो ऐसा फर्क नहीं होता होगा, उनके लिए हर जगह आश्वस्त होना नामुमकिन होता गया। अपनी रचनाओं के मामूली या घरेलू होने या ठेठ हिन्दी के ठाठ से वंचित या सुविधाहीन शोषित वर्ग के पात्रों द्वारा अवहेलित या

उत्तर-आधुनिक न होने के बारे में अपने अन्दर बार-बार उठनेवाले सवालों से कहीं अधिक उन्हें यह जरूरी लगने लगा कि वे इस सवाल का जवाब ढूँढ़ें कि इस खास दुनिया में वे कौन हैं और कोई उनसे बात भी करता है तो क्यों?

जगदलपुर में 'कुटुमसार' गुफा के अँधेरे में आदिवासी गाइड की पेट्रोमेक्स के सहारे धीरे-धीरे लोहे की सीढ़ियाँ उतरते हुए मिसेज शुक्ला को अचानक लगा कि उनके अन्दर जो डर बार-बार बुरी तरह धड़क रहा है, वह बहुत जाना-पहचाना है। क्या उन्होंने कभी सपने में इस तरह की अँधेरी खोह में घुसने के डर को महसूस किया है? कभी बचपन में किसी जगह किसी रोमांचक कहानी को पढ़ते समय?—मिसेज शुक्ला ने कभी बाहर की रोशनी न देख पाने की सम्भव असम्भावना के बारे में न चाहते हुए भी सोचते हुए अपने दिमाग को काबू में करने के लिए किसी प्रश्न में उलझने की कोशिश की। कब इसी तरह डर की तरंगें-सी पैरों से उठकर उनके सारे शरीर को कँपाती हुई ऊपर की ओर चली गई हैं? अभी हाल में ही कब? पर उन्हें कुछ याद नहीं आया। आदिवासी लड़का बता रहा था कि गुफा में एक जगह पानी में मछलियाँ हैं जो अन्धी ही पैदा होती हैं क्योंकि उन्होंने कभी बाहर की रोशनी देखी नहीं है। मिसेज शुक्ला ने इस बात को अपने लिए एक साहित्यिक अनुभव बनाने की कोशिश की—यानी कि सन्देहों की खोह का अन्धकार ऐसा होता है कि उनमें जीनेवाला धीरे-धीरे कुछ भी देखने के लिए बेकार होता चला जाता है, यहाँ तक कि खुद अपनी शक्ल भी। मिसेज शुक्ला के लिए अपने अन्दर उठते डर—जिससे बाकी सब अछूते नजर आ रहे थे—को परे धकेलने के लिए कुछ सोचना बहुत जरूरी लग रहा था। उन्होंने ठंडी गुफा में भी माथे पर उग आई पसीने की बूँदों को पोंछते हुए किसी जंगली जानवर या साँप-बिच्छू के खोह में प्रकट हो जाने या पेट्रोमेक्स के बन्द होने पर कभी बाहर का रास्ता न खोज पाने की स्थितियों के बारे में न सोचने के लिए अपनी यात्रा के नतीजे पर सोचना चाहा। 'सन्दीपनी' के सम्पादक क्या यात्रा-वृत्तान्त से सन्तुष्ट हो जाएँगे? मिसेज शुक्ला को उस पत्रिका का किसी फिल्मीनुमा औरत की तसवीर का घटिया कवर और गम्भीर चेहरा दिखाने की कोशिश जारी रखते हुए जगह-जगह छिटकी हुई चालू मसालेदार सामग्री याद आई। क्या उनकी कोई बाध्यता है इस पत्रिका में लिखने की? अचानक उन्हें खुद अपनी बेवकूफी पर आश्चर्य हुआ कि एक पुराने मित्र पंकज जी के साथ किसी सम्पादक का घर आ जाना अपने-आपमें इतनी बड़ी वजह हो सकती है कि वे ऐसी पत्रिका में लिखना ठान लें। लेकिन क्या सम्पादक के बोलने की गम्भीर मुद्रा ने ही उन्हें नहीं भरमाया, जैसे वे किसी महान साहित्यिक सेवा का भार लिये हों? और तो और, पंकज जी का कितना आग्रह कि इस नई पत्रिका में मिसेज शुक्ला को सहयोग करना ही चाहिए जैसे कि ऐसा करना उनका गहन नैतिक दायित्व हो। मिसेज शुक्ला को जैसे एक बिच्छू काट गया—सब मिलकर एक 'औरत' को बेवकूफ बना रहे

थे या उस कवर की औरत की तरह ही उनका इस्तेमाल पत्रिका की शोभा बढ़ाने के लिए कर रहे थे? शायद वे उनसे रचना के साथ उनका एक चित्र भी छापने के लिए माँगते। मिसेज शुक्ला जल उठीं। "मम्मी देखो, तुम्हारा नाम लिखा है गुफा में! तुम पिछले जन्म में लिख गई थीं क्या?" बेटी और पति के उत्साह का मिसेज शुक्ला पर कोई असर नहीं हुआ। उन्होंने एक उचटती निगाह एक पत्थर पर चॉक से लिखे अपने नाम पर डाली। मिस्टर शुक्ला से उनकी आँखें मिलीं तो पेट्रोमेक्स की फैली हुई हलकी रोशनी में भी उन्होंने भाँप लिया कि उनके पति यह ताड़ने की कोशिश कर रहे हैं कि अचानक वही ब्रह्मराक्षस उनके अन्दर फिर अपनी देह तो घिसने नहीं लगा है? उन्होंने धीमे से मुसकराकर मिस्टर शुक्ला का हाथ पकड़ लिया। "अब निकलें यहाँ से। बहुत हो गया। दम-सा घुट रहा है मेरा तो।"

गुफा के अन्धकार से बाहर की ओर आते हुए जब अचानक सूरज की रोशनी ऊपर तंग रास्ते से आती दिखाई दी और ताजा हवा का स्पर्श हुआ, तो मिसेज शुक्ला को राहत मिली : आदमी चारों ओर से घिरे हुए ऐसी घबराहट का अनुभव करता है, तभी उसे 'जान में जान आना' जैसे किसी पुराने मुहावरे का अर्थ मालूम पड़ता है। मिसेज शुक्ला को अपनी एक कहानी का पात्र याद आया जो हर सोमवार और हर महीने की पहली तारीख को यह सोचता है कि आज से जीवन को एक नए सिरे से शुरू किया जा सकता है। उन्हें लगा कि गुफा के अँधेरे से बाहर रोशनी में आने को एक प्रतीक या रूपक या विचार यात्रा का प्रस्थान-बिन्दु जैसी भाषिक शब्दावली में बाँधकर कोई आलोचक चाहे, तो अपने लेखन में रंगत पैदा कर सकता है, पर सच तो इतना ही है कि आदमी जीवन की कितनी छोटी-छोटी बातों में अपनी मुक्ति के रास्ते खोजता है। कोई प्रेरणा, किसी निश्चय तक पहुँच पाने के लिए कोई मौका या कि एक संयोग ही। मिसेज शुक्ला ने लोहे की गोलाकार सीढ़ियों पर चढ़ते हुए यह निश्चय किया कि उनका झगड़ा न उनके औरतपन से है और न अपने पात्रों से। क्यों वे थोड़ी-सी भावुकता, थोड़ा-सा आक्रोश और थोड़ी-सी किस्सागोई मिलाकर दुरपति की कहानी लिखें कि उसका पति किसी छोटी-मोटी बीमारी में बिना इलाज या गलत इलाज के कारण जवानी में ही मर गया और ससुरालवालों के चुड़ैल कहने या खाने-पहनने की किल्लत के कारण उसे अपनी साँवली हँसी को हमेशा के लिए खो देना पड़ा? क्यों वे लिखें उस आदिवासी युवक की कथा, जो नौवीं कक्षा तक पढ़कर बेरोजगारी के कारण उसी तरह की पीतल की मूर्तियाँ गढ़कर और जंगलों में घूम-घूमकर आम, इमली, महुआ के पेड़ों से अपना पेट पाल रहा है, जैसे शायद हजारों सालों से उसके पुरखे करते आए थे? मिसेज शुक्ला ने अपनी बहुत-सी यात्राओं से कभी कोई स्मृति-चिह्न—मूर्तियाँ-दस्तकारी-हस्तकारी का सामान खरीदकर अपना घर नहीं सजाया था। उन्हें लगा कि उनकी रचनाओं में भी यदि वे इस सजावट से बच जाएँ, तो शायद बच ही जाएँगी।

"जंगली हैं साहब ये लोग—और जंगली रहना भी चाहते हैं। सरकार ने इन्दिरा-आवास-योजना में घर बनवाकर दिए, वे सब ऐसे ही खाली पड़े हैं। खंडहर होते हुए। मेरी चुनाव की ड्यूटी भीतरी इलाके में लगी तो मैंने देखा कि वे आज भी तौल में नमक के बराबर अमचूर दे देते हैं—जबकि अमचूर कितना महँगा है। सरकार क्या करेगी—इन्हें यही जीवन चाहिए। कन्धे पर एक कुदाल रखकर जंगल में निकल गए—घूमते रहे मस्त"—बाँस के बीज खरीदने के लिए रास्ते में रुके मित्र-दम्पती को सरकारी दफ्तर में उड़ीसा से आया अफसर बता रहा था। "इनका विकास होने में अभी पचास वर्ष और लगेंगे कम-से-कम...देखा नहीं आपने, अब भी कितनी कम औरतें ब्लाउज पहनती हैं...जहाँ-तहाँ खड़ी-खड़ी पेशाब कर देती हैं"—उसने आवाज को फुसफुसाहट में बदलते हुए कहा। "किसी औरत को तन्दूर या भट्टी में पकाने का भी केस हुआ है क्या यहाँ?"—मिसेज शुक्ला ने पूछा। पूछने के बाद उन्हें लगा कि उन्होंने बँधी-बँधाई धारणाओं के विरोध में एक उतना ही बना-बनाया प्रश्न रख दिया है। एक मिनट तक सन्नाटा छाया रहा। मिस्टर शुक्ला अफसर की बातें सुनते हुए पत्नी की ओर से किसी ऐसे ही प्रश्न दागे जाने की उम्मीद कर रहे थे। अपने पूर्वाभास को हकीकत में बदलते देख वे मुसकराए। अफसर भी बात समझ में आने पर पूरे कमरे को गुंजाता हुआ हँस पड़ा। "बिलकुल ठीक कहती हैं आप मैडम! एक तरह से तो ये लोग हमसे ज्यादा सभ्य हैं। हमसे ज्यादा सुखी भी—इन्हें कुछ ऐसा चाहिए ही नहीं जिसके पीछे सारे जीवन भागते रहें। सच कहूँ तो कई बार मुझे ऐसा लगा है कि ये हमें कुछ सिखा सकते हैं..." उसके स्वर में शायद अपने जीवन से निकली कोई कचोट थी।

मित्र-दम्पती को बीजों के बारे में बातचीत करने को छोड़ मिसेज शुक्ला पति के साथ बाहर निकल आईं। सड़क पर थोड़ा आगे बढ़ने पर सरकारी वन-विभाग के बगल में गाँव का स्कूल था। सफेद फ्रॉक पहने और आसमानी रंग के रिबन लगाए बारह-तेरह साल की दो लड़कियाँ नंगे पाँव बाहर खड़ी थीं और अन्दर मैदान में खेलते हुए बच्चों का शोर उठ रहा था। उन्हें पास आते देख एक लड़की दूसरी लड़की के पीछे छिप गई और उसे पकड़कर उसके पीछे से एक तरफ से झाँककर उन्हें देखती रही। मिस्टर शुक्ला ने हमेशा की तरह पत्नी की ओर से उन लड़कियों से कोई प्रश्न न पूछे जाने पर उनकी तरफ देखा। उन्होंने देखा कि मिसेज शुक्ला खुद भी दोनों लड़कियों की तरह चुप खड़ी उन लड़कियों को देख रही थीं और उन्हीं की तरह झेंप रही थीं। "क्या हुआ, बात करो इन लोगों से"—उन्होंने हतप्रभ होकर कहा। मिसेज शुक्ला पर उनकी बात का कोई असर होता नहीं दिखा। वे उसी तरह अपने को सिकोड़ती-सी खड़ी रहीं। तब मिस्टर शुक्ला ने ही पूछा, "इस स्कूल में पढ़ती हो तुम लोग?" दोनों लड़कियों ने 'हाँ' करते हुए सिर हिलाया। मिस्टर शुक्ला अपने प्रश्न की निरर्थकता पर और पत्नी के चुप्पेपन पर मन-ही-मन

खीझ रहे थे। "टीचर नहीं आए हैं तुम्हारे? टीचर...मास्टर...जो पढ़ाते हैं?" दोनों ने सिर हिलाकर 'नहीं' कहा। "कहाँ रहते हैं?" सामनेवाली लड़की ने हाथ उठाकर दूर कहीं छिपे हुए गाँव की ओर शायद इशारा किया। अब तक स्कूल के दूसरे बच्चे भी खेल छोड़कर एक दल बनाकर खड़े हो गए थे और उन दोनों पति-पत्नी को अजूबों की तरह देख रहे थे। मिस्टर शुक्ला को इस तरह देखे जाने पर कुछ असुविधा-सी महसूस हुई—देखने वे आए थे और खुद ही देखे जा रहे थे। पत्नी के इस अजीब व्यवहार की कोई वजह भी उनकी समझ में नहीं आ रही थी।

"तुम्हारे ऊपर कब, कौन सा भूत सवार हो जाएगा, यह तो तुम्हारे साथ कोई सौ साल रहकर भी जान नहीं सकता"—पेड़ की छाया में खड़े होने के लिए सड़क पार करते हुए मिस्टर शुक्ला ने पत्नी से कहा। मिसेज शुक्ला खूब समझ रही थीं कि इस आदिवासी अंचल की आत्मा को जान लेने की उनकी इच्छा को पूरी करने की पति की सदाशयता को इस तरह ठुकराकर उन्होंने मिस्टर शुक्ला को चोट पहुँचाई है। पर न जाने क्यों उन्हें उन झेंपती-घबराती लड़कियों से बात करने में इतनी झिझक हो रही थी जैसे वे कोई अपराध करने जा रही हों। पेड़ के बगल में एक आदिवासी साइकिल बनाने की दुकान खोले बाहर बैठा था। उसकी पत्नी कुछ दूर पर बैठी अपने नंग-धड़ंग छोटे बच्चे से खेल रही थी। कुछ देर तक वे दोनों चुप खड़े रहे। मिसेज शुक्ला जानती थीं कि अब मौन साधने की बारी मिस्टर शुक्ला की है। उन्होंने आदिवासी की तरफ देखा। "यह सब किसने लिखा है?"—मिसेज शुक्ला ने साक्षरता मिशन के चिह्न और इबारतों को दिखाकर पूछा। "दो आदमी आए थे मोटरसाइकिल पर कहीं से। लिखकर चले गए"—उसने उनकी तरफ देखते हुए जवाब दिया और उन्हें ही देखता रहा—जैसे अगले प्रश्न की प्रतीक्षा कर रहा हो। फिर मिसेज शुक्ला चुप हो गईं। उनका दिमाग जैसे बिलकुल खाली हो गया था। उन्हें समझ में नहीं आ रहा था कि अब क्या पूछें। उन्होंने आदिवासी की पत्नी की तरफ देखा, जो उनकी ओर से बिलकुल लापरवाह अपने बच्चे से खेले जा रही थी। अन्त में मिसेज शुक्ला बोलीं, "हम लोग कलकत्ता में रहते हैं। अभी कुटुमसार गुफा देखकर आ रहे हैं। अब चित्राकोट जाएँगे। वहाँ इन्द्रावती नदी का पानी नीचे गिरता है तो उसमें इन्द्रधनुष लटके रहते हैं न? आपने देखा है?" आदिवासी ने नहीं करते हुए सिर हिलाया। अब मिसेज शुक्ला ने मिस्टर शुक्ला की ओर देखा। वे उन्हें इस तरह देख रहे थे जैसे आज पहली बार देख रहे हों।

आक एगारसी

मैं बहुत तेजी से गहरी होती साँझ में तेज-तेज कदमों से दोस्त के घर की ओर चला जा रहा था। मैं बहुत जल्दी में था क्योंकि मैं दोस्त को बहुत जल्दी एक बात कह देना चाह रहा था। मुझे यह डर भी था कि कल रात के स्वप्न की तरह सचमुच दोस्त ने आत्महत्या न कर ली हो। मुझे बार-बार वह क्षण दिखाई दे रहा था जब मैं उसके चिर-परिचित दरवाजे से घुसकर उसकी चिर-परिचित सीढ़ियाँ चढ़ूँगा। मैं उस क्षण तक पहुँचने के लिए बहुत अधीर था। पर बीच का वक्त मेरी पूरी कोशिश के बावजूद अपने समय से ही कट रहा था। अचानक इस सारी दौड़-भाग और छटपट के बीच मेरा ध्यान उस साँझ की ओर गया, जिसमें अभी-अभी एक अजीब-सी पीली रोशनी पैदा होकर सारी चीजों को एक अलग तरह के पीलेपन से रँग रही थी। कलकत्ते में मई के महीने में इस तरह की पीली साँझ मेरी बचपन की स्मृतियों में भी मौजूद थी, पर मैंने आज तक कभी उसका कारण जानने की चेष्टा नहीं की थी। वैसे मुझे यह मालूम था कि विज्ञान या भूगोल की किताबों में कहीं इसका कारण पता किया जा सकता है। अचानक उस पीली रोशनी में मेरा ध्यान सड़क के किनारे कूड़े के ढेर के पास मेरी तरफ मुँह किए थोड़ी-थोड़ी दूरी पर चुपचाप बैठे हुए तीन कुत्तों की तरफ गया। न जाने क्यों मेरे अन्दर एक तरह की परेशानी पैदा हुई। इस तरह चुप बैठे कुत्तों में कुछ अजीब-सा था, जिसके बारे में निश्चित तौर पर कुछ कह पाना मुश्किल था। मुझे कुत्तों के बारे में कोई विशेष ज्ञान नहीं था कि वे शाम को किस तरह का व्यवहार करते हैं। पर कुछ उद्विग्नता-सी महसूस करते हुए मैंने चिपचिपाते पसीने के बावजूद अपनी चाल और तेज कर दी। तभी दोस्त की गली का नुक्कड़ बिलकुल नजदीक आ गया और मुझे अचानक याद आया कि दोस्त इस वक्त घर पर नहीं मिलेगा : मेरी यह सारी भाग-दौड़ बेकार थी। अब जाकर मैंने झख मारकर अपनी चाल बहुत धीमी कर दी और वे सप्तपर्णी के पेड़ मुझे दिखने लगे जो पिछले साल इतने छोटे थे कि उनके नीचे से गुजरा नहीं जा सकता था।

दोस्त की गली में बहुत सारे पुराने पेड़ होने के कारण बाहर की तुलना में ज्यादा अँधेरा था। यों भी इस गली का मौसम हमेशा बाकी शहर से अलग किस्म का होता

था—सुबह दस बजे पत्तियों के बीच से छनते रोशनी के गोल-गोल हलके-तेज घेरे और दोपहर की चिलचिलाती धूप में थोड़ी-थोड़ी दूर पर धूप और ज्यादा दूर तक छाँह। तभी उसी गली में खुलनेवाले स्कूल के बन्द दरवाजे के बाहर पाकड़ के पेड़ के नीचे मैंने चौदह-पन्द्रह साल के एक लड़के को देखा। वह पेड़ से कोहनी टिकाए एक पैर को दूसरे पैर से क्रॉस कर, एक बेफिक्र मुद्रा में स्कूल के लोहे के सींकचोंवाले दरवाजे से अन्दर की तरफ देख रहा था। अचानक मुझे लगा अरे, यह तो सुमन्त है। हमारे पिछले मकान-मालिक का बेटा। मैं जैसे अपने-आप उसके पास चला गया। "क्यों सुमन्त कैसे हो? पिताजी कैसे हैं? पहचाना मुझे? यहाँ क्या कर रहे हो? क्या बात है?" मुझे कुछ बुरा लगा कि सुमन्त न सिर्फ उसी तरफ बेफिक्री के अन्दाज में स्कूल की तरफ देखता रहा, बल्कि अब वह मुँह में पड़ी हुई च्यूइंगम भी चबाने लगा। मैं अकबकाकर खड़ा था कि सुमन्त मानो कुछ निर्णय कर मेरी तरफ देखकर मुसकराया। उसकी मुसकान हमेशा की तरह मनमोहक थी। उस मुसकान को देखते ही मेरा दिल हलका हो गया, "आज की दुनिया का बच्चा है—टी.वी. वगैरह देखते हुए बड़ा हुआ है। असलियत में कोई सामने पड़ जाए, तो मुसकराहट निकालने में कुछ देर लगती है। हम पुराने लोग हर समय हर बात का बुरा ही मानते रहते हैं"—झट मैंने उसे माफ करते हुए इतनी बातें सोच लीं। वह फिर मुसकराया और बोला, "आप पुराने किस्म के आदमी हैं।" मैं भौचक्का रह गया कि उसने कैसे मेरे मन की बात पढ़ ली। मुझे फिर उस शाम में कुछ अजीब-अजीब-सा लगने लगा। वह बोला, "मैं सुमन्त नहीं हूँ। पर मुझे आप बहुत अच्छे लगे। अपने किसी पुराने परिचित के बेटे का हाल पूछने यदि आप इस गर्मी में रुक जाएँ, तो निश्चय ही आप पुराने किस्म के अच्छे आदमी हैं। मेरा नाम... आक एगारसी है।" उसने कुछ रुककर कहा।

मुझे लगा कि मेरा दिमाग खराब हो गया है या फिर मैं कोई सपना देख रहा हूँ। भला एक तो यह सुमन्त नहीं है और ऊपर से इसका विचित्र नाम। पर तभी मुझे वह बात याद आई जिसे दोस्त को बताने के लिए मैं भागता-दौड़ता चला जा रहा था। हालाँकि अब मैं कुछ अनिश्चित-सा हो चला था कि दोस्त को वह बात बताना क्या वाकई जरूरी था और बताने से भी क्या फर्क पड़ता, पर बात याद आने से और दोस्त की चिर-परिचित गली को देखकर मैं इतना तो निर्णय कर पाया कि मैं बिलकुल ठीक-ठाक हूँ। तो यह सुमन्त नहीं है? अच्छा। पर इसकी उम्र, नाक-नक्श, मुसकराने का ढंग तक सब सुमन्त जैसा ही है। लगता है पचास साल की उम्र में ही मैं सठियाने लगा हूँ। क्या दो लड़के एक जैसे नहीं हो सकते? और सुमन्त को तो पिछले तीन सालों से मैंने देखा भी नहीं है। पर इसका नाम?—मैंने कुछ खिसियाए हुए स्वर में कहा, "तुम्हारा नाम कुछ विचित्र-सा है। मेरा मतलब...।" वह फिर अपनी मोहक मुसकान फैलाते हुए बोला, "हाँ, मुझे

मालूम था कि आप यही सोच रहे होंगे कि मैं किस जाति का हूँ, किस धर्म को मानता हूँ। पर मैं जहाँ से आया हूँ, वहाँ हमने जाति-धर्म के सभी पहचान-चिह्न खत्म कर दिए हैं। हमारे यहाँ हर व्यक्ति एक व्यक्ति है और उसके नाम में अपने माता-पिता का दिया हुआ कुछ भी नहीं होता। हमने पुराने लोगों की गलतियों में सुधार कर लिया है।" जाहिर था कि उसकी बातें सुनकर मैं चकरा जाता। तो क्या यह किसी दूसरे ग्रह-नक्षत्र से आया है? इस तरह के कहानी-किस्से मैंने बचपन में बहुत पढ़े थे। बल्कि एक अंग्रेजी की पूरी किताब पढ़ी थी जिसमें यह सूची थी कि सारी पृथ्वी पर इस तरह के कितने चिह्न-निशान बाकी हैं जिनसे पता चलता है कि यहाँ दूसरे ग्रहों से लोग आए थे। आक—इसका अर्थ क्या हो सकता है—मैं सोचने लगा कि इतने में वह बोला, "नहीं, मैं दूसरे ग्रह से नहीं आया हूँ। मैं आपकी पृथ्वी का ही वासी हूँ, किन्तु आज की पृथ्वी का नहीं, भविष्य की पृथ्वी का वासी। मेरा समय आपसे सौ साल आगे है। मेरे नाम का अर्थ भी यही है 'आ' का अर्थ है आनेवाला और 'क' का अर्थ कल। 'एगारसी' यानी आपसे ग्यारह पीढ़ियों बाद का मनुष्य?" अब मुझे मजा आने लगा था। मैंने सोचा कि यदि सचमुच ऐसा है, तो मैं इससे भविष्य के बारे में बहुत कुछ जान लूँगा। आखिर हमारे यहाँ ज्योतिष—हस्तरेखा—जन्मपत्री वगैरह कितने शास्त्र हैं भविष्य जानने के लिए। बल्कि हर हिन्दुस्तानी तो हमेशा वर्तमान से अधिक भविष्य में ही जीता है—उसे वर्तमान से ज्यादा समझ लेने की इच्छा रखता है। मैंने यह भी सोचा कि यदि यह लड़का मुझे बेवकूफ बना रहा है, तो भी कोई हर्ज नहीं। मैं इसके साथ बैठकर भविष्य के काल्पनिक संसार का ही निर्माण कर लूँगा। मैं जीवन के ऐसे दौर से गुजर रहा था जब मेरे अन्दर और बाहर की दुनिया में हताशा-ही-हताशा थी। मैं एक तरह से बिलकुल टूटा हुआ इनसान था। यदि यह लड़का मुझे सौ साल बाद की भी कोई उम्मीद दिखा सके, तो मैं उसकी बातें सुनने के लिए तैयार था। मैंने उसे हाथ के इशारे से पाकड़ के पेड़ के दूसरी तरफ पड़ी एक बेंच दिखाते हुए कहा, "चलो बैठकर बातें करें।" उसने मुसकराते हुए मेरा हाथ पकड़ लिया और हाथ पकड़े-पकड़े ही बेंच तक मेरे साथ गया। उसके इस तरह मेरा हाथ पकड़ने से मेरा दिल उसके प्रति प्रेम से लबालब भर गया। इतने में कहीं से ठंडी हवा चल पड़ी जिसमें कहीं दूर हुई बारिश की नरमाई थी। गली में लगभग अँधेरा हो गया था, पर गली के छोर पर दोस्त के मकान के बाहर जलती इकलौती बत्ती में मैं आक का चेहरा देख सकता था। वह भले ही सुमन्त नहीं था, पर उसने मेरे अन्दर अपने प्रति कितना स्नेह जगा दिया था। यदि उसकी जगह मेरा अपना बेटा मृदुल होता, तो इससे अधिक स्नेह शायद उसके प्रति भी मैं महसूस नहीं करता। मैंने बेंच पर बैठते हुए पूछा, "कितने भाई-बहन हो तुम लोग? तुम्हारे माता-पिता क्या करते हैं?" इस बार आक मुसकराया नहीं। उसने धीमे स्वर में कहा, "हमारे

देश में इस वक्त प्रति औरत चार लड़कियाँ पैदा करने का नियम है। मेरी चार बहनें हैं।" मैं चुपचाप सन्न-सा बैठा रहा। वह आगे बोला, "आप लोगों ने इतनी भूलें की हैं—प्रकृति के सारे नियमों को आप लोगों ने इस तरह उलट दिया कि चाहकर भी अब प्राकृतिक नियमों पर नहीं जिया जा सकता। आपकी पीढ़ी ने लड़कियों को भ्रूण में ही गर्भपात करके निकालना शुरू किया। उसके बाद की पीढ़ी ने पुरुष वीर्य की छँटाई करके सिर्फ एक लड़का पैदा करना शुरू किया और फिर उन लोगों के बाद की पीढ़ियों में धीरे-धीरे लोगों में बच्चा पैदा करने की इच्छा ही खत्म होती गई। इसका कारण यह था कि प्राय: इकलौते लड़के माँ-बाप से सोलह साल की उम्र के बाद कोई सम्बन्ध नहीं रखते थे। किसी-न-किसी लड़की का पति होने के लिए या उससे रिश्ता बनाने के लिए उन्हें बरसों मेहनत करनी पड़ती थी। बहुत सारे युद्ध सुन्दर लड़कियों को पाने के लिए हुए। इसका नतीजा यह हुआ कि हमारे देश में लड़कियों की ही नहीं, पेड़ों और आदमियों की जनसंख्या भी बहुत कम होती चली गई।" आक की बातें सुनकर मेरी समझ में नहीं आ रहा था कि उसकी मजाक-सी बातों पर मैं जोर-जोर हँसने लग जाऊँ या उन्हें सच मानकर स्तब्ध होऊँ। मैंने हलकी रोशनी में पहली बार उसके चमकते हुए चेहरे और बड़ी-बड़ी सुन्दर आँखों की ओर ध्यान से देखा। उसके किशोर चेहरे पर कहीं कोई पुरुषत्व का चिह्न नहीं था। बल्कि उसके चेहरे पर एक स्त्री-सुलभ कोमलता, लज्जा और शालीनता के भाव थे। मैंने उसकी भाषा और आवाज पर भी गौर किया तो मुझे लगा कि वह बहुत ही मीठी आवाज में शुद्ध हिन्दी बोल रहा था। उसने हलकी नीली कमीज और उससे कुछ गहरा नीला पैंट पहन रखा था। उसकी आँखों में प्रतिभा की चमक थी। न जाने क्यों उसके प्रति मैंने अपने दिल में फिर एक तरह का लगाव महसूस किया और मैंने यह भी निर्णय किया कि मैं उसकी बातों को सच मानकर उससे उसी के जैसी गम्भीरता से बातें करूँगा। यों भी मैं इतने महीनों से नहीं हँसा था कि मेरी इच्छा नहीं थी कि एक प्यारे लड़के की बातों का मजाक बनाकर उस पर हँसूँ। इसके अलावा मैं चाह रहा था कि वह फिर मुसकराए और मुझे एक अच्छा आदमी बताए। मैंने उससे पूछा, "और तुम्हारे पिता क्या करते हैं?"

इस बात पर आक ने अपनी भुवनमोहिनी मुसकान फेंककर कहा, "आपका प्रश्न आपके समय की धारणाओं से निकलता है। हमारे यहाँ पिता का अर्थ सिर्फ वह वीर्य है जो कोई औरत एक सुन्दर, बुद्धिमान लड़की पैदा करने के लिए बैंक से लेती है। वैसे मैं जानता हूँ कि मेरे पिता मुझसे छह पीढ़ियों पहले के एक महान वैज्ञानिक थे जिन्होंने विज्ञान का इस्तेमाल दुनिया को नष्ट करने के लिए या लोगों में नई चीजों के प्रति कभी न बुझनेवाली तृष्णा जगाने के लिए नहीं बल्कि इस दुनिया को सुन्दर और स्वस्थ बनाने के लिए किया था। मेरी माँ ने मुझे सृष्टि का

सन्तुलन बनाए रखने के लिए पैदा किया था। प्राय: लोग अब लड़का पैदा नहीं करना चाहते क्योंकि यह माना जाता है कि लड़के आमतौर पर हिंसक, क्रोधी और स्वार्थी होते हैं। संसार के किसी भी युद्ध की शुरुआत किसी स्त्री ने नहीं की है।" अचानक मेरे दिमाग में एक ऐसी बात आई जिससे मुझे लगा कि इस लड़के का यह विचित्र नाटक खत्म हो जाएगा और हम दोनों मिलकर मुझे बेवकूफ बनाए जाने के उपलक्ष्य में एक साथ हँसेंगे। मैंने कहा, "तुमने अपने को मुझसे सौ साल बाद का और ग्यारहवीं पीढ़ी का मनुष्य बताया है। किन्तु सौ साल में तो अधिक-से-अधिक चार पीढ़ियाँ पैदा हो सकती हैं। यदि तुम मेरे मरने के सौ साल बाद भी पैदा होते हो, तो भी तुम ज्यादा-से-ज्यादा आठवीं पीढ़ी में रहोगे।" मुझे लगा कि आक की आँखों में उदासी घिर आई। उसने संजीदा स्वर में कहा, "आप नहीं जानते। बीच में बहुत सी भूलों और दुर्घटनाओं का हिसाब है।" उसके स्वर में ऐसा कुछ था कि मुझे सिहरन हुई। मुझे एकबारगी लगा कि मैं इस बीच के समय के बारे में कुछ जानना भी नहीं चाहता। यह कुछ ऐसी ही बात थी कि अच्छी फिल्मों का बहुत शौकीन होने के बावजूद मैंने नाजियों के कांसंट्रेशन कैम्प पर बनी एक मशहूर फिल्म यह सोचकर नहीं देखी थी क्योंकि मुझे लगा था कि मैं यह देख नहीं पाऊँगा कि आदमी कितना क्रूर हो सकता है।

हमारे बीच का समय यकायक बहुत भारी हो चला था। मैं जानता था कि वह भी इस बात को समझ रहा है। मुझे अचानक आश्चर्य हुआ कि पहली मुलाकात में ही मुझे उस पर इतना विश्वास हो गया था कि वह मुझे बिलकुल ठीक तरह से समझ पा रहा है। उसकी ही उम्र के अपने बेटे से मेरा यह सम्बन्ध मेरी सारी कोशिशों के बावजूद नहीं बन पाया था। इस लड़के की संवदेनशीलता सचमुच अलौकिक थी यानी इस लोक की नहीं थी। मुझे यह भी लगा कि मैं उससे अपनी जिन्दगी के बारे में और मेरे दोस्त की परेशानी के बारे में भी बातें कर सकता हूँ। वह शायद मुझे कोई ठीक-ठाक सलाह दे सके। आखिर उसने सारे पिछले समयों यानी मेरे बाद के समयों और उनके परिणामों को ठीक-ठीक जाना है। इतने में उसने अपनी जेब से एक सफेद रंग की पुड़िया निकाली जिस पर काले रंग से 'चार' लिखा हुआ था। उसने होमियोपैथिक दवाई की पुड़िया की तरह उसे खोलकर उसका महीन पाउडर अपने मुँह में डाल लिया। उसकी जीभ पर वह पदार्थ लगते ही उसमें एक अद्‌भुत परिवर्तन हुआ। वह जैसे बिलकुल हलका होकर पहले के जैसे मुसकराने लगा। मैं इस घटना से अवाक् हो गया। इसके साथ ही मैंने एक गहरे अफसोस का अनुभव किया जैसे मुझे कोई बहुमूल्य चीज मिलते-मिलते रह गई हो। तो यह इस सारी कहानी का पटाक्षेप है। यह लड़का नशे की स्वप्निल दुनिया की सैर कर रहा था और इसने मुझे भी अपनी लपेट में ले लिया—मैं अपने पुराने मकान-मालिक हेमन्त बाबू और उनकी सुदर्शना पत्नी की याद करके खिन्न हो उठा। अपनी इकलौती

सन्तान सुमन्त की यह हालत देखकर हेमन्त बाबू कितने दुखी होंगे। पहले ही पत्नी की मृत्यु ने उन्हें तोड़ दिया था। कितना प्रतिभाशाली लड़का था सुमन्त—कितनी किताबें पढ़ता था—और अब इसकी यह हालत। मैं जैसे एक अथाह उदासी के गड्ढे में उतरता चला गया।

ऐसी स्थिति में बिलकुल चुप रह जाना उचित न समझकर मैंने उससे पूछा, "यह आदत कब से लगी तुम्हें?" मेरा यह प्रश्न सुनकर वह पहली बार अपने मोती जैसे दाँत दिखाकर हँस पड़ा, "मैं जानता हूँ आप क्या समझ रहे हैं। मैंने आपके समय का पूरा अध्ययन किया है, तभी यहाँ आया हूँ। नहीं, यह कोई ड्रग या नशीला पदार्थ नहीं है। हमारे समय में इस तरह की चीजें संसार में कहीं पैदा की या बनाई ही नहीं जातीं जो आदमी को विनाश की ओर ले जाती हों। न हमारे समय में शराब, सिगरेट, तम्बाकू तथा नशीली चीजें हैं और न ही ऐसे हथियार, जो बड़े पैमाने पर आदमी को खत्म कर सकें। हमने जीवन की कीमत को जान लिया है, इसलिए हम हर घड़ी प्रसन्न रहना चाहते हैं। यह पाउडर साधारण मीठी चीनी का चूरा है। इस पर जो नम्बर लिखा है, वह यह हिसाब रखने के लिए है कि मैंने इस महीने कितनी बार हताशा का अनुभव किया। अब मैं इसे जाकर अपने व्यक्तिगत कम्प्यूटर के कनेक्शन एकाउंट में डाल दूँगा, जो मुझे निर्देशित करेगा कि मुझे जीवन को किस तरह अधिक-से-अधिक ऊर्जा, आनन्द और शान्ति से जीना चाहिए।" वह इस तरह हलके-हलके मुसकरा रहा था जैसे उसके अन्दर आनन्द के बुलबुले फूट रहे हों। उसकी यह मुसकान मुझ पर जादू की तरह काम कर रही थी। मैंने भी अपने अन्दर एक दुर्लभ-सी शान्ति का अनुभव किया। मुझे लगा कि भूतकाल की बातों का, यहाँ तक कि कल की भी बातों का क्या महत्त्व है? क्यों न हम भूत और भविष्य में न पड़कर आज, बिलकुल आज को, पूरी तरह जिएँ? मुझे एक क्षण के लिए ऐसा लगा जैसे मुझे कोई जीवन का इतना बड़ा सत्य मिल गया हो कि अब मेरा जीवन बिलकुल बदल जाएगा। पर दूसरे ही क्षण मुझे दोस्त की और अपनी परेशानी याद आ गई और वह पहला क्षण भक्क से बुझ गया।

आक मुझे बहुत ध्यान से देखता जा रहा था। मुझे ऐसा लगा जैसे वह पल-पल मुझे पढ़ रहा हो। अब मुझसे रहा नहीं गया। मुझे अपने दोस्त की आत्महत्या करने की इच्छा और रात को देखे स्वप्न की बात याद आ गई। मैंने आवेश से उसकी बाँह को लगभग झिंझोड़कर पूछा, "इस दुनिया में इतना अन्याय क्यों है? तुम बताओ मुझे? तुम क्या जानते हो हमारी दुनिया के बारे में?" अपनी इस उत्तेजना पर शर्मिन्दा होते हुए मैंने अपने को कुछ संयमित करते हुए उसकी आँखों में झाँककर देखा, तो उनमें दोस्त के मकान की प्रकाश फैलाती बत्ती की परछाईं थी। उन आँखों में दुख और वेदना का वही समुद्र लहरा रहा था, जो इन दिनों मेरे दोस्त की आँखों में लहराता दिखाई देता था। एक क्षण के लिए मुझे सम्भ्रम

हुआ कि मैं दोस्त से बात कर रहा हूँ। फिर अपनी भ्रान्ति को जानते ही मुझे बहुत पछतावा होने लगा कि कहीं उसे मेरे कारण अपनी पाँचवीं पुड़िया न खानी पड़ जाए। "हमने इस समस्या को भी सुलझा लिया है। हमने यह जान लिया है कि आदर्श के मुद्दे को मनुष्य के नैतिक विवेक पर भरोसा कर छोड़ा नहीं जा सकता है क्योंकि आदर्श और भ्रष्ट के बीच सिर्फ एक कदम का फासला है। मनुष्य चलना जानता है, इसलिए वह कभी भी इस फासले को माप सकता है—कभी-कभी तो वह जीवन के बिलकुल अन्तिम वर्ष में ऐसा कर जाता है। इसलिए हमने एक कम्प्यूटर मशीन को सरकार, न्यायालय और पुलिस का काम सौंप दिया है। यह मशीन मनुष्यता के चरम विवेक से बनाई गई है, और हमारे सारे व्यक्तिगत कम्प्यूटरों से उसका स्नेहपूर्ण सम्बन्ध है। वह परम प्रेम का साकार रूप है। वह स्वयं सत्य है। वह कभी गलत नहीं होती, कभी पक्षपात नहीं करती—अन्याय शब्द तो उसके कोश में ही नहीं है। पर मुझे बहुत दुख है कि अभी आपको या आपके समय को इसी अन्याय में जीना होगा। क्या आप मुझे अपनी तकलीफ बता पाएँगे?" उसने अपनी मीठी आवाज में मुझे सान्त्वना देने की मानो भरसक कोशिश करते हुए पूछा।

मेरी आत्मा जैसे इसी क्षण की प्रतीक्षा कर रही थी। पर मुझे समझ में नहीं आया कि मैं बात कहाँ से शुरू करूँ। मैंने कहा, "मैं इस गर्मी में गिरता-पड़ता अपने दोस्त को यह बताने जा रहा था—जो बात मुझे कुछ घंटे पहले अचानक सूझी थी—मैं उससे कहना चाहता था कि इस दुनिया में अपनी ताकत का गलत इस्तेमाल कर दूसरों को रौंदनेवाले लोग हमेशा मौजूद रहे हैं और शायद रहेंगे। दबानेवाले और दबनेवाले। लेकिन सच यह भी है कि दबानेवाले दबनेवाले बनते रहते हैं और दबनेवाले दबानेवाले। इसीलिए यह दुनिया कभी सुन्दर नहीं बन सकती—और कम-से-कम दबानेवाले के लिए तो बिलकुल भी नहीं।" आक की आँखें मेरी बात सुनकर चमक उठीं। उसके चेहरे से करुणा की झाँईं उड़ गई और वह पहले की तरह बिना मुसकराए भी हँसमुख दिखने लगा। "आप लोगों के समय में एक सुन्दरता भी है—एक आँच, एक गरमाहट। मेरे सारे अध्ययन में यह बात मैं समझ नहीं पाया था। एक लड़ाई—अन्याय के खिलाफ! कितनी सुन्दरता है इसमें। कैसी अद्भुत! यह हमारे जीवन में नहीं है। इतनी सारी उलझनों के बीच आप जिन्दा बने रहते हैं। हमारे समय की समस्या कुछ और ही है...।" "तुम्हारे यहाँ समस्या?"—मैंने चकित होकर पूछा। "हाँ, एक नई समस्या। हम किसी तरह का दुख बर्दाश्त नहीं कर सकते। हमारे यहाँ एक मौत होने पर दिल टूटने से मर जानेवालों की एक श्रृंखला बन जाती है। हमारे हृदय इतने कमजोर हो गए हैं कि हम किसी की कोई तकलीफ नहीं देख पाते।...आपका दोस्त क्या करता था?" मैं उसकी आँखों की वेदना याद कर डरते हुए अपनी आवाज खोजता रहा। मुझे

चुप देखकर वह बोला, "कॉलेज में पढ़ाता था आपके साथ या अखबार में काम करता था...या किसी दफ्तर में नौकरी करता था?" मैं उसकी अन्दाज लगाने की क्षमता पर मुँह बाए आश्चर्य से उसका चेहरा देखता रहा। "निकाल दिया गया होगा अपमानित करके? बहुत योग्य रहा होगा। बहुत मेहनत की होगी बहुत सालों तक उसने?" उसने फिर कहा। मैंने बिना कुछ कहे सहमति में गरदन हिलाई।

इतने में सड़क की दूसरी ओर से हेमन्त बाबू की जानी-पहचानी आवाज सुनाई पड़ी, "सुमन्त, ओ सुमन्त। जल्दी करो, देर हो रही है।" हेमन्त बाबू के हाथों में खरीदारी के कई थैले थे। सुमन्त ने मेरी तरफ अपनी मोहक मुसकान फेंकी और दौड़कर हेमन्त बाबू और हमारे बीच का फासला पार कर गया।

रिपन स्ट्रीटेर परवीन अख्तर

परवीन अख्तर! हाँ, वही तो है। सोलह साल बीत गए तो क्या? है तो बेशक परवीन अख्तर ही। रिपन स्ट्रीट की परवीन अख्तर। —अंजलि चौधरी अपने सामने के काँच में पीछे के काँच के सामने बैठकर बाल कटवाती या चेहरों पर कुछ-कुछ करवाती औरतों में से कोनेवाली औरत को देखकर चौंकी—लेकिन यह क्या? इसका तो एकदम साफ रंग हुआ करता था, अब चेहरे पर झाँइयाँ कैसे हो गई हैं जगह-जगह। और इसकी एक आँख छोटी और दूसरी आँख बड़ी कैसे लग रही है। या शायद पहले भी इसकी दोनों आँखों में एक बहुत हलका अन्तर था और अब यह अन्तर साफ दिखने लगा है। मगर परवीन अख्तर पैंतीस की उम्र में ही इतनी कैसे बदल गई? कितना कच्चापन हुआ करता था इसके दुबले सफेद चेहरे पर और बड़ी-बड़ी काली आँखों में कैसी अकूत गम्भीरता। हमेशा न जाने क्या सोचती हुई। कॉलेज की चुलबुली-मस्त लड़कियों के बीच में परवीन अख्तर एक बेवक्त संजीदा हो गई लड़की थी और शायद इसीलिए सबसे अलग भी।

अचानक एक क्षण के लिए अंजलि चौधरी की आँखें शीशे में परवीन अख्तर की आँखों से मिलीं और तुरन्त अपनी आँखों में न पहचानने का भाव भरकर अंजलि ने अपनी आँखें घुमा लीं। पास रखी औरतों की एक पत्रिका उठाकर उसमें आँखें गड़ाकर अंजलि आश्चर्य से सोचती रही कि परवीन अख्तर की आँखों में उस क्षण अजनबियत कैसे दिखाई दी थी—क्या परवीन अख्तर ने उसे पहचाना नहीं या वह उसे भूल चुकी है? तो क्या वह खुद भी इतना बदल गई है कि परवीन उसे न पहचाने? अंजलि चौधरी ने आँखें उठाकर अपने को ब्यूटी पार्लर के शीशे में गौर से देखा—दो बच्चों की माँ होने से कुछ तो अन्तर आएगा ही लेकिन बहुत ज्यादा बदलाव नहीं आया है उसमें। कितना वजन बढ़ा होगा तब से अब तक? ज्यादा-से-ज्यादा सात किलो। नहीं, परवीन अख्तर उसे न पहचाने, ऐसा नहीं हो सकता। भूल भले ही गई हो। लेकिन अंजलि चौधरी को तो उसका जन्मदिन तक याद है। हर साल अठारह जुलाई को उसे याद आ ही जाता है कि आज परवीन अख्तर का जन्मदिन है—रिपन स्ट्रीट की परवीन अख्तर का जन्मदिन! न जाने कहाँ होगी वह। और तो और, एकाध बार परवीन अख्तर अंजलि चौधरी को सपने में

भी दिख चुकी है इन सोलह बरसों में। अब जब वह सामने है तो क्यों नहीं अंजलि उसके पास जाकर कह रही है—कैसी हो परवीन तुम? कहाँ रहती हो? कलकत्ते में या बाहर? क्या कर रही हो इन दिनों? लेकिन परवीन अख्तर तो बदल गई है। एकदम! अब क्या होगा उससे बात करके? जो चीजें परवीन अख्तर की पहचान थीं, वे तो गायब हो गईं। 'गुजरा हुआ जमाना'...कहीं से किसी गीत की टूटी कड़ी अंजलि चौधरी को याद आई। वह उदासी से भर गई। अठारह साल की उम्र में हर लड़की के अन्दर जिन्दगी के प्रति एक धुकधुकी भरी उत्सुकता होती है जो हर लड़की को कुछ खास बनाती है—लेकिन वह चीज ठहरती कहाँ है? अच्छा ही होता कि 'रिपन स्ट्रीट की परवीन अख्तर' स्मृति में ही रहती और इस तरह कभी दिखी नहीं होती। अंजलि को शेफाली बोस याद आई जिसने परवीन अख्तर को बांग्ला कवि जीवनानन्द दास की 'नाटूरेर बनलता सेन' की तर्ज पर 'रिपन स्ट्रीटेर परवीन अख्तर' नाम दिया था।

लॉरेटो कॉलेज के कॉमन रूम के उस विशाल हॉल में, जो कभी अंग्रेजों का बॉल रूम हुआ करता था, जगह-जगह लगे बेंत के सोफा-सेटों में परवीन अख्तर ने एक कोने में एक जगह चुन रखी थी, जहाँ बैठकर वह अंग्रेजी के रोमांटिक उपन्यास पढ़ा करती थी। उसकी वह जगह इतनी निश्चित थी कि लगता था कि जब वायसराय और दूसरे अंग्रेज अधिकारियों की स्त्रियाँ इस हॉल में अपने शानदार गाउन पहनकर विदेशी संगीत पर नृत्य करती होंगी, तब भी परवीन अख्तर यहीं बैठी रही होगी। वैसे यह खयाल भी इतिहास की विद्यार्थी शेफाली बोस के ही दिमाग की उपज था, लेकिन अंजलि चौधरी को इतना जँच गया था कि उसने कल्पना में सचमुच ऐसी ही एक तसवीर गढ़ ली थी। परवीन अख्तर में कुछ ऐसा था जो एक बीती हुई दुनिया का लगता था—उसकी पतली-पतली सफेद अँगुलियाँ, रक्तहीन दुबले चेहरे की सादगी और अक्सर सफेद चुन्नी कॉलेज के पिछवाड़े के बृहत लॉन में लगी 'वर्जिन मेरी' की मूर्ति की याद दिलाती थी। धीरे-धीरे अंजलि और दूसरी कई लड़कियों का एक झुंड परवीन अख्तर के चारों तरफ जुड़ गया था। इन सब लड़कियों में एक सामान्य बात यह थी कि ये लड़कियाँ या तो हिन्दी माध्यम के स्कूलों से आई थीं या फिर बांग्ला माध्यम के स्कूलों से। इस कारण ये लड़कियाँ अच्छी अंग्रेजी नहीं बोल पाती थीं और फकाफक अंग्रेजी बोलनेवाली, अंग्रेजी में ही सोचने और सपने तक देखनेवाली कॉलेज की मुख्यधारा की लड़कियों से कटी हुई अलग-थलग थीं। इन लड़कियों को किसी ऐसी लड़की की छाँव की जरूरत थी, जो मुख्यधारा की तरह अंग्रेजी जानती हो, लेकिन उनसे दूसरे दर्जे के नागरिक की तरह व्यवहार न करे। न जाने कैसे धीरे-धीरे ऐसी लड़कियाँ परवीन अख्तर के इर्द-गिर्द जुटती गईं—लगभग उसी तरह जैसे कहीं रखी हुई मिठाई के पास चीटियाँ पहुँच जाती हैं। परवीन

अख्तर से ये लड़कियाँ चालू अंग्रेजी के जुमले सीखने लगीं और उसकी दी हुई या बताई हुई किताबें पढ़ने लगीं। इन लड़कियों के लिए कॉलेज का जीवन अब उतना कष्टकारक नहीं रहा। उनका आत्मविश्वास लौट आया। वे हँसने-बोलने, मजाक करने लगीं और दूसरी लड़कियों की तरह कल्पनाएँ करने लगीं और सपने देखने लगीं। कुछ-एक लड़कियों ने संगीत या टेबल टेनिस या किसी अन्य विशेषता के कारण मुख्यधारा से सम्बन्ध बना लिया और इससे उनके गुट की साख काफी बढ़ गई।

ऐसा होने के कुछ दिन बाद परवीन अख्तर ने अपने गुट के साथ जैसे एक नाटक खेलना शुरू किया। किसी लड़की के साथ वह अकेली होती तो कहती, "मेरे पिता बहुत दिन से एक घर ढूँढ़ रहे हैं। हम लोग रिपन स्ट्रीट में रहते हैं न।" रिपन स्ट्रीट कलकत्ते का एक मुसलमान-बहुल इलाका है जो दोनों तरफ ट्राम लाइन की खड़खड़ाहट के बीच रिक्शों-ठेलोंवालों के जमघट और दर्जी-धोबी से लेकर तरह-तरह की दुकानों से घिरा है। पार्क स्ट्रीट के अभिजात इलाके के बहुत नजदीक होते हुए भी रिपन स्ट्रीट की अन्दर जाती गली ठसाठस सटे मकानों से अँटी हुई एक पिछड़े हुए शहर की गली नजर आती है। इतिहास की विद्यार्थी शेफाली बोस ने उन लोगों को बताया था कि तीन सौ साल पहले जब कलकत्ता शहर बना था, तब रिपन स्ट्रीट का इलाका पार्क स्ट्रीट—चौरंगी के 'गोरे' लोगों के लिए काम करनेवाले खानसामों, उस्तागरों, नाइयों, अर्दलियों और वेश्याओं का इलाका रहा था। बाद में भारतवासियों के सबसे प्रिय वायसराय 'लार्ड रिपन' के नाम पर रखा गया इसका नाम भी इसे कोई ऊँची हैसियत न दे सका। बल्कि 'अनीस बारबर (नाई) लेन' जैसी नामालूम गली का नाम 'रिपन लेन' क्यों पड़ा, इसके पीछे भी शायद किसी लार्ड रिपन के हमवतन विरोधी की साजिश थी। शेफाली ने उन लोगों की आँखों के सामने एक चित्र-सा खींच दिया था यह बताकर, किं कैसे 'काले' भारतीयों के हक की बात करके रिपन ने अपने ही देशवासियों को अपना दुश्मन बना लिया था। लार्ड रिपन की बग्घी जब चौरंगी से गुजरती थी, तो उसे अंग्रेजों की टिटकारियों और तानों का सामना करना पड़ता था।

परवीन अख्तर ने अपने नाटक का रिहर्सल सबके साथ अलग-अलग किया। वह कहती, "हम लोग किसी तरह रिपन स्ट्रीट से निकलना चाहते हैं। मेरे पिता एक अच्छा घर ढूँढ़ते-ढूँढ़ते थक गए हैं और अब मुझे लगता है कि यह काम मुझे ही करना पड़ेगा।" उसकी बातें सुनकर अक्सर ऐसा होता कि लड़कियाँ उसे अपने-अपने मुहल्ले के किसी खाली घर या निकट भविष्य में खाली होनेवाले घर की सूचना देतीं। उसके बाद नाटक का एक दूसरा सिलसिला शुरू होता। परवीन अख्तर उस सूचना देनेवाली लड़की के कॉमन रूम में

आते ही उससे पूछती, "क्या हुआ मैडम? क्या कहा उस मकान मालिक ने। क्या वह खाली फ्लैट भाड़े पर देना चाहता है?" कुछ दिन तक वह लड़की टालमटोल करती रहती। फिर वह कहती, "आय एम सॉरी परवीन। वह फ्लैट उसने किसी रिश्तेदार को भाड़े पर दे दिया।" तब परवीन की बड़ी-बड़ी आँखों और सफेद दुबले चेहरे पर निराशा की परछाईं पड़ जाती। वह कहती, "लगता है हम लोगों को हमेशा रिपन स्ट्रीट में ही रहना है।" इस नाटक के सारे संवाद हर बार वही रहते थे। बस परवीन के सामनेवाला पात्र बदल जाता। हर बार प्रथम और अन्तिम डायलॉग में रिपन स्ट्रीट का जिक्र रहता। परवीन इस नाटक में इतनी मँज गई थी कि हर बार पहले ही उसकी आँखें उदासी से पल-पल गहरी होती जातीं—उसे शायद पूर्वाभास हो जाता कि संवाद वही रहेंगे। वह अन्तिम डायलॉग बोलकर अपनी अँगुलियों के नाखूनों के किनारे की चमड़ी दाँतों से काटने लगती।

इतनी सारी लड़कियों के बीच अंजलि का परवीन अख्तर से एक खास सम्बन्ध बना क्योंकि सिर्फ वही जानती थी कि परवीन अख्तर कविताएँ लिखती है। परवीन अख्तर ने भी इतनी लड़कियों में सिर्फ अंजलि को ही अपने मन की बातें बताने के लिए चुना, इसके पीछे एक कारण था। बाकी लड़कियाँ परवीन के पास इसलिए आती थीं क्योंकि वे उससे जुड़कर एक बड़े गुट से जुड़ जाती थीं। इससे वे अपने अकेलेपन और सबसे कटे होने की घबराहट से निजात पा जाती थीं। लेकिन अंजलि के लिए परवीन अख्तर में कुछ ऐसा आकर्षण था, जिसे वह खुद भी समझ नहीं सकती थी। उसे परवीन अख्तर की आवाज में, आँखों में, पतली-पतली अँगुलियों में जिनके नाखून वह प्राय: दाँत से काटती रहती थी—कुछ ऐसा नजर आता था जो दुनिया की मामूलियत से कुछ अलग था। वह उसे कुछ मासूम और ऊँचा नजर आता था। अंजलि परवीन अख्तर के पास इसलिए जाती थी क्योंकि परवीन की उदास आँखों के सामने उसे कॉलेज की दुनिया की सारी चहल-पहल बहुत सतही और घटिया लगती थी। वह परवीन को जानना चाहती थी—यदि उसके अन्दर किसी बात का गम था, तो वह उसकी तह तक पहुँचना चाहती थी। धीरे-धीरे वह अपना पूरा खाली समय परवीन के साथ कॉमन रूम में गुजारने लगी। जिस दिन परवीन अख्तर ने उसे अपनी पहली कविता सुनाई, उस दिन से उन दोनों के सम्बन्धों में बहुत बदलाव दिखाई दिया। कुछ दिनों में गुट की सारी लड़कियों को आभास हो गया कि वे नहीं चाहतीं कि दूसरी लड़कियाँ उन दोनों के बीच में आएँ। परवीन की कविता में अंजलि को एक अनोखी खूबसूरती दिखाई देती। "दो सितारे आसमाँ से जमीं पर उतरे/ और तुम्हारी आँखें बन गए/तभी से बस/मैं/सितारों को निहार रही हूँ।" उसकी सीधी-सादी कविताओं में प्रेम, विछोह और तकलीफ का एक ऐसा सन्तुलन

होता कि वे अठारह साल की अंजलि के बिलकुल अनुभवरहित उत्सुक हृदय में उतर जातीं। अंजलि के पिता अपनी लड़की को विवाह के पहले किसी प्रेम-व्रेम की हवा से दूषित न होने देने के मामले में काफी सख्तमिजाज थे। अंजलि के किसी हमउम्र लड़के से बात तक करने की कोई दूर-दूर तक सम्भावना नहीं थी। वह परवीन के दिए रोमांटिक उपन्यासों को पढ़कर जिस कल्पना-लोक में उतरना चाहती थी, वहाँ पाँव टिकाने के लिए उसके पास कोई जमीन ही नहीं थी। इसलिए उसने परवीन की ही दुनिया को अपनी दुनिया बना लिया और परवीन अख्तर के फैयाज अहमद की काल्पनिक छवि बना ली। फैयाज की वे कविताएँ जो वह परवीन की आँखों पर लिखा करता था, उसे अद्‌भुत लगती थीं। वह फैयाज के प्रेम को समझ सकती थी क्योंकि वह खुद परवीन के लिली के सफेद फूल जैसी नाजुक सफेदी में जड़ी बड़ी-बड़ी काली आँखों की उदासी से प्रेम करती थी। "तेरी आँखों के सिवा दुनिया में रखा क्या है/मेरा जीना, मेरा मरना इन्हीं पलकों के तले..." ये पंक्तियाँ अंजलि इतनी बार गुनगुना चुकी थी कि उसकी छोटी बहन 'तेरी आँखों' कहते ही चिढ़ जाती, "हाँ, पता है, पता है, कि इस गाने के अलावा तुम्हारे लिए दुनिया में कुछ नहीं रखा है। पागल हो जाऊँगी मैं सुनते-सुनते।"

कॉमन-रूम का वह कोना, जो बहुत सारी लड़कियों से गुंजार रहता था, धीरे-धीरे परवीन और अंजलि का निजी कोना बन गया, जहाँ उनकी अन्तहीन बातें चलतीं। अंजलि ने परवीन को मना कर दिया कि वह अपने मकान ढूँढ़ने की बात किसी के सामने न करे। यह भी बता दिया कि लड़कियों ने उसका नाम ही 'रिपन स्ट्रीटर परवीन अख्तर' रख छोड़ा है। लेकिन वह खुद अपने पिता, चाचा और मामा से अपनी सहेली के लिए एक फ्लैट खोज देने की बातें करने लगी। उसके छोटे मामा ने, जो उससे कुछ ही साल बड़ा था, एक दिन उसे बहुत खुश होकर बताया कि भवानीपुर में उसके दोस्त के मकान में एक तीन कमरों का फ्लैट खाली हुआ है। अंजलि ने कहा, "मैं अभी परवीन को फोन करती हूँ।" मामा चौंक पड़ा, "परवीन? क्या नाम है तुम्हारी सहेली का?" "परवीन अख्तर नाम है मामा। उसके पिता गलीचों का व्यवसाय करते हैं। बहुत अच्छी लड़की है परवीन"—अंजलि ने उत्साह से कहा। "लेकिन वह तो मुसलमान है। मेरा दोस्त तो गुजराती जैन है। उससे पूछना पड़ेगा।" मामा ने सुस्त होकर कहा। अगले दिन मामा ने बताया, "नहीं होगा तुम्हारा काम।" मेरा दोस्त तो एकदम बिगड़ गया मुझ पर। कहने लगा, "तुम्हारा दिमाग तो खराब नहीं हो गया जो मुझसे ऐसी बात पूछ रहे हो। तुम्हारी भानजी से कहो ऐसे-वैसे लोगों से दोस्ती न रखे—ऑल मुस्लिम्स आर फेनैटिक्स (सारे मुसलमान कट्टर धर्मान्ध होते हैं), वह नहीं जानती क्या?" "तो तुम भी मुझे यही सलाह दे रहे

हो न मामा?" अंजलि ने गुस्से और अन्दर से उठते आँसुओं से रुँधी आवाज में बिगड़कर कहा। "अरे नहीं-नहीं। मैं तो तुम्हें सिर्फ बता रहा हूँ कि मेरे दोस्त ने क्या कहा। तुम नाराज क्यों होती हो?"

अंजलि कई दिनों तक इस बात से अवसन्न रही। कैसे सोच सकता है कोई इस तरह? जिसने परवीन को देखा नहीं, जाना नहीं, वह परवीन के बारे में कैसे ऐसी बातें कर सकता है? मामा का वह दोस्त एकदम घटिया आदमी है—मामा को उससे दोस्ती छोड़ देनी चाहिए। वह इतनी गुमसुम हो चली कि परवीन और फैयाज की कविताओं में भी उसका मन नहीं लगता था। कॉलेज की बाकी लड़कियों को उसने गौर से देखना शुरू किया। उन दोनों को एक साथ बैठे देखकर लड़कियों के चेहरों पर आनेवाली मुसकानों के कई-कई अर्थ उसकी समझ में आने लगे। 'रिपन स्ट्रीट की परवीन अख्तर', 'मकान मालिक ने अपने किसी रिश्तेदार को फ्लैट किराए पर दे दिया'—आदि-आदि बातों के नए अर्थ खुल गए। परवीन के प्रति वह सहानुभूति से भर उठी। परीक्षाओं के दिन नजदीक आने लगे थे। वह और परवीन अब ज्यादातर लाइब्रेरी में बैठकर काम करने लगीं। उनका कॉमन-रूम का कोना खाली रहने लगा। इसी बीच एक दिन परवीन कॉलेज नहीं आई। दिन में बार-बार जाकर अंजलि ने कॉमन-रूम का अपना कोना देखा। पर परवीन उस दिन आई ही नहीं। घर जाकर फोन करने पर परवीन के घर में किसी ने कहा कि वह घर में नहीं है और फोन रख दिया। अगले दिन अंजलि फिर लाइब्रेरी और कॉमन-रूम के बीच परवीन को खोजती हुई चक्कर लगाती रही। यदि परवीन बीमार होती, तो शाम को घर में ही रहती। तब फिर क्या बात है? उसने खुद अंजलि को फोन क्यों नहीं किया? क्या अंजलि किसी तरह उसके घर जाकर उसका पता लगाए? परवीन का घर दूर नहीं है कॉलेज से। यदि वह लंच की छुट्टी होते ही निकल जाए, तो वापस समय पर कॉलेज लौट सकती है।

कॉलेज से निकलकर वेलेजली स्ट्रीट की ट्राम-लाइनों की चिल्ल-पों को पारकर अंजलि रिपन स्ट्रीट के सस्ते रेस्तराँ, दर्जियों, घड़ीसाजों, लांड्रियों, ब्यूटीपार्लरों, अंडे, रूई बेचनेवालों की दुकानों और छोटे-मोटे क्रिश्चियन स्कूलों को पार करती हुई एक सँकरी गली में मुड़कर 'सासून मैंशन' के बोर्ड के पास जा खड़ी हुई थी। वह पुराना मकान किसी की शादी की तैयारियों से गुंजार था। उस पर यहूदियों का चिह्न 'स्टार ऑफ डेविड' बना हुआ था। परवीन ने अंजलि को दूसरे महायुद्ध के दौरान हिटलर के शिकंजों से बचकर भागे हुए इस यहूदी 'सासून' के बारे में बताया था। वह तीस साल की उम्र में जर्मनी से भागकर शंघाई चला गया था, जहाँ वह दो हजार रिक्शों का मालिक बन गया था। फिर उन्नीस सौ अड़तालीस में माओ-त्से-तुंग की लाल सेना के शंघाई के करीब आने पर वह भागकर इजराइल जाते हुए अपने चाचा के पास कलकत्ता आया था। न जाने क्यों वह यहीं टिक

गया था और उसने यह 'सासून मैंशन' बनवा लिया था। उसका लड़का कुछ पागल-सा था। वह अरब-इजराइल युद्ध की याद आते ही उन लोगों का पानी बन्द करवा देता था। अंजलि ने देखा कि मकान के ठीक बाहर लगे ट्यूबवेल पर एक लुंगी पहना हुआ आदमी रगड़-रगड़कर नहा रहा था। शादी की तैयारियों को बाहर खड़े होकर देखता एक अमरूद खाता आदमी अंजलि को देखकर हँसा। उसके हाव-भाव में पागलपन साफ जाहिर था। क्या यही 'सासून' का लड़का है? मकान के अन्दर तेज कदमों से जाती हुई एक बुरकेवाली महिला को अंजलि ने रोककर परवीन के बारे में पूछना चाहा कि तभी 'हैलो' कहकर किसी ने उसे पीछे से हाथ लगाया। वह चौंककर मुड़ी। उसी के कॉलेज की फातिमा, जो उससे एक साल सीनियर थी, जरीदार साड़ी पहने खड़ी थी। अंजलि के 'परवीन...' कहते ही वह बोल पड़ी, "परवीन इज गैटिंग मैरीड टू फैयाज टुडे।" (परवीन की आज फैयाज से शादी है।) यू नो दे वर इन लव सिंस चाइल्डहुड। (जानती हो न, उन दोनों में बचपन से प्रेम था।) तुम शादी के लिए तैयार होकर नहीं आईं? सीधे कॉलेज से ही?" अंजलि मुँह सिले खड़ी रही—शादी? परवीन ने बताया तक नहीं उसे? बुलाया भी नहीं? बचपन से प्रेम? यह तो परवीन ने नहीं बताया था। "फातिमा, क्या परवीन फैयाज को बचपन से जानती थी?" "हाँ, वह उसकी फूफी का लड़का है न। यू नो, हम लोगों में ऐसा होता है"—अंजलि के चेहरे को देखकर फातिमा ने कुछ परेशान होते हुए कहा था। अंजलि धीरे-धीरे चलते हुए कॉलेज लौट आई थी। जब वह रिपन स्ट्रीट से मुड़ी तो रिपन स्ट्रीट की मोड़ पर एक दुकान के बाहर बैठा एक बूढ़ा आदमी चश्मा लगाए बहुत ध्यान से एक फूलवाली साड़ी में रफू कर रहा था। दुकान के बाहर लिखा था, "यहाँ शहर का सबसे अच्छा रफू होता है।" उस दिन के बाद कई सालों तक जब भी किसी कटे हुए या जले हुए कपड़े को रफू कराने की बात होती तो अंजलि को वह रफूगर और परवीन अख्तर याद आ जाते थे।

"हैलो अंजलि! अंजलि ही हो न तुम! पहचाना नहीं मुझे? आय एम परवीन अख्तर"—अंजलि ने अपना झुका हुआ सिर पत्रिका से उठाकर परवीन को देखा। परवीन को अभी-अभी पहली बार देखने और कोई खजाना मिल जाने जैसी खुशी का नाटक करना अंजलि को बहुत कष्टकर लगा था। "पति कैसे हैं? कितने बच्चे हैं? कहाँ पढ़ रहे हैं? तुम क्या कर रही हो? लॉयर (वकील) बन गई? ओह, बट यू वर ऑलवेज सो ब्राइट (लेकिन तुम हमेशा से ही पढ़ने में तेज थीं)"—परवीन ने एक ही साँस में सब कुछ पूछ लिया था। क्या ये सारी जानकारियाँ उसे मायूस बना रही थीं? कहीं से एक परछाईं परवीन के चेहरे पर आकर चली गई थी। "अब अपनी भी बताओ"—अंजलि ने थके स्वर में पूछा। "ज्यादा कुछ नहीं है मेरे पास कहने को। फैयाज इज फाइन। 'रेडीमेड' कपड़ों का बिजनेस करता है। एक लड़की

है हमारी तीन साल की। इतने साल बाद हुई। यू नो, आई वाज ऑलवेज सो फ्रेल (तुम जानती हो, मैं हमेशा से दुर्बल थी)। हाँ, तुमसे एक बात करनी है। हम लोग मटियाबुर्ज में रहते हैं, लेकिन हम लोग घर बदलना चाहते हैं। मुझे वह 'एरिया' पसन्द नहीं। क्या पिछड़ा हुआ इलाका है। इससे तो रिपन स्ट्रीट ही अच्छा था। तुम जानती हो किसी को, जो कोई फ्लैट भाड़े पर देना चाहता हो—इधर-कहीं?"

अंजलि की आँखों के सामने वाजिद अली शाह का इमामबाड़ा देखने के लिए मटियाबुर्ज की यात्रा में देखी हुई, रिक्शे में कहीं जाती वे औरतें घूम गईं जिनके रिक्शे को चारों ओर साड़ी के लपेटे मारकर चलता-फिरता जनानखाना बना दिया गया था। परवीन अख्तर अपनी साँवली पड़ गई अँगुलियों के किनारे की चमड़ी दाँतों से काटने लगी थी।

'इन' लोगों ने धावा बोल दिया है

छात्राओं की दुनिया की 'एस.टी.' यानी अर्थशास्त्र की वरिष्ठ प्राध्यापिका श्रीमती शीला तयाल घनी चुप्पी और अँधेरे में आँख-कान खोले उस विचित्र और बे-सिर-पैर के सपने के बारे में सोचती रहीं, जो उन्होंने अभी-अभी देखा था।

'क्या सपने बिलकुल हवाई होते हैं? उनकी जड़ें हकीकत के किसी छोर तक से अटकी नहीं होतीं?'—एस.टी. ने दिमाग पर जोर डालकर याद करने की कोशिश की कि रात को सोने के ठीक पहले वे क्या सोच रही थीं। उन्हें याद आया कि गृहस्थी के अर्थशास्त्र के आँकड़ों से अलहदा उन्होंने कुछ नहीं सोचा था : 'तीन-तीन रोटियाँ सबके हिसाब से बनाईं। छह बड़े, चार बच्चे। तीस रोटियाँ। लेकिन किसी का अगर चौथी रोटी खाने का मन हो गया तो? यों तो सबसे छोटी राधिका तीन रोटियाँ कभी नहीं खाती, पर आज उसने खा लीं तो? बेकार। सब किया-कराया चौपट। कोई-न-कोई सुना ही देगा सुबह...आप तो खाकर जल्दी सोने चली गईं। हमारे लिए खाना ही नहीं रखा था...—क्या फायदा हुआ जल्दी काम सलटाने का? लेख लिखने का मूड चौपट हो गया।" मिसेज शीला तयाल यानी एस.टी. को याद आया कि यही सब सोचते हुए थककर उन्होंने बत्ती बुझा दी थी और तुरन्त ही नींद की स्तब्धता में उतर गई थीं।

पिछले तीन महीने से एस.टी. इसी तरह सुबह साढ़े तीन बजे उठ रही हैं। रात की आवाजों से उनका परिचय इस उम्र में अब जाकर हुआ है : पास के किसी मकान या पेड़ से आनेवाली उल्लू की आवाज और भोर होने के पहले गीत की एक पूरी लम्बी कड़ी शुरू से अन्त तक बार-बार दोहरानेवाली अनाम चिड़िया का मीठा स्वर, जो बार-बार सुनने पर उबाऊ हो जाता है। क्या उनके लेख का भी यही हश्र होनेवाला है?—एस.टी. चिन्ता से सोचती हैं। इस लेख को लिखने के लिए पिछले तीन महीनों से वे अपनी इधर-उधर बिखरी जिन्दगी से एक-एक मिनट समय बचाकर जोड़ रही हैं: कलकत्ता महानगर के तीन सौ वर्ष पूरे होने के उपलक्ष्य में एक अन्तरराष्ट्रीय प्रकाशन द्वारा उन्हें कलकत्ते पर एक लेख लिखने के लिए कहा गया है। कितने सम्मान की बात है! इस एक ऑफर ने उनकी जिन्दगी बदल दी है।

अर्थशास्त्र में गोल्ड मेडलिस्ट एस.टी. के जीवन की हर पंचवर्षीय योजना हमेशा विफल होती रही है। वे बहुत बार सोचती हैं, "क्या मैंने इतनी मेहनत इसलिए की थी कि दिन-ब-दिन बदतमीज और आलसी होती छात्राओं की हर वर्ष की फसल को जोतने में अपनी सारी प्रतिभा नष्ट कर दूँ? उनके लिए प्रश्न-पत्र बनाऊँ? उनकी उन सारी टेढ़ी-सीधी तरकीबों को धराशायी करने में अपने को खर्च करूँ जो वे परीक्षा में आनेवाले प्रश्नों को जानने के लिए कक्षा में काम में लेती हैं? वे नकल न करें, इसके लिए परीक्षा-हॉल में बीसियों किलोमीटर चक्कर लगाऊँ? उनके उत्तरों की बकवास को कॉपी-दर-कॉपी जाँचती रहूँ?" अपनी पी-एच.डी. पूरी न कर पाने का अफसोस एस.टी. को आज भी सालता है—उन्हीं दिनों बिटिया पेट में आ गई थी और फिर उसके बाद समय ही कहाँ था कि कुछ और सोच पातीं? अपनी इस कुंठा से निजात पाने के लिए ही वे साल में दो-चार छिटपुट लेख लिखकर भेजती रहती हैं।

फिलहाल लेख का विषय है, "पहले विश्वयुद्ध के बाद से अब तक कलकत्ते की अर्थव्यवस्था।" अपना ही शहर है कलकत्ता। इसी की मिट्टी, जल, वायु में पलकर बड़ी हुई हैं एस.टी.। कितना अद्‌भुत है इसके इतिहास में पीछे लौटना—जानना कि पहले कब, कहाँ, क्या होता था। उन्हें मालूम ही कहाँ था कि अठारहवीं शताब्दी से कलकत्ते में 'तीसी के बाड़े' में 'बारिश का जुआ' खेला जाता था—सारे जुआड़ी दिन-भर आकाश देखते रहते कि बारिश हो गई तो आज पौ-बारह और बारिश नहीं हुई तो मारे गए। लोगों से बातें करने के लिए मिलते-जुलते और शहर की लाइब्रेरियों की खाक छानते एस.टी. को मालूम हुआ है कि यह सिलसिला आज तक चला आ रहा है। बारिश के अलावा दूसरी चीजें भी जुड़ गई हैं—क्रिकेट में किसी टीम का जीतना या वैसा ही कुछ-कुछ।

मुश्किल यह है कि इतिहास में पीछे लौटते हुए एस.टी. के लिए वर्तमान असह्य हो उठा है—वह हर काम जो लेख की बातों से उन्हें दूर ले जाता है, डंक की तरह चुभने लगा है। वे हर वक्त कलकत्ते शहर के प्रति सम्मोहन जैसी अवस्था में हैं और ऐसे ही रहना भी चाहती हैं। इधर-उधर पढ़ी हुई बातों और लोगों से की गई मुलाकातों में उन्होंने असंख्य तथ्य बटोर लिये हैं। ये उनके दिमाग में सोते-जागते, चलते-बोलते इस कदर चहलकदमी करते रहते हैं कि अक्सर उन्हें न किसी का कुछ कहा हुआ सुनाई पड़ता है और न आँखों से देखा हुआ कुछ दिखाई पड़ता है। यह उनके लिए समाधि की तरह एक विशुद्ध आनन्द की अवस्था है, लेकिन जब-जब उन्हें वास्तविकता के धरातल पर मजबूरन उतरना पड़ता है, वे लड़खड़ा उठती हैं।

हालात कुछ ऐसे हो चले हैं कि एस.टी. को हर आदमी एक शत्रु की तरह नजर आता है, जो उनका समय और सोच खाने के लिए षड्यंत्र रच रहा है। रही-

सही मुसीबत यह है कि उनके घर में खाना पकानेवाली उनकी अति प्रिय नौकरानी लक्खी बीस दिनों से अपने घर डायमंड हार्बर गई हुई है। एस.टी. को लगता है कि उनकी सहनशीलता का 'इंडेक्स' अभी सबसे निचले बिन्दु पर आ गया है। चाहे उनकी सास का रखा गया मासिक कीर्तन हो या बेटी की नजदीक आ गई दसवीं कक्षा की बोर्ड की परीक्षा—हर काम उनमें एक विरोध और झल्लाहट पैदा करता है। कितना अच्छा होता कि जिन्दगी के बाकी सारे कामों को सिनेमा के किसी दृश्य के क्षण की तरह 'फ्रीज' कर दिया जाता और अपना काम पूरा होने के बाद ही उसे चालू किया जाता। पर यह बात उनके दिमाग में चलते ऊटपटाँग खयालों में से एक है। और तो और, प्रकृति भी उनके लिए बैरी बन रही है—पिछले तीन दिनों से शाम होते ही घनटोप बादलों से आकाश भर जाता है और काल-बैसाखी का अन्धड़ उठ जाता है। खिड़कियाँ खुली रह जाएँ तो घर धूल से भर जाता है, कपड़े सूखते रहें तो चिमटियों से निकलकर उड़ जाते हैं। एस.टी. की देवरानी के चेहरे पर यह भाव स्पष्ट है कि आखिर वह अकेली कितना काम करेगी, हालाँकि वे उसे मनाने के लिए अपने लेख की दिलचस्प बातों के बारे में बताती रहती हैं।

उनके पति उनसे कई बार पूछ चुके हैं कि क्या उन्होंने लेख लिखना शुरू कर दिया है। वे जानती हैं कि इसका अर्थ यह है कि वे आखिर कब इस झंझट से मुक्त होंगी। 'लेकिन झंझट क्या होती है? झंझट तो वह सब है जो मुझे बिना इच्छा के मजबूरन करना पड़ता है। पर मुश्किल तो यह है यह सब कहा नहीं जा सकता'—एस.टी. सोचती रहती हैं, "कहने को कहा तो किसी से क्या जा सकता है? किसी लेख को लिखने का अर्थ तथ्यों का संयोजन मात्र नहीं होता—यह किसी को कैसे बताया जा सकता है?"

एस.टी. के दिमाग में ये तथ्य अब एक खास दृष्टि से संयोजित होने लगे हैं। लेकिन यह तो वे ही जानती हैं कि ऐसा होने के लिए एक यात्रा से गुजरना पड़ता है। इन तथ्यों को रचने-पचने के लिए समय देना होता है। मगर यह सब उन लोगों को समझाया नहीं जा सकता, जिनका यह काम नहीं है। एस.टी. ने अपने लेख का शीर्षक भी चुन लिया है, "कलकत्ते की अर्थव्यवस्था-1918 से अब तक : विगत गौरव की कथा"। लेकिन शुरू कहाँ से किया जाए? कई-कई शुरुआती वाक्य उन्होंने दिमाग में बनाए हैं, पर कुछ बन नहीं पाया है। सब कुछ बनने लगता है, कोई-न-कोई एक माँग लेकर खड़ा हो जाता है—कभी कॉलेज में, कभी घर में। बेटी कह चुकी है, "लेख तो तुम फिर कभी लिख सकती हो, पर मेरे बोर्ड के इम्तिहान तो तुम्हारी मरजी से नहीं होंगे न?" बात गलत नहीं है उसकी—वे जानती हैं, लेकिन क्या करें? किसी काम में मन ही नहीं लगता। कुछ करने की इच्छा नहीं होती। कई बार सोचती हैं कि बेटी के नम्बर अच्छे नहीं आए, तो उन्हें हमेशा अफसोस रहेगा। लेकिन यह सोच भी उन्हें उसके लिए कुछ करने को उत्प्रेरित नहीं करता।

सबसे बड़ी समस्या यह है कि किस तरह और कहाँ से शुरू करें लेख को? कलकत्ते की वर्तमान पिछड़ी हुई अर्थव्यवस्था से या अतीत से—जब प्रथम विश्वयुद्ध के बाद मुम्बई या दिल्ली से कलकत्ते की स्थिति बहुत आगे थी? क्या उन सारे कारणों का उल्लेख करें जो अलग-अलग लोगों के दिमाग में कलकत्ते की अधोगति होने के मूल में हैं। एस.टी. के काका कहते हैं, "अंग्रेज साहबों का चला जाना ही ऐसा होने का कारण है—वे ज्यादा मेहनती, ईमानदार और कदरदान लोग थे।" पड़ोस के मुखर्जी बाबू की राय है कि विधानचन्द्र राय का गुजर जाना ही कलकत्ते के 'डाउनफॉल' होने की शुरुआत थी। कई लोग दूसरे प्रदेशों से आए लोगों को अभियुक्त मानते हैं, कई पूर्वी बंगाल से आए शरणार्थियों को। एस.टी. की माँ बताती हैं कि उनकी माँ कहती थीं, "कलकत्ता कारपोरेशन ने गंगाजल से सड़कें धोना बन्द कर दिया है। अब कलकत्ता बदल जाएगा। पहले जैसा नहीं रहेगा।" लेकिन विशुद्ध तथ्यों के आगे क्या लोगों के दिमाग में पलनेवाली इस तरह की आधारहीन धारणाओं और किंवदंतियों का कोई महत्त्व है? इनका उल्लेख क्या लेख को बहुत आमफहम नहीं बना देगा? एस.टी. का दिमाग उलझता जाता है, अपनी ही बनाई उलझनों में।

क्यों वे एक भारी-भरकम शोधपूर्ण लेख नहीं लिख देतीं जिसे पढ़ते ही लोगों पर उनकी विद्वता की छाप पड़ जाए? उन्नीस सौ अठारह से उन्नीस सौ तीस के बीच के बारह सालों में अंग्रेजों की जूट में 97 प्रतिशत और कोयला खदानों में 89 प्रतिशत मिल्कियत का धीरे-धीरे खत्म होते जाना और मारवाड़ी व्यापारियों का प्रथम विश्वयुद्ध में कमाए पैसों से उद्योग में प्रवेश कर 60 प्रतिशत जूट मिलों और कोयला खदानों पर 45 प्रतिशत मिल्कियत प्राप्त कर लेना; प्रफुल्लचन्द्र राय के आर्थिक स्वदेशीकरण के नारे से प्रभावित होकर बंगालियों का दवाओं, केमिकलों, साबुनों, तेलों, बत्ती, पंखे आदि बनाने के उद्योग लगाना, लेकिन धीरे-धीरे असफल होकर खत्म हो जाना; 1955 तक कलकत्ते में मुखयालय रखनेवाली अनेक बहुराष्ट्रीय कम्पनियों का पेट्रोलियम, गैस, तेलों से लेकर सिगरेट, साबुन, मंजन और डिब्बाबन्द चाय के उत्पादन पर अधिकार कर लेना। एस.टी. की समझ में नहीं आता कि क्या इन सब तथ्यों और ऐसे अनेकानेक तथ्यों से लेख लिख डालें या इन तथ्यों को आपस में एक कहानी की तरह बुना जाए, जिसकी जड़ें वाकई जीवन में जमी हुई हों?

रात साढ़े तीन बजे घुपचुप अँधेरे में फिर यही उधेड़बुन करते हुए एस.टी. खिड़की से आकाश में गुजरते हुए एक तारे की तरह टिमटिमाते उपग्रह को देखती हैं। "कितना अजीब सपना था जो मैंने देखा था—न जाने कैसे सम्भव हुआ मेरे लिए ऐसा सपना देखना? और कुछ नहीं तो दिख गए गणेश—हाँ, वही सूँड़वाले, मोटे पेटवाले गणेश जी। खूब मोटे, खूब बूढ़े और शायद बीमार भी। सपने में गणेश

बिस्तर पर लेटे हुए थे। सवाल यह है कि मुझे क्यों दिखे? मेरे जीवन का कोई लेन-देन कभी गणेश से नहीं रहा।"

एस.टी. को काफी चिढ़ है उन लोगों से, जो तरह-तरह के गणेश अपने घरों में सजाकर रखने लग गए हैं। अचानक न जाने कैसे सबके घरों में गणेश के लिए जगह हो गई है—पंजाबी हों या गुजराती या सिन्धी या राजस्थानी—शायद ही पहले गणेश कभी इतने लोकप्रिय रहे हों। कहीं बैठे हुए गणेश हैं, कहीं खड़े हुए, कहीं अधलेटे। कहीं चित्रों में, कहीं मूर्तियों में—गोया गणेश न हो गए कोई चौकीदार हो गए—डरे हुए शुभाकांक्षी लोगों की सुरक्षा के लिए या कोई ऐसा ब्रांड हो गए कि लोगों को संस्कृति-प्रेमी सिद्ध कर सकें।—ऐसा सोचनेवाली एस.टी. को गणेश क्यों दिखे सपने में और वह भी बूढ़े, बीमार, लेटे हुए?, "मेरी सास को भी दिखे होते तो कोई बात थी,' अचानक यह सोचते-सोचते एस.टी. को सपने की आगे की कड़ी याद आ गई। वे चौंककर बिस्तर पर उठ बैठीं—मैंने सपने में गणेश से बहुत बातें की थीं और तब गणेश स्वस्थ हो गए थे। इस कड़ी के साथ ही एस.टी. को वह किंवदंती भी याद आई जिसके अनुसार व्यास ऋषि को अपने दिमाग में घुमड़ती अनन्त कथाओं को लिखवाने के लिए सबसे बड़े ज्ञानी गणेश को बुलाना पड़ा था। गणेश ने यह काम करने की हामी इस शर्त पर भरी थी कि वे लिखते हुए रुकेंगे नहीं और व्यास ऋषि ने मान लिया था कि वे बिना रुके बोलेंगे, बशर्ते कि गणेश किसी बात को बिना समझे नहीं लिखेंगे।

"तो क्या मुझे किसी गणेश की जरूरत है लेख लिखने के लिए? उन सारे बिखरे तथ्यों को जोड़ने के लिए, जो मेरे दिमाग में लगातार दौड़ मचा रहे हैं। पर कौन मिलेगा ऐसा, जिसमें ऐसी योग्यता हो और इच्छा भी कि वह किसी दूसरे के काम का एक पुर्जा बन सके? रसोई का काम सँभालने के लिए लक्खी आ जाए गाँव से, तो मैं खुद ही अपना काम पूरा कर लूँ। 'पुर्जा?'" अचानक एस.टी. के दिमाग में आया, "लक्खी एक पुर्जा ही तो है मेरे जीवन में। सबसे जरूरी पुर्जा, जिसके बिना मेरी योजनाएँ कभी पूरी नहीं हो सकतीं। लेकिन लक्खी ने पुर्जा बनना क्यों स्वीकार किया है मेरे लिए? पाँच सौ रुपये, रोटी, दो-तीन जोड़ी कपड़ों के लिए? अपने बीमार पति से दूर रहकर मेरे लिए एक ऐसा संवेदनशील, स्नेही पुर्जा बनना उसने क्यों स्वीकार किया है? क्यों वह अपने लकवाग्रस्त पति को अकेला छोड़कर, पाँच घंटे लेनेवाली उस बस में घबराई हुई मुझ तक आने के लिए बैठ जाती है, जिस बस में उसे लगातार उबकाई आती रहती है? लक्खी की माँ क्यों नहीं आई थी शहर में नौकरी करने?" एस.टी. अँधेरे में बैठी हुई लक्खी से जुड़े असंख्य सवालों से घिर गई।

लक्खी के पिता की आठ बीघा जमीन गंगा नदी ने रास्ता बदलकर हड़प ली थी। उसका पति खेतों में या छोटे-मोटे उद्योगों में दिहाड़ी मजदूर था। शुरू में उसका

खर्च चल जाता था। बच्चे नहीं हुए थे क्योंकि इमरजेंसी के दौरान सत्राह साल की उम्र में लक्खी के पति की नसबन्दी कर दी गई थी। इसके एवज में उसे पाँच सौ रुपये मिले थे और सरकार को नसबन्दी किए लोगों के आँकड़ों में बढ़ने के लिए एक और संख्या। लेकिन धीरे-धीरे उन दोनों के खाने तक का खर्च निकालना मुश्किल होता गया था और लक्खी के पति ने दूर किसी अनजाने प्रदेश में किसी बड़े कारखाने के कांट्रेक्टर के साथ छह महीने के लिए जाना स्वीकार कर लिया था। रेल में तीन दिन लग गए थे उसे पहुँचने में। वहाँ से वह उच्च रक्तचाप के कारण छत्तीस वर्ष की उम्र में लकवाग्रस्त होकर लौटा था और तब लक्खी गाँव की किसी मौसी के साथ कलकत्ते तक पाँच घंटे का सफर तय करनेवाली बस में रोती-सिसकती बैठ गई थी।

पिछले एक साल से गाँव के सारे लोग नदी पर जाल फेंककर 'बाघदा चिमड़ी' मछली पकड़ने लगे हैं—छोटी-छोटी बाल जैसी सौ महीन मछलियों के बच्चे पकड़कर 'पाइकिरी' (थोक विक्रेता) को बेचने से सौ रुपये मिल जाते हैं। लेकिन मछली हाथ में आना लॉटरी आने की तरह है। कभी सौ कभी दो भी नहीं। नदी पर रोज एक मेला-सा लगा रहने लगा है। इन मछलियों को नमक के पानी में रखकर वे लोग ले जाते हैं। बाद में ये तीन-चार किलो की हो जाती हैं। मगर लक्खी को नदी से डर लगता है। वह नदी में उतरना नहीं चाहती कमर तक पानी में। इसलिए उसके पास एक ही रास्ता है जीवन खेने का—कलकत्तेवाली बस में बैठना। जिस दिन वह बस में बैठती है, उसका पति खाना नहीं खाता। वरना रोज दोनों साथ ही आमने-सामने बैठकर खाते हैं। रक्तचाप की दवा महँगी है। उसे रोज दवा लेना जरूरी है। इसलिए लक्खी का पति चुप रहता है। अब वह घिसटते हुए चलने लगा है। खाना भी बना लेता है किसी तरह। गाँव पेट नहीं भर सकता—उसके लिए शहर जाना ही है। लेकिन गाँव ने पेट भरना क्यों बन्द कर दिया है—एस.टी. के मस्तिष्क में यह प्रश्न बार-बार डायमंड हार्बर की नदी में उठती लहरों की तरह उठने लगा।

तथ्य—किताबी तथ्य और जीवन से हासिल किए गए तथ्य। इनके अन्तर के बीच एक आदमी के एक पुरजे में बदलने का किस्सा है। सवाल यह है कि यह बात शुरू कहाँ से हो, किस भाषा में हो? एस.टी. सोचती कि क्या भाषा यह होगी कि ऐतिहासिक तथ्य ये हैं कि कलकत्ते के कृषि-प्रधान पृष्ठ प्रदेश ने उन्नीस सौ तीस के बाद से एक-के-बाद-एक आघात सहे हैं। पहले प्रथम विश्वयुद्ध के बाद डिप्रेशन, उसके बाद तैंतालीस का बंगाल का अकाल और फिर आजादी का विभाजन। हर बार कलकत्ते में बाहर से चले आए लोगों से यहाँ की अर्थव्यवस्था और चरमराती गई है। गाँवों की बिगड़ती हालत के कारण लगातार शहर में नौकरी की तलाश में आनेवाले लोगों की संख्या बढ़ती गई है। कम-से-कम रुपयों में काम करने को तैयार लम्बी-से-लम्बी कतारों में ये लोग इन्तजार में खड़े हो गए

हैं। कलकत्ते में बस्तियों की संख्या और फुटपाथों पर सोने-रहनेवाले लोगों की संख्या बढ़ती गई है। एस.टी. फिर उपलब्ध तथ्यों से जूझने लगीं : कलकत्ते का 1967-72 का नक्सलपन्थी आन्दोलन, युवा विद्रोह के कारण, उसके अर्थव्यवस्था के लिए दूरगामी नतीजे।

अचानक एस.टी. के दिमाग में फिर सपने में दिखे गणेश और लक्खी एक साथ कौंध गए। साथ ही यह निर्णय भी कि इस लेख की शुरुआत उसी 'पुरजे' से होगी जो इन सारे ऐतिहासिक तथ्यों की परिणति है। यानी शुरुआत लक्खी की कहानी से होगी और अन्त भी लक्खी की कहानी से। एस.टी. बत्ती जलाकर लेख लिखने बैठ गईं। आज कॉलेज से छुट्टी, घर के कामों से छुट्टी। रात का खाना वे बना लेंगी। शाम तक लेख पूरा हो ही जाएगा।

दोपहर दो बजे दरवाजे की तीन-चार घंटियाँ बज उठीं। एस.टी. ने लिखते-लिखते सिर उठाया। घर में सन्नाटा है। लगता है सब सोए हैं। वे दरवाजा खोलने के लिए कलम खुली छोड़कर उठ खड़ी हुईं। पोस्टमैन है।, "रजिस्टर्ड पत्रिका रायपुर से। यहाँ साइन कीजिए और मनीऑर्डर के ये लीजिए दो सौ अस्सी रुपये।"

एस.टी. रुपये लिये दरवाजे पर खड़ी रहीं। पोस्टमैन जा चुका था। वे सोचती खड़ी रह गईं। इतने बड़े अखबार की पत्रिका और दस महीने पहले भेजे गए उनके लेख के लिए सिर्फ दो सौ अस्सी रुपये के ये गन्दे-पुराने नोट। इतने श्रम की इतनी-सी कीमत? और वह भी इस तरह के सड़े-गले नोटों में। उसका मन नहीं हुआ कि पत्रिका खोलकर 'ग्लोबलाइजेशन' पर लिखे अपने लेख को देखे।

तभी देखा कि लक्खी हाँफती हुई सीढ़ियाँ चढ़ रही है जैसे कहीं से दौड़ती हुई आ रही है। एस.टी. का चेहरा खिल उठा, "आ गई? क्या हो गया था? तुम्हारे आदमी की तबीयत तो नहीं बिगड़ गई थी? दवा खाता है न ठीक से?"

"ओरे बाबा, अन्दर तो आने दो"—लक्खी ने बांग्ला में कहा।

"अच्छा! ले, तू ये रुपये रख। दो सौ अस्सी हैं"—एस.टी. का दिल अचानक उमड़ आई अपनी ही दरियादिली पर उमग उठा। लक्खी ने कुछ नहीं कहा। हाथ बढ़ाकर रुपये नहीं लिये। इधर एस.टी. हिसाब लगाती रहीं कि इन रुपयों से लक्खी के पति की डेढ़ महीने की दवा तो आ ही जाएगी।

"क्या हुआ? ले ना रुपये। वह जो पहले लेख भेजा था न दस महीने पहले, उसके रुपये हैं। अभी-अभी डाकिया दे गया है।"—एस.टी. का उत्साह पल-पल बढ़ रहा था। कलकत्ते पर लेख अच्छा बन रहा है और एक तरह से लक्खी ही उसका कारण है। यह भी कह सकते हैं कि लक्खी ही इसका मुख्य पुरजा है। एस.टी. यह सोचकर हलके से हँसी।

लक्खी चुप थी। फिर अचानक कह उठी, "तो तुम रखो न रुपये। मैं क्यों लूँ? तुमने मेहनत से लिखा था। ये रुपये तुम्हीं रखो।"

एस.टी. हतप्रभ हो गईं। उनके अन्दर सब कुछ गड्ड-मड्ड हो उठा। वे लगभग गिड़गिड़ाने के स्वर में बोलीं, "तुम्हारे ही कारण तो लिख पाती हूँ। तुम रखो न। काम आएँगे तुम्हारे।"

लक्खी ने रुपये नहीं पकड़े। "अच्छा घर में घुसने तो दो"—कहकर उनके बगल से अन्दर घुस आई, "नहीं, ये रुपये मैं नहीं लूँगी। तुमने मेहनत की थी। तुम्हीं रखो इन रुपयों को।"

एस.टी. वापस टेबल पर आकर सन्न-सी बैठ गईं। वे खुली कलम को बन्द कर बैठी रहीं। कलकत्ते पर लेख लिखने के सिलसिले में जुटाया गया एक ऐतिहासिक तथ्य उन्हें याद आया जिसे वे लेख में कहीं टाँकनेवाली थीं, "पहले तो उत्तर कलकत्ते में ही आसपास के गाँवों से आए 'भिखमंगे' दिखाई देते थे, पर अब 1930 में चौरंगी-पार्क स्ट्रीट के फिरंगी इलाकों पर भी इन लोगों ने धावा बोल दिया है। बहुत जरूरी है कि एक ऐसा बिल पास किया जाए कि इन्हें गिरफ्तार कर इनके ठिकानों पर पहुँचा दिया जाए।"

एस.टी. ने इस ऐतिहासिक तथ्य को अपने दिमाग में ही एक बड़ा-सा क्रॉस बनाकर काट दिया—उसी तरह जैसे वे लड़कियों की कॉपियों की बकवास को काट दिया करती थीं। 'इन लोगों ने धावा बोल दिया है?'—उनके अन्दर जैसे किसी ने प्रश्न पूछा। एस.टी. ने अपना सिर हिलाया, "नहीं, लक्खी ने धावा नहीं बोला है।" अब तक लक्खी अपना थैला दरवाजे के पास बनी आलमारी की दराज में रखकर, हाथ-मुँह धोकर उनके पास खड़ी हुई थी, "उफ्! शीला दी, जितना कष्ट मुझे इस भीड़-भरी बस में बैठकर कलकत्ता आने-जाने में होता है, उतना तो जीवन में और किसी चीज से नहीं होता। हाड़-हाड़ टूटने लगता है..."—उसने बांग्ला में कहा।

दूसरे किले में औरत

> अगले दस मिनट में औरत ने एक-एक करके सब कपड़े उतारे। अन्तिम कपड़ा—एक लँगोट—उतरने के साथ-साथ लाल-पीली रोशनियाँ बुझ गईं। धुँधले उजास में वह नंगी खड़ी थी। वह कहाँ की रहनेवाली है, मैंने पूछा, गोंडा, बस्ती, बेगूसराय, आरा, छपरा, राँची? असम्भव था जानना। वह इतनी नंगी थी।
>
> —**रघुवीर सहाय,** 'किले में औरत' कहानी से

फिर मुझे उसी दफ्तर में जाना था और फिर उसी काम से। यों आमतौर पर मेरे जैसे अधीर व्यक्ति के लिए ऐसे मौके पर झल्लाहट स्वाभाविक थी, पर मैं किसी तरह की झल्लाहट का अनुभव नहीं कर रहा था। क्या आप अनुमान लगाने लगे हैं कि इस अस्वाभाविक झल्लाहटहीनता के पीछे क्या वजह हो सकती है?—आपका पहला अनुमान कहानी के शीर्षक से आपके चेहरे पर मुसकुराहट या चिढ़ (जैसा आपका स्वभाव हो, उसके अनुरूप ही—) के साथ यह होगा कि वहाँ निश्चय ही कोई परी-चेहरा मौजूद होगा। एक हिन्दुस्तानी मर्द के लिए आज भी यानी बीसवीं शताब्दी के अन्त में, दफ्तर में औरत की मौजूदगी—और वह भी सुन्दर औरत—एक ऐसी स्थिति है, जो उसमें सारे सद्गुणों को जागृत कर देती है—मसलन धीरज, सहनशीलता, नम्रता, शिष्टता आदि। (यह सरलीकृत सच लिखते हुए यह माना जा रहा है कि जिन्दगी ने उन्हें अब तक इतना नहीं पीट दिया है कि वे मर्द-औरत या सुन्दर और असुन्दर औरत का अन्तर तक भूल गए हों।)

लेकिन मैं आपको पहले ही बता दूँ कि आपका अनुमान गलत है। वहाँ—यानी कि 'इंडिया टॉवर' की दसवीं मंजिल पर बने उस दफ्तर में कोई औरत पहली बार थी ही नहीं। "अच्छा, अच्छा"—आप सोच रहे हैं, "तो यह बात है, कोई खास परेशानी नहीं।" आपका दूसरा अनुमान तो हर हाल में सही निकलनेवाला है। यों भी जब मकान का नाम 'इंडिया टॉवर' है, तो उसमें सब कुछ हमारे इंडिया जैसा ही होगा न? हमारे देश में लोग तभी झल्लाते और चिल्लाते हैं जब ऐसा करने से कोई नुकसान होने का खतरा न हो। मंत्री, पुलिस-अफसर, कमेटी-मेम्बर, सेक्रेटरी

आदि-आदि लोगों पर तो कोई क्या खाकर झल्लाएगा, एक अदने क्लर्क के आगे भी झल्लाने में बड़े-से-बड़ा आदमी डरता है, यदि उस क्लर्क में उसका काम बिगाड़ने या उलझाने की ताकत हो। तो आप सोच रहे हैं कि मैं यदि नहीं झल्ला रहा—और वह भी दूसरी बार दौड़ने में ही—तो क्या खास बात है? बल्कि यदि मैं अपने बारे में यह सोच भी रहा हूँ कि मैं नहीं झल्ला रहा, तो इसका मतलब यह है कि मैं अपने-आपको लेकर बहुत सारे भ्रम पाले हुए हूँ। या हो सकता है कि सचमुच मेरे पास रुपये या ओहदे की या किसी 'खास' जान-पहचानवाले 'कनेक्शन' की ताकत है।

फिर आप गलत हैं। लेकिन आप झल्लाकर इस कहानी को फेंक दें, इसके पहले ही मैं आपको बता देना चाहता हूँ कि मेरे न झल्लाने के पीछे एक बहुत मामूली और मासूम वजह थी। (मासूम शब्द में आपको रूमानीपन या आत्म-मुग्धता की गन्ध तो नहीं आ रही?) पर सच मानिए, अगर आप अपने अन्दर झाँकें और उससे न कतराएँ तो आपको अपने अन्दर बचपन की कोई पुरानी चीज या आदत अब भी उतनी ही खुशी देती मिल सकती है जितनी पहले। और यह मासूमियत नहीं तो और क्या है? जैसे कि हवाई जहाज दिखना या पतंग उड़ती हुई दिखना या रेल का बन्द फाटक मिलने पर रेल गुजरते हुए दिखना। मुझे दसवें तल्ले से अपने शहर को और खासकर हावड़ा ब्रिज को देखना बहुत अच्छा लगा था, जब मैं पिछली बार उस दफ्तर में पहली बार गया था। कलकत्ता शहर की ऊबड़-खाबड़, ऊँची-नीची, बेतरतीब छतों के पार मुझे हावड़ा ब्रिज कितना पुराना, कितना सुन्दर और कितना अपना लगा था। फिर से उस सजे-सजाए दफ्तर की काँच की खिड़कियों से उस दृश्य को देख सकूँगा, यह सोचकर मैं यदि पुलकित नहीं, तो पुलकित-सा अवश्य हो रहा था। हालाँकि मैं किसी को अपने इस बचकाने रहस्य के बारे में बताने नहीं जा रहा था, पर अन्दर-ही-अन्दर जानता था कि मेरे न झल्लाने की वजह क्या है।

तो फिर मैं 'इंडिया टॉवर' की दसवीं मंजिल पर ले जानेवाली लिफ्ट में चढ़कर फिर उसी दफ्तर के सामने खड़ा था, जिसका कारोबार सपने बेचना था। लीजिए, आपको कोफ्त होने लगी है कि इस बात में तो लैटिन अमेरिकी लेखक मार्क्वेज की नकल पर कोई जादुई दुनिया गढ़ने की दयनीय कोशिश की गन्ध आ रही है। पर देखिए, आपका तीसरा अनुमान भी गलत है क्योंकि यह दफ्तर वाकई सपने बेचता था। उसका नाम ही था, 'ड्रीम हाउस एसोसिएट्स'। सपनों के घर का सपना बेच-बेचकर ही इन लोगों ने यह शानदार ऑफिस बनाई थी, जिससे हमारे शहर की पहचान, हमारा 'गुड ओल्ड' हावड़ा ब्रिज देखा जा सकता था।

घर जोड़ने की माया से बड़ी माया आखिर और कौन सी होती है एक आदमी की जिन्दगी में? क्या यही एक आदमी का सबसे बड़ा सपना नहीं है कि उसके पास ऐसा घर हो, जैसा कि उसके पास अभी नहीं है? मसलन दो कमरे हैं, तो तीन हों; तीन कमरे हैं, तो चार हों। शायद इसी बात को समझते हुए इस कम्पनी ने अपना

नाम ही 'ड्रीम हाउस एसोसिएट्स' नहीं रखा था, बल्कि अपनी बनाई हुई सारी दड़बेनुमा बहुमंजिली इमारतों के नाम ड्रीमलैंड, ड्रीम गार्डंस, ड्रीम ड्यू आदि-आदि रख छोड़े थे। यह तो नहीं मालूम कि उन मकानों में रहनेवालों के सपने पूरे हुए या नहीं—या उन लोगों ने और बेहतर मकानों के सपने देखने शुरू कर दिए, पर यह कम्पनी कभी उन्हें यह भूलने देने के लिए तैयार नहीं थी कि उन्होंने उस कम्पनी से अपने सपने खरीदे थे। सपने बेचना हर किसी ऐरे-गैरे के वश की बात भी तो नहीं, आखिर उसके लिए अपने में भी तो कुछ माद्दा होना चाहिए। जाहिर है कि इस कम्पनी को बहुत गर्व था कि वह सपने बेचती है, कोई अचार-पापड़, कपड़े-लत्ते या क्रीम-शैम्पू जैसी घटिया चीजें नहीं।

बहरहाल, जिसे अंग्रेजी में 'टू कट अ लौंग स्टोरी शॉर्ट' यानी सीधे-सीधे मुख्य मुद्दे पर आना कहते हैं, मैं यह बताना चाह रहा हूँ कि मैंने इस कम्पनी से अपने सपने खरीदकर उसकी पहली और दूसरी किस्त भी चुका दी थी। पिछली बार जब मैं इस कम्पनी के दफ्तर में आया था, तब मैं उन्हें यह याद दिलाने आया था कि अपने वायदे के मुताबिक अभी तक उन्होंने उस पुराने भुतहे मकान को तोड़ना भी नहीं शुरू किया था, जिसकी जगह पर हमारी पाँच-मंजिली इमारत बननेवाली थी। अंग्रेजों के जमाने में बने ऊँची सीलिंग और काठ की सीढ़ियोंवाले उस सौ बरस पुराने मकान में घुसकर और एक पालतू कुत्ते से काटे जाने का खतरा उठाकर अभी हाल में ही मैंने पता लगाया था कि एक नब्बे वर्ष की बूढ़ी क्रिश्चियन औरत अब भी वहीं जमी हुई है।

यह सरासर वायदाखिलाफी थी। सपने बेचते समय कम्पनी ने यह भनक तक नहीं लगने दी थी कि वह ऐसी जगह मकान बनाने जा रही है जो अभी तक खाली नहीं करवाई गई है। बहुत सम्भव था कि वह क्रिश्चियन बूढ़ी सनातनी हिन्दुओं की तरह 'शतम् जीवेम शरदः' का जाप करती हो और सौ वर्ष की उम्र पाए। तब तक तो मेरे सपने कपूर की तरह उड़ चुके हों या बारिश में भीगते लोहे की तरह जंग खा चुके होंगे। यह भी सम्भव था कि सपनों के टूटने के आघात से मैं स्वयं ही बुढ़िया के पहले गुजर गया होऊँ। यह सब सोच-सोचकर मेरा दिल बैठा जा रहा था। इतना ही नहीं, अब जाकर मुझे इस कम्पनी के बनाए हुए 'ड्रीम लैंड' मकान में छत के ठीक नीचे यानी नौवें तल्ले पर रहनेवाले अपने एक मित्र के साले के चचेरे भाई के बहनोई से पता चला था कि उनकी छत प्रायः बारिश में छत न होने का आभास देती रहती थी। तब से मैं रात को प्रायः जागकर इस हकीकत पर विचार करने लगा था कि मैंने बिना पूरी तरह तहकीकात किए ही एक 'टिपिकल' हिन्दुस्तानी की तरह अपने सपने 'ड्रीम लैंड एसोसिएट्स' के हाथों गिरवी रख दिए थे।

आखिर अपनी और अपने आसपास की हिन्दुस्तानियत के अनुभव मेरे पास कम तो न थे। कभी मेरे धोबी और लांड्री ने किसी दाग को छुड़ाकर मुझे हैरत में

नहीं डाला था। कभी मेरी गाड़ी की मरम्मत करनेवाले मिस्त्री के पास मुझे दोबारा गाड़ी न भेजने की नौबत नहीं आई थी। कभी मेरे बच्चे को गणित पढ़ाने आनेवाले ट्यूटर ने किसी महीने सप्ताह में दो दिन आने का अपना नियम पूरा करने की जहमत नहीं उठाई थी—वह मुझे आश्वस्त करता रहा कि मेरे लड़के का दिमाग बहुत तेज है, जब तक वह फेल नहीं हो गया। फिर भी देखिए, मैं एक सच्चे हिन्दुस्तानी की तरह बार-बार विश्वास करने और चौंककर होश में आने से बाज नहीं आया था। हालाँकि सच मानिए और अपने अन्दर झाँककर देखिए, तो आप पाएँगे कि इस विश्वास में, इस उम्मीद में एक भयंकर सुख है। यही मासूमियत—और यह मासूमियत नहीं, तो और क्या है—यही मासूमियत तो है, जो हमें सिर्फ आदमी ही नहीं, इनसान बनाए हुए है। वरना क्या हमारा हाल पश्चिमवालों की तरह बेहाल नहीं होता?

खैर, मैंने 'ड्रीम लैंड एसोसिएट्स' से सपने खरीद लिये थे और बचपन से ही 'जल में रहकर मगर से बैर नहीं' करनेवाली हिदायत सुन रखी थी। पिछली बार कम्पनी ने मुझे जी-जान से आश्वस्त किया था कि वे लोग शीघ्र ही काम शुरू करने जा रहे हैं। क्या यह एकदम नामुमकिन था कि वे सच बोल रहे हों? आखिर कभी-कभी क्या हिन्दुस्तान में कोई चीज एकदम ठीक नहीं निकल जाती? मेरे लड़के के पास एक पेंसिल छीलनेवाला शार्पनर था, जो इतनी बढ़िया पेंसिल छीलता था कि जवाब नहीं और वह 'मेड इन इंडिया' ही था।

मैंने लिफ्ट से दसवीं मंजिल तक आते-आते हर तरह की हर बात सोच डाली थी और मन-ही-मन एकदम ठीक-ठाक, लगभग आस्थावान हो चुका था। ऊपर से कलकत्ता शहर और हावड़ा ब्रिज देखने का आकर्षण भी मुझमें एक हलकापन लाए दे रहा था। मैं अपने 'ड्रीम हाउस' या 'ड्रीम फ्लैट' यानी दो कमरोंवाले पाँचवीं मंजिल के घर के बारे में सोच रहा था। मेरे घर में एक ऐसी खास बात थी, जिसे जानकर निश्चय ही आप ऐसे ही एक घर के सपने देखने लगेंगे। मेरे फ्लैट के हॉल के बीचोबीच छत का एक छोटा टुकड़ा ईंट-सीमेंट का न होकर काँच का होनेवाला था—यानी मेरे घर में उस काँच के जरिए दिन में सूरज और रात में चाँद-तारे आनेवाले थे और आकाश तो हर वक्त उस टुकड़े में रहनेवाला था। सच तो यह है कि यह मकान 'ड्रीम हाउस एसोसिएट्स' का भी ड्रीम हाउस था। उन्होंने भी पहली बार एक बड़े शहर के अन्दर एक ऐसे घर का सपना देखा था जिसमें गाँवों में आँगन में सोनेवालों की तरह शहर के बाशिन्दों पर सूरज-चाँद-तारे अपनी छाया फैलाएँगे। इस तरह की चीज बहुत गरीबों को मिली होती है, पर उनके पास कोई सपने नहीं होते। लेकिन मैं कभी जिन्दगी में गरीब नहीं रहा था, इसलिए मैं सूरज-चाँद-तारों के सपनों में चले आने का हकदार था—उसी तरह जैसे हावड़ा ब्रिज पर हक था 'ड्रीम हाउस एसोसिएट्स' का।

दफ्तर में घुसते ही मेरी नजर जहाँ पड़ी, तो बस पड़ी ही रह गई। न इधर जाना चाहे, न उधर। मैं बाहर के सोफे पर बैठा चपरासी को बताता रहा कि मैं किसलिए किस साहब से मिलने आया हूँ और यह देखता रहा कि वह देख रहा है कि मेरी नजर कहाँ फँसी हुई है। जी हाँ, आपका अनुमान एकदम सही है कि वह वस्तु एक निहायत उजली, स्वस्थ, चिकनी और जवान औरत थी। वह निरी काली पारदर्शी साड़ी और सादा चमकीला ब्लाउज पहने हँसती हुई एक टेबल से दूसरी टेबल पर घूम रही थी। उसके चकाचौंध करनेवाले रंग में उसकी काली साड़ी का कितना योगदान है, यह मैं तुरन्त समझ गया। पर उसके ब्लाउज का रंग मेरी समझ में नहीं आया। मैंने अपनी पत्नी और सभी औरतों को काली साड़ी के साथ काला ब्लाउज पहनते देखा था। आज मुझे मालूम हुआ कि वे सब कितनी मूर्ख थीं। उसकी काली साड़ी से चिलकता सफेद चमकीले कपड़े का ब्लाउज कितनी लुभावनी कल्पनाओं को उकसा रहा था। उसके काले लम्बे बाल उसकी पीठ पर छितरे चमक रहे थे। आह, यौवन और सुन्दरता का यह मिलन कितना मनमोहक है, मैं देखता और सोचता रहा।

वह उस दफ्तर को कैसे जन्नत में बदले दे रही है, यह वहाँ काम कर रहे हर पुरुष के चेहरे की चमक से स्पष्ट था। तभी मैंने देखा कि चपरासी ने उससे जाकर कुछ कहा और वह मेरी तरफ मुखातिब हो गई। मेरे दिल की धड़कन बढ़ गई। मैंने देखा कि वह मन्द गति से मेरी तरफ बढ़ रही है और मैंने सुना कि उसके चलने के साथ एक मन्द्र रव भी हो रहा है—जैसे कहीं मधुर-मधुर घंटियाँ बज रही हों। क्या सचमुच यह कोई अप्सरा है या मेरे कान मुझसे धोखा कर रहे हैं, मैं समझ नहीं पाया। बस उसे अपनी तरफ आते देखता रह गया। तभी मेरी निगाह उसकी सुकोमल देहयष्टि के मध्य भाग में नाभि के ठीक बगल में काली साड़ी के ऊपर खोंसे हुए चाँदी के गुच्छे पर पड़ी, जिसके घुँघरुओं से हर पद-गति से स्वर उठता था। मैं कुछ सँभला। होश में आया।

कौन है यह औरत? इस तरह का श्रृंगार? एक दफ्तर में? नहीं, यह यहाँ की नौकरी में नहीं हो सकती। अवश्य ही यह कम्पनी के मालिक की पत्नी, नहीं तो बहन या कोई नजदीकी रिश्तेदार है। इस तरह की वेश-भूषा में दफ्तर में किसी महिला को कोई नौकरी पर नहीं रख सकता।

वह मेरी शिकायतें सुनने के लिए मुझे अपने कमरे में ले गई, जो पिछली बार देखे कम्पनी के मालिक के कमरे से छोटा था, पर उसकी बगल में ही था। "जी हाँ, आप ठीक कह रहे हैं कि अभी तक हम उस वृद्ध औरत से मकान खाली नहीं करवा पाए हैं। पर बात लगभग तय हो चुकी है। हो सकता है कि आज उसका सामान उठाना शुरू भी हो गया हो। आपको उसके कुत्ते ने तंग तो नहीं किया? मुझे तो उस कुत्ते से बहुत डर लगता है।"—"जी हाँ, हम जानते हैं कि वायदे के मुताबिक

अब तक पहले तल्ले की ढलाई हो जानी चाहिए थी, पर यकीन मानिए कि इसमें आपसे अधिक नुकसान हमारा है। आफ्टर ऑल, यू सी, ड्रीम हाउस एसोसिएट्स की साख और प्रतिष्ठा का सवाल है। हमें तो और मकान बनाने हैं। कम्पनी की बदनामी से हमें सबसे ज्यादा नुकसान होनेवाला है।"—"चलिए, आपका ड्रीम हाउस बन रहा है, थोड़ा इन्तजार भी करना पड़े तो क्या हर्ज है। कलकत्ते में ऐसा दूसरा मकान न है, न होगा। इस बारे में भी तो सोचिए।"

सुन्दरता और सलीके का संगम हो, तो क्या कहते हैं न—सोने में सुगन्ध। कौन मूर्ख है जो मंत्रमुग्ध न होगा? आप यदि यहाँ विश्वास नहीं कर सकते, तो जनाब आप ईश्वर पर भी विश्वास नहीं कर पाएँगे जब वह साक्षात आपके सामने आ खड़ा होगा। मैंने निश्चय किया कि करूँगा विश्वास। ईश्वर पर नहीं, इस सुन्दरी पर।

वह उठ खड़ी हुई, "आइए, मैं आपको आपके ड्रीम हाउस का मॉडल दिखाती हूँ। आपका पाँचवाँ तल्ला ही तो खासमखास है—सचमुच का ड्रीम हाउस...!" मैं मंत्रबिद्ध-सा पीछे-पीछे चला। पीछे का सौन्दर्य अलग तरह का लहराता सौन्दर्य था। मेरी निगाहें शिख से नख की ओर फिसलती चली गईं। लेकिन यह क्या? उसकी काली साड़ी और काली चप्पल के बीच झाँकती एड़ियाँ एकदम फटी हुई, काली बिवाइयों से भरी थीं। अगले ही क्षण वह मुझे भवानीपुर की तंग गलियों के एक झड़ते मकान के टूटे आँगन में बाल्टी भर पानी लेकर सीढ़ियों पर चढ़ती दिखाई पड़ी। मुझे यह भी दिखाई दिया कि उसकी काली साड़ी और सफेद ब्लाउज एकदम सस्ते और घटिया किस्म के थे। मेरा मन मर गया। (मेरा मन भर आया—कहना कुछ ज्यादा भावुक टाइप होगा।)

'इंडिया टॉवर' की लिफ्ट से नीचे उतरते-उतरते मुझे खयाल आया कि मैं दसवीं मंजिल से हावड़ा ब्रिज देखना तो भूल ही गया था।

रात को सोते समय घुमा-फिराकर पत्नी को उस सुन्दर लड़की की फटी-फटी एड़ियों के बारे में बताया तो उसने कहा, "बेवकूफ बना रहे हो मुझे? अरे, यह तो 'क्रैक' क्रीम बनानेवाली कम्पनी का विज्ञापन है, जिससे बिवाइयाँ ठीक हो जाती हैं। उसी की अपनी कहानी बनाकर सुना रहे हो मुझे?"

कब्ज-हर

उसी फुर्ती से हिन्दी टाइपिस्ट सच्चिदानन्द सिंह ने हमेशा की तरह टाइपराइटर पर कागज और कार्बन लगाया, पहली पंक्ति टाइप की, लेकिन जिन्दगी में सिर्फ दूसरी बार ऐसा हुआ कि वे दूसरी पंक्ति तक नहीं पहुँच सके। यानी बीस साल की नौकरी में दूसरी बार उनके साथ ऐसा हुआ कि टाइपराइटर पर बैठे हुए उनकी उँगलियाँ हवा में स्थिर रह गईं। उनका दिमाग उस पहली पंक्ति में ऐसा उलझा कि न जाने कितने मिनट टिक-टिक करते आगे बढ़ते चले गए। इस बीच सच्चिदानन्द जी ने आदतन अनजाने ही अपनी नाक में उँगली डाल ली और उसमें से आधी सूखी-आधी गीली सरसों के आकार की काली गोलीनुमा चीज निकली। इसे उँगलियों के बीच गोल-गोल घुमाने का आनन्द लेते हुए वे उस टाइप की हुई पहली पंक्ति में उलझे रहे।

सच्चिदानन्द सिंह को कभी खँखारने और थूकने की आदत नहीं थी। दफ्तर से घर जाते वक्त सड़क पर चलते हुए जगह-जगह खँखारकर थूके गए कफ को देखकर उन्हें बड़ी घिन होती थी। वे दूर से ही ऐसे थक्कों को देखकर उनसे दूर चले जाया करते थे—न जाने किसमें टी.बी. के कीटाणु हों और किसमें निमोनिया के। कहीं जूता लग गया, तो घिसे हुए तलवोंवाले छह साल पुराने जूतों से क्या कीटाणु ऊपर की ओर नहीं चढ़ जाएँगे? यों ही रोज सुबह नहाते समय अपने सँकरे सीने की उभरी हुई हड्डियों को देख जब-तब यह डर उनके अन्दर दौड़ लगा जाया करता था कि कहीं उन्हें टी.बी. न हो गई हो।

नाक से निकाली गई गोली को सच्चिदानन्द सिंह बहुत ध्यान से देखने लगे—इतने ध्यान से कि टाइप की हुई वह पहली पंक्ति तक उनके दिमाग से उतनी देर के लिए निकल गई। रोज रात को यह गोली अपने कालेपन या राख के जैसे रंग से उन्हें यह बताती आई थी कि आज दिन-भर में शहर का कितना प्रदूषण उनके फेफड़ों में घुसना चाहता था। जिस दिन बस में आते या जाते समय रास्ता जाम मिल जाता था जिस दिन बस के इन्तजार में खड़े हुए बसों-टैक्सियों का धुआँ ज्यादा देर खाना पड़ता, उस दिन गोली एकदम कोयले के रंग की होती थी। हर रविवार या छुट्टी के दिन गोली राख के रंग की होती। किसी-किसी दिन मिश्रित रंग की—आधी काली, आधी राख के रंग की।

सच्चिदानन्द सिंह ने गोली को कुछ बेमन से ही रोज की तरह खिड़की से नीचे फेंक दिया। रोज की तरह ही यह खयाल उनके मन में आया कि किसी के ऊपर गिर गई तो—और हर रोज की तरह ही उन्होंने इस खयाल को परे झटक दिया। किसी को क्या पता चलेगा कि यह क्या चीज है। और फिर उन्हें कोई रोग तो है नहीं! मरियल हैं तो क्या, आखिर रात-दिन लोहे से टक्कर लेते हैं—खट्-खट्-खट्। दफ्तर में आठ घंटे काम, कभी-कभी ओवरटाइम भी और ऊपर से घर आकर भी टाइपराइटर पर छात्र-छात्राओं, लेखक-लेखिकाओं के कभी थीसिस, तो कभी लेख, तो कभी कहानी-कविताएँ। आखिर शरीर पनपे भी तो कैसे? नहीं, उन्हें कोई रोग नहीं। उनके नाक की गोली सड़क पर पड़े कफ-थूक की तरह कभी नुकसान नहीं पहुँचा सकती।

अपनी नाक से निकली गोली की वकालत करते-करते सच्चिदा जी, जैसा कि उन्हें दफ्तर और बाहर के लोग पुकारते थे, अचानक रुक गए। क्या अंट-शंट सोच रहे हैं वे! बचपन में एक बार अपनी दादी से सच्चिदा जी ने एक विचित्र और भद्दी कहावत सुनी थी, जिसे वे मन-ही-मन बहुत बार दोहराते थे, लेकिन आज तक जुबान पर नहीं ला पाए थे। 'अपना तो पाद भी सबको सुहाता है'—दादी ने माँ को किसी बात पर बहस करने पर कहा था। अपनी नाक से निकाली गोली पर इतना सोच-विचार करते हुए सच्चिदा जी को यह कहावत एक ध्रुव सत्य की तरह लगी—यों वे दफ्तर में अपने बॉस के बड़ाई मारने पर अन्दर-ही-अन्दर खीझकर यह कहावत याद करते थे और तब एक रहस्य-भरी मुसकराहट उनके अन्दर दौड़ जाया करती थी मानो उन्होंने बॉस से बदला ले लिया हो।

सच्चिदा जी इन बातों को दिमाग से झटककर वापस टाइप की हुई पंक्ति को देखने लगे, "आलू, खीरा, गाजर और सेब के छिलके खाने से क्षार और खनिज प्राप्त होने के साथ-साथ कभी कब्ज नहीं होती।"—तो क्या आलू के छिलके खाना शुरू कर दें?—सच्चिदा जी ने बेचैनी से सोचा। खीरा और गाजर तो पिछले न जाने कितने सालों से सच्चिदा जी के भोजन से गायब हो गए थे और सेब के बारे में तो उन्होंने सोचा तक भी नहीं था कि वह कभी उनके खाद्य का हिस्सा हो सकती है। लेकिन आलू तो वे हमेशा से खाते रहे हैं। सवाल तो यह है कि इन चार चीजों में से सिर्फ आलू के ही छिलके खाए जाएँ, तो क्या कब्ज की शिकायत दूर हो सकती है? सच्चिदा जी इस प्रश्न का उत्तर जानने को हर आगे बढ़ते पल-मिनट के साथ अधिक बेचैन होते चले गए।

टाइपराइटर की खट-खट बन्द हो जाए और घड़ी की टिक-टिक चलती रहे, तो उस समय या तो लेटे रहना या फिर खड़े रहना बहुत जरूरी है—इस बात को सच्चिदा जी के दिमाग ने बड़े टाइपफेस और गहरे काले अक्षरों में अंडरलाइन करके हर नस में टाइप कर रख छोड़ा था। कितनी ही बढ़िया कहानी-किस्सा या और कोई

बात हो, सच्चिदानन्द सिंह की पचपन साल पुरानी उँगलियाँ टाइपराइटर पर बैठे हुए कभी हवा में बेकार नहीं ठहरतीं। घर में काम खत्म होते ही वे टाइपराइटर से उठकर लगभग दौड़ते हुए बिस्तर पर लेट जाते और दफ्तर में काम करते हुए काम खत्म होते ही हड़बड़ाते हुए कम-से-कम एक बार खड़े हो लेते। आखिर लोहे से लड़ना कोई सहज काम है? हर समय गरदन, आँखें झुकी रहती हैं—खड़े होने या लेटने पर ही शरीर को कुछ मुक्ति मिलती है।

टाइप करते समय कभी कोई बात एक सेकेंड-भर के लिए उनमें कोई खयाल पैदा कर भी दे, तो सच्चिदानन्द सिंह उसे अगले सेकेंड तक ठहरने नहीं देते। अलबत्ता रात को सोते वक्त नींद आने से पहले या दफ्तर से घर जाते हुए बस में ऊँघते हुए टाइप की हुई चीज का कोई टुकड़ा उनके दिमाग में जब-तब जरूर चला आता है और सच्चिदानन्द सिंह को उलझा और झटका देता है। लेकिन सच्चिदा जी जानते हैं कि हर चीज को अधूरी या टुकड़ों में जानना-समझना उनके जीवन में एक शाप की तरह है। बचपन में माँ कहा करती थी कि "आधी कहानी सुनोगे तो मामा रास्ता भटक जाएगा"। पर अब तो सच्चिदानन्द जी हर कहानी को टुकड़े-टुकड़े जानने को ही अभिशप्त हैं—किसी की शुरुआत, किसी का अन्त, किसी के बीच में कोई बात। यह तो सच्चिदा जी के बेरोजगार मामा ने उनके 'कहानी टाइप करनेवाले' टाइपिस्ट बनने से पहले ही मामी से झगड़कर आत्महत्या कर ली थी, वरना वे समझते कि मामा की मौत के वे ही जिम्मेदार हैं।

दफ्तर में पहले सच्चिदा जी के लिए ऐसी कोई समस्या नहीं थी कि वे किसी कहानी-किस्से को अधूरा जानकर परेशान हों। अंग्रेजी से अनुवाद किए गए पत्र, दस्तावेज वगैरह ही उन्हें 'राजभाषा' हिन्दी में टाइप करने पड़ते थे। उन्हें टाइप करते वक्त अपनी समझ को वे राजभाषा के काले अक्षरों में उलझने ही नहीं देते थे। वैसे भी 'आस्तियाँ', 'लाभप्रदता', 'कार्मिक' जैसे शब्द उनके लिए अबूझ शब्द थे। उनसे वे क्यों माथापच्ची करते? पर उनके बैंक के राजभाषा दफ्तर ने जब एक दफ्तरी साहित्यिक पत्रिका निकालनी शुरू की, सच्चिदा जी एक अजीबोगरीब स्थिति में फँस गए। उन्हें कहानियाँ टाइप करने से बहुत चिढ़ है—यह बात उनके बॉस तक धीरे-धीरे समझने लगे और शायद इसीलिए तभी से उन्हें सिर्फ कहानियाँ-कविताएँ ही टाइप करने के लिए दी जाने लगीं। ऊपर से बॉस ने खुद बेसिर-पैर-पूँछ की कहानियाँ लिखनी शुरू कर दीं, जिन्हें टाइप करना सच्चिदा जी की एक भयानक मजबूरी थी। और तो और, विश्वविद्यालय के नजदीक होने के कारण पत्रिका निकलते ही छात्र-छात्राएँ उनसे अपनी रचनाएँ टाइप करवाने के लिए उनके दफ्तर आने लग गए। सच्चिदा जी को कुछ दिन पहले ही एक ऐसी छात्रा से पता चला कि उनकी ख्याति शहर के सबसे कम गलतियाँ टाइप करनेवाले हिन्दी टाइपिस्ट के रूप में हो गई है।

सच्चिदा जी ने जब समझ लिया कि दफ्तर और बाहर—सब जगह सारा जमाना कहानीकार बनने पर तुला हुआ है, तो उन्होंने अपने पुराने कब्ज की तरह इसे भी नियति मानकर स्वीकार कर लिया। धीरे-धीरे कहानियों ने टुकड़े-टुकड़े में आकर उन्हें रात को परेशान करना कम कर दिया। तभी उनके बॉस ने उन्हें बुलाकर अपने मित्र भवानी बाबू की एक चीज उन्हें टाइप करने के लिए पकड़ा दी। सच्चिदा जी ने उन हाथों के लिखे कागजों को थामते हुए डूबते हुए दिल से सोचा कि अब यह तो पराकाष्ठा हो गई (इन दिनों उनके साहित्यिक बॉस 'हद हो गई' की जगह यही शब्द इस्तेमाल करने लगे थे), "हे भगवान, अब क्या भवानी बाबू ने भी कहानियाँ लिखनी शुरू कर दीं? क्या मेरी तकदीर यही है कि मैं इस 'खाऊ' आदमी की भी कहानियाँ टाइप करूँ? न जाने पिछले जन्म के किन पापों की सजा मुझे देने के लिए यह दफ्तर की पत्रिका शुरू हुई है।"

सच्चिदा जी बॉस के मित्र भवानी बाबू को जितना जानते थे, उसकी जानकारी न बॉस को थी और न भवानी बाबू को। दरअसल इसके पीछे एक राज था। भवानी बाबू नियम से रोज लंच के वक्त अपने बगल के दफ्तर से बॉस के चैम्बर में आ जाया करते थे और पूरे एक घंटे वे बॉस के साथ अपना नित्य नया लंच खाते-खाते और उसके बाद हर तीन मिनट पर एक जोरदार डकार लेते-लेते, तरह-तरह के खाद्य-पदार्थों (जो भूत में खाए गए थे या भविष्य में खाए जानेवाले थे) की बातें किया करते थे। बॉस के कमरे से सच्चिदा जी के कोठरीनुमा कमरे के बीच दीवार में एक ईंट जितना छेद छोड़ा गया, जिससे बॉस उन्हें अपनी टेबल पर बैठे-बैठे कागज दे सकें। असल में सच्चिदा जी के दफ्तर की यह पुरानी इमारत अंग्रेजों के जमाने से बनी हुई थी और सच्चिदा जी के बॉस इस छेद का इस्तेमाल न करके घंटी मारकर उन्हें दौड़ाना पसन्द करते थे। इसीलिए बॉस को यह भान ही नहीं था कि यह छेद उनकी बातों को बाहर भी पहुँचा सकता था या शायद वे सच्चिदा जी की कल्पना एक देखने-सुनने-समझनेवाले आदमी के रूप में ही नहीं कर पाते थे। अलबत्ता खुद सच्चिदा जी उस छेद के बारे में तरह-तरह की कल्पनाएँ जरूर किया करते थे। उन्हें कोई सन्देह नहीं था कि वे पिछले जन्म में भी यहीं इसी कोठरी में टाइपिस्ट के रूप में बैठते होंगे—लेकिन एक सूटेड-बूटेड एंग्लो-इंडियन भूरे बालोंवाले अंग्रेजी टाइपिस्ट के रूप में। अपने बॉस के रूप में वे एक रोबदार लाल चेहरेवाले अंग्रेज की कल्पना किया करते थे, जिसमें कम-से-कम इतनी तमीज तो होगी कि वह एक डकारनेवाले मित्र को रोज लंच पर बुलाकर उससे हर वक्त खाने की बातें न करता-सुनता होगा, जबकि छेद के उस पार उसका टाइपिस्ट बार-बार अपने मुँह में आई लार को निगलता रहे।

इन दिनों बॉस के मित्र भवानी बाबू तरह-तरह की 'चाट' की बातें करने लगे थे। पिछले दिनों उन्होंने तरह-तरह की मिठाइयों की बातें करके सच्चिदा जी को

लगभग रुला दिया था। लेकिन चाट की बातें सुनते-सुनते सच्चिदा जी का और भी बुरा हाल था। उन्हें रोटियाँ और आलू-प्याज की सब्जी ऐसी लगती, जैसे वे कंकड़-पत्थर खा रहे हों। ऊपर से बार-बार लार को गिटकते-गिटकते उनका खाना पच जाता और उनका पेट भूख के मारे फिर दो घंटे में ही कुड़मुड़ाने लगता। बचपन में माँ के बनाए गीलगप्पे और कैरी या इमली का खट्टा पानी याद आता, जिसकी पूरे मोहल्ले में ख्याति थी। माँ खजूर और इमली की ऐसी मीठी चटनी बनातीं कि किसी भी चाट में डाल दो, तो आदमी चाट-चाट के खाए। उसमें अनारदाना, सोंठ और न जाने कितने भूल-बिसर गए मसाले डालतीं। कभी दही के उड़द की दाल के ऐसे गुजिए 'बड़े' बनातीं, जिसमें डाली किशमिश ही मुँह में रह जाती—बाकी का बड़ा मुँह में डालते ही गल जाता। माँ के हाथों में ऐसा जादू था। उनके आगे बनारस और कानपुर के चाटवाले भी हार मान लेते—यह बात बनारस में बरसों रहे हुए दादा जी चाट खाकर हर बार कहते। भवानी बाबू की तरह-तरह के चाट-पकौड़ों की बातों के कारण माँ के बनाए हुए समोसों और पालक की बड़ी-बड़ी पकौड़ियों ने स्मृति में आ-आकर सच्चिदा जी का जीना हराम कर दिया था। क्या वे माँ के हाथ का दिव्य चाट खाकर अब सड़क पर दोने-पत्तल चाटने लायक बचे थे? आज तक कलकत्ते की सड़कों पर गोलगप्पेवालों, छोले-घूघनीवालों और मूड़ीवालों को देखकर या सूँघकर सच्चिदा जी के मुँह में पानी नहीं आया था, पर इस 'खाऊ' भवानी बाबू ने उनका दम निकाल दिया था।

सच्चिदा जी रात को सोते, तो बार-बार उनका दिमाग अपने बचपन के उस कस्बे में लौट जाता, जहाँ उनके पिता की किराने की दुकान थी। कुछ लिख-पढ़कर सच्चिदा जी ने आटा-दाल मापने से तो मुक्ति पा ली थी, लेकिन कितना कुछ था, जो उसके साथ-साथ छूट गया था। कलकत्ते में मौसम के फल-सब्जियाँ तक खरीदने का जुगाड़ नहीं बैठता, किशमिश-छुहारा-बादाम तो सपने में भी नहीं आ पाते थे। पहले दीपावली पर अगल-बगल के घरों में भी खीर-पूड़ी बनते, जिसमें एकाध किशमिश तो बगल की गरीबनी विधवा भी डालती थी। अब तो दिन-रात की मेहनत के बाद भी वैसा सुगन्धित भोजन कभी सूँघने तक नहीं मिल सकता था। क्या मतलब निकला इस जीवन का—सच्चिदा जी दुख से सोचते—जिसमें वैसा रस नहीं, वैसी गन्ध नहीं? धरती पर पैदा होनेवाली इन अमृत जैसी चीजों की जीवन में कोई भनक तक नहीं? पहले बच्चों को पढ़ाने-लिखाने-पहनाने में जीवन खो गया। फिर छोटे लड़के के लिए स्कूटर, बड़ी पोती की फरमाइश पर टी.वी. और न जाने किसके लिए क्या-क्या। अब बड़ी पोती के लिए दहेज का इन्तजाम भी उन्हें ही करना है। बड़ा लड़का कुछ खास कमाता-धमाता नहीं। जो कमाता है, पेट में ही डाल लेता है—कहता है, मुम्बई में बहुत महँगाई है। सच्चिदा जी का बड़ी पोती में बहुत मोह है। आजकल बिना रुपये के अच्छा घर-वर कहाँ मिलता है। वे जितना

लड़ेंगे टाइप के लोहे से, उतनी ही सुखी होगी उनकी पोती मनोरमा। यह नाम भी तो उन्होंने ही रखा था उनका। भगवान ने उन्हें कोई लड़की नहीं दी। पत्नी तो इसी बात पर जिन्दगी-भर फख्र करती रही कि उसने तीन-तीन लड़के 'जाये', वे उससे एक लड़की के अभाव की बात क्या करते? भले ही सच्चिदा जी ने पढ़-लिखकर पुराने तरह के जीवन से छुटकारा पा लिया था, पर वैसी पत्नी कहाँ से लाते? पिताजी ने एक सुन्दर पत्नी उन्हें जरूर ला दी। पर एक गरीब परिवार की छह लड़कियों में से एक लड़की को खाने-पीने के सलीके का क्या पता होता? वह तो दाल-भात-आलू-तरकारी ही बनाना जानती थी, जिसे खा-खाकर पच्चीस साल के पुराने कब्ज ने सच्चिदा जी को धर रखा था। कई बार सच्चिदा जी को लगता कि अच्छा होता यदि अपनी पत्नी की तरह उन्होंने भी कभी इस तरह की चीजों का स्वाद जाना ही नहीं होता या वे चीजें धरती पर खत्म ही हो गई होतीं। तब न बचपन की यादें तंग करतीं, न अफसोस ही होता।

सच्चिदा जी पूरे पच्चीस सालों से कब्ज का इलाज खोज रहे थे और अन्दर-ही-अन्दर उन्होंने कब्ज से हार नहीं मानी थी—भले ही वे ऊपर-ऊपर कहते कि "यह तो मेरा पुराना साथी है। मेरे साथ ही चिता पर जाएगा।" उनके दफ्तर के और दफ्तर से घर आने-जाने से बचे समय का सोने के समय को छोड़कर प्राय: पूरा वक्त टट्टी में बैठते गुजरता। अब तो उनकी बड़ी पोती भी टी.वी. में विज्ञापन देखकर उन्हें कब्ज का इलाज सुझाने लगती थी, पर सच्चिदा जी ने अपनी तरफ से होमियोपैथिक, आयुर्वैदिक और घरेलू इलाजों में कोई कमी नहीं छोड़ रखी थी। यहाँ तक कि टेलीफोन मार्का ईसबगोल हद से ज्यादा महँगा हो जाने पर भी वे बीच-बीच में उसे खरीद लाते। एक बार कई सालों से न खाए एक 'हेमसागर' आम को खरीदकर चुपचाप रास्ते में खा लेने के लोभ से भी वे टेलीफोन मार्का ईसबगोल खरीदकर बच गए थे। बाद में उन्हें बहुत सन्तोष हुआ था कि जिस चीज को वे अपने बच्चों को नहीं दे सकते, उसे खुद खाने के लालच से बच गए थे। उन्होंने अपने ही दफ्तर के जवान साथी नीरद बाबू को छिप-छिपकर दफ्तर के पास एक चायवाले की दुकान से दूध खरीदकर पीते कई बार देखा था। सच्चिदा जी को यह समझने में देर नहीं लगी थी कि नीरद बाबू घर में बच्चों को दूध न पिला सकने के कारण खुद घर के बाहर छिपकर दूध पीते हैं। सच्चिदा जी को यह जानने का कुतूहल हुआ था कि नीरद बाबू दूध का खर्च बस-भाड़े या किसी और खर्च के नाम से पत्नी को लिखवाते हैं। सच्चिदा जी के पास अपने चुप्पे और संकोची स्वभाव के कारण जिन्दगी के दूसरे रहस्यों की तरह इस रहस्य को भी जानने का कोई साधन नहीं था, पर पहली बार उन्हें लगा था कि यदि उन्हें कहानियों से इतनी चिढ़ न होती, तो वे इस रहस्य-भरी बात पर खुद की एक अच्छी कहानी टाइप कर सकते थे। यह सोचकर उन्हें मन-ही-मन बहुत सन्तोष हुआ था कि इतना अधिक

खानेवाला और खाने की बातें करनेवाला उनका बॉस कभी ऐसी कहानी नहीं लिख सकता। वह आजीवन घटिया कहानियाँ ही लिख सकता है जिनमें गरीब लोग अमीर लोगों द्वारा सताए जाते रहेंगे और अन्त में या तो गरीब लोग विद्रोह कर देंगे या फिर आत्महत्या कर लेंगे।

बॉस के मित्र भवानी बाबू की हस्तलिखित प्रति के पहले वाक्य ने सच्चिदा जी को न सिर्फ अपने पुराने मर्ज के इलाज का रास्ता निकालने के लिए बेचैन किया था, बल्कि उन्हें एक बड़ा झटका भी दिया था। बॉस के कमरे में छेद से भवानी बाबू की बातें सुनते-सुनते उनसे बदला लेने के लिए सच्चिदा जी ने यह मान रखा था कि भवानी बाबू को पतले दस्त लगने की शिकायत है। इस बात से उन्हें राहत मिलती थी। हालाँकि कई बार पाखाने में बैठे-बैठे उन्हें लगता था कि इस कष्ट से तो भवानी बाबू का कष्ट कम ही होगा। आज उन्हें पहली बार यह जानकर बेहद आश्चर्य हुआ कि भवानी बाबू भी पतले दस्त के इलाज की जगह उनकी तरह कब्ज का इलाज ही खोज रहे थे। बीसों सालों में पहली बार सच्चिदा जी का भवानी बाबू से एक तरह का सम्बन्ध बन गया।

सच्चिदा जी को लगा कि भवानी बाबू जब खाने की चीजों के बारे में इतना कुछ जानते हैं, तो कब्ज का इलाज भी निश्चय ही जानते होंगे। उन्होंने अपने सारे ज्ञान का निचोड़ ही तो टाइप करने के लिए दिया होगा न! यदि सब चीजों के छिलके खाने से ही कब्ज दूर हो सकता है तो कितना सरल है यह इलाज! आलू के छिलके तो वे आज से ही खाने लगेंगे, खीरा और गाजर के छिलकों के लिए पड़ोस के वकील बाबू की नौकरानी ईतू से कहने-भर से काम हो जाएगा। यह सब तो वह कूड़े में फेंकती होगी। एक बार गर्मी के दिनों में ईतू के सड़क पर बेहोश हो जाने पर सच्चिदा जी उसे अपने घर ले आए थे और उसे मीठा नीबू-पानी पिलाया था। तब से वह उन्हें मिलने पर बहुत आदर देती है। सच्चिदा जी मुसकराए। जिन्दगी में हर घटना का सम्बन्ध आनेवाली घटना से होता है और इस रहस्य का बाद में खुल जाना कितना बड़ा आनन्द है। लेकिन सेब के छिलके कहाँ से लाएँ—सच्चिदा जी फिर सोच में पड़ गए। उन्होंने टाइप की हुई पहली पंक्ति को फिर से पढ़ा। काश, यह एक शब्द यहाँ न होता—उन्होंने अफसोस से सोचा।

उस दिन पहली बार सच्चिदा जी लंच के वक्त भवानी बाबू का इन्तजार कर रहे थे। उन्होंने मन-ही-मन सोचा कि यह जिन्दगी का एक करिश्मा नहीं, तो और क्या है कि जिसके आने पर सबसे ज्यादा कष्ट होता था, उसी व्यक्ति का आदमी एक दिन इन्तजार करने लगता है। सच्चिदा जी को लगा कि उन्होंने फिर एक बहुत सुन्दर बात खोज ली है, जिसे यदि वे कहानियाँ लिखते, तो इस्तेमाल कर सकते थे। नफरत का प्रेम में बदलना, वितृष्णा का इन्तजार में बदलना—ऐसा ही कुछ। एक दिन एक अपूर्व कहानी लिखकर अपने बॉस को हक्का-बक्का कर देने और

उनकी अद्भुत कहानी को पढ़कर बॉस के गश खा जाने का एक सुन्दर दृश्य सच्चिदा जी की कल्पना से गुजर गया। उनका चित्त फूल की तरह हलका हो गया।

भवानी बाबू के आने का वक्त एकदम नजदीक आ गया था। आज सच्चिदा जी ने अपना लंच का डब्बा भी नहीं खोला था वरना वे मिठाई-चाट-पकवानों की बातें सुनने से पहले ही अपनी रोटियाँ सटका लिया करते थे, जिससे वे बाद में भूसा न लगें। लेकिन वे कैसे और क्या पूछेंगे भवानी बाबू से—यह सोचकर गाजर और सेब के मौसम में भी सच्चिदा जी को पसीना आ गया। कहीं भवानी बाबू ने उनकी शिकायत बॉस से ठोंक दी तो—कि मेरा लिखा यह क्यों पढ़ता है? क्या यह कहकर भवानी बाबू की सहानुभूति बटोरना ठीक रहेगा कि उन्हें कब्ज की पच्चीस साल पुरानी शिकायत है? सच्चिदा जी को उनसे इतना ही तो पूछना है कि सिर्फ गाजर-आलू और खीरे के छिलके खाने से काम बन जाएगा या सेब के छिलके होना एकदम जरूरी है? यह भी तो हो सकता है कि इन चारों चीजों के छिलके मिलने से कोई ऐसा तत्त्व अँतड़ियों में पैदा होता हो, जो मल को बाहर की ओर गतिमान कर निकाल फेंके?

जीवन में, शरीर में और इस सृष्टि में सब कुछ गतिमय है और जहाँ गति में कोई रुकावट आई कि गड़बड़ी शुरू हुई। सच्चिदा जी ने इस बात को लगभग एक सूत्र या जीवन के परम सत्य के रूप में स्वीकार कर रखा था। लेकिन तभी उन्हें एक ऐसी चीज टाइप करने के लिए दी गई कि जीवन में पहली बार इस सूत्र के गड़बड़ाने से उनकी उँगलियाँ पहली बार हवा में रुकी-की-रुकी रह गई थीं। वह किस्सा यों है कि अपने बैंक की वार्षिक रपट टाइप करते समय सच्चिदा जी ने टाइप किया था कि चालू वर्ष में बैंक की देश के विभिन्न भागों की शाखाओं में दो सौ तबादले हुए थे जिनमें बैंक को एक करोड़ रुपये का खर्च वहन करना पड़ा था—प्रति तबादले पचास हजार रुपये। सच्चिदा जी को देश-भर में बैंक के अफसरों का सामान बड़े-बड़े लोहे के तिजोरीनुमा बक्सों में भरकर इधर-से-उधर और उधर-से-इधर दौड़ती बड़ी-बड़ी लारियाँ नजर आई थीं। जीवन में पहली बार उन्हें लगा था कि गति में भी कुछ गड़बड़ है और यह सारी गति झूठमूठ की, बेकार गति है। फिर उन्होंने इस गति की तुलना भवानी बाबू के पतले दस्तों की गति से की थी, जो अधिक खाने से बिना मतलब शरीर में होती रहती है। तब जाकर उन्हें गति के बारे में बनाए अपने पुराने सूत्र के ठीक होने पर राहत महसूस हुई थी।

भवानी बाबू ने उस दिन लंच के समय सच्चिदा जी के दफ्तर की सीढ़ियाँ चढ़ते वक्त देखा कि ऊपर से सच्चिदा जी अन्तिम सीढ़ी के पास खड़े-खड़े उन्हें ताक रहे हैं। उनके चेहरे पर एक ऐसी खिसियानी मुसकान है जैसे उन्हें हाजत हो रही हो और उन्हें रोकना पड़ रहा हो। भवानी बाबू को न जाने क्यों इस मरियल आदमी से बेहद चिढ़ थी। इस आदमी के उनके मित्र के चैम्बर में आते ही वे हमेशा

एकदम चुप हो जाया करते थे। एक बार वे इस ओर बिना ध्यान दिए तरह-तरह की मिठाइयों की बात कर रहे थे और उसी दिन उनका मल ऐसा कड़ा हो गया जैसे उनके अन्दर पत्थर भरे हों। उस दिन से उन्हें भ्रम-सा हो गया था कि इस शख्स की नजर बहुत कड़ी है।

भवानी बाबू को ऊपर से खड़े होकर अपने दफ्तर की सीढ़ियाँ चढ़ते हुए देखने के दृश्य के बाद का कोई दृश्य सच्चिदा जी को याद नहीं कि कैसे उन्होंने भवानी बाबू से सेब के छिलकोंवाली बात पूछी थी। उसके कई दृश्य बाद उन्हें जब होश आया, तो वे समझ नहीं पाए कि कैसे वे इस दृश्य तक पहुँच गए थे।—सच्चिदा जी ने देखा कि वे बॉस के कमरे में भवानी बाबू के बगल की कुर्सी पर बैठे थे और भवानी बाबू को सोंठ की चटनी, खजूर की चटनी, इमली की चटनी, कैरी का पानी, इमली का पानी, पुदीना का पानी और तरह-तरह के गरम मसालों—जावित्री, जायफल, लौंग, इलायची, पीपल, दालचीनी—से भोजन में बढ़नेवाले स्वाद के बारे में ऐसी-ऐसी जानकारियाँ दे रहे थे, जो उनकी स्मृति में माँ के साथ ही विलुप्त हो चुकी थीं। भवानी बाबू और बॉस बार-बार अपने मुँह में आई लार को निगल रहे थे और भवानी बाबू सच्चिदा जी के ज्ञान की गहराई पर अचरज प्रकट करती कई तरह की आवाजें गले से निकालते जाते थे, जो कि निश्चय ही डकारने की आवाजें नहीं थीं क्योंकि अभी तक किसी ने खाना नहीं खाया था।

उस रात दफ्तर के बाद पच्चीस साल में पहली बार सेब, गाजर, आलू और खीरे के छिलकों को खाए बिना ही सच्चिदा जी का पेट बहुत आसानी और आनन्द से मिनटों में पूरी तरह साफ हो गया—और यह जिन्दगी का एक और करिश्मा नहीं, तो और क्या है?

यह भी सही है वह भी सही है

अन्त में कल रात अनिल के पिता की मृत्यु हो ही गई। अन्त में इसलिए कहना पड़ा क्योंकि पिछले एक महीने से लगातार ऐसा लगता रहा था कि यह घटना आज, अभी, किसी भी वक्त होनेवाली है और ऐसा होना बराबर टलता रहा था। अनिल की दोनों बहनें बाहर से शहर में आ गई थीं और शुरुआत की मानसिक पीड़ा और ऐसा होने का इन्तजार करती-करती अपनी गृहस्थी को सँभालने की मजबूरी के कारण वापस लौट भी गई थीं। इस बीच अनिल ने भाग-दौड़, इलाज में कोई कसर बाकी नहीं रखी थी। वह जैसे मौत से एक युद्ध लड़ रहा था और शारीरिक मेहनत के अलावा उसने पैसों की भी कोई परवाह नहीं की थी। लोगों ने इन सब बातों को 'नोट' किया था और अनिल के पिता की बीमारी पर होनेवाली हर चर्चा में उन हजारों रुपये के विलायती इंजेक्शनों का जिक्र रहता था, जो उनकी जान बचाने के लिए उन्हें लगाए जाते रहे थे। यदि अनिल की हैसियत ऐसी होती कि उसके लिए इतना पैसा खर्च करना कोई बड़ी बात न होती, तो ऐसी बातों का जिक्र तक शायद बातचीत में नहीं आता। किन्तु ऐसा नहीं था। अनिल ने अपने को सबकी निगाह में एक आदर्श पुत्रा बना डाला था—ऐसा पुत्र जिसे पाने के लिए ही कोई पुत्र की कामना करता है और ऐसा होने की सम्भावना में, जिसके जन्म पर रसगुल्ले बाँटे जाते हैं। यह भी कह सकते हैं कि जिस लिए लड़की होने पर नहीं बाँटे जाते।

प्रभा पहले बहुत चिन्ता से और बाद में लगातार बढ़ती उदासीनता से अनिल के पिता का हाल मालूम करती रही थी। अनिल के पिता बहुत सज्जन आदमी थे और सबसे बड़ी बात शायद यह थी कि वे उसे बहुत पसन्द करते थे। किसी और की निगाह में इतना सम्मान उसने शायद ही कभी पाया हो। यहाँ तक कि अनिल की किसी वक्त की गई सहायता, जिसके कारण उसे यह सम्मान वह देते थे, खुद अनिल ही लगभग भूल चुका था। कम-से-कम इधर के सालों में तो अनिल ने अपने लड़के की जान बचाने की घटना का जिक्र तक नहीं किया। पर अनिल के पिता की आँखों में हमेशा उसे देखते ही कृतज्ञता उतर आती थी। वे अचानक बीमार पड़े थे और वह खबर मिलते ही तुरन्त मिलने अस्पताल चली गई थी। उनसे मिलकर

लौटते वक्त प्रभा ने अपने को अनमना पाया था। तभी उसे अचानक खुद ही क्षुद्रता का पता चल गया था। उसे यह जानकर हैरत हुई थी कि कहीं दिल के किसी कोने में वह यह उम्मीद दबाकर ले गई थी कि एक अन्तिम बार अनिल के पिता उस घटना के लिए कृतज्ञता व्यक्त करेंगे। पर वह अपनी बीमारी के बारे में ही बोलते रहे थे, जैसा कि स्वाभाविक था। आदमी क्या कभी एक क्षण के लिए भी अपने अहं से मुक्त होता है—उसने कुछ अफसोस के साथ सोचा था—क्या कभी वह पल-भर के लिए भी अपने बारे में सोचे बिना किसी के बारे में सोचता है? फिर उसे लगा था कि इस सोच के भी नकली होने की पूरी सम्भावना थी क्योंकि यह काफी किताबी था। उनके 'ग्रुप' में इन दिनों देश-विदेश में घटी कुछ घटनाओं के दबाव में एक आत्मनिरीक्षण का दौर चल रहा था। वे सब बहस के एक दायरे में गोल-गोल घूम रहे थे और सारी दार्शनिक मुद्राओं के बावजूद कहीं-न-कहीं अपने-आपको और दूसरों को यह मनवाने में लगे थे कि उन्होंने सब ठीक समझ लिया है। प्रभा ने अक्सर पाया था कि सारी बहसें इसी तरह खुद अपने-आपको बेकार साबित कर देती हैं, हालाँकि वह यह भी जानती थी कि उनके जैसे लोगों के लिए अपनी निगाह में जिन्दा रहने के लिए बहसों में पड़े बिना कोई चारा नहीं है। पर वह बड़ी चालाकी से उनकी निरर्थकता को जानकर सन्तोष कर लेती थी कि वह ऐसा जान रही है, जबकि दूसरे ऐसा नहीं जान पाएँगे।

बहरहाल, अनिल की दौड़-धूप और पिता को बचाने के अथक प्रयासों को देखकर उसे समझ में नहीं आ रहा था कि वह क्या प्रमाणित करने में लगा है या उसे क्या प्रमाणित करने की जरूरत महसूस हो रही है? बात कुछ उलझी हुई लग सकती है, पर बात सिर्फ इतनी थी कि जब यह समझ में आ ही गया था कि वह किसी तरह बचेंगे नहीं, तो अनिल क्यों यह हारी हुई लड़ाई लड़ रहा था—यह उसकी समझ के बाहर था। इस लड़ाई के चक्कर में उसके पिता का शरीर सुइयों से नीला पड़ गया था, पीठ में घाव हो गए थे, उनके हाथ बाँधकर रखने पड़ रहे थे और उनके हृदय, फेफड़े, किडनी—सभी अवयव बेकार हो रहे थे। वे जब भी कुछ कहते थे, तो 'मुझे बहुत तकलीफ है' और 'मुझे घर ले चलो' के अलावा कुछ और नहीं कहते थे। उनकी उम्र सत्तर के ऊपर थी और अनिल की माँ की दस साल पहले मृत्यु के बाद वे काफी अकेले थे। पर ये सारी बातें एक बाहरी आदमी की सोच थीं और अनिल जैसे इनसे बेखबर उन्हें बचाने के लिए हरचन्द कोशिश कर रहा था। वह सिर्फ इतना ही जानना चाहती थी कि अनिल के ऐसा करने के पीछे 'कोई दूसरे लोग' तो अनिल के दिमाग में नहीं घुसे हुए हैं। यानी कि वह सिर्फ एक सच्ची छटपटाहट में है या 'उसे ऐसा करना चाहिए'—ऐसी किसी धारणा में? पर यह जानने का कोई रास्ता वह नहीं देख रही थी। दबी जबान से कुछ बड़े-बूढ़े लोग यह कहने लगे थे कि अनिल को अपने पिता को शान्ति से मरने देना चाहिए,

पर प्रकट रूप से ऐसा कहने की जिम्मेदारी कोई नहीं लेना चाहता था। इसलिए जो हो रहा था, वह होता जा रहा था और सभी इन्तजार से ऊबे-ऊबे या अपनी ऊब को जानकर ग्लानि से भरे थे। जिस समय अनिल के पिता मरे, वह उन्हें खून चढ़वाने का इन्तजाम कराने के लिए दौड़-धूप कर रहा था। तब उसे लगा था कि शायद कुछ प्रमाणित करने की जरूरत न होती तो अनिल के पिता कम तकलीफ से मर सकते थे या फिर वह किसी गाँव में होते, तो कम तकलीफ से मर सकते थे। एक खयाल यह भी उसके दिमाग से गुजरा था कि हो सकता है कि खुद उसने अनिल से अपनी उदासीनता छोड़कर इस बारे में कुछ कहा होता, तो शायद वह कम तकलीफ से मरते।

उसने 'ग्रुप' में अनिल के पिता की मृत्यु, सारे हालात और अपने विचार रखे। इस पूरी कहानी को सुनने के बाद एक जूनियर सदस्य जयन्त ने कहा, "यह मान भी लिया जाए कि यदि आपने उदासीनता छोड़कर अनिल से इस बारे में कहा होता—ऐसा सोचने के पीछे आपका अहंकार ही काम नहीं कर रहा है, तो भी यह प्रश्न बच जाता है कि क्या आपको ऐसा कहना चाहिए था? क्या मालूम कि वे बच ही जाते और दस साल और जीते? क्या मालूम कि अनिल को उनके बिना जीवन बहुत सूना नजर आ रहा था और इसीलिए वह उन्हें बचाने की इतनी कोशिश कर रहा था? यह भी तो हो सकता है कि अनिल की अपनी पत्नी से न बनती हो और पिता उसके साथी हों? या मान लीजिए कि पत्नी से बहुत बनती हो, इसलिए वह बिना लड़े उनकी मौत स्वीकार कर ले, तो क्या यह अमानवीय नहीं होगा?"

वह एकदम चुपचाप जयन्त की ओर देखती रही थी। प्रभा को यह महसूस हो रहा था कि वह ठीक कह रहा है। पर कहीं उसके दिल में यह सन्देह भी कचोट रहा था कि जयन्त उससे कोई पहले का हिसाब तो बराबर नहीं कर रहा है?

किसी समूह में होने का मतलब एक तरह की राजनीति में पड़ना था क्योंकि व्यक्तिगत राग-द्वेषों से बचना लगभग असम्भव था—यह बात जानते हुए प्रभा किसी भी समूह से जुड़ने से बचती रही थी। यह 'ग्रुप' प्राय: इसी तरह के लोगों का था जो या तो इस बात को समझने के कारण अकेले अलग-थलग पड़े थे या ऐसे लोगों का, जो इन सब बातों को समझने के झमेले में ही नहीं पड़े थे और बस संयोगवश वहाँ आ गए थे। यह एक तरह से अपने-आप उग आया 'ग्रुप' था और इसके कोई कायदे-कानून या निश्चित मिलने का समय तक नहीं था। बस, एक रिटायर्ड प्रोफेसर मधुसूदन का अकेला खाली-खाली कमरा था, जहाँ अनियोजित रूप से रविवार को कोई-कोई चला जाता। मधुसूदन जी की उपस्थिति के कारण आपसी मतभेद किसी प्रकार की व्यक्तिगत खींचातानी तक नहीं पहुँचते थे, या पहुँचते-पहुँचते रह

जाते थे। एक तरह की सदाशयता कहिए या आत्मनिरीक्षण कहिए—मानो वहाँ की हवा में ही घुले रहते थे। पर प्रभा ने यह भी अनुभव किया था कि किसी-न-किसी तरह की शिकायतें व्यक्तियों के बीच कैसे भी पनप ही जाती थीं, चाहे वह किसी के बहुत अधिक बोलने पर हो या धाक जमाने की कोशिश पर हो या अपनी बात को तरजीह न दिए जाने पर हो। कई बार तो यह शिकायत अपनी तरफ न देखे जाने या न मुसकराने या उचटी हुई निगाह तक से पनप जाती थी। उसे रेखा से और कुछ नहीं, तो यही शिकायत हो चली थी कि वह उसके कपड़ों को बहुत ध्यान से देखती है, मानो मन-ही-मन उसकी हैसियत तौल रही हो। पर ये सब बातें कभी बोली नहीं जाती थीं और आकाश में आकार लेते बादलों की तरह हरदम नई-नई शक्लें लेती रहती थीं।

रेखा को जयन्त की बातों पर मुसकराते देखकर प्रभा कुछ और बुझ गई। जयन्त ने रेखा की मुसकराहट और प्रभा का बुझना दोनों देखा। फिर उसने कहा, "आदमी के जीवन में कई बार बहुत असमंजस-भरी स्थिति सामने होती है और कुछ ऐसी प्रचंड-सी चीज उसके अन्दर पैदा होती है जो उसे हिलाकर रख देती है। मैं आप लोगों को दो महीने पहले की एक घटना सुनाता हूँ जो मैंने आप लोगों से छिपा रखी थी क्योंकि मैंने अपनी पत्नी को किसी को न कहने का वचन दिया था। पर आज प्रभा जी की बातें सुनने के बाद मैं आप लोगों को उस वाकिये के बारे में बताना चाहता हूँ।" जयन्त की पत्नी के नाम से जैसे सारी मंडली की उत्सुकता मद्धिम पड़ गई। दरअसल साल-भर पहले जब जयन्त ने अचानक माता-पिता द्वारा तय की हुई एक साधारण-सी लड़की से शादी कर ली थी, तो 'ग्रुप' को काफी निराशा हुई थी। उसके जैसे प्रतिभाशाली युवक से इतने घरेलूपन की किसी ने उम्मीद नहीं की थी। जब जयन्त पहली बार पत्नी को 'ग्रुप' से मिलवाने लाया, तो मनुष्य-मनुष्य की समता के लिए अपनी सारी घोषणाओं के बावजूद जयन्त की पत्नी से किसी ने समकक्षता का व्यवहार नहीं किया था। पर जयन्त के उत्साह में इस बात से कोई फर्क नहीं पड़ा था और वह प्राय: हर रविवार को प्रोफेसर मधुसूदन के घर चला आता था।

जयन्त ने पत्नी का नाम लेने पर मंडली की प्रतिक्रिया को भाँप लिया। पूरे आत्मविश्वास के साथ उसने बताना शुरू किया, "एक शाम की बात है, मैं और मेरी पत्नी गंगा के किनारे घूमने गए। मौसम बहुत अच्छा था और मेरी पत्नी ने नदी के आर-पार मुसाफिरों को ले जानेवाले 'फेरी लांच' में बैठने की इच्छा प्रकट की। हम ढलती साँझ की हलकी रोशनी में 'डेक' पर खड़े लांच के आने का इन्तजार कर रहे थे कि साधारण सूती साड़ी पहने हुए तीखे नाक-नक्श की एक साँवली नवयुवती मेरी

पत्नी के पास आई और उसने बांग्ला भाषा में पूछा—क्या आप मुझे अपने घर पर काम के लिए रखेंगी?

मेरी पत्नी इस प्रश्न से चकित हो गई। इस तरह किसी अनजान युवती का यह प्रश्न पूछना बड़ा अप्रत्याशित था। उसने युवती से कहा कि मुझे किसी व्यक्ति की आवश्यकता नहीं है और उसने युवती से यह भी पूछा कि तुम्हारा घर कहाँ है और तुम काम क्यों करना चाहती हो। उस युवती ने बताया कि मेरा गाँव गंगा के उस पार श्रीहरिपुर है, मेरे दो बच्चे हैं और पति हैं। पति ने मुझे घर से निकाल दिया है—मेरी पत्नी यह सुनकर चुप रही। फिर उसने दस रुपये का नोट निकालकर उस युवती को देना चाहा। उस युवती ने लेने के लिए हाथ नहीं बढ़ाया और—मैं इसका क्या करूँगी—कहकर पलट गई। इतने में लांच आ गया और गहराती साँझ में हम लांच पर चढ़ गए। उस पार पहुँचकर अधिकांश यात्री लांच से उतर गए। पर हम लांच में ही बैठे रहे क्योंकि हमें वापस इसी पार आना था। थोड़ी ही देर में यात्रियों से खचाखच लदा लांच वापस लौटने के लिए स्टार्ट हो गया।

हम बीच मँझधार में पहुँचे ही थे कि अचानक बहुत शोरगुल मचा और लांच अजीब-सी आवाजें करता हुआ रुक गया। मेरी पत्नी की पीठ उस तरफ थी, पर मैंने लांच की मद्धिम रोशनी में देखा था कि वही बंगाली युवती गंगा में कूद गई थी। पत्नी के, "क्या हुआ, क्या हुआ" पूछने पर मैंने उसे उत्तेजित आवाज में बताया कि वही औरत पानी में कूद गई है। यह सुनकर अचानक मेरी पत्नी पागल हो उठी। वह सबको धक्का देती हुई लांच के उस किनारे में पहुँच गई जहाँ वह युवती पानी में पूरी क्षमता के साथ तैर रही थी, अपनी तरफ बार-बार फेंकी जाती रस्सी से बचते हुए। यह एक अद्भुत और खौफनाक दृश्य था। तब तक बिलकुल अँधेरा हो चुका था और गंगा का पानी एकदम स्याह था। वह औरत्त मरना चाहती थी, पर तैरना जानने के कारण इतनी जल्दी डूब नहीं सकती थी। वह रस्सी पकड़ने से बच रही थी, पर तैरती जा रही थी क्योंकि शायद उसे जीवन से मोह भी हो रहा था। उसे देखते ही मेरी पत्नी काँपते शरीर के साथ जोर-जोर से बांग्ला में चिल्लाने लगी, "मैं तुम्हें काम पर रख लूँगी। तुम आ जाओ, तुम आ जाओ।" मैंने पत्नी को कसकर पकड़ रखा था कि कहीं वह पानी में न कूद जाए क्योंकि वह जैसे एक आवेश में थी। अन्ततः उस युवती के लम्बे बाल रस्सी फेंकनेवाले आदमी ने झुककर पकड़ लिये और उसे खींचकर बाहर निकाल लिया। मेरी पत्नी जहाँ खड़ी थी, वहीं पत्थर-सी चुपचाप बैठ गई।

अब वह युवती मेरी पत्नी से कुछ ही दूर अकेली गीले कपड़ों में बैठी थी। उससे आधे गज की दूरी पर लोगों ने अर्धवृत्त बना लिया और उसे लताड़ने लगे। उसके कारण सब मुसीबत में पड़े थे। किसी को देर हो गई थी, किसी का दिल अभी तक धड़क रहा था। सबसे अधिक क्रोध लांच के चालक और उस पर काम

करनेवाले आदमियों को था क्योंकि इतनी बड़ी नौका को इधर-उधर कटाकर उसके पास ले जाने के चक्कर में लांच का इंजन गड़बड़ा गया था या शायद स्टियरिंग व्हील में कुछ खराबी आ गई थी। मेरी पत्नी ने कुछ देर बाद सिर ऊँचा कर यह दृश्य देखा। फिर वह उठी और मुझे धकियाते हुए जाकर उस युवती के गले में बाँहें डालकर उसके कान में कुछ कहती रही। यह देखकर लोग चुप हो गए और इतने में ही लांच स्टार्ट हो गया।

किनारा आते ही मेरी पत्नी ने सबसे पहले उस युवती को थामे हुए उतरने की चेष्टा की पर लांच पर काम करनेवाले आदमी ने उसे रोकते हुए पुलिस का नाम लेते हुए कुछ कहा और कूदकर पहले खुद उतर गया। मेरी पत्नी के यह कहते रहने के बावजूद कि "मैं इसे रखूँगी। यह मेरी जिम्मेदारी है। इसे पुलिस को मत सौंपिए," भीड़ हमें धकियाती हुई लांच के ऑफिस में ले गई। "पहले वहाँ जाना ही होगा रिपोर्टिंग के लिए, फिर आप इसे ले जा सकती हैं," उस आदमी ने मेरी पत्नी को जैसे सान्त्वना दी।

ऑफिस में जाते ही मेरी पत्नी ने अपनी बात टेबल के पीछे बैठे अफसर से दोहराई। उसने कहा, "इसे पुलिस में देना ही होगा। कल यदि यह आपके घर में आग लगाकर जल मरी, तब क्या करेंगी आप? पुलिस में रिपोर्ट होने दीजिए। फिर आप इसे वहाँ से ले लीजिए।"

यह सुनकर मेरी पत्नी चुप हो गई। इस दौरान वह युवती एकदम काठ की पुतली की तरह जड़ बैठी थी।

मैंने पत्नी को यह आश्वासन देकर कि पुलिस की कार्रवाई में वक्त लगेगा और हम बाद में सीधे थाने चले जाएँगे, उसे घर ले आया। सारे रास्ते हम चुप रहे। अब हमारे दिमाग में घरवालों की अपेक्षित प्रतिक्रिया की चिन्ता घुमड़ रही थी कि इस बारे में कौन क्या रुख अपनाएगा। उतरते समय उसने कहा, "पिताजी को कुछ बोलने की जरूरत नहीं है, माँ को मैं समझा लूँगी। हम उसे घर लेकर आएँगे, तो कुछ तो कहना ही पड़ेगा।"

ऊपर जाकर वह माँ के पास बैठ गई। मैं बगल के कमरे में बैठ गया ताकि उनकी बातें सुन सकूँ। उसने कहा, "माँ, आप इतनी अच्छी हैं। मेरी एक बात मानेंगी। मैं आपका अहसान कभी नहीं भूलूँगी। मैंने किसी को कोई वचन दिया है और आपकी मदद के बिना मैं उसे पूरा नहीं कर सकती।"

मैं समझ रहा था कि वह माँ से ऐसी भाषा में बात कर रही है, जो माँ की ही भाषा है। माँ ने कुछ झिझकते हुए हामी भर दी, हालाँकि वे काफी आशंकित हैं—यह मैं महसूस कर रहा था। तब उसने पूरी घटना माँ को कह सुनाई। सुनकर

माँ स्तब्ध रह गईं। फिर बोलीं, "ऐसे हम किसी को कैसे अपने घर रख सकते हैं, सोचो? पिताजी को क्या बोलेंगे? फिर भरा-पूरा घर है, कल को कुछ नुकसान कर बैठी, तो? क्या पता उसने यह पूरा नाटक खेला हो कि तुम्हें तरस आ जाए और उसे आसरा मिल जाए?"

मेरी पत्नी यह सब सुनकर हतप्रभ हो गई। वह कुछ देर तक चुप बैठी रही, फिर उसने क्षोभ भरे स्वर में कहा, "वह क्या जानती थी कि मेरे जैसा कोई मूर्ख उस नौका पर सवार होगा? आखिर हमारे पास ऐसा क्या है जिसे वह लूटकर ले जाएगी? और इसके होने का फायदा भी क्या है यदि हम किसी की मुसीबत में मदद तक न कर सकें?" माँ भी काफी उथल-पुथल से गुजर रही होंगी क्योंकि वे एक धार्मिक और दयावान महिला हैं। कम-से-कम ऐसा ही वे अपने बारे में सोचती हैं—यह मैं जानता हूँ। फिर मैं सोचता हूँ कि उन्होंने यह भी विचार किया होगा कि मैं भी पत्नी के साथ हूँ। अच्छा, ले आओ, देखा जाएगा, अन्त में उन्होंने कहा।

हम दोनों पति-पत्नी जब नार्थ पोर्ट पुलिस थाने पहुँचे तो देखा कि वह युवती पुलिस अफसर के सामने अपने लम्बे बाल खोलकर सुखाती हुई बैठी थी। उसने हमें आँख-भर देखा, पर किसी तरह की प्रतिक्रिया नहीं दिखाई। पुलिस अफसर ने पूरी घटना सुनकर कुछ आश्चर्य और दिलचस्पी से हमें देखा। फिर वह ओ.सी. से हमें मिलाने अन्दर के कमरे में ले गया।

बाहर बैठनेवाले अफसर के मानवीय चेहरे की तुलना में ओ.सी. का चेहरा काफी सख्त था। उसने कड़ी आवाज में कहा, "इस तरह हम इसे आपके साथ नहीं छोड़ सकते। पहले इसके घरवालों को खबर की जाएगी। यदि कोई नहीं मिला तो इसे औरतों के 'रिमांड होम' में भेजा जाएगा। आप ज्यादा-से-ज्यादा यह कर सकते हैं कि इसे अपना पता दे दें। यह अपनी इच्छा से, जब स्वतंत्र होगी, आपके घर जा सकती है।"

हम जब बाहर निकले, तो मेरे हृदय में राहत की अनुभूति थी। यदि वह हमारे साथ आती, तो हमें काफी मुसीबतें उठानी पड़ सकती थीं। पर मैंने अपनी पत्नी का पूरा साथ दिया था और इस बात का सन्तोष मेरे साथ था। मैं यह सोचने लगा कि क्या वह भी मेरी तरह राहत महसूस कर रही है? इसकी काफी सम्भावना थी।

वह कुछ दिनों तक इस तरह रही जैसे किसी बड़े हादसे से गुजरी हो। एकदम अवसन्न-सी। पूछने पर उसने कहा, "पता नहीं मुझे क्या हो गया है। बस कुछ अच्छा नहीं लगता। इस जीवन का क्या अर्थ है, मेरी समझ में नहीं आता। इन सारी सुविधाओं का, जिनमें हम जीते हैं—इन रिश्तों का, जिन्हें हम बनाए रखने में पूरी तरह जुटे रहते हैं—क्या मतलब है? हम अपने खाने-पीने, पहनने, मनोरंजन करने, शान बढ़ाने या पैसा कमाने में जुटे रहते हैं, पर किसलिए? मैं बार-बार पानी में मरने के लिए कूदी 'कल्याणी' के बारे में सोचती हूँ, जो कैसे तैर रही थी, पर रस्सी

पकड़ने से बच रही थी। मुझे अपना जीवन एकदम बेकार लगने लगा है। शायद कुछ दिनों में मैं ठीक हो जाऊँगी, पर अभी तो मुझे लोग, सारी बातें खोखली-सी लगती हैं। कुछ करने का मन ही नहीं होता।"

जयन्त इतना कहकर चुप हो गया और खोया-खोया-सा खिड़की के बाहर देखता रहा। सभी चुप थे और सब अपने-अपने अन्दर शायद कुछ टटोल रहे थे। किन्तु वहाँ का मौसम एकदम बदल गया था। सभी यकायक अपने अन्दर एक विनम्रता भरी तरलता महसूस कर रहे थे—ऐसा प्रभा को लगा। जयन्त की पत्नी के प्रति उनके मन में जो सम्मान पैदा हुआ था, उसने जैसे किसी भी तरह की आपसी कटुता को धो डाला था। प्रभा ने रेखा की ओर देखा तो उसे लगा कि रेखा की आँखों में वैसा ही कुछ भाव था।

प्रो. मधुसूदन ने अचानक अपना सिर उठाकर सबकी ओर चेहरा घुमाकर देखा। फिर उन्होंने कहा, "मैं नहीं जानता कि क्या मैं ऐसी स्थिति में वैसा कुछ करता, जो जयन्त की पत्नी और जयन्त ने किया। यदि हम इस घटना को एक कहानी की तरह लिखी हुई पढ़ें, तो हम ज्यादा-से-ज्यादा यह सोचेंगे कि एक पुरानी टाइप की दिल पिघलानेवाली कहानी है या यह भी सोच सकते हैं कि लेखक ने संवेदना दिखाकर हमें अपने जाल में लपेटने की कोशिश की है। किन्तु इस कहानी का प्रभाव, जैसा कि मैं देख रहा हूँ, हम सब पर काफी गहरा पड़ा है, पुराने साहित्य की तरह ही। यह भी हो सकता है कि हम ऐसा मानने की चेष्टा कर रहे हैं क्योंकि हमें यह लग रहा है कि जयन्त की पत्नी और वह जब इतने संवेदनशील हैं, तो हमें कम-से-कम उनकी कहानी से मर्माहत तो दिखना ही चाहिए। हाल में मैं अपने एक मित्र की शवयात्रा में सिर्फ यह सोचकर शामिल हुआ कि नहीं जाऊँगा तो लोग क्या कहेंगे। पर साथ ही मैं अपने को भी यह विश्वास दिलाना चाहता था कि मैं पूरी तरह से मृत नहीं हुआ हूँ और घटनाओं से प्रभावित होता हूँ। पर सच कहूँ तो बढ़ती उम्र के साथ मुझे कोई बात छूती नहीं—बस यूँ ही निकल जाती है पास से, और मैं चलता जाता हूँ।"

प्रभा ने आश्चर्य से मधुसूदन जी का चेहरा देखा। उसे हमेशा लगता था कि वे दूसरों पर अपने को जरूरत से ज्यादा खर्च करते हैं। उनकी करुणा उन्हें एक सीमा बनाने नहीं देती कि किसी के लिए क्या किया जाना चाहिए और कब रुक जाना चाहिए। लेकिन क्या मधुसूदन जी ऐसा इसलिए करते हैं कि दूसरों को उनसे ऐसी उम्मीद है—क्या वे अपनी बनाई हुई छवि के शिकार हैं?

उसने जयन्त की ओर देखा। वह भी मधुसूदन जी को गौर से देख रहा था। प्रभा ने अचानक सोचा कि क्या जयन्त की पत्नी ने एक आवेश में आकर किसी

गहरे अपराध-बोध के कारण इतना किया—आखिर वह औरत पहले उसी के पास नौकरी माँगने गई थी। क्या वह ऐसा तब भी करती यदि वह औरत उसके पास पहले आई ही नहीं होती? कभी-कभी आदमी अपने अन्दर के खालीपन को एक बड़े प्रवाह से भर जाने देने के लिए भी आतुर हो उठता है : उसे लगता है कि कुछ ऐसा प्रबल उसके अन्दर उठे जो पूरी तरह उसे अपनी गिरफ्त में कर ले और वह कुछ सोच-समझ तक न पाए? क्या जयन्त ने उसे ऐसा करने दिया क्योंकि वह अपनी साधारण पत्नी में असाधारणता देखना चाहता था? उसने देखा कि रेखा एक भेद-भरी मुसकुराहट लिये उसे देख रही थी—क्या वह भाँप रही है कि प्रभा क्या सोच रही है जयन्त के बारे में।

रेखा ने उसकी तरफ देखते हुए ही कहा, "बात यहाँ से उठी थी कि क्या अनिल को उसके पिता के इलाज की व्यर्थता के बारे में कुछ कहा जाना चाहिए था या नहीं। मेरी बात बहुत ओछी लग सकती है, पर मैं जयन्त को इतना तो जरूर कहूँगी कि उसे और उसकी पत्नी को वही करना चाहिए था जो उन्होंने किया, पर वह सही नहीं था—मेरा मतलब उन्हें सचमुच ऐसा नहीं करना चाहिए था। वह औरत उन्हें किसी झूठे केस में फँसा सकती थी—कुछ भी हो सकता था, जो उनकी इस मदद करने की कोशिश को निरी मूर्खता साबित कर देता। इसलिए मैं सोचती हूँ कि आदर्श के तौर पर तो उन्होंने जो किया वह सही था, पर...उन्हें ऐसा करना नहीं चाहिए था।"

मौसम फिर बदलकर भारी हो गया था और सबके चेहरों पर तरह-तरह के सन्देह घिर आए थे, जिनमें वे काफी सुरक्षित महसूस कर रहे थे।

वाइल्ड फ्लावर हॉल

ऊँची चढ़ाई पर गाड़ी पूरा दम लगाकर चढ़ती हुई अन्त में हार मानकर धुआँ फेंकती चिंघाड़कर रुक गई। ड्राइवर के कहने पर वे सब बेमन से गाड़ी से उतर गए और घूमकर ऊपर खो गई उस सड़क की ओर देखते रहे थे, जो वाइल्ड फ्लावर हॉल तक जाती थी। दो औरतें दो आदमी। गाड़ी वज़न कम होने पर शोर मचाती ऊपर चली गई। दोनों पुरुष ऊपर चढ़ने लगे—कम उम्रवाला तेजी से और बड़ी उम्रवाला धीरे-धीरे। औरतों के लिए नीचे से घोड़ेवाले आ गए थे और ऊपर पहुँचाने के लिए बीस रुपये माँग रहे थे। कम उम्रवाली औरत ने बुखार तोड़ने के लिए आधा घंटा पहले दवा ली थी और वह चाहती थी कि घोड़ा कर लिया जाए। पर खुद अपने लिए ऐसा कहना उसे मंजूर नहीं था। उसे उम्मीद थी कि दो-चार रुपये कम करवाकर उसके लिए घोड़ा जरूर कर लिया जाएगा। पर ऊपर चढ़ते उसके पति ने आवाज लगाकर कहा कि वाइल्ड फ्लावर हॉल सामने ही दिख रहा है। कम उम्रवाली औरत की निराशा और थकान पल-पल क्रोध में बदल रहे थे। उसने लम्बी साँस लेकर आँखों में आई पानी की धुँधली परत से देवदार के सीधे सतर पेड़ों को ऊपर तक देखा। फिर वह चढ़ने लगी। साथवाली औरत को छोड़कर वह इस तरह आगे बढ़ गई जैसे उसे यह साबित करना हो कि बुखार के बावजूद उन दोनों के बीच दस वर्ष की उम्र का फासला बरकरार है। सड़क के मुड़ते ही उसने देखा कि सचमुच देवदार के पेड़ों के बीच एक हरी-सफेद लकड़ी की ढलुवाँ छतवाली पुरानी काटेज झाँक रही थी। उसे अपनी झूठ-मूठ की झल्लाहट पर ग्लानि हुई। उसने साथवाली औरत की तरफ मुड़कर जैसे पश्चात्ताप करने के लिए मधुर स्वर में कहा, "धीरे चलिए सुमन भाभी। सामने ही होटल है। कितना हाँफ रही हैं आप।" बोलते-बोलते उसे लगा कि शायद वह खुद ही ज्यादा हाँफ रही थी। साँस खींचने में उसे कुछ अजीब-सी असुविधा हुई। उसकी झल्लाहट फिर लौटने लगी। इसलिए मुँह घुमाकर वह वापस उस काटेज को देखने लगी, जिसके नाम पर मुग्ध होकर उसने खुद यहाँ आने की योजना बनाई थी।

"बाईस मई। वाइल्ड फ्लावर हॉल। काटेज नं. वन। वे तीनों शिमला घूमने गए हैं—यहाँ से तेरह किलोमीटर दूर। अजय मेरे बिना जाना नहीं चाह रहे थे। कम-से-

कम कह तो ऐसा ही रहे थे। बड़ी मुश्किल से कह-सुनकर भेजा। मैं ठीक हूँ। बस बुखार के बाद शरीर टूट-सा रहा है। सब चले गए। कितना अच्छा लग रहा है। मैं अपने जीवन के बत्तीस सालों में कभी इस तरह अकेली नहीं रही हूँ। पूरे चार घंटे और कोई देखनेवाला नहीं कि मैं क्या कर रही हूँ—" आरामकुर्सी पर बैठी हुई वह अपनी डायरी में लिखे हुए को फिर पढ़ गई। उसने डायरी बन्द कर कलम डायरी में अटका दी। लेकिन सचमुच इन चार घंटों में वह करेगी क्या? क्या उन लोगों के साथ चली जाती, तो अच्छा रहता या अजय को रोक लेती। लेकिन क्यों रोकती? अजय ने ही तो कहा था कि सुमन भाभी-प्रदीप भैया के साथ शिमला घूमने चलेंगे। अकेले बोर हो जाएँगे। बच्चे भी तो साथ नहीं जा रहे। जो व्यक्ति उसके साथ अकेले बोरियत महसूस करता हो उसे वह अपने साथ क्यों अटकाकर रखना चाहेगी? "क्या कोई रिश्ता ऐसा नहीं होता, जिसमें बरसों-बरस बाद भी एक-दूसरे से ऊब न हो?—जहाँ एक-दूसरे का साथ जीवन को कुछ ऐसा देता हो कि उसी से जीवन भर जाता हो? या ऐसा सिर्फ उन रोमांटिक उपन्यासों में ही होता है जिन्हें कॉलेज से लेकर अब तक मैं पढ़ती आ रही हूँ—जिन्हें अजय घटिया किताबें कहता है क्योंकि उनमें एक ही कहानी पात्रों के नाम और जगह बदलकर होती है। बेशक होती है। लेकिन उनमें कुछ ऐसा भी होता है जो दिलो-दिमाग को सुकून देता है। क्या अजय ने कभी सोचने की कोशिश की है कि तमाम 'क्लासिक' साहित्य पढ़ने के साथ-साथ मैं ये 'घटिया' किताबें क्यों पढ़ती हूँ?" इतना लिखकर उसने थकान के कारण फिर डायरी बन्द कर रख दी।

अपने मन पर घिरती उदासी को झटकने के लिए वह आरामकुर्सी से उठकर दरवाजे के काँच से बाहर देखने लगी। काटेज नं. वन के पिछवाड़े की तरफ बने इस कमरे में दो दीवारों पर लगातार खिड़कियाँ थीं, जिनमें लकड़ी के फ्रेम में चौकोर काँच जड़े थे। दरवाजे में भी आधी दूर तक खिड़कियों की तरह ही काँच थे। यहाँ से उस सड़क को देखा जा सकता था, जहाँ वह नीचे से बलखाती ऊपर उठती वाइल्ड फ्लावर हॉल तक पहुँचती थी। फिर यह सड़क काटेज नं. वन के चारों तरफ चक्कर लगाती थी। पीछे की तरफ सड़क एक ओर नीचे उतरकर गोल घूमकर न जाने कहाँ खो गई थी। उस गोल सड़क के किनारे एक तरफ चौड़ी बाउंड्री बनी थी। उसने दरवाजे पर खड़े-खड़े देखा कि उस बाउंड्री पर एक औरत पीली साड़ी पहने बैठी थी। उसके लम्बे बाल खुले हुए थे और वह कोई किताब पढ़ रही थी। उस औरत के पीछे देवदारों की सघन हरियाली उसकी साड़ी के पीलेपन से और खुशगवार हो आई थी। वह दरवाजे पर खड़े-खड़े देवदारों के पेड़ों को गिनने लगी। दरवाजे के सिर्फ दो चौकोर काँचों से सौ से अधिक पेड़ देखे जा सकते थे। बाकी खिड़कियों से तो न जाने कितने—। तो क्या वह चार घंटे यहाँ पेड़ ही गिनती रहेगी? कोई किताब भी तो नहीं लाई। वह पीली साड़ीवाली औरत कौन सी किताब

पढ़ रही होगी? क्या वह उसके पास जाकर उससे बात करे? उससे कोई किताब ही माँग ले? या थकान दूर करने के लिए सो जाए? क्या करे?—क्या अजय को उसे इस तरह अकेले छोड़ जाना चाहिए था? न जाने कहाँ से उसे पुरुषों के सूट बनानेवाली एक कम्पनी का 'द कम्प्लीट मैन'—एक पूर्ण पुरुष का विज्ञापन याद आया जिसमें एक सुदर्शन सजा-धजा पुरुष अपनी पत्नी के मुँह में थर्मामीटर लगाए खड़ा रहता है। क्या अजय को उसके कहने पर भी उसे इस तरह बीमार अकेले छोड़ जाना चाहिए था?

उसकी आँखों के सामने एक दृश्य उभरा, जिसमें वे तीनों किसी बात पर खिलखिलाकर हँस रहे थे। अजय को सुमन भाभी की हाजिरजवाबी और खुशमिजाजी बहुत पसन्द है। एक बार उसने कहा था कि उसकी जानी हुई सारी औरतों में सुमन भाभी ही एकदम बेफिक्र और मस्त हैं—न ज्यादा सोचना, न चिन्ता-विन्ता, न रोना-धोना। क्यों नहीं, क्यों नहीं—वह कुढ़ती है। एक तो प्रदीप भैया जैसा पालतू पति मिला है। न रोके, न टोके। सुमन भाभी की खुशमिजाजी इन दिनों तो उसे एक नाटक लगने लगी है। वे जानती हैं कि अजय जैसे लोगों को वे इससे प्रभावित कर सकती हैं। कोई दिक्कत-मुसीबत हो, कहेंगी, "कोई बात नहीं।" कई बार उसके दिल में आया है—कहे, "कोई बात कैसे नहीं है। कोई दिक्कत है, तो दिक्कत तो है ही।" लेकिन अजय की नाराजगी के डर से चुप रह जाती है। और फिर क्या अजय को इतना भी नहीं समझना चाहिए कि उसका अपना व्यक्तित्व है। उसे चुप रहना अच्छा लगता है, तो क्या इसका अर्थ यह है कि वह मनहूस है। उसे जल्दी रोना आ जाता है, तो क्या वह मान ले कि वह अव्यावहारिक है। वह अपनी डायरी में लिखने के लिए वहीं खड़े-खड़े मन-ही-मन वाक्य गढ़ने लगीं, "सच तो यह है कि हम सब एक-दूसरे में कुछ और खोज रहे हैं। मतलब जो है—उससे अलग कुछ और। सारे रिश्ते एक कर्तव्यों का जंजाल हैं। एक बोझ-सा है। यह करना चाहिए। ऐसा करो। ऐसा मत करो। यह ठीक नहीं है। कोई उमंग नहीं। हँसने का कोई कारण नहीं। हम ऐसे ही जी रहे हैं। यही एक तरीका—एक ही रास्ता है, जो हमें मालूम है। हम खुद अपनी हँसी खो देते हैं, तब हम दूसरों की हँसी की तरफ खिंचते हैं। पर हम यह नहीं देख पाते कि उनकी हँसी के पीछे या तो एक तरह की मूर्खता है—जीवन को न समझने की बेवकूफी, या व्यक्तित्व का हलकापन, या फिर एक तरह की हिंसा कि देखो, हम कितने जिन्दादिल हैं। और तुम हमारे जैसे कहाँ! अजय को किसी और के लिए कुछ करना हो तो वह कैसे भी समय निकाल लेगा। पर यदि मेरे लिए कुछ करना हो, तो हजार बहाने हैं, 'समय नहीं', 'आलस आ रहा है', 'फिर कभी' वगैरह-वगैरह। जिस रिश्ते पर सबसे अधिक ध्यान देने की जरूरत होती है, उसी को हम सबसे कामचलाऊ ढंग से जीते हैं।" उसने एक गहरी साँस ली—क्या होगा यह सब सोचकर? लिखकर?

पीली साड़ीवाली औरत के पास एक आदमी और एक औरत आकर बैठ गए थे। उसने आश्चर्य से देखा कि उन दोनों ने भी थोड़े हलके-गहरे रंग के पीले ही कपड़े पहन रखे थे। क्या ये सब किसी गुट के सदस्य हैं? उसे खड़े-खड़े थकान लगने लगी थी। कमरे के दरवाजे के बाहर एक छोटा ढलुवाँ छतवाला लकड़ी के फर्श का बरामदा था। जिस पर बेंत की दो कुर्सियाँ पड़ी थीं। क्या वह उसी कुर्सी पर बैठ जाए या थोड़ी ताकत बटोरकर पीले कपड़ेवाले लोगों की गोल सड़क तक जाकर उनके साथ सड़क की चौड़ी बाउंड्री पर बैठ जाए? तभी अचानक कई लोगों के एक साथ बोलने-बतलाने की आवाजें सुनकर उसने देखा कि वाइल्ड फ्लावर हॉल को आनेवाली सड़क पर सैलानियों का एक जत्था चला आ रहा है। काटेज के सामने की ओर से घूमते हुए वे लोग पीछे की तरफ चले आ रहे थे। न जाने कहाँ से बड़े-बड़े कैमरे लटकाए और लोहे की एक बड़ी ट्रंक को दो तरफ से पकड़े, जींस पहने दो युवा फोटोग्राफर भी प्रकट हो गए। उन्होंने झटपट दो देवदारों के बीच एक रस्सी बाँध दी और उस पर ट्रंक से निकालकर पहाड़ी वस्त्र लटका दिए। लड़कियों के कसीदा किए हुए चोंगे, टोपियाँ, रंग-बिरंगे रूमाल। लड़कों के बुनाई के मोटे चोंगे, टोपियाँ और कमरबन्द। पास ही जमीन पर एक कपड़ा बिछाकर लड़कियों के लिए बड़े-बड़े झुमके और गलहार। शायद नीचे कोई टूरिस्ट बस लोगों को शिमला से कुफरी घुमाने आई थी और रास्ते में वाइल्ड फ्लावर हॉल दिखाने के लिए रुक गई थी। लोग धीरे-धीरे ऊपर चढ़ रहे होंगे—जवान स्त्री-पुरुष, बच्चे पहले पहुँचेंगे और उम्रदराज पीछे—उसने सोचा। लेकिन हाँफते सभी रहे होंगे। तभी उसने देखा कि एक सुन्दर सजीली नवयुवती ने पहाड़ी परिधान गले में डाल लिया था और कानों में झुमके पहनने लगी थी। उसके मेहँदी रचे हाथों में पहनी हुई लाल चूड़ियों की कतार से साफ जाहिर था कि उसकी नई-नई शादी हुई है। अब वह अपने पति के लिए कपड़े छाँट रही थी, जो बहुत मोटा और काला था। उसे पति के लिए कोई कपड़ा जँच नहीं रहा था और जींस पहने हुए तेजतर्रार फोटोग्राफर को न जँचने का कारण समझ में आ रहा था। वह अपनी हँसी दबाए उसे ट्रंक से कपड़े निकालकर दिखाने लगा था। युवती इस बात को समझकर अब चिढ़ने लगी थी। अन्त में दोनों किसी तरह फोटो खिंचाने को तैयार हो गए। युवती की आँखों में एक गहरी उदासी थी, जो उसकी फोटो में निश्चय ही चली आई होगी, उसने सोचा। लेकिन कुछ सालों बाद जब वह यह फोटो देखेगी, तो अपनी आँखों की उदासी नहीं पहचान पाएगी। तब उसे सिर्फ फोटो में देवदार के पेड़ और उन दोनों के रंग-बिरंगे परिधान नजर आएँगे। और वह अपने बीते यौवन को हसरत और गर्व से देखेगी। किसलिए की होगी उस युवती ने यह शादी? धन के लिए? माँ-बाप के दबाव से? वह यह सोचकर उदास हो आई।

उसने चौकोर काँचों के बीच लकड़ी से बना दरवाजा खोल दिया। बाहर की हवा और आवाजों ने एक साथ आकर उसके अन्दर कुछ बदल डाला। वह बरामदे में बेंत की कुर्सी पर बैठ गई। सौ साल पहले बने इस काटेज में किस अंग्रेज का परिवार रहा होगा और क्या सोचता रहा होगा—उसने सोचा। क्या कभी कोई बीमार औरत इसी बरामदे में इसी कुर्सी पर बैठकर बाहर चलती दुनिया से मन बहलाती रही होगी? "बहन जी वाइल्ड फ्लावर हॉल कहाँ है?"—उसने देखा कि एक चालीस-पैंतालीस साल का आदमी उखड़ी हुई साँसों को रोकते हुए पूछ रहा था। अब दोनों फोटोग्राफर बड़ी तेजी से बच्चों, बूढ़ों, स्त्रियों-पुरुषों को कपड़े पहनाने-उतारने में लगे थे। बच्चों की आवाजों—कुछ माँगने, न दिलाने पर ठुनकने-रोने, लड़ने, खेलने की आवाजों से जैसे एक मेला-सा लग गया था। इस भीड़ पर पड़ती खुशनुमा धूप और चारों ओर देवदारों की चिरकालीन शान्ति और लोगों के कपड़े पहनकर फोटो खिंचवाने के उत्साह ने उसे भी अपने में शामिल कर लिया। जिस भीड़ से दूर रहने के लिए वे लोग शिमला से दूर ठहरे थे, उस भीड़ के प्रति उसने गहरा लगाव महसूस किया। "बहन जी वाइल्ड फ्लावर हॉल कहाँ है, क्या बता सकेंगी?"—उस आदमी ने फिर पूछा। वह समझ नहीं पाई कि क्या जवाब दे। "यही तो है वाइल्ड फ्लावर हॉल, जहाँ आप खड़े हैं।" उसने उस आदमी के पुराने स्वेटर, घिसे हुए पैंट और नए चमकदार कपड़े के जूतों को देखते हुए कहा। "लेकिन यहाँ तो कोई हॉल नहीं है, सिर्फ इस तरह की पाँच-सात काटेज हैं और बगल में एक होटल जैसा है"—उस आदमी ने थकी हुई आवाज में कहा। कुछ देर पहले वह एक फोटोग्राफर से फोटो खिंचवाने की दर पूछ रहा था और फिर दूसरे फोटोग्राफर के पास जाकर उससे बात करने लगा था। उसकी नाटी पत्नी उसके पीछे-पीछे चुपचाप चलती रही थी और अब भी सिर ढके उसके पीछे खड़ी इधर ही देख रही थी। "जी हाँ यहाँ कोई ऐसा हॉल तो नहीं है, बस इसे ऐसे ही यह नाम दिया गया है"—वह सोचने लगी थी कि अंग्रेजी में हॉल का अर्थ कोई शानदार भवन भी तो होता है। "बिना मतलब यहाँ इतनी दूर ले आए हैं बसवाले। इतना चढ़ना पड़ा। कुछ है ही नहीं यहाँ तो।"—वह आदमी बड़बड़ाता हुआ मुड़ गया।

एक गुजराती बूढ़ा-बूढ़ी अब फोटो-खिंचवा रहे थे। बूढ़े ने पोशाक पहनने से इनकार कर दिया था और बुढ़िया के अपनी भाषा में बहुत बकने-झकने पर भी वह मान नहीं रहा था। अन्त में सिर्फ बुढ़िया ने पोशाक पहनी और बूढ़ा उसी तरह पैंट-शर्ट-स्वेटर पहने रहा। अब बुढ़िया अकेले मुँह फुलाए हुए पेड़ के तने से सटकर फोटो खिंचा रही थी। फोटोग्राफर कह रहा था—स्माइल प्लीज। बेंत की कुर्सी पर बैठे हुए उसने देखा कि बूढ़ा उसकी तरफ देखने लगा था। उसे लगा कि बूढ़ा अभी उसके पास आएगा और उससे यहाँ के बारे में जरूर पूछेगा। उसका अन्दाज सही निकला और बूढ़े ने आकर उससे अंग्रेजी में पूछा कि वाइल्ड

फ्लावर हॉल में क्या देखने लायक है? बुढ़िया के साथ कपड़े न पहनने के कारण वह उस व्यक्ति से चिढ़ गई थी। उसने हिन्दी में जवाब दिया, "यही है जो आप देख रहे हैं—धरती है, आसमान है, ये पेड़ हैं, काटेज हैं...।" मैडम, यहाँ वाइल्ड फ्लावर्स कहाँ है? उसने पूछा। अचानक वह बहुत थकान महसूस करने लगी थी। जैसे कि बुखार फिर आएगा। काटेज के पूरे परिसर को घेरती हुई हलके गुलाबी जंगली गुलाबों की झाड़ी की सुगन्ध वहाँ तक चली आई। वह यह कहकर "मैं नहीं जानती। मैं भी आपकी तरह टूरिस्ट ही हूँ।" वापस कमरे में जाने के लिए मुड़ गई। क्यों आते हैं लोग पहाड़ों पर घूमने? साल-भर या कई साल बचाकर इकट्ठे किए गए पैसों को फूँककर क्या बटोरने आते हैं यहाँ? क्या अपने-अपने शहरों की सीधी-सीधी आकृतियों, रेखाओं से ऊबकर पहाड़ों की ऊँची-नीची सड़कों में कुछ नया खोजने—जिसके सहारे यह माना जा सके कि हमारे जीवन में कोई सुख है। स्मृतियाँ बनाने? फिर इन तसवीरों में बार-बार उन स्मृतियों को दोहराने?—उसे लगा कि डायरी में लिखने लायक एक बात उसे मिल गई है। उसने डायरी खोल ली, "सारे लोग ऐसे दिख रहे हैं जैसे उन्होंने निश्चय कर लिया हो कि हमें ऐसे उत्साहित दिखना चाहिए जैसे हम स्वर्ग में हों। लेकिन इस उत्साह के पीछे न जाने किसमें कितनी खीझ होगी—न जाने कितनी निराशा। शायद लड़ाई-झगड़े भी। सारी जिन्दगी यूँ ही कट जाती है लोगों की। हम एक अपनी तरह का जीवन जीना चाहते हैं। लेकिन वैसा होता नहीं। सिर्फ किताबों में होता है। अब यह गुजराती बुढ़िया एक और लड़ने का मुद्दा लेकर घर लौट जाएगी। हो सकता है कि बाद में बुड्ढा भी सोचे कि मैंने बात मान ही ली होती। वह उसे मनाएगा। बुढ़िया सोचेगी—चलो ठीक है। उसका मन नहीं था, तो ऐसा ही सही। फिर वह मान जाएगी और अगली निराशा तक ठीक रहेगी।"

दरवाजे पर खट-खट सुनकर उसने देखा कि एक सत्राह-अठारह साल का पहाड़ी लड़का खड़ा था, "मैडम, आपके लिए चाय ले आऊँ? साहब कह गए थे कि आप बीमार हैं—आपका ध्यान रखने।" वह अनायास मुसकरा उठी और उसे अन्दर से एक आवेग जैसा उठता महसूस हुआ जिसने उसकी आँखों में एक हलकी पानी की परत ला दी। "नहीं, चाय नहीं चाहिए मुझे। क्या नाम है तुम्हारा?" "पलटन सिंह।" "अच्छा"...वह कुछ बात करने के लिए खोजती रही, "यहीं शिमला का हूँ। पास ही घर है। माँ भी यहीं होटल में काम करती है। बाप नहीं है। एक छोटा भाई है। पढ़ता है। मैंने आठवीं तक पढ़ाई की है।"—पलटन सिंह बिना पूछे ही एक साँस में बोल गया। "बड़े तेज हो तुम तो—" वह मुसकराई। "सभी लोग ये सब बातें पूछते हैं या फिर कहते हैं—हमारे शहर चलोगे? नौकरी करोगे? मैं कहता हूँ— नहीं साहब। मेरी माँ रोती है। छोटा भाई रोएगा। नहीं जाऊँगा बाहर।" "मेरे खयाल से तुम्हें बिलकुल नहीं जाना चाहिए बाहर। हम लोग कितने पैसे खर्च करके

आते हैं हफ्ता-दस दिन के लिए। तुमको तो सब मुफ्त में मिला हुआ है—ये पहाड़, जंगल, झरने"—उसने कहा। पलटन सिंह चुपचाप उसे एकटक देखता रहा। "यह बात बोलनेवाला तो कभी कोई नहीं मिला। कभी-कभी मुझे लगता है कि ये पहाड़ मुझे चारों ओर से कैद किए हुए हैं। मैं इनके पार जाना चाहता हूँ। लेकिन आपको पता है, एक बार मैं चंडीगढ़ में नौकरी करने गया, तो माँ-भाई से भी ज्यादा मुझे ये पेड़-पौधे याद आते थे।" उनके बीच अब चुप्पी थी। उसने पूछा, "यह काटेज तो बहुत पुरानी है न, अंग्रेजों की बनाई हुई—" पलटन सिंह उत्साहित हो उठा, "हाँ जी। बहुत पुरानी—डेढ़ सौ साल पुरानी। कई लार्ड यहाँ आकर ठहरे। एक कोई था लार्ड किचनर—उसने तो इसे अपना घर ही बना रखा था। यह नाम वाइल्ड फ्लावर हॉल भी किसी लार्ड का दिया हुआ है। कहते हैं इस अंग्रेज की बीवी बहुत सुन्दर थी। उसे वह प्रेम से 'माई वाइल्ड फ्लावर' कहता था। कलकत्ते की गर्मी बर्दाश्त न करने के कारण वह बीमार पड़ गई थी। तब उसने उसे यहीं लाकर रखा। लेकिन यहाँ आकर वह किसी पहाड़ी सुन्दरी के प्रेम में पड़ गया। दिलफेंक रहा होगा। कहते हैं कि उसकी बीवी ऐसी मुरझाई कि कभी ठीक ही नहीं हुई। बाद में मरने की-सी हालत हो गई उसकी, तब साहब चेता। वह खुद उसे यहाँ बैठकर दिन-रात बाइबिल पढ़कर सुनाता था। उसी की बाइबिल अभी तक यहाँ पड़ी है।" वह सिहर उठी। उसने देखा कि उसके हाथों के रोएँ खड़े हुए हैं और चमड़ी पर दाने-दाने से बने हुए हैं। "अच्छा पलटन सिंह, तुम मेरे लिए एक कप चाय ले आओ। मुझे ठंड-सी लग रही है।" पलटन सिंह के जाते ही उसने कमरे में बने 'फायर प्लेस' (आग तापने की जगह) के दाहिनी तरफ बने एक आले में रखी बाइबिल उठाकर पलटी। पहले पन्नों को उलटते-उलटते उसने कई पन्नों को एक साथ उलटा, तो किताब एक जगह खुल गई जिसमें किसी किताब से फाड़ा हुआ एक पुराना, पीला पन्ना दबा हुआ था। उसने देखा—अन्ना कैरेनिना, पृष्ठ 456। पन्ने पर कुछ लाइनों के नीचे लाल स्याही से लकीर खींची हुई थी।

> *"तो हमारे प्रेम की यही परिणति होनी थी," उसने कहा, "जब तक हम जिन्दा हैं, इसे ऐसे ही रहना है। यह मैं अब समझ गया हूँ।"*
>
> *"यह सच है," वह बोली, "फिर भी इसमें कुछ भयानक-सा है—जो कुछ घटा उसके बाद।"*
>
> *"यह सब गुजर जाएगा। सब गुजर जाएगा। हम जल्दी ही सुखी होंगे। हमारा प्रेम—यदि यह और दृढ़ हो सकता है तो—और मजबूत ही होगा। क्योंकि इसमें कुछ भयानक तत्त्व जुड़ा हुआ है।"*

पलटन सिंह चाय लेकर खड़ा था। उसने धड़कते दिल से बाइबिल बन्द कर दी। चाय लेकर वह आरामकुर्सी पर बैठ गई, "उस पहाड़ी लड़की का क्या हुआ पलटन सिंह, जिससे साहब प्रेम करता था?" "मेमसाहिबा के बहुत बीमार होने

पर साहब तो घर से निकलता ही नहीं था। वह अपने ननिहाल चली गई। जानती हैं न मैडम, यहाँ कई पहाड़ी ऐसे हैं जिनकी अंग्रेजों के जैसी नीली आँखें हैं।" पलटन सिंह कुछ शरमाया-सा चुप हो गया। वह भी चुप रही।...उसे अचानक पीले कपड़ेवाली औरतें और आदमी याद आए। पलटन सिंह जानता होगा कि वे लोग कौन हैं। पूछते ही पलटन सिंह खिल उठा, "बड़े अच्छे लोग हैं। एक महीने से यहीं रह रहे हैं, सारे दिन जंगल-पहाड़ घूमते रहते हैं तीनों। कुछ करते हैं—क्या—ध्यान-व्यान कुछ। छोटी दीदी को बुलाऊँ? आपको अच्छा लगेगा।" उसने बिना उत्तर की अपेक्षा किए दरवाजे से बाहर गोल सड़क की तरफ मुँह किए पुकारना शुरू किया, "छोटी दीदी, छोटी दीदी।"

वह हकबकाकर सँभलती कि उसके पहले छोटी दीदी एक पुस्तक लिये दरवाजे पर खड़ी थी। पलटन सिंह उसकी बीमारी के, साहब के बाकी दोनों के साथ शिमला घूमने जाने, चाय के लिए पूछने के लिए कहने और मुफ्त में मिले पहाड़, जंगल, झरने की बातें एक साँस में उसे बता गया था। छोटी दीदी की हँसती हुई आँखों, साँवले गेहुँआ रंग पर खिलती पीली साड़ी और नाक-नक्श के बीच एक अजीब-सी सौम्य संगति ने उसे तुरन्त अपनी ओर खींच लिया। उन आँखों में उसके प्रति एक उत्सुकता और सहज स्नेह एक साथ घुला-मिला था। उसने अन्दाज लगाया कि वे दोनों हमउम्र होंगी। "क्या पढ़ रही हैं आप? आइए बैठिए"—उसने कहा। आरामकुर्सी के बगल में पड़ी कुर्सी का मुँह बाहर दिखते पेड़ों की तरफ कर छोटी दीदी उसके पास बैठ गई। "क्या मैं देख सकती हूँ आप क्या लिख रही थीं डायरी में?"—छोटी दीदी का हाथ डायरी तक पहुँच चुका था। वह सकपकाई हुई इस अजनबी औरत को देखती रही। डायरी पढ़ने की छूट उसने आज तक किसी को नहीं दी थी। पर न जाने क्यों उसने सिर हिलाया। छोटी दीदी डायरी के पृष्ठों को पढ़ रही थी और वह सन्न बैठी थी। पलटन कब कमरे से चला गया था यह उसे पता ही नहीं चला। उसे लगा जैसे यह सब स्वप्न में घट रहा हो। उसने छोटी दीदी की किताब पर निगाह डाली, तो उसने देखा कि वह ठीक वैसी ही पुरानी बाइबिल की प्रति थी—हरे-काले रंग के चमड़े में मढ़ी हुई। अपनी डायरी के पढ़े जाने के संकोच से उबरने के लिए उसने कहा, "आप बाइबिल पढ़ रही थीं?" "नहीं, मैंने पुस्तक को खोला नहीं था। हाथ में रखकर बैठी थी। हम लोग कोई किताब नहीं पढ़ते। सारी किताबें आपके दिमाग को किसी एक खास तरह से चलाने के लिए हैं। वे आपको सिर्फ तुलना करना और शिकायत करना सिखाती हैं। लेकिन सत्य को खुद ही पाया जा सकता है, किसी और के तरीके से नहीं।"—छोटी दीदी एक क्षण के लिए रुकीं, "मैं सिर्फ देख रही थी कि क्या बाइबिल की पुस्तक कोई ऐसी तरंगें छोड़ती है कि उससे अपने अन्दर कुछ बदलता महसूस हो। चलिए वहीं चलकर बैठते हैं, जहाँ मैं बैठी थी। आपको

अच्छा लगेगा। वह कमरा बन्द कर चाभी लेकर 'छोटी दीदी' के साथ चल दी। अब वह अकेले इस कमरे में रहना नहीं चाहती थी।

वे दोनों सैलानियों के लगभग खत्म हो चले तसवीरें खिंचवाने के क्रम के पास से गुजरती हुई नीचे की गोल सड़क की ओर बढ़ने लगी थीं। 'छोटी दीदी' उसे डायरी पढ़ लेने के कारण उसके बहुत से करीबी लोगों से अधिक जान गई है, उसने सोचा। छोटी दीदी ने शायद भाँप लिया कि वह क्या सोच रही है। "आपकी डायरी बहुत दिलचस्प थी। मेरे अपने जीवन के अनुभव भी बिलकुल ऐसे ही रहे हैं। जब मैं सोम से मिली, जो हमारा यहाँ साथी है—तब तक समाज के दिए सारे सम्बन्धों से इतना असन्तोष मेरे अन्दर पैदा हो चुका था कि मुझे लगने लग गया था कि मैं एक बिलकुल नकली जीवन जी रही हूँ। दूसरों का दिया जीवन। मेरी शादी बहुत कम उम्र में ही कर दी गई थी। मैं तब सिर्फ सोलह वर्ष की थी। सोम से मिलने के बाद एक झटके से मैंने उस जीवन को छोड़ दिया।" "और अब?"—उसने बढ़ती हुई धड़कनों के साथ पूछा था। पता नहीं किस तरह की औरत है यह? वह कुछ जानती नहीं इन लोगों के बारे में। चली आई इसके संग। अगर अजय इसके लिए नाराज होगा, तो वह क्या कहेगी—यह चिन्ता उसके अन्दर सिर उठाने लगी थी। "मैंने सोम के साथ उनके संघ में प्रवेश ले लिया। सोम पहले यूनिवर्सिटी में दर्शन-शास्त्र पढ़ाते थे। बाद में उन्होंने संघ का प्रचार-कार्य करने के लिए रिटायरमेंट ले लिया था। यहाँ वाइल्ड फ्लावर हॉल से सटी हुई हमारे संघ के एक सदस्य की छोटी-सी काटेज है। पिछले एक महीने से मैं, सोम और उनकी एक दूर के रिश्ते की बड़ी बहन यहीं हैं। हम यहाँ आसपास जंगल-जंगल घूमते हैं। अभी हम एक ध्यान कर रहे हैं जिसमें बिना कुछ सोचते हुए जीना है जीवन के प्रवाह के साथ। कोई आवाज देगा, हम चले जाएँगे। कुछ खाने का मन होगा, हम खाना पकाएँगे। कोई मिल जाएगा, हम बातें करेंगे। जितनी ताकत होगी उतना पैदल घूमेंगे। नहीं तो बैठकर पेड़ों को देखेंगे।"

वह अचम्भे से उस औरत की बातें सुन रही थी। क्या सचमुच इस तरह सारा जीवन बिताया जा सकता है? लेकिन इस तरह बिना कुछ किए जीवन जीने का अर्थ भी क्या है? किसी को तो कोई फायदा नहीं ऐसे जीवन से—न देश को, न समाज को। उसने कहा, "लेकिन क्या इससे बेहतर नहीं होता कि आप लोग किसी तरह की समाज सेवा करते। इतने दुखी-बीमार हैं हमारे देश में—आपके जीवन से किसी को क्या लाभ?" छोटी दीदी का चेहरा पीली साड़ी पर पड़ती ढलती धूप से आभामय हो रहा था। उन्होंने हँसती हुई आँखों से कहा, "मैं आपकी डायरी पढ़कर जान रही थी कि यह प्रश्न आपके दिमाग में उठेगा। शुरू में दिमाग इसी तरह के

प्रश्न उठाता है। देखिए, दर्शन का विषय—सत्य की खोज सबके लिए नहीं है। यह तो सिर्फ राजकुमारों और योगियों का विषय है। प्राय: तो सारा संसार दीन-दुखियों की समस्या पैदा करने या उसे सुलझाने में लगा है। अपने अन्दर डूबकर सत्य की खोज करने की इच्छा क्या सबमें पैदा हो सकती है? अपने पेट यानी अपनी भौतिक इच्छाओं से ऊपर वही उठ सकता है जिसके पास या तो कोई कमी न हो या फिर वह योगी जिसे किसी चीज की जरूरत न रह गई हो। फिर हम तो आपकी तरह प्रेम की ही खोज कर रहे हैं—लेकिन प्रेम का वह बिन्दु, जहाँ अपने में और दूसरे में कोई भेद नहीं रह जाता। कोई मेरा-तेरा नहीं बचता। व्यष्टि और समष्टि, प्रकृति और मनुष्य जहाँ एक हो जाते हैं।"

वह अपनी दुनिया में एक झटके से लौट आई थी, "प्रेम'? प्रेम कहाँ है? वह तो सूट का विज्ञापन करनेवाले उस पुरुष से हो सकता है, जो एक पूर्ण पुरुष है—यानी बुद्धि, विद्या, रूप और करुणा का संगम। या फिर प्रेम तो एक नशा है जो उसके प्रिय उपन्यासों में नायक-नायिका को एक आदिम बहाव में लपेट ले जाता है। वैसा प्रेम-पात्र है कहाँ? यही तो पाने के लिए वह जाती रही है उन उपन्यासों की दुनिया में। बाहर निकलते ही तो शिकायतें हैं, उलाहने हैं, निराशाएँ हैं—तुलनाएँ हैं। सुमन भाभी खुशमिजाज हैं, वह नहीं। कैसे उसे सुमन भाभी की हँसी काँटे-सी चुभने लगी है। अपने और दूसरे का भेद कभी मिट सकता है? उसने अपनी आँखें बन्द कर लीं। कम-से-कम इस 'छोटी दीदी' के साथ अपने मन-मुताबिक चला जा सकता था—किसी नकली सामाजिकता की यहाँ कोई जरूरत नहीं थी।

पता नहीं कितनी देर वह इसी तरह आँखें मूँदे बैठी रही। उसने आँखें खोलीं तो सूर्य की किरणें देवदार की चोटियों तक उतर आई थीं। 'छोटी दीदी' पेड़ों की तरफ देख रही थी। उसके दिमाग में अचानक कुछ प्रश्न दौड़ लगाने लगे। ये तीनों साथ रहते हैं, दो पुरुष, एक स्त्री। क्या इनके बीच किसी तरह की ईर्ष्या-वैर भाव नहीं पैदा होता। उसने पूछा, "आप लोग साथ क्यों रहते हैं? क्या अकेले ही ध्यान करना ज्यादा सरल नहीं है?" छोटी दीदी का चेहरा इस प्रश्न से मुसकानविहीन होते उसने देखा, "नहीं, बहुत कठिन है। एक ऊब का रेगिस्तान है जिसको पार करने के बाद आनन्द का झरना है। ऊब और उलझन। इसे अकेले पार करना बहुत कष्ट का काम है। अन्त में तो अकेले ही होना है पर अभी वह सम्भव नहीं। मैं सोम का साथ चाहती हूँ, इसलिए उसके साथ हूँ। बड़ी दीदी भी सोम का साथ चाहती हैं, इसलिए उसके साथ हैं। इस तरह हम तीनों साथ हैं।" "बड़ी दीदी सोम जी की बहन हैं न?"—उसे अचानक याद आया था। उसने आश्चर्य से देखा कि इस प्रश्न से छोटी दीदी की आँखों में जैसे एक तूफान उठ पड़ा। वह होंठ भींचे चुपचाप बैठी रही। उनके बीच समय टिक-टिक कर रहा था। "मैंने तुम्हारी डायरी पढ़ी है। तुम्हारे न जानते हुए भी तुममें सत्य को पाने की ललक है। इसीलिए मैं तुम्हें अपना

सच बताती हूँ। यही वह प्रश्न है जिससे पिछले दो दिनों से मैं एक क्षण के लिए भी मुक्त नहीं हो सकी हूँ। हमारे संघ में ब्रह्मचर्य पालन करने का एक व्रत हम दीक्षा ग्रहण करने पर लेते हैं। इसके दो कारण हैं—एक तो रिश्तों के बीच शरीर न होने से किसी एक व्यक्ति पर अधिकार-भाव नहीं होता, किसी दूसरे से ईर्ष्या नहीं होती और दूसरा यह कि हम मानते हैं कि ब्रह्मचर्य से संचित ऊर्जा अपनी आत्मिक स्थिति को ऊँचा उठाने में, ध्यान करने में बहुत सहायता देती है। ऐसा हम हिन्दू, जैन या बौद्ध धर्म की तरह किसी नियम के कारण नहीं करते, बल्कि स्वयं अपनी आन्तरिक जरूरतों और समझ के कारण करते हैं। किन्तु दो रात पहले की बात है, जब अचानक किसी आवाज से मेरी नींद खुल गई। दरअसल हवा चल पड़ी थी और एक खिड़की के खुले पल्ले को बार-बार बन्द-खोल रही थी। मैंने देखा कि बड़ी दीदी अपने बिस्तर पर नहीं हैं। उनके बिस्तर पर परदा उड़-उड़कर लहरा रहा था। मैंने सोम का दरवाजा खोलना चाहा कि यदि वे लोग ध्यान में बैठे हों, तो मैं भी शामिल हो जाऊँ। लेकिन दरवाजा अन्दर से बन्द था। मैं दरवाजे का हैंडिल घुमाती हक्की-बक्की खड़ी रही। ऐसा पहले कभी नहीं हुआ था। हम लोगों ने कभी दरवाजा इस तरह बन्द नहीं किया था। मेरी सोम से या बड़ी दीदी से कुछ पूछने की हिम्मत नहीं हुई। लेकिन कल जब हम सुबह जंगलों में घूम रहे थे, तो हमने सामनेवाली चोटी तक पहुँचने का संकल्प किया। यह बड़ी दीदी की इच्छा थी। सोम आगे था, मैं बीच में और बड़ी दीदी पीछे। उस जगह चारों ओर बढ़ी हुई लैंटाना की झाड़ियों के बीच से झुक-झुककर हम पहाड़ चढ़ रहे थे। वहाँ झरने के कारण बहुत फिसलन थी। किसी कँटीली झाड़ी में बार-बार आज मेरा आँचल फँस जाता था। बड़ी दीदी मेरा आँचल हर बार छुड़ा देतीं। कई बार उन्होंने मुझे फिसलने से बचाया। मेरी आँखें आज बार-बार आँसुओं से धुँधली हो रही थीं। हम लोग तीनों बुरी तरह हाँफ रहे थे और पसीने से लथपथ थे। बार-बार मैं सोचती थी कि जब मैंने सामाजिक सम्बन्धों के नकलीपन को छोड़ ही दिया, तब मैं किन सम्बन्धों की कसौटी पर सोम और बड़ी दीदी को परख रही थी। लेकिन मेरे अन्दर कुछ विद्रोह कर रहा था। कुछ ऐसा था जो मैं स्वीकार नहीं कर पा रही थी। मैं सिर्फ सच जानना चाहती थी—उसके बाद शायद मैं उस सच को स्वीकार लेती। पर सच कौन बताएगा, उसे पूछा कैसे जाएगा? मुझे लग रहा था कि बड़ी दीदी और सोम दोनों ही मेरी मन:स्थिति को समझ रहे थे। बड़ी दीदी मेरा बहुत ध्यान रख रही थीं। पर उनका स्पर्श मुझे डंक की तरह लग रहा था। उनका और सोम का क्या सम्बन्ध है? दीक्षा के समय लिये हुए व्रत का क्या कोई अर्थ नहीं है, जिसे मुझे सोम ने ही समझाया था? ये प्रश्न जैसे सारे पहाड़, पेड़, झाड़ियों और घास-फूस तक पूछ रहे थे। मेरा मन हुआ कि मैं पहाड़ से नीचे कूद जाऊँ और इस प्रश्न से मुक्त हो जाऊँ। उसके बाद हम पहाड़ की चोटी पर पहुँच गए। न जाने

किस तरह ऐसा हुआ कि बड़ी दीदी गायब हो गईं और मैं और सोम अकेले रह गए। तब मैंने बहुत हिम्मत करके सारी बातें कहकर सोम के सामने यह प्रश्न रख दिया। मैंने कहा कि यदि मैं सत्य को जान पाऊँ, तो मेरे लिए जीवन जीना इतना मुश्किल नहीं रहेगा।" छोटी दीदी की सुन्दर सौम्य मुद्रा का ऐसा बदला हुआ रंग उसके लिए अप्रत्याशित था। अचानक उनका गेहुँआ रंग गहरा गया था। उसका दिल बुरी तरह धड़कने लगा था। उसे डर लगा कि कहीं यह अजनबी औरत सड़क की उस बाउंड्री से पार खाई में छलाँग न लगा दे। हवा जैसे रुक गई थी और सारे वृक्ष साँस रोके उसकी कहानी सुन रहे थे। यह औरत क्यों अपनी कहानी उसे सुना रही है? अजय लोग शायद लौटनेवाले होंगे, पर उसकी हिम्मत नहीं हुई कि वह अपनी कलाई की घड़ी में समय देखे। छोटी दीदी ने आँखें बन्द कर ली थीं और जोर-जोर से साँसें खींच रही थीं। अचानक उसे जोर लगाकर वाइल्ड फ्लावर हॉल की चढ़ाई चढ़ती हुई डीजल इंजन की धुआँ फेंकती गाड़ी की आवाज सुनाई दी। गाड़ी जोर लगा रही थी, पर ऊपर चढ़ नहीं पा रही थी और उसके यात्री शायद बेमन से दरवाजे खोलकर नीचे उतर रहे थे। उसने 'छोटी दीदी' का हाथ पकड़ लिया। किसी तरह जल्दी से उसे इस कहानी का अन्त जानना था। लगभग काँपती हुई आवाज में उसने पूछा, "जवाब मिला? सोम ने क्या कहा?" 'छोटी दीदी' ने आँखें खोलकर उसकी तरफ देखा। उन आँखों में तूफान खत्म होने के बाद की नीरवता थी। "हाँ मिला। बाइबिल से एक सूक्ति कही सोम ने—दूसरों को कटघरे में खड़े कर फैसले मत सुनाओ, क्योंकि एक दिन तुम भी कटघरे में खड़े किए जाओगे—जज नाट, फार यू शैल बी जज्ड टू। सोम ने अपने प्रति मेरे आकर्षण के बारे में शायद मुझसे अधिक जाना था। उसने यह भी कहा कि अपनी प्रकृति को जानना चाहिए और उससे संघर्ष नहीं करना चाहिए। उसने खुद बहुत उलझन और द्वन्द्व के बाद इस सत्य को पाया है। मैं सोचती हूँ कि वापस अपने पति और बच्चे के पास लौट जाऊँ।" छोटी दीदी की चुप्पी घनी हो गई शाम के सन्नाटे में मिल गई। उसे दूर से आते हुए अजय, सुमन भाभी और भाई साहब की आकृतियाँ दिख रही थीं। वे तीनों किसी बात पर खिलखिलाकर हँस रहे थे।

मन्नत

हरी घास पर जाड़े की धूप नीलिमा को अच्छी लगती है। फरवरी महीने में एक तरह की गरमाहट के साथ मिली-जुली चैन जैसी कोई चीज जो बाकी जिन्दगी में आसानी से नहीं जुटती। नीलिमा को एक क्षण के लिए ऐसा लगा कि सब कुछ वैसा ही है जैसा होना चाहिए: सारा संसार और वह खुद जैसे एक लय में हों—एकदम ठीक-ठाक दुनिया। कोई परेशानी नहीं, कोई उम्मीद नहीं, कोई कचोट नहीं। पर अचानक उसे कल सेमिनार-हॉल के बाहर लेखकों के नाम के बिल्लों में अपने नाम का बिल्ला न मिलने पर समर जी का उचाट चेहरा याद आ गया। जाड़े की हरी धूप का दिया हुआ निर्वाण का वह क्षण तुरन्त बिखर गया। उसके माथे पर सल पड़ गई। उसने धूप की चमक से बचने के लिए आँखों पर हथेली की ओट कर ली और इमारत से सटे लम्बे सँकरे लॉन में एक कतार में लगी टेबलों पर समर जी को खोजने लगी। समर जी ने उसे देखकर अपनी टेबल से उठकर अपना हाथ हवा में लहराया। नीली जींस की पैंट और नीले रंग का स्वेटर पहने वे मुसकरा रहे थे। उनके पूरी तरह से सफेद हो गए बालों के साथ जैसे एक लम्बा इतिहास उनके इर्द-गिर्द चल रहा था—कुछ ऐसा ही अनुभव नीलिमा को दिल्ली में जहाँ-तहाँ नई इमारतों के बीच पुरानी इमारतें और खंडहर देखकर हुआ था। उसे लगा कि कुछ व्यक्तियों और स्थानों में इतिहास की एक गन्ध हमेशा बनी रहती है। उसके टेबल के पास आने तक समर जी अपने लम्बे कद से बाकी चीजों को छोटा बनाते खड़े रहे थे। उनकी शिष्टता और मुसकराहट से नीलिमा का हलकापन लौट आया।

"सिर्फ कॉफी"—कहकर वह मेनू-कार्ड पढ़ते हुए समर जी के चेहरे पर खुदी गहरी रेखाओं को देखती रही। उनका चेहरा सारे जाने-पहचाने लोगों से कुछ अलग तरह का है। उसमें एक अजीब किस्म का लचीलापन है। अभी तुरन्त हँसी की रेखाएँ बनेंगी, फिर तुरन्त तनाव की—नापसन्दगी की अलग। "इस आदमी के मूड को कोई नया परिचित भी आसानी से भाँप सकता है"—उसने सोचा। अचानक समर जी की पीठ की तरफ तेज हँसी और बोलने की आवाजों ने उसका ध्यान वहाँ खींच लिया। उसने देखा कि दिल्ली की कुछ बड़ी उम्र की फैशनेबल

महिलाएँ वहाँ जमा हैं। शरीर का कसाव बरकरार है। पहनने का सलीका आकर्षक है और बातचीत में एक नफासत। नीलिमा ने सोचा कि हमारा कलकत्ता होता, तो इस तरह की औरतें हर दूसरा-तीसरा वाक्य अंग्रेजी में बोलतीं पर ये औरतें बड़ी नफीस किस्म की हिन्दी बोल रही थीं। बातें वहीं बगल के नाट्य-गृह में चल रहे हिन्दी नाटक के बारे में हो रही थीं। 'सोशलाइट्स?'—उसने गले में मोती की लड़ी और स्लीवलेस ब्लाउज पहने सफेद-काले छोटे कटे बालों की औरत को देखते हुए कुछ हिकारत से सोचा। "उसी में कुछ साहित्य-नाटक-फिल्म-संगीत में रुचि का पुट लिये हुए? मैं अब भी जवाँ हूँ और किसी से कम नहीं हूँ—बताने के लिए लगातार की गई साधना?" 'साधना' शब्द दिमाग में आने पर वह हँस पड़ी। समर जी ने बड़ी दिलचस्पी से मुड़कर उन औरतों की तरफ देखा और उसे देखकर मुसकराए। "जैसे गाँव से आए देहाती को शहर की हर चीज में दिलचस्पी होती है न, उसी तरह मुझे दिल्ली की हर चीज नई लग रही है"—नीलिमा ने उन औरतों को लगातार घूरते रहने की सफाई दी। "अच्छा बताइए समर जी, इस उम्र के पुरुषों की 'स्मार्टनेस' देखकर बुरा नहीं लगता, पर ऐसी औरतों को देखकर एक तरह का छिछलापन क्यों लगता है? क्या यह एक तरह की ईर्ष्या है क्योंकि मेरी माँ इनकी हमउम्र होते हुए भी इनसे बिलकुल अलग, एक साधारण औरत है या यह नए खून का पुराने के प्रति तिरस्कार भाव है?"—नीलिमा ने बातचीत का सूत्र, जो बात मन में आई थी, वहीं से उठा लिया। यहाँ समर जी से मिलने आने से पहले उसे कुछ भय-सा था कि वह समर जी से क्या बात करेगी या वे कहीं उसके साथ बोरियत न महसूस करें। पर शायद धूप के खुशनुमापन के कारण वह सहज हो आई थी। हवा में एक तरह की पिकनिक का अहसास था। जीवन में पहली बार इस तरह सेमिनार के लिए परिवार से और शहर से दूर अकेले आने का अनुभव उसे एक तरह की उड़ान भरने की क्षमता दे रहा था, जो कि आमतौर पर उसके लिए सहज नहीं थी। "अरे कुछ नहीं, यह सब तुम्हारे ऊपर हमारे समाजवादी दोस्त का असर है—तुम्हारा चाचा—जिसके चश्मे से ही तुम दुनिया देखना सीख गई हो। तुम लोगों को हर सुन्दरता के पीछे कुछ दाल में काला ही नजर आता है। अरे भई, क्या हर्ज है जिन्दगी को भरपूर जीने में, सजने-सँवरने में, अच्छी चीजों को पाने में...किटी-पार्टी करने में भी? छिछलेपन की बात छोड़ो—यह कहाँ नहीं है? उस सेमिनार में नहीं, जिसके लिए तुम इतनी दूर से यहाँ आई हो?"—समर जी के चेहरे पर मजाक बनानेवाली सारी रेखाएँ सक्रिय हो गई थीं। "प्रोहिबिटेड एरिया, प्रोहिबिटेड एरिया—चाचा के लिए कुछ भी उलटा-पुलटा नहीं सुनूँगी। दूसरी बात करिए।"—नीलिमा ने भी मजाक के लहजे में समर जी को इस मुद्दे से हटाने की कोशिश की।

"अरे, वह देखिए 'हूपू'...उधर—आपके पीछे"—नीलिमा अचानक कुर्सी से उछल खड़ी हुई थी। समर जी के साथ-साथ पीछे की टेबलवाली औरतें भी चौंककर उसकी उँगली की दिशा में सुन्दर मुकुटवाली आधी ललाई लिये हुए भूरी और आधी काली-सफेद धारियोंवाली चिड़िया को देखने लगी थीं जो पीछे की नीची दीवार पर आ बैठी थी। फिर उन्होंने तुरन्त वापस मुड़कर अपनी बातचीत शुरू कर दी थी। "यह चिड़िया कलकत्ते में नहीं दिखती। इसे हिन्दी में हुदहुद कहते हैं"—नीलिमा ने कुछ शर्मिन्दा होकर बताया। "चिड़ियों में रुचि है तुम्हारी? मुझे तो मालूम ही नहीं था"—समर जी के स्वर में एक आश्चर्य के साथ आश्वासन भी था कि उसकी इस हरकत से उन्हें कोई परेशानी नहीं हुई है। तुरन्त नीलिमा ने समर जी के साथ एक जुड़ाव महसूस किया। "चाचा ने कहा था कि हुमायूँ का मकबरा और हजरत निजामुद्दीन हो आऊँ। चलेंगे आप साथ में? आपको तो सारे पत्थरों का इतिहास मालूम होगा न?"—नीलिमा ने समर जी के पिछले नाटक में आए ऐतिहासिक समय को याद कर अनुरोध के स्वर में पूछा। "इतिहास तो ज्यादा कुछ मालूम नहीं, पर चल सकते हैं। अमीर खुसरो की कब्र पर जाने की इच्छा कई दिन से है।"

दिल्ली की साफ-सुथरी चौड़ी पुराने वृक्षोंवाली सड़कों पर गाड़ी सर्राटे से दौड़ रही थी। कलकत्ते की सड़कों पर गड्ढों में गिरने से आनेवाले झटकों और जगह-जगह कूड़े के खुले ढेरों को याद कर नीलिमा के मन में कसक-सी हुई, "क्या हम इतने गरीब हैं कि थोड़ी-सी सफाई और थोड़ा-सा रखरखाव भी नहीं कर सकते? फिर दिल्ली में ही इतना पैसा क्यों है?" समर जी से आँखें मिलीं, तो वे मुसकराए। नीलिमा ने सोचा हर रिश्ते में बदलाव की कितनी गुंजाइश होती है—रिश्तों के भी शायद मौसम होते हैं। कलकत्ते में समर जी से हुई पहली मुलाकात यहाँ मिलने से बिलकुल अलग तरह की थी। जब चाचा ने दिल्ली आते समय समर जी का फोन नम्बर दिया था तो उसके मन में समर जी से मिलने की कोई इच्छा नहीं जागी थी, बल्कि उन्हें याद कर उसके मुँह में कड़वा स्वाद घुल आया था। समर जी के नए नाटक के बारे में नीलिमा ने कुछ आलोचना कर दी थी, तो समर जी ने बिलकुल साफ-साफ ही यह कह डाला था कि नीलिमा को किसी तरह की कोई समझ नहीं है। नीलिमा इस अप्रत्याशित प्रतिक्रिया से बहुत आहत हुई थी और हर बार यह घटना याद आने पर उसे तकलीफ देती रही थी। यूँ भी चाचा और समर जी में इधर-उधर की बातें करते-करते न जाने क्यों अन्त में हर बार एक झड़प-सी हो जाती थी। नीलिमा को उनके बीच तनाव के अहसास से खीझ होने लगी थी—उसे लगने लगा था कि ये लोग बेमतलब झगड़ते हैं जबकि ये अच्छी तरह जानते हैं

कि न ये एक-दूसरे के सोचने के तरीके को बदल सकते हैं और न ही दुनिया को। चाचा के यहाँ अक्सर आनेवाले उनके मित्रों में समर जी उसे सबसे अलग लगे थे और दोनों के अविवाहित होने के अतिरिक्त उसे दोनों में कम ही समानता नजर आती थी। चाचा के खादी के सल-भरे कुरते और समर जी के चकाचक रंग-ढंग में जितना कम मेल था, उतना ही कम मेल उनके विचारों में भी—या कम-से-कम दुनिया को देखने के रवैये में नीलिमा को दिख रहा था। चाचा को कुछ अनमना और उदास देखकर वह चाहने लगी थी कि समर जी जल्दी लौट जाएँ। यह बात अलग थी कि चाचा समर जी के खाने-पीने-रहने का समर जी के लायक प्रबन्ध करने के लिए पूरी तरह चेष्टा कर रहे थे और समर जी के नाटकों का मंचन हो सके—इसके लिए समर जी से कोई कम आतुर नहीं थे। "हो सकता है कि उन दोनों में कहीं किसी गहरे तल पर एक जैसी दुनिया देखने की चाह ही हो," नीलिमा को कभी-कभी महसूस होता था, पर ऊपरी तौर पर चाचा और समर जी किसी मुद्दे पर सहमत होते नहीं दिखते थे। समर जी में एक गहरी जिजीविषा और जीवन के प्रति ललक थी—शायद आजादी के दिनों में पाकिस्तान से दिल्ली में एक शरणार्थी के रूप में आकर जीवन को नए सिरे से शुरू करने ने उन्हें यह क्षमता दी थी कि लगातार मिलती असफलता भी उन्हें हताश नहीं कर सकती थी। उनके पास तरह-तरह की दुनियाओं की स्मृतियों के खजाने थे, जिनमें वे उतर जाते थे और किसी भी कटुता को देर तक न रखकर हमेशा जीवन को फिर-फिर पा लेते थे। चाचा आजादी की लड़ाई और पुरानी कल्पनाओं के विपरीत बनती दुनिया से उलझते-टकराते खिन्न और जड़ हो गए थे। समर जी चाचा से कभी सहानुभूति नहीं दिखा पाते थे, बल्कि चाचा के लिखना रुक जाने का जिम्मेदार चाचा को ही मानते थे। ऊपर से समर जी की यह मान्यता कि दुनिया में ऊँचे लोग और नीचे लोग रहेंगे ही, चाचा को उखाड़ देती थी। नीलिमा को ऐसा भी लगा था कि कहीं समर जी अपने अन्दर बहुत भयभीत थे कि चाचा की निराशा उन्हें न पकड़ ले, इसलिए वे चाचा की बातों को विधवा-विलाप बताकर उनका मखौल उड़ाते रहते थे। समर जी ने अपने नए नाटक को कलकत्ते के एक प्रसिद्ध रंगकर्मी द्वारा लौटाए जाने की ताजी घटना का जिक्र इस तरह किया था, जैसे वह किसी और की बात कर रहे हों। नीलिमा की आलोचना को वे इस तरह कटुता से लेंगे, इसकी कल्पना न नीलिमा ने की थी और न चाचा ने। बाद में नीलिमा ने अपने को बहुत समझाने की चेष्टा की थी कि हो सकता है उसकी आलोचना वाकई एकदम मूर्खतापूर्ण रही हो, जिसके कारण समर जी बिदक गए हों, पर वह किसी तरह समर जी को उनकी इस बदमिजाजी के लिए माफ नहीं कर पाई थी।

अचानक नीलिमा का पाँव कीचड़ में धँस गया और समर जी ने हँसते हुए उसे कीचड़ से निकालने के लिए उसकी तरफ अपना हाथ बढ़ा दिया। उनका हाथ थामकर नीलिमा हँसते-हँसते सूखी जगह पर आ खड़ी हुई और चप्पल में लगे कीचड़ को यहाँ लगी हुई घास में पोंछने लगी। "यह चिड़ियों को खोजना तो तुम्हें महँगा पड़ गया"—समर जी मुसकरा रहे थे। हुमायूँ के मकबरे की ओर जानेवाली लाल बजरी की सुन्दर सड़क छोड़कर पेड़ों के बीच से जाने का सुझाव उनका ही था। "तुमने जब कहा कि तुम्हें ताजमहल के बाहर का इमली का पेड़ ताजमहल से ज्यादा सुन्दर लगा, तो मैंने सोचा कि तुमसे यहाँ भी पेड़ पसन्द करवा लें और क्या पता तुम्हें कोई चिड़िया भी मिल जाए, जो कलकत्ते में न रहती हो"—समर जी उसके कीचड़ में घुस जाने से बेहद खुश लग रहे थे। हुमायूँ के मकबरे की कारीगरी के बारे में बताते-बताते वे उन छोटी कब्रों के बारे में बताने लगे जिनमें बच्चे दफनाए गए थे। उर्दू में लिखी इबारतों को वे पढ़ रहे थे और कभी-कभी उनका अर्थ भी बता देते थे। बीच में जब ऊपर जाने के लिए ऊँची सीढ़ियाँ आईं, तो उन्होंने नीलिमा को रेलिंग की तरफ कर दिया और खुद उसका हाथ पकड़कर बिना सहारे सीढ़ियाँ चढ़ने लगे। उनकी उम्र के फासले को देखते हुए नीलिमा से ज्यादा समर जी को ही रेलिंग के सहारे की जरूरत थी, पर समर जी बिलकुल सीधे सतर चल रहे थे। उनका हाथ थामे सीढ़ियाँ चढ़ते हुए नीलिमा का ध्यान हुमायूँ के मकबरे से हटकर समर जी पर टिक गया, "क्या समर जी अकेलापन महसूस करते होंगे? क्यों शादी नहीं की इन्होंने? क्या मेरा साथ समर जी को बहुत अच्छा लग रहा है—कितने बदले हुए नजर आ रहे हैं यहाँ?"—तरह-तरह के प्रश्न उसके अन्दर घुमड़ने लगे। समर जी ने भी नीलिमा के बदले रुख को जैसे भाँप लिया और वे भी कुछ गम्भीर हो आए। नीलिमा का मन हुआ कि समर जी से उनकी जिन्दगी के बारे में कुछ पूछे, पर उसे यह डर भी था कि समर जी को यह ताक-झाँक अच्छी नहीं लगेगी। दिल्ली की खूबसूरत सड़कों का परायापन जैसे उनके बीच आ खड़ा हुआ। नीलिमा को लगा कि आदमियों के बीच के फासले भी घटते-बढ़ते रहते हैं। उसे यह भी खयाल आया कि समर जी ने भी उसकी जिन्दगी के बारे में उससे कुछ नहीं पूछा था और वह नहीं जानती थी कि चाचा के मार्फत वे उसके बारे में कितना जानते थे।

हजरत निजामुद्दीन की दरगाह के सामने भीड़ की रेलमपेल, तरह-तरह के लोगों, उनके कपड़ों और बोली जा रही भाषा का नयापन नीलिमा को अपने खयालों से निकालकर वापस एक भौंचक-सी उत्सुकता में ले आया था। कलकत्ते में भीड़ में वह बांग्ला भाषा सुनने की आदी थी, पर यहाँ तो हर जगह हिन्दी

बोली जा रही थी—और वह भी एक अलग लहजे में। नीलिमा को ऐसा लगा जैसे वह एक फिल्म देख रही हो—दरगाह की ओर ले जानेवाले घूमते हुए गलियारे में दोनों तरफ बिकती गुलाब के फूलों की सुगन्धित चादरें, उन्हें खरीदने का अनुरोध करते टोपी-सुरमा लगाए दुकानदार, पैसे मिलने पर हर हसरत पूरी होने का वायदा करते हुए बच्चे और फकीर। माहौल बहुत कुछ किसी भी मन्दिर जैसा ही था, बस भाषा और अन्दाज बदले हुए थे। "कुछ चढ़ाना है?"—समर जी ने अचानक पूछा तो वह चौंक गई। उसके दिमाग में यह खयाल ही नहीं आया था कि एक सैर करनेवाले यात्री से अलग उसके यहाँ आने का कोई उद्देश्य हो सकता है। वैसे ऐसा कोई भाव यदि उसके दिमाग में आ भी जाता, तो भी यह निश्चित था कि वह समर जी के सामने अपनी इच्छा प्रकट करने में झिझकती।

एक बार बातों-ही-बातों में समर जी ने कलकत्ते में अपने को 'एगनास्टिक' बताया था, जो कि सम्भवत: आस्तिक और नास्तिक दोनों ही न होने की या उनके बीच की स्थिति थी। उसके पूछने पर समर जी ने बताया था कि 'एगनास्टिक' एक ऐसा व्यक्ति होता है, जो किसी ईश्वर या परम सत्ता को न मानता हो—बल्कि इस पचड़े में ही न पड़ता हो, परन्तु प्रमाण मिल जाने पर मानने को तैयार हो। चाचा को कभी-कभी बहुत उलझन और उथल-पुथल में देखकर नीलिमा को लगता रहा था कि यदि उनके पास लोगों की तरह ऐसा कोई सरल विश्वास होता कि "होइ हैं वही जो राम रचि राखा"—तो वे शान्ति से जी सकते थे। वह खुद ईश्वर की जरूरत और ईश्वर के बिना काम चला सकने की कशमकश में जीती थी, पर नीलिमा ने देखा था कि बहुत बेचैन होने पर कहीं-न-कहीं गहराई से ऐसा कोई विश्वास उसे स्थिरता दे जाता था। वह अपनी माँ को अन्धविश्वासी मानकर उनसे गाहे-बगाहे तर्क कर लेती थी, पर उसने पाया था कि तकलीफ में वह माँ को ही खोजती थी और सम्भवत: उनके माध्यम से उनके ईश्वर को भी। वह जानती थी कि चाचा और उनके मित्रगण इस तरह की बातों को उसकी मानसिक अपरिपक्वता और कमजोरी ही मानेंगे, इसलिए वह कभी इस विषय में किसी से बात नहीं करना चाहती थी—पर उसे यह लगता था कि जीवन से जूझने के लिए उसके पास एक अतिरिक्त ताकत है, जो इन लोगों के पास नहीं है।

नीलिमा को शक हुआ कि समर जी कहीं उसका मन रखने के लिए कुछ चढ़ाने के लिए न पूछ रहे हों। उसे कुछ असमंजस में पड़ा देख समर जी ने चढ़ावे की दो तश्तरियाँ खरीदकर एक उसके हाथ में थमा दी और आगे बढ़ गए। सिर पर अपना रूमाल रखकर अमीर खुसरो के मजार पर अगरबत्ती जलाते समर जी को नीलिमा ध्यान से देखती रही। एक युवक, जो काफी देर से उनके साथ ही चल

रहा था, हिन्दू मन्दिरों के पंडों की तरह एक खाता ले आया था और उनसे कुछ हिन्दू दाताओं के नाम बताते हुए दान देने की पेशकश करने लगा था। नीलिमा की उम्मीद के विपरीत समर जी ने उससे खाता लेकर अपने नाम-पते सहित सौ रुपये भेंट लिख दिए। वह युवक उनके घर का पता पढ़कर उन्हें उसी खाते में समर जी के घर के आसपास के इलाकों में रहनेवाले हिन्दुओं और पंजाबियों के नाम दिखाने लगा था, जो वहाँ आए थे और जिन्होंने वहाँ उनसे अधिक दान दिया था। उसके खयाल से सौ रुपये की भेंट बहुत कम थी और वह उनसे भेंट की राशि बढ़ाने का तरह-तरह से आग्रह करता रहा। समर जी उसे टालते हुए उसके साथ-साथ आगे बढ़ते गए। नीलिमा एक जगह रुककर एक अन्धे बच्चे को बहुत गहरी और मार्मिक आवाज में जिन्दगी की हकीकतें बतानेवाला कोई गीत गाते हुए सुनने लगी थी। वह युवक समर जी को लेकर एक दुकाननुमा कमरे में घुस गया, तो नीलिमा भी उस ओर बढ़ गई।

वह एक पुराने जमाने की गद्दी की तरह का कमरा था—सफेद चाँदनी बिछी हुई थी और लम्बे सफेद मसनद का सहारा लगाए एक हकीमनुमा वृद्ध आदमी वहाँ बैठा था। नीलिमा ने आश्चर्य से देखा कि समर जी उसके सामने अदब से सिर झुकाए दोनों हाथ आगे की तरफ बाँधे हुए खड़े थे। मौलवी साहब, या उनका कुछ और जो भी ओहदा था, लगभग अस्सी वर्ष की उम्र के रुआबदार आदमी थे—आँखों पर मोटा चश्मा, होंठ पान से रँगे हुए और दाढ़ी मेहँदी से—शायद कुछ सूफी प्रभाव था। समर जी उनके सामने विनम्र भाव से खड़े थे। मौलवी जी ने बुलन्द नाटकीय आवाज में समर जी की तरफ हाथ उठाकर कहा, "कहाँ से आए तुम, मुझे सब मालूम है। फकीर से धोखा मत करना, बरबाद हो जाओगे।" नीलिमा को डर लगा कि समर जी अपने पश्चिमी पंजाब के लहजे में कहेंगे, "अरे चुप रह बूढ़े। तुझे क्या खाक मालूम है।" पर समर जी ने ऐसा कुछ नहीं कहा, बल्कि अपना सिर और नीचे झुका लिया और कुछ आगे की तरफ और झुक गए। वे नीलिमा को जैसे एकदम भूल गए थे। नीलिमा भौंचक्की-सी उन्हें देखती रही। मौलवी साहब अब उन्हें राजीव गांधी के साथ खिंची खुद की तसवीर, जो एक तरफ लगी थी, बैठे-बैठे इशारे से दिखाने लगे थे, "कहा था मैंने, उधर की तरफ मत जाना। नहीं माना। भूल गया मेरी बात। कहा था मत जाना!" नीलिमा ने अचम्भे के साथ सोचा कि ये बातें किसी बड़े हिन्दू पंडित की बातों से कहीं अलग नहीं थीं—बस फर्क था तो यही कि ये एक फकीर के अन्दाज में बहुत ऊँची आवाज में नाटक के साथ बोली जा रही थीं। "क्या सचमुच समर जी को इस मौलवी की बातों पर यकीन है?"—नीलिमा के दिमाग से यह प्रश्न गुजर गया। समर जी के नाटकों के विद्रूप-भरे पात्र, उनकी राजनीति, समर जी का मखौल उड़ाता चेहरा उसे याद आए और वह हक्की-

बक्की-सी समर जी को देखती खड़ी रही। मौलवी साहब का ध्यान अचानक उसकी तरफ होने पर समर जी भी जैसे वापस इसी दुनिया में लौट आए। उन्होंने जल्दी से सौ रुपये का एक नोट निकालकर मौलवी के सामने रख दिया, जो किंचित असन्तोष प्रकट करते हुए लिया गया और सामने रखी पेटी में डाल दिया गया। मौलवी साहब शायद समर जी से नीलिमा का रिश्ता भाँपने के लिए उसे ध्यान से देख रहे थे। नीलिमा ने सोचा कि वे इस बाबत कोई प्रश्न तो पूछ नहीं सकते, क्योंकि अपनी सब कुछ भाँप लेने की क्षमता पर वे खुद दूसरों में सन्देह कैसे पैदा कर सकते हैं। उसका अन्दाज सही निकला। मौलवी साहब ने कुछ सोचकर कहा, "जा बच्ची, तेरा काम हो जाएगा। तू जिसके साथ आई है, वह आदमी तेरा अच्छा चाहता है।"

नीलिमा तुरन्त मुड़कर बाहर निकल आई। अचानक उसे खयाल आया था कि हो सकता है समर जी मौलवी साहब से अपनी जिन्दगी के बारे में कुछ ऐसी बातें करना चाहते हों, जो उसके सामने नहीं करेंगे। शायद वे अक्सर यहाँ आते रहे थे और उनसे अच्छी तरह परिचित थे या कौन जाने—वे सचमुच एक 'एगनास्टिक' ही थे और महज अपने नाटक का कोई पात्र तलाश कर रहे थे। बाहर वही अन्धा बच्चा अपनी गहरी दिलभेदी आवाज में बिना थके गाता जा रहा था। उसके आसपास लोगों का हुजूम इधर-से-उधर जा रहा था। नीलिमा ने अचानक सिर उठाकर ऊपर आसमान की तरफ देखा। चारों ओर की इमारतों के बीच यह खुली जगह थी जहाँ आसमान दिख रहा था। फरवरी के महीने में रूई जैसे छोटे-छोटे बादल आकाश में दौड़ रहे थे। "हम सब एक जैसे लोग हैं"—न जाने कहाँ से यह विचार उसके अन्दर दौड़ गया। उसने वहाँ के सारे लोगों के लिए एक गहरा अपनापन महसूस किया—लोग, जो अपने-अपने जीवन में तरह-तरह की उम्मीदों-नाउम्मीदों से घिरे थे और मकानों के बीच दिखते इस आसमान के तले चल-फिर रहे थे। समर जी मौलवी की गद्दी से निकलकर उसके बगल में आ खड़े हुए थे। नीलिमा ने उनका चेहरा देखने से बचते हुए कहा, "अब चलें। देर हो रही है।" समर जी वापस जानेवाले रास्ते की ओर न मुड़कर चुप खड़े रहे, तो नीलिमा ने उनकी ओर देखा। समर जी के चेहरे की गहरी खुदी रेखाओं पर कुछ ऐसे भाव थे जो नीलिमा ने पहले कभी नहीं देखे थे। शायद एक तरह की नरमाहट, "चलो, आज तुम्हारे लिए ही कुछ माँगा जाए। एक बेटा हो जाए तुम्हारे।" नीलिमा एकबारगी हतप्रभ हो गई। फिर उसके बाद उसके अन्दर कुछ घुमड़ता हुआ-सा उठा—एक तरह की करुणा, एक तरह का कष्ट। उसने अपने-आपसे बचते हुए समर जी का मजाक बनाते हुए-से स्वर में कहा, "लेकिन मेरे तो एक बेटा है। और एक बेटा लेकर क्या करूँगी?" समर जी भी अपने में वापस लौट रहे थे। नीलिमा

ने उनकी मदद करते हुए कहा, "यह क्यों न माँगें कि दो महीने पहले बाबरी मस्जिद टूटने से जो कड़वाहट हमारे बीच आ गई है, वह धुल जाए।" समर जी ने उसे खुश होकर देखा, "यह तो बड़ी बात है, वाकई बड़ी बात है..."। "और हमारा कलकत्ता दिल्ली की तरह सुन्दर हो जाए"—नीलिमा हँस रही थी। "लालच बुरी बला है"—कहते हुए समर जी मुसकराकर लौटने के लिए घूमते गलियारे की ओर बढ़ गए।

एक और नमकहराम

रजनी की दुनिया बहुत तेजी से बदल रही थी—इतनी तेजी से कि कई बार उसे एक अजीब किस्म का डर लगने लगता था। यह डर उस तरह का डर नहीं था जो उसे अब तक अँधेरे कमरे में जाने या अकेले सोने में बचपन से लगता रहा था। इस डर में ही एक हलकी-सी खुशी और गुदगुदी थी और थोड़ी शर्म भी। पिछले सप्ताह से वह अकेली नहा रही थी। यह एक ऐसा काम था जो उसने अपनी जिन्दगी के तेरह सालों में नहीं किया था। उसे हमेशा लगता था कि जब वह मुँह में साबुन लगा रही होगी, तब दो खुरदुरे भयानक हाथ कहीं से आकर उसे पकड़ लेंगे। पता नहीं कब किसी ने उसे ऐसी कोई कहानी सुनाई थी या उसने खुद ही मन में ऐसी कोई कहानी गढ़ ली थी। इसलिए वह हमेशा अपनी बड़ी बहन या छोटी बहन के साथ ही नहाती थी। पिछले दो सालों से बड़ी बहन उसे अपने साथ घुसने नहीं देती थी, तब से वह बराबर छुटकी के साथ नहाती आई थी। पर पाँच-छह दिन पहले उसने देखा कि छुटकी साबुन हाथ में लिये चुपचाप खड़ी उसे बहुत गौर से देख रही थी। तब से उसने अपने डर के बावजूद अकेले नहाने का निश्चय किया था। मुँह में साबुन वह नहाने के बाद बाहर आकर हाथ धोने की बेसिन पर लगा लिया करती थी।

परसों तो उसे लगा था कि वह शर्म से मर ही जाएगी। नीचे बुआ उसे लेने आई थीं और गाड़ी में बैठ उसका इन्तजार कर रही थीं। माँ ने उसकी एक फ्रॉक लाकर उसे जल्दी-जल्दी अपनी फ्रॉक बदल लेने के लिए कहा था। उसने वहाँ बैठे अखबार पढ़ते हुए पापा की तरफ देखा था, पर माँ जैसे कुछ समझ ही नहीं रही थीं। हारकर उसने बिना कुछ कहे फुर्ती से वहीं कपड़े बदल लिये थे। पर पूरी फुर्ती के बावजूद वह जानती थी कि ऐन मौके पर पापा ने सिर उठाकर उसे देख लिया था और उनके चेहरे पर कुछ रंग आए-गए थे।

इन दिनों स्कूल में भी क्लास में हवा कुछ बदली-बदली रहने लगी थी। गर्मियों की छुट्टियों के बाद कम-से-कम पाँच-छह लड़कियाँ स्कूल के फ्रॉक के नीचे कुछ और भी पहनने लगी थीं, जिसे उनकी पीठ पर हाथ रखकर मजे से जाना जा सकता था। यह तो गनीमत थी कि अभी तक उसे ऐसी कोई दरकार नहीं पड़ी थी। वे लड़कियाँ इस बारे में काफी शर्मिन्दा थीं और उनकी पूरी कोशिश थी कि किसी

को इसके बारे में कुछ पता न चले। सिर्फ एक प्रभा ही थी, जो एक साल फेल होने के कारण सबसे बड़ी भी थी और इस तरह की बातों की कोई परवाह नहीं करती थी। वह जान-बूझकर दूसरी लड़कियों की पीठ पर हाथ फिरा लेती और हँसने लगती। रजनी को प्रभा की तरह पढ़ने में फिसड्डी लड़कियाँ बिलकुल पसन्द नहीं थीं, पर वह इन दिनों प्रभा से काफी दोस्ताना व्यवहार रखने लगी थी। कक्षा में सभी प्रभा से कुछ-कुछ दबने लगे थे। रजनी को पता था कि उसकी बड़ी बहन ने वह सब पहनते वक्त बहुत रोना-धोना किया था। उसे वह व्यवहार बहुत ही मूर्खतापूर्ण लगा था और उसे पूरा यकीन था कि प्रभा ने ऐसा कुछ बिलकुल नहीं किया होगा।

सारी दुनिया कितने अजीब रहस्यों से भरी हुई थी। सब कुछ बिलकुल नया-नया लगता था, जैसे पहले कभी देखा ही न हो—यहाँ तक कि धूप, घर के पिछवाड़े के नारियल के दोनों पेड़ और सामने के गैरेज में काम करनेवाला वह दाढ़ीवाला गम्भीर लड़का सब एकदम नए और रहस्यपूर्ण लगने लगे थे। वह आँखें बन्द कर कितनी तरह-तरह की कहानियाँ लगभग अनजाने लोगों के बारे में गढ़ती रहती थी और उसे लगता कि वे सब सच ही हैं। घर में कुछ अंग्रेजी की किताबें थीं जिन पर उसने कभी ध्यान ही नहीं दिया था। पर आजकल वह उन्हें पढ़ने की कोशिश में लगी थी और काफी कुछ समझने भी लगी थी। पर बड़की उस पर बहुत निगरानी रखती थी और रजनी को उससे बहुत बचकर पढ़ना पड़ता था। माँ अंग्रेजी बिलकुल नहीं जानती थीं, पर बड़की उन्हें शिकायत कर देती थी कि रजनी बेकार की किताबें पढ़ रही है। एक बार तो उसने पलंग और दीवार के बीच की सँकरी फाँक में किताब फेंक दी थी ताकि बड़की उसे पढ़ते न देख ले। बाद में बड़ी मुश्किल से उसने उस किताब को बाहर निकाला था। वह बड़की को समझाने की चेष्टा भी करती थी, "आखिर कुछ जानने में क्या नुकसान है? जब किताब है, तो पढ़ने के लिए ही है।" पर बड़की का दिमाग कुछ अलग किस्म का था। प्रभा को इन बातों की इतनी जानकारी थी कि उससे किसी शब्द का अर्थ भी पूछा जा सकता था। उनकी स्कूल में दो बड़ी लड़कियाँ हमेशा हाथ पकड़कर साथ घूमती थीं और टिफिन के समय एक कोने में बैठकर गुप-चुप बातें करती थीं। प्रभा ने उन्हें दिखाकर उसे बताया कि वे 'लेसबियन' हैं और उस शब्द का अर्थ भी उसे समझाया था। बड़की को जाने क्यों किसी तरह की कोई दिलचस्पी किसी बात में होती ही नहीं थी और वह उसकी और प्रभा की दोस्ती के बारे में माँ को भी कुछ-न-कुछ अंट-शंट कहती रहती थी।

रजनी को बड़की की एक बात समझ में नहीं आती थी और उसे इससे बड़ी खीझ होती थी। बड़की को उसके बड़ों की किताबें पढ़ने में भी आपत्ति थी और उसके छुटकी के साथ बच्चों की तरह खेलने में भी। "इतनी बड़ी हो गई और नीचे दरबान के साथ खेलती रहती है"—वह अक्सर कहती। वह और छुटकी हमेशा से

नीचे रमाकान्त दरबान उर्फ 'सितार की खूँटी' के साथ खेलते आए थे। यह नाम रमाकान्त ने खुद ही निकाला था क्योंकि उसके दोनों कान खूब बड़े-बड़े थे और वह उन्हें 'सितार की खूँटी' कहा करता था। हो सकता है कि उसके घर में कान की शक्ल की कोई खूँटी रही हो और उस पर कोई सितार टाँगा जाता रहा हो या किसी के घर नौकरी करते हुए उसने ऐसा कुछ देखा हो। पापा का ऑफिस नीचे ही था और नीचे बच्चों का खेलना बिलकुल मना था। जब पापा बाहर जाते, तो रमाकान्त नीचे से आवाज देता, "आ जाओ छुटकी, मैदान खाली है।" वे दोनों धड़ाधड़ सीढ़ियाँ उतर आतीं और रमाकान्त के साथ तरह-तरह के खेल खेलतीं। रमाकान्त पापा की तरह मुँह बनाकर उन्हें नकल करके डाँटता और वे लोग खूब हँसतीं, हालाँकि वे लोग जानती थीं कि खुद रमाकान्त पापा से खूब डरता है।

इन दिनों वह अपने को शीशे में बहुत देखने लगी थी। कुछ दिनों पहले उसने बुआ को माँ से कहते सुना था, "रजनी के दाँतों का चौका कुछ उठा हुआ है।" तभी से अक्सर वह अपने दाँतों और चेहरे को घुमा-घुमाकर हर कोण से शीशे में देखा करती थी। उसे बहुत दुख होता था कि माँ ने बचपन में उसकी चूसनी चूसने की आदत क्यों पड़ जाने दी। कई बार तो वह मन-ही-मन इतना कुढ़ जाती थी कि माँ से सीधे मुँह बात तक नहीं करती थी। रह-रहकर माँ पर इस बात के लिए उसके मन में खीझ भर जाती। इन दिनों उसने अपने होंठों से दाँतों को ढके रखने की आदत डाल ली थी और बातें करते समय यह कोशिश रखती थी कि उसके दाँत छिपे रहें। हँसते समय तो वह हाथों से अपने मुँह को ढक ही लेती थी। वह जब अकेली होती, तो जितना बर्दाश्त होता, उतने जोर से अपने दाँतों को अन्दर दबाया करती। उसे लगता था कि ऐसा करने से उसके दाँत कुछ अन्दर चले गए हैं। पर यह बात छुटकी के अलावा किसी और से पूछी नहीं जा सकती थी। पर छुटकी इतनी चालाक थी कि उसने समझ लिया था कि दीदी 'हाँ' बोलने से खुश होती है—इसलिए उसकी बात पर भी अब यकीन नहीं किया जा सकता था।

छुटकी बड़ी मस्त और बेपरवाह किस्म की थी। उसे अपने दिनोंदिन बढ़ते मोटापे की सबके टोकने के बावजूद फिक्र नहीं थी जिसके कारण वह एकदम गोल-मटोल लगने लगी थी। रजनी को तो छुरी-काँटे से नहीं खा पाने तक का भी बहुत गम था—यहाँ तक कि यह बात कई बार उसकी रात में नींद गायब कर देती थी। बड़की न जाने कैसे सब बातों में इतनी चतुर थी कि उसने अपने-आप ही छुरी-काँटे से खाना सीख लिया था। रजनी तो चम्मच से भी खाती, तो उसके कपड़ों पर कुछ-न-कुछ गिर ही जाता था। छुरी-काँटे से खाना तो उसे बिलकुल असम्भव लगता था। बुआ के साथ वे लोग कभी-कभी बाहर जाते, तो बड़की जितनी खुश रहती, वह उतनी ही उदास। एक बार तो उसने पेट-दर्द का बहाना मारकर जाने से इनकार कर दिया था और फिर रात-भर दुख से छटपटाती रही थी।

अगले दिन बड़की के कुछ सहानुभूति जताने पर उसने भूल से सच बात बता दी थी, तो बड़की हँसती-हँसती दोहरी हो गई थी। तब से उसे बराबर डर लगा हुआ था कि बड़की यह बात बुआ को और सारे घर को बता देगी हालाँकि उसने बड़की को भगवान की सौगन्ध खिलाकर ही यह बात बताई थी। अपनी इस मूर्खता पर तब से अपने को कोस रही थी क्योंकि वह जानती थी कि बड़की उससे पढ़ने में कमज़ोर होने का बदला इस तरह की बातों में उसकी हँसी उड़ाकर लेती थी। पर अपना इतना बड़ा दुख वह छुटकी को इसलिए नहीं बता पाई थी क्योंकि उसे यह बताने का कोई फायदा नहीं था। वह उसके दुख को समझ ही नहीं पाती। वह तो बाहर खाते समय चम्मच का भी इस्तेमाल नहीं करती थी और बड़े मजे से मुँह से आवाज करती हुई खूब खाया करती थी। रजनी को कई बार लगता कि काश वह भी छुटकी जैसी मस्त होती।

छुटकी को अपने मजे के अलावा किसी तरह की चिन्ता नहीं होती थी। यहाँ तक कि वह आगे-पीछे भी कुछ नहीं सोच पाती थी। रमाकान्त दरबान की पापा से किसी कारण लड़ाई हो गई थी और वह किसी 'यूनियन' की शरण में चला गया था। यों तो वह पापा से डरता था और उन लोगों को कसम दिलाकर ही पापा की बुराइयाँ करता रहता था, पर अचानक इस बार उसने बड़ी हिम्मत कर पापा से बहुत बहस की थी और पूरा मकान उनकी आवाजों से गूँजता रहा था। पापा को यूनियन के डर से मजबूर होकर उसे रुपये-पैसे देकर उस झंझट से निकलना पड़ा था। जब भी घर में बात चलती, पापा खूब गुस्से में रमाकान्त को 'नमकहराम' और 'गद्दार' कहते। कुछ दिन बाद एक बार पापा घर से बाहर गए और उनके जाते ही घर के बाहर से रमाकान्त की आवाज आई, "छुटकी आओ, मैदान साफ है। 'सितार की खूँटी' के पास आ जाओ।" छुटकी नीचे जाने को मचल उठी। रजनी ने कहा, "तुम्हारा दिमाग तो ठीक है? 'सितार की खूँटी' नमकहराम है, तुम्हें पता नहीं? पापा को पता चल गया, तो मार ही डालेंगे तुम्हें।" छुटकी ने रुआँसी आवाज में कहा था, "कब से सितार की खूँटी पापा के बाहर जाने के इन्तजार में खड़ा रहता है। दो दिन पहले भी मैंने उसे देखा था। उसने क्या पापा का नमक-वमक चुरा लिया है? और चुराया भी है, तो हमें क्या? पापा क्या सब बात ठीक ही करते हैं?" वह आश्चर्य से छुटकी के गोल चेहरे को देखती रह गई थी जिस पर हमेशा से कुछ अलग रेखाएँ थीं। पर पापा के डर से कोई कसम दिलाकर उसने छुटकी को नीचे जाने से रोक लिया था। 'सितार की खूँटी' बहुत देर तक खड़ा आवाज लगाता रहा था, फिर माँ के बरामदे से झाँकने पर गायब हो गया था।

अब होली आ रही थी और रजनी को भी 'सितार की खूँटी' की बहुत याद आ रही थी। इसी बीच उसने 'काबुलीवाला' कहानी पढ़ ली थी और यह सोचकर कई बार उसकी आँखें भर चुकी थीं कि क्या पता रमाकान्त के अपने बच्चे थे या नहीं,

या फिर उन दोनों के जितने बड़े ही बच्चे थे, जिन्हें वह किसी दूर देश में छोड़कर उनके पास रहता था। उसे लगता था कि अगर रमाकान्त के बच्चे होंगे, तो वह उन्हें पापा की तरह कभी डाँटता नहीं होगा और उनके साथ खूब खेलता होगा। होली पर रमाकान्त न जाने कहाँ से पलाश के फूल बटोर लाता था और उन्हें पानी में भिगोकर रंग बनाता था। वे लोग नीचे लगे नल में पानी के बैलून फुला-फुलाकर एक छोटे-से टब में रखते जाते थे और फिर ऊपर बरामदे से बाहर सड़क पर पापा की नजरें बचाकर एकाध बैलून फेंकते थे, पर ज्यादातर 'सितार की खूँटी' पर ही मारा करते थे। वह खूब बचने की कोशिश करता और लग जाने पर खूब आह-ऊह करता। होलीवाले दिन सुबह से उठते ही पानी के बैलून भर-भरकर टब में रखना शुरू हो जाता। बुआ वगैरह कुछ रिश्तेदार मकान के पीछे की जगह में खेलने आते, तो वे लोग पीछे के बरामदे से उन पर बैलून मारने के लिए तैयार रहते। सारे बैलूनों में गाँठ मारने का काम रमाकान्त ही करता और बीच-बीच में उन लोगों को अपनी लाल उँगली दिखाकर छुटकी से फूँक मरवा लिया करता। फूँक मारने पर कहता, "अई लओ, अब तो सौ बैलून अऊर बाँध देंगे।" छुटकी खूब खुश हो जाती और मटक-मटककर हँसती।

इस बार होली पर यूँ ही सब बदला-बदला था, रही-सही कसर छुटकी के बुखार ने पूरी कर दी। एक तो रमाकान्त के बिना इतने बैलूनों में गाँठ मारनी मुश्किल थी, और ऊपर से छुटकी के बिना तो बैलूनों को फुलाने का भी कोई मजा नहीं था। रजनी उस दिन सुबह आँखें खोलकर बिस्तर पर पड़ी-पड़ी सोचती रही। अगल-बगल के मकानों में बहुत बच्चे थे, पर उन लोगों की किसी से दोस्ती नहीं थी। उनका मकान अपने इलाके का सबसे बढ़िया मकान था और उसके आसपास जितने लोग रहते थे, वे सब टूटे-फूटे से कमरों में रहते थे। वहाँ रहनेवाले लोगों में से बहुत कम लोगों से उनका परिचय था और जिनसे था, उनके घर भी जाने का कोई सवाल नहीं उठता था। वे लोग भले ही कभी-कभार उनके घर आ जाया करते थे। बगल के मकान में शकुन्तला की माँ रहती थी, जो अपने काले-नीले होंठों को बहुत सख्ती से भींचकर रहा करती थी। वह किसी कारण से दुखी थी और माँ से अपना दुख बाँटने कभी-कभी आ जाया करती थी। उसकी लड़की शकुन्तला रजनी की हमउम्र थी, पर वह अक्सर बीमार रहती थी। सिर्फ एक बार रजनी शकुन्तला के घर किसी कारण से माँ के साथ गई थी और शकुन्तला की माँ ने उन्हें रसगुल्ला खिलाया था। शकुन्तला का भाई ललचाई निगाहों से रसगुल्ले को देखता रहा था और रजनी ने लौटते समय माँ से पूछा था कि क्या उन्होंने कभी शकुन्तला की माँ को अपने घर आने पर रसगुल्ला मँगवाकर खिलाया था। माँ ने उसे खीझकर देखा था, पर कुछ बोली न थीं। शकुन्तला का बड़ा भाई मौके-बेमौके उसकी तरफ देखा करता था। एक दिन वह अपने कमरे के सामने की जमीन झाड़ू लेकर धुलाई कर

रहा था और रजनी से उसकी आँखें मिल गई थीं और तभी से उसने रजनी की ओर देखना बिलकुल बन्द कर दिया था।

मकान के दूसरी तरफ रहनेवाले लोग तो और भी गरीब थे। वे अपने टूटे-फूटे मकान के पिछवाड़े में कूड़े के ढेर के बगल में कुएँ पर पानी भरने के लिए लाइन लगाते थे और बीच-बीच में उनके मकान की ओर देखते रहते थे। इसलिए पापा ने मकान की उस दिशा में खुलनेवाली खिड़कियाँ बन्द करवा दी थीं। और उनमें शो-केस बनवा लिये थे। सिर्फ एक ही खिड़की बची थी, जिसे भी प्राय: बन्द ही रखा जाता था। उस पर धुँधले शीशे लगे थे, ताकि बन्द करने पर भी रोशनी आती रहे और कोई बाहर की तरफ से देख न सके। मकान के पिछवाड़े में एक भुतहा-सा मकान था, जिसमें एक बीमार किस्म का बंगाली लड़का रहता था, जो हमेशा पढ़ता रहता था। उस मकान में बहुत कम ही कोई नजर आता था और रजनी को रात में वहाँ झाँकने में भी डर लगता था। मकान के सामने सड़क थी और उसके बाद सामने की फुट पर गाड़ियाँ मरम्मत करने का गैराज और गोशाला थी। गैराज के मिस्त्री और खासकर कुछ युवा मनचले अक्सर शाम के वक्त सामने खड़े हो जाते थे। इसलिए पापा ने उन लोगों को बरामदे में न खड़े होने की सख्त हिदायत दे दी थी।

रजनी बिस्तर पर पड़ी-पड़ी होली की बातें सोचती रही। माँ 'आस' माता की पूजा की तैयारियाँ कर रही थीं, जो होली के दिन सुबह की जाती थी। यह आस माता सारी आशाएँ पूरी करनेवाली कोई देवी थीं। माँ ने कहानी पूरी करते हुए कहा, "हे आस माता, जैसे तुमने उस आसलिया बावलिया (बावरा) की सारी आशाएँ पूरी कीं, उसी तरह हम सबकी भी करना।" फिर उन्होंने तुरन्त रजनी को टेढ़ी नजरों से देखते हुए कहा, "उठो, इतनी देर हो गई। अभी कोई सोने का समय है?" रजनी ने माँ की तरफ देखा और कहा, "अच्छा माँ, तुम्हारी कहानी का यह आसलिया बावलिया जुए में हारने पर भी ब्राह्मणों को भोजन करवाता था और जीतने पर भी। एक बात बताओ, यदि मैं परीक्षा में फेल हो जाऊँ, तो भी उतनी ही खुश हो सकती हो जितना कि मेरे प्रथम आने पर होतीं?" माँ असमंजस में पड़ी उसे देखती रहीं, "यह तो कहानी है। ऐसा सचमुच थोड़े ही होता है। उठो, उठो छुटकी को बुखार है, उसे भी देखो।"

रजनी छुटकी के नाम से फुर्ती से उठी। पर छुटकी बुखार की नींद में निढाल थी। रजनी कुछ देर अनमनी-सी बैठी रही, फिर उसने टब लाकर बेसिन की नल से बैलून फुला-फुलाकर गाँठ मारकर उसमें सजाने शुरू किए। पिछले साल की तरह अगर बुआ सदल-बल इस बार भी आ गईं, तो उन लोगों को मारने के लिए खूब सारे बैलूनों की जरूरत होगी। वह उत्साह से भर उठी और रंग-बिरंगे बैलूनों को करीने से रखती चली कि वे आपस में रगड़कर टब में ही न फूट जाएँ। बड़की मंजन करने बेसिन पर आई, तो बैलूनों को देखकर व्यंग्य से हँसी, "यह भी कोई

होली खेलने का ढंग हुआ। रंग तो लगाएँगे नहीं, न ही लगवाएँगे, बच्चों की तरह ऊपर से ढोल नीचे फेंकते रहेंगे। चलो हटाओ अपना बखेड़ा, मंजन करने दो।" रजनी ने कुढ़ते हुए बैलूनों का पैकेट और टब सरका लिया, "बहुत समझती है अपने-आपको। तुम्हें तो एक बैलून भी नहीं मारूँगी।" बड़की के चले जाने के बाद वह फिर बैलून फुलाने लगी, पर मन उदासी से भर रहा था। उसे खयाल आया कि छुटकी उठकर बैलून देखेगी, तो कितनी खुश होगी। उसका उत्साह फिर जाग आया। वह बीच-बीच में अपनी लाल उँगली पर फूँक मारती जाती थी इतने में माँ की आवाज आई, "रजनी, और कितने बैलून फुलाओगी। चलो, नाश्ता-पानी करो। बुआ को सर्दी-खाँसी है, इस बार वे आएँगी नहीं। किसको मारोगी इतने बैलून?" रजनी यह सूचना पाकर स्तब्ध हो गई। आँसुओं को रोकते हुए उसने गुस्से से सोचा, "तुम्हें तो एक भी नहीं मारूँगी।" इतने में पापा अचानक प्रकट हुए, "इतनी बड़ी लड़की हो गई...बैलून फुला रही हो! यह खिड़की बन्द नहीं कर सकती थी? देखती नहीं, कैसे लोग ताक रहे हैं। इन लोगों की जात ही ऐसी है। कोई लड़की दिख जाए तो आँखें फाड़-फाड़कर देखते रहेंगे। और सुनो, सड़क की तरफ एक बैलून भी मत फेंकना। तुम फेंकोगी, तो उन लोगों की हिम्मत खुल जाएगी। वे लोग तो हैं ही इस ताक में—एक की जगह दस फेंकेंगे, समझ गई न?"

रजनी खड़ी-खड़ी अपनी लाल उँगली की तरफ देखती रही। फिर उसने उस सजे हुए रंग-बिरंगे टब को देखा। कुछ देर तक वह चुप खड़ी रही। फिर अचानक न जाने उस पर क्या भूत सवार हुआ कि वह उसी टब में बैठ गई। सारे बैलून फुस्स करके फूट गए और उसके कपड़े गीले हो गए। माँ वहाँ से गुजरती हुई उसका यह कारनामा देखकर खड़ी-की-खड़ी रह गईं, "यह क्या! इतनी मेहनत से बैलून फुलाए और ऐसे ही फोड़ डाले? दिमाग खराब हो गया क्या? बुआ नहीं आएँगी, तो क्या और कोई नहीं है बैलून मारने के लिए? हद है, क्या ये आजकल की लड़कियाँ किसी को निहाल करेंगी...।"

रजनी ने चमकते हुए आँसुओं को पोंछते हुए अपने कुछ उठे हुए दाँतों को मसूड़े सहित दिखाते हुए कहा, "कौन है बैलून मारने के लिए—तुम्हारे स्टैंडर्ड के लायक? ये नारियल के दोनों पेड़? या यह पीछे की लाल जमीन?" छुटकी दरवाजे के सहारे आकर खड़ी हो गई थी, "माँ, यह भी नमकहराम है न? है न माँ?"—वह माँ को पूछ रही थी।

न्यू ईयर्स ईव

नए साल के आने में तीन घंटे बाकी थे। प्रबोध कुमार सुबह से पार्टी की तैयारियाँ करते-करते खुद अभी तैयार हुआ था और अब सबके आने का समय हो गया था। उसने शीशे में समय से पहले गायब हो गए बचे-खुचे बालों को जमाया। एक सन्तोष-भरी साँस ली और श्रीमती विमला कुमार की ओर मुसकराकर देखा। उस निगाह में कहीं यह गुजारिश भी थी कि श्रीमती जी उसी की तरह थकान-रहित और प्रसन्न दिखाई दें। पन्द्रह सालों के साथ के बाद विमला को यह मालूम हो चुका था कि कोई हलकी-सी शिकायत का भी चेहरे पर दिखाई दे जाना भारी पड़ेगा वरना इस तरह खटनी करना उसके लिए शारीरिक रूप से ज्यादा मानसिक रूप से कष्टकर था। उसका वश चलता तो वह अपने पति और बच्चों के अलावा किसी को अपनी दुनिया में झाँकने तक नहीं देती और न उन लोगों को उसके बाहर मन लगाने देती। पर उसके पति थे कि उसकी दुनिया में आते ही ऊब और चिड़चिड़ाहट महसूस करने लगते थे और उससे भी तभी सलीके से पेश आते थे जब वह दुनिया न जाने किन-किन ऐरों-गैरों को समेट लेती थी।

यह निर्णय भी प्रबोध कुमार का था कि नए साल के आने का जश्न मनाने सब कोई इस बार उनके घर पर ही जमा हों। दरअसल उसकी माँ इस साल शहर के बाहर अपनी बेटी से मिलने गई हुई थीं। यों तो प्रबोध कुमार हर हालत में मातृभक्त कहा जा सकता था, पर वह जानता था कि उसकी माँ के कुछ सख्ती लिये हुए, कानून-पसन्द, 'खानदानी' चेहरे के सामने गुट के लोग कुछ गड़बड़ा जाते हैं। प्रबोध कुमार के गुट के बाकी लोगों में उसके घर पर आने की बात से कोई विशेष उत्साह नहीं जागा था। एक तो उनका घर शहर के पुराने-से कोने में अलग-थलग पड़ता था, जहाँ से पार्क-स्ट्रीट का नए साल पर होनेवाला हुड़दंग बहुत दूर पड़ जाता था और दूसरे प्रबोध कुमार की आदत थी कि वह अपने गुट के लोगों के साथ किसी-न-किसी अपरिचित से बाहरी परिवार को भी बुला लिया करता था जिससे गुट के सारे लोगों को व्यवहार में औपचारिकता रखने की जरूरत होने के कारण लगातार कुढ़न होती रहती थी। खुद प्रबोध कुमार उनमें तालमेल बैठाने के चक्कर में इधर-से-उधर चकरघिन्नी बना फिरता और दोनों तरफ के गुटों से पिट जाता, पर आदतें तो आदतें होती हैं।

श्रीमती विद्या प्रसाद के मन में इस आदत की बात सोचकर प्रबोध कुमार के प्रति कुछ अनुराग-सा जाग आया। इसे आप चाहें तो तरस भी कह सकते हैं, "सबको खुश रखने की कितनी चेष्टा करता है बेचारा प्रबोध। आज के जमाने में दूसरों का इतना ध्यान रखनेवाला आदमी मिलना मुश्किल है," कहते हुए उन्होंने कुछ हिकारत और चिढ़ के साथ अपने पति की तरफ देखा जिनकी आत्मलीनता इस कदर बढ़ती जा रही थी कि खुद अपने जवान होते बेटे को आज दोस्तों के साथ पार्टी में जाने के लिए उन्होंने अपना नया कोट पहनने देने में बहुत आनाकानी की थी। प्रसाद साहब जैसे आदमी के लिए इस तरह की पार्टी में जाना कोई विशेष मनोनुकूल बात नहीं थी, पर पिछले कितने ही सालों से वे क्लब की न्यू ईयर्स ईव की पार्टी में कई सौ रुपये का टिकट कटवाकर उससे बोर हो चुके थे। फिर इस बार तो उनका बेटा भी दोस्तों के साथ वहीं जा रहा था। न जाने बढ़ती उम्र का तकाजा था या कुछ और, पर शराब का जाम थामे फ्लोर पर नाचते हुए जोड़ों को देखना या इधर-उधर ताक-झाँक करना उन्हें पहले की तरह खींच नहीं रहा था। यों तो वे अब भी बिलकुल बीस साल पहले की तरह ही फिट-फाट थे, और जिन्दगी से रस खींचने की इच्छा जरा भी कम नहीं हुई थी, पर विद्या का मन और प्रबोध कुमार का आग्रह देखकर वे पहले की तरह एकदम से मना नहीं कर पाए थे।

पहले तो प्रबोध कुमार किसी खास मौके पर भी शराब को हाथ नहीं लगाता था और बड़े गर्व से अपना खानदानीपन दिखाने लगता था, "हमारे परिवार में पीढ़ियों से किसी ने शराब नहीं पी," पर अब हालत यह थी कि प्रसाद तो साल में सिर्फ एकाध बार ही खास मौकों पर या मुफ्त की मिलने पर शराब पीते थे और प्रबोध कुमार ने बाकायदा होटलों में जाकर प्राय: हर सप्ताह छिपकर शराब पीनी शुरू कर दी थी। प्रबोध कुमार की माँ के न होने के कारण ही प्रसाद ने उसके घर जाने की हामी भरी थी और साथ ही यह शर्त भी रख दी थी कि कुछ जाम-वाम का जुगाड़ रहे। उनकी बीवी का प्रबोध कुमार के प्रति कुछ स्नेह का भाव भी वे जानते थे क्योंकि प्रबोध कुमार किसी दूर के रिश्ते में उसका कुछ चचेरा-ममेरा भाई लगता था। बात इतनी ही नहीं थी। प्रबोध कुमार विद्या को खुश रखने के लिए बहुत कुछ ऐसा कर देता था जो प्रसाद किसी के लिए कभी नहीं कर सकते थे। एक साल विद्या का जन्मदिन भूल जाने पर प्रबोध कुमार ने अगले दिन 'बीलेटेड हैपी बर्थडे' के कार्ड समेत हर घंटे पर उसे लगातार चार फूलों के गुलदस्ते भिजवाए थे। विद्या कई दिनों तक हर आने-जानेवाले को हँस-हँसकर प्रबोध कुमार की यह बात बताती रही थी।

प्रबोध कुमार के घर में घुसते ही प्रसाद कुछ चौंक पड़े। हालाँकि उन्हें पहले से मालूम था कि प्रबोध ने घर में भारी फेर-बदलाव किया है, पर नतीजा इतना बढ़िया होगा, इस बात की कल्पना प्रबोध की रुचि को जानते हुए भी उन्होंने नहीं की थी। सचमुच इस घर से पुरानेपन की जो छाया सारी कोशिशों के बावजूद कायम रहती

थी, बहुत कम हो गई थी। उन्होंने ध्यान दिया तो समझ में आया कि सोफे, टेबल वगैरह तो पुराने ही हैं, बस कवर बदल गए हैं। सीलिंग में जरूर काफी परिवर्तन किया गया था, बत्तियाँ नई लग गई थीं और चारों तरफ चीनी मिट्टी के गमलों में हरे-भरे पौधे सजाए गए थे। दीवारों पर कुछ नई तसवीरें, पेंटिंग लग गई थीं। कुल मिलाकर वैसे तो अब भी उनके आधुनिक फ्लैट से इस घर की कोई तुलना नहीं हो सकती थी, पर फिर भी अब इस घर को पहले की तरह एक मिनट में 'रिजेक्ट' नहीं किया जा सकता था। और तो और, जैसा कि उन्होंने धीरे से विद्या को कहा, "विमला कुमार की भी 'रिमाडलिंग' तो देखो।" विमला के पहले वाले वजनी ढाँचे के बावजूद उसके बाल बहुत छोटे हो गए थे और चेहरे तथा चाल-ढाल में पहले से बहुत ज्यादा आत्मविश्वास आ गया था। प्रबोध कुमार ने एक नए किस्म का जैकेटवाला कुरता पहन रखा था और विद्या ने मिलते ही उस कुरते की और घर की प्रशंसा शुरू कर दी, "मुझे तो लगा कि मैं किसी और के घर में आ गई हूँ। आपने तो कायापलट कर डाली घर की।"—विद्या के वाक्य पर प्रसाद ने जोड़ा 'और घरवाली की'। प्रबोध और विमला दोनों के चेहरे खिल उठे। प्रसाद के मुँह से इतनी प्रशंसा की उम्मीद दोनों ने नहीं की थी। विद्या का भी बेटे को कोट न देने के कारण पति के प्रति आक्रोश कम हो गया।

अंग्रेजी भाषा और तौर-तरीके-तहजीब न जानने के कारण प्रसाद से अपनी तुलना करते हुए प्रबोध कुमार ने जो तकलीफ झेली थी, और अपने को बदलने के लिए जितनी चेष्टा की थी, उससे विद्या अच्छी तरह वाकिफ थी। वह हमेशा मन-ही-मन प्रबोध की हिम्मत की प्रशंसा करती थी कि गलत-सलत अंग्रेजी बोलकर हँसी उड़ाए जाने की पीड़ा को सहकर भी प्रबोध ने आखिरकार काफी ठीक-ठीक अंग्रेजी बोलनी सीख ली थी। यह ठीक है कि 'स्मार्टनेस' में वह अब भी प्रसाद की कहीं से बराबरी नहीं कर सकता था, पर उसकी कमी वह दूसरों को खुश रखने और वक्त-बेवक्त उनकी हर तरह से मदद करके पूरी करने की कोशिश करता था। वह हमेशा अपना समय, दिमाग और पैसा खर्च कर दूसरों के काम आने के लिए तैयार रहता था। गुट के सब लोगों को जन्मदिन-शादी की सालगिरह जैसे मौकों पर उसकी तरफ से फूल मिलने में कभी चूक नहीं होती थी—न जाने इन सब खर्चों पर उसका सालाना बिल कितने रुपयों तक जाता था। भले ही एक बार बीच में व्यापार गड़बड़ाने से उसे कई लोगों से उधार तक लेना पड़ा था, पर फूल भेजने, रेस्तराँ में पार्टी देने या उपहार देने में उसने कभी कमी नहीं की थी। पर विद्या ने अब प्रसाद के सामने प्रबोध की दूसरों का खयाल रखने के लिए प्रशंसा करनी छोड़ दी थी क्योंकि प्रसाद ने एक दिन उससे कहा था, "तुम कुछ समझती तो हो नहीं। प्रबोध प्रसाद सच्चे मन से दूसरों के काम नहीं आता। वह यह सब तुम लोगों को रिझाने के लिए करता है, क्योंकि उसके पास कोई दूसरा रास्ता

नहीं है। मुझे यह सब करने की जरूरत नहीं।" विद्या ने इस बात को प्रसाद की आत्मरति का एक और उदाहरण मानकर दिल से निकालने की बहुत कोशिश की थी, पर हर बार मौका पड़ने पर यह बात उसके दिमाग में फिर से घूमने लगती थी। विद्या के मन में यह भी सन्देह था कि उनके गुट में सबसे चुलबुली सविता ने एक बार ताश खेलते समय पार्टनर चुनते वक्त प्रबोध को न चुनकर प्रसाद को चुना था, उसी दिन प्रबोध कुमार ने पहली बार शराब का गिलास थाम लिया था। दो दिन पहले ही प्रबोध कुमार ने सविता को उसके जन्मदिन पर उसकी पिकनिक में उतारी गई तसवीरें 'एनलार्ज' करवाकर एक सुन्दर-से गुलदस्ते के साथ भेजी थीं जिसमें काफी रुपये खर्च हुए होंगे जबकि प्रसाद को उसका जन्मदिन याद तक नहीं आया था।

"पिछली बार प्रसाद जी आपने मुझे मलिका-ए-तरन्नुम का खिताब दिया था। याद है न?"—बाहरी गुट की मिसेज सोनी इतराते हुए हाथ का जाम घुमाते हुए बोली थीं। "लेडीज ड्रिंक है विद्याजी। इसमें क्या हर्ज है?"—विद्या के गिलास न थामने पर उन्होंने पलकें झपकाते हुए विद्या से कहा था। "मैं नहीं पीती"—कहकर विद्या ड्रेसिंग टेबल पर शृंगार की सामग्रियों के अगल-बगल खड़ी चार विलायती बोतलों को देखने लगी थी। उसका अनुमान था कि प्रबोध कुमार के घर में पहली बार शराब की बोतलें आई होंगी। "मलिका-ए-तनन्नुम को भला कोई कैसे भूल सकता है? याद है, बिलकुल याद है"—प्रसाद मुसकराते हुए बहुत आकर्षक लग रहे थे। "कैसा चल रहा है आपका गाना-बजाना? आज आपकी ड्रेस को देखकर तो लग रहा है कि कुछ डांस का भी प्रोग्राम है"—प्रसाद पूरा मन लगाकर अजीबोगरीब फैशन की ड्रेस पहनी हुई मिसेज सोनी को चिढ़ाने में लगे थे। मिसेज सोनी के चेहरे पर चमक आ गई। "आप तो बस, ऐसे ही सबको छेड़ते रहते हैं।" "लीजिए, बस यहीं तो आपने मजा किरकिरा कर दिया। आय एम वेरी सीरियस। किसी की किसी चीज को 'एप्रीशिएट' करना गुनाह तो नहीं है न?" प्रसाद पूरे मूड में आ गए थे। मिसेज सोनी के चेहरे पर एक क्षण के लिए असमंजस उभरा कि प्रसाद सचमुच उनकी प्रशंसा कर रहे हैं या उनका मजाक बना रहे हैं। फिर उन्होंने उत्साह के साथ कहना शुरू किया। "डांस तो मेरे बेटे का देखिए, क्या ब्रेक डांस करता है! अब अपना गाना-वाना मैंने बन्द कर दिया है। बच्चों पर ही 'कौनसनट्रेट' कर रही हूँ। अपने को तो जो करना था, कर लिया। अब बच्चों को बनाना है।" बच्चों की इतनी बातें सुन प्रसाद की दिलचस्पी कम हो गई। यह भाँपकर अचानक विद्या खिलखिलाकर हँस पड़ी। सबने चौंककर विद्या की ओर देखा। वह बहुत कम हँसनेवालों में थी और इतने जोर से हँसते हुए तो गुट के किसी व्यक्ति ने उसे आज तक नहीं देखा था। मिस्टर सोनी नीचे गलीचे पर बैठे सबके लिए जाम तैयार कर रहे थे। उनकी झुकी हुई मूँछें थोड़ी और झुक गईं।

प्रबोध कुमार आज तक ऐसी स्थिति में नहीं पड़े थे। उन्होंने खिसियाकर कहा, "क्यों भाभी जी, बिना पिए ही चढ़ गई क्या?" और उठकर टेपरिकॉर्डर चला दिया। पूरा कमरा विदेशी संगीत की तेज आवाज से गूँज उठा। सबने चैन की साँस ली। सविता से विद्या की सबसे ज्यादा पटती थी। सविता ने पास आकर विद्या का हाथ पकड़ लिया और संगीत के शोर के बीच विद्या का हाथ दबाकर पूछा, "क्या बात है विद्या? इतनी हँसी की बात क्या मुझसे छिपाकर रखोगी?" विद्या शर्मिन्दा-सी हो आई थी। उसने विद्या का हाथ जवाब में दबाते हुए कहा, "अरे, कुछ नहीं। ऐसे ही।" "बताओ न विद्या, मैं छोड़ूँगी नहीं ऐसे।" "अरे बाबा, कुछ नहीं। ऐसे ही कभी-कभी बेबात हँसी नहीं आ जाती क्या? ऐसे ही विमला को जानते हुए दिमाग में यह खयाल आ गया कि विमला कैसे इस बाजीगरनी को बर्दाश्त..." बात पूरी करने के पहले ही विद्या की हँसी फिर फूट पड़ी। उसकी हँसी का किस पर क्या असर हुआ है, यह दिखने के पहले ही विद्या वहाँ से उठकर कमरे के बाहर निकल गई। उठते समय प्रसाद की आँखें उसकी आँखों से मिल गईं। विद्या बाहर निकल अपने को कोसते हुए बगल के खाली कमरे में जाकर सोफे पर बैठ गई। उसे बार-बार प्रबोध का ध्यान आ रहा था कि वह उसके बारे में क्या सोच रहा होगा। उसने एक लम्बी साँस लेकर सीलिंग की ओर देखा। प्रबोध कुमार के मृत पिता की तसवीर उसके कमरे की तरफ पीठ किए दीवार पर टँगी थी। विद्या को ऐसा लगा जैसे प्रबोध कुमार के पिता जिन्दा हों और उस कमरे की चार बोतलों से बचने के लिए पीठ उधर कर घूम गए हों। वह फिर खिलखिलाकर हँस पड़ी। उसे लगा कि शायद वह पागल हो गई है। इतनी हँसी तो उसे कभी नहीं आई थी। उसने अपने को किसी तरह रोकते हुए शीशे के पास जाकर वहाँ पड़े कंघे से अपने सामने के बाल ठीक किए। शीशे में उसने अपने-आपको गम्भीरता से देखा फिर उसने जान-बूझकर प्रसाद का कोट के लिए बेटे से झगड़ा याद किया। उसने देखा कि उसकी आँखें हमेशा की तरह उदास हो गई हैं।

विद्या धीरे-धीरे चलती हुई प्रबोध कुमार के कमरे में आई और मुसकराती हुई मिस्टर सोनी के नजदीक ही गलीचे पर नीचे बैठ गई। प्रबोध कुमार ने उसकी एक तरह की अनकही क्षमाप्रार्थना को समझ लिया और वह बिलकुल अच्छे मूड में आ गया। विद्या ने उसकी उदारता की मन में फिर एक बार प्रशंसा की। वातावरण एक बार फिर हलका हो आया, जिसमें सबके गले के नीचे उतर चुके एकाध पैगों का भी बड़ा हाथ था। प्रबोध कुमार के अपने बारे में सारे सन्देह और दूसरे उसके बारे में क्या सोचते हैं—इस बात को लगातार भाँपने की चेष्टा और उससे उपजा डर एकाध गिलास पीने के बाद बिलकुल गायब हो जाते थे। उसे न सिर्फ यह लगने लगता था कि लोग उसे बहुत पसन्द करते हैं बल्कि वह बहुत बेचैन हो जाता था

कि कैसे वह किसी के किसी तरह काम आ जाए, "इनके बिना तो दुनिया की हर पार्टी अधूरी लगती है मुझे।" उसने विद्या की ओर देखते हुए मिस्टर सोनी से कहा। मिस्टर सोनी भी विद्या के नजदीक आकर बैठने से पिघल चुके थे। "भाभी जी, एक पैग तो लीजिए। इसके सुरूर के बिना क्या न्यू ईयर्स ईव मनेगी"—मिस्टर सोनी ने विद्या से अनुरोध किया।

"पापा, पापा, देखिए न दीदी मुझसे लड़ रही है। मेरे वीडियो गेम से इसने बैटरी निकालकर छिपा दी है।" प्रबोध कुमार का सात साल का बेटा कमरे में घुस आया था और ड्रेसिंग टेबल पर खड़ी चारों बोतलों को देखने लगा था। "चलो, चलो यहाँ से बाहर जाओ। कहा था न कि इस कमरे में नहीं आना है।" प्रबोध कुमार ने तमतमाकर उसे डाँटा।

"अरे प्रबोध जी, वह कहाँ गया...वह आपका वंशवृक्ष कहाँ गया...जो हॉल में टँगा रहता था?" अचानक न जाने कहाँ से विद्या को सालों से हॉल में लगी वंशवृक्ष की फ्रेम की हुई तसवीर याद आ गई। प्रबोध कुमार के खानदान के सारे पुरखों के नाम उस वंशवृक्ष के मोटे-से तने की शाखाओं से निकले पत्तों पर नीचे से ऊपर क्रमवार रूप में सजे हुए लिखे थे। वंशवृक्ष की यह तसवीर उनके फ्लैट के दरवाजे के साथ लगी दीवार पर लगी हुई थी। हमेशा ऐसा होता था कि उनके घर से विदा लेते समय जूते-चप्पल पहनते समय हर व्यक्ति की निगाह उस वंशवृक्ष पर पड़ ही जाती थी। सभी बड़ी दिलचस्पी से इस वंशवृक्ष के नामों को पढ़ते थे और प्रबोध कुमार का नाम ऊपर के पत्तों में खोजकर उनके दादा-परदादाओं के नाम पढ़ते हुए मुख्य तने तक पहुँचने की कोशिश करने लगते थे। शायद इस वंशवृक्ष की उपस्थिति ही थी जो धीरे-धीरे साल-दर-साल पुरानेपन की छाप को हटाने के लिए खर्च किए पैसों को बेमानी बना देती थी। कहीं-न-कहीं प्रबोध कुमार के खानदानी होने की छाप भी इस वंशवृक्ष ने ही बना दी थी। "खानदानी होने की यही तो पहचान है—" प्रबोध कुमार के सबके काम आने की बात पर विद्या अपने पति को चिढ़ाने के लिए प्राय: कहती थी।

"आज विद्या तुमने कुछ जरूर चढ़ाया है। तुम्हारा दिमाग कहाँ से कहाँ जा रहा है। वह तसवीर हटा दी इस बार के 'रिनोवेशन' में। देखा नहीं, उसकी जगह कितनी सुन्दर ग्लास पेंटिंग लगाई है...कहाँ से याद आई वह बात तुम्हें भी"—प्रबोध कुमार अन्दर-ही-अन्दर कुछ चिड़चिड़ा रहे थे। अचानक विदेशी संगीत की चिल्लाहट बन्द हो गई क्योंकि कैसेट खत्म हो गई थी। प्रबोध कुमार का कहा हुआ, "कहाँ से याद आई वह बात तुम्हें भी" इस चुप्पी में काफी जोर से बोला गया होने के कारण सबको सुन गया। सबने दिलचस्पी से उनकी ओर देखा। सविता ने उछलते हुए कहा, "क्या याद आया विद्या को कहाँ से? बताओ न विद्या! बताइए न प्रबोध जी।" प्रबोध कुमार ने उसकी बात को अनसुनी करते

हुए ड्रेसिंग टेबल से एक बोतल उड़ाकर प्रसाद को दिखाते हुए कहा, "यह पीकर देखो यार! असली वोदका है रूस की।"

"अरे हमारी तो कोई सुनता ही नहीं। बताओ न विद्या क्या याद आया तुम्हें।" सविता पलंग से उठकर विद्या के पास आ जमी थी। "वह वंशवृक्ष...जो हॉल में लगा रहता था न..." अचानक विद्या के अन्दर से हँसी की हूक उठी। "सच, मुझे क्या हो गया है।" विद्या ने घबराकर सोचा। पर हँसी थी कि रोके रुक ही नहीं रही थी। उसने सबसे बचने के लिए दोहरे होकर पास पड़े कुशन में मुँह घुसा लिया। एक मिनट बाद सिर उठाते समय प्रसाद से आँखें चुराते हुए उसने सहारे के लिए सविता की ओर देखा। सविता बच्चों की-सी सरलता लिये धीरे-धीरे हँसती हुई आँखों में जिज्ञासा की चमक लिये हुए उसकी ओर देख रही थी। विद्या के अन्दर सब कुछ तोड़ता हुआ एक उफान-सा आया। सविता की ओर देखते हुए पागलों की तरह खिलखिलाकर हँसते हुए बड़ी मुश्किल से बीच-बीच में रुककर चारों बोतलों को दिखाते हुए कहा, "वह वंशवृक्ष...भाग गए सब खानदानी पुरखे...इन चारों से डरकर..." और सविता के गले लगकर फिर खिलखिलाकर हँस पड़ी।

"अच्छा सीन 'क्रिएट' किया तुमने आज"—पूरे रास्ते चुप रहने के बाद घर का दरवाजा खोलते समय प्रसाद बोले थे। "इतना हँस सकती हो, मैं जानता ही नहीं था"—उन्होंने विद्या की तरफ देखा। विद्या ने आँखें नीची किए हुए कहा, "सचमुच, मुझे पता नहीं क्या हो गया था...उफ! मैं क्या करूँ?...क्या सोचेगा प्रबोध..."

कलम-तंत्र की कथाएँ

विष्णु शर्मा ने साहित्य की दीक्षा के लिए समुत्सुक शिष्य की ओर गौर से देखा। फिर कुछ देर तक सोचकर कहा, "आज मैं तुम्हें दो कथाएँ सुनाऊँगा ताकि तुम उन तरंगों को समझ सको, जो हर बीते हुए आनेवाले समयों में बुद्धि-प्रवाह को भ्रमित करती रहती हैं। नाम-पात्र-देशकाल बदल जाते हैं। मापदंड भी वही नहीं रहता। पर वे तरंगें सदा रहती हैं।"

शिष्य ने गुरु की ओर देखा, "तो क्या वह चीज नष्ट हो जाती है, जो सबसे अधिक मूल्यवान है? जिसकी रक्षा किए बिना किसी बात का कोई अर्थ नहीं?"

गुरु विष्णु शर्मा ने, गम्भीर स्मित के साथ कहा, "नहीं, वह नष्ट नहीं होती। वह शाश्वत है। सतर्क न रहने पर वह आच्छादित अवश्य हो जाती है। उसे उस स्थिति से निकाल लेना ही तप है। वही 'सबद-साधना' है। उसकी यात्रा है—क्रमिक यात्रा, जैसी कि ललित 'उदास' इन कथाओं में करेगा। लेकिन मैं पहले ही तुम्हें बता दूँ कि इन कथाओं से कोई ज्ञान-सार नहीं निकलेगा।

प्रथम कथा

"उफ, यह दुनिया ऐसी क्यों है? यहाँ सिर्फ खरीदनेवाले और बेचनेवाले ही भरे हैं। कहीं कोई और राह नहीं, कोई चाह नहीं। इस बाजार में कोई भी कुछ भी ऐसा नहीं खोज रहा, जो उसे कुछ देर ही सही, इस कीचड़ से ऊपर उठा दे। इसीलिए साहित्य का कोई मोल नहीं। काश, यह दुनिया इस कदर दुकानदार न होती"—विश्वविद्यालय के हिन्दी विभाग के नए छात्र ललित 'उदास' (जो उसका अपना रखा गया 'उपनाम' था, उसके चीनी का बड़ा कारोबार करनेवाले पिता का नहीं) ने एक लम्बी साँस छोड़ते हुए सोचा।

"दो साल में तीन महीने कम हो गए हैं"—अभी-अभी यह कहकर उसके पिता कमरे से बाहर गए थे। हर महीने की अन्तिम तारीख को उसके पिता घड़ी देखकर ठीक सात बजे उसके कमरे में आकर उसे बता जाते थे कि एक महीना और बीत गया है। हर बार ललित 'उदास' उनके व्यापारिक चेहरे को (यह मालूम

होते हुए भी कि 'चेहरे' के साथ यह विशेषण लगाना अटपटा है, उसे यही प्रयोग आनन्द देता था) देखते हुए अपने गलत स्थान में पैदा होने के गम में लम्बी-लम्बी साँसें छोड़ता और एक दुकानदार की नियति के बारे में कोई नया मुहावरा गढ़ता—(इस बार उसे कीचड़ में फँसे होने का बिम्ब बहुत भा गया था।)

"सचमुच तीन महीने बीत गए—मेरी जिन्दगी के इन कीमती दो सालों का आठवाँ हिस्सा तो खत्म भी हो गया और मैं अभी तक तो धूल ही फाँक रहा हूँ।" ललित 'उदास' ने अफसोस से सोचा। पिता ने उसे दो साल अपने मन की मौज पूरी करने—यानी साहित्य पढ़ने-लिखने के लिए दिए थे और शर्त यह रखी थी कि दो साल बाद वह पूरी तरह उनके साथ चीनी के कारोबार में जुट जाएगा। इस शर्त के पीछे पिता की चालाकी काम कर रही थी (कि यह शिकायत न रख पाए कि उसे अपने मन की करने न दी गई) या उसके पिता पर उसकी माँ का दबाव (जो कभी गुलशन नन्दा, रानू से लेकर शिवानी के उपन्यासों की धुरन्धर पाठक रही थी), यह ललित 'उदास' को ठीक-ठीक मालूम नहीं था। पर उसने दो साल की मोहलत को वरदान समझकर स्वीकार कर लिया था। दो साल में तो वह इतनी कविताएँ लिख लेगा कि बाकी जीवन फुरसत में उन्हें सुधारते और पत्रिकाओं में भेजते ही बीत जाएगा। धीरे-धीरे सब उसकी कविताओं को जानने लगेंगे। यह जीवनपर्यन्त साहित्य को नहीं छोड़ेगा—यह ललित 'उदास' का अपने से एकान्त में किया गया वायदा था।

वह रोज सुबह मंजन करते हुए चेहरा घुमा-घुमाकर अपने को शीशे में हर कोण से बड़े गौर से देखता। उसे रोज सुबह यह प्रसन्नता हुए बिना नहीं रहती थी कि उसकी नाक 'व्यापारिक' नहीं है यानी उसके पिता की तरह बीच से अचानक कुछ ऊपर उठकर आगे नुकीली होती गई नाक नहीं है। उसके नाक-नक्श माँ पर हैं, यह अहसास उसे बहुत सुखी करता था। बेशक अन्दर-ही-अन्दर वह जानता था कि इकलौता लड़का होने के कारण परिवार का पेट भरने के लिए उसे साहित्य की जगह चीनी ही बेचनी पड़ेगी। वह यह भी जानता था कि विश्वविद्यालय या आसपास एक कवि के रूप में मान्यता प्राप्त करने में उसके लिए यही सबसे बड़ी बाधा है, क्योंकि उसके दोस्त-परिचित उसकी कविताओं को सुनते-पढ़ते वक्त चीनी को भूल नहीं पाते। उसे अच्छी तरह पता था कि उसका गहरा दोस्त मधुसूदन तक यह समझता है कि उसकी कविता एक चीनी के व्यापारी के बेटे के दिमाग का फितूर है, जो कुछ महीनों या सालों में फुस्स हो जाएगा। मधुसूदन के पिता किसी कॉलेज में पढ़ाते थे, इसलिए साहित्य-सृजन करना उसके लिए जन्मसिद्ध अधिकार की तरह था। ललित 'उदास' को यह बात बहुत उदास करती थी, पर उसके पास कोई उपाय नहीं था—सिवाय इसके कि वह लिखता जाए और एक दिन यह सिद्ध कर दे कि कविताई किसी की बपौती नहीं होती।

पिछले तीन महीने ललित 'उदास' के लिए एक हादसे की तरह गुजरे थे क्योंकि वह देख रहा था कि प्रत्येक आगे बढ़ती तारीख के साथ कविता लिखना उसके लिए मुश्किल से अधिक मुश्किल होता जा रहा था। पहले महीने में उत्साह से फटते हुए वह एक साहित्यिक संस्था 'चेतना' का सदस्य बन गया था, जिसके सदस्य हर शनिवार को एक निश्चित स्थान पर मिला करते थे। यह स्थान कभी एक कॉफी-हाउस रहने के कारण—जिसमें बुद्धिजीवियों का अड्डा लगा करता था—काफी रोमांटिक रहा था (पहली बार वहाँ घुसते हुए ललित 'उदास' को झुरझुरी तक हुई थी), किन्तु पहले दो-तीन शनिवारों के बाद उसके अन्दर कुछ मरने लगा था। उसने उस मरती हुई चीज को बचाने की बहुत कोशिश की, पर धीरे-धीरे उसे लगने लगा कि वह असफल हो रहा है। दो शनिवारों को बहुत सी हवाई योजनाएँ बनाने में खपाकर, (जिनको पूरा करने के लायक पैसों का जुगाड़ होना असम्भव था) तीसरे शनिवार को संस्था के सदस्यों ने स्वरचित काव्य-पाठ रखा था। उस दिन सबकी कविताएँ सुनते हुए ललित 'उदास' को लगा था कि कहीं कुछ भारी गड़बड़ है—एक तो यही कि उसे वे सारी कविताएँ एक ही घान से निकली हुई लग रही थीं। उससे अगर कोई इस गड़बड़ की बाबत पूछता (जैसा होने की कोई उम्मीद नहीं थी क्योंकि वहाँ कोई किसी की किसी बात पर राय जानना नहीं चाहता था), तो शायद वह यही कहता कि इन कविताओं में ऐसा कुछ नहीं है जो आदमी को कीचड़ से ऊपर उठा सके—बल्कि उनमें एक घिनघिन करने का शिकायती स्वर है, जैसा कि गोबर में फँसे हुए गुबरैले या कीचड़ में फँसे घुँघरैले का होता है।

यहाँ तक बात रहती तो फिर भी ठीक था। ललित 'उदास' को जिस बात से सबसे ज्यादा चोट पहुँची वह यह कि उस दिन जीवन के प्रति छोटी-छोटी उम्मीदों और छोटे-छोटे संकल्पों से भरी हुई उसकी कविताओं को 'आदर्शवादी', 'व्यक्तिवादी' और यहाँ तक कि 'छायावादी' और 'पुनरुत्थानवादी' कहकर सर्वसम्मति से एकदम खारिज कर दिया गया। संस्था के सारे सदस्य इस बारे में एकमत थे कि और किसी चीज से भले ही न सही, 'व्यक्तिवाद' से कविता को मुक्त करना उनका परम धर्म है। ललित 'उदास' का दिमाग यह भाँपकर और अधिक भन्ना गया कि चीनी के व्यापारी के बेटे को उसकी असली औकात बताना संस्था के साथियों को एक सामाजिक कर्तव्य-सा लगा था।

ललित 'उदास' इन सारी बातों से एकदम टूट-सा गया। इस हद तक कि वह ऐसा उलझा-बिखरा दिख रहा था कि मधुसूदन को उस दिन सचमुच उस पर तरस आ गया। उसने पहली बार ललित 'उदास' को सान्त्वना के बोल ही नहीं बोले, उसे कविता लिखने के कुछ 'गुर' सिखाने का भी बीड़ा उठा लिया। उसने दो काम किए। ललित 'उदास' की कविताओं में से 'मैं' शब्द को उठाकर उसकी जगह 'गोपालदास' नाम रखकर पल-भर में उसकी कविता को 'व्यक्तिवाद' से मुक्त

कर दिया। इसके बाद उसने अगले दो मिनटों में कुछ आज की कविताई के चालू शब्दों या रीतिपरक शब्दों की एक सूची लिखकर ललित 'उदास' को थमा दी जिसे लेकर वह गुमसुम-सा घर आ गया। घर आकर उसने बिना पढ़े उस सूची को कूड़े के डिब्बे में गोला बनाकर फेंक दिया।

ललित 'उदास' की उदासी दिन-रात दूनी-चौगुनी बढ़ती चली गई। कविता लिखने की इच्छा उसके अन्दर दिन-ब-दिन कम होती जा रही थी। उसे अन्त में घूम-फिरकर यही समझ में आया कि बिना प्रेरणा के कविता लिखना किसी के लिए सम्भव नहीं। लेकिन आखिर प्रेरणा उसे कहाँ से मिलती? एक तरफ घर का माहौल सारी अन्त:प्रेरणाओं को धो-पोंछकर नष्ट करने के लिए कम नहीं था, दूसरी तरफ जिन्हें साथी समझा, उनके प्रति शक उसकी कविता को खाने लगा था। उसे लगने लगा था कि 'चेतना' के सदस्य हमेशा साहित्येतर कारणों से किसी की वाहवाही अथवा ठोंका-पीटी किया करते थे। उसकी आँखें बचपन से चीनी देखते-देखते सफेदी की अभ्यस्त थीं, पर यहाँ उसे दाल के कहावती काले की जगह काली दाल नजर आने लगी थी। इस बात को किसी तरह न मानने की कोशिश के बावजूद उसके अन्दर यह बात घर करने लगी कि यदि वह 'चेतना' को नहीं छोड़ देता, तो वह दो साल की मियाद पूरी होने के पहले ही चीनी बेचना शुरू कर देगा। अपने पिता के चेहरे की प्रसन्न मुद्रा को कल्पना में साफ-साफ देखकर (जो अन्दर-ही-अन्दर कह रही होगी, "आ गए न बच्चू, लाइन पर") ललित 'उदास' की उदासी और सघन हो गई।

ऐसे घनघोर समय में सिद्धेश्वर 'सर' यानी सिद्धेश्वर प्रसाद पांडे उर्फ एस.पी. पी. (विश्वविद्यालय में प्रचलित नाम) उर्फ 'कालविज्ञ' (कविता-आलोचना लिखने में प्रयुक्त नाम) का ललित के जीवन में विश्वविद्यालय के मार्फत आना इस तरह था, जैसे धर्मसंस्थापनार्थाय ईश्वर का आगमन हर युग में सम्भव होता है। (साहित्य से निराश होकर ललित 'उदास' इन दिनों टी.वी. पर महाभारत सीरियल देखने लगा था।) सिद्धेश्वर 'सर' अच्छे और जाने-माने कवि ही नहीं थे, बल्कि एक निरन्तर लिखनेवाले आलोचक-समीक्षक भी थे। उन्होंने अपने एक ही वाक्य से, "कविता में व्यक्तिगत ही सामाजिक होता है'—ललित 'उदास' की उदासी को काफी हद तक छाँट दिया। 'चेतना' संस्था से मिली हिकारत-भरी आलोचना का घाव अचानक टीसना बन्द हो गया। उसे अपनी कविता के लिए जगह और रास्ता दिखाई पड़ा।

ललित 'उदास' की प्रसन्नता का कोई ठिकाना नहीं रहा, जब सिद्धेश्वर 'सर' के आगे-पीछे घूमते तीन महीने निकलने पर 'सर' ने खुद एक रविवार को उसे अपने घर आने का निमंत्रण दिया, ताकि कविता के विषय में फुरसत से कुछ संवाद हो सके। (ललित ने इसे अपनी कविताओं के विषय में फुरसत से संवाद करने का वादा समझा)। 'सर' का घर शहर की चौहद्दी के बाहर एक कस्बेनुमा इलाके में था और अपने घर से वहाँ पहुँचने में ललित को एक घंटे से कम समय न लगता।

लेकिन ललित पिता की चढ़ी हुई भौंह की परवाह न करते हुए (उस दिन उसके घर मेहमान आनेवाले थे) अपनी कविताओं से अँटा हुआ झोला लटकाए 'सर' के घर पहुँच ही गया।

सिद्धेश्वर 'सर' ने उसे देखकर बहुत प्रसन्न होते हुए उसे अपनी बैठक में बैठाया। उस छोटी-सी बैठक में हर सम्भव जगह पर कविताओं और आलोचना की पुस्तकें भरी थीं। ललित 'उदास' का मन उत्फुल्ल हो उठा। 'घर हो तो ऐसा' उसने सोचा। अपने घर की महँगी सजावट उसे इस घर की सादगी और सुरुचि की तुलना में भोंड़ी और अश्लील लगी। फिर गलत जगह पैदा होने का दुख उसके अन्दर उभर आया। "चाय पिओगे न?" कहते हुए 'सर' ने अपनी पत्नी इन्दुमती को आवाज दी। ललित 'उदास' के मन में इन्दुमती का नाम सुनकर तुरन्त नागार्जुन की कविता की पंक्ति घूम गई, "इन्दुमती के विरह के शोक में अज रोया या तुम रोए थे।" ललित 'उदास' को लगा कि अब उसके अन्दर कविता बची रहेगी क्योंकि उसे एक ऐसा व्यक्ति मिल गया है, जो कविता लिखता ही नहीं कविता को जीता भी है। उसका सौन्दर्यान्वेषी मन जैसे तृप्त हो उठा। तभी इन्दुमती देवी ने प्रकट होकर ललित 'उदास' का अभिवादन स्वीकार करते हुए 'सर' को अपनी सुन्दर गरदन हिलाते हुए अति शिष्ट आवाज में सूचना दी कि दूध खत्म हो गया है। "निराला को दुह लो न, दूध खत्म हो गया है तो" कहते हुए सिद्धेश्वर 'सर' ने हँसकर ललित 'उदास' की ओर देखा।

ललित 'उदास' एक क्षण के लिए विश्वविद्यालय की उन अफवाहों के बारे में सोचने लग गया था, जो उसने 'सर' की पत्नी के बारे में सुनी थीं। कोई कहता था कि वे उनकी दूसरी हैं, कोई कहता था, तीसरी। और उनसे उम्र में बहुत छोटी हैं। ललित 'उदास' के मन में इन अफवाह उड़ानेवालों के प्रति उस क्षण बहुत नफरत पैदा हुई, "किसी को साहित्य-वाहित्य से कोई मतलब नहीं। बेकार भीड़ लगा रखी है, विश्वविद्यालय में। अन्त:प्रेरणा का अर्थ क्या खाकर जानेंगे।" (ललित 'उदास' ने उसी क्षण जान लिया कि कविता लिखनेवाले को सारे खतरे उठाकर अपनी प्रेरणा के स्रोत को अपने पास रखना कितना जरूरी है।)

ललित 'उदास' एक झटके से वापस विश्वविद्यालय की दुनिया से 'सर' की बैठक में लौट आया क्योंकि 'सर' उसे हँसकर देखते जा रहे थे। 'निराला को दुहने कहा था न 'सर' ने?" ललित 'उदास' ने एकदम से चकित होते सोचा। "मेरी गाय का नाम 'निराला' रखा है मैंने"—सिद्धेश्वर 'सर' ने उसी तरह हँसते हुए बताया। ललित 'उदास' का मन श्रद्धा से उमड़ उठा। (एक क्षणांश के लिए उसके मन में कौंधा तो सही कि गाय स्त्रीलिंग है और निराला पुलिंग—पर उसने इस विचार को बिलकुल टिकने न दिया)। "ऐसा होता है जीवन। इसे कहते हैं जीवन—" उसके अन्दर भावों से भरे शब्द गूँज उठे। "यहाँ सब कुछ साहित्यमय है। ऐसे में ही जन्म

ले सकती है कविता—" उसने तड़पकर सोचा। पिता का चेहरा और उनकी नाक याद आते ही वह दुख से भर गया। क्यों किया विधाता ने उनके साथ ऐसा मजाक? क्यों वह सिद्धेश्वर सर के घर में यह साहित्य-प्रेम लिये पैदा नहीं हुआ? (फिर एक क्षणांश के लिए उसके मन में खयाल आया—पहली पत्नी से, दूसरी से या तीसरी से? पर उसने ऐसा खयाल आने के लिए अपने को धिक्कारते हुए तुरन्त इस विचार को नष्ट कर डाला)। ललित 'उदास' का उस समय सचमुच मन हुआ कि वह अपना संकोच छोड़कर 'सर' के पैरों पर गिर पड़े—उनके चरणों की धूलि ले ले। सिर्फ हास्यास्पद दिखने का डर ही उसे ऐसा करने से रोक पाया।

'सर' ने ललित 'उदास' के चेहरे पर अपनी स्थिति पर शोक, उसके आवेग और उसके समर्पण भाव को बारी-बारी से देख लिया। उनके चेहरे पर एक गहरी आश्वस्ति का भाव उग आया। वे बहुत स्नेह के साथ उसका कन्धा पकड़कर उसे बैठक से उठाकर अपने पढ़ने के कमरे या 'स्टडी' में ले गए। अपने लम्बे जीवन के लम्बे अध्यापन-काल में उन्होंने ललित 'उदास' की प्रजाति के साहित्य-प्रेमी विद्यार्थियों को कई बार देखा था। (चीनी का कारोबार उनसे भी छिपा नहीं था)। ऐसे विद्यार्थी कुछ समय के लिए (तीन महीने से लेकर दो साल तक) बहुत ऊँची मनःस्थिति में होते हैं। उनमें साहित्य के प्रति सच्ची निष्ठा होती है। वे सच्चे साहित्य-सेवी होते हैं क्योंकि वे साहित्य का इस्तेमाल किसी लाभ के लिए नहीं कर रहे होते। साहित्य के प्रति समर्पण के इस तरह के भावों पर सिद्धेश्वर 'सर' हमेशा की तरह बहुत भावुक हो गए। उनकी आँखें अधमुँदी या अधखुली-सी हो गईं। किसी नई कविता के जन्म की सम्भावना प्रबल हो उठी।

ललित 'उदास' अपने प्रति 'सर' के स्नेह की तरलता को महसूस किए बिना नहीं रह सका। वह इसका कारण समझ नहीं पाया। सिद्धेश्वर 'सर' जैसे किसी व्यक्ति की प्रेरणा बनने की तो खैर स्वप्न में भी वह सोच नहीं सकता था : 'सर' की सदाशयता को उनका स्वभाव समझकर वह कृतकृत्य हो गया। अपने उमड़ते हुए मन को किसी तरह सँभालते हुए उसने देखा कि 'स्टडी' में चारों ओर 'निराला' की पुस्तकें और 'निराला' पर लिखी हुई पुस्तकें बिखरी हुई थीं। "सर आप कुछ लिख रहे हैं निराला पर?" ललित 'उदास' ने पूछा। "हाँ"—सर ने अपनी गुरू गम्भीर आवाज में हुंकारा भरा। फिर उन्होंने ललित 'उदास' को कुछ आश्चर्य में डालते हुए आवेग-भरी आवाज में कहा, "मैंने एक साल का व्रत लिया है कि निराला की जन्मशती के वर्ष में न निराला को छोड़कर किसी का लिखा कुछ पढ़ूँगा और न निराला को छोड़कर किसी के बारे में कुछ लिखूँगा।" ललित 'उदास' को पहले-पहल उनके स्वर में कम्पन और उत्तेजना को लेकर बहुत आश्चर्य हुआ। फिर पूरी बात समझ में आने पर उसका मन धक से रह गया। (तो क्या सर मेरी कविताएँ न सुनेंगे?) पर उसने अपनी स्वार्थपरता पर तुरन्त अपने को धिक्कारा—क्या वह सर

का व्रत टूट जाने देगा? सचमुच वह एक व्यापारी का ही बेटा है—किसी व्यक्ति की गहराई, उसकी निष्ठा, उसके संयम, उसकी प्रतिबद्धता का उसके लिए कोई मूल्य नहीं। (उसने निश्चय किया कि वह अपनी नाक को कल सुबह शीशे में और ध्यान से देखेगा कि क्या वह उसके पिता जैसी होने लगी है?)

ललित 'उदास' उस कस्बेनुमा इलाके में बिताए उस रविवार के दिन (निराला नामक गाय के दूध की चाय पीकर) बहुत प्रसन्न मन से घर लौटा। उसे आज जन्म-जन्म की 'पूँजी' मिल गई थी। अधीरता और जल्दबाजी से कुछ नहीं होता। साहित्य की साधना एक तपस्या है। उसे अपने को इस आँच में इसी तरह तपाना होगा कि कोई उसे उसके निश्चय से डिगा न सके। पिता और भविष्य का डर उसके दिमाग से एकबारगी निकल गया। ललित 'उदास' की उदासी इस कदर छँट गई कि उसे लगा कि 'चेतना' संस्था की क्या, अब उसे किसी सहारे की जरूरत नहीं है। वह एक साल निराला जन्मशती के पूरे एक वर्ष में अपनी कविताएँ सिद्धेश्वर 'सर' को सुनाने-पढ़ाने की कोई अभद्र चेष्टा नहीं करेगा। वह कविता लिखेगा, पर किसी को नहीं पढ़ाएगा। उसे अब किसी की जरूरत नहीं। ललित 'उदास' ने अपने अन्दर एक अनोखी ऊर्जा, स्फूर्ति और निश्चय का अनुभव किया।

एक साल बाद क्या हुआ? (निश्चय ही यह प्रश्न इस मुकाम पर ललित 'उदास' का दिल तोड़नेवाले किसी अनुभव की सम्भावना को पैदा कर देता है। लेकिन जिन्दगी का मजा यही है कि वह कभी सोचे अनुसार नहीं घटित होती। सच तो यह है कि यही वह पूँजी थी जो एक साल बाद ललित 'उदास' के हाथ लगी।) एक साल बाद अपनी कविताओं के पुलिन्दे को उसी झोले में भरकर ललित गुप्ता (जी हाँ, उसने अपने नाम के आगे लगाए उस बेहूदे उपनाम से छुट्टी पा ली थी)। 'सिद्धेश्वर सर' उर्फ 'कालविज्ञ' के उसी कस्बेनुमा इलाकेवाले घर में बस का एक घंटे का सफर तय करके पहुँचा। (इस बार भी मेहमान आनेवाले थे और पिता ने भृकुटि चढ़ाई थी)। 'सर' ने बड़े स्नेह से उसका स्वागत किया।

"अरे ललित तुम तो कुछ बदले-बदले लग रहे हो। कुछ दुबले हो गए हो क्या?" 'सर' ने उसे गौर से देखते हुए पूछा। ललित को भय हुआ कि कहीं उसकी नाक भी कुछ बदल न गई हो। लेकिन उस क्षण उसे सचमुच एक गहरी प्रतीति हुई कि वह पिछले एक साल में बहुत बदल गया है—जैसे उसने एक साथ ही दस साल काट लिये हों। इस एक साल में उसने बहुत लिखा था और अब अपनी पिछली कविताओं को अपनी मानना उसके लिए कठिन हो चला था।

'सर' ने उससे चाय के लिए पूछा। उसके हामी भरने पर उन्होंने इन्दुमती देवी को आवाज दी। इन्दुमती देवी ने दरवाजे पर आकर अपनी सुन्दर गरदन हिलाते हुए अति शिष्ट आवाज में दूध खत्म होने की सूचना दी। 'सर' ने तुरन्त कहा, "तो 'फिराक' को दुह लो न" और ललित की ओर हँसकर देखा। ललित के अन्दर एक

साल में न जाने क्या-क्या बदल गया था कि वह 'सर' की बात पर बिलकुल न चौंका और न ही उसके अन्दर कुछ हुआ। वह निर्विकार भाव से 'सर' को फिराक नामक गाय की बावत कोई प्रश्न पूछने या कुछ कहने की प्रतीक्षा करते हुए देखता रहा। उसे उस क्षण लगा कि वह पिछले एक साल में तीस-चालीस बरस काटकर सिद्धेश्वर 'सर' की उम्र को पार कर गया है। उसे मालूम था कि अब 'फिराक' की जन्मशती मनाई जा रही है। उसने अपनी कविताओं के पुलिन्दे को झोले से निकाला तक नहीं। 'फिराक' नाम की गाय के दूध की चाय पीकर वह पहले की तरह प्रसन्न मन से घर लौट आया।

अगले दिन सुबह जब ललित आदतन शीशे में मंजन करते हुए गौर से अपने को देख रहा था, तो उसे यह सोचकर किंचित अफसोस हुआ कि यदि वह साहित्य के क्षेत्रा में कुछ नहीं कर दिखा सका, तो वह सिर्फ इसी कारण होगा कि उसकी नाक उसके पिता जैसी नहीं है। (यहाँ 'अफसोस' शब्द के साथ लगे किंचित शब्द पर ध्यान दिया जाना चाहिए।)

इतना कहकर विष्णु शर्मा कुछ देर के लिए आँखें मूँदकर ध्यानस्थ हो गए और शिष्य अकेले उलझनों में डूबता-उतराता रहा। विशेषकर कथा का अन्त उसे यह नहीं बता सका कि इस कथा से शिक्षा क्या मिलती है?

द्वितीय कथा

ललित गुप्ता के पास अब सिर्फ छह महीने बच गए थे। डेढ़ वर्ष में डेढ़ दर्जन कविताएँ देश की अच्छी-अच्छी पत्रिकाओं में छप चुकी थीं। लेकिन ललित को इस बात का दुख साल रहा था कि यह उपलब्धि उसकी कोई साख नहीं बना पाई है। 'चेतना' संस्था के सदस्य उससे मिलते तो उनके चेहरे पर एक लापरवाही का भाव रहता जिसके निहितार्थ ललित से छिपे नहीं थे। वह जानता था कि उसके बारे में लोग सिर्फ किस्म-किस्म की अफवाहें ही नहीं फैलाते, बल्कि अफवाहों को उस तक पहुँचा देने के पूरे तंत्र की संरचना भी करते हैं : उसकी कविताएँ वह सिद्धेश्वर 'सर' से लिखवा लेता है; उसने चीनी से उपजे पैसों से देश-भर के सम्पादकों से सम्पर्क बना रखा है—उन्हें कुछ खिलाता-पिलाता रहता है वगैरह-वगैरह। जिस दुकानदारी से मुँह चुराकर ललित उस दुनिया से इस दुनिया में आया था, वहाँ किसी के अन्दर इतना-सा विश्वास भी नहीं था कि वह मान सके कि इस दुनिया में सब कुछ खरीदा और बेचा नहीं जा सकता। यह दुनिया पूरी तरह से पूरी दुनिया के पूरे दुकानदार होने का यकीन रखती थी।

"अब तुम्हारे पास सिर्फ छह महीने बचे हैं"—कहकर पिता जैसे ही ललित के कमरे से बाहर निकले, ललित ने एक संकल्प किया। अब वह बाकी के छह

महीने एक भी कविता नहीं लिखेगा और न ही अपनी कविताओं को कहीं छपने के लिए भेजेगा। वह कविता तक पहुँचने के लिए एक दूसरा रास्ता अख्तियार करेगा, ताकि लोग उसे गम्भीरता से लें।

गम्भीरतापूर्वक लिये जाने की प्रक्रिया की खोज में सबसे पहले ललित गुप्ता ने दाढ़ी बढ़ाकर अपने आधे चेहरे को छिपा लिया। इसके बाद उसने एक बहुत कम पावर का चश्मा लेकर बाकी के आधे चेहरे को ढक लिया। इसके बाद उसने बोलना एकदम बन्द कर दिया। वह मोटी-मोटी आलोचना की अंग्रेजी किताबें लिये हुए विश्वविद्यालय में घूमता। कोई उसे कुछ कहता, तो वह हलके से एक रहस्यमयी मुसकान चमकाकर रह जाता। उसने देखा कि एक ही महीने में लोगों का रवैया उसके प्रति बदला-बदला-सा लगने लगा। कक्षा में एक बार कोई बहस हुई और उसने बोलने की इच्छा प्रकट करने के लिए जैसे ही हाथ उठाया, बाकी के सब विद्यार्थी शान्त हो गए, यहाँ तक कि 'एन.पी. सर' (जो आलोचनाशास्त्र पढ़ाते थे) ने भी सब तरफ से ध्यान हटाकर उसकी तरफ ध्यान टिका लिया। ललित ने उस दिन जो कहा, वह किसी विद्यार्थी की समझ के तो परे था ही, 'एन.पी. सर' भी एकदम 'लेटेस्ट' समीक्षात्मक शब्दों और प्रणालियों से अपरिचित होने के कारण बगले झाँकने लगे।

पूरी कक्षा को उसके सारे भाषण से सिर्फ एक बात समझ में आई। वह यह थी कि ललित गुप्ता ऐसे-ऐसे शब्दों का प्रयोग करता है, जिनके अर्थ खोजने के लिए उन्हें अंग्रेजी के शब्दकोश पलटने पड़ते (हालाँकि उन शब्दों के हिज्जों से अपरिचित होने के कारण वे इसमें भी प्राय: असफल ही रहते)। जब ललित गुप्ता ने 'पाश्टीज' शब्द का प्रयोग किया, तो मधुसूदन ने उसकी हँसी उड़वाने के लिए "क्या कहा, पेस्ट्रीज? चाकलेट या पाइनेपल?" कहकर ठहाका लगाया। लेकिन मधुसूदन का ठहाका अकेलेपन की मार खाकर गूँज न सका। पूरी कक्षा उसे तिरस्कार से देखती रही। तब ललित ने अपने शब्दों में चीनी का घोल घोलते हुए उसे मीठे स्वर में 'पाश्टीज' शब्द का अर्थ इस तरह समझाया जैसा कि कोई एक बच्चे को समझाता है, "पाश्टीज कला या साहित्य में ऐसी ही चीज है जैसे तुम चॉकलेट, पाइनेपल या सब तरह की पेस्ट्रीज को एक साथ मिला दो। बाकी इसका गूढ़ अर्थ तो मैं कक्षा के बाद समझा दूँगा।" इस बार पूरी कक्षा में उसके समझाने के तरीके पर समवेत ठहाका गूँजा। तब ललित ने एक ऐसी बात कही, जिसने उसके चीनी के व्यापारी के बेटे होने के कलंक को हमेशा के लिए धो दिया। उसने एन.पी. सर की ओर मुखातिब होते हुए कहा, "सौ साल पुराने साहित्य और पुरातन समीक्षा-प्रणाली को पढ़ने-पढ़ाने से आज कुछ नहीं होगा (मधुसूदन के पिता आधुनिक हिन्दी साहित्य का पहला खंड—भारतेन्दु हरिश्चन्द्र से लेकर द्विवेदी युग तक पढ़ाते थे।) यदि हमें 'फासिल्स' यानी कि जीवाश्म नहीं बनना है, तो हमें समय के साथ कदम-से-कदम

मिलाकर चलना होगा। 'शुगर इम्पोर्ट' करने के सिलसिले में मेरे जीजा जब पिछले महीने लन्दन गए थे, तो ऑक्सफोर्ड के एक प्रोफेसर से मेरी रुचि को जानते हुए एकदम नई आलोचना की पुस्तकें ले आए थे। उन्हें पढ़कर, 'सर' सच मानिए कि मेरी तो आँखें ही खुल गईं।"

आज तक ललित ने कभी किसी के सामने अपने पिता के कारोबार का नाम नहीं लिया था। दूसरे लोग यदि इस ओर कुछ इंगित करते, तो वह कटकर रह जाता था। लेकिन उसने अपने-आपको भी घोर आश्चर्य में डालते हुए चीनी का जिक्र भरी कक्षा में क्या किया, वह जैसे एकदम हलका हो गया। आज तक उसने सबमें एक दिखने के लिए विश्वविद्यालय आने के लिए न पिता की गाड़ी का इस्तेमाल किया था और न ही महँगे कपड़े पहने थे। वह सोच भी नहीं सकता था कि वह कभी 'इम्पोर्ट' और 'लन्दन' जैसे शब्दों का प्रयोग कक्षा में कर सकता है, पर उसने देखा कि कोई उसे इस तरह बड़ाई मारने के लिए हिकारत से नहीं देख रहा था। बल्कि सबकी नजरों में उसके प्रति सम्मान का भाव था। (यह वही भाव था जिसे देखने के लिए वह हमेशा अपने को सबके जैसा दिखाने की कोशिश किया करता था।)

इसके बाद एक ऐसा किस्सा हुआ जिसके बाद ललित को न दाढ़ी-चश्मे की जरूरत रही और न ही मोटी-मोटी अंग्रेजी की किताबें लेकर घूमने की। वह बस की जगह गाड़ी में बैठकर आराम से विश्वविद्यालय आने लगा। (जिसके लिए उसकी माँ ने हनुमान जी को इक्यावन रुपये का प्रसाद चढ़ाया) और अपने कपड़ों की ओर उसका ध्यान जाना बिलकुल बन्द हो गया कि वे महँगे या सस्ते। (जो माँ निकाल देती, वही पहन लेता)। हुआ यह कि एक सभा में मधुसूदन ने 'ड्राइंग रूम' में बैठकर कविता लिखनेवालों के बरक्स 'जीवन संघर्ष से तपी कविता' का जिक्र किया तो, सभा में कहीं से 'ललित गुप्ता' का उदाहण फेंककर हँसी की ध्वनि उठी। ललित तुरन्त उठ खड़ा हुआ और उसने माइक लेकर कहा, "ड्राइंग रूम में बैठकर कविता नहीं लिखी जाती। हमारे यहाँ अक्सर ड्राइंग रूमों की ही कमी नहीं, अंग्रेजी के सामान्य ज्ञान की भी बहुत कमी दिखाई पड़ती है। ड्राइंग रूम का सम्बन्ध ड्राइंग या पेंसिल-कागज के इस्तेमाल से दूर-दूर तक नहीं है। यह तो एक ऐसी जगह है जहाँ आप मेहमानों को बैठाते हैं। वहाँ कोई एकान्त नहीं होता। मैं कविता अपने 'स्टडी रूम' में बैठकर लिखता हूँ। और रही बात 'जीवन संघर्ष' की, तो इसके बारे में बोलने का हक सिर्फ उसे है जिसे दो वक्त भरपेट रोटी भी नहीं मिलती। इस मापदंड से यहाँ उपस्थित किसी व्यक्ति के जीवन में कोई सच्चा संघर्ष नहीं है।"

इस किस्से के बाद ललित ने अपने दाढ़ी-चश्मे से निजात पा ली। दरअसल वह बेकार की बेचैनियों, शिकायतों और मान पाने की इच्छा से मुक्त हो गया था। अब जाकर उसे लगा कि उसकी कविता और उसके बीच में कोई तीसरा नहीं रहा और वह कविता लिखने के लिए एकदम स्वतंत्र हो गया है। पर चूँकि उसका छह

महीने का कविता न लिखने का संकल्प था, वह आलोचनाशास्त्र के जरिए ही कविता को समझने में लगा रहा। उसे पता चला था कि सिद्धेश्वर 'सर' ने अपनी गाय का नाम 'उत्तराधुनिकता' (प्यार से 'उत्तरा' भी) रख लिया है और जब भी मुँह खोलते हैं, उनके मुँह से 'फूको, देरिदा' जैसे नाम टपकने लगते हैं। उसने इसी दिशा में आगे बढ़ने का निश्चय किया।

ललित अब तक उत्तर-आधुनिकता को समझने के छिटपुट प्रयत्न कर चुका था। लेकिन वे उसे बाल की खाल निकालने जैसी बातें लगी थीं। उसका दिमाग एक अमूर्त तरीके से कुछ बातों को टिकाता था, पर वे बातें उसके दिमाग में ठहरती नहीं थीं। अब उसने सचमुच एक अंग्रेजी की नामी किताब विलायत से मँगवाकर बाँच डाली। महीने-भर की माथापच्ची के बाद उसे लगा कि अब वह एक प्रमुख कवि को उत्तर-आधुनिकता के खाँचे में रखकर देखते हुए एक लेख लिख सकता है। यह लेख प्रमाणित कर देगा कि उसने समय की एक नई विचार प्रणाली को आयत्त कर लिया है।

सच तो यह है कि ललित उत्तर-आधुनिकता के बारे में पढ़ते-पढ़ते इसके गुणों से बहुत अभिभूत हो उठा था। उसके जीवन में पिता ने सारे शब्दों और कर्तव्यों के अर्थ तय कर रखे थे। बचाव के लिए उसे उत्तर-आधुनिकतावाद में एक जीने का हौसला नजर आया। 'उत्तर-आधुनिकता' में किसी एक अकेले अर्थ का और केन्द्रीकरण का विरोध उसे बहुत लुभावना लगा। "नए यथार्थ का अस्थिर, चल-विचल और सन्दर्भ-रहित रूप है"—इस तरह के वाक्यों को समझने पर वह उनसे लगभग प्रेम करने लगा। "कितनी देर तक दुनिया आदमी के विचारों को एक खाँचे में जकड़कर रख सकती है," इस तरह के विचार उसके मन में निरन्तर उठने लगे। उसने रात को एक सपना देखा जिसमें वह अपने पिता को कह रहा था, "सत्य कोई एक नहीं होता। समाज में कई सत्य होते हैं और उनमें से कोई शाश्वत सत्य नहीं होता।" उसने देखा कि सपने में पिता भी भौंचक थे कि वह कैसे इतनी बड़ी-बड़ी बातें करने लगा है। दो महीनों के अन्दर यह परिवर्तन घटित हुआ कि ललित जब भी कुछ बोलता, 'वाक्-केन्द्रिक ज्ञानमीमांसा', 'मेटा-नरेटिव', 'सर्वश्लेषी विचार' जैसी शब्दावलियाँ उसके वाक्य-वाक्य में घुसी चली आतीं। इनका अर्थ उसके सिवाय कोई समझ नहीं सकता था, इसलिए धीरे-धीरे लोग उससे उकताने लगे।

ललित ने लोगों का अपने प्रति बदलता रुख देखा, पर वह उसका कारण समझ नहीं पाया। पूरे एक महीने वह इस बारे में सोचता रहा। कोई निष्कर्ष नहीं निकला। पर एक दिन जब वह 'हेबरमास' द्वारा प्रतिपादित मनुष्य के तिहरे विच्छेद या अलगाव पर बोल रहा था। (यानी प्रकृति, समाज और खुद अपने आन्तरिक अस्तित्व से अलगाव) तो उसे अचानक लगा कि क्या इन सब शब्दों, सिद्धान्तों और बड़ी-बड़ी बातों का घटाटोप ही वह चीज नहीं है, जिसके कारण उसका खुद

अपनी कविता से, अपने-आपसे और आसपास से अलगाव हुआ है? इस विचार ने उसके अन्दर एक ऐसी उथल-पुथल पैदा कर दी, कि वह किसी तरह सँभल नहीं पाया। वह यह भी सोचने लगा कि सिद्धेश्वर सर जैसे लोगों को जब इस तरह की कोई परेशानी नहीं होती, तो उसके अन्दर क्यों इस तरह की घटनाएँ घटित हो रही हैं? क्या वह कोई दूसरे किस्म का व्यक्ति है?

इन प्रश्नों का उत्तर ललित को दे सके, ऐसा कोई व्यक्ति ललित के आसपास नहीं था। अपनी उलझनों में चकराता हुआ अगले दिन सुबह-सुबह उठकर वह माँ की गोद में सिर रखकर लेट गया। माँ उसका सिर सहलाती रही। जाड़े की धूप कमरे के पास के पीपल के वृक्ष के हिलते हुए पत्तों पर पड़ रही थी। कहीं दूर से धुनिए के रूई धुनने की आवाज आ रही थी। पास ही कहीं कोई बच्चा हँस रहा था। ललित को एक क्षण के लिए लगा कि दुनिया एकदम स्वर्ग जैसी है। उसे ऐसा सुकून मुद्दत से नसीब नहीं हुआ था। उसके दिमाग में ये पंक्तियाँ आईं :

नीचे धरती
ऊपर आकाश
ऐसा सहज होता काश
जीवन में विश्वास।

ललित के पास कविता लौट आई थी। उस दिन के बाद उसने कविता से दूर करनेवाली किसी चीज को कभी अपने पास फटकने नहीं दिया।

विष्णु शर्मा ने ये दो कथाएँ सुनाकर शिष्य से कहा—अभी ये दो कथाएँ तुम्हारे लिए काफी हैं। तुम इन पर मनन करो। उसके बाद जरूरत होने पर मैं तुम्हें फिर दो कथाएँ सुनाऊँगा।

निर्वाण

यह कहानी एक बड़े शहर के एक पार्क में रोज सुबह घूमनेवाले एक आदमी और दो औरतों की कहानी है। नहीं, इस कहानी में वैसा कुछ भी नहीं होगा, जैसा कि आप शायद सोचने लगे हैं। यहाँ तक कि इस कहानी के पात्रों के बीच कोई संवाद तक नहीं होगा—यानी कि उन दो औरतों और उस आदमी के बीच। हाँ, इस कहानी के सभी पात्र युवा हैं—पच्चीस से अट्ठाईस की उम्र के। यह उम्र एक दिलचस्प समय है, इस अर्थ में कि अभी तक आदमी दुनिया को समझ-जानकर इतना घाघ नहीं हो लेता कि इस बात को मान ले कि दुनिया होशियारी पर ही टिकी है। अभी तक संसार के बारे में उसका एक कौतूहल-सा बना रहता है और एक तरह की परेशानी भी। यह दुनिया को अभी पूरी तरह से न जान लेने और काबू में न कर लेने की परेशानी है। कहते हैं कि चालीस के बाद आदमी कम-से-कम इस कष्ट से तो मुक्त हो जाता है।

इन दोनों औरतों में अच्छी मित्रता है। औरतों की आपसी मित्रता के बारे में आपकी कैसी भी धारणाएँ क्यों न हों, पर इन दोनों में एक-दूसरे की कमजोरियों और खासियतों की ठीक-ठाक समझ है। एक तो इससे उनकी अपने को दूसरे से बढ़-चढ़कर साबित करने की चेष्टा की सम्भावना काफी कम बनती है, ऊपर से उनमें ऐसा कोई लेन-देन भी नहीं कि कहीं स्वार्थों की भिड़न्त हो जाए। आप जानते ही हैं कि दुनिया में सारा झोर-झमेला इन दो कारणों से ही होता है। पर बात इतनी ही नहीं है। खास बात तो यह है कि इन दोनों में जीवन को समझ डालने की एक बेचैन चाह है। अपनी इस चाह को उन्होंने खुद शब्द देकर एक सूत्र के रूप में परिभाषित भी किया है, "यह जिन्दगी आखिर 'जानने' के लिए है।" उनका यह 'जानना' शब्द यकीनन 'ज्ञान' या 'निर्वाण' के आसपास के अर्थ तक पहुँचना चाहता है। (आप घबरा तो नहीं रहे कि यह किस नस्ल के पात्रों के बीच फँस गए?) देखिए जनाब, दुनिया में तरह-तरह के लोग हैं और यदि उन सबके अन्दर से हो आने की या उन्हें जानने की इच्छा खुद आपमें न होती, तो आप कोई कहानी पढ़ते ही क्यों? हाँ, तो मानव-जाति की इस नस्ल के बारे में एक खूबी हम आपको बता दें कि भले ही बहुत सुख-सुविधा-साधन के कारण ये लोग रोजमर्रा

के नून-तेल-लकड़ी के झंझटों से मुक्त होकर एक खालीपन महसूस कर रहे हों या फिर एकदम फक्कड़ किस्म के अपनी सनक में जीनेवाले लोग हों, उन्हें उन बातों में कोई रस नहीं होता जिनमें आमतौर पर दुनिया डूबी हुई मस्त रहती है। तो क्या वे निपट रसहीनता में जीते हैं? अजी नहीं, उन्हें तो एक ऐसे रस का नशा होता है जिसे एक बार पी लेनेवाला एक अलग रूप-रंग की दुनिया देखता है—बल्कि कई बार उस दुनिया को भी, जो होती ही नहीं। आप चाहें तो नाम देने के लिए इस रस को 'कहीं नहीं रस' भी कह सकते हैं।

हमारी कहानी की इन दोनों औरतनुमा लड़कियों को या लड़कीनुमा औरतों को इस रस का ऐसा चस्का लग गया था कि कई बार सुबह पार्क में घूमते समय वे इतनी हलकी हो जाती थीं कि जमीन से दो अंगुल ऊपर उठ जाती थीं। यकीन कीजिए, यह बात सिर्फ कहने के लिए कही गई कोई साहित्यिक चेष्टा-भर नहीं है। आखिर आदमी अपने कष्ट, दुख, वेदना से ही तो जमीन से बँधा होता है, वरना क्या आपने कभी सोचा है कि जब आदमी पानी में मछली की तरह तैर सकता है, तो आकाश में चिड़िया की तरह उड़ क्यों नहीं सकता? इन औरतों के लिए कोई निजी कष्ट, कष्ट नहीं रह गया था क्योंकि वह भी आखिर दुनिया को जानने का एक माध्यम था। वे अपनी हर तकलीफ की बात इस तरह कहती थीं मानो वह किसी और की रामकहानी हो। जहाँ तक दूसरों की रामकहानी का सवाल है, वह उनके लिए कभी निन्दा रस का रूप नहीं ले सकती थी क्योंकि वे क्या नहीं जानती थीं कि यह भी दुनिया को जानने का एक मौका ही था। पार्क में उगे हुए पेड़-पौधे, फूल-घास तक उनके प्रति एक खास भाव रखते थे क्योंकि उनके जीवन का एक खास मकसद था। उनके चेहरे पर एक खास किस्म की प्रभा थी जिसे बिखरातीं, वे आपस में डूबी, बातें करतीं, धीरे-धीरे पार्क के चक्कर काटती थीं।

हमारी कहानी के नायक को, जैसा कि आप समझ ही पा रहे होंगे, पार्क में घूमनेवाले अन्य सभी लोगों की तरह इन औरतों में गहरी दिलचस्पी हो गई थी। किन्तु वह इस मामले में दूसरे लोगों से इस तरह अलग था कि वह किसी की तरफ न देखनेवाली, अपने में डूबी इन औरतों को एक छिपाकर फेंकी गई उचटती निगाह से देख-भर नहीं लेता था, बल्कि कई बार अपना रास्ता तक बदलकर वापस घूम जाता था ताकि उनके पीछे-पीछे चल सके। पार्क के बीचोंबीच एक बड़ी लाइब्रेरी और बड़े-बड़े घास के मैदानों के पार इधर-उधर जाते हुए, कहीं-कहीं पुराने पेड़ों के लगभग जंगल से ढँके गोल घूमते रास्ते थे। दूसरे घूमनेवालों की तरह इन औरतों के घूमने का कोई एक निश्चित रास्ता नहीं था और हमारे नायक ने यह खोज की थी कि वे अंग्रेजी के 'एट' (आठ) की तरह या कई बार 'नाइन' (नौ) की तरह अजीब-अजीब रास्ते बनाती घूमती थीं। हमारे नायक को चलने के इस ढंग से कौतूहल-सा था और घूमकर फिर उनके पीछे चलने में सुविधा भी थी। जाहिर है

कि वे औरतें इस तथ्य से बिलकुल बेखबर थीं। इस आदमी के स्वभाव में शायद उसके चेहरे की तरह ही कोई खुलापन बचा रह गया था—काली हँसती हुई आँखें, थोड़े घुँघराले-से बाल और बिना मुसकराए भी हर समय मुसकराता-सा लगनेवाला चेहरा। या फिर यह कोई दुनिया के प्रति बचकाना-सा लगाव था जिसके बारे में वह कोई शर्मिन्दगी महसूस नहीं कर रहा था। वैसे तो इस तरह के चेहरे लिये हुए लोग खतरनाक किस्म के दिलफेंक होते हैं जिनके कारण पार्क में अकेले घूमने में औरतें असुरक्षा का अनुभव करती हैं, पर हमारे नायक में तो महज यह जानने की बेतरह इच्छा ने जन्म ले लिया था कि ये औरतें क्या बातें करती हैं। इसीलिए वह उनके इर्द-गिर्द उनकी बातों के टुकड़े बटोरता हुआ घूमा करता था। उसने कई बार उनमें से एक को गहरी साँस लेकर तरह-तरह की बातों के बाद कहते सुना था कि "यह जिन्दगी आखिर जानने के लिए है" और उसे हर रोज कई बार बहुत-से काम करते हुए यह बात याद आ जाती थी।

पिछले एक सप्ताह से वे दोनों औरतें छोटे कदवाली साँवली औरत की किसी समस्या पर अटकी हुई थीं। शायद उसके जीवन में कोई छोटा-बड़ा तूफान उठ खड़ा हुआ था और पूरी चेष्टा के बावजूद वह भारी होकर जमीन में धँसी-धँसी चलती थी। कुछ साफ रंग की लम्बी औरत को वह इतने धीमे स्वर में अपने बारे में बताती रही थी कि इस सप्ताह में हमारा नायक उनके पीछे चलता हुआ एकदम उकता गया था। एक टुकड़ा भी उसे नसीब नहीं हुआ था। वह रास्ता बदलकर अपनी जिन्दगी की कुछ जरूरी बातों के बारे में विचार करने की सोच रहा था कि छोटी औरत ने बड़ी औरत की कोई सलाह सुनकर कुछ झल्लाहट के साथ कहा था, "मैं भला क्या कर सकती हूँ? मेरे बोलने या समझने से कुछ होनेवाला नहीं है। और फिर सबकी जिन्दगी तो आखिर उनकी अपनी जिन्दगी है, जिसे उन्हें ही जीना होता है।" यह सुनकर लम्बी औरत कुछ देर तक चुपचाप चलती रही। फिर वह बोली, "न जाने क्यों तुम दुनिया से हमेशा बचने की कोशिश करती रहती हो। तुम सोचती हो कि तुम दूसरे व्यक्ति के इस अधिकार की रक्षा कर रही हो कि वह अपनी जिन्दगी को अपनी तरह से जी सके। लेकिन मुझे लगता है कि तुम्हें डर है—डर कि यदि तुम दूसरों की दुनिया में कदम रख दोगी, तो वे तुम्हें चोट पहुँचा सकते हैं।" छोटी औरत ने इस बात का कोई जवाब नहीं दिया और जमीन में कुछ और गहरे धँस गई। पार्क से बाहर जानेवाले दरवाजे के पास तक चुपचाप जाकर वे खड़ी हो गई थीं। हमारा नायक उनसे कुछ दूर ही था, पर हवाओं ने उसकी उत्सुकता को जानकर शायद उस पर मेहरबानी करते हुए चम्पा के फूले हुए पेड़ की खुशबू के साथ ही बड़ी औरत की कुछ खिन्न आवाज उस तक पहुँचा दी थी, "सच तो यह है कि सबकी जिन्दगी हमारी अपनी जिन्दगी ही होती है और हम चाहकर भी उनकी जिन्दगियों से अपने हिस्से की जिन्दगी को

बाहर निकाल नहीं सकते। हम बच नहीं सकते। तुम्हें इस बात को कभी-न-कभी मानना ही पड़ेगा।"

हमारी कहानी का नायक यह बात सुनकर इस तरह सन्न हो गया जैसे उसने यह बात किसी आकाशवाणी की तरह सुनी हो। पिछली रात भी उसके बड़े भाई ने अपनी पत्नी को खूब पीटा था। कहते हैं कि कोई घटना आम हो जाए, तो आदमी पर उसका असर खत्म हो जाता है। पर पिछले दस महीनों से चलते इस सिलसिले का जब वह लगभग आदी हो चला था, तब अचानक एक महीने से उसे इन बातों को बर्दाश्त करना मुश्किल हो गया था। दोनों पति-पत्नी के बीच किसी तीसरे की उपस्थिति उनकी जिन्दगी को नष्ट करने के लिए काफी थी, वह बीच में पड़कर बातों को और बिगाड़ना नहीं चाहता था। "और फिर ये लोग बालिग और समझदार लोग हैं, मेरे बीच में पड़ने से क्या फायदा"—सोचकर वह हल्ला शान्त होने पर चैन से सो जाता था।

शहरों में रहने के लिए घर ढूँढ़ना इतना आसान नहीं होता और उसे यह उम्मीद भी थी कि देर-सबेर ये लोग अपनी समस्या को सुलझा ही लेंगे। वह कभी भाई-भाभी के सामने प्रकट तक नहीं होने देता था कि उसने कुछ देखा-सुना है और उसके इस आचरण से वे भी उसे झेलने की परेशानी से बच जाते थे। पर पिछले महीने से भाभी के चेहरे पर पड़े हुए दागों और उठते-बैठते निकल गई कराह से वह दिन-रात बेचैन रहने लगा था। उसे घर में रहना-खाना-बैठना अचानक भारी लगने लगा था और वह सबसे कतराने लगा था। वह जानता था कि बहुत-से कारणों से दोनों पति-पत्नी के बीच एक-दूसरे को छोड़ने की नौबत नहीं आएगी, पर अब यह बात उसे निश्चिन्त नहीं बना रही थी। उसे लगने लगा था कि शादी या किसी और अनुबन्ध के नाम पर किसी व्यक्ति को कैद में रखने का किसी को अधिकार नहीं है। शादी की शर्तों के बाहर प्रेम के नाम पर भटकनेवालों को वह पहले की तरह गिरे हुए इनसान नहीं मान पा रहा था। भाभी के चेहरे पर साँवले पड़ते दागों को याद कर उसका दिल सचमुच भर आया। आज उसे अपने को इस झमेले से दूर रखने पर बहुत ग्लानि हुई। उसने इस बात को गहराई से जाना कि वाकई सबकी जिन्दगी हमारी अपनी ही जिन्दगी होती है और हम उससे बच नहीं सकते।

अगले दिन सुबह पार्क में उसने दूर से पेड़ों के बीच से गुजरनेवाली सँकरी पगडंडी पर छोटे कदवाली औरत को अकेले नाग-चम्पा के पेड़ से गिरे हुए एक फूल को उठाकर ध्यान से देखते हुए देखा। शायद हमेशा अपने में ही डूबे रहने के कारण उसने इस अद्भुत फूल को आज तक कभी नहीं देखा था और पाँच सुगन्धित पंखुड़ियों के बीच हजारों सर्पों की आकृति के नीचे शिवलिंग के आकार को देख विस्मित हो रही थी। हालाँकि इतनी दूर से वह उसके चेहरे के भाव नहीं

देख सकता था पर उसके सांवले चेहरे और बड़ी-बड़ी आँखों में उतरते आश्चर्य की वह कल्पना कर सकता था।

यह किस तरह की औरत है, वह सोचने लगा। उसके चेहरे पर एक किस्म का ठहराव था, जिसे एक तरह की शिष्टतापूर्ण सौम्यता भी कहा जा सकता था। वह आसानी से उत्तेजित होनेवाली औरत नहीं जान पड़ती थी। क्या वह उसके एक मित्र की तरह थी जो हमेशा अपने घरवालों और रिश्तेदारों से एक दूरी रखना पसन्द करता था जबकि उसकी एक बड़ी मित्र मंडली थी और उनमें से कइयों से उसका गहरा लगाव था? या वह भावनात्मक रूप से डरपोक थी जो ऊपर से शान्त और शिष्ट दिखते हुए अन्दर से लोगों पर आसानी से विश्वास नहीं कर पाती थी? यह सब सोचते हुए उसे एक अनोखे आनन्द का अनुभव हुआ कि वह इस औरत को काफी कुछ जान गया है। यह याद कर कि 'यह जिन्दगी आखिर जानने के लिए है'—वह मुसकरा पड़ा।

प्रिय पाठक, आप अपने अनुभव से जानते ही होंगे, जीवन की एक बड़ी यंत्रणा अकेलेपन और सामाजिकता के बीच चुनाव की है। जब आप अकेले होते हैं, तो लगता है कि कोई आ जाए और जब लोगों के साथ होते हैं तो बेचैन हो जाते हैं कि किस तरह अकेले हो जाएँ। यों हमारी कहानी का नायक अब तक अपने और दूसरों के एकान्त का सम्मान करनेवाला व्यक्ति रहा है। बहुत अधिक सामाजिकता में भी वह विश्वास नहीं करता है। तब फिर इस तरह पार्क में दो औरतों की बातें सुनने, उनके पीछे घूमने का मतलब? मतलब यही है कि कभी-कभी आदमी एक झोंक में या किसी अनचीन्हे मनोभाव के दबाव में ऐसे भी काम कर डालता है, जो उसके स्वभाव का हिस्सा नहीं होते या जिन्हें वह बचपन में कहीं पीछे छोड़ आया होता है। हमारे नायक में इतनी अक्ल तो है ही कि वह जाने कि एक बड़े शहर के पार्क में घूमनेवाले लोग यही मानकर घूमते होते हैं कि उनके अलावा पार्क में सिर्फ पेड़-पौधे और घास ही हैं। ऐसा मानना उनके सभ्य होने का अधिकार और प्रमाण दोनों ही है। कोई सहज मानवीय जिज्ञासा यदि उनके अन्दर कुलबुलाने भी लगे, तो अव्वल तो वे अपने-आपसे यह बात कहेंगे तक नहीं और कह भी देंगे तो अपने अन्दर बैठे सभ्य आदमी से डाँट ही खाएँगे। अभी तक हमारे नायक की समस्या अकेलेपन की नहीं रही है, बल्कि इस बात की रही है कि कभी-कभी मजबूरी में उसे बहुत सारे लोगों से मिलना पड़ता है। इस पार्क को, जो उसके घर से काफी दूर पड़ता है, चुनने का कारण भी यही रहा है कि यहाँ बहुत कम लोग और अपरिचित ही घूमने आते हैं। काम करने के नाम पर उसे अपनी वास्तुशिल्प कम्पनी के दफ्तर में सारे वक्त बड़े-बड़े ड्राइंग बोर्डों पर मकानों के नक्शों की रेखाओं से ही उलझे रहना होता है और उसके लिए वे दिन महीने का सबसे कष्टकारी दिन होते हैं जब किसी ग्राहक को नक्शे में कुछ समझाने के लिए उसका बॉस, यह बात जानते हुए

भी उसे बुला लेता है। उसने देखा कि अक्सर वह वजह-बेवजह लोगों से चिढ़ता है और मन-ही-मन उनके नुक्स निकालकर उनसे लगभग नफरत करता है। किन्तु जिन्दगी का कमाल देखिए कि हमारे नायक में पार्क में घूमते-घूमते कुछ ऐसा बदलाव आया कि उसका बॉस ग्राहक के प्रति उसका उत्साह और बात समझाने की कोशिश देखकर एकदम जड़ हो गया। उसने ऐसा करके जब मुसकराकर अपने काम पर लौटने की आज्ञा माँगी तो बॉस के मुँह से आवाज तक नहीं निकली। वैसे हम यहाँ पाठक को बता देना चाहते हैं कि हमारी कहानी कोई यह सन्देश नहीं देना चाहती कि पार्क में दूसरों की बातों में नाक घुसाकर सूँघने से कोई आदमी बदल सकता है। यह एक महज संयोग या बदलते हुए मौसम के प्रभाव से घटी हुई घटना तक हो सकती है, इसलिए हम इसे सिर्फ जिन्दगी का कमाल कह रहे हैं।

बहरहाल, उस दिन छोटे कदवाली को नाग-चम्पा का फूल सूँघते हुए छोड़कर जब वह आगे गया तो उसने देखा कि लम्बे कदवाली बहुत बेचैनी से अपनी साथिन को खोजती इधर-उधर देखती हुई घूम रही है। आज शायद किसी कारण से वे एक साथ नहीं आ पाई थीं। अब देखिए, सारी प्रगति के बावजूद आदमी की सीमा तो अब भी इतनी है कि एक पार्क में कुछ पेड़ों की आड़ हो या गोलाई में घूमते, इधर-उधर निकलते रास्ते हों और आप एक दिशा में किसी को खोजते हुए उसके पीछे गोलाई लिये हुए रास्ते पर चल रहे हों, तो दूसरे व्यक्ति को भटकते-भटकते खोज पाने में दस-पन्द्रह मिनट का समय लगना मामूली बात है। यह भी सम्भव था कि सँकरी पगडंडी के सामने से गुजरते हुए उस ओर लम्बी औरत ने देखा न हो और उसकी साथिन की पीठ उसकी ओर रही हो। लम्बी औरत की परेशानी देखकर अचानक उसके शब्द हमारे नायक के दिमाग में कौंध गए कि सबकी जिन्दगी हमारी अपनी ही जिन्दगी होती है। उसने मुसकराते हुए लम्बी औरत को रोककर सँकरी पगडंडी के रास्ते की ओर इशारा किया। वह एक क्षण चकित-सी उसे देखती रही, फिर बात समझने पर वह भी एकबारगी मुसकरा उठी और उसके कदम तेज हो गए। हमारे नायक ने अपने को अचानक इतना हलका महसूस किया कि कुछ और न सूझने पर उसने आकाश को ही इस हलकेपन के लिए धन्यवाद की नजरों से देखा और मुसकराते हुए आगे बढ़ गया।

उसने दूर से दोनों को खुश होकर मिलते और बड़ी औरत को छोटीवाली को नायक का हुलिया समझाने के इशारे करते हुए देखा। पर छोटीवाली गरदन हिलाती रही जैसे वह समझ नहीं पा रही हो कि किसकी बात की जा रही है। शायद उसने आज तक नायक की ओर देखा तक नहीं था। वह चलता हुआ कुछ पास आया, तो लम्बी औरत ने उसकी ओर इशारा कर साँवली औरत को दिखाया, पर वह उसी तरह गरदन हिलाती हुई शायद कहती रही कि वह उसे नहीं जानती। हमारा नायक अपने अन्दर के हलकेपन के कारण बेसाख्ता मुसकराता हुआ उनके बहुत पास

आ गया, तो साँवली औरत ने चेहरा घुमा लिया। नायक को लगा कि वह कह रही हो, "लोग न जाने क्यों दूसरों की जिन्दगी में घुसने के लिए तरह-तरह से परिचय निकालना चाहते हैं।" उसकी मुसकराहट मद्धिम पड़ गई। उसने बड़ी औरत की तरफ अनायास देखा, तो उसके चेहरे पर एक खिसियानी मुसकराहट का ढेढ़ापन था। अचानक हमारे नायक को लगा कि उसके बड़े भाई ने ठीक ही कहा था कि वह इस धारीदार हाफ-पैंट में सुबह-सुबह बिलकुल जोकर लगता है। वह नजरें नीची कर तेज-तेज दूसरी ओर चला गया। अगली बार चक्कर काटते हुए जब वह सामने से आता हुआ बगल से गुजरा, तो दोनों औरतों ने उसे देखकर दूर से ही चुप्पी साधकर जमीन की ओर देखते हुए चलना शुरू कर दिया था। उन औरतों के चलने के अनिश्चित अजीबोगरीब ढंग के कारण न चाहते हुए भी जब तीसरी बार वह उनके सामने पड़ गया, तो उसे लगा कि वह आदमी न होकर पारदर्शी हवा है जो किसी को दिखाई तक नहीं पड़ रहा। उनके पीछे चलने की उसकी अब हिम्मत न हुई कि वे कहीं अचानक पलट जाएँ—जैसी कि उनकी आदत थी।

अगले दो दिनों तक हमारे नायक ने अपने घर के पासवाले पार्क में परिचित लोगों के बीच मुसकराते हुए चक्कर लगाए। तीसरे दिन जब वह नया बुर्राक सफेद हाफ-पैंट पहनकर लाइब्रेरीवाले पार्क में दोनों औरतों के बगल से अनदेखा गुजरा तो उसने न चाहते हुए भी सुना कि साँवली औरत कह रही थी, "उस उपन्यास का मुख्य पात्र क्या कहता है, जानती हो?, 'जिन्दगी न अच्छी होती है न बुरी होती है। इसमें जो होता है, वह होता है। जिन्दगी बस जिन्दगी होती है।'—कितनी मिलती है न यह बात हमारी बात से!" हमारे नायक ने यह भी देखा कि वे दोनों जमीन से चार अंगुल ऊपर एक चमकदार प्रभा बिखराती, आपस में डूबी, धीरे-धीरे चली जा रही थीं और पार्क में उगे हुए पेड़-पौधे, फूल-घास उनके प्रति एक खास भाव में विभोर थे।

कनफेशन

मीरा ने कॉलेज मैगजीन के लिए लिखी गई अपनी कहानी के उस वाक्य को फिर से पढ़ा, जिसके कारण मिस कपूर ने उस कहानी को यह कहकर लौटा दिया था कि यह कहानी कॉलेज मैगजीन के लिहाज से 'कुछ ठीक नहीं है? मीरा को लगा था कि मिस कपूर असल में कहना चाहती थीं कि यह 'अश्लील' है, पर उन्हें इस शब्द का प्रयोग करना कुछ अश्लील-सा लगा था, इसलिए उन्होंने अटककर 'कुछ ठीक नहीं है'—भर कहा था। मीरा ने यह भी देखा था कि पचपन बरस की अविवाहिता मिस कपूर उसे बहुत गौर से देख रही थीं जैसे वे इस तरह की कहानी लिखनेवाली इस इक्कीस बरस की लड़की के आर-पार देख लेना चाहती हों। मीरा ने अपनी कहानी के उस हिस्से को पढ़ना शुरू किया, जिसके कारण ही शायद मिस कपूर ने उसे कोई दूसरी कहानी लिख डालने की सलाह दी थी :

"उसकी सहेली सविता ने सिनेमा हॉल से निकलते हुए कहा कि यदि वह यह फिल्म नहीं देखती तो जीवन के एक बहुत बड़े अनुभव से गुजरने से रह जाती। उसने हैरत से सविता की ओर देखा। उसके कुछ समझ में नहीं आया। भला इस फिल्म में ऐसा क्या था? अपने को भयानक शारीरिक यातना देनेवाले उस दरिन्दे डॉक्टर से नायिका यह कनफेस करवा लेना चाहती थी कि वह सचमुच वही शख्स था जिसने उसे यह यातना दी थी।

उसे लगा कि सविता बहुत बन रही थी। जीवन के बड़े अनुभववाली बात में कोई दम नहीं था। उसे सविता से बहुत जोर की चिढ़ हुई। तभी सविता चलते-चलते सड़क पर रुक गई थी, "तुम शायद मेरी बात समझ नहीं रही हो। जीवन में कनफेशन—अपराध को स्वीकार करना, "बहुत, बहुत जरूरी है। बदला लेना उतना जरूरी नहीं होता, जितना कनफेशन कराना।"

अब वह सचमुच हैरान थी। उसने यह देखा कि सविता का चेहरा अजीब-अजीब हो रहा था—कुछ घबराहट, कुछ क्रोध, कुछ रुआँसेपन का मिला-जुला भाव। और तब अचानक सविता ने कहा था, "मेरा चाचा बचपन से अकेले में मुझे यहाँ-वहाँ छूता रहा है। मेरा बस चले तो मैं उसके साथ वही करूँ, जो इस फिल्म

में उस नायिका ने उस डॉक्टर के साथ किया था।" वह अवाक् खड़ी रही। क्या इस कनफेशन के बदले उसे भी उतनी ही ईमानदारी से अपने दिल की बातें सविता को बतानी चाहिए?...

मीरा ने कलम उठाई कि तभी दरवाजे की घंटी बजी। बार-बार लगातार। हर बार अधिक देर तक बजती गूँज, जिसमें पहले की घंटियों की गूँजें भी कुछ-न-कुछ मात्रा में शामिल थीं। मीरा ने अपनी कहानी को फिर वहीं हवा में छोड़ दिया, जहाँ वह पिछले बीस मिनट की कशमकश में डूबी टँगी हुई थी। वह उठकर कमरे के दरवाजे तक पहुँचती, तब तक घंटी एक बार फिर बज गई।

"लगता है विपिन घंटी खराब करके ही छोड़ेगा। मम्मी तो बैठी होंगी—दरवाजे की तरफ देखती हुई कि मीरा आए और दरवाजा खोले। इन दिनों मम्मी को कुछ नहीं, तो यही जँच गया है कि इस घर में घंटी बजने पर दरवाजा खोलना मेरा ही परम कर्तव्य है," मीरा ने खीझकर सोचा।

पापा को उसकी खीझ का पता चल जाए, तो वे क्या कहेंगे—मीरा के दिमाग में यह बात कौंधी। तुरन्त मीरा का दिमाग आदतन वे सारे वाक्य गढ़ने लगा, जो पापा ऐसी सिचुएशन में कह सकते थे :

"फिलहाल तुम्हारी मम्मी के जीवन की एक बड़ी समस्या यह है कि तुम्हें दरवाजा खोलने का कर्तव्य सिखाया जा सके। चलो, तुम उसके जीवन की कम-से-कम एक समस्या तो हल कर सकती हो।..."

या फिर एक नकली दार्शनिक मुद्रा अपनाकर पापा कहते, "जीवन सिर्फ आज से आज तक है। और आज की समस्या का हल आज यही है कि मान लिया जाए कि दरवाजा खोलते-खोलते इसे आज ही सुलझाया जा सकता है..."

यह तय था कि मम्मी इन बातों पर बिलकुल नहीं हँसतीं, जिस तरह तय था कि मीरा इस तरह चेहरा भावहीन रखती, जैसे कोई हँसने की बात हो ही नहीं। मम्मी के साथ देने का उसका निर्णय काफी पहले लिया गया निर्णय था। उसे यह मालूम था कि पापा ने उसके निर्णय को कभी स्वीकार नहीं किया था। इसलिए वे हर स्थिति को अपनी बातों से कुछ ऐसा घुमाव देते थे कि उस पर हँसा जा सकता था। मीरा को कई बार आश्चर्य होता था कि वे इस अकेली एकतरफा कोशिश में कभी थकते नहीं थे—शायद वे मीरा की आँखों की चमक को अपनी आँखों से पकड़ लेते थे और यही उनके लिए काफी था। यों पन्द्रह साल का होते-होते विपिन भी अब पापा की बातों पर दिल खोलकर हँसने के लायक बन गया था।

मीरा ने एक लम्बी साँस लेकर कमरे के बाहर कदम रखा तो देखा कि मम्मी सचमुच दरवाजे की तरफ देखती हुई एकदम निश्चल बैठी थीं। अचानक धक हुए

दिल से उनकी तरफ देखते हुए ही मीरा ने दरवाजा खोला और आँखों-ही-आँखों में विपिन को इशारा करते हुए कि वह दरवाजा देर से खुलने के बारे में कुछ न बोले, वह मम्मी के पास जाकर अपराधी-सी बैठ गई।

"क्या हुआ? आज नहीं जाओगी सत्संग में? हाँ मम्मी?" मीरा ने पूछा।

"विपिन, तुम आज टिफिन लेकर नहीं गए स्कूल? सुबह मैं नहाने क्या चली गई, तुम टिफिन यहाँ छोड़ गए टेबल पर?" मम्मी ने मीरा की बात का कोई दोष न देते हुए तेज स्वर में विपिन से कहा।

"सच मम्मी, तुमने टिफिन दिया ही नहीं आज, मैं तो भूखा मर गया।" विपिन ने हँसते हुए कहा और शरारत से मीरा को आँख मारी, "पर चलो, अच्छा हुआ मम्मी, तुम्हें अपने लिए नाश्ता नहीं बनाना पड़ा होगा। सच बताओ मम्मी, तुमने नाश्ते में मेरा टिफिन खाया या नहीं?"

"क्यों मम्मी को तंग कर रहे हो?" मीरा का दिल धक-धक करने लगा था। "चलो, भागो यहाँ से। जाकर कपड़े बदलो स्कूल के।"

"अच्छा, अच्छा, मीरा बाई। मेरी मम्मी को ज्यादा पटाने की कोशिश मत करो। तुमसे कुछ लेना होगा मम्मी इसे, इसलिए बनकर दिखा रही है। बताओ न मम्मी, तुमने मेरा टिफिन खाया या नहीं? तुम्हें नाश्ता नहीं बनाना पड़ा न अपने लिए?"

"नहीं खाया। मैं वह सब ब्रेड-फ्रेड नहीं खाती। तुम लोग एकदम ही न खाओ, तो और भी अच्छा है। मुझे कुछ भी न बनाना पड़े। बाहर ही रोज खा लिया करो।"

मम्मी का रुआँसा स्वर मीरा की बेचैनी बढ़ाता जा रहा था। ऐसा ही हमेशा होता है। पापा इसी तरह मम्मी को छेड़ते जाते हैं और वे इस बात को बिना समझे आपे से बाहर हो जाती हैं। विपिन हँसता रहता है। और वह कभी समझ नहीं पाती कि ऐसा क्यों होता है? पापा ऐसा क्यों करते हैं? मम्मी ऐसा क्यों करती हैं? उसका मन बहुत होता है कि उन दोनों के जीवन को वह एकदम दूसरी तरह से लिख डाले।

पापा और मम्मी एक-दूसरे से मजाक करते हैं। पापा धीमे से मम्मी से कुछ कहते हैं और मम्मी शरमाकर हँसती हैं। पापा मम्मी से पूछते हैं, "तुम आखिर क्या चाहती हो?" मम्मी कहती हैं, "यह सवाल सही जगह और सही वक्त पर पूछा गया सवाल नहीं है। इसलिए इसका जवाब नहीं दिया जा सकता।" फिर दोनों इस बात पर हँसते हैं—पापा मम्मी को देखते हुए और मम्मी नीची निगाहें करके शरमाते हुए।

पर मीरा की यह कहानी भी कॉलेज मैगजीन की कहानी की तरह ही हवा में टँगकर रह गई। बीच में वह नीले फूलोंवाली साड़ी आ गई, जिसे पहने हुए

मम्मी ने पापा से कहा था, "क्या चाहती हूँ मैं? इस सवाल को पूछ-पूछकर तुम मुझे तेईस सालों से डंक मार रहे हो। क्या चाह सकती हूँ मैं? जब चाहा कुछ, तो क्या दिया तुमने मुझे? तुम्हें औरों से कब फुरसत मिली? अब तो मेरी कोई चाहत ही नहीं रही। कुछ नहीं चाहती अब मैं। कुछ भी नहीं, समझे?" मीरा ने देखा था कि पापा इस जवाब से एकदम कटकर रह गए थे। उन्होंने हमेशा की तरह बहुत चाहा था कि वे कुछ न बोलें, पर अन्त में रह नहीं पाए थे। "तो रहो, ऐसे ही मनहूसियत में। तुम्हें जीने का यही तरीका मालूम है। तुम्हें तो कोई भी कुछ नहीं दे सकता था। मेरी तो औकात ही क्या थी?" यह कहकर वे मीरा से आँखें चुराते हुए वहाँ से उठ गए थे।

मीरा की आँखें डबडबा जाती हैं। उसे कोई कहानी नहीं लिखनी है। अपने कमरे में दौड़ते हुए जाकर फिर वही पच्चीसों बार पढ़ी हुई किताब फिर से उसी पन्ने पर खोल ली—नायिका को अभी तक यह नहीं मालूम कि वह नायक से प्रेम करने लगी है। पर उसका दिल किसी काम में नहीं लगता। वह अपने अन्दर एक खालीपन महसूस करती है और बार-बार उसी बौद्ध मन्दिर में जाती है जहाँ नायक ने उससे कहा था कि उसकी शक्ल बौद्ध भिक्षुणी तारा की प्रतिमा से बहुत मिलती है। जितनी देर वह उस प्रतिमा के सामने रहती है, वह उस खालीपन से मुक्त रहती है, पर फिर घर लौटते ही वह बेचैन हो जाती है। वह नहीं जानती कि वह क्या चाहती है।

मीरा यहाँ आकर हमेशा की तरह रुक गई—उसकी नायिका नहीं जानती कि वह क्या चाहती है। क्या सचमुच कोई भी नहीं जानता कि वह क्या चाहता है? छोटी मौसी को उसने एक दिन मम्मी से कहते सुना था, "मेरा मन ही नहीं लगता किसी काम में। न घर के काम में, न बाजार में, न किसी किताब में, न टी.वी. में, न सत्संग में। मुझे खुद नहीं मालूम कि मेरा मन कहाँ लगेगा, किस चीज में लगेगा। पता नहीं, मैं क्या चाहती हूँ?" मौसी की बातें सुन मीरा का दिल घबराने लगा था। क्या सबकी जिन्दगी असल में ऐसी ही होती है यानी सब औरतों की? क्या उसकी जिन्दगी भी ऐसी होगी?

मम्मी और पापा इस नए घर में अपने कमरे में नहीं सोते। वे दोनों उस कमरे में ही शुरू से रह रहे हैं जिसे वे लोग मेहमानों के लिए बनाया गया कमरा कहते हैं यानी गेस्ट-रूम। मीरा को मालूम है कि पापा ने अपना कमरा बहुत शौक से बनवाया है, पर मम्मी को न जाने उस कमरे के बारे में क्या वहम है। किसी के कुछ कहने पर वे कहती हैं, "उस कमरे में कुछ-न-कुछ गड़बड़ ही रहती है—कभी पंखा खराब, तो कभी बाथरूम का फ्लश खराब, तो कभी कुछ और। मुझे वह कमरा अच्छा नहीं लगता, न जाने क्यों शुरू से ही। और अब तो इस छोटे से गेस्ट-रूम की ही आदत हो गई है। उतना बड़ा कमरा अच्छा नहीं लगता।"

मम्मी की बातों से मीरा के दिल में हमेशा भय जैसा कुछ होता है। क्या मम्मी को सचमुच कोई आशंका है उस कमरे में रहने के बारे में? या वे जान-बूझकर उस सजे-धजे कमरे को अस्वीकार कर यह सिद्ध करना चाहती हैं कि जिन्दगी ने उन्हें चाहने पर कुछ नहीं दिया, और अब वे जिन्दगी से कुछ नहीं चाहतीं। वे बीते हुए को भूलना क्यों नहीं चाहतीं? क्यों उसे याद रखे रहना चाहती हैं?

मीरा ने घबराकर फिर किताब खोलकर उसी जाने-पहचाने पन्ने को निकाल लिया। नायिका नायक से बिछुड़ चुकी है, पर वह कहती है, *"उस एक शाम जो मुझे मिला है, वह एक जन्म के लिए काफी है। प्रेम की उस अनुभूति ने मेरे जीवन को—मेरे होने को—अर्थ दिया है। उस स्मृति के सहारे ही पूरा जीवन काटा जा सकता है।"*

क्या मम्मी के जीवन में ऐसी कोई स्मृति नहीं है? मीरा का मन छटपटा उठा—क्या कोई क्षण ऐसा नहीं, जिसके सहारे वे यह कह सकें कि वे जीवन काट सकती हैं? वह और विपिन क्या ऐसे ही पैदा हो गए—बिना किसी ऐसे क्षण के? क्या उनके जीवन में कोई ऐसा पल नहीं आया होगा जब उन्होंने सोचा होगा कि इसी क्षण मरा जा सकता है?

मीरा की दाहिनी आँख से एक आँसू अचानक गिर पड़ा और बाईं आँख में एक आँसू झूलता रह गया—ऐसा नहीं हो सकता। ऐसा हरगिज नहीं हो सकता। आखिर पापा इतने खुशमिजाज हैं। क्या उन्होंने कभी मम्मी को कोई ऐसा क्षण नहीं दिया?

और नीना आंटी को? क्या पापा ने नीना आंटी को ऐसे क्षण दिए हैं कि वे उनके सहारे जीवन काट सकें—अपना विधवापन काट सकें? मीरा की आँखों के सामने वही दृश्य फिर घूम गया। न जाने कितनी बार उसने उस दृश्य को किसी फिल्म की रील की तरह वापस घुमाकर फिर वहीं से पूरा-का-पूरा देखा था और बार-बार यह जानने की चेष्टा की थी कि उस दृश्य के क्या अर्थ निकाले जा सकते थे? पर हर बार उत्तर वही होता था—हाँ और ना के बीच की एक धुँधली दुनिया जिसमें बहुत जोर लगाकर भी साफ नहीं देखा जा सकता था। कोई रो रहा हो, तो कोई चुप नहीं कराएगा? नीना आंटी के हाथ पापा के हाथों में थे, लेकिन नीना आंटी तो उन हाथों में राखी भी बाँधती थीं—लेकिन वे दोनों उसे देखकर चौंककर अलग क्यों हो गए थे? मीरा को उनका चौंकना अच्छी तरह याद है। वे चेहरे वह कभी नहीं भूली। न ही वह दृश्य कभी उसके और नीना आंटी के बीच से गायब हुआ। वह यह भी जानती थी कि नीना आंटी भी इस बात को जानती हैं, हालाँकि वह हमेशा नीना आंटी से अच्छी तरह पेश आती रही। सिर्फ एक बार को छोड़कर।

उस दिन पापा के जन्मदिन पर नीना आंटी सुबह-सुबह आ गई थीं—टेबल पर रखे राधा चम्पा के पीले सुगन्धित फूलों को देख एकदम से कह उठी थीं, "भाभी, ये फूल मैं ले लूँ? मुझे चम्पा की खुशबू बहुत पसन्द है।" मम्मी ने धीरे से अपनी चिढ़ को दबाते हुए गरदन हिलाई थी कि वह कह उठी थी, "हाँ, हाँ, ले जाइए। सब ले जाइए। एक भी मत छोड़िए।" सब कोई हक्के-बक्के रह गए थे। एक मिनट के लिए सन्नाटा छाया रहा। फिर नीना आंटी ने दो फूल उठाकर कहा था, "अरे नहीं, सारे नहीं। मेरे लिए तो दो फूल ही बहुत हैं।" और वे चली गई थीं। उस दिन मम्मी के चेहरे पर मीरा ने पहली बार एक अच्छी-सी मुसकराहट देखी थी और न जाने क्यों उसे वह मुसकराहट बहुत बुरी लगी थी।

उस बात को याद कर मीरा का दिल अब भी अनमना हो उठता है। क्यों किया उसने ऐसा? पर आखिर कोई करे भी क्या—ऐसा क्यों होता है जिन्दगी में कि झूठ-मूठ कहीं गड़बड़ हो जाती है और सबको उसे झेलते जाना पड़ता है। क्यों नहीं पापा-मम्मी की जिन्दगी की कहानी ऐसी हुई जैसी वह लिख डालना चाहती है। उस कहानी में कोई कर्तव्यबोध नहीं होगा—अपने मरे हुए दोस्त के परिवार के प्रति। उसमें मरे हुए दोस्त की पत्नी नहीं होगी, जो अकेली होगी, सुन्दर होगी और जो मृत पति के दोस्त को राखी बाँधकर उसकी बहन बन जाएगी। मीरा की कहानी में सिर्फ एक पति-पत्नी होंगे जिनका बाकी दुनिया से कोई लेना-देना नहीं होगा। वह पत्नी दुनिया की सबसे सुखी पत्नी होगी। वह हँसेगी, तो फूल झरेंगे। वह चलेगी, तो हवा का झोंका आएगा।

मीरा ने अपने दिमाग को झटका देकर अपनी कल्पना की सबसे प्रिय कहानी को हटाकर कॉलेज मैगजीनवाली कहानी को फिर उठा लिया। उसे अपनी कहानी को ठीक करके ऐसा बनाना है कि मिस कपूर कुछ न कह सकें। क्या सविता की चाचा वाली बात को बिना कहे खाली उसकी ओर संकेत भर कर दिया जाए? लेकिन तब कहानी का क्या दम ही नहीं निकल जाएगा? मीरा ने कहानी को फिर पढ़ना शुरू किया। अन्त तक आते-आते जब उसने पन्ना पलटा, उसमें एक चिट लगी हुई देखकर दंग रह गई। यह तो पापा के हाथ की लिखावट है। तो क्या पापा ने उसकी कहानी पढ़ ली? मीरा ने पहले शर्म, फिर घबराहट और अन्त में अपने अन्दर उठते गुस्से से लड़ते हुए चिट को पढ़ना शुरू किया, *"मैंने तुम्हारी कहानी पढ़ी। तुम्हारा एक पाठक होने का मेरा भी अधिकार है, इसलिए शायद मेरा यह व्यवहार तुम्हें बहुत बुरा न लगे। खैर, मैं कहना चाहता हूँ कि यह सच है कि जिन्दगी में बहुत जगह बहुत घिनौनापन है। बुराई है। उसका कनफेशन कराना और करना जरूरी हो सकता है। लेकिन अच्छा होता कि तुम्हारी कहानी उन लोगों पर लिखी जाती जिनका अपराध सिर्फ इतना ही होता है कि वे समाज के दिए हुए, माने हुए रिश्तों के बाहर कुछ सुन्दर पा लेते हैं। लेकिन सब लोग*

यानी सारी दुनिया उनसे कनफेशन कराना चाहती है, क्योंकि उसे शान्ति तभी मिलेगी जब वह उस रिश्ते को अपराध सिद्ध कर देगी। मैं तुम्हें बताना चाहता हूँ कि ऐसा कोई कनफेशन हो ही नहीं सकता क्योंकि न उसके लिए कहीं शब्द मिलेंगे और न कोई वाक्य बनेगा।"

मीरा की आँखें भर आईं। उसने कलम उठाई और चिट के नीचे लिखा, "मुझे पहले क्यों नहीं बताया पापा? इतने साल क्यों लगाए बताने में?"

और मीरा की कहानी उस चिट के साथ लगी-लगी पूरी हो गई।

रहस्य-कथा

मैं उनके सामने एक संसार को धीरे-धीरे बनाती हूँ। उसमें एक अढ़ाई साल की लड़की है। वह मेरी नहीं है। यानी उसे मैंने पैदा नहीं किया। वह रोज सुबह आँखें खोलते ही मुझे आवाज लगाती है। उसके सपने की दुनिया से सचमुच की दुनिया में आने के बीच में आनेवाला पहला खयाल मैं हूँ और मेरे लिए यह जीने-मरने जैसी चीज है। इस दुनिया में एक लड़का है नौ साल का। उसने मुझे सिखाया था कि आस्था कैसे जन्म लेती है। वह जब पहली बार डगमगाकर चला और गिरा तो उसने रोते हुए अपनी माँ की गोद छोड़कर मेरी गोद में आने के लिए बाँहें फैला दी थीं। उसकी माँ पिछले ग्यारह सालों से रोज सुबह उठकर मुझसे इस तरह मिलने के लिए बगल के कमरे से आती है जैसे हम बरसों बाद मिल रहे हों।

मैं जानती हूँ कि उन्हें यह सुनना अच्छा लगेगा। यह संसार उनके और मेरे बीच में एक सम्बन्ध बनाएगा और यह सम्बन्ध भले ही आज-भर के लिए हो पर एक पूर्ण सम्बन्ध होगा। जैसे कि हर सूर्योदय पूर्ण होता है। रोज सूर्योदय नया और पिछले से अलग आकाश में होता है पर आप कहीं कोई तुलना नहीं कर सकते। मैं यह भी जानती हूँ कि उनका जीवन उस लैंडस्केप जैसा ही है जो मुझे ट्रेन की खिड़की से दिख रहा है। एक दूर-दूर तक लगातार ऊँचा होता किन्तु फिर नीचे ढलाव लेकर कहीं खो गया बंजर। बीच-बीच में काँटेदार झाड़ियाँ, ऊपर तपता सूरज। कहीं-कहीं बालू-जैसी मिट्टी से उठता पतला-पतला धुआँ। लेकिन वहाँ वे दो आँखें भी तो हैं जो दुनिया की सबसे ज्यादा खूबसूरत हँसती हुई तरल आँखें हैं। सूखे बाँस के वनों में उगा पलाश। इन आँखों के सहारे क्या भवसागर पार नहीं किया जा सकता है? या शायद इतना काफी नहीं।

उन्होंने मुझे रहस्यमयी बताया है। यह बात सोचते-सोचते मैं सुन्दर आँखों वाली के हाथ की बनी सुन्दर रोटियाँ और डाँठे (सहिजन) की सब्जी खाती हूँ। इन लम्बे-लम्बे डाँठों को वे लोग मुनगा या ऐसा ही कुछ कहते हैं। वे कल इन्हें किसी सहेली के बगीचे से ले आई थीं और खाने की टेबल पर उन्हें पास-पास खड़ा करते हुए मैंने कहा था, "इस स्टिल लाइफ का शीर्षक दिया जा सकता है—रोएँदार अपनापन।" उन हरे डाँठों की त्वचा चमकती हरी थी। उनमें ताजे

रोएँ थे। वे खरीदी नहीं गई थीं, यह उन्हें छूने से लगता था। तब उन्होंने कहा था, "नहीं, मुनगे में घर। और घर में अनजान लड़की।" मैं उस लड़की की कल्पना करने लगी थी जिसका उस घर में होना कभी एक सम्भावना थी। वह उस बेतरतीब बिखरे-फैले घर में शायद वहाँ के धूल-जाले झाड़ देती और उस छिपकली को भी निकाल बाहर करती जो अरसे से बन्द जाली की खिड़की को खोलते हुए मुझ पर लगभग गिर पड़ी थी। पर अब छिपकली को उस असम्भव लड़की से कोई डर नहीं था। मैं तो वहाँ सिर्फ एक रात-भर थी।

यह अजीब है कि मेरे संसार की घरघुस्सु साधारणता उन्हें रहस्यमय दिखी थी। ऐसा तो किसी को आज तक नहीं लगा था। वे शायद हमेशा शब्दों के बिलकुल अपने अर्थ अपने लिए रखते थे और दूसरों को उस अर्थ को खोज निकालने के लिए अकेला छोड़ देते थे। यह उनका एक खेल था मेरा भी एक खेल था। मैं अपनी दुनिया की तसवीर उसे ही दिखाती थी जिसे मैं जानना चाहती थी। तब लोगों के साथ उनके अपने पिटारों में बन्द कुढ़न-नफरत या मनुष्य होने की लालसा को मैं भी देख लेती थी। यह खेल बहुत खतरों से भरा था। माँ तो कहती थीं कि जिसे बचाना हो, उसे दुनिया की नजरों से ओट में रखना चाहिए। कई बार ऐसे लोग मिल जाते थे जिन्होंने अपने किसी-किसी परिचित का इतिहास बताकर समझाया था कि ऐसी दुनिया एक भ्रम होती है। लोग सींगोंवाले राजा की तरह अपने सींग मुकुट में छिपाकर रखते हैं और हकीकत सिर्फ दर्पण जानता है या फिर उनके नाई। पर एक दिन आता है जब यह भ्रम बिखर जाता है कि लोगों के सींग नहीं होते। माँ मुझे दुनिया से डराती और दुनिया मुझे अपने से। पर हर आदमी का खेल उसकी एक लत होती है जो जीने की एक वजह की तरह होती है।

मैंने अपने दुखों से उनके दुखों तक एक सीढ़ी लगाने की कोशिश की थी। उसमें कोई दुख बाँटने जैसी बात नहीं थी। मेरा तो अपने दुख से ही कोई सम्बन्ध बचा नहीं रह गया था। उसमें से यह दुनिया उग आई थी और दुख की जड़ जमीन के अन्दर गहरे धँसती चली गई थी। पर वह मरी नहीं थी। कभी-कभी वह टसक जाती थी। मेरे साइटिका के दर्द की तरह। वह अपने होने का अहसास दिलाते रहना चाहती थी। इसका एक सिरा मेरी माँ से जुड़ा था और दूसरा मेरी बेटी से। अपनी माँ की डायरी जब मैंने उनके मरने के बाद खोली तो उसमें दूसरे और तीसरे पन्ने के बीचोबीच सिर्फ एक पंक्ति लिखी हुई थी। बाकी पूरी डायरी खाली थी। वह अकेली पंक्ति उस पन्ने के फैलाव में एक भटकती हुई नाव थी, "दुनिया के सफर में अकेले हैं हम।" मुझे इस पंक्ति ने ठेस पहुँचाई थी। दुनिया के सफर में अकेले हैं हम। क्यों? मैं तो थी। लेकिन उसने मुझे जन्म नहीं दिया था। शायद इसी एक मुद्दे पर उसका अकेलापन टिका था। यह कैसी बात है कि खून का रिश्ता अपने-आप भरापन ला देता है। उसमें कुछ भी ठोस चाहे हो न हो। बाकी रिश्ते

सारी जिन्दगी की कोशिश के बावजूद हल्के-के-हल्के रह जाते हैं। उसके दुख ने मुझे मेरी शक्ल दी थी। पर मैं उसके अकेलेपन को काट-छाँट नहीं सकी। मेरा माँ की अलमारी में रखी उसके पति की बाइस साल की उम्र को तसवीर ने भी आगे चलकर उसका साथ छोड़ दिया। माँ बूढ़ी होती गई। चालीस तक पहुँचते-पहुँचते उसके बाल बिलकुल सफेद पड़ गए। पर वह तसवीर जवान-की-जवान बनी रही। फिर लकवा आया। एक हाथ लुंज-बेकार, एक पाँव घसीटता हुआ। माँ ने अब वह चित्र देखना छोड़ दिया। उनके दर्पण की औरत और उस युवक में कोई मेल नहीं था। माँ को तब याद आया कि उस जमाने में भी किस-किस ने कोशिश की थी कि उसका फिर विवाह हो जाए पर वह राजी नहीं हुई थी। उस चित्र ने उसे हर बार मना कर दिया था। वह चित्र अब जाकर मरा था। इस धोखे ने उसे एकदम अकेला कर दिया था।

इस बिखरे हुए घर में भी एक बाईस साल के लड़के की तसवीर है। मुसकराती हुई। उसकी फौजी टोपी उसके बगल में। मैं बीच-बीच में आँखें चुराकर उसकी तरफ देख लेती। जैसे कि डर हो कि वह मुझे देखते हुए देख लेगा। उसकी तसवीर के पीछे उसके कभी न आनेवाले वर्षों का शून्य है। कहते हैं कि प्रकृति में कभी शून्य नहीं रहता। मेरी बेटी भी लगभग इसी उम्र में अपने पीछे वे सारे साल छोड़ गई है जब उसके लगाए हुए सोन चम्पा के फूल वह कभी नहीं देख सकती। ऐसे शून्य सिर्फ वक्त के साथ खंडहरों को ढकनेवाली मिट्टी और कँटीली लम्बी घासें ही भर सकती हैं। मैंने अपने शून्य को उनके शून्य के बगल में खड़ा कर दिया था। पर इतने पास नहीं कि दोनों टकरा जाएँ या छू भी जाएँ। उनका शून्य नया था और मेरा एक उम्र पुराना। वे सहानुभूति से मारे जा सकते थे। मैं जानती थी। इसलिए मैंने अपनी भावनाएँ खर्च नहीं कीं। यों भी मैंने देखा था कि एक बार उन्हें खर्च करने लगो तो पता चलता था कि अगली बार के लिए कुछ अन्दर बचा ही नहीं। आते वक्त स्टेशन पर एक छोटे बच्चे को गोद में लिये हुए भीख माँगनेवाली औरत को मैंने दो रुपये दिए थे। उसके बाद आनेवाली बुढ़िया से मुझे बड़ी चिढ़ हुई थी और उसके बाद आनेवाले पतली टाँगें और फूले हुए पेट वाले बारह-तेरह साल के लड़के की ओर तो मैंने देखा तक नहीं था।

सुन्दर आँखोंवाली औरत से बात करना कठिन नहीं था। वह एक बहादुर औरत थी, जैसी कि आमतौर पर औरतें होती हैं। वह अपने दुख को जानती थी। घबराहट होने पर वह खूब रो लेती थी। बाकी समय वह अपने में जिन्दा रहती थी। उसने साँची का स्तूप देखने के लिए गाइड नहीं किया था। वह यहाँ बहुत बार आ चुकी थी। उसका तसवीरवाला इकलौता बेटा अपनी होनेवाली बीवी के साथ सीधे रास्ते ऊपर न चढ़कर झाड़ियों के बीच से ऊपर गया था और काँटों से दोनों के खून निकल आया था। उसके बेटे ने अन्तिम बार कश्मीर सीमा पर जाते हुए उससे पूछा

था कि अगर पैर में गोली लग जाए और पैर कटवाना पड़े तो कैसा लगेगा? उसने कहा था कि उससे अच्छा तो यह रहेगा कि वह मर जाए। अपनी जिन्दगी का भार माँ या बीवी पर डालकर घसीटते हुए जिन्दगी न बिताए। उसकी सुन्दर आँखों में बिना सोचे कही गई इस बात का अथाह अफसोस था। उसके पैर में सचमुच गोली लगी थी और फौजी डॉक्टर होते हुए भी उसने अपने बारे में कुछ नहीं किया था। उसके शरीर का सारा खून निकल गया था।

मुझे अपनी बेटी को मरते वक्त बिना बोले दी गई मौन राय का कोई गम नहीं था। मैंने बीस घंटे उसके शरीर को उसकी शिराओं में फैले जहर से लड़ते हुए देखा था। वह कुछ देख और सुन नहीं सकती थी। उसकी आँखें खुलती थीं और बिना कुछ देखे बन्द हो जाती थीं। उसके शरीर में रह-रहकर झटके आते थे। हाथ-पाँव अकड़कर टेढ़े हो गए थे। मौत को उसने खुद जीवन से ज्यादा पसन्द किया था। चहचहाती हुई चिड़ियों जिनके नाम वह जानती थी, तरह-तरह के वृक्षों जिनके नए पत्ते उसे पुलकित कर देते थे, जाड़े में हरी घास पर पड़ती धूप और अपनी ढेर सारी किताबों को हमेशा के लिए छोड़ देने का निर्णय खुद उसका अपना था। उसे मरकर किसी से बदला लेना किसी एक क्षण इन सबसे ज्यादा आकर्षक लगा था। हो सकता है कि गहरे कोमा की हालत में उसके अन्दर अपने इस निर्णय को लौटा लेने की इच्छा हुई हो। पर यह जानना अब नामुमकिन था। मैंने उससे मन-ही-मन कहा था कि यदि उसे एक घिसटते हुए शरीर को लेकर जीना पड़े तो इससे अच्छा होगा कि वह अपने उसी निर्णय पर कायम रहे। उसने अक्टूबर महीने की उस सुन्दर दोपहर को, जब पेड़ों की छायाएँ लम्बी होने लगी थीं, अपने जहर से भरे हुए शरीर को छोड़ दिया था।

बेटे के गम ने उसके पति में एक अजीब सनक पैदा कर दी थी, उसने साँची के स्तूप पर मुझे बताया था। उन्हें शक हो गया था कि वह दुर्घटना नहीं थी, किसी ने उसे मार दिया। वे तरह-तरह की कल्पनाएँ करते। सपने देखते। उसे मरता हुआ देखते बिना इलाज के। अपने ही देश के अन्दर अपने ही देश के लोगों से लड़ते हुए वह मारा गया था। हत्या थी यह। क्या हुआ, क्यों हुआ, जानने का कोई उपाय नहीं था। अपनी लड़की के बारे में भी मैं ऐसा ही सोचती रही थी। पति से झगड़कर उसने जहर खा लिया था। मैं छः महीने तक सपने देखती रही थी कि उसे जहर दिया गया था। समय जो खो जाता है, आप उसे एक बार फिर से बनाकर नहीं देख सकते। पर जब तक आप उसे देख न लें, चैन नहीं पड़ता। इस देखने की इच्छा और न देख पाने की शक्ति के बीच यातना पसरी होती है। यदि किसी तरह आप उसे एक बार एक फिल्म की तरह देख लें तो आप एक झटके से उस यातना से मुक्त हो जाएँ। अपनी लड़की से बात करने के लिए मैं रोज रात की लेट जाती और उसे बुलाती कि वह मुझसे आकर बात करे। पर क्या मालूम कि यह आत्मा

जैसी कोई चीज होती भी है या नहीं। बचपन में मेरी एक दूर के रिश्ते की बुआ की लड़की एक लकड़ी के तख्ते पर पूरी वर्णमाला के अक्षर लिखकर एक औंधी कटोरी में आत्माओं को बुलाया करती थी। मैंने उसका पता लगाना चाहा तो पता चला कि वह मर चुकी थी। इस तरह मैं अपनी यातना के साथ अकेली छूट गई थी और उसे पार करने में मुझे बुद्ध की तरह कई वर्ष लगे थे।

बोधिसत्त्व एक चित्त होता है और उसे बनानेवाला एक समय होता है। मैं जानती थी। वे भी जान जाएँगे मुझे यकीन था। पर बीच में समय था और वह दिन, घंटे, मिनट, सेकेंड में बँटा था। उनके सेकेंड भी हजारों टुकड़ों में बँटे होंगे। धीरे-धीरे कई युगों के बाद शायद वे सेकेंड बनकर बीतने लगेंगे। यों वे बेटे के बारे में बात करते थे बीच-बीच में। हमारे सारे संवादों के बीच वह मौत खड़ी थी और हम दोनों इसे जानते थे। वह न किसी किताब की बात करते समय गायब होती थी और न किसी व्यक्ति की प्रशंसा या बुराई करते वक्त। कभी-कभी वह मुँह फिरा लेती थी और तब हम हँसते थे। उसे चिढ़ाने के लिए वे बार-बार हँसते और मैं साथ देती। हम उससे बचने की कोशिश नहीं कर रहे हैं, उसे यह बताने के लिए ही शायद वे जब-तब बेटे के बारे में कुछ-कुछ बताते। मैंने उन्हें अपनी बेटी के बारे में कोई बात नहीं बताई। मैंने सिर्फ उन्हें अपने वर्तमान संसार के बारे में बताया था। इसकी एक वजह थी। हम भावुकता के घिसे-पिटेपन से परहेज करनेवाले लोग थे। हमने तमाम उम्र अपनी और दूसरों की भावनाओं को शक से देखते हुए बिताई थी। पर हमने दुख के तल को छूकर दुख की सच्चाई को जान लिया था। उस असली ज्ञान के सामने दुनिया का कोई ज्ञान टिक नहीं सकता था। इसलिए हम ऐसा कुछ भी नहीं खोज रहे थे जो हमारे शून्य को भरे।

मैं उनकी अँगुली पकड़कर उनकी माँ बनना चाहती थी। समय को छोटा करके जीने का एक रास्ता मुझे मालूम था। जो मेरा नहीं, उसे मेरा बनाने की तरफ से यह रास्ता निकलता था। मेरी लड़की भी मेरी माँ की तरह मेरी नहीं थी। वह मुझसे सिर्फ बारह साल छोटी थी। उसकी कमी को उसकी माँ हुए बिना नहीं जाना जा सकता था और न उसके बिना खाते-पीते-चलते हुए संसार को जीया जा सकता था। वह मेरा हिस्सा थी। यही मेरा रहस्य है। मैंने उनके खेल को समझ लिया और तभी मुझे पता चला कि उन्होंने भी मेरे खेल को जान लिया है।

कहानी में नाटक में नेलपॉलिश का महत्त्व

'कहानी या नाटक?" पहले वाली विरहिणी नायिका की कृशकाय छवि की जगह लड़की के हल्के से भर आए गालों पर चमकती रोशनी को देखते हुए कहानीकार ने सोचा। यों तो उसके दिमाग में थियेटर की बातें कम ही आती थीं (शहर के थियेटर रोड के बिलकुल नजदीक रहने के बावजूद) उस पर आज न जाने क्यों उसे लगा कि उसके सामने कहानी का नहीं, बल्कि नाटक का पात्र खड़ा है।

वह कहानीकार के सामने खड़ी थी—अपने पहले से भी खूबसूरत हो आए जिस्म और अपने अधिक फैशनेबल और महँगे हो आए कपड़ों और रखैल (जैसा कि बहुत सारे लोग उसे कहते होंगे) की जगह ब्याहता पत्नी बन जाने की हैसियत के गौरव से भरी हुई। उसने इस गौरव को टी.वी. सीरियल की पार्वतियों या तुलसियों की तरह या टी.वी. न्यूज में अकसर बोलती दिखती एक नेता की तरह ढाई सौ ग्राम से आधा किलो सिन्दूर की मात्रा में धारण नहीं कर रखा था, पर उसकी माँग (सिरवाली) के नीचे माथे तक एक नई स्टाइल की लाल रेखा कोई सन्देह की गुंजाइश नहीं छोड़ती थी कि उसने यह विशेष अधिकार हासिल कर लिया है।

'आप मुझसे कब तक नाराज...?' लड़की ने अपने प्रश्न को नाटकीय अन्दाज में जान-बूझकर अधूरा छोड़ दिया था, इस बारे में कहानीकार को कोई शक नहीं था। लड़की की आँखों में अपनी नई औकात के लिए जो दर्प का भाव आ गया था या लाया गया था, उसे देखकर कहानीकार को रत्ती-भर भी शक नहीं रहा कि वह 'क' वर्ण से शुरू होनेवाले सीरियलों के साथ-साथ दूसरे तमाम सीरियल देखती थी। 'साली, नाटक करती है' कहानीकार के बगल में बैठी उसकी बहन ने उसके कान में फुसफुसाकर उसके शक को मजबूत कर दिया।

नाटक? हाँ, एकदम नाटक। कहानीकार ने देखा कि वह नाटक का पहला दृश्य लिखने लगा है (या 'लिखने लगी है।" आपसे गुजारिश है कि इस कहानी को दो बार पढ़ें—एक बार 'लिखने लगा' की तरह और दूसरी बार 'लिखने लगी' की तरह। फिर देखें कि कहानीकार के स्त्री होने से यहाँ क्या-क्या बदल जाता है।)

नाटक का पहला दृश्य

फ्लैट के बाहर घंटी बजाने से पहले चार तल्ले सीढ़ियाँ चढ़ने के कारण उखड़ी साँसों को जमाता हुआ 75 साल का एक बिलकुल दुबला-पतला बूढ़ा आदमी अपने-आपसे कहता है।

"अरे, राम्सारों को कितना कहा—अरे भाई, चार तल्ले पर फ्लैट लोगे तो मैं कैसे चढ़ूँगा-उतरूँगा...(एक क्षण साँस लेकर)...पर इन्हें क्या? ऊपर से ये ईंट की सीढ़ियाँ। इन पर सीमेंट तक नहीं लगाई आज तक बाड़ीवाले ने। साला चोर कहीं का!...उचक्का। दम निकल जाएगा किसी दिन मेरा इन्हीं सीढ़ियों पर तब ये लोग घी के दीये जलाएँगे, घी के। कहने लगे चार तल्ले पर हवा आएगी। हवाऽ" ('आ' की मुद्रा में मुँह खोले रहता है मुँह ऊपर किए।) तभी फ्लैट का दरवाजा खुद ही खुल जाता है। चालीस-पैंतालीस साल की एक कसे बदन की औरत बाल्टी में कचरा बाहर फेंकने के लिए निकलती है। सीढ़ियों के कोने में कचरा फेंकने का डब्बा रखा है जिसके बाहर भी कुछ कचरा पड़ा हुआ है। औरत (तीखी आवाज में), "अरे बाबू जी! यहाँ ऐसे मुँह खोले क्या खड़े हैं? घंटी क्यों नहीं बजाई?" (बूढ़ा मुँह बन्द कर लेता है। मुसकराता है। फिर जैसे चिढ़ाने के लिए कहता है।)

बूढ़ा, "हवा खा रहा हूँ चार तल्ले की। हवाऽऽऽ!" (फिर बूढ़ा मुँह बिगाड़कर कुछ बड़बड़ाता है, जो साफ सुनाई नहीं पड़ता।)

औरत, "फिर गाली दे रहे हैं मुझे? क्या गाली दी? बताइए। बताइए हिम्मत है तो! बोलिए, क्या कह रहे थे?"

बूढ़ा (ढीला पड़ते हुए) "चलो चलो, यहाँ सीढ़ियों पर नाटक मत करो। कूड़ा फेंको और अन्दर चलो। रीता-मीता आईं कि नहीं कॉलेज से?"

(औरत कुछ बोलने के लिए त्यौरियाँ चढ़ाती है पर बगल के फ्लैट से झाँकते एक दस साल के लड़के को देखकर रुक जाती है। बूढ़ा उसके बगल से अन्दर चला जाता है।

अन्दर एक बहुत छोटा-सा हॉल है जिससे दो कमरे, एक चौका और एक बाथरूम के दरवाजे दिख रहे हैं। घर बेहद साफ-सुथरा है। हॉल में तीन आदमियों के बैठने के लिए एक सोफा, दो बेंत के मूढ़े और बीच में एक छोटी टेबल है। दूसरी तरफ एक तिपाई पर फोन रखा है जिसके बगल में चमकता हुआ फ्रिज है। हर चीज करीने से रखी चमक रही है। बूढ़ा सोफे पर बैठने-बैठने को होता है पर बैठता नहीं। आज तक शायद इस सोफे पर घर का कोई आदमी नहीं बैठा है। वह कमरे में चला जाता है। औरत कचरे की खाली बाल्टी लिये घुसती है और उसे चौके में रख वापस हॉल में आकर एक कपड़े से फ्रिज को रगड़-रगड़कर पोंछने लगती है।)

कहानीकार ने पेन का ढक्कन बन्द कर रख दिया। यह अनमनापन क्यों? गालियाँ तो कहलाई नहीं बूढ़े के मुँह से। वरना नाटक में ज्यादा जान आती। बूढ़े ने जाकर मन-ही-मन कहा होगा "फाहशा! बेहया! यार ने कहा होगा इसी मकान में यही फ्लैट लेने।" और अगर वह यह सब कहता, तो उसकी बहू क्या कहती? यही न "शरम नहीं आती आपको इस तरह घर की इज्जत उछालते? राम का नाम तो मुँह से निकलता नहीं। जिन्दगी-भर यही किया। तभी ना इस उमर में भी मुँह में गालियाँ भरी पड़ी हैं।" बूढ़ा कहता, "इज्जत। हो-हो, इज्जतवाली राँड़ को देखो जरा। वो जो बगल के मकानोंवालियाँ सड़क पर सज-धजकर खड़ी रहती हैं ना, कल को इसकी बात सुनकर वो भी इज्जत का रोना ना रोने लगें! इज्जत!" बहू क्रोध में उबलती बूढ़े के कमरे का दरवाजा बन्द कर देती और बूढ़ा बैठा बड़बड़ाता रहता। बीच-बीच में 'इज्जत' शब्द समझ में आता। फिर वह थककर चुप हो जाता। उसे नींद आ जाती।

कहानीकार को दस साल पहले रोज घटती ससुर-बहू की लड़ाई में खास दिलचस्पी नहीं थी। इस कहानी के पात्र, चरित्र और डायलॉग पुरानी फिल्मों की तरह जाने-पहचाने थे। ससुर को बहू के चरित्र पर शक था, हालाँकि वह जानता था कि जब उसका लड़का ही अपनी बीवी को इस बारे में कुछ नहीं कहता तो उसके कहने-सुनने से कोई फर्क नहीं पड़नेवाला। बूढ़ा जानता था कि लड़का बेरोजगारी से और कभी-कभार की छोटी-मोटी कमाई में लगी जी-तोड़ मेहनत से पिट गया है। ऊपर से रीता-मीता को ताड़ के पेड़ की तरह बढ़ते देख उसकी घबराहट रोज बढ़ रही है। उनकी पढ़ाई का खर्च, कपड़ों का खर्च ही वह अकेला नहीं उठा सकता था। अब नेलपॉलिश, लिपिस्टिक का खर्च कहाँ से आता है, नए फ्रिज का पैसा किस छप्पर से बरस गया है, यह जानने की उसकी न ताकत बची थी, न इच्छा। वह अपनी बीवी की हर कहानी को, कि किस चीज के लिए उसकी बड़ी बहन ने किस तरह उसे कितने रुपये दे दिए, वेद-पुराणों के सच की तरह बिना जाँचे-परखे परम सत्य मानने लगा था। बल्कि जब बीवी उसे अपनी बड़ी बहन की दरियादिली के किस्से सुनाती, तो वह गदगद हो उठता और कहता, "दीदी के लिए इस बार दाल का हलुआ बनाकर ले जाना। उन्हें तुम्हारे हाथ का बना हलुआ कितना पसन्द है।" बूढ़े को सब मालूम था क्योंकि चार तल्ले के इस घटिया फ्लैट के दरवाजे और दीवालें इतनी पोली थीं कि वे किसी बात को अपने अन्दर छुपाकर नहीं रख सकती थीं। और बूढ़े के कान तो आज भी एकदम सूई गिरने की आवाज सुन सकते थे।

कहानीकार की अभिरुचियाँ नए किस्म की थीं इसलिए वह ऐसी पुरानी कहानी या नाटक के किरदारों के जीवन की घिसी-पिटी समझौतापरस्ती की तरफ से उदासीन था। उसे क्या नहीं मालूम था कि यहाँ तो बरसों की गरीबी

और बदहाली ने इन पात्रों को समझौते का जीवन जीने के लिए मजबूर कर दिया था वरना ऐसे समझौते तो तथाकथित बड़े-बड़े लोग यानी पैसेवाले लोग अपने लालच के चलते बेखौफ करते रहते थे। लेकिन कहानीकार में सामने खड़ी इस भरी देहवाली लड़की के बारे में सारा सच जानने की ऐसी गहरी बेचैनी थी कि उस सच को जानने के लिए वह ईडीपस की तरह (वही ईडीपस जिसके अनजाने में अपनी माँ के साथ सम्बन्ध थे!) अपनी आँखें खो देने तक के लिए भी तैयार हो जाता/जाती।

कहानीकार ने देखा कि लड़की की भूरी-काली आँखों में हल्की-सी पानी की परत आ गई थी। उसकी इन्हीं आँखों के कारण बचपन से ही सारे लोग उसे रीता न कहकर बिल्लौरी कहते थे। सिर्फ उसकी छोटी बहन मीता के साथ जब उसे पुकारा जाता, तब रीता-मीता की जोड़ी में उसका नाम रीता होता। (जाहिर है कि कहानीकार बिल्लौरी उर्फ रीता को बचपन से जानता या जानती थी।) "हुँह, अपने का समझती है ऐश्वर्या राय!" कहानीकार के बगल में बैठी उसकी बहन ने फिर फुसफुसाकर कहा। ऐश्वर्या राय? कहानीकार ने देखा कि उसका दिमाग बिल्लौरी के चेहरे को एक बार फिर ऐश्वर्या राय के चेहरे के बगल में रखकर दोनों में समानताएँ खोजने लगा है। यहीं उसके अन्दर नाटक का दूसरा दृश्य शुरू हो गया।

नाटक का दूसरा दृश्य

रीता उर्फ बिल्लौरी ज़री के पाड़ की गुलाबी साड़ी पहने सजी-धजी हॉल में आती है। उसकी माँ एक ट्रे में लाल शरबत के गिलास सजाए चौके से निकलती है और उसे देख खड़ी-की-खड़ी रह जाती है। तभी रीता का बाप हॉल के अन्दर हाँफते हुए घुसता है। उसके हाथ में मिठाई का डिब्बा है। वह भी रीता को देख हक्का-बक्का खड़ा रह जाता है।

रीता, "डैडी, मिठाई फ्रिज में रख दीजिए ना! ठंडी रहेगी, तो अच्छी लगेगी।" (उसकी आवाज़ में इतराहट है।)

बाप, "अरे, मेरी बेटी को देखकर लड़केवाले मिठाई खाना ही भूल जाएँगे। सोचेंगे, इस गुदड़ी में यह लाल कहाँ से आया?"

मीता (हॉल में घुसते हुए), "क्या डैड, कैसे औल्ड मुहावरे बोलते रहते हैं आप!" (वह 'ओल्ड' को अच्छी अंग्रेजी न जाननेवालों की तरह 'औल्ड' बोलती है।) "आओ दीदी, तुम्हारे पिंक नेलपॉलिश लगा दूँ। मेरी दीदी तो कोई गुदरी का लाल-वाल नहीं, एकदम माधुरी दीक्षित लग रही है।"

रीता, "मम्मी, मॉसी से जो कान-गले की सेट लाई थी, वह निकाल दो ना!"

बूढ़ा अपने कमरे से उसकी नकल उतारता हुआ बोलता है, "मौसी से जो कान-गले की सेट लाई थी, वह निकाल दो ना!" (उसके आगे वह बड़बड़ाकर कुछ कहता है, जो समझ में नहीं आता। सबके चेहरे एकदम फक पड़ जाते हैं।)

रीता की माँ (धीरे से), "देखिए, बाबू जी को कहिए कि घंटे-भर तो अपना मुँह बन्द रखें। वरना, अच्छा नहीं होगा। इनके कारण अगर लड़केवाले चले गए तो मुझसे बुरा कोई न होगा।"

रीता का बाप, "हूँ, हूँ। चुप रहो। तुम कुछ भी कहोगी तो वे बोलते चले जाएँगे। सब गड़बड़ हो जाएगा।" (आगे बढ़कर बूढ़े के कमरे का दरवाजा बन्द कर देता है। सबके चेहरों पर फिर चमक आ जाती है। मीता कोई फिल्मी प्रेम-धुन गुनगुनाने लगती है और रीता शरमाने का नाटक करती है।)

रीता की माँ, "दीदी कह रही थी कि लड़का अपने ताऊ के घर नौकरी करता है तो क्या, सारा काम वही देखता है। लाखों-करोड़ों का कारोबार अकेला सँभालता है। ताऊ का लड़का तो अभी कॉलेज में पढ़ रहा है। सारा भार किशन पर ही है। किशन यानी अपनी रीता का किशन!"

मीता, "ऊँहूँ, रीता का किशन जमा नहीं। दीदी का नाम राधा रखना पड़ेगा। तब ठीक रहेगा।"

(सब हँस पड़ते हैं। इतने में फोन की घंटी बजती है। रीता का बाप लपककर फोन उठाता है।)

बाप, "हाँ दीदी, कहिए। यहाँ सब तैयारी है। हाँ, हाँ, शरबत, मिठाई, नमकीन सब। हाँ, हाँ, रीता ने वही आपकी पिंक साड़ी पहनी है। वही सेट भी। हाँ, हाँ, चप्पल भी वही पिंकवाली। बाबा, आप कितनी चिन्ता करती हैं! क्या, वे लोग मारुति जिप्सी में आएँगे? गली में घुस जाएगी, चिन्ता की कोई बात नहीं। हमारी गली में छोटी-मोटी लॉरी तक तो आराम से घुस जाती है। क्या? ओह! अच्छा, मैं अभी नीचे जाकर देखता हूँ। अच्छा, कोशिश करता हूँ। समझ गया, समझ गया। अभी जाता हूँ।" (फोन रख देता है और चुपचाप खड़ा रहता है।)

माँ, "क्या हुआ? क्या कहा दीदी ने?"

बाप, "अँ...अँ... नहीं, बस यही कि... वे लोग नीचे खड़ी रहती हैं ना? कहीं उन्हें देखकर लड़केवाले बिदक न जाएँ। पैसेवाले हैं। सोचेंगे कि ऐसे मोहल्ले में रहनेवाली लड़की..."

(रीता और मीता दूसरे कमरे में घुस जाती हैं और दरवाजा बन्द कर लेती हैं।)

माँ (डरी आवाज़ में) "जाइए तो, खड़े-खड़े क्या सोच रहे हैं! सब चौपट हो जाएगा। जाइए, देवियों के आगे हाथ जोड़कर कहिए कि अन्दर चली जाएँ। एक घंटे की तो बात है। न मानें तो उनके पाँव पकड़ लीजिए। एक घंटा धन्धा नहीं करेंगी

तो कौन सी भूखी मर जाएँगी! हे भगवान, अब क्या होगा? पहले क्यों नहीं सोची दीदी ने यह बात?"

बूढ़ा (अन्दर से बोलता है) "पहले क्यों नहीं सोची दीदी ने यह बात?"

रीता की माँ दरवाज़ा खोल देती है और फुफकारकर कहती है, "अरे खूसट! क्यों मुझ करमजली को जलाता है! तेरा जी नहीं भरता कभी। मेरा खून चूस-चूसकर जी रहा है। फिर भी तेरे दिल में शान्ति नहीं पड़ती।" (सिसकती है।)

बूढ़ा पत्थर की तरह लेटा रहता है जैसे उसे कुछ सुनाई नहीं पड़ रहा है। बहू एकाध मिनट सिसकती रहती है। फिर दरवाज़ा खुला छोड़ चौके में घुस जाती है और गैस जलाकर कड़ाही गर्म करने लगती है।

रीता का बाप (हाँफते-दौड़ते चौके के दरवाज़े पर खड़ा होकर बोलता है), "कर आया। सबको अन्दर कर आया। सब-की-सब रंडियाँ एक बार बोलते ही अन्दर चली गईं। अब पूरा मैदान साफ है। घर के नीचे से रिक्शे-ठेलेवालों को भी हटा आया। अब उनकी जीप हो या ट्रक, सीधे मकान तक आ जाएगी। सब ठीक हो जाएगा।"

बूढ़े की आवाज़ आती है, "शाबाश बेटा। अरे बहू, समोसे तल गए हों, तो एक मुझे दे दो। और इमली की मीठी चटनी बनाई कि नहीं?"

रीता की माँ, "हाँ, लाई। (धीरे से) इमली की मीठी चटनी चाहिए जैसे बहुत धन-दौलत छोड़कर मरेंगे मेरे लिए। खा-खाकर इधर-उधर हग देंगे, मुझे ही साफ करना पड़ेगा। सब कुछ बरदाश्त है, बस गन्दगी बरदाश्त नहीं कर सकती।"

रीता का बाप (फुसफुसाकर), "जान! इसी सफाई की तो महिमा है कि तुम्हारी देह अभी तक ऐसी कसी है जैसे कि... जैसे कि..."

रीता की माँ, "चुप रहिए। अभी बूढ़ा फिर चालू हो जाएगा, तो छुट्टी हो जाएगी।"

कहानीकार का मन एक लम्बी छलाँग लगाकर फिर वर्तमान में कूद आया। ऐश्वर्या राय? हाँ, बिल्लौरी में वाकई कई समानताएँ हैं उससे। वैसा ही रंग, आँखें भी कुछ वैसी-वैसी। चेहरे पर एक तरह की सौम्यता। या फिर मासूमियत। पर क्या यह मनभावनी सूरतवाली लड़की सचमुच वैसी हो सकती है जैसा कि लोगों की कहानियाँ कहती हैं? कहानीकार के लिए यह प्रश्न जीने-मरने के सवाल-जैसा था, अलबत्ता इस भरी-पूरी दुनिया में किसी को कोई शुबहा तक नहीं था कि उसके लिए इस बात का जवाब इतना जरूरी हो सकता है। (बेशक आपको यकीन हो चला है कि कहानीकार एक पुरुष तो है ही, आप बिल्लौरी से उसके सम्बन्ध के बारे में भी सोचने लगे हैं।)

कौन नहीं मानेगा कि बिल्लौरी के साथ धोखा हुआ था। उसका किशन रंग से तो काला-कूट था ही, बाकी भी सब गोलमाल था। वह अपने ताऊ के घर में एक

नौकर से अधिक कुछ नहीं था—ऊपर से उसकी संग-सोहबत भी ठीक नहीं थी। वह शादी के कुछ दिन बाद अपने ताऊ की दुकान में ही चोरी करता पकड़ा गया। उसे बात-वात करने का भी कोई शऊर नहीं था—कहीं से भी वह बिल्लौरी के लायक नहीं था। ऐसे में बिल्लौरी यदि ताऊ के लड़के यानी अपने देवर की ही राधा बन गई तो उसे क्या सचमुच दोष दिया जा सकता है? वही तो उस दिन मारुति जिप्सी चलाकर उसकी गली में ले आया था। उसी ने तो सबसे पहले चार तल्ले के उस सँकरे-से हॉल में कदम रखा था। उसी ने तो सारी बातें—कॉलेज, पढ़ाई वगैरह-वगैरह उससे पूछी थीं। नाम का किशन तो जैसे मिट्टी का माधो था। जैसी शकल, वैसी अकल। और कौन जाने कि 'लव एट फर्स्ट साइट' की तर्ज पर पहली ही नजर में देवर-भाभी एक-दूसरे पर रीझ गए हों। क्या पता कि इसीलिए बिल्लौरी ने उस काले नामुराद किशन के लिए 'ना' नहीं कहा हो?

जो हो, आगे किस्सा ऐसे चला कि ताऊ-ताई ने बिल्लौरी को अपने लड़के से दूर करने के लिए शहर के दूसरे हिस्से में दूसरा घर दिलवा दिया। कहानीकार के पास उड़ती हुई खबर आई कि एक दिन भरी दोपहर में किसी चाची की भाभी की बहन ने जो बिल्लौरी के पड़ोस में रहती थी, देवर-भाभी को रँगे हाथों (यानी कि उनका दरवाज़ा अन्दर से बन्द था) पकड़ लिया। फिर एक दिन खुद किशन कहानीकार के पास यह कहने के लिए आया कि बिल्लौरी को उसने अपने यार से फोन में बात करते रँगे हाथों पकड़ लिया है। उसने फोन का 'री-डायल' बटन दबाया था तो फोन 'उसी' ने उठाया था। कहानीकार को आश्चर्य हुआ कि किशन की अकल अपने शक को लेकर इतनी दौड़ लगाने लगी थी पर शायद इसमें आश्चर्य की कोई बात नहीं थी। ऐसे मामलों में ऐसा ही हमेशा से होता आया है।

उसके बाद किशन अचानक एक दिन ऐसे गायब हो गया जैसे उस नाम-शकल का कोई आदमी कभी दुनिया में था ही नहीं। ऐसा इसलिए भी लगा कि बिल्लौरी ने, जो अपने माँ-बाप के चार तल्ले के 'रेड लाइट एरिया' के घर में वापस लौट आई थी, कभी किशन का नाम तक नहीं लिया। वह साड़ी-चूड़ी-टिक्की-बिन्दी छोड़कर ऐसे रहने लगी, जैसे पहले रहती थी। बल्कि उसने अब सलवार-कुरती की जगह अकसर जीन्स-टीशर्ट पहननी शुरू कर दी और वह भी शहर के सबसे महँगे ए.सी. मार्केट से खरीदी हुई। उसने मिलने-जुलनेवालों से कहना शुरू किया कि वह अब नए फैशन के कपड़ों का 'बिजनेस' करती है। उसकी भोली सूरत देखकर कहानीकार का मन हमेशा अन्दर-ही-अन्दर फुसफुसाकर कहता, "मान लो इसकी बात मान लो।" उसकी भूरी-काली आँखों में जैसे एक अथाह छायावादी व्यथा का सागर कहानीकार को लहराता दिखता। उसका दिल कहता कि असली कहानी यह है कि वह किशन एक नम्बर का बदमाश था। उसका सिर्फ रंग ही नहीं, उसका दिल भी बिलकुल काला था। वह चोर-उचक्कों का साथी था और अपने उचक्केपन को ढकने के लिए वह

बिल्लौरी और ताऊ के लड़के को लेकर झूठी कहानियाँ गढ़ रहा था और उन्हें फैला रहा था। उसका गायब हो जाना भी एक नाटक ही था क्योंकि इससे वह अपने को संसार की सबसे दुखी आत्मा सिद्ध कर जिस-तिस की सहानुभूति बटोरना चाहता था। कहानीकार ऐसा सोच ही रहा था कि तभी नाटक का एक तीसरा दृश्य हिन्दी फिल्मों के अन्तिम सीन की तरह घटित हो गया।

नाटक का तीसरा दृश्य

(ताऊ के लड़के, जिसे हम अब बल्लू कहेंगे की शादी तय हो गई है। कल की शादी है और आज बिल्लौरी अपनी मौसी के साथ बैजनाथ धाम की यात्रा पर जा रही है। हावड़ा स्टेशन का दृश्य)

मौसी, "अरे, बिल्लौरी, आगे देखकर चलो। जिस-तिस से टकरा रही हो। यह कोई तरीका है चलने का? पीछे क्या देख रही हो? मैं ठीक पीछे ही हूँ तुम्हारे। तुम्हें छोड़कर गायब नहीं हो जाऊँगी उस हरामज़ादे किशन की तरह। चिन्ता मत करो, आगे देखो।"

बिल्लौरी, "हाँ, मौसी। मैं तो देख रही थी कि डैडी स्टेशन आए हैं क्या? उन्होंने कहा था कि हमें छोड़ने आएँगे।"

मौसी, "अरे बाबा, जो भी स्टेशन आएगा मिल जाएगा। तू इतना फिकर क्यों करती है?"

कुली, "चढ़ जाइए माँजी, ए ही डिब्बा है। चढ़ जाइए।"

मौसी, "चल बिल्लौरी। अन्दर घुस।"

(बिल्लौरी खिड़की के पास बैठी है। उसका चेहरा खिड़की की सलाखों से तीन हिस्सों में बँटा है। उसकी आँखें लगातार बाहर की भीड़ को देख रही हैं। तभी बल्लू हाँफता हुआ खिड़की के पास प्रकट होता है।)

बल्लू, "रीता तुम नहीं जा सकती इस तरह। उतरो ट्रेन से। मासी जी, प्लीज। इसे छोड़ जाइए।"

मौसी चुपचाप बैठी रहती है। कुछ नहीं कहती। अपना मुँह दूसरी तरफ फेर लेती है।

बल्लू, "रीता, तुम्हें मेरी कसम है। मेरी जरा भी परवाह हो तो ट्रेन से उतर जाओ। नहीं तो बहुत बुरा होगा। मेरी बारात की जगह..."

(यह साफ जाहिर है कि वह 'मेरी अर्थी निकलेगी' कहनेवाला था। बिल्लौरी जोर से चौंकती है और फफककर रो पड़ती है।)

बल्लू (उसकी आँखों से भी धाराप्रवाह आँसू गिर रहे हैं), "रीता, काश तुम मेरी हालत को समझ सकती!"

मौसी, "इसे समझने की कोई जरूरत नहीं है। तुम जाओ यहाँ से। तमाशा मत करो।"

बल्लू, "आपको क्या मालूम कि इस पर क्या बीती है!" (बिल्लौरी के फिर फफकने की आवाज़। उसकी आँखों से अविरल अश्रुधार गिर रही है मानो वह नीर भरी दुख की बदली बन गई हो।)

बल्लू (सिसककर), "मैं क्या कहूँ, तुम चली जाओगी तो मैं हरगिज शादी नहीं करूँगा। किसी हालत में नहीं करूँगा। चाहे माँ जहर पीए या पापा ऊपर से कूदकर जान दे दें।"

(बिल्लौरी उसकी पहली बात पर चौंककर उसकी तरफ देख रही थी। अब माँ-बाप के मरने की बात सुन उसके आँसुओं की कई शाखा-प्रशाखाएँ बन चेहरे पर फैल जाती हैं। बल्लू भी जार-जार रो रहा है।)

मौसी (कभी बिल्लौरी को देखती है, कभी बल्लू को), "अच्छा बल्लू बेटा, अब तुम जाओ। इस तरह रोने से अपशकुन होता है। कल तुम्हें मंडप में बैठना है।"

बल्लू, "मौसीऽऽजी!" (आगे कुछ नहीं कहता।)

मौसी, "जाओ, बेटा जाओ। मैं इसे लेकर ही यहाँ से जाऊँगी। इसकी माँ को वचन दिया है इसे मरने नहीं दूँगी। तुम जाओ। इसके दुख की परवाह है, तो जाओ।"

बल्लू, "आप फिल्मी डॉयलॉग की तरह यह सब मत कहिए। आप जानती हैं कि..."

मौसी (बात काटकर), "मुझे जानना भी नहीं है। बस तुम जाओ।"

(ट्रेन की सीटी। अब दोनों रोनेवाले हिलक-हिलककर रो रहे हैं। पर मौसी का दिल फिल्मी कहानी की तरह नहीं पसीजता। बल्लू ट्रेन के साथ रोता-रोता आगे बढ़ता है। ट्रेन के अन्दर और बाहर सारे लोग उसकी तरफ देख रहे हैं। कुछ लोग मुसकराते हैं, कुछ उदास हो जाते हैं और कुछ व्यंग्य से मुँह टेढ़ाकर दूसरी तरफ देखने लगते हैं।)

एक बंगाली आदमी धीरे से कहता है, "कीऽ दारून दृश्य!" (क्या दारुण दृश्य है!) हल्की-सी सामूहिक हँसी की ध्वनि उठती है।

बल्लू की शादी यथासमय हो गई। सुना गया कि वह पूरे वक्त न हँसा, न रोया। बलि के बकरे की तरह उसने जैसे खुद को अपनी नियति के हवाले कर दिया था। बाद में हवा में उड़ती-उड़ती कई कहानियाँ शहर में घूमने लगीं। सुना गया कि बल्लू अपनी बीवी से बात नहीं करता। एक दूसरे संस्करण में सुना गया कि वह उसकी तरफ देखता भी नहीं। तीसरे में कि वह उसके हाथ का छुआ कुछ नहीं खाता। चौथे में कि वह जमीन पर बिस्तर बिछाकर सोता है। लेकिन ये तमाम संस्करण एकबारगी खारिज

हो गए जब यह नई कहानी प्रकट हुई कि बल्लू की पत्नी बाकायदा माँ बननेवाली है। पिछली सभी कहानियाँ किसी ने अपनी मामी की चाची की बहू से या चाची की बहन की देवरानी से या इसी तरह के किसी ज़रिए से सुनी थी। उन कहानियों में एक दिलकश दर्द था—एक बेचारी भोली-भाली मासूम नवब्याहता के ठगे जाने की पीड़ा न जाने कितनी आँखों के कोरों को गीला कर चुकी थी। पर अब जो यथार्थ था उसने सारी भावनाओं का कबाड़ा कर दिया। बेशक इससे आँखें नहीं फेरी जा सकती थीं पर इसमें किसी मार्मिकता के पनपने की गुंजाइश नहीं थी।

इधर बिल्लौरी का जीवन लोगों की दिलचस्पियों से दूर एकान्त में रेंगता हुआ बढ़ने लगा। अब वह सबके लिए दया का पात्र बन गई थी। लोगों के तरस खाने से अपने को बचाने के लिए बिल्लौरी ने बाहर आना-जाना बहुत कम कर दिया। अब लोग उसकी माँ से अकसर मुँह पर पूछ बैठते, "कुछ पता चला किशन का? वह ऐसा कहाँ गायब हो गया कि अब भी लौटकर नहीं आया?"

इस 'अब भी' में बड़ी प्रकट व्यंजना थी जो बिल्लौरी के दिल के आर-पार चली जाती थी। तंग आकर उसने एक बार सार्वजनिक रूप से कह दिया, "वह आ भी जाए तो मैं उसके साथ नहीं रहनेवाली।" तब उसकी माँ ने बड़ी मुश्किल से अपनी बहन की खुशामद कर एक वकील करवाया। किशन से तलाक की अर्जी दी गई। शायद वकील ने ही यह सलाह दी कि कहीं न प्रकट किया जाय कि किशन के जीने-मरने में भी सन्देह है। वरना जज पूछ सकता है कि क्या पुलिस में उसके गायब होने की रपट लिखाई गई थी (जो कि किसी ने लिखवाने की जरूरत नहीं समझी थी।) जज को यह भी शक हो सकता है कि वह गायब नहीं हुआ, उसे दुनिया से गायब करवा दिया गया है।

कहानीकार ने जब ये बातें सुनीं, जो वकील की सलाह के तौर पर उसे बताई गई थीं, उसका दिमाग कुछ ठनक गया। भला यह क्या बात? क्या वाकई दाल में कुछ काला है? या यहाँ दाल ही काली है? वाकई किशन के गायब होने की रपट पुलिस में क्यों नहीं लिखवाई गई थी? रीता को किशन की परवाह भले ही न हो पर किशन को पालनेवाले ताऊ-ताई को क्या उसकी जरा भी चिन्ता नहीं थी? क्या उस बल्लू ने इस बिल्लौरी के लिए उसे दुनिया से गायब करवा दिया था? क्या वह भोली सूरतवाली लड़की इतनी निर्मम हो सकती थी कि इस काम में शामिल हो सकती थी? इस तरह के तमाम सवाल जोंक की तरह कहानीकार का खून चूसने लगे। उसकी रातों की नींद हराम हो गई।

बहरहाल तलाक का केस चलता गया और हर बार कोर्ट में झूठमूठ कहा गया कि किशन आवारगी करता शहर में देखा जाता है पर कोर्ट की नोटिस उसके ठिकाने से लौट आती है। ऐसे करते-करते एक्स-पार्टी तलाक मंजूर हो गया और बिल्लौरी कानूनन भी आज़ाद हो गई। उसकी माँ ने अब उसके लिए दूसरे वर की तलाश में

चप्पलें घिसनी शुरू कीं। एक तलाकशुदा गरीब लड़की, यानी करेला और वह भी नीम चढ़ा, के लिए वर खोजना क्या आसान काम था? यों एकाध कुँवारे लड़के तक उससे शादी के लिए तैयार थे पर "दूध का जला छाछ भी फूँककर पीता है", के मुहावरे उच्चारती उसकी माँ ने तहकीकात में पाया कि ऐसा हर कुँवारा लड़का लगभग भिखारी था। आग से बचे (या कि कुएँ से) तो खाई में गिरे जैसी हालत न होने देने का बिल्लौरी की माँ का संकल्प उसे ऐसे लड़कों से बचा ले गया जो "क्या तो खुद ओढ़ते और क्या बिल्लौरी के लिए बिछाते? बिल्लौरी की नेलपॉलिश का प्रबन्ध तक भी वे नहीं कर सकते थे।"

कहानीकार को अब जाकर नेलपॉलिश का महत्त्व समझ में आया, सच तो यह है कि हिन्दी कहानीकार इस तरह की चीजों को विलासिता की सामग्री मानकर उनका महत्त्व समझने से हमेशा उसी तरह बचे रहते हैं जैसे आँखें बन्द किया हुआ कबूतर बिल्ली को आते देखने से बचा रहता है। इन चीजों का महत्त्व सिर्फ हिन्दी के आलोचक समझ पाते हैं जो भूमंडलीकरण और उपभोक्तावाद के खिलाफ लिखकर कागज काले करते रहते हैं।

कई लड़के ऐसे भी मिले जो एक-दो बच्चों के बाप थे। अलबत्ता ऐसे लड़के भिखारीनुमा न थे। दिल मसोसकर बिल्लौरी की माँ ने ऐसे दुहाजुओं और तलाकशुदाओं को भी बिल्लौरी के लिए देखना शुरू किया। जब कुँवारे लड़कों को देखा जाता था तो यह बात बिना चूके कही जाती कि बिल्लौरी अपने पूर्व पति के पास पन्द्रह-बीस दिन ही रही थी। इस बात में कहीं यह ध्वनि होती कि वह 'लगभग' कुँवारी है। पर अब ऐसी बातें करने की कोई जरूरत नहीं रही। बिल्लौरी खुद एकदम कसाई के हाथ जिबह की जानेवाली गाय की तरह निरीह बनी रहती। उसके चेहरे पर सुन्दरता और सौम्यता का ऐसा मेल रहता कि बड़े-बड़े योगियों का दिल फिसल जाए, उन बेचारे दुहाजुओं और तलाकशुदाओं की तो बिसात ही क्या थी! बिल्लौरी की माँ को समझ में आ गया कि इन दो प्रकार के वरों में से वह सबसे खूबसूरत मालदार का चुनाव कर सकती है। उसका सोचना कहानीकार को गलत नहीं लगा था—जब बिल्लौरी ऐश्वर्या राय की हमशक्ल होकर भी दूसरों के बच्चों की माँ कहलाने के लिए तैयार थी तो कम-से-कम उसे इस महानता के लिए कोई पुरस्कार तो मिलना चाहिए था।

संयोग से जुड़वाँ बच्चों का एक बाप जिसकी बीवी किसी प्राकृतिक बीमारी में ही मरी थी (यानी कि वहाँ दाल में काला होने का सन्देह नहीं था) बिल्लौरी को देखने विक्टोरिया मेमोरियल के पिछवाड़े में बड़ी गाड़ी से उतरा। वह देखने में किसी फिल्मी हीरो से कम न था। उसके पाँच-पाँच साल के जुड़वाँ लड़के हरी घास पर दौड़ते हुए बहुत प्यारे लग रहे थे। इतना ही नहीं, उन दोनों के पीछे दो वर्दीधारी नौकर भी दौड़ रहे थे कि उन्हें कहीं चोट न लग जाए। पहली बार बिल्लौरी की आँखों में

चमक दिखाई दी। एक बार तो उसने भी दौड़कर एक बच्चे को गिरने से बचा लिया और भविष्य में अच्छी सौतेली माँ होने का नमूना पेश कर दिया। बिल्लौरी की माँ की आँखों में रह-रहकर आँसू आ रहे थे। उसकी तपस्या अब इतने दिनों बाद जाकर रंग लाई थी। (क्या तपस्या के बाद कुछ रंग पैदा होता है? कहानीकार सोचने पर मजबूर हो गया है।) इस लड़के की तुलना में वह बल्लू, जो अब एक अदद लड़की का बाप भी था, कोई घसियारे से ज्यादा नहीं लग रहा था।

लेकिन पुरानी हिन्दी कहानियों की भाषा में कहें तो किस्मत को मंजूर नहीं था कि यह लड़का या आदमी बिल्लौरी के भाग्य में बदे। यदि आप जानना चाहें कि ऐसा क्यों हुआ तो कहानीकार से कोई मदद नहीं मिल सकती। उसे खुद नहीं पता कि आखिर हुआ क्या! क्यों लड़केवालों ने बिल्लौरी जैसी दुबली, गोरी, सुन्दर ऐश्वर्यनुमा लड़की के लिए हामी नहीं भरी। ज्यादा-से-ज्यादा अनुमान यह लगाया जा सकता है कि लड़केवालों के साथ आया एक नौकर बिल्लौरी के घर के आसपास के किसी मुहल्ले का ही बाशिन्दा था। उसने ही शायद माँ-बेटी के बारे में कुछ सच्ची-झूठी बातें उनके चरित्र को लेकर कह दीं। अब बातें तो बातें होती हैं! उनके कोई सिर-पैर तो होते नहीं कि उनकी शिनाख्त कर ली जाए। वे तो हवा की तरह आती हैं और वैसे ही चली जाती हैं। पर ये बातें बिल्लौरी के कलेजे पर इस बार मनों बोझ का पत्थर धर गईं। सुना गया कि पहली बार माँ-बेटी में जबरदस्त झगड़ा हुआ जिसमें बिल्लौरी और उसके बूढ़े दादा ने इकट्ठे होकर उसकी माँ पर कई आरोप लगाए। यह तो जब बिल्लौरी की माँ ने चार तल्ले से बिना सीमेंट की सीढ़ियों के बगैर ही उतरने की घोषणा की तब जाकर बिल्लौरी चुप हुई। चुप तो हुई, साथ ही उसने माँ-विहीन जीवन की कल्पना से घबराते हुए अपनी माँ को वादा किया कि वह जीवन में कभी माँ के 'शहीदाना' त्याग-बलिदान के लिए ऐसे अपमानजनक शब्दों का प्रयोग नहीं करेगी। बड़ी मुश्किल से जाकर सारा रोना-धोना खत्म हुआ जिसका नाटक लिखा जाए तो बड़ा धाँसू रहेगा। जीवन का रस उसमें गालियों की बौछार, आत्महत्या की धमकी और उबलते क्रोध में लगाए आरोपों के रूप में चू-चू कर पड़ेगा पर कहानीकार को न जाने क्यों उससे अरुचि हो चली है।

बहरहाल, सब शान्त हो गया और बिल्लौरी का जीवन पहले की तरह चलने लगा। तभी कहानीकार के रचना-संसार में एक तूफान रात को दो बजे एक फोन के जरिये उठ खड़ा हुआ। फोन के दूसरी तरफ बिल्लौरी के पूर्व देवर बल्लू की ब्याहता पत्नी बबीता (जो कि वनिता का संस्करण होना चाहिए) मौजूद थी। उसका पति घर नहीं आया था और उसे शक था कि वह पुन: माँ-बेटी के जाल में फँस गया था। उसने रो-रोकर कहानीकार से मिलने का समय माँगा। उसका दुख फोन के तारों में इस तरह प्रवाहित हो रहा था कि कहानीकार को लगा कि कहीं टेलीफोन ही न उड़ जाए! उसने मजबूरन हामी भरी और इस तरह वह फँस गया। ('फँस गया' का अर्थ

इस सन्दर्भ में दूसरा है क्योंकि आम तौर पर कहानीकार सिर्फ कागजों में ही किसी के दुख-सुख में फँसते हैं।)

बनीता से मुलाकात का वर्णन कैसे किया जाएगा, कहानीकार को उससे मिलते ही यह चिन्ता सताने लगी थी। उसकी काली आँखों में (जो ज़ाहिर है कि एक निछोह गोरे चेहरे में ही लगी होंगी) एक ऐसी तड़प थी जो सिर्फ राजा दुष्यन्त के द्वारा भूली गई शकुन्तला की ही आँखों में कालिदास ने देखी होगी। उसकी आँखें कभी सुलगती थीं, उनसे अंगार बरसते थे तो कभी वे अथाह व्यथा का सागर बन जाती थीं। ऐसी पल-पल बदलनेवाली आँखें तो शायद कालिदास ने भी नहीं देखी होंगी। इन आँखों के चलते कहानीकार में यह निश्चय पैदा हुआ कि इस 'ब'त्रयी—बिल्लौरी, बल्लू और बनीता के जीवन की आगे की कहानी उसे ही लिखनी होगी।

कहानीकार का दिल द्रवित होकर सोचने लगा—वाकई इस लड़की का क्या दोष है? इस अद्भुत आँखों में कितने सपने लेकर वह ससुराल आई होगी और किस तरह उन सपनों का अपमान हुआ होगा। कहानीकार के मन से कई कल्पनाएँ गुजर गईं कि कोख में बच्चा लाने के लिए कैसे उसने अपने अधिकार हासिल किए होंगे—न जाने कितने साम, दाम, दंड, भेद से। मातृत्व के साथ-साथ उसकी आँखों में कैसा विश्वास पनपा होगा कि उसका पति अब उसका ही है। और फिर-फिर विश्वास का टूटना। क्या इन सुन्दर आँखों को भी यह नसीब नहीं कि वे कम-से-कम प्यार और विश्वास से भरी रहें जिनके कोई पैसे नहीं लगते? बिलकुल है—कहानीकार के दिल ने कहा। इन आँखों को उनका अधिकार मिलना ही चाहिए। यह विचार आने पर कहानीकार ने ठान लिया कि अपने पात्रों की कहानी का जीवन इस बार वह पन्नों पर न बना-बिगाड़कर असली जिन्दगी में बनाएगा।

अपनी कहानी को अपना मन-मुआफिक अन्त देने के लिए कहानीकार ने एड़ी-चोटी का जोर लगा दिया। बिल्लौरी के लिए एक अच्छा लड़का खोजना होगा जिसे वह किसी तरह इनकार न कर सके। संयोग की बात कि खोजते-खोजते एक अच्छा मालदार तलाकशुदा आसामी मिल गया। देखने में ठीक-ठाक। गाड़ी-वाड़ी तक मौजूद। कोई बच्चे का झमेला भी नहीं। कहानीकार का दिल पुराने मुहावरे की तरह बल्लियों उछलने लगा। वाह, सब कुछ कितना सरल था! असल में कागज पर कहानी बनाने से कहीं ज्यादा सरल। कहानीकार ने बनीता को शुभ समाचार दिया कि अब उसके जीवन से दुख के बादल छँटनेवाले हैं पर उसकी आशा के विपरीत उन आँखों में कोई आश्वस्ति का भाव नहीं उभरा बल्कि वहाँ संशय का भाव गहरा गया। कहानीकार ने इसे औरतों की आम आदत या आम औरतों की आदत समझकर उस पर ध्यान नहीं दिया। बड़े जोर-शोर से ब्याह की तैयारियाँ होने लगीं। जोर-शोर यानी उतना ही जितना कि रुपयों की किल्लत के कारण यहाँ सम्भव था। बिल्लौरी की पिछली शादी का सामान प्राय: नया-सा था। उसे ठीक-ठाक करवाने

का जिम्मा कहानीकार ने लिया। जेब से पैसे लग जाएँ तो भी कुछ परवाह नहीं। कितने लोगों का जीवन सुखी हो जाएगा। बनीता और उसके बच्चे की तो सुधर ही जाएगी, कर्तव्य-पथ से भटके हुए ये दोनों प्रेमी भी सही लाइन में आ जाएँगे। आज तक कहानीकार ने अपनी कहानी के किसी पात्र के लिए इतना त्याग नहीं किया था। ब्याह की जगह तय करने में ही उसकी जेब हल्की हो गई। कहानीकार की खुशी का ठिकाना अगर था तो बल्लू की पत्नी बनीता की आँखों की स्मृति में। कहानीकार का दिलो-दिमाग उन आँखों में राहत का रंग देखना चाहता था और लग रहा था कि सफलता बहुत करीब थी।

पर...।

आपको यह 'पर' ही बता चुका होगा कि कहानीकार की कहानी उसके हाथ से फिसल गई और वैसे न लिखी जा सकी जैसे कि विधाता के द्वारा खींची गई भाग्य की लकीरें जिन पर लिखनेवाले का पूरा कंट्रोल होता है। यों तो शायद अब तक आप ऐसे ही किसी एंटी क्लाइमेक्स की आशा करने लगे थे। आखिर कहानियाँ लिखी भी ऐसे ही जाती हैं कि सब कुछ ठीक होते-होते अचानक सब गड़बड़ हो जाता है। तुलसीदास तक को रामायण में इस टेकनीक का इस्तेमाल करना पड़ा था—जब राम-सीता वन-जंगल में मंगल मना रहे थे, तभी सीता का अपहरण करवाना पड़ा था—तो यह कहानीकार किस खेत की मूली है।

आपका अनुमान सही है यदि आप यह समझ चुके हैं कि ऐन सगाई के पहले बिल्लौरी बल्लू के साथ लापता हो गई थी। बिल्लौरी वाकई कहानीकार को हक्का-बक्का छोड़ गई थी क्योंकि कहानीकार को रिश्ता पक्का करते वक्त बिल्लौरी ने ठोंक-बजाकर कहा था कि उसका बल्लू नामक प्राणी से कोई रिश्ता नहीं है। उसने यह भी कहा था कि उसके जन्मदिन पर किसी ने उसे फूलों का एक गुलदस्ता भेजा था जिस पर भेजनेवाले का कोई नाम नहीं था और उसने उस गुलदस्ते को सीधे कूड़े की बाल्टी में डाल दिया था। कहानीकार की कल्पना में कूड़े की बाल्टी की शोभा बढ़ाता सुर्ख गुलाब के फूलों का गुलदस्ता इस तरह अंकित हो गया था कि उसने इसे एक प्रतीक मान लिया था कि बिल्लौरी अपनी पिछली जिन्दगी के आकर्षण को कूड़े की बाल्टी में फेंकने का निश्चय कर चुकी है। बहरहाल, जब कहानीकार की कहानी का प्लान बुरी तरह पिट गया और ऊपर से लड़केवालों की तरफ से उसकी काफी लानत-मलानत हुई तो वह ऐसा होने के कारणों पर सोचने को मजबूर हुआ/हुई। उसने पिछली घटनाओं को रिवाइंड कर देखना शुरू किया कि क्या बिल्लौरी ने अपनी योजनाओं का कोई सुराग छोड़ा था, जिसे कहानीकार ने बिल्लौरी की जीवन कथा गढ़ने के उत्साह में नहीं देखा था। तभी उसे नाटक का अन्तिम दृश्य दिखने लगा।

(सम्भावित वर जिसे हम स.व. कहेंगे और बिल्लौरी गाड़ी में बैठे हैं जो कि विक्टोरिया मेमोरियल के सामने पार्किंग में खड़ी है।)

स.व., "तुम्हें किन-किन चीजों का शौक है रीता? बताओ न! इस तरह चुप बैठी रहोगी तो मैं तुम्हारे बारे में कैसे जानूँगा? कुछ तुम भी पूछो, कुछ तुम भी बताओ। तभी तो हम जान सकेंगे एक-दूसरे को।"

बिल्लौरी, "आप गाड़ी अच्छी ड्राइव कर लेते हैं।"

स.व., "हाँऽऽऽ।" (अनमना हो जाता है।)

बिल्लौरी, "क्या हुआ? मेरी बात अच्छी नहीं लगी?"

स.व., "नहीं, नहीं। ऐसे ही। किसी और ने भी कभी यह कहा था।"

बिल्लौरी, "समझ गई। आपकी पहली पत्नी ने कहा होगा। क्या वह सुन्दर थी? आप लोगों में तलाक क्यों हो गया?"

स.व., "तुम्हारी आगे तो पानी भरती। ओफ, तुम यह सब क्या गड़े मुर्दे उखाड़ने लगी? ये बातें फिर कभी। जो बीत गई, सो बात गई। हाँ, तो क्या-क्या शौक हैं तुम्हारे? बताओ ने!"

बिल्लौरी, "बस यही, घूमना-फिरना, पिक्चर-विक्चर देखना। शॉपिंग करना। और क्या! आप अपनी बताइए ना!"

स.व., "मुझे तो कोई शौक ही नहीं है। क्या बताऊँ! जो दूसरों को अच्छा लगे, मुझे वही करना पसन्द है। बस एक ही खामी है मुझमें जो मैं तुम्हें शुरू में ही बता देना चाहता हूँ।...मुझे भयंकर गुस्सा आता है अगर कोई मेरी बात न माने। मैं गुस्से से पागल हो जाता हूँ। तुम झेल लोगी मेरा गुस्सा?"

बिल्लौरी (इतराकर), "मुझ पर तो आज तक कोई गुस्सा ही नहीं कर पाया।"

स.व., "अच्छा! (कुछ रुककर) क्या सचमुच? खैर छोड़ो। तुम्हें शॉपिंग में क्या खरीदना पसन्द है? कोई खास चीज?"

बिल्लौरी, "वैसे तो अच्छे कपड़े मुझे पसन्द हैं। लेटेस्ट फैशन के। पर एक चीज है, जो मैं हमेशा हर बार मार्केट से खरीदती ही हूँ।"

स.व., "और वह क्या है?"

बिल्लौरी, "नेलपॉलिश! मुझे नेलपॉलिश खरीदने का बेहद शौक है। मेरे पास जानते हैं कितनी..."

स.व. (बात काटकर), "और मुझे नेलपॉलिश से सख्त नफरत है। इतनी कि मुझे और किसी से नहीं है। देखूँ, तुम्हारे हाथ। हाँ, मैंने पहली बार ही देख लिया था कि तुमने नेलपॉलिश लगा रखी है। तभी सोचा था तुम्हें बताना पड़ेगा। यह तो नहीं चलेगा। तुम्हें मेरे लिए इसे छोड़ना होगा।"

बिल्लौरी, "गाड़ी स्टार्ट करिए ना! कितनी देर हो गई है। सब चिन्ता करेंगे कि हम कहाँ चले गए!"

कहानीकार को यह दृश्य पूरा होते-होते अपनी मनचाही कहानी लिखने की असफलता का रहस्य कुछ-कुछ समझ में आने लगा था। उसने अपने को सान्त्वना देते हुए सोचा कि उसे कम-से-कम यह सबक तो मिला कि उसे कागजों पर ही अपने पात्रों के जीवन का प्लान बनाना चाहिए। सामाजिक कर्तव्य-बोध से कभी किन्हीं आँखों में अपने मन का रंग भरना हो तो कागजी पात्रों से ही दिल की निकालनी चाहिए। बड़ी-बड़ी क्रान्तियाँ तक इस तरह सम्भव हुई हैं, यहाँ तो मामला एकदम मामूली था। खैर, उसने अपने को दिलासा दिया, हो सकता है कि हिन्दी कहानी के दायरे में यह नेलपॉलिश का पहला प्रवेश हो।

"आप मुझसे कब तक नाराज...?" का प्रश्न दोहराया गया तो कहानीकार ने सिर उठाकर बिल्लौरी की भूरी-काली आँखों में देखा। उसके दिमाग में कई उत्तर आए जिन्हें बिल्लौरी को दिया जा सकता था पर वे सभी घिसे-पिटे थे। या तो वे बिल्लौरी को चोट पहुँचाते या उसके नाटक को सुखान्त बना देते। इसलिए कहानीकार एक रहस्य की तरह चुप रह गया।